Amarylion

Buch

Emily Edwards, eine junge Frau aus Prairie Village, führt gemeinsam mit ihrer besten Freundin Stephanie Cunningham, das Heilungszentrum Amarylion, in der Vorstadt von Kansas City. Ihr Herz schlägt für alternative Heilweisen, Kartenlegen, Jenseitskontakte und die bedingungslose Freude daran, anderen Menschen helfen zu dürfen. Mit der Liebe in ihrem Leben hat Emily bisher kein Glück gehabt. Sie glaubt nicht mehr daran, den einzigen und wahren Mr. Right zu treffen. Unerwartet tritt der junge Herzchirurg Jayden Coleman in Emilys Leben und bring ihr den Glauben an die große Liebe zurück.

Autorin

Andrea Selina Hilken, Jahrgang 1964 und gebürtige Bremerin, hat ihr Leben der Medialität verschrieben. Schon früh in ihrer Kindheit begann sie sich mit dem Thema Tod auseinander zu setzen. Zusätzlich befasste sie sich mit alternativen Heilmethoden und Heiltechniken. In den letzten Jahren besuchte sie mehrfach das Arthur Findlay College, in England, um sich dort noch intensiver Fördern zu lassen. Mit der Amarylion Saga möchte sie die Leser begleiten, auf eine Reise zu sich selbst und ihrer Seele.

ANDREA SELINA HILKEN

Amarylion

Zauber der Liebe

Roman

Bibliografische Information der Deutschen Nationalbibliothek:
Die Deutsche Nationalbibliothek verzeichnet diese Publikation in der Deutschen
Nationalbibliografie; detaillierte bibliografische Daten sind im Internet über
http://dnb.dnb.de abrufbar.

TWENTYSIX – Der Self-Publishing-Verlag
Eine Kooperation zwischen der Verlagsgruppe Random House und
BoD – Books on Demand

Satz, Herstellung und Verlag:
BoD – Books on Demand, Norderstedt
ISBN: 978-3-7407-4734-3

Coverbild: Alan Stuttle Gallery/UK

Weitere Informationen auf:
www.amarylion.de
www.amarylion-saga.de

Für Jeremias und allen meinen Freunden
aus der geistigen Welt.

Danke für eure wundervolle Inspiration
und eure Engelsgeduld mit mir,
durch die dieses Buch
erst zur Realität werden konnte.

Möge dich dieses Buch beim Lesen genauso verzaubern,
wie es mich beim Schreiben verzaubert hat.

Prolog

Die Sonne steht hoch am Himmel und eine unerträgliche Schwüle breitet sich jetzt schon in Lenexa aus. Wir haben noch nicht einmal Mittag und es sind schon über vierzig Grad. Die Luft um mich herum scheint vor Hitze zu flimmern. Alles läuft heute wie in Zeitlupe ab.

Zu meinem Geburtstag ist es immer heiß, der war letzte Woche, da bin ich sieben geworden. Eine Geburtstagsfeier gab es nicht. Wer würde denn kommen wollen? Meine Klassenkameraden machen immer einen großen Bogen um mich, sie haben Angst vor mir. Sie sagen ich wäre ihnen zu unheimlich, wäre eine Hexe und das alles nur, weil Mom diesen Laden hat, wo sie den Leuten die Karten legt und ihnen sagt, was in ihrem Leben passieren wird. Dort verkauft sie auch Steine und allen möglichen Zauberkrimskrams. Warum kann sie nicht einfach normal sein, wie andere Mütter auch?

Ich sitze auf der Bank, im Schatten des großen Hickory Baumes und drehe einen Grashalm zwischen meinen Fingern. Die anderen Kinder sehe ich lachen und Seilspringen, einige schauen auch nur zu, wie ich. Manchmal wünsche ich mir, dass ich dazu gehören würde. Dann stelle ich mir vor, sie fragen mich, ob ich mitspielen will. Doch, das hat noch keiner von ihnen getan und ich traue mich nicht zu ihnen zu gehen, weil ich Angst habe, dass sie nein sagen werden. Ich drehe noch immer den Grashalm zwischen meinen Fingern und bin völlig in meinen Gedanken versunken. Aus den Augenwinkel sehe ich die drei auf mich zukommen, allen voran Abigail Collister. Mir wird schon wieder ganz anders und ich spüre, wie mich das Zittern überkommt. Dann steht sie vor mir, zur Unterstützung hat sie sich Sofia Baker und Susan Franklin mitgebracht.

»Wen haben wir denn hier?«, fragend schaut Abigail zu den

anderen Mädchen rüber und reißt mir kurzerhand den Grashalm aus den Händen. »Heul doch, du blöde Hexe!«

Ich wehre mich nicht, spüre aber, wie in mir die Tränen langsam hochsteigen. Ein starker Schmerz rast durch mein Bein, als Abigail mir ans Schienbein tritt. Absoluter Hass schlägt mir aus ihren Augen entgegen. Sie holt mit ihrem Fuß aus, um noch einmal zu zutreten. Auch diesmal bleibe ich still sitzen und ertrage diesen starken Schmerz, der kurz darauf meinen Körper durchdringt. Die drei Mädchen schubsen mich von der Bank, hart falle ich auf die Erde und schlage mir dabei das Knie blutig. Die Tränen laufen mir über das Gesicht, dennoch sage ich nichts. Ich stehe auf und humpele zum Haupteingang der Mill Creek School. Als ich dort ankomme, läutet die Glocke das Pausenende ein.

1

Kerzenschein taucht das Zimmer in ein goldenes Licht und die Flamme bewegt sich im Rhythmus der Musik, die wie von Zauberhand, aus jeder Ecke des Zimmers zu kommen scheint. Der Text des Liedes dringt förmlich in mich, benebelt mir die Sinne. Die Musik hüllt mich komplett ein und ich lasse mich fallen. Langsam wandern seine Hände über meinen Körper, der sich ihm wohlig räkelnd entgegen streckt. Zart fährt seine Hand über meine Brust und bleibt auf ihr liegen, seine Finger zwirbeln an meiner Brustwarze, die sich auch sogleich aufstellt, um sich ihm freudig entgegen zu recken. Ich stöhne lustvoll auf und schlinge meine Beine um seinen Unterleib, ziehe ihn noch enger an mich. Er nimmt meine Brust, drückt sie zärtlich und sein Mund umschließt fest meine erregte Brustwarze, saugt zärtlich und doch fordernd an ihr. Ich stöhne vor Wollust auf und fühle, wie mein Himmelreich anfängt aus seinem Dornröschenschlaf zu erwachen. Sanft pulsiert das Blut in meiner Perle und ich spüre, wie ich feucht werde. Er fängt an mit den Fingerspitzen sanft über mein Dekolleté zu fahren, erkundet jeden Zentimeter an mir. Sein Mund wandert meinen Hals hoch, zart nimmt er mein Ohrläppchen zwischen seine Lippen und saugt daran. Ich kann mich vor Begierde kaum noch beherrschen, aber er macht unbeirrt weiter. Langsam wandert sein Mund über meine Brüste, stoppt am Bauchnabel und ich spüre seine Zunge, die sanft meinen Mittelpunkt umkreist. Mein Herz klopft wie verrückt und ich kann kaum noch ruhig, unter diesen Berührungen liegen. Er schaut hoch, lächelt mich mit seinen braunen Augen an und fährt unbeirrt weiter fort, meine Gelüste zu steigern. Seine Zunge wandert über meinen Bauch, meine Hüfte und seine Hände scheinen mich überall gleichzeitig zu streicheln. Keinen Zentimeter meiner Haut lässt er aus. Es scheint ihm Freude zu bereiten mich zum Wahnsinn zu treiben, denn immer wieder schaut er hoch und unsere Blicke treffen sich, während seine Hände weiter meinen Körper erkunden. Fast kommt es mir vor, als würden wir miteinander verschmelzen. Ich strecke ihm mein erregtes Himmelsreich entgegen und spüre wie seine Hand lasziv und doch zärtlich über meine Scham streift, den rechten Oberschenkel entlang bis zum Fuß, um über den linken Fuß wieder herauf zu wandern. Mit etwas Druck bleibt seine Hand auf meiner Scham liegen und ein Finger drückt sich zwischen meine erregten Lippen, um zart meine Perle zu berühren. Jetzt kann ich nicht mehr an mich halten, mein Himmelreich schreit nach Erlösung, es will ihn in sich aufnehmen, ihn in seiner ganzen Pracht spüren. Ein Vibrieren all meiner Muskeln läuft durch meinen Körper. Sein Finger massiert zärtlich meine Perle und lässt mich noch heißer werden. Ich spüre seine Hand zwischen meinen Schenkeln und mein feuchtes Himmelreich öffnet sich weit für ihn. Alle meine Sinne stehen lodernd in Flammen und ich fühle wie er quälend langsam einen Finger in mich gleiten lässt, ich erschauere. Heisere Lustschreie kommen mir über meine Lippen. Fordernd und sanft gleitet er immer tiefer in mein Himmelreich, um es von innen zu erkunden. Eine unbeschreibliche Lust überkommt mich, ich will mehr, ihn noch tiefer in mir fühlen. Von meiner ungezügelten Lust inspiriert wandert er immer tiefer in mein Himmelsreich hinein. Zügellos bäume ich mich unter seinen Händen auf und spüre, wie mein Himmelreich seine Tore öffnet und sintflutartig alle Feuchtigkeit sich ihren Weg nach draußen bahnt. Er merkt, dass ich kurz vor dem Explodieren bin. Jetzt nimmt er noch zwei Finger und schiebt alle drei tief in mich hinein. Laut stöhnend schiebt sich mein Becken seiner Hand entgegen und ein ekstatischer Orgasmus bahnt sich seinen Weg durch meinen erhitzten Unterleib. Mein Körper erbebt und in wilden Zuckungen erliege ich meiner Lust. Seine Finger bewegen sich weiter in mir, er genießt es zu fühlen, wie ich dahin fließe. Er schaut mir in die Augen, taxiert mich mit seinem Blick, während Adrenalin durch meine Adern rauscht und die Endorphine meinen Körper überschwemmen. Ich scheine zu schweben und ein unbeschreibliches Glücksgefühl durchströmt jede einzelne Zelle meines Körpers. Sein Excalibur steht jetzt in voller Pracht, zum Einsatz bereit, um in mein Himmelreich einzudringen. Er lässt seine Finger aus mir herausgleiten und ich fühle die Nässe meiner Explosion zwischen meinen Schenkeln. Im nächsten Moment liegt er auf mir, fängt mich ein mit seinem Blick, scheint mit seinen wundervollen Augen tief in meine Seele zu schauen und gleitet langsam mit seinem Excalibur in mich hinein. Stück für Stück spüre ich ihn immer tiefer gleiten und ich strecke ihm freudig mein Becken entgegen, um ihn noch tiefer in mir aufzunehmen. Unsere Körper verschmelzen miteinander, werden eins. Im Rhythmus der Musik bewegen wir unsere Hüften, schauen uns dabei tief in die Augen. Ich kann seine Lust sehen, wie seine Augen funkeln und er dabei immer heftiger zustößt. Es raubt mir den Verstand und ich fühle, wie der nächste Höhepunkt sich seinen Weg durch meinen Körper bahnt.

»Komm Baby, zeig mir deine Lust! Zeig mir wie heiß du bist!«

Mein Himmelreich verschlingt sein Excalibur, zieht es immer tiefer in sich hinein und meine Perle reibt sich an seinen Unterleib, der in Flammen steht. Mit einem lauten Schrei erleben wir beide, wie sich unsere Körpersäfte im Orgasmus vereinen. Ich fühle wie sein Excalibur mein Himmelreich überschwemmt und mir die Sinne raubt. Dieser Mann bringt mich um den Verstand, lässt mich fühlen, wie ich noch nie gefühlt habe und beglückt meinen Körper mit einem Hormon-Cocktail der Spitzenklasse. Mein Unterleib erschauert unter dieser Welle von Sinneseindrücken und ein Schrei voller sinnlicher Lust, löst sich von meinen Lippen.

Gleißend hell scheint die Sonne ins Zimmer, blinzelnd versuche ich mich an das Licht zu gewöhnen. Ich bin völlig durcheinander.

»Oh mein Gott! Was war das denn für ein Traum? Emily du brauchst einen Mann!«, sage ich zu mir selbst, um dann kopfschüttelnd festzustellen, dass ich das gar nicht wirklich will.

»Ich glaube, mir bekommt dies Single leben nicht, jetzt drehe ich schon durch und habe als Resultat davon solch heftige Träume. Meine Güte, war das real? Es hätte mich nicht gewundert, wenn Mr. Right wirklich hier im Bett gelegen hätte.«, noch immer betäubt, schaue ich mich blinzelnd im Zimmer um und versuche langsam wieder in die Wirklichkeit zu finden.

Meine Gedanken schweifen für einen kurzen Moment in meine Vergangenheit ab, kehren in die Zeit zurück, an die ich mich nicht erinnern möchte. Energisch vertreibe ich diese Bilder aus meinem Kopf. Noch einmal räkele ich mich behaglich, fast katzengleich und schwinge meine Beine aus dem Bett.

»Das waren genug Gefühle für Monate! Jetzt bitte wieder in den Normalzustand zurück, damit ich heute arbeiten kann!«, sage ich laut zu mir selbst und stehe auf.

Noch immer hält der Traum mich gefangen, als ich unter die Dusche steige. Warm umspült das Wasser meinen erhitzten Körper. Ich genieße es, seife mich ein und shampooniere mir mein langes Haar. Der Schaum zwischen meinen Fingern fühlt sich samtig weich an und wieder schweifen meine Gedanken ab zu diesem Traum. Genauso weich hatte sich seine Haut auch angefühlt. Es schien fast so, als hätte ich ihn wirklich berührt. Kopfschüttelnd zwinge ich mich wieder zurück in die Wirklichkeit, spüle mir mein Haar aus und schnappe mir das Handtuch, welches direkt neben der Duschkabine hängt.

Erfrischt von der Dusche mache ich mich daran meine Zähne zu putzen. Als ich mir die Körperlotion schnappe, um mich einzucremen, halte ich inne und schaue mein Spiegelbild an.

Meine graublauen Augen strahlen wie immer und auch sonst kann ich keine Veränderung an mir feststellen. Aber warum werde ich nur dieses komische Gefühl nicht los, dass sich etwas verändert hat? Es ist doch heute Nacht nichts passiert, außer dass meine Fantasie wieder mit mir durchgegangen ist, was sie in letzter Zeit sehr oft tut. Meine Freundin Stephanie, Steph so nenne ich sie immer liebevoll und sie sagt meistens Püppi oder Mily zu mir, hat ja vielleicht recht und es wird Zeit, dass ich mal wieder an mich denke. Seit Mom und Dad gestorben sind, bin ich nur am Arbeiten, um meine Vergangenheit vergessen zu können. Ich liebe meine Arbeit. Es ist für mich eine Erfüllung all den Kunden, die zu mir kommen, zu helfen, an ihrer Seite zu sein, um eine Lösung für ihre Probleme zu finden.

Dabei habe ich doch selbst mehr als genug Probleme, bei denen ich Hilfe bräuchte, um sie zu lösen. Als Mom nicht mehr da war, habe ich den kleinen Laden, das Amarylion unten im Haus, übernommen und bin ein paar Tage später oben eingezogen. Mir läuft ein Schauer über den Rücken, als ich an die schlimmste Zeit meines Lebens zurück denke. Am liebsten würde ich diesen Zeitraum aus meinem Gedächtnis löschen, ihn verbannen, aber leider habe ich dafür noch keinen Zauberspruch gefunden. So weh es auch tat, es gab so viel zu tun, nachdem meine Eltern gestorben waren. Somit hatte ich auch keine Gelegenheit, über mein eigenes Leben nachzudenken. Doch in den letzten Monaten hat sich in diese Richtung etwas verändert, immer häufiger bekam ich diese Träume und als wäre das nicht genug, muss Steph mich auch noch damit nerven, dass ich einen Mann brauche. Immer wieder fragt sie mich, wie ich mir meine Zukunft vorstelle und jedes Mal antworte ich ihr, dass ich, so wie es ist, glücklich bin. Wozu brauche ich dann einen Partner an meiner Seite? Doch wenn ich denke, jetzt ist Ruhe eingekehrt und die Fragen hören auf, dann fängt Steph erst richtig an aufzublühen. Sie macht sich große Sorgen um mich und es ist ja auch lieb gemeint, aber nachdem was damals passiert ist, habe ich genug von dem Thema, ewige Liebe und so. Noch einmal möchte ich nicht durch die Hölle gehen, dann bleibe ich lieber allein und habe meine Ruhe. Wenn ich dann auch noch täglich höre, mit welchen Beziehungsproblemen die Kunden in den Laden kommen, da muss einem ja der Appetit auf Männer vergehen.

Während ich so in mich hinein lausche, nehme ich den Fön und lasse die warme Luft durch meine Haare wirbeln. Seit ich ihn damals verließ, habe ich sie nicht mehr abgeschnitten. Sanft fallen meine langen braunen Haare geschmeidig über die Schulter und bilden unten feine Spirallocken. Engelslocken nenne ich sie liebevoll und egal was andere sagen, ich werde meine Haare immer lang tragen, nie wieder so kurz, wie vor drei Jahren. Eine Gänsehaut läuft mir über den Körper, trotz des warmen Föns, als sich die Erinnerungen wieder versuchen nach oben zu drängen, um mich abermals zu quälen. Ich werfe den Fön in den Korb neben dem Waschbecken und nehme mir die Tagescreme aus dem Schrank. Der Blick zur Uhr verrät mir, dass ich mich jetzt etwas beeilen sollte, wenn ich noch in Ruhe ein Frühstück genießen möchte, bevor der Laden geöffnet wird. Schnell noch etwas schwarzen Kajal, schwarze Wimperntusche, den dezenten rosafarbenen Lippenstift schwungvoll auf die Lippen aufgetragen und zum Abschluss, meine geliebte ägyptische Erde ins Gesicht gepudert. Noch ein prüfender Blick, dass alles bestens ist und zufrieden mache ich mich auf den Weg nach unten in die Küche.

Dort angekommen, werde ich schon voller Sehnsucht von Quinny empfangen, meiner Katze. Sie lebt schon acht Jahre hier im Haus und als Mom sie damals mitbrachte, war sie ein Baby von sechs Wochen. Ich kann mich lebhaft daran erinnern, was es damals für eine Aufregung gab, als sie mit diesem kleinen Bündel im Arm da stand und verkündete, dass wir jetzt

Familienzuwachs bekommen haben. Dieses kleine Geschöpf, welches schnurrend aus der Decke schaute, hatte sofort mein Herz berührt. Wir tauften sie Quinny und von da an benahm sie sich auch wie eine Queen. Sie lief überall im Haus frei herum, kam und ging wie es ihr beliebte und begrüßte auch Moms Kunden, die in den Laden kamen. Im Laufe der Zeit entdeckten einige der Kunden, dass sie ihnen Glück brachte, wenn sie im Laden herumlief. Es schien fast so, als würden die Karten davon positiv beeinflusst werden oder bei der Heilbehandlung, dass sie heute besonders gut anschlüge. War Quinny aber nicht zu sehen, dann wurden die Kunden unruhig und hielten Ausschau nach ihr. Manche verschoben ihren Termin sogar, nur weil sie nicht zu sehen war. So entwickelte sich unsere kleine Quinny zur Orakel-Katze des Amarylion. Noch immer in diesen alten Erinnerungen gefangen, hole ich den Joghurt für sie aus dem Kühlschrank, unterdessen streicht sie mir schnurrend um die Beine. Morgens etwas Joghurt und abends Katzenfutter, das hatte Mom eingeführt und ich habe es auch dabei belassen und nichts geändert. Während sie glücklich ihr Frühstück verspeist, koche ich Kaffee und stecke mir ein Brot in den Toaster. Der Kaffee läuft langsam durch den Filter und verbreitet seinen Duft in der ganzen Küche, während ich mir das Brot aus dem Toaster nehme und die Marmelade aus dem Kühlschrank hole. Gedankenverloren bereite ich mir mein Frühstück zu und setze mich dann an den großen runden Tisch, um es zu genießen. Während ich genussvoll frühstücke, ist Quinny schon fertig und gesellt sich zu mir. Sie springt auf meinen Schoss und lässt sich liebevoll von mir streicheln. Schnurrend räkelt sie sich unter meinen Händen und schaut mich dabei dankbar an. Diese harmonische Stille wird plötzlich unterbrochen, als Steph durch die Hintertür herein wirbelt.

»Hallo ihr beiden Süßen! Was für ein herrlicher Tag – genau richtig, um heute Wunder geschehen zu lassen.«, sagt sie und schaut dabei zu mir und Quinny: »Ach Mily ... ! Ich habe so viele Neuigkeiten und ich weiß nicht, wo ich anfangen soll zu erzählen.«

Ich schaue sie erwartungsvoll an. Sie läuft quer durch die Küche, nimmt sich eine Tasse aus dem Schrank und schenkt sich einen Kaffee ein.

»Erst einmal zu dem Seminar »Erschaffe dir deine Realität«, an dem ich gestern teilgenommen habe. Du kannst dir nicht vorstellen, wie spannend es war.«, sie nimmt genussvoll einen Schluck Kaffee aus ihrer Tasse, während sie mich ansieht. Noch immer läuft sie, wie von Geisterhand getrieben, durch die Küche, hin und her. »Dieser Tag hat sich wirklich gelohnt. Alles ist möglich und du kannst wirklich »alles«, was du dir wünschst, in deine Realität holen. Ist das nicht aufregend?«

Mir schoss in diesem Moment mein Traum wieder ins Gedächtnis und ich sehe vor meinem inneren Auge diese wunderschönen braunen Augen, die mich liebevoll ansehen. Das könnte ich mir in meine Realität holen? Wie? Will ich das denn überhaupt? Doch diese Euphorie mit der Steph gerade die Küche füllt, ist ansteckend.

»Das hört sich interessant an Steph, aber wie soll das ganze funktionieren?«

»Mit Zauberei, Püppi!«, schwungvoll setzt sie ihren Becher auf dem Küchentresen ab und fängt laut an zu lachen.

»Mit Zauberei ... ? Wie meinst du das?«, frage ich sie und lege meinen Toast auf den Teller: »Du meinst, ich sage Abrakadabra und peng ist wie durch Zauberhand, mein Traummann hier in der Küche?«

Steph quiekt auf und fängt noch mehr an zu lachen: »Das wäre wahrlich der einfachste Weg, aber dazu fehlt uns beiden noch eine Menge an Erfahrungen, um es Merlin nachzumachen!«, sagt sie und wischt sich die Tränen aus dem Gesicht, die ihr durch das Lachen schon die Wange runter laufen.

»Aber wie soll es dann funktionieren? Muss ich ein Ritual bei Vollmond machen? Du weißt schon, so eine Art Liebeszauber?«, erwartungsvoll sehe ich sie an und nehme selbst einen Schluck Kaffee.

»Nein! Kein Ritual, keinen Zauber, alles nur eine Frage der Vorstellungskraft in deinem Kopf. Wie genau das funktioniert, werde ich dir morgen Abend ausführlich erklären, jetzt ist dafür keine Zeit. Ich wollte nur schon mal deine Neugierde wecken.«

Mit großen Augen sehe ich sie an: »Erst neugierig machen und mich dann zappeln lassen, das kannst auch nur du tun«, sage ich und sehe sie dabei liebevoll an.

Steph nimmt sich ihren Kaffeebecher, um den letzten Schluck zu genießen. Ihr Gesicht verschwindet fast in der übergroßen geblümten Tasse. »Jetzt muss ich den Laden aufschließen. Das Thema Wunscherfüllung ist etwas umfangreicher und daher nicht während eines Frühstücks zu erklären. Ich möchte ja auch, dass du es verstehst und das es dir hilft, etwas in deinem Leben in Gang zu setzen.« Während sie das sagt, dreht sie sich Richtung Laden, marschiert los und lässt mich völlig verwirrt sitzen.

Typisch Steph, denke ich, setze Quinny auf den Boden und stehe auf, um mein Geschirr in die Spüle zu stellen.

»Kommst du Mily?«, ruft sie aus dem Laden.

Auf dem Weg nach vorne ins Geschäft begleitet mich unsere Orakel-Katze, um heute anscheinend wieder einmal, als Glücksbringer für meine Kunden zu fungieren.

Steph steht schon hinter dem Tresen und schaut in das Terminbuch, als ich nach vorne komme.

»Dann wollen wir doch mal sehen, wen du und ich heute glücklich machen werden«, sagt sie und lächelt mich dabei schelmisch an. Mit ihrem Finger streicht sie über die Termine und murmelt die Namen vor sich her. »Oh ... ! Du hast heute als erste Kundin, Betty Gilmore hier stehen. Die war doch gerade erst vorletzte Woche hier oder täusche ich mich da?«, fragend sieht sie vom Buch hoch, in meine Richtung.

»Ja das stimmt! Betty macht gerade viel durch, das weißt du doch, da braucht sie viel Unterstützung und Hilfe. Wonach verlangt es ihr denn heute? Für was hat Sie sich angemeldet?«, fragend sehe ich Steph an.

»Da steht nichts im Buch, hast du es vergessen einzutragen?«, sie sieht in meine Richtung und zwinkert mir zu.

»Nein, ich habe es nicht vergessen«, sage ich lachend. »Jetzt fällt es mir wieder ein.«, ich fahre mit den Fingern über die Buchrücken im Regal und schiebe die Bücher wieder an ihren Platz. »Sie wollte es der Situation anpassen und dann Lenormand Kartenberatung oder Hilfe aus der geistigen Welt nehmen.«

Steph schüttelt den Kopf und beugt sich wieder mit wichtiger Miene über das Buch. »Meinst du, dass sie irgendwann begreift, dass sie auch selbst etwas tun muss, um die Dinge in ihrem Leben in Gang zu bekommen?«, sie blickt mich fragend an und ich zucke nur mit den Schultern.

»Ich weiß es nicht, aber ich hoffe, dass sie ihren Frieden mit sich selbst findet.«

Die liebe Betty, eine unserer Kundinnen, die das Unglück und die Probleme anscheinend mühelos immer wieder anzieht. Wie oft habe ich versucht ihr in den Beratungen aufzuzeigen, dass nur sie selbst es in ihren Händen hält, ihr Leben zu ändern. Zu seinem Glück kann man keinen Menschen zwingen. Betty ist mittleren Alters und unglücklich verheiratet. Als wenn das nicht schon genug wäre, machen ihre Kinder ihr das Leben auch noch unnötig schwer. Ständig nörgelt einer an ihr herum, angeblich kann sie nichts richtig machen. Dadurch fehlt ihr jetzt natürlich auch das eigene Selbstbewusstsein, um ihrem Leben wieder eine Richtung zu geben. Immer wenn ich sie kurz vor der Wende hatte, passierte wieder etwas das diesen Erfolg zunichtemachte. Erst wurde ihr Mann krank, dann hat ihr Sohn seinen Job verloren und als wenn das noch nicht reichte, kam ihre Tochter und verkündete ihr, dass sie gerade ihr erstes Enkelkind abgetrieben hat. Das hat ihr jedes Mal den Boden unter den Füßen weggezogen. So kämpft Betty weiter ihren einsamen Kampf gegen Windmühlen. Doch es scheint immer gleich zu sein, wenn ich mit ihr rede. Egal was auch immer ich ihr rate, Betty nimmt nichts davon an. Sie glaubt fest daran, dass ich ihr eine perfekte Lösung präsentieren kann und sie selbst nichts zu ändern braucht, um eine Wendung herbeizuführen.

»Wann kommt sie denn?«, fragend sehe ich zu Steph rüber und rücke dabei, energisch, auch noch die letzten Bücher im Regal wieder zurecht.

»Sie müsste so rein gerauscht kommen! Du kennst sie ja!«, lachend schaut sie dabei zur Tür, als ich auch schon die Türglocke höre und Betty strahlend den Laden betritt.

»Hallo, ihr beiden Hübschen! Ihr glaubt nicht, was schon wieder alles passiert ist, also ... «

Bevor Betty weiter reden kann, unterbreche ich sie mit einem netten: »Hallo Betty, schön das du da bist. Ich freue mich dich zu sehen, lass uns gleich zum Beratungsraum durchgehen. Möchtest du etwas trinken, Kaffee, Tee?«

Steph grinste mich an wie eine Comicfigur, als ich Betty Richtung Beratungsraum schiebe.

»Einen Kaffee bitte meine Hübsche und dann muss ich dir erzählen, was passiert ist, du wirst es nicht glauben!«

Im Beratungsraum biete ich Betty an, sich zu setzen, während ich ihr einen Kaffee hole.

Den Beratungsraum habe ich so gelassen, wie Mom ihn eingerichtet hatte. Er war in einem warmen Orangeton gestrichen und zarte cremefarbene Vorhänge zieren das Fenster, welches einen Blick raus zur Veranda und in den Vorgarten bietet. An der einen Wand habe ich einen Tisch stehen und rechts und links davon einen gemütlichen Korbsessel. An der Wand, direkt über dem Tisch, sind Kerzenhalter angebracht und wenn die weißen Kerzen brennen, tauchen sie den Raum in ein herrlich warmes Licht. Rechts und links neben den Kerzenhaltern ziert ein Regal die Wand, mit Engeln und Blumen darauf. Auf dem Tisch liegen verschiedene Kartendecks, Engelkarten, Leininger-karten, Erzengelkarten, Heilorakelkarten und meine geliebten Lenormandkarten. Mit diesen Kartendecks hat meine Mom schon gearbeitet.

An dem Raum habe ich nichts verändert, weil ich wollte, dass er so blieb, wie sie ihn verlassen hat. Hier hatte sie im Laufe der Jahre, hunderte von Beratungen gegeben und auch so manch eine Träne war hier geflossen. Als Medium war sie sehr beliebt bei den Kunden. Dass was sie sagte, traf ein und gleichzeitig hatte sie auch immer einen Rat zur Hand, was getan werden konnte, um das Leben zu bereichern. Dafür liebten die Kunden sie, denn sie hörte ihnen zu und nahm ihre Probleme ernst. Egal was man auf dem Herzen hatte, Mom hat immer ein offenes Ohr gehabt und sich die Zeit für die Kunden genommen. Manch ein Kunde musste warten, weil sie mal wieder die Beratungen, von der Zeit her, überzogen hatte. Doch die Kunden störte das we-nig. Meiner Mom war es wichtig, dass alle diejenigen die kamen, auch zufrieden den Laden wieder verließen. In ihrem Namen habe ich an dieser Tradition festgehalten und mir damit Moms Kundenstamm erhalten können.

Erst waren sie alle sehr skeptisch, aber als die ersten Bera-tungen bei mir gebucht und gehalten wurden, da hatte es sich schnell rumgesprochen, dass ich genau wie meine Mom ar-beite. Seit dem Tag an hat sich zwar sehr vieles im Programm des Amarylion geändert, aber alles andere ist geblieben, wie es vorher schon war.

Heute betreibe ich den Laden zusammen mit Steph, die auch schon für Mom und Dad gearbeitet hat. Wäre sie nicht gewesen, dann würde es das Amarylion heute nicht mehr geben. Sie hat mir Mut gemacht, den Laden weiter zu führen und mich in die Arbeit eines Mediums eingewiesen. Im Blut hatte ich es ja schon, denn ich bin im Amarylion aufgewachsen. Als andere Kinder mit Puppen gespielt haben, da habe ich mit den Lenormandkarten meiner Mom gespielt. Ich fand die Bilder darauf immer so schön und habe mir zu jeder einzelnen Karte eine Geschichte ausgedacht. Ganz besonders spannend fand ich es immer, wenn Mom wieder mit Verstorbenen geredet hat. Dann schlich ich mich auf die Veranda und setzte mich seitlich an das Fenster, um zu lauschen. Die Kunden weinten dann viel, aber sie lachten auch, wenn aus dem Jenseits heraus an eine besonders lustige Begebenheit erinnert wurde. Alle diese Menschen verließen immer lächelnd den Laden. Sie liefen sogar an mir vorbei und bemerkten mich gar nicht, so glücklich und in den eigenen Gedanken versunken waren sie. Der einzige Haken der ganzen Geschichte war, dass ich als Kind sehr einsam gewesen bin, weil meine Eltern so eine ungewöhnliche Arbeit machten. Sie waren nicht so normal wie andere und das mochte nicht jeder in der Stadt. Einige Eltern verboten ihren Kindern sogar mit mir zu spielen, weil sie Angst vor Mom hatten. Deshalb nannten einige sie auch eine Hexe, weil sie immer in die Zukunft schauen konnte und mit Verstorbenen geredet hat. Auch Dad fanden einige unheimlich, weil er die Magie besaß, Menschen zu heilen. Manchmal sah er sie nur an, wenn sie ihm gegenüber saßen und berührte sie noch nicht einmal, aber bei jedem dieser Kunden setzte danach die Heilung ein. Manchmal gab er ihnen auch Kräuter mit, die er hinten in unserem Garten selber gepflanzt hatte oder er stellte aus seinen Kräutern eine Salbe her. Jedes Mal waren die Beschwerden der Kunden wie von Zauberhand verschwunden. Da es dafür keine logische Erklärung gab, nannten es einige Hexereien und machten einen großen Bogen um uns und dem Amarylion. Lustig war es immer, wenn einer von ihnen wirklich sehr krank war und der Doktor nicht helfen konnte. Dann musste Dad helfen und jedes Mal schlichen sie dann ins Amarylion, damit bloß keiner sah, dass sie in unseren Laden kamen. Dad sagte nie etwas, wenn so ein Kunde kam. Für ihn waren alle Menschen gleich und für Mom auch. Sie behandelten sogar ihre größten Feinde noch freundlich und mit Respekt. So bin ich auch erzogen worden und habe meine Kindheit mit Karten, verstorbenen Seelen, Kräutern, Naturwesen und noch einigen anderen kuriosen Dingen verbracht.

Das war nicht immer leicht und einsam machte es auch, aber heute habe auch ich die Liebe zu dieser Arbeit entdeckt. Jahrelang habe ich mich dagegen gesträubt, wollte niemals das Amarylion übernehmen und so arbeiten wie Mom und Dad, doch Steph hatte mir ins Gewissen geredet, als sie gestorben sind. Es war ein hartes Stück Arbeit für sie, aber es hat mir die Augen geöffnet, als sie mir sagte, dass ich ein wundervolles Medium sei und es eine Verschwendung wäre, wenn ich nicht auch, als eines arbeiten würde. Den Beweis erbrachte sie mir, indem sie mit mir und an mir gearbeitet hat, um mir zu zeigen, zu was ich fähig bin. Dann folgten noch einige Workshops und mediale Ausbildungen, wo sie mich hinschickte und dann war ich soweit das Amarylion zu übernehmen.

In dieser Zeit ist Steph zu meiner besten Freundin geworden und wir verbringen viel Zeit miteinander. Auf der Arbeit und auch in unserer Freizeit. Ohne ihre Hilfe hätte ich diesen Weg nie eingeschlagen und ich hätte auch nie erfahren, wie erfüllend die Arbeit als Medium sein kann. Dass jetzt die alten Stammkunden meiner Eltern wiederkommen, habe ich auch ihr zu verdanken. Sie hat damals mit jedem einzelnen von ihnen gesprochen und eine große Werbekampagne gestartet. Steph ist das Goldstück des Amarylion und ich bin ihr unendlich dankbar dafür. Es ist nun schon fast vier Jahre her und ich habe noch nicht einen Tag davon bereut, diesen Weg eingeschlagen zu haben.

Während meine Gedanken um diese Zeit kreisen, bereite ich den Kaffee für Betty zu. Im Laden geht gerade die Türglocke und Steph begrüßt einen Kunden. Ich bekomme noch mit, wie sie reden und er sie fragt, ob sie ein schönes Wochenende hatte. Das war das Stichwort für Steph und sie fängt an über den Workshop »Erschaffe dir deine Realität« zu erzählen. Leider kann ich nicht bis zum Ende zuhören, weil ich jetzt in meine Beratung zu Betty muss. Doch morgen Abend werde ich Steph löchern, da kann sie sich drauf verlassen. Mit einem Lächeln im Gesicht und die Tasse Kaffee in den Händen begebe ich mich zu Betty, die schon sehnsüchtig darauf wartet, mir ihre Neuigkeiten zu berichten.

2

Im Radio erzählt mir der Nachrichtensprecher gerade, dass es heute wieder ein heißer Tag wird. Wir bekommen dreiunddreißig Grad und kein Wölkchen in Sicht. Für Anfang Juni ist das ja nichts Neues, da fängt bei uns der Sommer erst an und legt dann im Juli und August richtig los. Während ich mich um den Abwasch in der Küche kümmere, streift Quinny mir mal wieder um die Beine und versucht mich dazu zu bewegen, ihr etwas Leckeres zum Naschen zu geben. Gerade als ich zu der Dose mit Milchdrops für Katzen greife, klingelt das Telefon vorne im Laden. Ich muss selbst ran gehen, Steph ist einkaufen, um die Zutaten für heute Abend zu kaufen. Wir wollen wieder gemeinsam zu Abend essen.

»Amarylion, Emily am Apparat«, spreche ich in den Hörer.

»Hey Süße! Warum meldest du dich nicht mehr bei mir? Du bist doch mal meine Frau gewesen.«, lallt mir eine Stimme ins Ohr.

Ich hatte Maik am Apparat, meinen Exmann!

Wie immer klang er betrunken, umhüllt und benebelt vom Rausch des Alkohols. Immer wieder versucht er mich zu bewegen wieder nach Hause zu kommen, anscheinend hat er noch nicht realisiert, dass wir wirklich geschieden sind und ich schon vor drei Jahren ausgezogen bin.

»Was willst du Maik? Wieso rufst du schon wieder an? Wir haben doch besprochen, dass du mich jetzt in Ruhe lässt!«

Vom anderen Ende höre ich nur ein Seufzen und sofort darauf ein Gluckern, als er wahrscheinlich wieder die Flasche Bier am Hals hat.

»Süße! Nun rege dich doch nicht gleich auf! Immer hast du etwas zu meckern mit mir. Hast du einen neuen Kerl oder warum bist du so bissig?«

Auf meiner Stirn bilden sich schon Schweißperlen und mein Herz klopft wie verrückt in meiner Brust.

»Du sollst mich in Ruhe lassen Maik! Ruf bitte nicht mehr an!«, sage ich und lege einfach auf.

Ich will gerade wieder in die Küche gehen, als das Telefon erneut klingelt. Da ich nicht sehen kann, wer anruft, muss ich leider abheben.

»Amarylion, Emily am Apparat«, spreche ich in den Hörer, um gleich darauf wieder Maiks Stimme zu hören.

Wütend knalle ich den Hörer auf die Gabel und drehe mich Richtung Küche, als es schon wieder klingelt. Diesmal lasse ich es klingeln, sollte es ein Kunde sein, dann wird der auch noch einmal anrufen. Wenn Steph wieder da ist, kann sie an das Telefon gehen. Ich werde es heute vermeiden diesen Hörer noch einmal in die Hand zu nehmen. Ich will ihn nicht mehr hören, will seine Stimme, die mich so quält, nicht mehr ertragen müssen. Völlig erledigt, gieße ich mir eine Tasse Kaffee ein, lasse den Abwasch stehen und setze mich zitternd an den Küchentisch. Warum kann er mich nicht in Ruhe lassen? Wann versteht er endlich, dass ich jetzt ein eigenes Leben führe?

Meine Gedanken schweifen wieder in das Jahr zurück, als wir uns kennengelernt haben. Es war ein wunderschöner Frühlingstag und ich stand gerade kurz davor, meinen Abschluss an der Highschool zu machen. Alle meine Schulkameraden hatten schon feste Freunde, die sie jeden Tag trafen. Ich lebte nur für die Schule und nachmittags half ich Mom im Amarylion. Für meine achtzehn Jahre war ich erwachsener als manch einer meiner Schulkameraden, aber auch stiller und ernster. Wenn ich Mom half, dann machte ich Termine mit den Kunden, putzte die ganzen Kristalle oder staubte die Bücher und Engel ab. Manchmal nahm ich mir auch einfach nur ein Buch aus dem Laden mit raus und setzte mich auf die Veranda in die Schaukel. Da las ich dann bis zum Abend und vermisste bis dahin eigentlich nichts in meinem Leben. Ich war glücklich, wenn ich mit mir allein sein konnte und hing oftmals auch nur meinen Gedanken nach. Im Juli würde ich neunzehn Jahre alt werden und fand, dass noch genügend Zeit blieb, um einen Freund zu finden. Die anderen Mädchen gingen oft aus und einige fragten immer wieder, ob ich mitkomme, aber meistens wollte ich nicht. Sie wollten doch nur Jungs treffen, flirten und herumlästern. Daher ging ich nicht oft mit. Für diesen Freitag hatte ich aber zugesagt, da wollten sie gleich nach der Schule in das »Coffee House« gehen. Immer absagen, war ja auch nicht schön, also würde ich diesmal mitgehen und habe dann vorerst einmal wieder meine Ruhe.

Der Freitag kam und es war ein herrlich sonniger Tag. Nach der Schule ging ich mit Stella Archer, Kimberly Jenkins und Judy Muller, drei meiner Klassenkameradinnen in das Coffee House, welches nur ein paar Querstraßen entfernt von der Schule lag. Wir hatten draußen vor dem Laden einen Tisch gefunden, der uns genügend Schatten bot und warteten auf die Bedienung, um unsere Eisbecher zu bestellen.

Während wir warteten, kamen fünf Jungs und setzten sich an

den Tisch neben uns. Sie lachten ständig, alberten herum und schauten immer rüber. Sie waren älter als wir und einer von ihnen schaute mich immer wieder durchdringend an, da wir uns fast gegenüber saßen. Es schien fast unmöglich für mich, diesem Blick auszuweichen. Daher war ich erleichtert, als wir endlich die Bestellung aufgeben und ich diese Situation damit unterbrechen konnte. Die Bedienung ging auch gleich an den Tisch der Jungs, dann verschwand sie ins Innere des Cafés und ich saß wieder genau in seinem Blickfeld.

Er sah ständig zu mir herüber, ich wusste nicht mehr, wo ich hinsehen sollte. Als die Bedienung unsere Eisbecher brachte, fiel es auch den drei Mädels auf. Sie fingen an mit mir zu flüstern, ich sollte doch mal rüber gehen an den Tisch, aber das tat ich nicht. Stattdessen kam er etwas später an unseren Tisch, nahm sich einen Stuhl und setzte sich direkt neben mich. Er stellte sich als Maik Keller vor und er wäre für ein Jahr zum Arbeiten hier in Kansas City. Da er noch niemanden, außer seiner Kollegen, hier kannte, hat er sich ihnen angeschlossen, sie auf ihren kleinen Ausflug nach Prairie Village zu begleiten. »Was er jetzt auch nicht bereute«, meinte er mit einem tiefen Blick in meine Augen. Irgendwie hatte er etwas an sich, was mich fesselte, aber ich wusste nicht was. Auch die anderen Jungs gesellten sich später zu uns und es wurde eine lustige Runde, nur ich fühlte mich nicht ganz so wohl in den Fängen dieses Maiks.

Als es Zeit wurde aufzubrechen, wollte er mich begleiten, doch das versuchte ich zu verhindern, es gelang mir aber nicht. Wir gingen also zu zweit Richtung Amarylion und ich spürte die Blicke der anderen in meinem Rücken. Er brachte mich bis vor die Tür. Als er erkannte, wo ich wohnte, begann er mir interessiert Fragen über unseren Laden zu stellen. Ich erzählte ihm etwas über die Arbeit meiner Eltern und das Amarylion, dann verabschiedete er sich von mir. Plötzlich und völlig unerwartet zog er mich in seine Arme und drückte mir einen plumpen Kuss auf die Lippen. Ich war so perplex, dass ich nicht in der Lage war zu reagieren und es geschehen ließ. Er drehte sich um und ging. Gott sei Dank, hatte im Laden keiner etwas davon mitbekommen und somit hakte ich das Erlebnis mit Maik unter »merkwürdige Begebenheiten« ab, drehte mich zur Tür und betrat das Amarylion.

Von jenem Tag an tauchte Maik immer wieder auf. Sogar im Amarylion stand er eines Tages und unterhielt sich mit Steph. Es erstaunte mich, dass er so hartnäckig war. Eines Tages hielt er dann mit einem roten Sportwagen vor der Tür und wollte mich abholen. Hinten im Wagen hatte er einen Picknickkorb stehen, gefüllt mit den verschiedensten Köstlichkeiten. Ich sollte meine Badesachen und ein Handtuch holen, meinte er und deutete dann auf den Beifahrersitz. Diesen Ausflug würde ich nie vergessen, denn es war der Tag, an dem ich meinen Verstand verlor.

Wir fuhren an den See, er breitete seine mitgebrachte Decke aus und fing an den Korb auszupacken. Er öffnete eine von seinen Bierflaschen und reichte sie mir herüber. Ich lehnte dankend ab, da ich keinen Alkohol trank. Maik versuchte mit all seinen Charme, mich zu überreden auch etwas zu trinken, aber ich blieb hart.

Bei uns in der Familie trank niemand Alkohol, jedenfalls hatte ich das noch nicht erlebt. Mom und Dad sagten, dass er zu sehr die Sinne benebelt und man dann nachher nicht mehr weiß, was man getan hat, sollte man zu viel getrunken haben. Daher habe ich immer die Finger davon gelassen, was mich aber nicht davon abhielt, an diesem Tag meinen Verstand auch ohne Alkohol zu verlieren.

Maik trank sein Bier und erzählte von sich, dass er aus Deutschland käme und hier für ein Jahr in einer Computerfirma arbeite. Er komme aus Berlin, eine große Stadt im Westen. Als er seine Ausbildung als Programmierer abgeschlossen hatte, da hielt ihn nichts mehr Zuhause. Er hatte sich eine Greencard besorgt, um sich dann bei einigen Firmen in Kansas City zu bewerben. Die USA waren immer sein Traum gewesen, erzählte er mir, während seine Hand meinen Nacken kraulte. Jetzt war er gerade drei Wochen in Amerika und wohnte in einem Apartment in Kansas City, in der Walnut Street. Er fühle sich dort wohl, könne zu Fuß zur Arbeit gehen und hätte auch schon Freundschaften mit einigen seiner Kollegen geschlossen. Vielleicht könne er auch das Jahr noch um ein weiteres Verlängern, sein Chef sei sehr begeistert von seiner Arbeit. Wir redeten noch stundenlang und kamen uns dabei immer näher, bis es um mich geschehen war und ich feststellen musste, dass ich mich verliebt hatte. So nahm mein Schicksal damals seinen Lauf. Regelmäßige Treffen standen auf der Tagesordnung und auch die Wochenenden verbrachten wir zusammen.

Nach ungefähr drei Monaten lud er mich zu sich nach Kansas City ein, zum Abendessen. Es war ein wundervoller Abend mit einem schönen gedeckten Tisch, Kerzen, leiser Musik und einem zauberhaften Essen, welches er selbst gekocht hatte. In dieser Nacht gab ich mich ihm ganz hin, verlor an ihn meine Jungfräulichkeit, es war so aufregend.

Er gab sich wirklich Mühe, es mir immer wieder schön zu machen, wenn ich zu Besuch war und es dauerte nicht lange und ich blieb jedes Wochenende über Nacht bei ihm. Mom und Dad gefiel das gar nicht, weil sie nichts über Maik wussten und deshalb rieten sie mir, immer wieder aufs Neue, zur Vorsicht.

Ich war blind vor Liebe und genoss jede Minute, die ich mit ihm verbringen konnte. Mittlerweile hatte ich die Schule abgeschlossen und auch gleich einen Job in einem Buchladen bekommen, direkt in Kansas City, nun konnte ich immer in seiner Nähe sein. Von da an war ich immer weniger Zuhause und meine Eltern kamen fast um vor Sorge um mich. Doch ich konnte sie immer wieder beruhigen und somit hörten sie irgendwann auf, mich zu warnen.

An so manchem Tag wünschte ich mir, sie wären hartnäckiger um mich bemüht gewesen und hätten mich aus diesem blinden Bann der Liebe befreien können. Mittlerweile war ich fast zwanzig und Maik wurde vierundzwanzig Jahre alt, da beschlossen wir zu heiraten. Meine Eltern sind fast in Ohnmacht gefallen, als ich es ihnen verkündete. Mom machte sich so große Sorgen, weil ich ja noch nicht einmal seine Eltern kennengelernt hatte und gar nicht wüsste, worauf ich mich da einließe, zudem wäre ich ja auch noch so jung. Doch all ihr Reden nützte nichts, ich wollte Maik heiraten, ob mit oder ohne Segen meiner Eltern. Mir fiel es selbst nicht auf, wie sehr ich mich in dieser Zeit verändert hatte.

Ich war von einem Schulmädchen zur Frau geworden, strahlte von innen heraus und konnte es kaum abwarten, Mrs. Keller zu werden. In meiner Fantasie sah ich uns schon als Eltern mit einem eigenen Kind. Gott sei Dank es ist nie so weit gekommen, dass wir auch ein Kind zusammen hatten.

Da ich das einzige Kind meiner Eltern war, gaben sie schließlich klein bei und halfen uns bei den Hochzeitsvorbereitungen. Wir kauften das Kleid für mich, planten den Veranstaltungsort, die Feier und das Essen. Da nicht so viele Gäste eingeladen wurden, weil unser Budget dafür sehr eng bemessen war, beschlossen wir im Garten des Amarylion zu heiraten und auch dort zu feiern. Die Hochzeit sollte im Juni stattfinden, an dem Dreizehnten.

Am Tag vor der Hochzeit reisten Maiks Eltern an. Sie wurden über dem Amarylion, in dem einzigen Gästezimmer meiner Eltern, untergebracht. Ein bisschen seltsam war es schon für mich, da ich sie ja erst jetzt kennenlernte, so kurz vor der Hochzeit. Maik hatte mir zwar alles über seine Eltern erzählt, aber trotzdem war es ein komisches Gefühl, als ich ihnen begegnete. Sie wirkten irgendwie sehr distanziert, mir und meiner Familie gegenüber. Ich nahm an, es lag daran, dass Maik nach der Hochzeit in den USA bleiben würde und das gefiel ihnen wohl nicht. Der Vater, Thomas Keller, war ein etwas untersetzter Mann, mit einem aufgedunsenen Gesicht und einem Bauch so groß als hätte er einen Ball verschluckt. Seine Mutter, Claudia Keller, war auch etwas kräftiger gebaut, hatte aber für eine Frau sehr weibliche Maße. Sie war etwas kleiner als ihr Mann, aber auch genauso wortkarg. Mom hatte extra für uns alle gekocht, obwohl sie sehr müde wirkte. Es war ja auch sehr viel für sie gewesen in den letzten drei Wochen, die Hochzeitsvorbereitungen für uns und dann noch der Laden. Sie wollte, dass es für mich eine wunderschöne Hochzeit wird. Obwohl sie und Dad immer noch fanden, dass wir die ganze Sache überstürzten, halfen uns beide, wo sie nur konnten.

Der Abend mit Maik und seinen Eltern verlief sehr still. Damals dachte ich noch, dass es vielleicht an unserer Sprache liegt, sie uns schlecht verstehen, aber trotz der Übersetzung ins Deutsche, blieben sie sehr distanziert.

Das änderte sich auch nicht am nächsten Tag. Ich war nur so froh, dass ich da Ablenkung durch meine Familie hatte. Selbst Steph, die ja kein Blatt vor den Mund nimmt und einfach drauf los redet, wie es ihr gerade in den Sinn kommt, biss bei den beiden auf Granit. Sie saßen bei uns mit am Tisch und redeten fast gar nicht, dafür hatten sie aber immer ihre Gläser gefüllt mit weißem Rum und Cola. Davon hatten sie den ganzen Tag schon reichlich gehabt und gegen Abend lallten sie sich auf Deutsch gegenseitig an. Zu meinem Unglück konnte ich nicht verstehen worüber sie redeten. Sprach ich doch zu diesem Zeitpunkt kein einziges Wort Deutsch! Sie schienen immer lockerer zu werden, je mehr sie tranken. Maik stand ihnen in nichts nach, auch er hatte schon mehr als genug Alkohol getrunken. Ich versuchte ihn etwas zurückzuhalten, schließlich mussten wir beide uns um unsere Gäste kümmern. Doch das schien ihn nicht zu stören, immer wieder saß er bei seinen Eltern und ich sah, wie sie ihre Gläser hoben, um sich zuzuprosten. Es wäre der perfekte

Moment gewesen um aus meinem Dornröschenschlaf zu erwachen, stattdessen schien ich noch tiefer in den Schlummer zu sinken. Die Erkenntnis, was für einen Mann ich da geheiratet hatte, kam erst viel später.

Seine Eltern blieben nach der Hochzeit noch eine Woche. Diese ganze Woche hatten sie kaum ein Wort mit mir oder meinen Eltern gewechselt. Ich hatte sogar das Gefühl, sie gingen uns absichtlich aus dem Weg. Da wir keine Hochzeitsreise machten, blieben Maik und ich diese Woche auch bei meinen Eltern. Etwas erleichtert war ich schon, als seine Eltern endlich wieder nach Deutschland abflogen. Ich hatte damals sogar das Gefühl das Maik auch erleichtert war, wusste aber nicht, ob es daran lag, dass seine Eltern abreisten oder dass wir jetzt endlich in unser Zuhause nach Kansas City fahren konnten. Mir war alles egal, ich wollte nur noch mit meinem Mann alleine sein. Wie schnell sich dieses Gefühl wandeln würde, konnte ich da nicht mal ansatzweise ahnen.

Am Anfang war alles ganz normal, so schien es mir jedenfalls. Ich ging meiner Arbeit im Buchladen nach und er bekam sogar einen noch besser bezahlten Posten in der Computerfirma. Nach Feierabend unternahmen wir manchmal etwas gemeinsam oder er rief an, dass er mit Kollegen noch in die Sportbar ginge. Diese Zeit der Ruhe mit mir allein nutzte ich immer zum Lesen. Früher hatte ich viel mehr gelesen. Ich fing an, diese Zeit für mich zu gestalten und in vollen Zügen zu genießen. Wenn Maik dann nach Hause kam, ging er immer erst an den Kühlschrank und holte sich sein Bier. Danach saßen wir meist zusammen vor dem Fernseher. Es blieb nie bei einem Bier, meistens waren es sechs oder manchmal auch acht, bis wir schlafen gingen. So ging es ungefähr ein halbes Jahr lang. Es gab oft Momente, wo ich mich fragte, ob das normal sei oder ob Maik ein Problem mit dem Alkohol habe. Sein Bierkonsum stieg rasch an und als dies nicht mehr reichte, musste ich ihm harte Drinks besorgen.

Jeden Abend wiederholte sich das gleiche Schauspiel, erst ein paar Bier und dann kamen die harten Drinks an die Reihe. Er trank immer zu viel und es strengte mich an, wenn er stets aufs Neue versuchte, mich zum Trinken zu überreden. Ich hasste diese Abende, es reichte mir zu sehen, was der Alkohol aus meinem Mann machte, auf keinen Fall wollte ich genauso sein. Es gab immer mehr Augenblicke, die mir bewusst machten, dass hier ganz gewaltig etwas aus dem Ruder lief. Ich versuchte mit Maik zu reden, ihn wach zu rütteln, doch nichts half.

Mit meinen Eltern mochte ich nicht darüber reden, weil ich mich schämte. Hatte ich doch erkannt, dass sie Recht hatten und ich viel zu früh und zu schnell geheiratet habe! Einen Mann, der erst in der Ehe sein wahres Gesicht zeigte. Diese Blöße wollte ich mir nicht geben und kämpfte daher weiter um meine Ehe. Als wir schon neun Monate verheiratet waren, kam er eines Tages nicht nach Hause. Ich machte mir erst große Sorgen und dachte dann aber, dass es vielleicht nur später geworden ist mit seinen Kollegen. Doch die Zeit verstrich und als es Zeit war ins Bett zu gehen, fühlte ich mich plötzlich allein und weinte mich in den Schlaf. Am nächsten Morgen tauchte er dann wieder auf, ohne auch nur ein Wort darüber zu verlieren, wo er in der Nacht gewesen ist.

In den Wochen danach wurde es immer stiller zwischen uns, Maik blieb immer häufiger über Nacht weg und wenn er da war, dann trank er so viel, dass wir uns immer wieder darüber stritten. Ich wollte wissen, wo er gewesen ist und warum er sich nicht gemeldet hätte, aber er lachte nur darüber und griff wieder zu seiner Flasche. Das schlimmste war, dass er mich jedes Mal, wenn er zu viel getrunken hatte, im Bett bedrängte und wenn ich nicht wollte, sich seinen Sex auch ohne meine Zustimmung von mir holte. Ich hasste ihn dafür, so sehr ich ihn auch liebte. Meine Sorgen trug ich, wie in einer Pandora Box eingeschlossen, tief in mir. Wer hätte mir auch helfen können? Wem sollte ich in dieser Situation vertrauen können? Allem Anschein nach war ich nicht einmal in der Lage eine gute Ehefrau zu sein.

Mom und Steph nahmen mich eines Tages zur Seite, als ich zu Besuch da war. Sie fragten mich gerade heraus, ob ich glücklich bin und ich wich ihren Blicken aus und sagte, »Ja«! Doch später hat mir Steph erzählt, dass sie beide wussten, was ich durchmachte, mir aber die Zeit gelassen haben, meine eigene Erfahrung zu durchleben. Deshalb haben sie sich auch nicht in mein Eheleben eingemischt.

Mit der Zeit wurde es so heftig, das Maik mich oftmals sogar grob anfasste, wenn er betrunken war. Dann hatte ich blaue Flecken am Arm oder vom Sex auch an den Beinen und an der Brust. Dies konnte ich immer gut verbergen, so dass es keiner sah. Doch es sollte nicht mehr lange dauern und es eskalierte in unserer Ehe.

Eines Tages kam er wieder nicht nach Hause und blieb über Nacht verschwunden. Als er am nächsten Morgen dann mit einer Alkoholfahne auftauchte, da stellte ich ihn zur Rede. Obwohl es früher Morgen war, schenkte er sich gleich wieder einen Drink ein, stand vor mir und grinste mich an. Er sagte mir, dass mich das nichts anginge und setzte sich vor den Fernseher. Es war Samstag, er brauchte nicht zur Arbeit und ich auch nicht. Den ganzen Vormittag trank er und immer wieder blockte er das Gespräch ab, wenn ich wissen wollte, wo er gewesen sei. Irgendwann gab ich resigniert auf und verzog mich in die Küche. Dort nahm ich mir mein Buch und versuchte zu lesen, aber ich konnte mich nicht darauf konzentrieren. Deshalb legte ich es kurze Zeit später weg und ging duschen. Ich wollte meine Eltern besuchen, denn ich brauchte etwas Ablenkung und war froh, dieser Situation hier zu entkommen. Doch dazu kam es nicht! Als ich aus dem Bad kam und mich anziehen wollte, stand Maik in der Tür von unserem Schlafzimmer und sah mich mit trüben

Augen an. Er fragte, wo ich hin wolle und ich sagte ihm, dass ich zu meinen Eltern fahren würde. Das machte ihn plötzlich wütend und er verbot mir die Wohnung zu verlassen. Ich ließ mich nicht beirren und begann mich anzuziehen, als er mich grob am Arm packte und auf das Bett schleuderte. Ich bin wirklich eine ruhige Persönlichkeit, aber das machte mich wütend und ich musste meine Gefühle unter Kontrolle halten, als er sagte, dass er mich nicht gehen ließe. Noch immer lächelnd, verließ ich unser Bett, um mich weiter anzuziehen. Abermals schubste er mich auf das Bett, diesmal noch grober. Er warf sich über mich und hing mit seinem Gesicht ganz dicht vor meinem, so dass sein, vor Alkohol stinkender Atem, mir direkt ins Gesicht blies. Sein Blick, mit dem er mich ansah, hatte in diesem Moment nichts Menschliches mehr. Er hielt meine Arme fest über meinen Kopf und saß auf mir, ich hatte nicht den Hauch einer Chance, mich zu wehren. Ich versuchte verzweifelt ihn von mir runter zu schubsen. Doch für jeden Versuch, den ich unternahm, griff er umso fester zu und quetschte meine Handgelenke in seinen großen Händen ein. Panik stieg in mir auf, ich begann um mein Leben zu fürchten. Je mehr ich mich wehrte, desto fester wurde sein Griff und sein Blick wurde immer wilder. Plötzlich begann er mir die Kleider vom Leib zu reißen, ich schrie vor Verzweiflung. Weinend flehte ich ihn an mich loszulassen und wieder zur Vernunft zu kommen. Stattdessen hielt er mir einfach den Mund zu, damit keiner der Nachbarn mich schreien hörte. Ein letztes Mal bäumte ich mich unter ihm auf, um ihn von mir runter zu werfen. Er riss mir mein Höschen herunter und zwang brutal meine Beine auseinander. Ich wimmerte vor Schmerzen, war kurz davor Ohnmächtig zu werden. Er hielt mich unbarmherzig fest, machte unbeirrt weiter, stieß tiefer, heftiger und hart in mich hinein. Ich verlor jedes Gefühl für Zeit und Raum. Als er endlich von mir abließ, konnte ich meinen Körper nicht mehr spüren. Er rollte sich zur Seite und schlief augenblicklich ein. Ich lag wie gelähmt neben ihm.

Die Zeit verrann, es kam mir vor, als wären Stunden vergangen, als ich endlich aus meiner Starre erwachte und mich vom Bett rollte. Der Spiegel im Bad war erbarmungslos. Ich blickte auf meinen geschundenen Körper und brach in Tränen aus. Er war übersät mit blauen Flecken, meine Handgelenke waren angeschwollen und verfärbten sich ebenfalls blau. Als ich mich so sah, wusste ich, dass es vorbei war und ich ihn verlassen musste.

Leise schlich ich mich zurück ins Schlafzimmer, wo er völlig zufrieden mit sich selbst in einen tiefen Schlaf versunken war und warf schnell alle meine Sachen in einen Koffer. Ich versuchte so schnell und so leise wie möglich zu packen und mich dann anzuziehen, um kurze Zeit später fluchtartig das Appartement zu verlassen.

Draußen angekommen holte ich erst einmal tief Luft und versuchte die aufsteigenden Tränen zu unterdrücken. Es war früher Nachmittag und sehr viel Betrieb auf der Straße. Doch niemand schien mich großartig wahrzunehmen, als ich den schweren Koffer in das Auto hievte. Ich schaute mich nicht nochmal um, stieg ins Auto, startete den Motor und trat auf das Gaspedal.

Die Autofahrt erlebte ich wie in Trance, immer wieder stellte ich mir die Frage, warum Maik sich so verändert hatte. Was war aus dem Mann geworden, in den ich mich verliebt hatte, den ich sogar geheiratet hatte? Mein Kopf schwirrte vor Fragen, aber ich hatte keine Antworten darauf. Meine Handgelenke schmerzten und durch die Tränen sah ich die Straße nur wie durch einen Nebelschleier. Mein ganzer Körper vibrierte und zitterte, so dass ich mich sehr beim Fahren konzentrieren musste. Immer wieder schüttelten Weinkrämpfe meinen ganzen Körper und ich war froh, als ich fast eine Stunde später endlich das Amarylion erblickte.

Ich schaffte es noch auf die Einfahrt zu fahren, den Motor auszumachen und sackte dann schluchzend auf dem Fahrersitz zusammen. So saß ich einige Minuten, bis Steph an die Scheibe klopfte und die Wagentür öffnete. Ohne ein Wort zu sagen, nahm sie meine Hand, half mir aus dem Wagen heraus und schloss mich in ihre Arme. Ich schluchzte hemmungslos und lies meinen Tränen freien Lauf. Steph hielt mich in ihren Armen, streichelte mir übers Haar und redete beruhigend auf mich ein, während wir in Richtung Haus gingen. Wir hatten gerade die Tür erreicht als Mom und Dad heraus kamen, um zu sehen, was mit mir los war. Keiner von ihnen sagte ein Wort, obwohl ihnen das Entsetzen ins Gesicht geschrieben stand, als sie meinen Zustand erkannten. Wir gingen in das Haus, gleich durch zur Küche, Dad zog einen Stuhl vom Tisch ab und half mir mich zu setzen. Mom hantierte völlig nervös am Wasserkocher herum, füllte Wasser ein und schaltete ihn an. Steph holte die zarten, geblümten Teetassen und das Stövchen aus dem Schrank, stellte alles auf den Tisch und ließ mich dabei nicht aus den Augen. Mom brühte den Tee auf und stellte die Kanne auf das Stövchen. Während sie und Steph sich zu Dad und mir an den Tisch setzten, streichelte Dad meinen Arm.

»Möchtest du uns erzählen, was passiert ist liebes?«, sorgenvoll sah Mom mich dabei an.

Indessen hatte ich mich etwas beruhigt, zitterte zwar immer noch, aber die Tränen waren versiegt.

»Ich weiß nicht, wo ich anfangen soll Mom, es ist alles so schrecklich.«, wieder fing ich an zu weinen und Dad nahm mich in den Arm.

»Du musst nichts erzählen, wenn du es nicht willst, doch wir machen uns große Sorgen«, sagte er und strich mir dabei über den Rücken.

Steph räusperte sich: »Mily du sollst wissen, dass wir schon lange spüren, wie unglücklich du mit Maik bist und dass du ein sehr schweres Jahr durchlebt hast. Wir wollen dir helfen Püppi, aber wir können es nur, wenn du uns erzählst, was er mit dir gemacht hat.«

Als sie das sagte, schaute sie mir direkt in die Augen und ich wusste nicht, wo ich hinsehen sollte, ich konnte diesen sorgenvollen Blicken von Steph und meinen Eltern einfach nicht ausweichen. Ich begann ihnen alles zu erzählen, wie Maik am Anfang der Ehe schon anfing immer häufiger zu trinken und wie es sich in den letzten Monaten gesteigert hatte. Ich berichtete ihnen auch von den Übergriffen und wie oft ich blaue Flecke hatte, die ich auf der Arbeit immer mit langärmeligen Blusen bedeckte. Wie oft ich Angst hatte, dass Mom, Dad und Steph etwas bemerkten, wenn ich zu Besuch kam und ich dann in Erklärungsnot geraten würde. Wie knapp das Geld immer war und dass ich oft nicht wusste, wie ich den Kühlschrank füllen sollte, weil er darauf bestand, dass ich sein Bier mitbrachte. Ich erzählte ihnen auch von der Angst, die ich hatte, wenn er sich beim Sex einfach nahm, was er wollte, ob ich bereit dazu war oder nicht. Bei der Erinnerung überfiel mich wieder die Angst und mein ganzer Körper zitterte, während ich den Tränen ungehindert freien Lauf ließ. Mom wurde immer blasser, ihr und Steph standen die Tränen in den Augen. Als ich dann erzählte, was vormittags passiert war, fingen auch sie an zu weinen. Nachdem ich zu Ende erzählt hatte, war es in der Küche für einen Moment totenstill. Keiner sagte ein Wort, alle drei waren ebenso geschockt wie ich.

Dad begann als erster zu sprechen: »Du bleibst jetzt hier zuhause und wirst auf keinen Fall wieder zurückgehen zu Maik!« Dann sah er in Moms Richtung: »Jill, du wirst jetzt mit Emily sofort zu Doc Marty fahren. Sie soll sie untersuchen und einen Bericht für den Anwalt schreiben. Ich hole jetzt den Koffer aus dem Auto und werde das Zimmer herrichten, weil ich Emily nicht wieder weglassen werde. Du Steph kümmerst dich bitte um den Laden und verschiebst die Termine von Jill, die heute Nachmittag gewesen wären.«, damit hatte er alles gesagt und stand energisch auf.

Plötzlich wirkte Dad so alt und ich konnte seine große Sorge um mich so stark fühlen.

»Danke Bryan!«, sagte Mom und sah Dad an. Sie war froh, dass sie endlich aus dieser bedrückenden Stimmung am Tisch entfliehen konnte, auch wenn das hieß, dass sie jetzt mit mir den Rest des Nachmittags beim Doc sitzen würde.

Mom fuhr mit mir zu Doc Ellis Marty, unserer Hausärztin in der Innenstadt. Als wir nach einer relativ kurzen Wartezeit in das Behandlungszimmer geführt wurden, da es ja Samstag war und keine reguläre Sprechstunde gab, erwartete Ellis uns schon. Sie war eine Kundin meiner Mom und daher umarmten sie sich erst einmal. Dann fiel Ellis Blick auf mich und ihr stockte der Atem, als sie meine geschwollenen, blauen Handgelenke und mein geschundenes Gesicht erblickte, was würde sie nur sagen, wenn sie die Beine und die Brüste sah, schoss es mir durch den Kopf.

Sie war eine sehr herzliche Frau, eine gute Ärztin und betreute mich und meine Eltern schon seit sie Ihre Praxis vor zehn Jahren eröffnet hatte. Mom sagte ihr, dass wir einen Bericht für den Anwalt brauchen werden und daher dokumentierte sie die ganze Behandlung auf ihrem Diktiergerät. Ein ganzer Katalog von Verletzungen kam da zutage, als sie mich gewissenhaft und gründlich untersuchte. Prellungen im Gesicht, die würge Male am Hals, Quetschungen an den Brüsten, dem Bauch und den Beinen und dazu noch der seelische Zustand, denn ich stand noch immer unter Schock. Während sie mich untersuchte, kam alles wieder hoch, die Angst, die Verzweiflung und die Panik, so dass mir wieder die Tränen über das Gesicht liefen.

Am Schluss der Untersuchung nahm Ellis mich in den Arm und gab Mom den Auftrag, dass Dad eine seiner Zaubersalben anrühren sollte. Damit so schnell wie möglich diese Verletzungen heilen, damit ich nicht jedes Mal von neuem daran erinnert werde, sobald ein Spiegel in der Nähe ist. Den Bericht konnten wir am Montag in der Praxis herausholen, dann wäre er fertig, sagte sie zu Mom. In ein paar Tagen sollten wir wiederkommen, dann wollte sie noch einmal sehen, ob alles gut heilt, wie es seelisch bei mir aussieht und ob ich noch Hilfe von einem Psychologen brauche. Damit verließen wir die Praxis.

Als wir zuhause ankamen, war Dad schon fertig mit dem Zimmer und rührte gerade seine Zaubersalbe an. Die Salbe bestand aus einer Mischung von Eisenkraut, Arnika und Beinwell, dem Dad noch ein Heilsalz beigab, um es abzurunden, sagte er. Diese spezielle Mischung rührte er in ein Gemisch aus Öl und Bienenwachs, bis es die Konsistenz von einer Salbe hatte. Als wir ankamen, war er schon fleißig am Rühren und das ganze Amarylion duftete nach den Kräutern, die er verwendet hatte. Mom brachte mich in mein Zimmer und während ich mich auszog, sortierte sie meine Sachen in den Schrank ein. Dad war mittlerweile mit der Salbe fertig und da sie noch abkühlen musste, hatte er mir einen Tee gekocht aus Herzgespann, einem wirklich seltenen Kraut, welches bei uns im Garten wächst und Johanniskraut. Beides sind Kräuter die Ängste nehmen, Entspannung und inneren Frieden bringen sollen. In diesen Dingen konnte ich Dad vertrauen, er fand immer das richtige Kraut, welches benötigt wurde und niemals war ein Tee oder eine Salbe genau gleich, auch wenn er die gleichen Zutaten nahm wie vorher. Er ließ sich aus der geistigen Welt die genaue Zusammensetzung beim Zubereiten übermitteln, das sagte er immer den Kunden. Daher hätten die Salben, Cremes und Tees auch Zauberwirkung und dann zwinkerte er sie immer dabei an, während er ihnen ihr Mittelchen gab.

Innerhalb kürzester Zeit tat der Tee seine Wirkung bei mir und ließ mich in einen erholsamen tiefen Schlaf fallen. Später am Abend half Mom mir dann die Salbe überall aufzutragen, die innerhalb einer Stunde schon für Linderung sorgte. Am nächsten Tag sah alles schon nicht mehr so schlimm aus, wie am Vortag.

Doc Marty staunte wieder einmal über Dads Heilkünste, als wir drei Tage später in die Praxis zur Kontrolle kamen. Die Schwellungen waren fast ganz weg und die blauen Flecken und Quetschungen waren schon am Verblassen. Da auch der Tee von Dad Heilwirkung besaß, fühlte ich mich schon wieder etwas wohler und die Ängste waren auch verflogen, trotzdem nahm ich ihr Angebot an, ein paar Sitzungen bei einem Psychologen zu machen. Es ist immer besser, das Thema einmal aufzuarbeiten, damit es nicht später zu Problemen führt.

Dank der Fürsorge meiner Eltern und Steph erholte ich mich schnell von diesem traumatischen Erlebnis und blühte wieder auf. Mittlerweile hatte ich auch einen Anwalt eingeschaltet, den Dad mir empfohlen hatte, da er ein Kunde von ihm ist. Nachdem er den Arztbericht in den Händen gehalten hatte, war auch er entsetzt. Sofort leitete er die Scheidung ein und machte daraus einen Härtefall, da es um Gewalt in der Ehe ging.

In der Zwischenzeit versuchte Maik mit allen Mitteln Kontakt zu mir aufzunehmen, aber Steph ließ ihn am Telefon einfach abblitzen und wenn er dann im Laden erschien, schob sie ihn vor die Tür und drohte das nächste Mal die Polizei zu rufen, wenn er es wagen sollte, das Grundstück noch einmal zu betreten. Somit ließen seine Versuche nach knapp vierzehn Tagen endlich nach. Er hatte inzwischen das Schreiben vom Anwalt erhalten, welches ihm verbot, sich mir zu nähern. Meinen Job im Buchladen in Kansas City gab ich auf und hatte das Glück in Prairie Village, im Buchladen einen halbtags Job zu bekommen.

Ich wurde sehr schnell geschieden, zu meinem einundzwanzigsten Geburtstag war es dann endlich vorbei, das Kapitel Maik Keller war abgeschlossen. Ich war so erleichtert, als ich alles hinter mir hatte und wieder Emily Edwards war. Es kam mir vor, als wäre ich aus einem Alptraum erwacht, so unwirklich kam mir plötzlich alles vor. An meinem Geburtstag überraschten Mom, Dad und Steph mich schon zum Frühstück mit einer großen Torte und einem wunderschön dekorierten Küchentisch. Sie sangen mir ein Ständchen, nahmen mich in den Arm und drückten mich an sich. Es war so schön wieder Zuhause zu sein, bei den Menschen, die mich liebten und denen ich vertrauen konnte.

Ein Schauer kriecht mir über den Rücken, als ich aus meiner Vergangenheit an den Küchentisch zurückkehre. Mein Kaffee ist mittlerweile kalt geworden, dennoch trinke ich ihn aus. Immer wieder kommen die Bilder der Vergangenheit in meinen Kopf zurück, bis ich energisch den Stuhl zurückschiebe, um den liegengebliebenen Abwasch zu beenden. Steph müsste auch jeden Moment zur Tür herein rauschen, das sagt mir mein Blick zur Uhr. Als ich mit dem Abwasch fertig bin, das Geschirr wieder im Schrank verstaut habe, gehe ich in den Laden. Mit gemischten Gefühlen streift mein Blick das Telefon, welches auf dem Tresen liegt. Es bleibt still.

Die Gedanken an Maik verdrängend, gehe ich zum Terminbuch, um zu sehen, welche Zeiten Steph für mich eingetragen hat. Innerlich freute ich mich auf einen schönen Abend mit ihr, das würde meine Erinnerungen wieder vertreiben, dachte ich. Zu diesem Zeitpunkt ahnte ich noch nicht einmal ansatzweise, dass sich bald ein noch viel größeres Unglück ereignen würde.

3

Ich war noch tief in meinen Gedanken versunken, als Steph vom Einkaufen zurückkommt. Sie holt mich mit ihrer Fröhlichkeit in die Realität zurück.

»Ich bin wieder da!«, ruft sie aus der Küche.

Sie hat den Hintereingang genommen, deshalb habe ich auch nicht mitbekommen, dass sie zurück ist.

»Ich habe uns etwas Leckeres für heute Abend geholt, Püppi. Steph, die Zauberin in der Küche wird heute Abend ihren Kochlöffel schwingen. Aus dem Nichts wird ein solch leckerer Frischkäse Dip entstehen, dass du betteln wirst, um noch mehr davon zu bekommen. Dazu gibt es frisches Baguette Brot, eingelegte Oliven, Peperoni, Karotten, Gurke – Mily?«

Sie wurde wohl stutzig, da von mir keine Antwort kam. Ich höre, wie sie aus der Küche kommt, um zu sehen, wo ich bin und gleich darauf steht sie im Laden.

»Mily ... , was ist los? Warum antwortest du nicht?«, fragend sieht sie mich an und dann sehe ich in ihrem Gesichtsausdruck, wie sie rasend schnell ihre Gedanken sortiert.

Steph kann man nichts vormachen, sie liest in der Aura eines Menschen, so wie andere in Büchern lesen.

»Was ist los mit dir? Du siehst völlig mitgenommen aus.«, als sie das sagt, steht sie vor mir und nimmt meine Hände, die sich ganz kalt anfühlen.

Ich habe ein Gefühl, als wäre jegliches Leben aus mir entwichen. »Maik hat wieder angerufen!«, sage ich und blicke dabei angestrengt zu Boden, um Steph nicht in die Augen sehen zu müssen.

Steph hebt mit ihrem Zeigefinger mein Kinn hoch: »Schau mich an Püppi! Sag, dass das nicht wahr ist. Kann dieser Mann dich nicht in Ruhe lassen? Muss er dich auch nach so langer Zeit noch immer in Angst versetzen? Komm wir gehen uns erst einmal einen Kaffee machen mit einer kleinen Prise Chili, damit du wieder Farbe ins Gesicht bekommst.« Sie nimmt meine Hand und zieht mich mit, in Richtung Küche.

Sie rückt einen Stuhl vom Tisch ab und drückt mich sanft auf die Sitzfläche. »So, nun kannst du mir wenigstens nicht mehr umkippen«, sagt sie und lächelte mich dabei an.

Während sie den Kaffee kocht, die großen geblümten Tassen aus dem Schrank holt, sitze ich nur wie betäubt da und sehe ihr dabei zu. Als der Kaffee durchgelaufen ist, gießt sie die Tassen voll und stellt mir auch eine dampfende schwarze Brühe vor die Nase. Der Duft von gemahlenen Kaffeebohnen und Chili hängt in der Luft und verteilt sich in der ganzen Küche. Steph zieht sich einen Stuhl heran und setzt sich mir gegenüber an den Tisch.

Genüsslich nippt sie an ihrem Kaffee: »Jetzt erzähl mal, was hat er wieder gewollt?« Sie fährt sich mit den Händen durch ihr Haar und dabei scheint sie mir direkt in die Seele zu blicken.

»Du weißt doch Steph, wie immer. Er war wieder betrunken und wollte, dass ich zurückkomme. Dann hat er noch eine abfällige Bemerkung losgelassen, ob ich einen Neuen hätte. Das gleiche elendige Trauerspiel, wie er es immer abzieht. Ich habe dann aufgelegt und er rief wieder an und nach dem zweiten Mal war endlich Ruhe, nur in mir drinnen tobte dann ein Tornado der Erinnerungen. Du kennst mich doch, es hört nie auf, oder?«, fragend sehe ich Steph an.

Diese nimmt erst einmal ihre Tasse und nippt etwas am Kaffee herum, stellt sie dann ab und sieht mich an.

»Mily ... ! Es geht hier um dich und um dein Seelenleben. Wie lange willst du das noch mitmachen und in ständiger Angst leben, dass er vorbeikommen könnte? Wie lange noch Püppi?«

Etwas unruhig rutsche ich auf meinem Stuhl herum: »Was soll ich denn deiner Meinung nach tun?«, hilfesuchend sehe ich sie an. Dabei wusste ich ganz genau, was Steph gleich sagen wird.

»Gehe zu deinem Anwalt, der deine Scheidung durchgezogen hat, es liegt dort immer noch das Schriftstück, dass er sich dir nicht nähern darf und für mich hat seine Stimme am Telefon schon diese Grenze überschritten. Mily ... ! Du musst handeln, sonst steht er eines Nachts vor der Tür und es ist keiner hier, der dir helfen kann.«, vorwurfsvoll sieht sie mich dabei an.

»Aber bis jetzt hat er es nicht gewagt, hierher zu kommen«, entgegne ich ihr.

»Weißt du das ganz genau? Vielleicht ist er schon manche Nacht um dein Haus geschlichen oder hat dich durchs Fenster beobachtet. Mily! Wenn der Mann betrunken ist, dann kann er auch irgendwann die Kontrolle über sich verlieren. Du weißt das doch selbst am besten. Warum schützt du ihn dann noch?« Ihre Augen funkeln richtig als sie mir diese Wahrheit vor Augen hält.

»Du hast ja Recht, sage ich, aber er tut mir auch irgendwie leid und ich glaube, dass auch er im Inneren eine gute Seele hat. Vielleicht lernt er es doch noch und erkennt, dass der Alkohol ihn zerstört und ihm alles raubt, was er liebt.«

Steph sieht mich mit ihren großen Augen an: »Das glaubst du doch jetzt nicht etwa selbst, was du da sagst, oder? Hat er dir nicht schon genug wehgetan Püppi? Muss erst schlimmeres passieren, bevor du erkennst, dass du nicht jede Seele, die in dein Leben tritt, erretten kannst?

Bitte Mily … ! Wach auf und erkenne, dass du ihm nicht hilfst, indem du ihn schützt. Er muss Konsequenzen zu spüren bekommen. Sonst wird er nie Ruhe geben.«, während sie mir ihre Meinung sagt, schaut sie gedankenverloren in ihre große Tasse.

Wieder rutsche ich auf meinem Stuhl hin und her: »Mir ist dieses Gespräch gerade etwas unangenehm Steph.«, ich mag sie gar nicht ansehen, als ich das sage.

»Ich weiß!«, sagt sie und grinst in ihre Tasse rein.

»Amüsierst du dich jetzt etwa über mich?«, entrüstet sehe ich sie an.

»Oh … , ein klein wenig, aber auch nur, weil du so einen süßen Schmollmund machst«, sagt sie und fängt an zu lachen.

So plötzlich wie sie anfängt zu lachen, hört sie auch wieder auf: »Ich meine, dass ernst Mily, lass dir bitte helfen, damit das Thema endlich vom Tisch kommt und du deinen inneren Frieden wieder findest«, sagt sie mit einem ernsten Blick über den Tisch in meine Richtung.

»Das ist nicht so einfach wie du denkst Steph, ich habe mir schon den Kopf darüber zerbrochen, aber nichts schlägt an, er ist immun gegen alle Versuche.«

Steph überlegt und schwenkt dabei ihren Kaffee im Becher herum: »Doch Süße, du musst an dir arbeiten, nicht an ihm. Maik spiegelt dir etwas, was du lernen sollst und ich sage dir, es geht hier um Konsequenz. Du strahlst ihm gegenüber Hilflosigkeit aus und er riecht das über Meilen hinweg, wie ein Hund eine läufige Hündin. Er nutzt diese Chance, die du ihm bietest, weil er es weiß, dass dies dein schwacher Punkt ist. Sei selbstbewusst, energisch und unternimm etwas. Dann wird er spüren, dass du nicht länger das Opfer bist und die Lust verlieren dich zu drangsalieren.«, sie beendet ihre Predigt.

»Mily ... ! Sieh mich an! Du bist mir das Liebste, was ich habe. Wenn du leidest, dann leide ich auch. Du weißt doch, wir sind Eins im Universum. Es gibt keine Trennung und deshalb fühle ich, was du fühlst und mir gefällt das nicht. Lass es uns ändern, zusammen sind wir stark, O. K.?« Steph drückt sanft meine Hände und mir kommen die Tränen.

»Du bist immer so lieb zu mir, dafür danke ich dir«, sage ich und lächelte sie an.

Sie grinst zurück: »Wollen wir unseren Hexenzauber machen? Den für einen zauberhaften Tag?«, fragt sie und ich schaue sie erleichtert an. Froh endlich diese bedrückenden Energien vertreiben zu können.

»Sprechen wir den Text wieder gemeinsam?«, ich sehe sie fragend an.

»Ja zusammen und schön laut, mit jeder Menge Power in der Stimme. Bereit zum Angriff auf die negativen Energien? Dann lass sie uns jetzt umwandeln!«

Steph und ich fangen beide gleichzeitig an unseren »Power Spruch« laut zu beten.

»Meine Seele zieht heute nur angenehme Überraschungen an. Sie sorgt dafür, dass ich Spaß und Erfolg habe, lachen kann und glücklich bin. Sie zieht heute alles Positive wie ein Magnet an und schickt mir nur liebe, nette und friedliche Menschen in mein Leben.«

Erleichtert atmen wir beide auf, sehen uns an und fallen zusammen in ein herzhaftes Lachen ein.

»Siehst du, es wirkt schon«, sagt Steph und steht auf, um ihre Tasse zur Spüle zu bringen.

Ich mache es ihr gleich und erhebe mich lachend von meinem Stuhl.

»Steph du bist einfach genial, du bereicherst mein Leben ständig aufs Neue und das nur mit deiner bloßen Anwesenheit, die mich immer fröhlich sein lässt. Wenn man mit dir redet, fühlt man sich hinterher wie neu geboren. Du hast Zauberkräfte! Auch wenn ich ihn nicht sehen kann, wenn du ihn schwingst, weiß ich, dass du einen Zauberstab hast!«

Wir sehen uns an während ich das sage und Steph fängt so herzhaft an zu lachen, das ich mit einstimmen muss.

»Oh, dann sollte ich den jetzt mal hervorholen und etwas an dir herum zaubern. Wie wäre es mit einem absolut traumhaften Mann? Soll ich dir einen herbei zaubern?«, dabei schwenkt sie, während sie es sagt, den Kaffeelöffel vor meiner Nase, als wäre es ein Zauberstab: »Abrakadabra … ,

Hex … , Hex … , so nun ist der Anfang getan und heute Abend wird geübt um Mr. Right in deine Realität zu holen.«

Sie sieht mich dabei an, während der Kaffeelöffel vor meinem Gesicht herumwirbelt und ich muss mich schon vor Lachen schütteln, als ich ihren ernsten Gesichtsausdruck dabei sehe.

»Du machst mich fürchterlich neugierig auf heute Abend,

aber meinst du wirklich, das geht?«, fragend und mit Tränen vom Lachen in den Augen sehe ich sie an.

»Klar geht das, alles ist möglich, wir sind Götter in Menschengestalt und nun ist arbeiten angesagt. Auch Götter müssen für ihr tägliches Brot etwas tun«, meint sie und geht in Richtung Laden.

Ich folge ihr, noch immer lachend, und wische mir die Tränen beim Laufen aus den Augenwinkeln. Steph hat wirklich Zauberkräfte und ich fühle mich schon wieder besser und gerüstet für den Tag mit meinen Kunden.

Die Stunden meines Arbeitstages zogen sich wie ein Kaugummi in die Länge. Lag es daran, dass ich in Gedanken immer wieder unser Gespräch durchging und überlegte, ob es wirklich funktioniert einen Mann, der zu mir passt, herbeizuzaubern? Es fiel mir sehr schwer, mich auf meine Kunden zu konzentrieren und ich musste mich selbst ein paar Mal innerlich zurückholen ins Hier und jetzt. Immer wieder schweiften meine Gedanken zu diesem Thema ab, aber ich war auch froh, dadurch die Gedanken an Maik in den Hintergrund schieben zu können, so dass sie mich nicht mehr belasteten.

Als dann am frühen Abend auch der letzte Kunde dieses Tages sich verabschiedete, war ich irgendwie erleichtert und freute mich auf einen wundervollen Abend mit Steph.

Ich schloss die Ladentür des Amarylion ab und drehte das Schild an der Tür auf »Auch Engel brauchen eine Pause«, so dass ich vor mir den Text hatte, der tagsüber den Kunden zeigte, dass wir geöffnet haben »Tritt ein und lass dich verzaubern«. Das Schild hatte Mom damals schon hängen, eine liebe Kundin kam auf die Idee und hat es ihr angefertigt. Sie sagte, dass ein besonderer Laden auch ein besonderes Schild braucht und von diesem Tage an ziert dieses Schild die Ladentür des Amarylion. Ich muss lächeln, als diese Erinnerung zurückkommt und während ich meinen Gedanken nachhänge, gehe ich in Richtung Küche, um Steph zu unterstützen, die schon fleißig dabei ist, den Dip zu zaubern, als ich diese betrete.

Sie hackt die frischen Kräuter, die sie in der Zwischenzeit im Garten gepflückt hat. In einer großen Schale hat sie schon Frischkäse, Quark und Sahne gemischt. Sie gibt die gehackten Kräuter und die verschiedensten Gewürze dazu. Es sieht fast so aus, als würde sie in einem alt hergebrachten Rhythmus tanzen, während sie das Messer schwingt.

»Schneidest du schon mal das Brot, während ich den Tisch für uns herrichte?«, fragt sie mich und geht an den Schrank, um Teller und Gläser herauszuholen.

Während ich das Baguette in Scheiben schneide und in den Brotkorb lege, deckt sie den Tisch und anschließend holt sie noch Kerzen aus dem Amarylion und zwei Engel, die in der Mitte des Tisches ihren Platz finden. Rundherum um diese Kerzen und Engel arrangiert sie die Schalen mit Oliven, Peperoni, Gurken, Möhren, den Dip und zu guter Letzt nimmt sie den Brotkorb und stellt ihn dazu. Zufrieden betrachtet sie ihr Werk und sieht mich lächelnd an.

»Es ist angerichtet, der Abend kann beginnen!«, sagt sie.

Ich nehme den Krug und gieße Wasser in unsere Gläser, dann stoßen wir zusammen an.

»Auf einen wunderschönen und lehrreichen Abend Püppi!«, sagt Steph und hält mir ihr Glas zum Anstoßen hin.

Das Kerzenlicht flackert und taucht die Küche in ein warmes angenehmes Licht, es wirkt urgemütlich hier mit Steph zu sitzen und meine Neugierde wächst. Was mich wohl gleich erwartet, frage ich mich immer wieder. Doch Steph denkt gar nicht daran, sofort loszulegen, sondern nimmt sich erst einmal ein Brot und streicht voller Hingabe den Dip darauf, um dann genüsslich und mit einem herzhaften Seufzer hineinzubeißen.

»Ein Traum ... ! Lecker! Ich könnte diesen Dip jeden Tag essen und bräuchte nichts anderes mehr dazu.«, als sie das sagt, beißt sie noch einmal demonstrativ in ihr Brot.

Gedankenverloren nehme ich eine Scheibe Baguette und streiche mir den Dip darauf.

Steph sieht mir dabei zu und lacht plötzlich herzhaft los.

»Was habe ich denn nun gemacht?«, frage ich sie: »Warum lachst du?«

Sie schaut mich an: »Ach nur so.«

»Wie ...? Ach nur so?«, ich sehe sie an und beiße dabei von meinem Brot ab.

»Wie hingebungsvoll du dein Brot gerade bestrichen hast, hat meine Fantasie etwas beflügelt. Das Brot stellt dich als weiblichen Teil dar und sobald du es mit dem Dip bestrichen hast, was den männlichen Teil darstellt, ergibt es eine Einheit. Ein wahrer Genuss für die Sinne, oder? Die Mischung von beiden führt zur Explosion der Geschmacksnerven«, sagt sie lachend und wischt sich ihre Tränen aus den Augenwinkeln, die ihr vor Lachen schon die Wangen herunterlaufen.

»Ich verstehe dich nicht! Was meinst du? Das ist doch schon wieder eines deiner Rätsel für mich, oder?«, dabei sehe ich sie vorwurfsvoll an.

Lachend wischt sie sich mit der Serviette die Tränen aus dem Gesicht: »Das Brot steht als Symbol für dich! Ohne Belag völlig neutral, oder? Der Dip steht für einen Mann, er bringt das Feuer in dir zum Glühen. Die Vereinigung Brot und Dip, du und Mr. Right, sorgen dann für eine Explosion deiner Sinne. Jetzt müssen wir nur noch einen Mann kreieren, der wie der Dip, die Würze in dein Leben bringt und dich gleichzeitig zum Glühen.«, während sie das sagt, sehe ich sie völlig entgeistert an.

»Du kannst doch nicht einen Mann mit einem Dip vergleichen!«, sage ich kopfschüttelnd und sehe mein Brot mit dem Dip darauf an, als könnte es mir eine Antwort geben.

Steph kann sich vor Lachen kaum auf dem Stuhl halten, die

Tränen laufen ihr über das Gesicht als sie mich ansieht: »Warum nicht? Es geht hier um die Würze, die deinem Leben fehlt und nun werden wir gemeinsam die Zutaten dafür zusammenstellen. Die Hexenküche ist eröffnet!«, während sie das sagt, sehe ich sie noch immer völlig entgeistert an.

»Ok! Wenn du es meinst, dann leg mal los und erzähle mir etwas über die Zutaten, die ich dafür brauche.« Ich sehe sie lachend an und beiße demonstrativ in mein Brot mit dem Dip darauf: »Aber vergiss nicht, dass ich seit ein paar Jahren keine Würze mehr gewohnt bin, also schön sinnig dosieren in deiner Hexenküche«, sage ich und zwinkere ihr zu.

Steph nimmt sich eine Peperoni, betrachtet sie ganz genau, ich schaue ihr dabei zu und frage mich, was jetzt wohl gleich über ihre Lippen kommt.

»Diese Peperoni zum Beispiel«, sagt sie und dreht die Peperoni dabei zwischen ihren Fingern: »Man sieht es ihr nicht an, dass sie innen feurig ist. Von außen wirkt sie völlig harmlos, aber von innen glüht sie!«

Ich verstehe immer weniger von dem, was Steph mir damit sagen will. »Nun mach das doch nicht so spannend!«, sage ich zu ihr und greife zu meinem Glas Wasser, während ich sie dabei nicht aus den Augen lasse.

»Du sollst verstehen worauf du achten sollst, also hör zu, was ich dir sage und unterbrich mich nicht immer!«, dabei zwinkert sie mir zu.

Ich verspreche ihr jetzt still zu sein.

»Wenn du einen Mann triffst, sinnbildlich die Peperoni, dann weißt du noch nicht, was in ihm drinnen schlummert. Es kann sogar sein, dass du diesen Menschen langweilig findest oder ihn gar nicht erst beachtest und somit an deinem Glück sogar vorbeiläufst. Wir Menschen haben verlernt, auf die inneren Werte eines Menschen unseren Blick auszurichten. Wir achten nur auf das, was wir mit den Augen wahrnehmen. Dabei müssen wir lernen mit unserem Herzen zu sehen, zu fühlen, ob dieser Mensch etwas in uns berührt. Denn, dass er plötzlich da ist, in unser Leben getreten ist, dafür haben wir selbst gesorgt. Wir haben uns diesen Menschen mit unseren Gedanken in unser Leben geholt. Jeden Tag erschaffen wir uns unsere Realität, nichts von allem was geschieht, ist Zufall. Alles kommt zur richtigen Zeit in unser Leben, auch der optimale Partner. Dass du erst auf Maik gestoßen bist, ist kein Zufall, er hat dir gezeigt, dass du an dir arbeiten musst, dass du noch unsicher bist, dass du noch gar keine genaue Vorstellung davon hast, was für einen Partner du möchtest. Durch ihn solltest du lernen nicht immer »Ja« zu sagen, sondern auch mal ein klares »Nein« auszusprechen, was du aber erst bei der Trennung getan hast. Du hast bis jetzt noch nicht mit diesen Energien abgeschlossen. Folglich wirst du wieder einen Partner in dein Leben ziehen, der dir gnadenlos aufzeigen wird, woran du noch an dir arbeiten solltest. Was dir hilft, ist eine klare Vorstellung von deinem Traummann, so als wäre er schon Realität. So holst du ihn dir in DEINE Realität.«, zufrieden schaut sie mich an.

»Was muss ich tun, um diesen Kreis zu durchbrechen? Noch so einen Mann, wie Maik, will ich nicht ein zweites Mal ertragen müssen!«, ich sehe Steph dabei hilflos an.

»Dann werden wir jetzt erst einmal daran arbeiten, Mr. Right zu basteln, um ihn dann später real werden zu lassen, einverstanden?«, sie sieht mich liebevoll an, während sie das sagt und spielt mit den Krümeln auf ihrem Teller herum.

»Was muss ich tun Steph? Du bist auf diesem Seminar gewesen »Erschaffe dir deine Realität«, was hast du da gelernt? Wie kann ich lernen, was ich mir wünsche zu bekommen?«, ich sehe sie an und warte auf eine Erklärung oder sollte ich besser sagen, auf eine Lösung?

Sie sieht mich strahlend an und macht es wirklich sehr spannend. »Ich möchte jetzt erst einmal von dir wissen, wie dein

Traummann aussehen soll, wie stellst du ihn dir vor und das meine ich bildlich«, sagt sie und sieht mich dabei verschmitzt an: »Was für ein Bild hast du von ihm im Kopf?«

Ich überlege, mein Traum fällt mir wieder ein und ich merke, wie ich anfange innerlich zu glühen. Diesen Mann könnte ich in meine Realität holen? Allein der Gedanke daran treibt mir schon die Hitze ins Gesicht.

»Mily ... ? Warum wirst du plötzlich so rot?« Steph sieht mich an und grinst.

»Du meinst das funktioniert wirklich, wenn ich ihn mir im Kopf zurechtbastle? Dann wird es ihn hier in meiner Realität auch bald geben? Dann sitzt er in absehbarer Zeit hier mit uns gemeinsam am Tisch? Ich kann das gar nicht glauben!«, sage ich und sehe sie dabei zweifelnd an.

»Doch das funktioniert!«, sagt sie grinsend.

»Warum versuchst du es nicht auch, schließlich bist du Single?«, diesen Spruch konnte ich mir jetzt nicht verkneifen und lache sie dabei an.

»Was meinst du, was ich am Wochenende getan habe! Mein Traummann ist schon auf dem Weg zu mir, ich brauche mich jetzt nur zurücklehnen und an das wundervolle Leben mit ihm denken, welches mich erwartet. Alles andere geschieht wie von selbst.«, sie nimmt ihr Wasserglas und lächelt mich verschmitzt an: »So nun erzähl, wie wird der Mann sein, der dein Herz erobert?«

Ich überlege noch einen Moment und wäge für mich ab, was real werden könnte und was nicht.

»Mily! Nicht überlegen! Alles ist möglich, also lass deine Fantasie spielen.«

Wenn sie es so will, denke ich mir, bekommt sie es auch so und lege los: »Er hat liebevolle braune Augen, mit denen er mich zärtlich ansieht. Groß und stattlich, mit schönen, weichen, braunen Haaren, so in etwa um die eins achtzig groß. Seine Lippen fallen

einem sofort auf, so sinnlich geschwungen und zart zugleich.«
Wie in meinem Traum, sehe ich dieses Bild von einem Mann vor
mir auftauchen: »Sein Körper ist durchtrainiert, sein Sixpack
reizt zum Anfassen und sein Po ist eine einzige Versuchung.«

»Hm … , aha … , okay … «, sagt Steph in diesem Moment:
»Jetzt hast du von ihm ein Bild im Kopf, nun bilden wir seinen
Charakter und seine Persönlichkeit.«, mit wachem Blick sieht
sie zu mir und wartet darauf, dass ich anfange zu erzählen.

»Er hat Mut und ist verantwortungsbewusst, sein Herz ist
seine Stärke. Er lebt die Liebe, auch wenn es auf den ersten Blick
nicht so scheint. Liebevoll und zärtlich ist er zu mir. Er trägt
mich auf Händen durch das Leben und er liebt mich abgöttisch.
Spirituell ist er auch noch und er unterstützt meine Arbeit im
Amarylion. Steph … , genau das ist es, was ich in einem Mann
suche!«, erwartungsvoll sehe ich sie dabei an und spiele nervös
mit meinen Fingern herum.

»Mily, dieses Bild darfst du nicht verlieren, schließe es in deinem Herzen ein. Stell dir vor dieser Mann steht vor dir und nun
zauberst du ihn in dein Herz hinein. Dort siehst du ihn jetzt, in
dir drinnen. Hast du es verstanden?«

»Ja, bis hierhin und wie wird er jetzt Realität?«

Steph lächelt mich an: »Indem du weißt, dass er in deinem Innern schon existiert, fängt deine Realität an, alles in Bewegung
zu setzen, um ihn zu dir zu holen.«, genüsslich lehnt Steph sich
zurück, verschränkt ihre Arme hinter dem Kopf und beginnt
zu summen.

»So einfach? Mehr muss ich nicht tun, nur daran denken, dass
es schon Realität ist? Also so tun als wäre er schon da? Meinst
du das?«

Steph nimmt sich eine Olive, während ich sie fragend ansehe.
»Du hast es auf den Punkt gebracht, genauso musst du es tun.
Die göttliche Matrix um dich herum richtet sich völlig neu aus
und Schwups ist er da, der Mann deiner Träume.«

Ich sehe sie sprachlos an und kann es nicht glauben, dass es so einfach sein soll.

»Wir Menschen denken immer viel zu kompliziert, dabei ist es völlig einfach und hat auch nichts mit Zauberei zu tun. »Keep it simple«! Du ziehst alles in dein Leben, worauf du deinen Fokus richtest. Deshalb ist es so wichtig, sich in seinen eigenen Gedanken zu kontrollieren, denn nicht alles was man im Laufe des Tages denkt, hätte man auch gerne in seiner Realität. Wenn man aber nicht aufpasst, was man denkt, ist es schneller da, als man glaubt. Das ist das ganze Geheimnis dabei, mehr nicht. Keine Zauberei, kein Hokuspokus, nur deine Gedanken darauf fokussieren und so zu fühlen, »ganz wichtig«, zu fühlen er ist schon da.« Steph blickt mich mit ihren großen Augen an und leert dabei ihr Wasserglas.

Mir hat es völlig die Sprache verschlagen. Dass es so einfach sein soll, konnte ich noch gar nicht glauben. Wenn ich mir dann vorstelle, dass Mr. Right zur Realität wird, dann fange ich wieder an, von innen heraus zu glühen. Dieser Mann ist noch gar nicht in meine Welt getreten und verdreht mir schon jetzt so heftig den Kopf. Wie wäre es dann erst, wenn er vor mir stehen würde, zum Leben erwacht? Tausend Gedanken jagen mir durch den Kopf und lassen mich nicht mehr klar denken.

»Siehst du ihn greifbar vor dir?«, fragt Steph mich noch einmal.

»Ja, sehe ich … , und wie greifbar er ist!«, antworte ich ihr.

»Gut und nun musst du nur immer daran denken, wie nah er ist und dann steht er plötzlich vor dir.«, sie zwinkert mir zu, während sie ihr Haar dabei aus dem Gesicht streicht. »Ich hoffe nur, dass ich diesen Augenblick bei dir live miterleben darf«, schmunzelnd blickt sie mich dabei an.

»Hast du das auch genau so getan?«, frage ich sie.

»Ja, genauso und ich sehe ihn vor mir, greifbar und in voller Größe. Ein Traum von Mann, so kräftig und er strahlt etwas

Beschützendes für mich aus«, seufzend sieht sie mich an: »Ich kann gar nicht erwarten, ihn in meine Arme zu schließen«, sagt sie und nimmt sich noch eine Olive, während sie mich ansieht.

Wir beide verbringen den Rest des Abends damit, unsere Fantasie anzuheizen. Wir planen, was wir zu viert dann unternehmen wollen, reden über erfüllenden sinnlichen Sex, der uns auf Wolke sieben katapultiert und über unsere Zukunft, wie sie mit Partner dann aussehen wird.

Als es Zeit wird ins Bett zu gehen, räumen wir beide noch zusammen den Tisch ab und erledigen den Abwasch. Die restlichen Sachen verstauen wir im Kühlschrank, damit wir den nächsten Tag noch einmal davon genießen können.

Kurz bevor Steph geht, legt sie mir noch einmal ans Herz, mich um das Thema Maik zu kümmern, um es endlich abzuschließen. Ich verspreche ihr, dass ich morgen beim Anwalt anrufen werde, um mich zu erkundigen, was ich tun kann. Damit gab sie sich zufrieden, umarmte mich noch einmal und verschwand zu ihrem Auto, welches in der Einfahrt parkte. Während ich wieder ins Haus gehe, überlege ich mir noch, ein Buch mit nach oben zu nehmen, also gehe ich noch einmal ins Amarylion und stöberte im Regal herum. Endlich finde ich etwas Passendes. Erstaunlicherweise suche ich mir ein Buch aus, welches »die Macht der Gedanken« zum Thema hat. Dieses Buch handelt von einem Mann, der nach einem Unfall seine Karriere aufgeben musste und durch einen alten Mann völlig neue Impulse für sein Leben bekam. Genau das richtige Buch als Bettlektüre, denke ich, klemme es mir unter den Arm und lösche beim herausgehen im Laden das Licht. Auf dem Weg nach oben hole ich mir noch die Wasserflasche aus dem Kühlschrank, damit ich nicht wieder herunterlaufen muss, falls ich Durst bekomme.

Bestens ausgerüstet für die Nacht begebe ich mich nach oben ins Schlafzimmer, wo Quinny es sich auf meinem Bett schon bequem gemacht hat. Es ist erstaunlich, was für ein Platz so eine kleine Katze braucht. Lang ausgestreckt liegt sie quer auf dem Bett. Ich gehe erst ins Bad, um mich Bett fein zu machen und mir die Zähne zu putzen.

Während ich mich abschminkte, halte ich inne und schaue mich im Spiegel an: »Ist es wirklich möglich, dich zum Leben zu erwecken, Mr. Right?«, frage ich mein Spiegelbild.

»Das ist ja verrückt! Jetzt rede ich mit einem Phantom, nur weil Steph gesagt hat, ich soll ihn in mir drinnen fühlen, als wäre er schon da.«

Kopfschüttelnd wasche ich mir die Hände und mein Gesicht mit dem kühlen Wasser, aber sollte ich gedacht haben, das bringt mir wieder einen klaren Kopf, da hatte ich mich getäuscht. Die Gedanken kreisen um diese verrückte Möglichkeit, ihn Realität werden zu lassen, das lässt mich nicht mehr los. Seufzend begebe ich mich zu Quinny ins Schlafzimmer und quäle mich unter die Decke, weil meine liebe Orakel-Katze es nicht für nötig hält, mal etwas Platz zu machen. Im Gegenteil, sie schaut mich noch vorwurfsvoll an, als ich sie zur Seite schiebe. Zur Versöhnung streichele ich sie und sie dreht mir ihren Bauch zu, damit ich sie auch dort kraulen kann.

»Was meinst du – Quinny? Kann so etwas funktionieren, sich seinen Mr. Right einfach herbeizaubern, indem man ihn sich nur bildlich genug vorstellt?«

Sie fängt genüsslich an zu schnurren und ich frage mich, ob das ihre Antwort sein soll und ob es ein »Ja« bedeutet. Ich rücke mir mein Kopfkissen zurecht, lösche mit dem Schalter über dem Bett die große Deckenlampe und knipse mir meine kleine Leselampe an. Dann schnappe ich mir das Buch und beginne zu lesen. Doch immer wieder schweifen meine Gedanken ab, so dass ich das Buch nach kurzer Zeit genervt aus der Hand lege. Ich knuddele und streichele Quinny nochmal und lösche dann das Licht. Meine Gedanken kreisen immer noch um Mr. Right und ich versuche mich darauf zu konzentrieren, wie er aussieht, doch die Müdigkeit siegt und ich spüre, wie ich langsam einschlummere, um ihn kurze Zeit später, in voller Pracht vor mir zu haben.

Die Kerzen werfen flackernd ihr warmes Licht ins Schlafzimmer. Der Duft von Rosen dringt tief in meine Sinne ein. Dieses herrliche Aroma breitet sich im ganzen Zimmer aus, dringt in alle Nischen und Ecken des Raumes, um schließlich mit seinem betörenden Duft über unsere Körper hinweg zu streifen. Leise spielt die Musik im Hintergrund und die Sängerin hüllt uns mit ihrem Gesang von Liebe und Sehnsucht ein. Ich liege auf dem Bauch, meinen Kopf in die herrlich weichen Kissen gekuschelt und spüre seine gesamte, maskuline Präsenz neben mir. Sanft streicht er über meinen Rücken, mit jeder Faser meines Körpers genieße ich seine Hände auf mir. Langsam gleitet er mit dem Finger meine Wirbelsäule entlang, Stück für Stück vom Nacken hinab, gleitet er über jeden einzelnen Wirbel, bis er sein Ziel meinen sanft geschwungenen Po erreicht hat. Er knetet ihn zärtlich fordernd, um dann erneut die Reise zum Nacken, mit seinen Händen anzutreten. Ich spüre, wie er sich zu mir herunter beugt, fühle seine Lippen warm über meinen Hals streichen, sein heißer warmer Atem streicht mein Ohr. Genüsslich fängt er an, an meinem Ohrläppchen zu knabbern, ich fühle, wie sich die Pforte zu meinem Himmelreich öffnet und meine Perle pochend anfängt zum Leben zu erwachen. Ein Kribbeln breitet sich in meinem ganzen Körper aus und berauscht mir die Sinne. Seine Hand wandert lasziv meinen Rücken herab und bleibt still auf meinem Po liegen, um im nächsten Moment zärtlich von hinten zwischen meine Schenkel zu fahren. Erwartungsvoll strecke ich ihm mein feuchtes Himmelreich entgegen. Seine Finger dringen in mein heißes Nass ein, damit sie sich dann wieder zurückziehen, um das Spiel wieder und wieder von neuen zu beginnen. Er treibt mich damit in den Wahnsinn. Sanft berühren seine Lippen wieder meinen Rücken, streichen über ihn hinweg, ein Feuerwerk der Gefühle überschwemmt meinen Körper und lässt ihn vor Lust erbeben. Zentimeter für Zentimeter erobern seine sinnlichen Lippen meinen Körper, seine Hand streicht meine lange Lockenpracht zur Seite und ich spüre seine Zunge über meinen Hals wandern. Zärtlich streichelt er mir mein Haar aus dem Gesicht, sein heißer Atem streift meine Wange und seine braunen Augen fangen mich ein, während er sinnlich seine Lippen auf meine legt. Sanft fordert seine Zunge Zugang zu meinem Mund, öffnet ihn und ich fühle wie unsere Zungen in einem Tanz miteinander verschmelzen. Sein Excalibur drängt sich heiß und fordernd an meinen Po. Von Ekstase getrieben, pulsiert mein Blut durch den Unterleib und sorgt dafür, dass mein Himmelreich in Flammen zu stehen scheint. Ich spüre wie die Knospen meiner Brust sich aufrichten, sich an dem Laken reiben und mir noch mehr Genuss bereiten. Seine Hand schiebt sich zwischen meine Schenkel, während unsere Zungen noch immer sinnlich miteinander tanzen und endlich spüre ich wie sein Finger in das herrliche Nass meines Himmelreichs hineingleitet. Seufzend strecke ich meinen Po in die Höhe, um ihn noch tiefer in mir aufzunehmen. Sein Finger kommt langsam wieder aus mir heraus und beginnt meine Perle zu beglücken. Ganz zart zwirbelt er sie zwischen seinen Fingern, um dann sanft darüber hinweg zu fahren, was mich fast an den Rand eines gewaltigen Orgasmus treibt. Er genießt es zu fühlen, wie ich kurz vorm explodieren stehe und streicht immer wieder sanft über meine Perle, um im nächsten Moment seinen Finger in das warme Nass meines Himmelreichs zu versenken. Ein Stöhnen kommt mir über die Lippen und ich habe das Gefühl zu schweben, als er einen zweiten Finger in mich gleiten lässt. Mit sanften Bewegungen massiert er mich von innen und bringt mich so zum Glühen. Immer wieder fährt er heraus, um meine Perle zu beglücken, um im nächsten Moment mit drei Fingern wieder ins

Innere vorzustoßen. Laut rauscht das Blut in meinen Ohren und ich spüre, wie sich die Gefühle zum Höhepunkt hin steigern. Immer fordernder tanzen unsere Zungen ineinander verschlungen, während seine Finger mich von innen massieren. Sie gleiten wieder aus mir heraus und streichen an meinem Po entlang, sein Excalibur ergreift sofort die Chance und legt sich zwischen meine Schenkel, wo ich seine ganze Pracht nur erahnen kann. Ich spüre seine Lust, fühle, dass auch er kurz vor dem Höhepunkt steht, strecke ihm mein Himmelreich noch näher entgegen und erlebe, wie die Spitze seines Excalibur in mein feuchtes Nass eindringt. Hunderte von Farben blitzen in meinem Kopf auf, ein lautes Stöhnen kommt über meine Lippen, als er endlich tiefer und tiefer in mich gleitet. Immer fester stößt er in mich hinein und eng ineinander verschlungen, tanzen unsere Körper im Rhythmus der Ewigkeit. Ein letztes Mal stößt sein Excalibur in die tiefen meines Himmelreichs, um es mit all seiner Liebe zu füllen. Völlig erschöpft bleiben wir eng umschlungen liegen und ich sehe in seine wundervollen braunen Augen, spüre seinen muskulösen, glühenden verschwitzen Körper auf mir. Er sieht mich liebevoll an, streicht mir das feuchte wirre Haar aus dem Gesicht und legt seine sinnlichen Lippen auf meine, um mich zärtlich zu küssen. Seine Augen funkeln als er mich ansieht und ich streiche zärtlich über sein Grübchen am Kinn. Es fühlt sich rau an, durch den Bart, der sich trotz rasieren jeden Tag erneut seinen Weg ans Licht bahnt. Er streicht mir mit seiner Hand über meine Wange, seine Augen fixieren mich, während er mit seinen Fingern in meinen Locken spielt.

»Ich liebe Dich Emily.«

Völlig aufgewühlt, öffne ich meine Augen und muss mich erst orientieren, wo ich bin. Dann stelle ich fest, dass es nur ein Traum war, wieder mit Mr. Right in der Hauptrolle. Wieso liege ich auf dem Bauch? Meine Gedanken schweifen in den Traum zurück und etwas beunruhigt mache ich Licht, um mich zu vergewissern, dass ich wirklich allein im Bett liege. Vorwurfsvoll blinzelt Quinny mich an, als sie geblendet vom Licht ihre Augen öffnet. Das Zimmer sieht aus wie immer und es ist auch kein Mr. Right hier. Es hat sich alles so echt angefühlt, dabei war es wirklich nur ein Traum, aber wieder so real, wie das letzte Mal.

»Wieso habe ich, genau wie im Traum, auf dem Bauch gelegen als ich aufgewacht bin?«, frage ich mich selbst laut.

»Meine Güte ist das unheimlich, da hast du wirklich gute Arbeit geleistet Steph, jetzt fühle ich seine Präsenz schon in der Wirklichkeit hier!«

Kopfschüttelnd stehe ich auf und begebe mich mit meinem erhitzen Körper ins Bad, wo ich feststellen muss, dass mein Himmelreich wirklich einer Flutwelle erlegen war.

»Wie kann das Angehen?«, frage ich mich überrascht.

»Es war doch nur ein Traum!«

Völlig irritiert gehe ich ans Waschbecken und mache mich etwas frisch. Im Spiegel blickt mich eine vollkommen zufriedene Emily an, ich kann es wirklich nicht glauben, dass dieser Mann bald in voller Pracht vor mir stehen soll. Während ich das Licht im Bad lösche und mich wieder in mein Bett kuschele, gehen mir diese wunderschönen Augen nicht aus dem Sinn.

»Wieso fühlt es sich so real an? Sogar das raue Kinn mit dem Grübchen kann ich noch fühlen, als hätte ich es wirklich berührt. Quinny hast du eine Erklärung dafür?«, fragend schaue ich meine Orakel-Katze an, die sich schnurrend unter meiner Hand räkelt.

»Das kann doch nicht sein, dass das wirklich so schnell zur Realität wird, oder? Es ist doch erst ein paar Stunden her, dass wir das Ritual gemacht haben und prompt taucht er in derselben Nacht in meinem Traum auf. Das ist wahrlich Zauberei und ich bin neugierig, ob es Mr. Right auch wirklich gibt.«

Quinny schaut mich mit ihren glänzenden und verschlafenen Augen an, als ich mit mir selbst rede.

»Wie kann das angehen das ein Mann mich im Schlaf so beglücken kann, dass ich hinterher noch nicht einmal weiß, ob es real oder ein Traum war?«, während ich dies laut zu mir selbst sage, streichele ich Quinny, die sich dankbar an mich kuschelt.

»Ach Quinny, wenn das mal nicht doch nur ein Traum bleibt. So einen Mann erschaffen? Ich weiß nicht, das hört sich total verrückt an, findest du nicht auch?«, schnurrend räkelt sie sich unter meiner Hand und drückt sich noch enger an mich.

»Na, wenn Mr. Right Wirklichkeit geworden ist, dann musst du aber etwas mehr Platz hier im Bett für ihn lassen«, sage ich lachend zu ihr und taste zum Lichtschalter, um das Licht zu löschen. Was für ein verrückter Tag, denke ich noch im Stillen, als der Schlaf mich überkommt und ich wieder in meine Traumwelt eintauche.

4

Die Sonne scheint golden durch das Küchenfenster und mein Blick fällt hinaus in den Garten, wo sich die Blumen und Kräuter dem Licht entgegenstrecken. Zart wiegen sie sich im warmen Luftzug, der über sie hinweg weht und sie verströmen ihren Duft im ganzen Garten. Es ist noch früh am Morgen und ich beobachte einen Schmetterling, der sich gerade auf dem Lavendel niedergelassen hat. In bunten Farben schimmern seine Flügel in der Morgensonne, während er völlig still die wärmenden Strahlen genießt. Ich gieße mir Kaffee in meine große geblümte Tasse und begebe mich in den Garten. Mit meinem Kaffeebecher in der Hand gehe ich durch dieses Meer von Pflanzen, genieße die absolute Stille und Harmonie, die mich hier umgibt. Es ist kunterbunt, so eine Vielfalt von Pflanzen haben meine Eltern hier angesiedelt. Bunt mischen sich hier die Gartenkräuter mit den Blumen und den Heilkräutern und geben dem Garten so einen verwunschenen zauberhaften Anblick. Bei den Kräutern bleibe ich einen Moment stehen, streiche wehmütig über die Blätter vom Rosmarin und ziehe den Duft ganz tief in meine Lungen. Mein Dad hat damit immer geräuchert, weil es reinigende Wirkung auf die Atmosphäre hat. In solchen Momenten wie diesen vermisse ich ihn sehr. Gleichzeitig hat er es auch den Kunden zum Räuchern mitgegeben, wenn die seiner Meinung nach besonderen Schutz brauchten. Er gab ihnen Anweisungen, wie sie es anwenden sollten und es kam immer ein positives Feedback zurück. Die Kunden wunderten sich, dass so eine einfache Räucherung so ein Ergebnis erzielen konnte. Es war völlig egal, was für Gebrechen sie hatten, Dad hatte immer für alles eine seiner Kräutermischungen parat. Diese stimmte er individuell auf das Problem ab und holte sie dann aus dem Garten. Er hatte wirklich ein Händchen dafür und ich habe schon als Kind viel von ihm gelernt, welche Pflanzen wofür zu verwenden sind. Ich hatte keine Freunde zum Spielen, bin dafür aber von Dad mit einem großen Wissen über die Heilpflanzen beschenkt worden. Wie ich so in Mitten der Kräuter stehe, verändert sich meine Wahrnehmung, der Geruchssinn scheint sich zu verstärken. Ich nehme den Duft des Beifußes wahr, der Minze und genieße diese Mischung, die mir durch die Nase zieht und meine Sinne am frühen Morgen schon so stark belebt.

»Schöner kann ein Tag gar nicht beginnen«, sage ich laut zu mir selbst und setze mich hinten im Garten auf die Bank.

Hier sitze ich umgeben von Efeu, Rosen, Malven und noch vielen anderen Blumen, die mich mit ihren Farben zu umarmen scheinen. Hinter der Bank hebt sich majestätisch der Trompetenbaum in die Höhe und bildet über mir ein so dichtes Blattwerk, dass es aussieht, als wäre ein überdimensional großer Sonnenschirm aufgespannt. Hier im Schatten genieße ich den

Ausblick, der sich vor mir auftut, beobachte die Vögel, Bienen, Käfer und bin völlig in meinen Gedanken versunken, so dass ich vor Schreck fast die Tasse fallen lasse, als Steph plötzlich vor mir steht.

»Hier bist du! Ich habe im Haus schon nach dir gerufen und keine Antwort erhalten. Was für ein Wunder, wenn du hier sitzt und ein Sonnenbad nimmst«, sagt sie mit einem Grinsen im Gesicht.

»Ist das nicht ein herrlicher Tag Steph? So friedlich und harmonisch. Ich habe eben das Gefühl gehabt, mit der Natur zu verschmelzen, bis du mich etwas unsanft wieder in die Realität befördert hast«, lachend sehe ich sie an und nehme einen Schluck aus meiner Kaffeetasse.

»Weißt du was?«, sagt sie: »Ich mache uns jetzt ein paar Häppchen mit diesem leckeren Dip von gestern Abend, schnappe mir auch eine Tasse mit diesem herrlich duftenden Kaffee und wir frühstücken hier draußen. Was meinst du?«, fragend schaut sie mich an.

»Das ist eine gute Idee«, erwidere ich und schon dreht sie sich um und läuft graziös, wie eine Gazelle den gewundenen Weg aus Rindenmulch zum Haus zurück.

Ich sehe ihr nach und muss schmunzeln über ihren morgendlichen Elan. Kurze Zeit später kommt sie wieder zurück und trägt in den Händen ein Tablett, gefüllt mit vielen leckeren Häppchen, Obst und dem Gemüse vom Abend vorher. Gemeinsam genießen wir beide unser spontanes Freiluft Frühstück in der freien Natur, schauen den fleißigen Bienchen dabei zu, wie sie dafür sorgen, dass die Blumen sich vermehren und hören den Vögeln zu, wie sie trällernd den Tag begrüßen.

»Was für eine Idylle«, sagt Steph in diese Stille hinein und nimmt sich dabei ein Stück Apfel vom Tablett. »Wie war deine Nacht Püppi?«, grinsend sieht sie mich an und verdreht dabei die Augen: »Hast du Mr. Right wieder im Traum getroffen?«

Völlig perplex sehe ich sie an: »Woher weißt du das?«, frage ich sie.

»So zufrieden wie du aussiehst und deine Ausstrahlung dazu verrät schon viel. Du siehst aus, als hättest du eine heiße Nacht gehabt«, prustend vor Lachen setzt sie ihre Tasse ab, als der Kaffee stark schwankend schon fast über den Rand zu schwappen droht.

Ich fühle, wie mir vor Scham die Röte ins Gesicht schießt. »Ja er war wieder da und weil du ja so neugierig bist, es war wieder wunderschön mit ihm.«, trotzig wie ein Kleinkind sehe ich sie dabei an.

Steph hält sich vor Lachen den Bauch und die Tränen laufen ihr übers Gesicht.

»Na dann ist er ja schon sehr nah bei dir und es kann nicht mehr lange dauern, bis er hier mit dir auf der Bank sitzt.«, breit grinsend sieht sie mich an und wischt sich dabei die Tränen aus dem Gesicht. »Erzähl doch mal was er so alles mit dir macht in der Nacht.«, schelmisch grinsend schaut sie mich an und nimmt einen Schluck Kaffee, wobei ich höre, wie sie vor unterdrückten Lachen in die große geblümte Tasse gluckst.

»Das glaube ich jetzt nicht Steph! Du willst allen Ernstes, dass ich dir meine erotischen Träume mit ihm schildere?«, völlig entrüstet, sehe ich sie an.

»Das war ein Scherz Püppi! Diese delikaten Details darfst du gerne für dich behalten. Ich habe dafür ja vom Universum meine blühende Fantasie mit in die Wiege bekommen und du hilfst mir, dass sie nicht verkümmert«, lachend sieht sie mich an und zwinkert mit den Augen.

»Aber jetzt mal im Ernst Steph, meinst du wirklich, dass es so funktioniert?«, fragend und zweifelnd sehe ich sie an, während ich meine Kaffeetasse leere und anschließend herzhaft in ein Brot beiße.

»Klar funktioniert das, und zwar rasend schnell kann es

gehen. Es kommt darauf an wie real er schon in deinem Kopf existiert.«, sie knabbert dabei voller Hingabe an ihrem Brot, während sie erwartungsvoll in meine Richtung schaut.

»O. K., aber was mache ich, wenn er dann da ist und ich feststelle, dass ich ihn doch nicht will? Kann ich ihn auch wieder wegzaubern?«, völlig ernst sehe ich sie an und spiele nervös mit meiner Tasse herum, drehe sie immer wieder in der Hand hin und her.

»Wovor hast du Angst Mily?«, sie sieht mich fragend an und stibitzt sich noch ein Brot mit Dip.

»Ich weiß nicht genau, es ist nur so ein Gefühl, vielleicht brauche ich einfach die Sicherheit, dass ich ihn auch wieder loswerde, wenn er sich als absolut untauglich entpuppt. Was mache ich, wenn er sich später auch so verwandelt wie Maik? Du hast doch gesagt, dass Alte muss erst weg, sonst zieht man sich mit dem neuen Partner gleich wieder solche Energien an, oder?«, etwas hilflos sehe ich sie an und streiche mir die Krümel von meinem Kleid.

»Erstens rufst du gleich bei deinem Anwalt an, damit erledigt sich das Thema Maik und kann ad Acta gelegt werden. Zweitens kreierst du dir Mr. Right selbst. Wenn du also nicht ganz klare Gedanken hast, deine Ängste da mit rein bringst, dann geht das nach hinten los und schon steht Maik Nummer zwei vor dir. Kontrolliere deine Gedanken und dann kann nichts schief gehen.«, zufrieden lehnt sich Steph zurück und genießt die Sonnenstrahlen auf ihrem Gesicht.

»Vielleicht hast du Recht, ich mache mir immer zu viele Gedanken darüber, aber das ist doch auch kein Wunder, nach dem was Maik mir angetan hat.«, ich blinzele, durch die Sonne geblendet zu ihr rüber.

»Alles braucht seine Zeit um zu reifen, auch Mr. Right. Es sei denn, du bist eine Meisterin in Gedanken unter Kontrolle halten.«, Steph lacht mich an, als sie das sagt: »Jetzt haben wir außerdem genug Muße getan, ran an die Arbeit, die Kunden brauchen uns.«, damit steht sie auf und schnappt sich das Tablett, um es mit in die Küche zu nehmen.

Ich mache es ihr gleich und lasse gedankenverloren noch einmal meinen Blick durch den Garten schweifen, über die Kräuter, die Blumen, die große Wiese hinter der Bank, auf der wir eben saßen, die jetzt im saftigen Grün, gesprenkelt mit Gänseblümchen, daliegt. Seufzend begebe ich mich ins Haus, damit ich gleich die unangenehmste meiner Arbeiten für heute erledigen kann. Das Gespräch mit dem Anwalt stand auf meinem Zettel ganz oben, damit ich es auch schnell hinter mich bringe.

Als ich in die Küche komme, steht das Tablett mit dem Frühstücksgeschirr auf dem Küchentresen und ich höre, wie Steph im Laden mit jemandem redet. Sie lacht dabei und ich kann mir keinen Reim daraus machen, wer da vorne wohl ist, deshalb begebe ich mich in den Laden und sehe, dass sie telefoniert. Sie gibt mir Handzeichen, dass ich den Laden schon mal aufschließen soll. Während sie weiter redet und mit dem Finger über die Seite im Terminbuch fährt, schließe ich die Tür auf und drehe das Türschild herum.

»Ja Mrs. Coleman, ich habe hier noch einen Termin für morgen frei, würde bei Ihnen siebzehn Uhr passen?« Steph lauscht in den Telefonhörer, während sie mit dem Stift auf dem Terminbuch klopft: »Das hört sich doch gut an, dann trage ich Sie jetzt für diesen Termin ein«, sagt sie ins Telefon und schreibt dabei mit wichtiger Miene in die Spalte mit siebzehn Uhr, den Namen Mrs. Coleman. »Sicher hat Emily da auch genügend Zeit für Sie, denn Sie sind die letzte Kundin für eine Beratung an diesem Tag.«, wieder lauscht sie in den Telefonhörer: »Das können Sie dann alles morgen mit ihr persönlich besprechen. Haben Sie sonst noch einen Wunsch?« Mit großen Augen sieht sie mich an, während sie noch immer den Stift zwischen ihren

Fingern dreht. »Ja der mediale Abend ist heute ... , um zwanzig Uhr«, sagt sie und ihr Grinsen wird immer breiter. »Das mache ich doch gerne für Sie.«, wieder nimmt sie den Stift und trägt Mrs. Coleman für heute Abend ein: »Ja, zwei Personen ... , habe ich eingetragen! Wir freuen uns auf sie beide. Bis heute Abend Mrs. Coleman.«

Steph legt den Hörer auf und sieht mich schmunzelnd an. »Das war Mrs. Coleman, eine Neukundin. Kommt auf die Empfehlung einer Freundin, den Namen wollte sie aber nicht nennen.«, während sie das sagt, schaut sie mit wichtiger Miene in das Terminbuch: »Diese Woche wäre somit ausgebucht und der mediale Abend heute ist jetzt auch ausverkauft.«

Ich stehe neben Steph und sehe in das Terminbuch, welches vor ihr liegt.

»Wer ist Mrs. Coleman und warum lächelst du bei ihren Namen so geheimnisvoll?«, herausfordernd sehe ich sie an.

»Du kennst sie nicht? Oh, dann wird es aber Zeit, dass du Bekanntschaft mit ihr machst«, sagt Steph, während sie auf dem Tresen die Engel wieder zurechtrückt.

»Nun mache es doch nicht so spannend und erzähl mir wer sie ist!«, fragend sehe ich sie an und helfe ihr dabei den Karton mit den neuen Büchern auf den Tresen zu heben, mit dem sie sich gerade abmüht.

»Wo fange ich nur an zu erzählen?« Steph öffnet den Karton, während ich warte, dass sie weiter erzählt.

»Grace Coleman ist die bekannteste und beliebteste Psychotherapeutin im ganzen Umkreis von Kansas City. Um bei ihr einen Termin zu bekommen, musst du ganz viel Geduld aufbringen. Nicht selten warten die Patienten bis zu einem Jahr, nur um von ihr aufgenommen zu werden. Sie hat ihre Praxis in Kansas City im Medical Center.«, während sie das sagt, sortiert sie die neuen Bücher nach Genre ins Regal ein. »Ihr Mann ist Dr. Andrew Coleman, der bekannte Kardiologe und Chefarzt aus dem St. John's Memorial Hospital in Kansas City. Man munkelt allgemein, dass er jedes Herz wieder zum Leben erwecken kann, auch die aussichtslosen Fälle.« Steph fasst sich ans Herz: »Vielleicht repariert er sogar gebrochene Herzen? Ach nein, dafür ist seine Frau ja zuständig«, sagt sie lachend und erzählt dabei weiter: »Sie haben einen Sohn, Jayden Coleman, er ist auch Kardiologe, wie sein Vater, nur das er sich auf Herzoperationen und Transplantationen spezialisiert hat. Soweit ich weiß, steht er nur im OP. Er hat einen sehr guten Ruf, wie sein Vater auch und es werden sogar Patienten aus anderen Kliniken der USA extra dort eingeflogen«, lächelnd sieht sie mich an, während mir vor Erstaunen die Augen ganz groß werden.

»Das ist ganz schön viel, was du über diese Familie weißt, stand das in den Klatschblättern?«, fragend sehe ich sie an.

»Nein, das hört man von den Kunden oder wenn man mal herausgeht und sich nicht einigelt in seinem Haus.«, vorwurfsvoll schaut sie mich an. »Jayden Coleman repariert nicht nur Herzen, er bricht sie auch und seine Mom muss sie dann wieder flicken ... «, lachend schiebt Steph die Bücher ins Regal: »Das erzählt man sich so da draußen. Er ist Single, genießt sein Leben in vollen Zügen und sieht verdammt gut aus.« Steph schaut mich mit einem Grinsen im Gesicht an: »Groß, muskulös, sexy, ein Mann zum Vernaschen. Ich habe mal ein Bild von ihm in der Zeitung gesehen.«, sie schaut mich an und leckt sich obszön dabei über ihre Lippen: »Den würde ich nicht von der Bettkante stoßen.«, jetzt muss Steph lachen und prustet erst richtig los, als sie in mein entsetztes Gesicht blickt.

»Hört sich interessant an, da bin ich ja auf heute Abend gespannt, wenn seine Mom hier auftaucht«, sage ich, räume dabei die leeren Kartons zur Seite und gehe damit ganz dezent über ihre Bemerkung hinweg. »Es hört sich sehr nach High Society an, was du da erzählst.«, ich gehe zum Tresen und nehme mir das Telefon: »Ich bin mal eben kurz in der Küche und rufe beim

Anwalt an!«, sage ich zu Steph, die schmunzelnd die einsortierten Bücher alle zurechtrückt.

»Wenn du schon dabei bist, gehe bitte kurz ins Büro und sieh mal die E-Mails durch!«, ruft Steph mir hinterher.

»Oh je ... ! Die habe ich die letzten zwei Tage völlig aus dem Blick verloren, gut, dass du mich daran erinnerst!«, rufe ich ihr auf dem Weg zur Küche zu. »Erledige ich gleich nach dem Anruf beim Anwalt!«

Der Anruf verläuft völlig problemlos. Mir wird versichert, dass sich die Kanzlei darum kümmert und ein Schriftstück aufsetzt, welches Maik untersagen wird, mich anzurufen. Sollte er zuwiderhandeln, habe ich die Möglichkeit, eine Anzeige bei der Polizei aufzugeben und dann hätte er mit entsprechenden Konsequenzen zu rechnen. Die nette Sekretärin versprach, mir eine Durchschrift von dem Brief zukommen zu lassen. Ich atme erleichtert auf. Zufrieden mache ich mich auf den Weg ins Büro, um die Post durchzusehen.

In meinem Büro angekommen, stelle ich fest, dass hier großer Handlungsbedarf herrscht. Ein Stapel von Papier liegt auf dem Schreibtisch und will bearbeitet werden. Rechnungen, Kundenanfragen und Dankesbriefe. Einige Kunden, die Heilbehandlungen bei mir hatten und so glücklich über den Erfolg sind, schreiben mir wie gesund sie jetzt wären. Viele sprechen von einem regelrechten Wunder und es ist immer wieder erfrischend für meine Seele, solche Briefe zu lesen. Mir geht es immer gut, wenn ich anderen helfen kann, das bereitete mir große innerliche Zufriedenheit. Viele dieser Kunden empfehlen das Amarylion auch weiter und dank ihnen, ist unser Terminkalender immer prall gefüllt.

Unterdessen ich den Stapel Briefe öffne und durchsehe, schalte ich den Computer ein. Während dieser hochfährt, sehe ich mir den nächsten Dankesbrief an.

Er kommt von einer Kundin, für die ich vor kurzem einen Jenseitskontakt hergestellt hatte. Ich kann mich noch genau erinnern, als wäre es gestern gewesen. Diese Sitzung war etwas ganz besonderes gewesen und ich weiß noch wie Steph gestaunt hat, das ich mitten in der Sitzung aus meinem Beratungsraum kam, um ihr zu sagen, sie möchte den Termin von dem darauf folgenden Kunden, um zwei Stunden nach hinten verschieben. Länger als eineinhalb Stunden dauerte so ein Jenseitskontakt nie und ich hatte in den ganzen Jahren niemals eine Sitzung verlassen müssen, um ihr zu sagen, sie möchte den nachfolgenden Kunden verschieben.

Ich sehe gerade wieder ihr Gesicht vor mir, als ich ihr die Order gab, es zu tun. Anstandslos tat sie, was ich ihr aufgetragen hatte und griff sofort zum Telefon um den Kunden zu informieren, bevor dieser sich auf den Weg ins Amarylion machte. Derweil ging ich damals wieder in mein Beratungszimmer und setzte die Sitzung fort.

Meine Kundin war Joanna Reeves, sie war in Begleitung ihrer Tochter Brenda Reeves gekommen. Das Besondere an dem Tag war, es war Joannas siebzigster Geburtstag und ihre Tochter hatte ihr einen Gutschein für einen Jenseitskontakt geschenkt. Keiner von uns konnte zu diesem Zeitpunkt ahnen, dass diese Sitzung drei Stunden, also doppelt so lange wie gewöhnlich dauern würde.

Bei den Gedanken an diesen besonderen Tag muss ich schmunzeln. Alles lief von Anfang an genauso ab, wie bei jedem anderen Reading auch. Ich begann diese Sitzung mit einer Aufklärung für Joanna. Dabei informierte ich sie, was ein Jenseitskontakt ist, wie er abläuft und machte mir dabei ein mentales Bild von ihr. Dabei achtete ich ganz genau darauf, ob sie aufgeschlossen oder ängstlich ist und dann sprach ich sie auch direkt auf psychische Vorerkrankungen an. Das ist für mich sehr wichtig, da ich als Medium auch verantwortlich für die Vor- und Nachbetreuung bin.

Wenn ein Kunde mir sagt, er ist in psychologischer Behandlung, dann breche ich die Sitzung hier ab, da das Risiko zu groß ist, eine Depression oder Todessehnsucht mit dem Jenseitskontakt auszulösen. Erst wenn alles geklärt ist und ich auch von der geistigen Welt ein »O. K.« habe, dass mit dem Reading begonnen werden kann, erst dann erkläre ich ihm den Ablauf dieser Sitzung.

In diesem Fall bat ich Joanna mich dabei zu unterstützen, indem sie mir nur mit »Ja«, »Nein« oder »Ich weiß es nicht«, antwortete. Alle anderen Details bekomme ich von der verstorbenen Seele, mit der ich im Kontakt stehe.

Genauso begann auch das Reading mit Joanna. Ihre Tochter Brenda war nur Zuschauerin und sollte sich still verhalten. Relativ schnell hatte ich Kontakt in die geistige Welt und Joannas verstorbener Ehemann Ethan, meldete sich bei mir. Er war genau so aufgeregt wie Joanna selbst auch. Viele Details brachte er mir aus dem Jenseits, was seine Person betraf und seine Frau saß vor mir und ließ ihren Tränen freien Lauf. Es wurde ein so lustiger und gleichzeitig emotionaler Kontakt, wobei er über das vergangene Leben erzählte und auch seine Tochter Brenda direkt ansprach. Wir lachten und weinten alle drei und als ich den Hinweis aus der geistigen Welt bekam, dass diese Sitzung so schnell kein Ende finden würde und es wichtig für Joannas Seele ist, ließ ich Steph den nachfolgenden Termin verschieben.

Es war so schön zu sehen, wie erstaunt sie war, mit ihrem Mann zu reden, wie gut es ihrer Seele tat und wie sie aufblühte in diesen drei Stunden.

In diesen Momenten liebe ich meine Arbeit als Medium über alles und fühle mich so stark mit meinen Eltern verbunden, wie an keinem anderen Tag. So feierten wir also Joannas Geburtstag, zusammen mit ihrem Mann, in der geistigen Welt. Am Ende der Sitzung erklärte ich ihr, dass ich die nächsten drei Tage noch für sie da bin, falls sie Fragen haben sollte, zu dem gerade Erlebten.

Doch sie nahm dieses Angebot nie an, stattdessen kommt jetzt dieser Brief von ihr, wo sie sich noch einmal bei mir bedankt und mir erklärt, wie sehr sich ihr Leben seit dem Tag an verändert hat. Sie selbst würde jetzt ihrem letzten Tag auf Erden ganz anders entgegenblicken. Seit unserem Gespräch kann sie auch das Leben wieder genießen, weil die Trauer um ihren Mann von ihr abgefallen ist. Ich musste lächeln, als ich den Brief zu Ende gelesen habe. Jetzt wische ich mir die Tränen aus dem Gesicht, die sich vor Rührung gebildet haben und mir die Wangen herunterlaufen.

Ich liebe diese Momente des Lebens, die mir zeigen, dass ich auf dem richtigen Weg bin, meiner Berufung nachgehe und mich auf meinem Seelenweg befinde. Ein Blick zur Uhr verrät mir, dass ich mich beeilen muss, denn es ist schon viertel vor zehn und um zehn Uhr kommt meine nächste Kundin.

Deshalb sehe ich noch schnell in mein E-Mail Postfach, überfliege die eingegangene Post und nehme mir vor, mich heute Mittag darum zu kümmern, während Steph schon die Vorbereitungen für den medialen Abend in Angriff nehmen kann. Da wir beide ein eingespieltes Team sind, weiß sie genau, was zu machen ist und ich kann mich voll und ganz darauf verlassen, dass dieser Abend reibungslos abläuft. Ich lasse den Computer einfach an, gehe ins Amarylion und bereitete mich gedanklich auf meinen nächsten Kunden vor, der gerade den Laden betritt, als ich nach vorne komme.

Die dutzenden von Kerzen werfen ihr warmes Licht an die Wände des Amarylion und die Engel die überall verteilt stehen, erstrahlen in ihrem Schein. Steph hat wieder gute Arbeit geleistet und heute Mittag alles wunderschön dekoriert, während ich mich um die Buchhaltung und die Beantwortung der E-Mails gekümmert habe. Sie hat den großen, fahrbaren Tisch mit den Kristallen darauf, an die Seite gerollt und für fünfundzwanzig

Gäste die Stuhlreihen aufgestellt. Auf dem großen Tresen hat sie fein säuberlich unsere Flyer für Veranstaltungen und Workshops verteilt. An der rechten Seite stehen ein Korb mit Visitenkarten vom Amarylion und daneben ein Korb mit Rosenquarz. Diese kleinen Kristalle sind als Gastgeschenk gedacht. Jeder Teilnehmer der den medialen Abend besucht, bekommt gleich zu Anfang einen Rosenquarz, als Dankeschön. Es gibt viele Gäste, die zu jeden dieser Abende kommen und mittlerweile eine ganze Sammlung von Rosenquarz zu Hause haben.

Der Rosenquarz wird seit der Antike, als Heilstein aller Herzensangelegenheiten verehrt. Er steht für die bedingungslose Liebe, die ohne zu werten, gelebt wird. Dazu gehört auch, sich selbst annehmen zu können und so kann der Rosenquarz einsamen Menschen helfen, in sich selbst den Trost zu finden, wenn sie sich einsam fühlen. Durch diesen Heilstein erfährt man neuen Halt im Leben, wie in diesem Fall heute, das Loslassen von den Verstorbenen.

Er erleichtert das Trauern um einen lieben Menschen und ich habe festgestellt, dass es den Gästen meines medialen Abends hilft, wenn sie solch einen Rosenquarz dabei in ihren Händen halten. Während des Abends steigen die Energien um ein Vielfaches an, im Amarylion, auch merklich spürbar für die Gäste des Abends, dafür sorgt die geistige Welt. Der Rosenquarz lädt sich den Abend über an diesen Kräften auf und so nimmt jeder der Besucher diese wundervolle Energie der Liebe, die uns die verstorbenen Seelen aus dem Jenseits übermitteln, in diesem kleinen Stein mit nach Hause. Da es zur Tradition geworden ist, seit ich es eingeführt habe, gibt es auch schon viele fleißige Sammler, dieser Energien, unter den Besuchern.

Ich lasse die Atmosphäre des Amarylion noch einmal auf mich wirken, rücke hier und da noch einmal einen Engel zurecht und schaltete die Musik ein. Die ersten Gäste müssten auch schon bald eintreffen.

Steph kommt aus der Küche und sieht mich an: »Zufrieden? Oder möchtest du noch etwas verändert haben?«

»Nein, alles ist in Ordnung und du hast es mal wieder geschafft, eine wunderschöne Atmosphäre hier entstehen zu lassen. Danke Steph!«, dabei lächele ich ihr zu.

Aus den Lautsprechern ertönen engelsgleiche Klänge, die das ganze Amarylion ausfüllen und tief in die Seele zu dringen scheinen.

»Möchtest du dich noch etwas zurückziehen vor deinem Auftritt?«, Steph sieht mich an.

»Ich weiß es noch nicht, im Moment ist alles gut so, wie es ist. Ich freue mich auf einen schönen Abend mit den Gästen hier im Amarylion und unseren Freunden aus dem Jenseits.«, ich lächel sie verschmitzt an.

»O. K., dann hole ich dir jetzt noch Wasser zum Kehle durchspülen, falls die Energien wieder zu heftig werden.«

Damit verschwindet sie Richtung Küche und kaum ist sie um die Ecke gehuscht, holt mich die Türglocke aus meinen Gedanken in die Wirklichkeit zurück, als die ersten Kunden den Laden betreten.

Die Gäste sind wieder begeistert von dem Ambiente, welches sich ihnen zeigt und loben Steph, als sie mit der Karaffe Wasser wieder im Laden erscheint.

Betty Gilmore, eine Stammkundin des Amarylion ist wieder sehr überschwänglich und schließt mich in ihre Arme.

»Emily das ist wieder so zauberhaft, was ihr beiden, du und Stephanie, hier geschaffen habt!«, dabei sieht sie mich mit Tränen in den Augen an.

Betty ist überaus emotional und hält das auch nicht zurück. Freute sie sich oder ärgerte sie sich, dann zeigte sie es genau so, wie sie es fühlt, entweder verhalten oder überschwänglich. Ein Mittelmaß gibt es bei ihr nicht. Sie hält mich an den Händen und blinzelte mich durch ihre Tränen hindurch an.

»Ich bin schon so gespannt auf die Kontakte heute Abend und hoffe natürlich, dass sich auch für mich jemand von der anderen Seite meldet. Kannst du nicht einmal ein gutes Wort für mich, bei ihnen einlegen Emily?«, fragend schaute sie mich an und blinzelt mir zu.

»Du kennst doch die Spielregeln Betty und weißt, dass ich nur der Kanal für sie bin und keinen Einfluss darauf habe, wer sich heute Abend meldet und für wen der Kontakt sein wird.«, ich sehe sie direkt an und zwinker zurück.

»Aber du könntest dir jetzt schon einmal einen Platz suchen, in ein stilles Gebet gehen und darum bitten, dass jemand für dich, aus dem Jenseits kommt«, sage ich und führe Betty dabei zu einem freien Platz in der zweiten Stuhlreihe.

Dankbar sieht sie mich an: »Du bist ein wahrhafter Engel, liebe Emily, weißt du das? Du tust hier so viel für deine Kunden. Deine Eltern sind bestimmt sehr stolz auf Dich und schauen dir aus dem Jenseits zu, wenn du arbeitest«, schmunzelnd lächelt sie mich an.

»Ja sie sind sehr stolz auf mich und auch glücklich darüber, dass ich meine Arbeit, als Medium, so sehr liebe. Genieße deinen Abend bei uns und ich wünsche dir viel Spaß«, sage ich zu ihr und begebe mich anschließend zu Steph.

Diese begrüßt schon die anderen ankommenden Gäste und führt sie zu ihren Plätzen. Es wird immer voller im Amarylion und ich gebe Steph ein Handzeichen, dass ich mich doch noch für die letzten Minuten in die Stille zurückziehe, um mich zu sammeln. Das brauche ich nicht immer, aber nach den letzten Tagen, die etwas anstrengend waren, habe ich das Gefühl, dass es jetzt doch angebracht ist und es mir guttun wird.

Dafür gehe ich in meinen Beratungsraum und setzte mich einfach nur still in den Korbsessel.

Wenn ich in dieser absoluten Stille sitze, geht vor meinem inneren Auge immer das Bild einer Kathedrale auf. Ich sehe vor mir diese großen, verzierten zwei Holztüren, mit den eingearbeiteten Engeln, die in das Holz geschnitzt sind. Die Türen sehen aus wie aus dem achtzehnten Jahrhundert, voller Ehrfurcht greife ich zu dem großen verschnörkelten Türgriff und öffne eine dieser Türen. Sie knarrt und quietscht etwas, während ich sie aufmache und betrete dann das Innere der Kathedrale. Sanftes Licht empfängt mich im Inneren, ich schließe, wieder knarrend und quietschend, die Tür hinter mir. Langsam gehe ich den Mittelgang entlang, sehe rechts und links von mir die Kirchenbänke, die schon Spuren der Jahre an sich tragen, so abgenutzt sehen sie aus. Hier haben schon viele Menschen gesessen, gebetet und den Predigten gelauscht. Sie scheinen eine eigene Geschichte zu erzählen. Ich kann viele Emotionen wahrnehmen, wenn ich meine Hand über eine der Bänke streifen lasse, während ich auf den Altar zugehe. Mein Blick geht nach oben, zu den bunten Glaseinsätzen mit den wunderschönen Bildern darauf. Wenn die Sonne in die Kathedrale scheint, leuchten sie förmlich und alle Farben strahlen, als würden sie von Gott und seinen Engeln selbst erleuchtet. Im oberen Teil der Kathedrale ist auf beiden Seiten eine große Empore mit Bänken, es sieht aus wie ein riesiger Balkon, der sich auf jeder Seite über den unteren Bankreihen erhebt. An der Eingangstür befindet sich auf beiden Seiten eine, mit geschnitzten Engeln, verzierte Treppe aus Holz, die auf diese Balkone hinaufführt. Eine innere Ruhe breitet sich in mir aus, während ich auf den Altar zugehe, der auf beiden Seiten mit roten und weißen Rosen geschmückt vor mir liegt. Auf dem Altar selbst liegt eine sehr alte, große handgeschriebene Bibel aufgeschlagen und ich sehe die verschnörkelte Schrift, in der sie geschrieben ist. Sie ist in Leder eingefasst, die Buchseiten haben alle einen Goldrand und diese Bibel scheint von innen heraus zu leuchten, regelrecht zu strahlen. Ich setze mich wie immer in die erste Bankreihe, auf der rechten Seite und genieße die mich umgebene Stille und die Aussicht auf den Altar. Direkt über dem Altar erhebt sich Jesus am Kreuz und je länger ich ihn ansehe, desto stärker spüre ich diese Kraft, die von ihm ausgeht. Mein ganzer Körper vibriert von innen, als mein Blick für eine Weile auf ihm ruht.

Dann nehme ich ein Rascheln von Kleidung, rechts neben mir, wahr und erblicke Jeremias, meinen Geistführer. Er lächelt mich an, kommt näher und bleibt vor mir stehen.

Jeremias kommt aus dem alten Jerusalem, neunhundert vor Christi und trägt auch Kleidung, wie sie zu dieser Zeit getragen wurde. Es sieht aus, als hätte er nur einen sandfarbenen Kartoffelsack übergestülpt und sich eine Kordel um die Hüften gelegt. Seine Füße stecken in offenen flachen Ledersandalen, die mit über Kreuz gelegten Lederbändern, bis hoch zu den kräftigen Waden geschnürt sind. Ich sehe in sein vom Wetter gegerbtes Gesicht, aus dem mich zwei strahlend blaue Augen liebevoll ansehen. Sein Haar ist schulterlang, wellig und dunkelblond, fast scheint es so, als würde es leuchten, so stark glänzt es. Er begleitet mich schon die ganzen Jahre und ich habe viel von ihm gelernt. Es war schon ein merkwürdiges Gefühl, als er mir zum ersten Mal in meiner Meditation erschien. Mittlerweile ist er nicht nur mein Geistführer, sondern auch ein sehr guter Freund für mich.

Jeremias setzt sich neben mich, faltet seine großen, rau wirkende Hände wie zum Gebet und scheint mir direkt in die Seele zu blicken.

»Ich freue mich sehr, dich zu sehen Emily.«, sagt er und lächelt mich dabei an.

»Ich freue mich auch sehr dich zu sehen Jeremias«, sage ich und falte meine Hände dabei, wie er auch, zum Gebet.

»Du hast heute wieder einen medialen Abend und wir alle aus der geistigen Welt freuen uns schon darauf, dich zu unterstützen.«, er sieht mich direkt dabei an und liebevoll ergreift er meine Hände.

»Wir sind alle bei dir und wissen es sehr zu schätzen, was du für die verstorbenen Seelen aus der geistigen Welt und für die Menschen, die jetzt dort draußen im Amarylion sitzen, tust. Wir danken dir sehr, dass du zwischen den beiden Welten vermittelst und vielen Hinterbliebenen den Beweis erbringst, dass es nicht das Ende bedeutet, wenn sie sterben. Durch deine Beweise hast du schon vielen Seelen die Angst vor dem Sterben genommen, das ist dir selbst nur nicht bewusst. Du leistest einen großen Dienst für uns.«

Dankbar schaue ich Jeremias an, als er dies zu mir sagt und er drückt mir, zur Unterstreichung seiner Worte meine Hand.

»Wollen wir nun gehen? Es sind alle Gäste da Emily.«

Wir beide erheben uns, gehen den Mittelgang herunter, aus der Kathedrale, sowie aus meinem Beratungsraum heraus und stehen im Amarylion, wo mittlerweile alle Plätze in den Stuhlreihen besetzt sind.

Eine andächtige Stille breitet sich im Amarylion aus, als ich es betrete. Alle Blicke richten sich auf mich und während noch das Lied bis zum Ende läuft, stehe ich, mit gefalteten Händen, vor den Gästen.

Meinen Blick lasse ich über das Publikum schweifen, während ich mich ganz nach innen konzentriere. Jeremias steht an meiner linken Seite, für die Gäste hier im Raum nicht sichtbar. Während das Lied noch spielt, richte ich schon meine Gedanken ganz in die geistige Welt aus. Mit den letzten Klängen des Liedes dreht Steph die Lautstärke runter und es ist plötzlich so still im Amarylion, dass man das Gefühl bekommt, man hört jetzt gleich die verstorbenen Seelen flüstern. Ich genieße diese Stille noch einen Moment und sehe in die erwartungsvollen Gesichter der Gäste. Jeder hier erhofft sich, dass heute einer seiner Verstorbenen zu ihm spricht, ihm eine Botschaft aus dem Jenseits übermittelt und so den Beweis erbringt, dass es ein Leben nach dem Tod gibt. Ich stehe jetzt ganz in der Energie der geistigen

Welt, spüre ihre Präsenz und weiß, dass sie jetzt den Vortrag durch mich übermitteln werden. Ich brauche nur die Gedanken in meinem Kopf aussprechen, die sie mir übertragen.

»Ich heiße euch im Namen der geistigen Welt und des Amarylion herzlich willkommen zu unserem medialen Abend. Es freut mich sehr, dass ich heute Abend wieder der Vermittler zwischen den beiden Welten sein darf, um euch Botschaften eurer Lieben aus dem Jenseits zu überbringen.«

Ich schaue in die erwartungsvollen Gesichter und dann bleibt mein Blick auf einer Frau liegen, die in der hinteren Reihe sitzt. Sie hat sich gerade zu ihrer Nachbarin gebeugt, um ihr etwas zu zuflüstern. Sie ist ungefähr mittleren Alters und sieht einfach bezaubernd aus, wie ein Engel, mit ihrem lockigen blonden Haar, welches ihr Gesicht weich wirken lässt. Ein Lächeln umspielte ihre Lippen und ihre Augen strahlen, als sie meinen Blick auffängt. In diesem Moment weiß ich, dass ich Grace Coleman vor mir habe. Ihre Aura, die sie umgibt, strahlt in so schönen Farben, dass sie wirklich wie ein wahrhaftiger Engel auf mich wirkt.

Ich zwinge mich selbst gedanklich wieder zurück, um meinen Vortrag weiter fortzusetzen.

»Ihr fragt euch bestimmt, wie eine so junge Frau, wie ich, auf eine so ungewöhnliche Arbeit, wie die, eines Mediums kommt. Das möchte ich nun gern erzählen.

Diesen Laden, das Amarylion, haben meine Eltern ein Jahr vor meiner Geburt gegründet. Meine Mom hatte zu dieser Zeit schon einige Kurse absolviert, um ihre eigene Spiritualität zu entdecken und ihre Talente, die in ihr vorhanden waren, zu fördern. Mein Dad arbeitete schon seit drei Jahren mit Heilung, studierte die ganze Pflanzenwelt mit ihren Heilwirkungen, als sie beschlossen das Amarylion ins Leben zu rufen, um den Menschen Hilfe zu geben. Etwas über ein Jahr später erblickte ich dann das Licht der Welt und während ich die Jahre heranwuchs, prägten Jenseitskontakte, Engel, Naturwesen und noch vieles andere mein Leben.

Mein Spielzeug waren die Kristalle meines Dads, die er für seine Heilungen beim Kunden einsetzte und die Lenormandkarten meiner Mom. So lernte ich sehr früh mich diesen Dingen zu öffnen, die in jedem von uns zu finden sind. Es bedarf keiner besonderen Ausbildung, sondern nur einer Förderung vorhandener Talente, die in einem selbst schlummern. Jeder von uns wird medial geboren, wir tragen die Spiritualität »alle« in uns, nur verkümmert sie, wenn wir sie nicht fördern. Meine Eltern wussten dies und haben mich spielerisch gefördert, indem ich immer im Amarylion spielen durfte, also damit auch an ihrer Arbeit teilhaben konnte. Meine Eltern hatten zwar immer viel Arbeit mit dem Laden, aber ich hatte zu keiner Zeit, dass Gefühl das sie mich dadurch vernachlässigt hatten oder es mir dadurch an ihrer Liebe zu mir gemangelt hätte. Sie haben mich, von meiner Kindheit an, mit ihrer Arbeit vertraut gemacht.

Als sie dann verstarben, stellte sich für mich die Frage, was mit dem Amarylion passieren sollte. Zu diesem Zeitpunkt hatte ich selbst noch nie öffentlich als Medium gearbeitet, geschweige denn Heilbehandlungen durchgeführt. Doch Stephanie, die gute Seele des Amarylion hier hat mich dann überzeugt, dass ich es in mir trage und mich zu allen möglichen Ausbildungen geschickt, damit es mir selbst auch bewusst wurde. Ihr habt ihr es zu verdanken, dass es das Amarylion heute noch gibt und auch in Zukunft weiter geben wird.«

Die Gäste klatschen Beifall und Steph winkt verschämt ab, so als wäre es nicht der Rede wert. Ich bleibe weiter konzentriert in meiner Energie und warte ab bis sie alle aufhören zu klatschen, um dann mit dem Vortrag fortzufahren.

»Jetzt möchte ich euch etwas über den Sterbeprozess erzählen. Wir »alle« werden diesen Tag erleben, keiner von uns kann sich davon frei machen. Wir werden »alle« in diese Welt geboren und wir werden sie auch »alle« wieder verlassen. Jeder auf seine Weise. Der eine durch eine Krankheit, der andere durch einen Unfall, einige durch ein Verbrechen und auch durch Selbstmord werden manche dieses Leben verlassen. Nur eines bleibt bestehen, auch wenn sie gestorben sind und in die geistige Welt hinübergehen, ihr Charakter. Waren sie zu Lebzeiten schüchtern, werden sie auch bei einem solchen Abend wie hier schüchtern erscheinen. Ein Spaßvogel zu Lebzeiten, wird alle hier im Raum zum Lachen bringen, auch wenn er bereits im Jenseits ist.

Die Seele versucht sich zu zeigen wie wir sie zu Lebzeiten kannten, damit sie den Beweis erbringen kann, dass es ein Leben nach dem Tod gibt. Wir alle bestehen aus Energie, das könnt ihr selbst sehen, wenn ihr Mal eine Aura Fotografie machen lasst, hier bei uns im Amarylion. Euren Körper umgibt eine Aura, die in unterschiedlichen Farben zu sehen ist, das ist eure Energie, eure ganz persönliche Energie. Fühlt ihr euch wohl und seid ihr glücklich, dann strahlt diese Aura vor Energie und das spürt ihr selbst dann auch, weil ihr energiegeladener sein werdet. Seid ihr dagegen traurig, dann ziehen sich die Energien in euch selbst zurück, ihr spürt das als Unwohlsein. Die Aura schrumpft sprichwörtlich. Diese, eure eigene Energie, besteht auch weiter nach dem physischen Tod. Die Seele aber geht mit ihrer eigenen unverkennbaren Energie in die geistige Welt über, in die nicht materielle Welt. Im Jenseits existiert die Seele also weiter, sie stirbt niemals, weil Energie nicht sterben kann. So wird sie auch mit uns Kontakt aufnehmen, wenn wir uns dafür öffnen. Viele Menschen können das selbst nicht und brauchen dafür einen Vermittler zwischen den Welten, ein Medium. Dieses Medium ist in der Lage ihre eigene Energie, denen der geistigen Welt anzugleichen, weil diese ihre hohen Energien herabsenken. Das ist wie bei einem Radiosender, wenn ich ein Rauschen habe, verstehe ich nichts und wenn ich etwas am Sender drehe, wird er klarer. So funktioniert das auch bei einem Jenseitskontakt.

Sind das Medium und die geistige Welt auf einer Ebene, gibt es einen sauberen klaren und deutlichen Empfang. Bekommt das Medium aber einen klaren Empfang nicht hin, weil die Seele drüben noch nicht ihre Energien an das Medium angleichen kann, dann ist das wie ein Rauschen im Radio, der Empfang ist schlecht. Die Botschaften kommen nur bruchstückweise an. Es kann dann vorkommen, dass eine andere verstorbene Seele sich meldet, um die Botschaft zu übermitteln. Ihr seht, es ist auch in der geistigen Welt wichtig, füreinander da zu sein, sich gegenseitig zu helfen. Deshalb ist es so wichtig, dass wir hier zu Lebzeiten schon lernen, uns gegenseitig liebevoll und mit Respekt zu behandeln, umso leichter fällt uns dann der Übergang, wenn unser eigener Tag gekommen ist. Für den Übertritt ist es auch wichtig, dass dem Sterbenden eine angenehme Atmosphäre geschaffen wird, das erleichtert ihm Abschied zu nehmen. Zudem ist es wichtig, zu jeder Zeit seines Lebens, Differenzen mit Freunden und Angehörigen beigelegt zu haben. Die Dinge die wir nicht bereinigt haben, belasten uns beim Übergang, sie erschweren uns das Hinübergehen, weil uns das, »nicht Loslassen können«, hier festhält. Über den genauen Ablauf des Sterbevorgangs halte ich auch noch einmal einen eigenen Vortrag, der sich nur mit diesem Thema beschäftigt. Da können dann auch Fragen gestellt werden. Viele Sterbende werden von ihren Angehörigen abgeholt oder auch von Freunden, die schon verstorben sind. Sie begleiten die Verstorbenen beim Übergang in die geistige Welt, während ihr physischer Körper hiergelassen wird. Nach diesem Ablösevorgang, bleiben einige Seelen noch bei ihrem Körper und bekommen daher »alles« mit, was die Angehörigen oder wer auch immer an ihrem Sterbebett sitzt, besprechen. Das sollte jeder bedenken, bevor er anfängt, über das Erbe zu streiten!«

Allgemeines Gemurmel erfüllt den Raum und man sieht genau, wer diesen Vortrag zum wiederholten Male beiwohnt und wer das erste Mal einen medialen Abend besucht. Als ich zu Grace Coleman blicke, sehe ich Erstaunen auf ihrem Gesicht. Wahrscheinlich bekommt sie jetzt gerade eine völlig neue Ansicht über das Sterben selbst. Ich sehe ihr an, dass etwas in ihr selbst am Arbeiten ist. Diese Momente liebe ich. Zu sehen, wie die Menschen nach solch einen Abend anfangen, über ihr eigenes Leben nachzudenken. Wenn sie feststellen, dass sie oftmals falsch gehandelt haben, ohne die Konsequenzen daraus zu bedenken. Viele fangen nach solch einem Abend an, ihr Leben neu zu ordnen und es glücklicher und liebevoller zu gestalten. Sie schließen wieder Frieden mit den Menschen, die zu ihrem Leben dazugehören. Allein das ist für mich Gold wert, zu sehen, wie sie wieder anfangen aufzublühen.

Während ich weiter erzähle, behalte ich Grace Coleman im Blick, sie fasziniert mich. Irgendetwas hat sie an sich, so dass ich immer wieder zu ihr hinüber sehen muss.

»So, nun ist die Seele abgeholt worden und ist auch mittlerweile drüben angekommen. Vielleicht ist sie gerade erst gestorben oder schon seit vielen Jahren drüben. Das spielt keine Rolle beim Herstellen eines Jenseitskontakts. Wichtig ist nur, dass wir nichts erzwingen können, dass wir den Verstorbenen annehmen, wenn dieser mit einer Botschaft für einen von euch hier, durchkommt. Eines kann ich euch aber versichern, sie haben immer einen Grund, wenn sie kommen. Niemals kommen sie einfach nur vorbei, um »Hallo« zu sagen. Wir machen jetzt eine kleine Pause und sehen uns in zehn Minuten wieder. Dann dürfen sie alle den Rosenquarz in die Hand nehmen, während das Lied »Prayer« uns auf die kommenden Jenseitskontakte einstimmt.«

Kaum habe ich ausgesprochen, als sich auch schon die ersten Gäste erheben, um im Amarylion etwas stöbern zu gehen, während andere in die Richtung der Toilette davon eilen. Ich gehe zum Tresen, um mir ein Glas mit Wasser zu nehmen, mein

Hals ist vom Reden etwas ausgetrocknet. Das erste Glas leere ich in einem Zug und gerade fülle ich erneut Wasser aus dem großen Krug in mein Glas, als mich die Frau anspricht, die wie ein Engel aussieht.

»Emily ... ! Ich darf doch Emily sagen?«, fragt sie mich und ihre Augen strahlen mich an. Ich sehe eine große Herzlichkeit in ihnen leuchten.

»Ja, das dürfen Sie«, sage ich und lächele zurück, während ich noch einen Schluck Wasser zu mir nehme.

»Sie dürfen mich gerne mit meinem Vornamen, Grace, ansprechen. Grace Coleman ... ! Ich hatte solches Glück für mich und meine Freundin Dorothee Calvin, noch Plätze in dem Vortrag zu bekommen.«, dabei zeigt sie auf die etwas kleinere rundliche und schüchterne Frau an ihrer Seite, die mich ehrfurchtsvoll ansieht.

»Das freut mich sehr Grace und morgen haben Sie auch einen Termin bei mir gebucht. Stephanie erzählte mir das heute Morgen.« Diese Frau zog mich irgendwie in ihren Bann und ich verstand nicht warum. Meine Gedanken überschlugen sich im Kopf.

»Oh ... , ja ... ! Ich freue mich schon sehr darauf, denn ich habe schon viel von Ihnen gehört und Sie sind mir wärmstens empfohlen worden.« Ein Strahlen erhellt ihr Gesicht, welches mich so sehr fasziniert, dass ich wirklich schon nicht mehr weiß, wo ich hinsehen soll.

»Ich danke Ihnen für Ihr Vertrauen, Grace und ich freue mich auf unseren Termin morgen. Hier muss ich leider unterbrechen, da die Pause vorbei ist und es jetzt im Programm weitergeht. Nun kommen die lieben Verstorbenen zu Wort und ich hoffe, es gefällt Ihnen danach immer noch«, schmunzelnd sehe ich Grace dabei an.

»Ganz bestimmt Emily! Dieser Abend ist wirklich ein völlig neues Erlebnis für mich. So etwas habe ich vorher noch nie mitgemacht und staune, dass so viele Menschen sich dafür interessieren.«, dabei gleitet ihr Blick zu den Gästen, die mittlerweile alle ihre Plätze wieder eingenommen haben.

»Dann halte ich Sie auch nicht länger auf Emily, ich bin selbst schon ganz aufgeregt, was nun kommt, oder sollte ich besser sagen, wer kommt?«, sie lacht und zwinkert mir noch zu, während sie sich umdreht und mit ihrer Freundin Dorothee zu den Plätzen zurück geht.

Ich trinke noch den letzten Schluck Wasser aus meinem Glas und gebe etwas Bergamotte Öl in meine Hände, um es zu verreiben. Dies hilft mir bei den Kontakten und ist für mich wie ein Fahrstuhl ins Jenseits. Als Steph das Licht etwas dämmt, den »Prayer« startet, atme ich tief den Duft der Bergamotte ein, erhöhe meine eigene Energie und bilde in Gedanken den Kanal nach oben, um mich mit den Verstorbenen zu verbinden. Nun wirkt die ganze Atmosphäre im Amarylion noch mystischer, durch die Kerzen, die Engel und die Musik, die jetzt aus dem Lautsprecher dringt.

Eine wundervolle Stille breitet sich in mir aus und ich spüre, dass der Raum sich mit verstorbenen Seelen füllt. Ich sehe sie vor meinem inneren Auge, überall im Raum tauchen sie jetzt auf. Während die Gäste sich an ihren Rosenquarz festhalten und still in Gedanken Kontakt mit ihren lieben Verstorbenen, Verwandten oder Freunden aufnehmen, tauchen diese schon neben ihnen auf. Es ist so rührend mit anzusehen, dass mir die Tränen hochsteigen und ich sie mir mit der Fingerspitze weg tupfen muss. Jeder, der etwas offen für das Spüren von Energie ist, nimmt jetzt auch wahr, dass es kühler wird, erst im Fußraum und dann steigt es langsam höher. Der Druck auf mein drittes Auge, in der Stirnmitte, nimmt stark zu und ich sehe eine Dame aus dem Jenseits vor meinem inneren Auge auftauchen. Sie tritt aus der Masse von Verstorbenen hier im Raum heraus und kommt auf mich zu. Ich bitte sie mit meiner mentalen

Stimme noch einen Moment zu warten, bis die Musik geendet hat. Sie lächelt mich warmherzig an und nickt mir zu. Die letzten Klänge des Liedes erfüllen den Raum, Steph dreht langsam die Lautstärke herunter und es setzt eine heilige Stille ein, man meint, die Atmosphäre im Raum knistern zu hören.

Steph übernimmt jetzt die Einleitung für die Kontakte.

»So ihr Lieben, jetzt ist es erneut so weit und gleich kommen eure geliebten Verstorbenen aus dem Jenseits wieder zu Wort. Ich erkläre noch einmal den Ablauf, für alle diejenigen, die zum ersten Mal auf einem medialen Abend sind. Emily beschreibt die Person, die sie aus der geistigen Welt empfängt. Sollte hier im Raum jemand diese Beschreibung annehmen können, dann bitte die Hand heben. Sollten es mehrere Hände sein, die hoch gehen, entscheidet das Los.«, Steph fängt an zu lachen und das Publikum stimmt mit ein.

Sofort fühle ich den sprunghaften Anstieg der Energie im Raum, weil die geistige Welt es liebt, wenn wir fröhlich sind und es lockert die angespannte Atmosphäre auf.

»Das ist natürlich ein Scherz!«, wirft Steph gleich hinterher. »Emily wird immer mehr genauere Einzelheiten erfragen. Nach und nach werden dann die Hände wieder runter gehen, die erkennen, dass dieser Kontakt nicht für sie ist. Irgendwann wird nur noch eine Hand oben sein, das ist der Empfänger für diesen Jenseitskontakt. Diesem Empfänger wendet sie sich dann zu und wird mit ihm zusammen arbeiten. Bitte antwortet nur mit »Ja«, »Nein«, oder »Ich weiß es nicht so genau«. Einzelheiten werden dann im Gespräch selbst erfolgen und dann dürft ihr auch wieder ganze Sätze sprechen. So nun überlasse ich Emily und ihren Freunden aus dem Jenseits die Bühne«, lächelnd tritt Steph zur Seite und ich trete nach vorne.

Jetzt stehe ich direkt vor dem Publikum und lasse den Blick über die Menschen streifen. Während ich das tue, achte ich darauf, wo die Energie der verstorbenen Frau mich hinzieht. Mein

Blick bleibt bei einer jungen Frau hängen, die ich heute das erste Mal hier sehe. Ich schaue jetzt mit meinem dritten Auge nach innen und nehme die Gäste nur am Rande wahr, mein Fokus ist ganz auf die Frau ausgerichtet, die ich vor meinem geistigen Auge sehe.

»Ich stehe nun in Verbindung mit einer Dame, deren Alter ich so ungefähr zwischen fünfundfünfzig und sechzig Jahre einschätze. Sie ist in etwa eins sechzig groß und hat mittel braunes Haar, welches ihr bis auf die Schultern reicht. Es ist lockig und sie gibt mir durch, dass sie schon lange nicht mehr beim Friseur war. Sie möchte sich für dieses Erscheinungsbild, bei mir entschuldigen.«

Einige Gäste fangen an zu lachen, nur die junge Frau sitzt völlig ruhig da und ich spüre ihre Unentschlossenheit, die Hand zu heben. Ich fahre fort mit der Beschreibung, die mir, von dieser Frau übermittelt wird.

»Diese Dame hat ein charmantes Lächeln und muss zu ihren Lebzeiten eine wahre Frohnatur gewesen sein. Für mich strahlt sie etwas Mütterliches und auch etwas Beschützendes aus. Sie trägt ein hübsches Sommerkleid, blau mit ganz zartem weißem Muster. Es hat einen runden Halsausschnitt, keine Ärmel und fällt ihr weich fließend bis zu den Knien. Sie ist von schlanker Statue, nicht zierlich, eher ganz und gar weiblich. Jetzt zeigt sie mir ihren Hals und ich sehe eine goldene Kette mit einem zarten Schmetterling als Anhänger. Sie ist aufgeregt und spielt ständig an diesem Anhänger herum. Ich empfange als Emotion von ihr, dass es ein Geschenk zu einem besonderen Anlass war.«

Es ist ganz still im Raum und ich habe das Gefühl alle halten die Luft an. Da geht plötzlich ganz schüchtern die Hand der jungen Frau hoch. Sie sieht mich etwas ängstlich an und ich fühle ihr Erstaunen über das, was sie gerade gehört hat.

»Ah ... , da geht eine Hand hoch!«, dabei sehe ich diese junge Frau direkt an und alle Blicke richten sich jetzt auf sie.

»Wie ist Ihr Name?«, fragend sehe ich sie an.

»Susan ist mein Name, Susan Garcia und die Dame scheint meine Mom, Ellen Garcia, zu sein.«, etwas nervös spielt sie dabei mit dem Rosenquarz in ihrer Hand herum.

»O. K. Susan! Ich werde jetzt zum »Du« wechseln, das macht es persönlicher und es ist für mich einfacher in der Energie zu bleiben. Möchtest du mit mir zusammen arbeiten, damit wir herausfinden, ob es sich auch wirklich um deine Mom handelt?« Ich lächele ihr zu und versuche ihr so etwas die Unsicherheit zu nehmen.

»Ja sehr gern«, sagt sie und schenkt mir ein eher schüchternes Lächeln zurück.

»Gut, das freut mich. Diese Dame wirkt jetzt sehr aufgeregt, wo wir beide miteinander sprechen Susan. Ich frage sie gerade, ob sie mir erzählen möchte, wie sie ins Jenseits gegangen ist und da kommt von ihrer Seite eine so große Traurigkeit rüber. Jetzt zeigt sie mir ein Bett in einem Krankenhaus, dort liegt sie sehr blass in den Kissen. Sie lässt mich große Schmerzen im Bauchbereich fühlen und ich bekomme ein Gefühl von Benommenheit im Kopf. Es fühlt sich an, als wäre der Bauch ganz stark geschwollen. Kannst du das Annehmen Susan?« Ich sehe sie mitfühlend an, weil ich spüre, wie sehr diese Frau vor ihrem Übergang gelitten hat.

»Ja ... ! Emily ich kann alles davon annehmen!«, sagt sie zu mir und die Tränen laufen ihr dabei übers Gesicht.

Die Frau, die neben ihr sitzt, reicht ihr ein Taschentuch, dankbar sieht Susan sie dafür an und lächelt.

»Es ist deine Mom, hab ich Recht?«, fragend sehe ich Susan dabei an und ihr laufen unaufhörlich die Tränen übers Gesicht.

»Ja, es ist meine Mom.«, sagt sie mit tränenerstickter Stimme.

»Sie ist aber noch nicht lange drüben, dieses Gefühl übermittelt sie mir gerade. Sie ist sehr langsam gestorben, während du die ganze lange Zeit über, jeden Tag, weinend an ihrem Bett gesessen hast.«

Ein Schluchzen von Susan durchbricht die Stille, die sich über alle Gäste gelegt hat.

»Ja, ich habe jeden Tag stundenlang an ihrer Seite gesessen, habe immer wieder ihre Hände und ihr Gesicht gestreichelt.« Susan wischt sich mit dem Taschentuch die Tränen aus dem Gesicht und traurig sieht sie mich an.

»Susan … , deine Mom, dankt dir dafür, dass du bis zum Schluss bei ihr warst. Es hat ihr den Übergang erleichtert, denn ihre größte Angst war, allein sterben zu müssen. Sie weiß und fühlt, was du an ihrem Sterbebett durchgemacht hast und sie ist stolz auf dich, dass du so lange ausgehalten hast.«, ich lächele Susan an, während diese sich gerade die Nase schnäuzen muss.

»Das wusste ich nicht, ich hatte jeden Tag gebetet, dass es doch bitte schnell gehen soll, dass meine Mom sich nicht mehr quälen muss und dann hat es doch vier Wochen gedauert, bis sie erlöst wurde. Es war so schrecklich, dies mitzuerleben.«, wieder laufen Susan die Tränen über die Wange.

»Deine Mom weiß das und sie hat eine Botschaft für dich, Susan. Sie sagt mir, dass du nie Geduld aufgebracht hast, wenn du etwas für sie erledigen solltest, es ging dir nie schnell genug. Immer wieder hast du deshalb die Termine mit ihr verschoben, weil du dem aus dem Weg gehen wolltest. Ihre Botschaft für Dich lautet, dass du dir für die wichtigen Dinge und Menschen im Leben Zeit nehmen sollst. Denn du weißt nie, wann es dafür zu spät sein kann. Sie fühlt dein schlechtes Gewissen und möchte dich jetzt beruhigen. Sie ist nicht böse auf dich, du sollst aufhören dies immer zu denken. Wichtig für sie ist, dass du dir, an ihrem Bett Zeit genommen hast und das sollst du jetzt in deinem Leben so weiterführen. Du sollst dir Zeit nehmen für die Menschen, die du liebst und für Dinge, die dir Freude bereiten. Mit diesen Worten möchte sie sich jetzt von dir verabschieden und dir sagen, sie ist nur einen Flügelschlag von dir entfernt. Was auch immer sie damit meint, du wirst es wissen

Susan.« Jetzt habe ich selbst Tränen in den Augen, als ich die Botschaft weiter gegeben habe und tupfe sie mir mit der Hand aus dem Gesicht.

»Ich danke Dir, Emily ... , für diesen wundervollen Kontakt. Du glaubst gar nicht, wie erleichtert ich jetzt bin. Ständig habe ich mir Vorwürfe gemacht, dass ich zu wenig Zeit für sie hatte, selbst nach ihrer Beerdigung noch. Ich weiß, was sie mit dem Flügelschlag meint ... ! Meine Mom liebte Schmetterlinge und immer wenn ich jetzt welche sehe, muss ich an sie denken. Du hast mir heute das größte Geschenk gemacht, welches ich je empfangen durfte, liebe Emily!« Dankbar sieht sie mich an und ein Lächeln stiehlt sich in ihr trauriges, tränenüberströmtes Gesicht.

»Gern geschehen Susan, das ist meine Lebensaufgabe zwischen den Welten zu vermitteln. Es ist eine sehr schöne Aufgabe, wie du jetzt selbst erfahren durftest.«, ich zwinkerte ihr zu, während ich innerlich Susans Mom verabschiedete und froh bin, dass ich auch hier wieder einmal helfen konnte.

Als ich meinen Blick wieder über die Gesichter der Gäste wandern lasse, gesellt sich im Geiste eine kleine Kinderseele zu mir, ein Junge. Ich begrüßte ihn in Gedanken und bitte ihn, mich mit seiner Energie so zu lenken, dass ich ungefähr die Richtung habe, wo der Empfänger sitzt.

Ich sehe einen Mann unter den Gästen, der zu jedem meiner medialen Abende erscheint. Für ihn hatte ich, bis heute, noch nie einen Kontakt durchbekommen. Doch wenn ich mit meiner Vermutung richtig liege, wird heute eine Botschaft für ihn dabei sein. In Gedanken bitte ich den Jungen, mir so gut er es kann zu helfen, damit wir den Empfänger für seine Botschaft auch finden und er nickt mir zu.

»Ich habe jetzt einen Kontakt aus der geistigen Welt, der etwas anders ist als die, die ich gewöhnlich hereinbekomme, auf einen Abend wie diesen. Wir denken ja beim Thema Sterben eher daran, dass ein Mensch alt ist, wenn er ins Jenseits wechselt. Doch das ist nicht immer der Fall! Heute habe ich eine ganz kleine Seele hier, die eine Botschaft für einen von euch, mitgebracht hat.«

Ein Raunen geht durch die Zuschauer, als ich dies verkünde und auf vielen Gesichtern steht ein Fragezeichen geschrieben, nicht nachvollziehend, was ich wohl damit meine.

»Ich habe eine kleine Kinderseele hier, die sich aus der geistigen Welt meldet. Es ist ein kleiner Junge mit blonden Haaren. Seine Kleidung sieht noch modern aus, daher dürfte er noch nicht allzu lange drüben sein. Er trägt ein T-Shirt mit einer Maus darauf und seine kleinen Beinchen stecken in einer kurzen Jeans, die ihm bis kurz über die Knie geht. Er trägt Turnschuhe, wo oben der Rand der weißen Socken heraus schaut. Die Beinchen sind ganz dreckig, so als würde er gerade vom Spielen kommen. Seine Augen strahlen in einem wunderschönen Blau und er hat ein Grübchen an der rechten Wange, welches man nur deutlich sehen kann, wenn er lacht. Er macht auf mich den Eindruck eines sehr lebhaften und aufgeweckten Jungen. Jetzt spielt er gerade mit einem bunten Ball, wo überall Figuren drauf zu sehen sind. Die ganze Zeit dribbelt er den Ball vor seinen Füßen und scheint dabei viel Spaß zu haben. Wer von Ihnen kann das, bis hierhin für sich annehmen?«, ich lasse meine Augen durch die Menge schweifen und sehe wie der Mann, der mir vorhin schon aufgefallen ist, seine Hand hebt. Er sieht mich an und ich nehme das leichte Zittern seiner Hand wahr, welche er noch immer hochhält.

»Ergibt das, was ich gesagt habe, für dich einen Sinn?« Sein Blick scheint mich zu durchdringen, als er antwortet.

»Ja sehr sogar, ich hoffe schon so lange darauf, dass er sich meldet und heute ist er da, mein kleiner Danny ... !« Während er das sagt, fangen seine Augen an zu glänzen, als ihm die Tränen hochsteigen.

»Wie ist dein Name?«, frage ich ihn ganz ruhig.

»Ich heiße Ron Williams und Danny war mein Sohn«, sagt er und reibt sich dabei über die Augen.

»Ron … , du sagst Danny ist dein Sohn. Er zeigt mir gerade alle fünf Finger an einer Hand, als ich ihn frage wie alt er war als er gestorben ist. Ist das richtig, dass er am Todestag fünf Jahre alt war?«, voller Mitgefühl sehe ich zu Ron, als auch mir die Tränen hochsteigen.

»Ja, er war ein paar Wochen vorher gerade fünf geworden und war so stolz darauf, jetzt groß zu sein. Immer wenn er gefragt wurde, zeigte er seine ganze Hand und sagte dann »so alt bin ich«.« Jetzt liefen die Tränen richtig über Rons Gesicht und ich sehe wie Grace ihm ein Taschentuch, von hinten über seine Schulter reicht.

Dankbar werfe ich ihr ein Lächeln zu. »Ron … , ich bat Danny mir zu zeigen wie er gegangen ist. Er dribbelt mit dem Ball, der dann plötzlich auf die Straße rollt und ich sehe ein Auto auf ihn zukommen. Dann bricht er ab und zeigt mir nur ein schwarzes Bild. Er sagt, plötzlich war es ganz dunkel, als hätte jemand das Licht ausgemacht. Kannst du dir das Erklären Ron?«, ich sehe sein Gesicht und erkenne den Schmerz eines Vaters in seinen Augen.

»Ja, das ergibt einen Sinn für mich. Danny war draußen am Ball spielen. Wir haben ihm immer gesagt, er soll aufpassen, dass der Ball nicht auf die Straße rollt. Er sollte nur vor dem Haus spielen, aber oftmals musste meine Frau Kirsten, ihn daran erinnern, weil er wieder mit dem Ball zu dicht an der Straße spielte. Er liebte das Dribbeln mit dem Ball. Seit ich es ihm beigebracht hatte, sahen wir ihn nur noch damit spielen. Dann kam der Tag, wo der Ball auf die Straße rollte und Danny hinterher lief. Es ging alles ganz schnell, sagte mir später der Fahrer des Autos. Plötzlich flog der Junge durch die Luft … !«

Die Gäste im Raum hielten bei dieser Beschreibung die Luft an. In allen Gesichtern stand das Entsetzen geschrieben, als sie es sich bildlich vorstellten.

»Das hört sich wirklich schlimm an Ron. Es muss ein fürchterlicher Schock für dich und deine Frau gewesen sein. Danny sagt, dass seine Mom nicht mehr aufgehört hat zu weinen. Er war ganz traurig, weil er doch da war und er konnte nicht verstehen, warum sie dann um ihn weinte. Daddy hat immer mit mir gesprochen, sagt er gerade, aber er hat mich nie richtig angesehen. Dabei stand ich genau vor ihm, als er ganz traurig in meinem Zimmer gesessen hat.«

Ron schaut erschrocken hoch zu mir und auf seinem Gesicht ist völliges Erstaunen zu sehen.

»Er hat uns nach seinem Tod noch gesehen, Emily ... ? Ist das wirklich wahr? Danny wurde von dem Auto erfasst und meterweit durch die Luft geschleudert. Als er auf dem Asphalt aufprallte, sind sein Schädel und sein Genick gebrochen. Es gab keine Hilfe für ihn, er war sofort tot. Kirsten hat wochenlang nur geweint und überhaupt nicht mehr mit mir geredet. Ich bin immer in Dannys Zimmer gegangen, wenn ich so allein war. Habe dort mit ihm geredet, als wäre er noch in dem Zimmer und jetzt sagt er, dass er dort war?«, völlig irritiert sieht Ron mich an, als er versucht dies zu begreifen.

»Ja! Danny meint, er war immer bei euch, aber ihr konntet ihn nicht sehen. Doch er hat euch immer wieder besucht, sagt er mir gerade. Er möchte von dir wissen, warum du und deine Frau euch nicht mehr liebhabt. Es macht ihn ganz traurig, sagt er, dass Mom jetzt allein ist und du auch?«, fragend sehe ich Ron an, gespannt auf seine Antwort, die gleich kommen wird.

»Das gibt es doch nicht! Woher weiß der Junge das alles? Der Unfall ist jetzt schon drei Jahre her und meine Frau hat sich ein halbes Jahr später von mir getrennt. Ich lebe jetzt allein in dem Haus, in dem auch Danny aufgewachsen ist. Wie kann er das alles wissen?« Ron schüttelt völlig sprachlos den Kopf.

»Er ist immer wieder bei dir und bei seiner Mom, weil er sieht, wie ihr beiden leidet, seit er gestorben ist. Es geht ihm gut und ihr sollt euch keine Sorgen machen. Er kann jetzt den ganzen Tag Ball spielen, sagt er. Ron ... , er lässt dich wissen, dass er ein richtiger Dribbel-Profi geworden ist, viel besser als er damals war.«

Ron lächelt, als er das hört und wischt sich mit dem Taschentuch durch das Gesicht. Die Dame neben ihm drückt mitfühlend seine Hand und er sieht, dankbar für diese Geste, zu ihr hin.

»Danny hat eine Botschaft für dich und seine Mom. Er möchte, dass ihr euch wieder vertragt. Ihr sollt wieder glücklich sein und lachen. Mom hat früher immer so viel gelacht und jetzt weint sie schon so lange! Ron ... , Danny sagt, Daddy soll zu Mom fahren und sie in den Arm nehmen, das hast du bei ihm auch immer gemacht und er hat dann aufgehört zu weinen. Mom wird dann auch aufhören zu weinen, sagt er. Bitte Daddy ... , fahre zu Mom ... , betont er noch einmal. Sie braucht dich! Dies soll ich dir ausrichten Ron.«

Nach dieser Botschaft herrschte einen Moment Stille im Raum. Kaum einer traute sich auch nur im Geringsten, sich zu bewegen. Die Präsenz dieses Jungen und seine Botschaft haben hier alle berührt.

»Danny ich verspreche dir, dass ich alles versuchen werde, um mit Mom zu reden. Immer wieder werde ich es versuchen, bis sie mir zuhört, das Geschenk mache ich dir gerne, mein Junge!« Ron war so gerührt von den Worten seines Sohnes, dass er gar nicht bemerkte, wie er vor Tatendrang gleich zu seiner Frau stürmen zu wollen, die Hand seiner Sitznachbarin zu stark drückt und diese schmerzvoll das Gesicht verzieht. Doch diese sagt nichts, sie hat für diese Emotionen wohl vollstes Verständnis.

»Danny sagt dir auf Wiedersehen und du darfst nie vergessen, dass er dich und seine Mom lieb hat. Nun zieht er sich zurück und winkt noch einmal«, übermittele ich Ron, der noch immer völlig aufgewühlt wirkt.

»Ich liebe dich auch Danny und bitte passe auf dich auf, mein Junge! Danke Emily, du hast mich heute Abend zum glücklichsten Menschen auf der Erde gemacht.«

Ich spüre wie seine Dankbarkeit mein Herz berührt und mir schon wieder die Tränen hochsteigen. »Danke lieber Ron, das habe ich wirklich gern getan. Dein Sohn ist ein wirklich süßer Spatz. Versuche seinen Wunsch zu erfüllen und rede mit Kirsten.«, als ich das sage, nickt Ron und wischt sich, mit dem mittlerweile durchweichten Taschentuch durch sein Gesicht.

»Danke, dass du diese wundervolle Aufgabe hier auf Erden übernommen hast Emily.«, sagt er zu mir und sieht mich dabei dankbar an.

Ich gebe Steph ein Zeichen, dass sie die Musik wieder anstellen kann, während ich den Abend beende.

»Ich danke euch für euer Kommen und ich danke auch der geistigen Welt für ihre Mithilfe, so dass dieser Abend für alle Anwesenden hier, wieder einmal ein Erlebnis gewesen ist. Ich hoffe, es hat auch den neuen Gästen gefallen, die zum ersten Mal hier waren. Ich freue mich darauf, euch auf einen meiner anderen Veranstaltungen begrüßen zu dürfen. Natürlich gilt, dass auch für Veranstaltungen, die Stephanie hier im Amarylion gibt. Auch dort seid ihr alle herzlich eingeladen. An der Theke liegen die Flyer aus, für die kommenden Events, die dürft ihr euch gerne mitnehmen. Ich wünsche euch allen noch einen schönen Abend und danke für euer Vertrauen.«, kaum hatte ich ausgesprochen, klatschten alle gleichzeitig los.

Das war auch wieder so ein rührender Moment, an den ich mich bestimmt nie gewöhnen werde. Ich sollte wirklich mal bei Stephanie einen Kurs belegen, wo ich lerne Lob anzunehmen. Wieso beschämt mich das immer? Ich komme nicht zum Nachgrübeln, die ersten Gäste kommen auf mich zu, um sich zu bedanken und zu verabschieden. So langsam leert sich das

Amarylion und dann kommt Grace Coleman mit ihrer Freundin Dorothee auf mich zu.

»Emily ... , ich bin wirklich sprachlos. Das war ein Abend, den ich nie vergessen werde, solange ich lebe«, sagt sie lachend, als sie vor mir steht. »Ich will Sie jetzt nicht länger aufhalten, wir können ja morgen miteinander reden. Ich wünsche Ihnen eine gute Nacht und schlafen Sie gut. Sie haben eine wundervolle Arbeit gemacht.«

Sie nimmt mich in den Arm und drückte mich ganz herzlich, während Dorothee lächelnd neben ihr steht und mir geduldig wartend zunickt. Dann verlassen beide den Laden und winkten noch einmal von der Tür aus. Als auch der letzte Gast gegangen ist, holen Steph und ich erleichtert Luft.

»Das war es und jetzt bin ich auch reif für das Bett. So ein medialer Abend hat es wirklich in sich«, sagt sie lachend und nimmt mich dabei in den Arm. »Ein Wunder, dass du noch so frisch aussiehst Püppi, wie machst du das nur?«, fragend sieht sie mich dabei an und hält mich mit den Armen von sich gestreckt, während sie mich begutachtet. »Nimmst du etwa ein Kraut, von dem ich noch nichts weiß?«, schwungvoll dreht sie sich Richtung Tresen, um die Musik auszuschalten. »Das brauche ich dann auch mal, nur damit du es weißt!«

Steph und ihr Humor, sie ist wieder einmal herzerfrischend und ich bin so müde, selbst zu müde zum Scherze machen. »Sei mir bitte nicht böse Steph, aber ich bin so erledigt, dass ich jetzt nur noch ins Bett will. Lass bitte alles stehen, wir räumen morgen zusammen auf. Du fährst jetzt auch nach Hause und gönnst dir noch ein bisschen Schönheitsschlaf.«, dabei zwinkere ich Steph zu und sie sieht mich erstaunt an.

»Oh ... , einen Schönheitsschlaf soll ich machen, na du bist mir aber sehr direkt zu so später Stunde. Ich nehme dein Angebot aber dankend an und werde mich jetzt in meine Burg zurückziehen. Etwas schmollend, da meine Dienste hier ja für heute nicht mehr erwünscht sind, aber andererseits auch glücklich, weil ich etwas müde bin. Schlaf gut Püppi, ich gehe vorne raus. Schließt du hinter mir ab?« Steph nimmt mich noch einmal in den Arm und drückt mich ganz fest.

»Ja mache ich und schlaf du auch gut, es wird morgen wieder ein spannender Tag. Ich bin gespannt auf die Sitzung mit Grace Coleman.«, sage ich zu Steph und schiebe sie sanft durch die Tür.

Sie winkt mir noch zu und ruft auf dem Weg zum Auto: »Ich werde das Gefühl nicht los, dass da heute etwas zwischen dir und Grace passiert ist. Es war so merkwürdig, als ich euer beider Aura gesehen habe. Ich erzähle dir das morgen, schlaf gut, ich hab dich lieb.«

Dann war Steph auch schon in ihr Auto gehüpft und ließ den Motor an, um gleich darauf rückwärts aus der Einfahrt zu fahren. Ich schließe die Tür des Amarylion ab, drehe das Türschild um und löschte das Licht im Laden. Was für ein aufregender Tag, denke ich und hoffte, dass die Nacht nicht so prickelnde Träume bringt, wie die letzte. Dazu habe ich jetzt einfach keine Energie mehr. Mein Akku ist leer.

5

Sanft bläht der Wind die Vorhänge in der Küche auf und lässt sie an der Tür zum Garten in der Luft tanzen. Heute ist wieder ein herrlicher Morgen und ich genieße diese Stille, die mich noch umgibt. Gleich wird Steph kommen und diese Stille mit ihrer heiteren Fröhlichkeit erfüllen. Diese Momente der absoluten Ruhe geben mir so viel Kraft für den neuen Tag, dass ich fühlen kann, wie sich jede Körperzelle in meinem Inneren mit Energie auflädt. Ich kann wirklich nicht verstehen, wie sich manche Menschen morgens beim Frühstück schon mit lauter

Musik beschallen lassen. Es ist so schön, dem Wind zu lauschen, wie er durch die offene Tür in das Innere der Küche dringt und dabei die Vorhänge zum Flattern bringt. Dieses Geräusch hört sich an, als würde ein großer Vogel mit den Flügeln schlagen. In meiner Fantasie stelle ich mir immer einen Engel vor, der gerade in meine Küche herein schwebt und das verdutzte Gesicht von Steph, wenn er hier plötzlich landet. Bei diesem Gedanken muss ich lächeln, denn ich glaube, dass sie in diesem Moment vor Staunen ihre Sprache verlieren würde. Das könnte an ein Wunder heran reichen, denn Steph zum Schweigen zu bringen, hat noch keiner geschafft. Sie ist immer fröhlich, ihr Mund scheint niemals eine Pause zu brauchen und sie hat das Talent, alle Menschen um sich herum damit in ihren Bann zu ziehen.

Ich bin froh, dass Mom und Dad sie damals eingestellt haben, denn das Amarylion ohne Steph wäre wie ein Sommer ohne Sonne. Mein Blick fällt auf die Uhr, die gerade sieben anzeigt. Mir bleibt noch ungefähr eine halbe Stunde bis sie durch die Tür rauschen wird, um dann mit ihrer Energie das ganze Haus zu erfüllen. Diese Zeit werde ich jetzt noch genießen, um den Abbau der Stühle im Laden können wir uns nachher gemeinsam kümmern. Da der Morgen heute etwas frischer als gestern ist, beschließe ich in der Küche zu frühstücken. Meine kleine Quinny kommt wie der Blitz die Treppe herunter, als sie hört, wie ich den Joghurt vom Löffel schlage, indem ich ihn am Rand ihres Fressnapfes abklopfe. Liebevoll streichle ich über das zarte, weiche Fell und dankbar zeigt sie mir durch ihr einsetzendes Schnurren an, dass es ihr gefällt. Sie streckt und räkelt sich unter meiner Hand, ohne dabei das Schlecken am Joghurt zu unterbrechen. Ich höre die Kaffeemaschine gluckern, als sie die letzte Ladung heißes Wasser durch die Düsen presst. Es gibt nichts Schöneres, als den Duft von frisch gekochten Kaffee, der durch die Küche zieht und meine noch schlafenden Sinne erweckt. Mit Elan öffne ich die Schranktür, um mir eine der großen geblümten Kaffeetassen herauszuholen. Dabei kommt in mir die Erinnerung wieder hoch, wie Steph mit diesen überdimensional großen Tassen vor Monaten ankam. Bei diesem Gedanken muss ich lachen, denn es sieht witzig aus, wenn jemand aus diesen Tassen seinen Kaffee trinkt und dabei sein Gesicht fast in derselben verschwindet. Wir haben beide so herzhaft gelacht, als wir sie das erste Mal benutzten und Steph hatte grinsend gesagt, dass sie die nur mitgebracht hat, weil dann die Kaffeepausen länger werden. »Da geht ja mehr als dreimal so viel rein wie in eine normale Tasse«, war damals ihr Spruch.

Der Kaffee ist mittlerweile fertig und ich schnappe mir eine Scheibe Weißbrot. Während das Brot im Toaster vor sich hin röstet, gieße ich den Kaffee in meine Tasse und zünde die Kerze, die auf dem Tisch steht, an. Dann nehme ich mir die selbstgemachte Erdbeermarmelade mit diesem herrlichen Vanillearoma aus dem Kühlschrank, um sie auf mein Brot zu streichen. Kaum habe ich mich mit meinem Frühstück am Tisch niedergelassen, da springt Quinny wieder auf meine Beine, um sich so lange um die eigene Achse zu drehen, bis sie eine bequeme Lage gefunden hat und lässt sich dann sanft auf mir nieder. Mit ihren großen Augen sieht sie mich an, als ich in meinen Erdbeerbrot beiße. Da der Duft aber nicht so ganz nach ihrem Geschmack ist, rollt sie sich in meinem Schoss ein und schließt die Augen. Ich spüre die Wärme, die sie ausstrahlt und fühle wie das Schnurren, welches sie von sich gibt, ihren Körper vibrieren lässt. Es ist solch eine schöne Idylle. Ich höre den Vögeln zu wie sie, wie jeden Morgen, unermüdlich ihre Lieder singen. Es hört sich an, als wäre ein ganzer Chor von diesen Geschöpfen am Trällern und während ich ihrem Zwitschern lausche, schweifen meine Gedanken zurück zu dem medialen Abend. Der kleine Junge Danny und sein Vater Ron wollen mir nicht mehr aus dem Kopf gehen. Dass was da gestern Abend passiert ist, hat meine Seele so tief berührt, dass mir selbst heute Morgen noch die Tränen hoch steigen, wenn ich daran zurückdenke. Die Bilder von dem Autounfall kommen mir wieder in den Sinn, wie Danny durch die Luft geschleudert wird und hinter dem Wagen hart auf dem Asphalt aufschlägt, um dann reglos auf der Straße liegen zu bleiben. Ich sehe noch immer das Bild, wie gekrümmt er da liegt. Mir blutet das Herz, dass so eine kleine fröhliche Kinderseele so früh gegangen ist. Doch durch meine Arbeit als Medium weiß ich, dass jede Seele mit einer Aufgabe inkarniert. Wir Menschen sind alle hier um zu lernen, unsere Seele möchte Erfahrungen und die daraus gefühlten Emotionen sammeln, nur dafür ist sie hier.

Diese Erfahrung lässt sie reifen und sie schwingt je nach erreichter Erkenntnis immer höher in ihrer Energie. Es gibt die sogenannten Seelenverträge, wo wir vor unserer Inkarnation in dieses Leben hier auf Erden, uns mit anderen Seelen absprechen. Da wird festgelegt, welche Erfahrungen die Seele machen möchte und wer von der Seelenfamilie dafür benötigt wird, um diese Erfahrung zu durchleben. Im Fall von Danny war es so, dass er als Seele sich zur Verfügung gestellt hat, um nur kurz auf dieser Erde zu verweilen, damit seine Eltern die Erfahrung durchleben können, wie es sich anfühlt, ein Kind zu verlieren. Die Eltern haben durch seinen Tod die Chance bekommen, alle Gefühle, die mit dem Verlust eines Kindes im Zusammenhang stehen, zu fühlen. Ohne seinen so frühen und tragischen Tod, wäre diese Erfahrung niemals möglich gewesen. Doch nicht nur Dannys Eltern haben an dem Seelenvertrag mitgewirkt, um ihn zu erfüllen. Auch der Fahrer des Autos ist Teil dieses Vertrages gewesen. Genauso wie jeder einzelne Mensch, der im Vorfeld daran beteiligt war. Alle Beteiligten machten es erst möglich, dass genau dieses Auto, zu genau dieser Zeit, wo Danny auf die Straße lief dort erscheinen konnte. Das gleiche gilt für die Rettungssanitäter, helfenden Passanten oder auch den Nachbarn. Mit allen diesen Seelen wurde für genau diese Situation ein Vertrag geschlossen und alle haben daraus eine Erfahrung für ihre eigene Seele mitgenommen.

Wenn wir sterben, können wir nichts von unserem materiellen Besitz, den wir hier auf Erden angehäuft haben, mitnehmen. Das einzige was wirklich sehr wertvoll für die Seele beim Übergang in das Jenseits sein wird, das sind die Erfahrungen und gefühlten Emotionen, die sie hier in ihrem Leben gesammelt hat, egal wie lange dieses Leben auch dauerte. Es ist unser wahrer Schatz, denn die Erfahrungen und Gefühle lassen die Seele wachsen und sie kommt in immer höhere Schwingungen. Das ist der Grund, warum wir alle überhaupt hier sind. Wenn jeder Mensch das für sich verinnerlichen könnte, dann würde er sich damit viele Umwege im Leben ersparen. Diese Umwege bringen auch wiederum Erfahrungen, weil sie unverhofft stattfinden. Da man aber nicht immer auf seine Seele hört, die uns Zeichen sendet, in Form von Gefühlen, sind diese oftmals sehr schmerzvoll. Im schlimmsten Fall reagiert die Seele so, dass der Körper erkrankt, umso anzuzeigen, dass etwas im Leben nicht richtig läuft. Krankheit ist der Hinweis, dass es jetzt Zeit wird für eine Richtungsänderung. Sollte der Mensch dann immer noch nicht auf seine innere Stimme hören, kann es passieren, dass aus den milden Hinweisen eine ernstzunehmende Krankheit wird.

Hätte Danny also das getan, was seine Eltern ihm gesagt haben und wäre er nicht auf die Straße gelaufen, dann hätte er seinen Seelenvertrag nicht erfüllen können. Danny hat auf seine innere Stimme, seine Seele gehört und seinen Seelenvertrag den er mit seinen Eltern eingegangen ist, damit erfüllt.

»So ein Tag so wunderschön wie heute, so ein Tag, der dürfte nie vergehen ... !«, laut trällernd betritt Steph die Küche und reißt mich damit aus meinen Gedanken.

Ich zucke vor Schreck zusammen, weil ich sie nicht habe kommen hören.

»Einen wunderschönen Tag wünsche ich dir Püppi!«, sagt sie und stellt ihren Korb auf den Küchentresen ab.

»Meine Güte Steph, hast du mich erschreckt. Ich war gerade ganz tief in meinen Gedanken versunken und habe dich nicht kommen hören.«, vorwurfsvoll sehe ich sie an, kann mir bei ihrem Anblick aber ein Schmunzeln nicht verkneifen.

Die kurzen Haare stehen ihr zu Berge, es sieht aus, als wäre sie bei diesem schönen Wetter durch einen Tornado gelaufen.

»Wieso siehst du mich so komisch an Mily?«, fragend schaut sie mich an.

Währenddessen betrachte ich ihren Kopf und kann mir ein lautes Lachen nicht mehr verkneifen: »Deine Haare ... , es sieht aus, als wärst du durch einen Tornado gelaufen, der sie dir alle durch gewirbelt hat! Oder hast du heute Morgen Energie für den Tag aus der Steckdose getankt?« Ich kann mich kaum noch aufrecht halten, so schüttelt mein Lachen mich durch, sodass sogar Quinny fluchtartig meinen Schoss verlässt. Vor der Tür in den Garten bleibt sie noch einmal stehen, um mich vorwurfsvoll anzusehen, weil ich sie so abrupt geweckt habe.

Kopfschüttelnd ertastet Steph ihre Haarpracht: »Oh je! Ich habe auf der Fahrt hierher immer das Gefühl gehabt, ich hätte etwas vergessen, aber ich kam nicht darauf was und habe den Gedanken wieder aus meinem Kopf geschmissen. Nein so etwas ist mir ja noch nie passiert! Sieht es so schlimm aus?« Während sie mit mir redet, fischt sie aus ihrem Korb die Handtasche heraus und wühlt darin herum: »Wo ist denn nur dieser kleine Taschenspiegel?«, schimpfend kramt sie ihre Tasche durch und angelt schließlich mit einem triumphierenden Lächeln den kleinen Spiegel aus ihr heraus.

In der Zwischenzeit nehme ich einen Schluck von meinem Kaffee, der schon ziemlich abgekühlt ist, weil ich geträumt habe und vergessen hatte ihn zu trinken.

Steph hält sich den Spiegel mit Abstand vor das Gesicht, um

ihre Haare zu betrachten, dann erfüllt ihr herzhaftes Lachen die ganze Küche: »Oh nein! Mily ... , ich sehe ja wirklich zum Brüllen komisch aus. Da war ich eben noch auf dem Markt, um etwas Obst und Gemüse zu holen und es kam mir schon wunderlich vor, dass mich dort die Verkäuferin so merkwürdig angesehen hat. Jetzt verstehe ich auch warum!«, grinsend legt sie den Spiegel wieder zurück in ihre Tasche: »Ich werde mal eben nach oben gehen und deinen Fön nehmen, so wie ich jetzt aussehe, flüchten ja die Kunden vor mir. Die denken, mir stehen die Haare zu Berge, weil ich einen Geist gesehen habe!«

Ich wische lachend die Krümel vom Tisch auf meinen Teller und sehe ihr nach, wie sie behände wie ein Wiesel nach oben huscht.

Kurze Zeit später kommt sie frisch frisiert wieder die Treppe herunter, holt sich eine von den Tassen aus dem Schrank und füllt sie sich mit Kaffee.

»Na, das ist ja ein Tag, wenn er schon mit so viel Lachen beginnt, dann wird er auch hoffentlich so enden.« Steph rückt einen Stuhl vom Tisch ab und lässt sich darauf nieder. »Hast du gut geschlafen oder war Mr. Right wieder mit in deinem Bett und hat dich um den wohl verdienten Schlaf gebracht?«

»Ich habe tief und fest geschlafen, völlig traumlos. So ein medialer Abend hat es in sich und die Energien, in denen ich die ganze Zeit bin, können auch sehr ermüdend sein. Wenn der Abend läuft, fühle ich mich, als sprühe ich nur so über vor Energie, aber sobald er vorüber ist und die geistige Welt sich zurückgezogen hat, ist bei mir die Luft raus. Dann bin ich sowas von müde und könnte im Stehen einschlafen.«, ich leere den letzten Rest Kaffee aus meiner Tasse, der jetzt überhaupt nicht mehr schmeckt, weil er ganz kalt geworden ist. Beim Aufstehen schiebe ich meinen Stuhl mit meinen Beinen nach hinten, gehe zum Küchentresen und fülle meine Tasse erneut mit duftendem heißem Kaffee.

»Das habe ich dir gestern Abend auch angesehen. Du konntest deine Augen ja nur noch mit Mühe offen halten. Es war aber ja auch so aufregend! Der kleine Danny ging mir gestern Zuhause nicht mehr aus dem Kopf.« Steph bekommt einen traurigen Blick, während sie in Gedanken auf diesen Jenseitskontakt innerlich zurückblickt.

»Mich bewegt er auch immer noch sehr stark und ich hoffe so sehr, dass Ron es schafft, mit seiner Frau darüber zu reden. Es wäre Danny wirklich zu wünschen, dass seine Eltern wieder zueinander finden, aber das wird Zeit brauchen.«, ich drehe meine Tasse in den Händen hin und her, während der Kaffee gefährlich nahe am Rand herum schwappt.

»Nun schieben wir das Thema mal zur Seite, es drückt unsere wundervollen Energien, die wir durch unser Lachen erzeugt haben, wieder nach unten. Also Themenwechsel, bevor wir gleich melancholisch werden«, sagt Steph und zwinkert mir dabei über den Tisch hinweg zu.

Ich stimme ihr nickend zu: »Du hast Recht, ich habe eben auch schon wieder diese Schwere gefühlt. Du wolltest mir doch heute etwas erzählen, ich weiß nur nicht mehr was es war?«, fragend sehe ich Steph an.

»Stimmt, du hast Recht! Das war ganz merkwürdig gestern, ich meine, der Kontakt zwischen dir und Grace Coleman.« Steph sieht mich dabei so neugierig an, als würde sie jetzt eine Antwort von mir erwarten.

»Wie meinst du das? Was war daran denn komisch?« Insgeheim wusste ich, was Steph meinte, denn ich hatte es gefühlt, nur konnte ich nicht zuordnen, was daran so merkwürdig war.

»Grace Coleman hat das Amarylion betreten und ihre Aura war völlig normal, Standard, nichts Auffälliges. Diese Frau ist sowieso eine strahlende Erscheinung, aber als ihr euch dann gegenüber standet und sich deine Aura mit ihrer überlappte, da fingen die Farben regelrecht an zu leuchten. Nicht nur irgend so ein Leuchten, sondern da wo sie sich überlappten, strahlte das Ganze so, als hätte man ein Licht an genau diesem Punkt angeknipst. Es war wirklich phänomenal mit anzusehen, vor allen Dingen eure beiden Gesichter dazu. Jeder von euch hat gespürt, dass dabei gerade etwas passiert ist, aber ihr wusstet nicht was, und deshalb wirktet ihr beide etwas irritiert.«, sie wendet sich wieder ihrer Kaffeetasse zu und schlürft lautstark.

Während ich ihr dabei zusehe, wie sie die Tasse wieder abstellt, rasen mir die Gedanken durch meinen Kopf und ich frage mich, was da genau zwischen mir und Grace Coleman passiert ist. »Es fühlte sich für mich wie eine Art Erkennen an, als würde ich Grace schon Ewigkeiten kennen. Das hat mich total verwirrt, weil ich sie ja gestern das erste Mal gesehen habe. Kannst du dir das Erklären?«, ratlos sehe ich Steph an, die nachdenklich mit dem Zeigefinger über den Rand ihrer Tasse fährt.

»Nein, Mily ..., das kann ich dir auch nicht erklären. So deutlich wie bei euch beiden gestern habe ich es noch nie gesehen. Es sah aus, als wäret ihr plötzlich Eins geworden, als wären eure Auren miteinander verschmolzen«, grübelnd sieht Steph mich an.

»Das ist wirklich merkwürdig, aber es gibt für alles einen Grund und vielleicht finde ich in der Sitzung mit ihr heraus, was es ist. Heute Abend bin ich schlauer und dann kann ich dir hoffentlich die Lösung präsentieren«, schmunzelnd sehe ich Steph an, die voller Hingabe, noch immer mit ihrem Finger über den Rand der Tasse fährt.

»Na, das hoffe ich doch! Sonst sterbe ich vor Neugierde«, lachend erhebt sie sich von ihrem Stuhl, um ihre Tasse auf die Theke, neben der Spüle zu stellen: »So Püppi, packen wir es an und räumen hier auf, in einer Stunde kommt die erste Kundin.« Steph geht in Richtung Laden, als sie sich noch einmal umdreht und mich ansieht: »Sie sieht aus wie ein Engel mit den blonden lockigen Haaren, oder? Eine imposante Erscheinung diese Grace Coleman.«

Ich folge ihr in den Laden, um beim Aufräumen zu helfen. Mit vereinten Kräften stellen wir wieder die Stühle ineinander und schieben die Stapel in Richtung Treppe. Hier befindet sich ein kleiner Abstellraum, wo die Stühle immer bis zum nächsten Event untergebracht sind. Nach knapp einer Stunde ist alles erledigt und der Urzustand ist wieder hergestellt.

»So das hätten wir wiedermal geschafft!«, sagt Steph und grinst mich an, unterdessen sie sich die Hände reibt. »Während du dich heute Vormittag um deine Kundentermine kümmerst, werde ich nebenbei mal etwas Ordnung in unsere Buchhaltung bringen und die E-Mails nachsehen.«, mit diesen Worten verschwindet sie auch schon in Richtung Büro, wobei sie die Tür offen lässt, um die Türglocke vom Laden hören zu können.

»Das ist lieb von dir Steph, was würde ich nur ohne dich machen?«, rufe ich ihr hinterher.

»Na, was wohl? Du weißt doch wie viele Kunden hier schon nach einem Job gefragt haben. Es wäre nie ein Problem mich zu ersetzen«, sagt sie und stolziert stur weiter.

»Oh doch! Das weißt du ganz genau. Du bist einzigartig und eine Mitarbeiterin wie dich werde ich nirgends ein zweites Mal finden. Du kannst ruhig mal ein Lob von mir annehmen!«, rufe ich ihr nach und gehe zur Ladentür, um sie aufzuschließen.

»Ja … , Ja … , Ja … !«, mit einem verdächtigen Unterton in der Stimme dringen diese Worte aus dem Büro zu mir ins Amarylion.

Sie ist wirklich ein Goldstück, meine Steph, und einfach unbezahlbar. Noch in meinen Gedanken versunken nehme ich die Türglocke wahr und Mr. Benson betritt den Laden. Er bekommt heute Morgen ein Clearing und wird gleich zwei Stunden auf meiner Behandlungsliege verbringen, um in die Tiefen seiner Seele vorzudringen. Seit Jahren plagen ihn Rückenschmerzen und durch das Clearing suchen wir jetzt nach der Wurzel seines Leidens, um das Problem endlich, für immer, zu lösen.

»Einen wunderschönen Guten Morgen Mason!«, ich gehe ihm ein Stück entgegen, um ihn in Empfang zu nehmen.

»Hallo Emily, danke das Sie sich heute Zeit für mich nehmen. Ich muss Ihnen gestehen, etwas Angst habe ich schon, vor dem was gleich kommt«, sagt er, während ich ihm die Hand reiche.

»So schlimm ist das doch wirklich nicht Mason! Sie werden bei allem noch die Kontrolle über sich selbst behalten und Sie müssen nichts tun, was Sie nicht wollen«, lächelnd sehe ich ihm dabei in seine ängstlichen Augen.

Er kommt jetzt schon seit einem Jahr regelmäßig zur Behandlung, aber alle Versuche das Problem mit Kräutern und Salben in den Griff zu bekommen sind fehlgeschlagen. Da ich vermute, dass die Wurzel tiefer sitzt und eventuell aus vergangenen Leben herrührt oder seinen Ursprung in der Kindheit hat, habe ich ihm das letzte Mal, als er zur Behandlung hier war, ein Clearing empfohlen. Heute ist also sein großer Tag und während ich ihn zum Behandlungszimmer begleite, streift Quinny ihm am Bein entlang.

»Sehen Sie selbst Mason, heute ist Ihr Glückstag! Unsere Orakel-Katze Quinny verheißt nur Gutes, wenn sie hier erscheint.«, ich lächle ihm aufmunternd zu, während er sich mit einem Stöhnen auf den Lippen zu Quinny herunterbeugt, um sie zu streicheln.

»Oh ja, das kann ich wirklich gut gebrauchen, meine Kleine«, sagt er zu Quinny und fährt ihr mit seiner Hand über den Rücken. Ein weiteres Stöhnen dringt über seine Lippen, als er sich mühsam wieder aufrichtet. Quinny streicht ihm noch einmal schnurrend am Bein entlang und verschwindet dann majestätisch in Richtung Küche.

Ich führe Mason in den Behandlungsraum und schließe die Tür hinter uns. Das wird jetzt eine schwere Sitzung werden, aber dennoch ist der Erfolg sicher, ich kann es förmlich spüren. Mit diesen Gedanken im Kopf wende ich mich Mason zu:

»Dann lassen Sie uns beginnen und die Wurzel des Übels entfernen«, sage ich ermutigend zu ihm, während er es sich auf der Liege bequem macht.

Nach zweieinhalb Stunden, verlässt ein aufrecht gehender und schmerzfreier Mason Benson den Behandlungsraum.

»Emily, wie soll ich Ihnen nur danken?«, fragt er und hält meine Hände dabei fest.

»Mir müssen Sie nicht danken, das haben Sie alles selbst vollbracht. Es war nicht gerade einfach, aber Sie haben sich tapfer geschlagen Mason.«

Er sieht mich an und seine Augen glänzen, als sich die Tränen in ihnen sammeln: »Das ganze hier gleicht einem Wunder, anders kann ich es nicht bezeichnen!«, dabei nimmt er mich in den Arm und drückt mich an sich.

»Das habe ich gern gemacht für Sie. Ihr strahlendes Gesicht drückt mehr als Dank genug für mich aus.«, fröhlich sehe ich ihn dabei an und begleite ihn zur Tür, um ihn zu verabschieden.

Als ich mich wieder umdrehe, steht Steph im Laden und sieht mich neugierig an: »Erzähl, wie war das Clearing?«

»Anstrengend Steph, aber es hat sich gelohnt. Einzelheiten darf ich dir nicht erzählen, du weißt ja, ich habe Schweigepflicht. Nur so viel … , es war wirklich etwas aus der Kindheit, was aufgearbeitet werden musste. Nun hat sich die Blockade gelöst, die Energie kann wieder frei fließen und die Schmerzen verschwinden.«, ich schmunzel, als ich Steph ihr enttäuschtes Gesicht sehe.

»Na ja, wenigstens hast du wieder eine Seele errettet, das ist das Wichtigste, was zählt. Komm lass uns eine Pause machen, du hast noch ungefähr eine halbe Stunde bis zum nächsten Termin. Gönnen wir uns einen Kaffee«, sagt sie und trabt in Richtung Küche davon.

»Den habe ich mir jetzt auch wirklich verdient!«, lachend

folge ich ihr und freue mich innerlich, dass das Clearing ein solcher Erfolg geworden ist.

Die Stunden an diesem Tag fliegen nur so dahin und es gibt für mich und Steph jede Menge zu tun. In der Mittagszeit erledigte ich meine Post und beantwortete die E-Mails, die eingegangen sind. Den Nachmittag über habe ich nur noch zwei Kunden in meinem Terminkalender stehen und eine davon ist Grace Coleman. Je näher die Zeiger in Richtung siebzehn Uhr rücken, desto nervöser werde ich.

»Wieso bist du so aufgeregt Mily? Sie ist eine Kundin, die zum Kartenlegen kommt und das machst du ja nun nicht zum ersten Mal, oder?«, mit einer hochgezogenen Augenbraue sieht sie mich an und streichelt mir dabei liebevoll über den Arm.

Dankbar sehe ich sie an: »Ich kann dir das nicht erklären Steph. Wenn ich versuche das zu analysieren, sehe ich nur Nebel vor meinen Augen. Jeremias gibt mir hierauf auch keine Antwort. Ich habe mich heute Mittag kurz mit ihm verbunden und als Antwort gab er mir den Satz »Die Antwort findest du in dir Selbst«, was meint er damit?«

Kopfschüttelnd sieht sie mich an: »Das kann ich dir nicht beantworten, du bist das Medium, nicht ich.«, dabei blitzen ihre Augen mich schelmisch an: »Wenn du schon keine Antwort darauf hast, wie soll ich das dann wissen?«, fragend sieht sie mich an.

»Weil du sonst immer eine Antwort oder Erklärung für mich hast, warum nur dieses Mal nicht?«, ich mache einen Schmollmund und ganz große Augen, so als wäre ich fünf Jahre alt.

Steph streichelt mir über die Wange: »Vielleicht, weil Jeremias Recht hat und es deine Aufgabe ist, die Antwort in dir Selbst zu finden. Du arbeitest jetzt schon so viele Jahre mit deinem Geistführer zusammen, hat er jemals Unrecht gehabt, mit dem was er dir gesagt hat?« Steph sieht mich herausfordernd an und ich muss auch gar nicht überlegen, um ihr die Antwort darauf zu geben.

»Nein, er hat immer Recht gehabt und mir ja auch noch nie gesagt, was ich tun soll. Jeremias sagt, dass er mir niemals eine Entscheidung abnehmen wird, die zu treffen ist, weil er mir dann die Chance auf inneres Wachstum nehmen würde. Nur kenne ich Grace Coleman doch gar nicht wirklich, wie soll ich da in mir drinnen die Antwort finden? Das ist wirklich zum verrückt Werden, diese rätselhaften Botschaften. Nun sitze ich hier und grübele darüber nach, was Jeremias damit meint. Da ist eine Botschaft in dem Satz, aber welche? Ich erkenne sie einfach nicht Steph und das lässt mich unruhig werden«, entnervt sehe ich sie dabei an.

»Vielleicht erkennst du die Botschaft nicht, weil die Zeit dafür noch nicht reif ist? Das sagst du doch den Kunden auch immer und mir hast du es auch schon mehrmals gesagt. Jetzt trifft es dich und du bist ratlos, das ist wirklich süß.« Steph klatscht in die Hände und ihr Mund verzieht sich zu einem schelmischen Grinsen.

»Ich bin zwar ein Medium, aber alles was mich persönlich betrifft, kann ich nicht immer klar sehen, das weißt du doch«, sage ich schnippisch zu ihr.

»Siehst du und dafür hat der liebe Gott dir die »Geduld« geschenkt, nun kannst du sie für diesen Fall einsetzen. Du weißt doch, alles braucht seine Zeit und die Auflösung der Botschaft eben auch. Nun zieh nicht so ein Gesicht, Mrs. Coleman kommt gleich und die rennt ja umgehend wieder heraus aus dem Amarylion, wenn sie dich so sieht oder sie gibt dir dann eine Beratung, anstatt du ihr.« Steph konnte sich das Lachen nicht länger zurückhalten und prustete los.

»Du hast Recht, ich mache mir einfach zu viele Gedanken über dieses merkwürdige Gefühl, was sie betrifft, jetzt ist Schluss damit«, sage ich zu Steph und stimme mit ein, in ihr Lachen.

Wir müssen beide so herzhaft lachen, dass wir völlig die Türglocke überhören und Grace Coleman erst wahrnehmen, als sie direkt vor uns steht. Ich zucke vor Schreck zusammen, als ich ihre Stimme höre.

»Oh, entschuldigen Sie Emily, ich wollte Sie nicht erschrecken. Sie haben beide so fröhlich ausgesehen und da wollte ich nicht von der Tür her mit einem lauten »Hallo« diese Stimmung unterbrechen. Ich bin etwas früher aus meiner Praxis herausgekommen. Deshalb bin ich auch etwas zu zeitig hier, aber ich dachte, wenn Sie noch in einer Beratung sein sollten, stöber ich ein bisschen im Amarylion nach ein paar schönen Dingen.«, sie blickt mich mit ihren ausdrucksstarken blauen Augen an.

Sie sind von einem so tiefen Blau und scheinen von innen heraus zu leuchten, es ist, als könne man darin versinken.

Als ich ihre Hand nehme, passiert es wieder, ich fühle mich ganz merkwürdig, mein ganzer Körper steht unter Strom und ein Blick zu Steph reicht, um zu wissen, dass unsere Auren wieder funkeln.

»Es ist in Ordnung Grace, wir können auch gerne sofort mit der Sitzung starten, wenn Sie das möchten?«, noch immer hält sie meine Hand und ich kann ihren Herzschlag in meiner Hand fühlen.

»Sehr gerne Emily, ich möchte Ihnen nur keine Umstände machen«, sagt sie und ein warmes Lächeln legt sich um ihren sinnlichen Mund.

Diese Frau ist wirklich wunderschön und selbst ihre innere Schönheit kann man fühlen, wenn man in ihrer Nähe ist. Mich irritiert nur meine eigene Reaktion, warum bin ich so verwirrt, wenn ich mich in ihrer Nähe befinde? Fast fühle ich mich von ihr verzaubert, das kommt einer Beschreibung des Gefühls am nächsten. Ich sehe zu Steph hin, die schmunzelnd am Tresen steht und uns beobachtet. Wahrscheinlich sieht sie wirklich wieder das Gleiche in unserer Aura wie gestern Abend.

»Darf ich Ihnen etwas zu trinken anbieten, Grace?«, mit dieser Frage versuche ich mich selbst wieder zurück in die Realität zu befördern.

»Sehr gerne, wenn Sie bitte ein Glas Wasser hätten, das wäre sehr nett von Ihnen.«

»Steph würdest du bitte für Grace ein Glas Wasser holen und es dann in den Beratungsraum bringen?«, ich sehe zu ihr hinüber und zwinker ihr dabei zu.

»Das mache ich doch gerne! Es kommt sofort Grace!«, sagt sie und verschwindet graziösen Schrittes in Richtung Küche.

Grace sieht ihr nach: »Eine wundervolle Mitarbeiterin haben Sie Emily! Stephanie ist wirklich ein Goldstück, aber was rede ich da, das wissen Sie ja selbst.«, sie folgt mir in den Beratungsraum und nimmt am Tisch in einem der Korbsessel Platz.

»Da haben Sie Recht! Es ist aber immer wieder schön anzuhören, wenn die Kunden dies auch feststellen.« Ich lasse ihr Zeit, sich im Raum ein wenig umzusehen.

»Sehr schön haben Sie es hier und überhaupt, mir gefällt das gesamte Ambiente vom Amarylion. Ich bin froh, dass Sie für heute noch einen Termin frei hatten. Es ist nicht immer leicht für mich, einen Termin woanders zu bekommen, dadurch dass ich sie immer mit meinen eigenen Beratungsterminen abstimmen muss.«, ihre Augen strahlen mich wieder an, als sie dies sagt.

Gerade wollte ich etwas sagen, als Steph mit dem Glas Wasser durch die Tür kommt.

»Bitte sehr Grace … , kühl, erfrischend und belebend. Ich wünsche Ihnen viel Spaß bei Ihrer Beratung. Sollten Sie noch ein Glas Wasser wünschen, wird Emily mir Bescheid geben.« Steph dreht sich um und geht, doch bevor sie die Tür leise schließt, zwinkert sie mir nochmal zu.

»Ich freue mich, dass Sie den Weg ins Amarylion gefunden haben Grace und ich hoffe die Karten können Ihnen heute eine

Antwort auf Ihre Fragen geben.«, während ich zu ihr spreche, greife ich zu den Lenormandkarten und lege sie vor mir auf die schwarze Samtdecke.

»Ich habe sehr viel Gutes von Ihnen gehört Emily. Sie haben einen sehr guten Ruf dort draußen. Es heißt, das kommt, weil Sie so eine spezielle Verbindung nach Oben haben. Das was Sie gestern geleistet haben, diese Jenseitskontakte, das hat mich sehr beeindruckt. Es hat mir auch die Bestätigung gegeben, dass ich bei Ihnen in guten Händen bin.«, sie schenkt mir ein Lächeln, während sie das zu mir sagt und ich habe gerade das Gefühl, dass mein Gesicht anfängt zu glühen.

»Herzlichen Dank für dieses schöne Kompliment Grace. Ich liebe meine Arbeit als Medium über alles und kann mir ein Leben ohne das Amarylion nicht mehr vorstellen. Meine Lebensaufgabe ist es anderen Menschen zu helfen, das mache ich mit einer großen Freude und Hingabe auch wirklich gern.«

Grace nimmt einen Schluck Wasser und sieht mich dann an: »Man sieht es Ihnen auch an Emily. Sie sind wirklich ein faszinierender Mensch und ich bewundere Sie, für das was Sie tun«, sagt sie und stellt ihr Glas wieder ab.

»Danke Grace! Es tut meiner Seele gut, dies zu hören und jetzt werde ich mal sehen, was die Karten für Sie bereit halten.«, ich zwinker ihr zu und nehme mir den Stapel Lenormandkarten, um mit dem Mischen zu beginnen.

»Sie brauchen sich jetzt in Gedanken nur auf Ihre Fragen konzentrieren und wenn Sie das Gefühl haben jetzt sind die Karten genug gemischt, einfach Stopp sagen, dann lege ich sie aus und wir können beginnen.«

Grace sieht mich erwartungsvoll an und nickt: »O. K. Emily, dann legen Sie mal los. Ich bin schon gespannt, was auf mich zukommt.«

Ich mische die Karten und Grace lässt mich dabei nicht aus den Augen.

»Stopp!«, ruft sie plötzlich und ich höre sofort auf zu mischen.

»Dann wollen wir mal sehen, was für Sie in den Karten zu lesen ist«, sage ich und blicke sie dabei offen an.

Während ich die Karten auslege, sieht sie mir interessiert zu und betrachtet die Bilder auf jeder einzelnen von ihnen. Als ich auch die letzte von den sechsunddreißig Karten ausgelegt habe, holt sie tief Luft und fast scheint es mir so, als würde sie den Atem anhalten. Ihre Augen wandern von Karte zu Karte.

»Aus den Karten heraus können Sie jetzt sehen, was in meinem Leben passiert?«, staunend schüttelt sie den Kopf.

Ich muss lachen über ihren erstaunten Gesichtsausdruck

»Ja, das kann ich sehen und noch viel mehr. Die Karten sind wie eine Landkarte des Lebens, sie zeigen mir jeden noch so verborgenen Winkel Ihres Lebens.«

»Jetzt bin ich aber gespannt, was Sie in meiner Landkarte lesen werden.«, sie lehnt sich in dem Korbsessel zurück und schaut mich erwartungsvoll an.

Ich lasse meinen Blick über die Karten schweifen und bitte in Gedanken Jeremias zu mir, um mich bei der Beratung für Grace zu unterstützen. Ein Prickeln auf meinem Kopf, von meinem Kronen Chakra ausgehend, breitet sich im gesamten Körper aus und lässt mich spüren, dass Jeremias jetzt anwesend ist. Mit meinen inneren Augen nehme ich ihn wahr, er lächelt mich an und stellt sich links neben mich. Seine Präsenz ist deutlich zu spüren, sie erfüllt den ganzen Beratungsraum und es wird etwas kühler. Ich beobachte Grace, wie sie sich über die Arme reibt, weil sie unbewusst diese Energien von Jeremias spürt. Er gibt mir mit seinem Lächeln und Kopfnicken ein Zeichen, das alles in Ordnung ist und ich mit der Sitzung beginnen kann.

»Das ist ja merkwürdig!«, sagt Grace zu mir. »Wieso ist es hier auf einmal viel frischer im Raum? Eben war mir noch warm und jetzt fühlt es sich an, als hätten Sie ein Fenster geöffnet und der Wind zieht herein?«, fragend sieht sie mich an und reibt sich ihre Arme.

»Wenn ich Beratungen gebe, unterstützt mich mein Geistführer Jeremias, so wie er es gestern bei dem medialen Abend auch getan hat. Da er eine höhere Schwingung mitbringt, ändert sich auch die Energie hier im Raum. Man kann es als kribbeln, als Kühle oder auch als einen wohligen Schauer wahrnehmen, der sich im Körper ausbreitet«, sage ich zu Grace.

»Interessant ... !«, sagt sie und sieht mich dabei etwas verwundert an.

»Wollen wir beginnen?«, frage ich sie.

Sie nickt mir zur Bestätigung zu und ich konzentriere mich auf die ausgelegten Karten vor mir. Mit einem Blick erfasse ich das gesamte Bild und lasse es auf mich wirken. Ein Kartenbild ist wie eine Geschichte, jedes ein Unikat für den Kunden, der vor mir sitzt. Somit hat jeder Kunde auch sein eigenes Geschehen, was mir die Bilder erzählen. Das was ich bei Grace sofort sehe, ist Umbruch, Neubeginn und eine Unschlüssigkeit diesen Weg zu gehen, weil sie nicht weiß, ob er der richtige ist.

»Ich fange mal mit Ihrem Hauptproblem an Grace, wäre das in Ordnung für Sie?«, fragend sehe ich sie an.

»Oh ... , ja sicher! Ich bin wirklich neugierig was Sie da in den Karten sehen werden.«, sie nickt mir zu.

Ich konzentriere mich voll und ganz auf die Karten und tauche ein in meine Intuition, die mich sofort erkennen lässt, worum es bei Grace geht: »Sie wollen sich gerne beruflich verändern. Die Gedanken kreisen bei Ihnen nur um dieses eine Thema und Sie haben mehrere Ideen dafür, sind sich aber unschlüssig darüber, welche die Richtige ist. Das gesamte Kartenbild wird von diesem Umbruch, der im Moment noch in Ihrem Inneren stattfindet, beherrscht. Sie kämpfen mit sich selbst, fechten einen inneren Kampf aus, was Ihnen nicht ganz behagt. Dabei sind Sie ein Mensch, der klare Entscheidungen liebt und auch bevorzugt, aber diesmal ist es anders. Auch sind Sie sich unschlüssig darüber, ob Sie diesen neuen Weg gehen sollen, oder ob Sie doch lieber nichts verändern und alles beim alten belassen.«, ich schaue von den Karten hoch und sehe direkt in Grace ihr verdutztes Gesicht.

»Das stimmt! Auch das ich diesen inneren Kampf mit mir selbst bestreite«, erstaunt sieht sie auf die Karten.

»Grace, was Sie gerade erleben, nennt sich Konfrontation mit ihrer Lebensaufgabe. Solch ein Abschnitt ist immer schmerzvoll, weil Sie spüren, dass eine Entscheidung getroffen werden muss und Sie Angst haben die falsche zu treffen. Stellen Sie sich das einfach mal bildlich, als eine Art Straßenkreuzung vor, an der Sie jetzt stehen. Sie können geradeaus, nach rechts und nach links gehen, nur welcher Weg ist der richtige? Sie können sich auch umdrehen und auf Ihrem alten Weg zurückgehen, was ja sehr bequem wäre, weil Sie Wissen was Sie dort erwartet. Ihre Seele ist in diese Zeit inkarniert, weil sie sich hier am meisten Wachstum erhofft. Bevor wir geboren werden, legen wir fest was wir in diesem Leben lernen wollen, um geistig zu wachsen. Der Seele geht es nie um materielle Dinge, sie lebt von den Gefühlen und diese bekommt sie durch das Erleben und das Durchleben von Situationen. Nun könnte man denken, dass dürfte ja nicht so schwer sein, aber eine, für den Lebensweg wichtige, Entscheidung zu treffen ist wirklich nicht einfach. Es geht immer weiter, auch wenn Sie mal den vermeintlich falschen Weg gehen, dann kann es sein, dass es der schwere Pfad ist, der gewählt wurde. Doch eines ist sicher, auch er führt zum Ziel, nur vielleicht unter erschwerten Bedingungen. Während ein anderer von den drei Wegen es Ihnen sehr leicht machen wird, Ihr Ziel zu erreichen. Lernen wird Ihre Seele auf allen von diesen drei Pfaden und es gibt wirklich viele Kreuzungen im Leben, an denen Sie plötzlich stehen werden und nicht wissen welchen dieser Wege Sie nehmen sollen.

Kommt Ihnen das bekannt vor Grace?«, lächelnd blicke ich sie an und sehe das pure Erstaunen in ihren Augen.

»Emily! Das ist unglaublich was Sie gerade erzählen! Jetzt kommen mir Situationen wieder ins Gedächtnis zurück, wo ich auch symbolisch an so einer Wegkreuzung gestanden habe. Auch da fiel es mir schwer, eine Entscheidung zu treffen und ich erkenne jetzt, dass ich nicht immer den richtigen Weg gewählt habe. Oft war es so, dass ich mich von meiner Familie oder Freunden habe leiten lassen. Diese dachten sie tun mir etwas Gutes, wenn sie mir helfen den optimalen Weg zu wählen. Doch später habe ich sehr oft erkannt, dass es auf einen anderen Pfad einfacher gewesen wäre, dort hinzukommen, wo ich hin wollte. Sie haben auch Recht damit, dass ich trotz Stolpersteine eine Unmenge an wertvollen Erfahrungen auf diesen Umwegen gemacht habe. Haben Sie Psychologie studiert, Emily?«, mit einem großen Fragezeichen im Gesicht blickt sie mich an.

»Nein Grace, ich habe nur ganz normal die Schule beendet, ein Studium habe ich nie absolviert.«, ich lächele sie an und kann mir ein inneres Lachen nicht verkneifen.

»Aber das was Sie hier gerade machen, ist eine tiefgehende psychologische Beratung. Nichts anderes tue ich jeden Tag und bin erstaunt darüber, dass Sie das so präzise machen, so als hätten Sie ein Studium in Psychologie absolviert. Es macht mich fast sprachlos zu wissen, dass Sie das alles so von sich geben und das ohne etwas über Psychologie zu wissen.«, kopfschüttelnd sieht sie mich dabei an.

»Das bringt die jahrelange Erfahrung mit sich Grace und natürlich auch das Einfühlungsvermögen ist in dieser Zeit gewachsen. Eigentlich brauche ich die Karten gar nicht dafür, aber die Kunden brauchen etwas, woran sie sich visuell festhalten können. Das Erläutern der Karten erfolgt bei mir intuitiv und auch immer mit der Unterstützung von Jeremias. Er weist mich dezent darauf hin, wenn ich meine Aussage noch einmal überdenken soll. Dann weiß ich das etwas mit meiner Formulierung nicht in Ordnung war oder er sagt mir, wenn der Kunde etwas nicht verstanden hat und es sehr wichtig für ihn ist, dass er es versteht. Viele mögen es einfach nicht sagen, das da noch etwas unklar ist. Dann ist die Beratungszeit vorüber und sie gehen mit diesem nicht so schönen Gefühl in ihrem Innern nach Hause. Hier greift Jeremias dann ein und gibt mir zu verstehen, noch einmal dort anzusetzen. Diese Ratschläge von ihm nehme ich immer sehr ernst. Jeremias ist vielen Kunden hier schon eine große Hilfe gewesen, auch wenn ihn keiner außer mir wahrnehmen kann, er ist für alle, steht's zu Diensten.«, ich blicke Grace an und sehe ein flüchtiges Lächeln über ihr Gesicht huschen.

»Kann er mir nicht sagen welchen Weg ich jetzt einschlagen soll?«, herausfordernd sieht Grace mich an, als sie diese Frage stellt.

»Nein, das macht die geistige Welt nie. Sie geben uns Hilfe, unterstützen uns bei unserem Lernprozess als Seele, aber niemals sagen sie welchen Weg wir nehmen sollen. Das würde bedeuten, dass sie in den freien Willen der Seele, also auch in Ihren freien Willen Grace, eingreifen würden und das dürfen sie nicht tun. Das sollte so manch ein Mensch hier auf Erden auch mal beherzigen, dann würde es weniger Leid geben auf der Welt und alle wären zufriedener. Doch heute greift jeder in den freien Willen des anderen ein, das fängt schon bei den Kindern an und geht über die gesamte Familie bis zu den Freunden. Das schlimmste sind die Firmen, in denen der Chef in den freien Willen seines Mitarbeiters eingreift. Da müssen aus Angst vor Verlust des Arbeitsplatzes vom Mitarbeiter Dinge gemacht werden, die schon oft sehr demütigend für ihn sind. Der größte Teil der Firmeninhaber handelt so. Dabei gibt es auch schon Firmen, die dem Mitarbeiter die freie Entscheidung lassen, ihn in das Unternehmen so mit einbinden, dass er sich und seine Talente frei entwickeln kann. Wenn ein Mensch die Arbeit tut, die ihm am meisten Spaß und Freude bereitet, dann lebt er freier in sich und ist auch weniger durch Krankheiten geschwächt. Dann würde auch das Phänomen »Burn out« wieder aus dieser Welt verschwinden. Wenn die Seele eines Menschen erfüllt ist und er in Harmonie mit sich selbst und seiner Umgebung lebt, dazu gehört auch der Arbeitsplatz, dann ist auch der Körper gesund. Nun bin ich etwas vom Thema abgekommen, entschuldigen Sie Grace. Dieses Thema wollte Jeremias Ihnen gerne näher bringen und ich weiß, dass er nichts sagt ohne wichtigen Grund dafür und deshalb habe ich es Ihnen erzählt.«

Grace lehnt sich in ihrem Korbsessel zurück. Ich kann ihr ansehen, wie ihre Gedanken zu fliegen scheinen. Es wirkt so, als würde sich für sie eine neue Welt öffnen. »Das ist ja unglaublich, was Sie mir da erzählen Emily. Es sind mittlerweile dreiviertel meiner Patienten davon betroffen und es werden jährlich immer mehr. Ich selbst habe versucht, ihnen mit meinem erlernten Wissen in der Psychologie weiterzuhelfen, aber nicht bei allen funktioniert es und somit bleibt bei vielen meiner Patienten das Problem auch weiterhin bestehen. Einige von ihnen betreue ich schon seit Jahren, ohne dass eine Besserung in Sicht ist. Jetzt werfen Sie ein völlig neues Licht auf dieses Thema und ich weiß was Sie mir damit sagen wollen oder war es Jeremias?«, sie sieht mich fragend an und reibt sich dabei unbewusst über ihre Arme, weil sie ein erneuter Schauer überkommt.

»Das kam von Jeremias durch, weil er es für wichtig hielt, das Thema anzusprechen, warum auch immer. Ich zweifle nie etwas an, was er mir durchsagt und gebe es unzensiert auch so weiter wie es reinkommt.«, erwartungsvoll sehe ich sie an, gespannt auf das, was noch kommen wird.

»Seit Jahren überlege ich, wie ich diesen Patienten besser helfen könnte, aber egal wie viele Fortbildungen ich besucht habe und, welche neuen Therapiewege ich mit ihnen gegangen bin, es hat nicht den geringsten Erfolg gebracht. Dadurch bin ich selbst mit mir unzufrieden, weil ich am Ende meines Lateins angekommen bin und allem Anschein nach nicht in der Lage bin, dafür eine Lösung zu finden. Daraus entsteht für mich ein großes Problem. Jetzt sitze ich hier und Sie haben mit einem Blick die Lage erkannt, das erstaunt mich wirklich und ich bin sehr überrascht, wie präzise Sie dabei vorgegangen sind. Auch das was Jeremias Ihnen eingeflüstert hat, es trifft den Nagel auf den Kopf, aber ich weiß nicht, wo ich ansetzen soll, wie kann ich diesen Menschen helfen? Ich kann ihnen doch nicht sagen, verlassen sie ihre Familie, oder schlimmer noch, kündigen sie ihren Job.«

Ich spüre wie sehr sie dieses Thema belastet: »Da haben Sie Recht Grace, das würde auch heißen, Sie greifen in den freien Willen des Menschen ein und das dürfen Sie niemals tun. Was wichtig wäre, ist den Patienten so an die Situation heranzuführen, dass er es selbst erkennt. Dies können Sie zum Beispiel durch spezielle Fragen tun oder was wunderbar ist, eine Traumreise. Der Patient könnte mit Ihnen zusammen einen perfekten Tag gestalten, da macht er dann alles was ihm wirklich Freude bereitet. Es gibt Menschen, die merken gar nicht, dass es Arbeiten gibt bei denen sie absolut das Zeitgefühl verlieren. Das kommt daher, weil sie mit ihrer Seele arbeiten. Wenn ein Mensch eine Arbeit macht, die ihm Spaß und Freude bringt, dann geht er gern zur Arbeit und ist traurig, wenn Feierabend ist. Allerdings die meisten Menschen fangen bei Dienstbeginn schon an, sich auf den Feierabend zu freuen. Der wiederum ist aber auch nicht so prickelnd, weil sie diesen dann zuhause vor dem Fernseher verbringen. Sie sind durch den Job so gestresst, dass sie wie gelähmt vor dem Fernseher hängen. Zu müde und zu erschöpft auch nur einen einzigen Gedanken zu denken, das übernimmt in diesem Fall ja auch die Sendung, mit der sie ihr Gehirn beschallen. Sie müssen nicht mehr denken, das übernimmt das jeweilige Fernsehprogramm für sie und somit stumpfen sie immer mehr ab. Doch jeder Mensch trägt eine Begabung in sich, etwas was er wirklich gut kann, was ihm Freude bereitet. Dies gilt es herauszufinden und dann könnten Sie genau dort ansetzen. Sie lieben doch Ihre Arbeit als Psychotherapeutin, das sehe ich hier auch in den Karten. Es ist der Beruf für den Sie leben und er bereitet Ihnen auch sehr viel Freude und Erfüllung.«

Forschend sehe ich sie an, versuche eine Regung in ihrem Gesicht zu erkennen, aber den Gefallen tut sie mir nicht.

»Ja, Sie haben Recht Emily! Ich liebe meine Arbeit über alles, aber im Laufe der Jahre ist es so kompliziert geworden. Deshalb suche ich ja auch nach einem neuen Weg, weil ich spüre, dass ich etwas ändern will, um den Patienten besser helfen zu können. Nur weiß ich nicht wie. Es gibt zwei Möglichkeiten. Die Erste ist, noch eine Fortbildung und diese würde nur mein Wissen zum Thema »Burnout« vertiefen. Die Zweite ist eine Zusatzausbildung, die über ein ganzes Jahr geht und völlig neue Wege in der Psychotherapie vermittelt. Vorschweben würde mir das Zweite, aber selbst da bin ich mir unschlüssig, ob es das Richtige ist.« Sie sieht mich direkt an und ich spüre, dass sie sehr große Hoffnungen darauf setzt, heute Abend das Amarylion mit einer Lösung zu verlassen.

Doch ich kann und darf ihr ihre eigenen Entscheidungen nicht abnehmen. »Grace die Arbeit, die Sie tun ist sehr wichtig für die Patienten und wenn Sie diese mit Freude im Herzen tun, dann ist es auch Ihr Lebenswerk, daran gibt es gar keinen Zweifel für mich. Wenn Sie den Patienten mit »Burnout Syndrom« helfen wollen, dann müssen Sie Zugang zu deren Seele bekommen. Dort finden Sie die Antwort, warum dieser Mensch krank geworden ist, und zwar nur da. Jede Seele verfolgt in ihrem Leben hier auf Erden einen Plan, den Seelenplan. Wenn ein Mensch nun immer wieder von seinem Seelenplan abweicht, versucht die Seele sich bemerkbar zu machen, sie weist darauf hin, dass etwas falsch läuft. Wir fühlen es durch Unwohlsein oder auch durch kleine, gesundheitliche Störungen. Sollte auch das vom Menschen ignoriert werden, dann wird er richtig krank. Es sind dann zum Beispiel Krebsfälle oder noch schlimmeres. Jedes Organ spricht seine eigene Sprache. Nehmen wir einmal an, es handelt sich um einen Patienten mit ständigen Rückenproblemen, so einen Fall hatte ich gerade erst heute Morgen hier im Amarylion zur Behandlung, wo keine Therapie anschlägt oder auf Dauer Erfolg hat. Dann handelt es sich um einen Hilfeschrei der Seele. Der Rücken, die Wirbelsäule ist das Gerüst des Menschen und wenn er nun Schmerzen in diesem Bereich hat, dann erkenne ich, er hat eine schwere Last in diesem Leben zu tragen. Diese Last drückt ihn nieder und daraus entstehen Schulter, Nacken und Rückenprobleme. Nun muss man in die Tiefe gehen, um herauszufinden, was genau diesen Menschen belastet und dazu mache ich dann ein Clearing der Seele. Damit kann ich an den Kern der Ursache gehen. Sehr oft entstehen gesundheitliche Probleme in diesem Leben, weil etwas aus dem vergangenen Leben mitgebracht wurde, damit es jetzt aufgelöst werden kann. Nur ist dieses kaum einem Menschen oder auch Arzt bewusst. Erst wenn Sie sich mit dem Energiesystem des Menschen befassen, werden Sie die Zusammenhänge erkennen. Wenn ein Mensch dann, manches Mal, mit nur einer Sitzung beschwerdefrei wird, weil der Kern gefunden wurde, dann sprechen viele von Spontanheilung oder auch Wunderheilung. Da verschwinden plötzlich Beschwerden, die bis jetzt jeder Behandlung oder Medizin stand gehalten haben.«

Grace lauscht meinen Worten völlig gebannt und spielt dabei an einer Locke ihres Haares.

»Der Kunde, der heute Vormittag zum Clearing hier war, hat nach zwei Stunden schmerzfrei und im aufrechten Gang das Amarylion verlassen, weil wir an seiner und mit seiner Seele gearbeitet haben. Die Seele eines Menschen, auch wenn kein Arzt sie auf seinen Geräten sichtbar machen kann, ist das wertvollste was wir in uns tragen. Sie ist sinnbildlich das Gefäß für alle unsere Gefühle und Empfindungen, die wir im Leben erfahren. Natürlich die schmerzvollen genauso wie die schönen Erfahrungen.«, ich muss innerlich lächeln, als ich Grace ihren völlig erstaunten Gesichtsausdruck wahrnehme.

»Emily, das was Sie da erzählen stellt ja die gesamte Medizinwelt auf den Kopf, aber es macht mich auch neugierig mehr darüber zu erfahren. Sie meinen also, wenn ich als Psychotherapeutin die Seele des Menschen behandeln würde, dann verschwindet auch sein Problem. Dann wäre es also auch möglich, meinen ganzen »Burnout« Patienten zu helfen?«

»Ja sicher ist das möglich, es kann sein, dass es ein paar Fälle gibt, wo es vielleicht zwei oder drei Clearings geben muss, weil sich zu viel auf einmal zeigt, aber die Chancen stehen immer sehr gut. Die Erfolge, die ich mit diesen Sitzungen hier im Amarylion hatte, sprechen für sich. Voraussetzung ist immer, dass der freie Wille des Menschen geachtet wird. Dass er selbst entscheidet, ob er eine Sitzung machen möchte und wie weit er in seine Seele vordringen will.« Mein Blick geht wieder zu den Karten die noch immer vor mir liegen und ich lasse meinen Finger über einzelne Verbindungen gleiten.

»Emily, ich bin so neugierig geworden und möchte gern noch mehr erfahren über eine Clearing Sitzung. Sie glauben gar nicht, wie sehr Sie mir gerade helfen, eine Lösung für mein Problem zu finden. Das was Sie mir jetzt alles erzählt haben, ist für mich so interessant, dass ich einfach mehr darüber erfahren muss. Die Karten sollten Sie mir ja auch gerade wegen dieses Problems legen, nur das Sie das gerade alles tun, ohne in Ihre Karten zu sehen. Ich finde es völlig in Ordnung und ich würde mich wirklich sehr freuen, wenn Sie mir diesen Gefallen tun könnten.«

»Wenn Sie das gerne so möchten Grace, dann lege ich die Karten weg.«, während ich es zu ihr sage, schiebe ich die Karten wieder zusammen und lege den Stapel auf die Seite. »Möchten

Sie noch etwas Wasser? Dann kann Stephanie Ihnen noch ein Glas bringen.«, ich deute auf ihr fast leeres Glas, in dem sich nur noch ein kleiner Schluck Wasser befindet.

»Nein danke! Ich platze fast vor Neugierde und möchte nur eines, erzählen Sie mir mehr über den Ablauf einer Clearing Sitzung.«

Diese Frau hat etwas absolut faszinierendes an sich und ich muss mir ein Grinsen verkneifen, weil sie vor mir sitzt wie ein Teenager, dem man gleich ein Geheimnis verraten wird. Vor Erwartung ist ihr Gesicht total angespannt.

»Ich sage nur kurz Bescheid, dass wir etwas länger machen, denn unsere Zeit für die Sitzung ist schon fast um«, sage ich zu ihr und stehe auf um Steph zu informieren, dass es etwas länger dauert. Nach Grace kommt kein Kunde mehr und daher ist es auch möglich, die Sitzung zu verlängern.

Als ich wieder zurück in den Beratungsraum komme, telefoniert Grace gerade mit ihrem Handy. Ich bekomme nur noch mit, wie sie jemanden sagt, dass es etwas später wird als verabredet und dann legt sie auf.

»Entschuldigen Sie Emily. Ich weiß, dass das Handy während der Beratungen ausgeschaltet sein soll, aber da es jetzt etwas später wird bei uns beiden, musste ich meinen Mann eben informieren, dass er schon mal allein anfangen soll mit den Vorbereitungen für das Barbecue morgen.«, sie sieht mich schuldbewusst an und ich muss lächeln.

»Das ist völlig in Ordnung. Nur während der Sitzungen sollte es dann auch wirklich ausgeschaltet sein, damit es nicht mittendrin plötzlich klingelt.«

Sie nickt mir verständnisvoll zu, schaltet das Handy aus und packt es wieder in ihre Handtasche.

»So ... , nun bin ich aber gespannt, was Sie mir erzählen werden Emily.«

»Das ist gar nicht so spektakulär wie es sich anhört«, sage ich zu ihr und überlege kurz, wie ich es für sie am einfachsten zusammenfassen kann. »Zu Beginn findet ein Vorgespräch statt, indem der Kunde und ich gemeinsam versuchen zu erkennen, worum es bei ihm genau geht. Haben wir das dann geklärt, erzähle ich etwas über den Ablauf des Clearings, damit er auf das was kommt, vorbereitet ist. Das nimmt ihm schon einmal etwas die Angst vor dem Ungewissen. Anschließend liegt er dann auf einer Liege und ich führe ihn in eine tiefe Entspannung. Sobald diese erreicht ist, bitte ich den Geistführer des Kunden, sich an das Kopfende der Liege zu stellen und uns bei dem Clearing zu unterstützen. Nicht jeder kennt seinen eigenen Geistführer, aber es beruhigt alle, wenn sie wissen, da ist jemand, der auf sie aufpasst. Das nichts Schlimmes mit ihnen passieren kann. Dann baue ich mit dem Kunden zusammen im Geiste, also vor seinem inneren Auge, eine Lichtsäule auf, die über eine Brücke mit dem Kunden verbunden ist. Diese Brücke ist für die Seelen, die wir während der Behandlung dann ins Licht schicken. Das alles wurde aber auch vorher besprochen, so dass dem Kunden bewusst ist, was wir da gerade tun. Er weiß auch, dass er während der ganzen Behandlung bei Bewusstsein ist und jederzeit sofort die Sitzung beenden kann, das ist sehr wichtig. Jetzt sind alle Vorbereitungen getroffen. Ich führe ihn noch tiefer und gehe am Anfang bis zu seiner Geburt zurück. Viele Menschen bringen in dieses Leben schon ein vorgeburtliches Trauma mit und leiden ihr ganzes Leben darunter. Wenn das Kind zum Beispiel nicht erwünscht war, wird es das gefühlt haben. Vielen Müttern ist nicht bewusst, was ihr Baby schon im Mutterleib alles mitbekommt, sogar die Ängste einer Mutter übertragen sich bis zum Fötus. Sichtbar wird es erst, wenn das Kind geboren ist und älter wird. Nur denkt keiner mehr daran, dass das Problem schon im Mutterleib entstanden ist. Das Kind nimmt alles auf was die Mutter an Gefühlen durchlebt, Ängste, Sorgen,

Streit, Kummer und noch vieles mehr. Da arbeite ich dann mit dem Kunden dran. Ich lasse ihn diese Situation noch einmal durchleben, nur dass er jetzt erwachsen ist und darauf reagieren kann. Viele macht es total wütend und sie müssen über ihre Mutter schimpfen und das dürfen sie dann auch. Sie lassen allen ihren Schmerz heraus, der in ihnen steckt, weinen und schreien oftmals sogar dabei und manche durchlaufen es eher auf die ruhige Art. Diese ganzen Reaktionen helfen den Energiestau, der durch dieses Problem entstanden ist, sich aufzulösen. Wenn das Problem gelöst ist, spreche ich ihre Seele direkt an und bitte sie uns das Leben zu zeigen, welches diese ganzen Probleme verursacht hat, die den Kunden heute belasten. Da ist es nicht relevant, welches Leben es vor diesem Leben war, das letzte oder das dritte, es spielt keine Rolle. Dann passiert wirklich erstaunliches! Der Kunde fängt an zu erzählen, wo er sich befindet, wie er sich fühlt und gemeinsam wandern wir durch dieses Leben und suchen den Auslöser der Probleme. Auffallend ist, dass der Kunde ganz oft plötzlich in einer anderen Stimmlage spricht, sich selbst sprechen hört oder anfängt Kraftausdrücke zu benutzen, was er sonst nie machen würde. Das ist jetzt nicht bei jedem Clearing so, aber es kommt sehr oft vor. Eine Kundin von mir hatte nach einer solchen Sitzung ein ganzes Kilo Körpergewicht verloren und das im ruhigen liegen, dabei hatte sie immer Probleme mit dem abnehmen. Da wurde sinnbildlich viel Ballast in der Sitzung abgeworfen und einiges aufgelöst, so dass sie ihren Panzer, den sie sich selbst aufgebaut hatte, jetzt wieder abwerfen konnte. Was in der Rückführung selbst passiert, ist individuell verschieden und darauf kann ich mich auch nicht vorbereiten, sondern ich muss in der jeweiligen Situation die passenden Fragen stellen. Manchmal ist das eine richtige Detektivarbeit und sehr anstrengend. Doch bis heute habe ich es immer geschafft, den Kern des Problems zu finden, weil die Seele des Kunden mir, über ihn, die Bilder übermittelt, die ich dann deute. Mehr ist das nicht Grace, alles ganz einfach und Ihnen dürfte das nicht fremd sein, als Psychotherapeutin.«

»Es ist ja unglaublich, das gibt mir eine völlig andere Sichtweise auf viele Probleme, mit denen meine Patienten zu kämpfen haben.«, während sie das sagt, reibt sie sich wieder ihre Arme und ich spüre, dass sie die Energien hier im Raum wahrnimmt.

»Es gibt auch noch die Fälle, wo sich andere verstorbene Seelen, an das Energiefeld, also die Aura des Kunden geheftet haben. Viele kennen das, wenn sie plötzlich in einer Situation überreagieren, plötzlich ohne Grund tief traurig sind, oder wenn sie das Gefühl bekommen, neben sich zu stehen, weil sie so verwirrt sind. Das kann schon ein Hinweis darauf sein, dass wir eine anhaftende Seele in unserer Aura haben. Bei diesem Problem dauert es dann immer etwas länger und es bedarf großer Überredungskunst, diese Seelen ins Licht zu führen. Wenn eine Behandlung abgeschlossen ist, führe ich immer den Seelenanteil aus dem vorherigen Leben, oder auch die anhaftende Seele ins Licht. Anschließend wird die Lichtsäule wieder aufgelöst und damit ist die Behandlung abgeschlossen. Der Kunde bleibt noch so lange liegen, bis er selbst entscheidet aufzustehen. Sollte sich während der Sitzung herausstellen, dass noch mehr zu lösen ist, dann kommt der Kunde noch ein zweites Mal. Doch bei einigen reicht schon eine einzige Sitzung. Manchmal ist es aber so, dass das große Problem gelöst ist und dann schiebt sich ein dahinter gelagertes nach vorn und wird plötzlich wahrgenommen.« Ich sehe Grace an, wie unglaublich das alles für sie klingt und für mich ist es schon ein merkwürdiges Gefühl, mit einer Psychotherapeutin über meine Behandlungsmethoden zu sprechen.

»Emily, das ist wirklich sehr interessant für mich und in meinem Kopf ist es schon am Arbeiten. Ich habe da einige Fälle, die mir Kopfzerbrechen machen, weil ich nicht weiterkomme und wir einfach keine Erfolge erzielen. Ich würde gerne mit einem

meiner Patienten zu einem Clearing kommen, vorausgesetzt er
möchte es. Wäre das wohl möglich?«

»Ja sicher, das geht – wenn Ihr Patient es so wünscht, natürlich.«, ich sehe die Freude auf ihrem Gesicht, als ich das sage
und sie lächelt mich an.

»Ich bin Ihnen so dankbar für diesen Einblick, den Sie mir
gewährt haben. Das hat mir jetzt so viel Inspiration vermittelt,
dass ich zuhause erst mal über einiges nachdenken muss. Es er-
öffnen sich dadurch völlig neue Wege für mich.« Grace scheint
gerade völlig in Gedanken versunken zu sein und ich lächle innerlich.

»Ich kann Ihnen auch gern die Adresse geben, wo ich gelernt
habe, wenn Sie das Thema so sehr interessiert.«

»Nein! Wenn ich mich entscheide es zu lernen, dann werden
Sie mein Lehrer sein Emily, das steht für mich schon fest. Würden Sie das für mich tun?«, sie sieht mich hoffnungsvoll an.

»Ja sicher, dies wäre möglich. Das sollten wir dann aber in
Ruhe besprechen Grace.«, als ich das zu ihr sage, lächelt sie mich
dankbar an.

»So ... , nun will ich Ihnen nicht noch mehr Ihrer kostbaren
Zeit stehlen.«

Grace steht auf und auch ich erhebe mich aus meinem Stuhl
und öffne ihr die Tür. Wir gehen beide zum Tresen und Grace
holt ihre Geldbörse hervor, um mich für meine Arbeit zu bezahlen. Steph schaut uns beide ganz interessiert an und ich spüre,
dass sie vor Neugierde am Platzen ist.

»Was bekommen Sie jetzt für die Sitzung Emily?«

Mein Blick fällt zur Uhr, um zu sehen, wie spät es ist. Dabei
stelle ich fest, dass es gleich sieben Uhr ist und wir zwei Stunden
Beratung hinter uns haben. Es erstaunt mich immer wieder, wie
die Zeit verrinnt, wenn ich Seelenarbeit verrichte. »Das sind
dann Einhundert Dollar Grace, es waren zwei Stunden Beratung.«

»Emily die Arbeit die Sie hier machen, ist einfach unbezahlbar«, sagt sie, während sie zweihundert Dollar auf den Tresen legt.

Ich sehe hilfesuchend zu Steph hinüber.

»Es ist zu viel Grace, das kann ich nicht annehmen!«, sage ich und schiebe einhundert Dollar wieder zu ihr zurück.

Sie nimmt das Geld und schiebt es mir wieder über den Tresen zu.

»So ... !, ohne Diskussion! Sie haben eine fabelhafte Arbeit geleistet und das sind Sie mir auch Wert, bitte nehmen Sie es an Emily, es kommt wirklich von Herzen.«

Wieder wandert mein Blick zu Steph, sie nickt mir zu.

»Danke Grace! Wegen eines Clearing Termins rufen Sie einfach an, wenn es soweit ist, ich werde Sie dann mit ganz viel Zeit einplanen.«

Ich komme hinter dem Tresen hervor, um mich bei ihr für das großzügige Trinkgeld zu bedanken und sie zur Tür zu begleiten. Doch sie wühlt noch, lachend, in ihrer Handtasche herum und schimpft darüber, dass diese immer so unpraktisch sind und sie nichts wiederfindet. Dann hält sie plötzlich triumphierend eine Karte hoch und drückt sie mir in die Hand.

»Wusste ich es doch, dass da noch eine in der Tasche sein muss. Morgen Abend findet ein großes Barbecue bei uns statt, Freunde und Familie kommen. Kein besonderer Anlass, nur zum geselligen Zusammensein und ich möchte, dass Sie beide auch kommen. Beginn ist neunzehn Uhr!«, lächelnd dreht sie sich zu Steph und winkt ihr zu, während ich noch völlig sprachlos die Karte in den Händen ansehe.

»Wir sehen uns morgen Emily, ich freue mich, Sie und Stephanie meinen Freunden vorzustellen. Das wird ein schöner Abend.«, unverhofft nimmt sie mich in den Arm und drückt mich an sich: »Sie sind ein wundervoller Mensch Emily.«, dann dreht sie sich um und geht Richtung Ausgang.

»Danke Grace, wir werden kommen!«, sage ich und will die Tür hinter ihr schließen, als sie sich noch einmal umdreht.

»Machen Sie sich beide schick für morgen. Da gibt es einige Junggesellen auf dem Barbecue, die verzaubert sein werden, weil zwei so hübsche Damen anwesend sind«, lachend geht sie zum Auto und lässt mich mit einem verdutzten Gesicht in der Tür stehend zurück.

Hinter mir höre ich Steph herzhaft lachen, als ich die Tür schließe und das Türschild umdrehe.

»Was gibt es da zu lachen Steph?«, entrüstet sehe ich sie an, als ich auf den Tresen zugehe und sehe, wie sie sich schon den Bauch vor Lachen hält.

»Ich lache, weil du es nicht geschafft hast, Grace zu bremsen. Diese Frau verfügt über solch eine starke Energie, dass sie einen förmlich mitreißt. Da steht uns ja morgen ein sehr interessanter Abend ins Haus, mit hoffentlich netten und schicken Junggesellen«, lachend stützt sie sich auf dem Tresen vor sich ab und blinzelt mir mit Tränen in den Augen zu.

»Ich finde es überhaupt nicht lustig Steph! Grace spielt in einer völlig anderen Liga wie wir und da kannst du dir ja vorstellen, was für Junggesellen sie da eingeladen hat. Es werden bestimmt Männer sein, die ihrer Gesellschaftsschicht entsprechen und da passen wir beide doch gar nicht rein.«, kopfschüttelnd sehe ich sie an und greife zu dem Krug mit Wasser, um mir mein Glas damit zu füllen.

»Ach Mily … , nun sei doch nicht so aufgebracht. Grace meint es doch nur gut und möchte uns beiden eine Freude bereiten.«

»Ich weiß nicht … , das kommt jetzt alles so plötzlich und mir ist gar nicht wohl bei dem Gedanken, dass wir da morgen erscheinen sollen.«, mit einem sorgenvollen Blick auf Steph, setze ich das Glas an und leere es in einem Zug, weil ich schon fast am Verdursten bin.

»Du sagst doch selbst immer, dass alles was passiert einen

Grund hat. Nun gilt es herauszufinden, welchen Grund es gibt, dass wir beide bei der High Society von Kansas City auf ein Barbecue eingeladen sind. Zufälle gibt es nicht Mily, das weißt du selbst ganz genau. Auf mich macht Grace aber auch nicht den Eindruck, dass sie wie die anderen Snobs ist. Ich glaube, dass sie ihr wahres Gesicht hier gezeigt hat und dass sie die Einladung wirklich aus reinem Herzen ausgesprochen hat.«, während sie redet, kommt Steph um den Tresen herum. Als sie vor mir steht, nimmt sie meine Hände und sieht mir direkt in die Augen: »Jetzt mal im Ernst Mily, wovor hast du wirklich Angst?«, fragend sieht sie mich an, während sie meine Hände drückt.

»Ich weiß es nicht genau Steph. Da ist so ein komisches Gefühl im Bauch und das beunruhigt mich etwas. Du sagst doch immer, ich soll auf mein Bauchgefühl achten und jetzt tue ich es und du nimmst mich nicht für voll!«, mit einem beleidigten Gesichtsausdruck sehe ich sie an: »Hast du gesehen wie Grace das Geld auf den Tisch gelegt hat? Sie hat uns gerade hundert Dollar Trinkgeld gegeben, so viel habe ich noch nie als Bonus oben drauf bekommen und meine Eltern bestimmt auch nicht«, sage ich zu ihr.

Doch sie lächelt weiter und lässt meine Hände nicht los.

»So meine liebe Püppi, jetzt will ich dir mal eine Analyse dieser Situation geben. Da ist Grace, eine ganz normale Kundin und sie gibt dir ein sehr großzügiges Trinkgeld, weil sie dankbar ist, für das, was du für sie getan hast. Was auch immer ihr beiden gerade im Beratungsraum erlebt habt, ihr war es hundert Dollar extra wert. Sie kann es sich leisten, weil sie bestimmt schon ihre erste Million zusammen hat. Für sie sind hundert Dollar das gleiche wie für uns zehn Dollar, sie hat einfach nur ein anderes Verhältnis dazu. Das kannst du ihr aber nicht negativ auslegen, sie war dankbar und hat es dir auf ihre Art gezeigt. Genau so ist auch das Barbecue zu sehen, egal was für Gäste dort sein werden, wir sind von ihr persönlich eingeladen, wie alle anderen dort auch. Wir sind anständig, haben einen guten Ruf und wir sind sehr nett zu unseren Kunden. Das einzige Manko, welches wir haben ist, dass wir Geld nicht in so großen Mengen wie Grace haben. Aber bei mir kam zu keiner Zeit das Gefühl auf, dass sie das gestört hätte. Du machst dir zu viele Gedanken Mily, um nichts und wieder nichts.«, sie sieht mich an und drückt meine Hände.

»Mir ist nicht wohl dabei Steph.«, voller Sorge sehe ich sie an und stelle mir schon bildlich vor, wie wir uns da blamieren werden. Vor meinen Augen sehe ich mich schon mit einem Glas in der Hand über einen Rasen laufen und bei meinem Glück stolpere ich und lege mich der Länge nach hin. Das wäre vielleicht eine Blamage, doch das denke ich nur und behalte meine Gedanken für mich. Denn dafür hätte Steph jetzt auch wieder eine Lösung parat.

»Püppi … , wir werden einen wundervollen und unvergesslichen Abend erleben, das darfst du mir gerne glauben.«

»Was soll ich anziehen auf so einem Barbecue? Sie hat doch gesagt, wir sollen uns schick machen.«, hilflos sehe ich Steph an.

»Du hast so hübsche Sommerkleider in deinem Schrank, da werden wir morgen schon etwas Passendes finden und deine Haare werde ich dir hübsch machen. Du wirst morgen Abend aussehen wie ein Engel Püppi. Die Junggesellen werden am Sonntag Nackenschmerzen haben, weil sie sich immer wieder den Kopf verdrehen, um einen Blick auf dich zu erhaschen.«

»Ich brauche keinen Mann Steph und ich komme gut ohne einen solchen gut zurecht!«, entrüstet sehe ich sie dabei an.

»Oh … , dann werden sie eben wegen meiner Schönheit Nackenschmerzen bekommen, aber trotzdem werden wir beide unseren Spaß haben. Du kannst dich nicht immer hier verkriechen Mily, dann wirst du eines Tages noch an Einsamkeit zugrunde gehen. Du musst endlich anfangen wieder unter die Menschen zu gehen, außerhalb des Amarylion. So und nun Ende der Diskussion! Wir gehen da morgen zusammen hin und werden das Amarylion würdevoll vertreten.«, damit lässt sie meine Hände los und marschiert forschen Schrittes in Richtung Küche.

»Ist ja schon O. K.! Ich habe verstanden, was du mir damit sagen willst Steph und werde morgen auf dieses »reiche Leute« Barbecue mitkommen.«, schuldbewusst laufe ich ihr in die Küche hinterher.

»Das will ich auch hoffen, dass du freiwillig mitkommst. Denn sonst sehe ich mich gezwungen, dich in Ketten zu legen und dorthin mitzuschleifen, aber das würde dann wirklich etwas peinlich für dich sein.«, sie muss lachen, kommt auf mich zu und nimmt mich in den Arm.

»Püppi ... , wir beide werden es der High Society von Kansas City beweisen, dass das Team vom Amarylion sich auch auf solch einer Veranstaltung sehen lassen kann.«, dabei sieht sie mich richtig kampflustig an und fletscht aus Spaß ihre Zähne wie ein Hund.

Bei diesem unheimlichen Geräusch schreckt selbst Quinny hoch und sieht Steph verschlafen von dem Stuhl aus an, auf dem sie bis eben friedlich geschlafen hat.

»So ... , meine holde Schönheit. Ich werde jetzt nach Hause fahren und mich mit dem schönsten Liebesroman aller Zeiten in meine wundervolle Badewanne legen. Von Kerzenschein eingehüllt, in wunderbaren weichen Schaum werde ich eintauchen in die Welt voller Liebe und Sex«, grinsend schnappt sie sich ihren Korb und angelt aus der Handtasche, die darin liegt, ihren Schlüssel fürs Auto heraus. Triumphierend hält sie ihn hoch: »Bis morgen früh Püppi und denk nicht mehr so viel an das Barbecue!«, fröhlich singend verlässt sie durch die Küchentür das Haus und einen Augenblick später höre ich, wie sie den Motor ihres Autos startet.

Ich streichele Quinny, die mir gerade um die Beine herum streift und gebe ihr etwas Futter in den Napf. Dann beschließe ich es mir noch etwas gemütlich zu machen, hole mein Buch von oben herunter und begebe mich damit nach draußen auf die Veranda.

Ich setze mich auf die Holzschaukel, schlage das Buch auf und während ich leicht mit der Bank hin und her schwinge, tauche ich ein in meine Welt der Fantasie, die mir so vertraut ist.

6

Der Garten des Amarylion ist in ein zartes Gold getaucht und über uns am Himmel zeigen sich rote Schleierwolken, die dort oben zu tanzen scheinen. Ich fühle den warmen Sommerwind, wie er zart über meine Arme, sowie meine Schultern streift und meinen Körper mit einem wohligen Schauer durchströmt. Die Zeit scheint gerade still zu stehen, denn selbst die Vögel haben ihren herrlichen Gesang scheinbar für ein paar Minuten eingestellt. Ich sehe der Hummel zu, die sich gerade auf einer Malvenblüte niedergelassen hat, um von deren köstlichen Nektar zu kosten. Mit ihren kleinen zarten Beinchen krabbelt sie auf der Blüte herum und bringt sie so zum Schwanken. Über mir wiegen sich die Blätter der Bäume im Wind und scheinen mir mit ihrem Rascheln etwas mitteilen zu wollen. Die Blumen schaukeln ihre Köpfe mit jeder Brise, die über sie hinweg streicht und es sieht aus, als hätten sie ihre Blüten alle gleichzeitig dem Himmel entgegen gestreckt. Ihre Farben leuchten anmutig im Licht der Abendsonne, so als würde der Himmel sie auf der Bühne des Lebens ins rechte Licht rücken. Alle meine Sinne sind geschärft und es kommt mir plötzlich so vor, als würde ich alles was um mich herum passiert, gleichzeitig bewusst wahrnehmen können. Diese Stille wird nur durch das leise Knarren der Verandaschaukel unterbrochen, die sich sanft vor und zurückbewegt. Meine nackten Füße streichen dabei über den Holzboden der Veranda und ich fühle die Hitze, mit dem er sich am Tage aufgeladen hat, die er jetzt nach und nach wieder frei gibt. Die Luft ist vor Hitze förmlich am Flirren und an den beiden Weingläsern, die neben mir auf der Brüstung der Veranda stehen, laufen kleine Schwitzwasserperlen herunter. Sie sammeln sich am Fuße des Glases und das, von der Sonne, ausgetrocknete Holz, saugt es gierig auf. Ich greife zum Weinglas und nehme einen kleinen Schluck von diesem roten Traubensaft, der mit seinem lieblichen Geschmack meinen Gaumen umspült. Ich spüre mit jeder Faser meines irdischen Körpers, wie glücklich ich bin. Liebevoll geht mein Blick nach rechts in seine Richtung. Ich sehe wie auch er diese Stille und Harmonie genießt, die sich gerade um uns herum ausbreitet. Zärtlich streichle ich ihm über seine linke Hand, die auf meinem Bein liegt und fühle dabei die Kraft, die sie ausstrahlt. Mit dem Finger gleite ich über die kleine Narbe, am linken Daumen hinweg, fast so als könnte ich sie und den emotionalen Schmerz, der damit verbunden ist, wegzaubern. Liebevoll sieht er mich mit seinen braunen, tiefgründigen Augen an und ich spüre, wie ich dahin schmelze. Sein Blick scheint meine Seele zu küssen. Er umschließt zärtlich meine Hand mit seiner, ich fühle, wie er sie drückt, um mir zu zeigen, dass ich ihm wichtig bin. Noch nie in meinem Leben habe ich solch eine starke Verbundenheit mit einem Mann gespürt. Es fühlt sich an, als wären wir miteinander verschmolzen, als ich in seine Augen sehe, die mich liebevoll anblicken. Er streicht mit seiner anderen Hand die Locken aus meinem Gesicht, die der Wind beim Spielen mit meinem Haar vor meine Augen hat fallen lassen. Diese zarte Berührung jagt mir einen wohligen Schauer durch den Körper und alle meine Zellen scheinen mit einem Male zum Leben zu erwachen. Ich kann sie innerlich hören, wie sie jubelnd nach mehr schreien, so ausgehungert sind sie nach Liebe. Sanft dreht er meinen Kopf und ohne auch nur eine Sekunde den Blick von mir zu nehmen, legen sich seine sinnlichen Lippen zart auf meine. Bereitwillig öffnen sich meine für ihn, als seine Zunge fordernd Zugang zu meiner fordert. Ich fühle wie sich unsere Zungen tanzend um einander herumbewegen, sich erkunden und miteinander zu verschmelzen scheinen. »Er ist nicht nur süß! Er schmeckt auch so«, schießt ein Gedanke durch meinen Kopf. Meine Augen sind geschlossen und meine Sinne sind geschärft, so dass ich fühlen kann, was er in diesem Moment fühlt. Während wir uns hingebungsvoll küssen, zerzaust er mit seiner Hand meine Locken. Seine Geste lässt mich wohlig erschauern. Mein ganzer Körper scheint unter Strom zu stehen, vor meinem inneren Auge blitzen verschiedene Farben auf und ich spüre, es sind die Energien unserer Auren, die ich wahrnehme. Es ist ein Farbenspiel sondergleichen, so überwältigend in seiner Schönheit, dass ich völlig berauscht von diesem Anblick bin. Seine Hand drückt zärtlich meine, dabei verschränken sich liebevoll unsere Finger ineinander, bilden eine Einheit und zeigen so, dass sie zusammen gehören. Er zieht mich immer enger an sich und ich fühle durch das Hemd sein Herz pochen, welches im Einklang mit meinem schlägt.

Die Energie, welche das Herz eines Menschen abgibt, ist die stärkste magnetische Kraft auf Erden, die es gibt. Zwei verliebte Herzen, die miteinander verschmelzen, sind unbeschreiblich, soviel Kraft senden sie aus. Mich überkommt ein Gefühl, die Welt umarmen zu können, so wunderschön ist diese Verbundenheit, dieses Eins Sein mit ihm. Langsam lösen sich seine Lippen von meinen und er sieht mich an, während seine Finger noch immer mit meinen Locken spielen.

»Ich liebe dich Emily, du hast mein Leben völlig verzaubert.«, dabei sieht er mir ganz tief in die Augen.

Ich streiche zärtlich über sein Kinn, fahre mit dem Finger an seinem Grübchen entlang, um ihm dann durch sein volles Haar zu streichen. »Ich liebe dich auch und ich danke dir für diese herrlichen und wunderschönen Gefühle, die du in mir wachrufst.«, liebevoll blicke ich ihn dabei an.

»Du strahlst eine innere Kraft aus, die man wirklich »Magisch« nennen kann Emily. So tiefe Gefühle wie mit dir, habe ich noch mit keiner anderen Frau erfahren dürfen.«, dankbar drückt er meine Hand und legt unsere ineinander verschränkten Hände auf seinen Schoß.

Ich fühle die Wärme des Körpers durch seine Hose hindurch. Seine Erektion ist deutlich spürbar, es fasziniert mich wie sein ganzer Körper auf meine Anwesenheit reagiert, fast ist es so, als würde ich es zwischen uns knistern hören, solch eine starke Energie fließt. Er lässt meine Hand los, greift zu unseren Gläsern mit dem süßen Wein und reicht mir meines.

»Lass uns anstoßen Emily! Auf diese wundervolle Liebe, die uns beide verbindet. Möge dieser magische Moment bis in alle Ewigkeit andauern«, klirrend stößt sein Glas an meines und der Klang, den es dabei erzeugt, erinnert mich an Engelsgesang.

»Auf unsere Liebe! Ich danke den Engeln, dass sie dich in mein Leben geschickt haben und es damit so sehr bereichert haben.«, zärtlich drücke ich ihm einen Kuss auf die Wange und trinke dann von dem köstlichen Wein.

Lachend legt er seinen Arm um meine Schultern und drückt mich an sich: »Mit so viel Hilfe von den Engeln hätte ich nie gerechnet, aber sie haben dich in mein Leben gebracht und damit habe ich jetzt sogar einen wahrhaftigen Engel an meiner Seite!«, er lacht, als er das sagt und streicht mir dabei über meine Wange.

Ich sehe ihn an und stelle dabei fest, wie wunderschön er ist, wie er aus dem Inneren heraus am Strahlen ist vor Glück. Mein Blick wandert über seinen maskulinen Körper, ich sehe wie sich seine Muskeln unter dem Hemd bewegen, als er mir über den Arm streichelt. Er ist eine wahre Augenweide für mich und ich kann mein Glück noch immer nicht fassen, dass er an meiner Seite ist. Wie sehr habe ich mir immer wieder vorgestellt, solch einen Mann kennenzulernen und nun sitze ich mit ihm hier auf der Veranda. Ich streichele zärtlich über seinen Arm, fühle die Härchen unter meinen Fingern und die Hitze seiner Haut. Meine Fingerspitzen fangen an zu kribbeln, soviel Energie fließt zwischen uns beiden und ich genieße jede Sekunde mit ihm. Sanft streicht er mir durch die Haare, ich lehne meinen Kopf an seine Schulter und fühle mich absolut geborgen bei ihm. Wir lauschen beide der Stille, die uns umgibt, nehmen die Natur um uns herum wahr und es fühlt sich an, als wären wir Eins mit ihr. In der Ferne, irgendwo in den Ästen eines Baumes verborgen, trällert ein Vogel uns sein Lied. Was er wohl erzählen mag? Hingebungsvoll und unermüdlich zwitschert er in den Wipfeln des Baumes vor sich hin. Aus der Ferne stimmt ein weiterer Vogel ein in dieses Lied und gemeinsam singen sie jetzt voller Leidenschaft nur für uns. Eine Fliege setzt sich an den Rand eines der Weingläser, die er wieder auf der Brüstung der Veranda abgestellt hat, angezogen von dem süßlichen Duft. Ein Schnurren unterbricht diese Idylle und mit einem Satz ist Quinny auf seinem Schoß. Ich streichele ihr über das glänzende Fell und dankbar sieht sie mich an, während sie sich eine bequeme Stellung auf ihm sucht. Er lässt sie gewähren und schiebt seine Beine noch etwas zusammen, damit sie es sich dort auf ihnen gemütlich machen kann. So sitzen wir drei auf der Schaukel, er hält mich in seinen Armen und seine andere Hand streichelt die Katze. Dankbar für diesen schönen Augenblick lehne ich meinen Kopf an seine Schulter und genieße die Geborgenheit die er mir und Quinny gibt.

Ein lautes Schnurren an meinem linken Ohr holt mich aus diesem schönen Traum heraus. Neben mir auf dem Kissen hat sich Quinny ganz dicht an mich heran gekuschelt und ich frage mich, ob sie gespürt hat was ich geträumt habe. Mit offenen Augen starre ich die Zimmerdecke an und denke über den Traum nach, der mich völlig gefangen hält. Etwas hat sich verändert, das fiel mir sofort auf, nur was?

»Genau ... , der Sex fehlte! Aber es war der gleiche Mann wie in den anderen Träumen gewesen. Das ist interessant, was bedeutet das für meine Realität?«, frage ich mich laut.

»Quinny dir scheint es ja auf dem Schoß dieses Mannes gefallen zu haben«, meine kleine Orakel-Katze hebt ihren Kopf und blickt mich an: »Ja dich meine ich! Du warst auch in meinem Traum und scheinst diesen Mann wirklich zu mögen. Wer er ist, kannst du mir wohl nicht verraten, oder?«

Genüsslich räkelt sie sich neben mir und das Schnurren an meinem Ohr wird noch lauter.

»Das habe ich mir gedacht, dass ich von dir keine Hilfe erwarten kann.«, schwungvoll erhebe ich mich aus meinem Bett und gehe ans Fenster, Quinny folgt mir mit ihrem Blick.

Es ist wieder ein herrlicher Tag mit Sonnenschein und es wird wieder sehr warm werden, das kann ich jetzt schon fühlen. Dann fällt mir wieder siedend heiß ein, dass heute ja das Barbecue bei Grace ist und mein Bauch fühlt sich plötzlich ganz mulmig an.

»Wieso reagiere ich körperlich so heftig auf dieses Barbecue?«, frage ich mich.

Sehnsüchtig sehe ich zu Quinny hin, die sich wohlig in die Decke gekuschelt hat, wie gern würde ich das jetzt auch tun. Einfach im Bett bleiben und abwarten, dass dieser Tag zu Ende geht.

»Jetzt reiß dich mal zusammen Emily Edwards! Auch diesen Tag wirst du überleben und heute Abend dann feststellen, dass es gar nicht so schlimm war.«, laut mit mir selbst schimpfend, gehe ich Richtung Bad.

Von unten höre ich plötzlich Geschirr klappern, was mir zeigt, dass ich nicht die Einzige bin, die aufgeregt ist. Ich sehe zu meinem Wecker, der mir anzeigt, dass es gerade mal acht Uhr morgens ist. Völlig untypisch für Steph, an einem Samstagmorgen so früh hier auf der Matte zu stehen. Normalerweise würde sie heute erst nach zehn Uhr kommen, weil keine Kundentermine im Amarylion anstehen. Ich gehe ins Bad, drehe die Dusche auf und während ich das kühle Nass auf meiner erhitzten Haut genieße, werde ich dieses mulmige Gefühl nicht los, das heute etwas ganz Besonderes passieren wird.

»Ein herrlicher Morgen oder Püppi?«, begrüßt Steph mich, als ich die Küche betrete.

»Bist du heute aus deinem Bett gefallen oder haben wir einen Kundentermin, den ich vergessen habe?«, fragend sehe ich sie an, während mein Blick über den liebevoll gedeckten Tisch schweift.

»Keines von beiden! Ich konnte die halbe Nacht nicht schlafen. Um sieben Uhr habe ich den inneren Kampf mit mir selbst dann aufgegeben und bin aufgestanden«, lachend gießt sie den Kaffee in meine große Tasse.

Ich will Quinny noch ihren Joghurt geben, doch die ist schon fleißig in ihrem Napf am Schlecken, da Steph sie bereits in der Zwischenzeit versorgt hat.

»Alles schon erledigt, deine Prinzessin hat ihr Frühstück. Setz dich und lass dich mal von mir verwöhnen Mily.«, schmunzelnd zieht Steph mir einen Stuhl vom Tisch ab und deutet mir an, mich zu setzen.

»Ist heute etwas Besonderes oder wieso verwöhnst du mich so?«

»Alles ist gut so, wie es ist, mir war heute danach, diesen Tag mit dir entspannt anzugehen und es lässt sich doch das Frühstück besser genießen bei interessanten Gesprächen.«, schwungvoll zieht sie sich einen Stuhl vom Tisch ab und lässt sich darauf nieder.

Ich werde das Gefühl nicht los, dass heute etwas anders ist, entweder ich fange an zu spinnen, werde verrückt oder bin überarbeitet. Grinst Steph heute mehr als sonst oder kommt mir das nur so vor?

»Was ist los mit dir, du wirkst heute Morgen etwas durcheinander Mily.«, genüsslich nimmt sie einen Schluck von ihrem dampfenden Kaffee und sieht mich erwartungsvoll an.

»Nein ist schon O. K., alles bestens mit mir.«

»Du hast wohl wieder von Mr. Right geträumt!«, sie blickt mich über ihre Tasse hinweg an und ich nehme das Blitzen ihrer Augen wahr.

»Wenn ich ehrlich sein soll ja, aber diesmal war es anders und das irritiert mich etwas.«

»Was genau war anders? Hast du jetzt seinen Namen bekommen?«, neugierig stellt sie ihre Tasse ab.

»Nein keinen Namen, aber er wird immer deutlicher und diesmal hatten wir keinen Sex ... ! Das ist genau das, was mich stutzig macht.«

»Keinen Sex? Wie langweilig! Was habt ihr stattdessen gemacht?«, lüstern sieht sie mich an und ich fühle geradezu, wie gespannt sie auf meine Antwort ist.

»Wir saßen in der Schaukel auf der Veranda.«

»Mehr nicht? Nur da gesessen? Wie langweilig!«, grinsend schnappt sie sich eine Scheibe Weißbrot und schmiert sich die Butter darauf.

»Nein, ganz und gar nicht langweilig, Steph. Er wird immer deutlicher und jetzt weiß ich, dass er an der linken Hand, am Daumen eine Narbe aus der Kindheit hat. Irgendwie ist das faszinierend was da gerade passiert, auch wenn ich nicht weiß, warum es diesmal im Traum so anders war. Es fühlte sich an, als wären wir schon einige Zeit zusammen, als Paar. Alles war so vertraut mit ihm.«, ich sehe Steph an wie sie nachdenklich die Marmelade auf ihr Brot streicht, um dann herzhaft hineinzubeißen.

Sie sieht mich an und in mir steigt die Spannung, was wohl gleich kommt, wie sie den Traum von mir deutet.

»Sehr interessant, er scheint immer näher zu kommen. Hast du diese Narbe richtig deutlich gesehen?«

»Ja, sogar gefühlt habe ich sie und auch das Grübchen an seinem Kinn habe ich ganz deutlich gesehen. Ich bin mit den Händen durch sein Haar gefahren und es fühlt sich dicht und weich an. Es ist aber auch gleichzeitig unheimlich, weil es sich so echt angefühlt hat.«, ich greife zu dem Brotkorb und angle mir eine Scheibe Weißbrot heraus, während ich darauf warte, dass Steph dafür eine Erklärung hat.

»Auf jeden Fall scheinst du ihm schon ein Stück näher herangeholt zu haben, weil du jetzt die Einzelheiten wahrnimmst. Das heißt, er könnte schon sehr bald auftauchen und da heißt es jetzt für dich, du musst deine Augen aufhalten, damit er nicht an dir vorbeiläuft.«

»Wie meinst du das ... ? Glaubst du wirklich, er ist ganz in meiner Nähe ... ?«, bei diesem Gedanken läuft mir ein Schauer durch meinen Körper und lässt mich trotz der morgendlichen Hitze etwas frieren.

»Ja Mily, es hört sich für mich an, als wäre etwas in der Matrix, die dich umgibt, in Gang gekommen.«, sie klatscht vor Freude in ihre Hände und ein Grinsen zeigt sich um ihren Mund.

»Oh, na dann bin ich ja wirklich gespannt, wann er sich zeigt, denn jetzt brenne ich förmlich darauf, ihn kennenzulernen. Er ist in meinen Träumen so zärtlich und liebevoll zu mir. Jetzt habe ich nur etwas Angst, dass ich ihn nicht gleich wahrnehme und an ihm vorbeilaufe.« Mein Kaffee wird schon wieder kalt und ich greife zu meiner großen Tasse, um meinen Kopf in ihr zu versenken.

Steph fängt herzhaft an zu lachen und Quinny verlässt wieder fluchtartig die Küche Richtung Garten.

»Glaube mir Mily ... , an diesem Mann wirst du nicht vorbeilaufen! Deine Seele wird deinem Körper Signale aussenden lassen, so fühlst du, dass er es ist. Aneinander vorbeilaufen ist da nicht möglich, es sei denn du wärst völlig taub und blind. Es wird dir auffallen, dass etwas mit dir passiert.«, plötzlich fängt sie lauthals an zu lachen und kann nicht wieder aufhören.

Die Tränen laufen ihr übers Gesicht und sie tupft sie mit der Serviette, die auf dem Tisch liegt, weg.

»Warum lachst du jetzt? Was ist denn daran so komisch, was du gerade gesagt hast?«, kopfschüttelnd sehe ich sie an und beiße in mein Brot, aber ich spüre, dass das Lachen von ihr ansteckend ist.

Mein Zwerchfell fängt verdächtig an zu beben, als sie plötzlich innehält und mich grinsend ansieht.

»Püppi, nimm mich jetzt bitte nicht allzu ernst, O. K.? Ich hatte gerade ein Bild vor Augen, wie du ihm förmlich vor die Füße fällst«, lachend gluckst sie in die Serviette.

Entrüstet sehe ich sie an, vor meinem inneren Auge sehe ich mich schon vor seinen Füßen liegen, aber ich finde das überhaupt nicht witzig.

»Nein Danke! Genau diese Situation kann ich nicht gebrauchen. Wie peinlich, wahrscheinlich stolpere ich und falle vor ihm um, schönen Dank auch!«, energisch lege ich mein Brot wieder auf den Teller und aus meinen Augen scheinen Blitze zu kommen, die auf Steph gerichtet sind.

»Immer mit der Ruhe Süße! Es wird alles halb so schlimm sein. Denn wenn das passiert, ist er ja da, um dir hoch zu helfen.«, erneut fällt sie in ein schallendes Lachen und krümmt sich auf ihrem Stuhl.

»Bitte Steph ... ! Sag, dass genau das nicht passieren wird. Ich will mich nicht vor ihm blamieren.« Ich schiebe meinen Teller mit dem Brot weg, mir ist wirklich der Appetit vergangen.

»Nun sei doch nicht gleich so eingeschnappt, das war ein Witz!« Steph sieht mich schuldbewusst mit ihren großen Augen an.

»Ich empfinde es gerade nicht so, mir macht es ein ungutes

Gefühl. Das ganze Barbecue liegt mir sowieso schon schwer genug im Magen und dann kommt jetzt noch die Vorstellung einer Blamage dazu, schrecklich.«

»Nimm dir doch einen Spruch von mir nicht so zu Herzen, du weißt doch, dass ich dich gerne necke. Gerade das Thema ist auch einfach zu verführerisch dafür.« Steph greift zu ihrer Tasse und versucht so ihr Grinsen vor mir zu verbergen.

»Du hast selbst gesagt, dass alles was man denkt zur Realität werden kann, wenn man es sich nur bildlich genug vorstellen kann. Dann kann es also wirklich passieren, dass ich heute vor den Füßen eines, mir im Moment, noch unbekannten Mannes lande. Das möchte ich aber ganz und gar nicht, wie peinlich wäre das.« Wie aus einer tiefen Höhle heraus, höre ich Steph in ihrer Tasse glucksen, so intensiv versucht sie ein Lachen zu unterdrücken.

»Schön, dass du wenigstens in Betracht ziehst, dass ich Recht haben könnte und gerade etwas kreiert habe, was sich heute Abend in der Realität zeigen wird. Denn wenn es wirklich so passieren sollte, dann wirst du heute Abend deinem Mr. Right begegnen und das ist doch toll.«, sie zwinkert mir über den Tisch hinweg zu und nimmt meine Hand, die nervös mit der Serviette rumspielt. »Ich spüre, das dir allein diese Vorstellung schon Angst macht Mily, aber das braucht es doch nicht. Du bist nicht allein dort, ich komme doch mit und ich verspreche dir, dass es ein wundervoller Abend wird. Wenn ich mich gedanklich in dieses Barbecue rein fühle, habe ich ein gutes Gefühl und keinerlei Warnglocken, die angehen. Wir beide arbeiten hier so hart, die ganze Woche über und heute haben wir uns wirklich mal etwas Spaß verdient.«, liebevoll sieht Steph mich dabei an und drückt meine Hand.

»Das weiß ich ja auch, aber ganz tief in mir drinnen fühle ich, dass heute etwas anders ist, aber ich weiß nicht was. Es steht im Zusammenhang mit dem Barbecue, nur will mir einfach keine

Erleuchtung dazu kommen, worum es da geht. Kennst du dieses Gefühl, wenn du spürst gleich passiert etwas, aber überhaupt nichts unternehmen kannst, weil du nicht weißt, was es ist?«

»Wir können ja die Lenormandkarten befragen, wenn du möchtest. Vielleicht gibt dir das etwas innere Ruhe zurück.«

Ich schüttele ganz energisch meinen Kopf, denn das wollte ich nun wirklich nicht riskieren: »Nein Steph, ich lege für mich selbst wirklich äußerst selten die Karten und schon gar nicht, wenn ich so unsicher bin wie jetzt. Nun stelle dir bitte vor, da steht etwas in den Karten, was mich noch mehr verwirren würde. Dann endet der Abend heute noch in einer Katastrophe. Lieber bleibe ich so unwissend wie jetzt und lasse es auf mich zukommen, was auch immer es ist.«

»Oder wer auch immer es ist ... !« Steph gießt sich noch Kaffee nach und hebt die Tasse in meine Richtung: »Auf einen wundervollen Tag für uns beide Mily. Komme, was kommen mag, wir sind ein Dream-Team und werden alles zusammen durchstehen«, lachend lässt sie meine Tasse an ihre klirren und zwinkert mir dabei zu.

»Steph das Letzte was ich erwarten würde ist, auf einem Barbecue der High Society, dem Mann aus meinen Träumen zu begegnen. Das entspricht nicht der Gesellschaftsschicht, die sich mit einem Medium abgeben würde.«

»Wieso nur machst du dich immer so klein Mily. Du bist eine Koryphäe auf deinem Gebiet, keiner besitzt so viel Wissen über die Dinge zwischen Himmel und Erde wie du und trotzdem stellst du immer wieder dein eigenes Licht in den Schatten. Du bist Emily Edwards, ein sehr bekanntes und beliebtes Medium. Die Menschen kommen gerne zu dir und wissen deine Beratungen, die du ihnen gibst, wirklich zu schätzen. Du bist genauso viel Wert als Mensch, wie Grace Coleman, auch wenn das einfach nicht in dein Köpfchen will.«

»Ist ja schon gut, ich weiß was du mir damit sagen willst

Steph. Wenn ich nur innerlich auch so fühlen könnte, dann wäre es ein bisschen einfacher.«

»Das werde ich dir noch beibringen und heute ist ein guter Übungstag dafür. Wenn ich dich nachher gestylt habe, dann wirst du alle auf dem Barbecue verzaubern, auch Grace. Doch was sage ich hier, sie ist ja schon von dir verzaubert.« Lachend sieht sie mich an, streift sich übertrieben vornehm das Haar aus dem Gesicht und reckt ihre Nase in die Höhe.

»Was soll das jetzt werden, übst du Pantomime?«

»Nein, ich übe vornehm zu sein ... !«, wir fangen beide gleichzeitig, herzhaft an zu lachen.

Unser Lachen erfüllt die ganze Küche. Steph fängt sich als erste wieder und wischt sich die Tränen aus dem Gesicht, die das Lachen ihr in die Augen getrieben hat.

»Weißt du was wir jetzt machen werden?«

Ich sehe sie fragend an, während ich mir mit der Serviette die Tränen weg tupfe: »Nein, keine Ahnung! Hast du etwas Besonderes geplant für unseren freien Tag heute?«

»Ja, wir werden uns beide die Sonnencreme schnappen, eine deiner großen Decken und mit dem weltbesten Liebesroman aller Zeiten, den ich gerade lese, die Seele baumeln lassen. Es hat den Vorteil, dass wir heute Abend völlig entspannt sind und sogar noch etwas Farbe unseren Teint strahlen lässt.«

»Das hört sich gut an, ich bin dabei. Ich lese gerade ein super spannendes Buch und das bringt mich wenigstens auf andere Gedanken. Komm lass uns hier eben zusammen aufräumen und dann raus in die Natur, ich liebe es draußen zu sein und die Sonne zu genießen.«

Gemeinsam spülen wir das Geschirr und räumen es wieder zurück in die Schränke. Während ich die große Decke aus dem Raum unter der Treppe hole, füllt Steph uns eine Thermoskanne mit kaltem Saft und stellt sie zusammen mit den Gläsern auf ein Tablett. Dann klemmt sie sich ihr Buch unter den Arm und marschiert los in den Garten, während ich noch nach oben laufe, um Sonnencreme und mein Buch zu holen. Jetzt packt mich innerlich die Vorfreude, gleich entspannt und gestreichelt von den Sonnenstrahlen, in der freien Natur mein Buch zu genießen.

Draußen flirrt die Luft vor Hitze und er sieht aus dem Fenster die Patienten, wie sie auf den Parkbänken des Klinikgeländes im Schatten der Bäume diesen schönen Sommertag genießen. Einige dösen nur vor sich hin und andere unterhalten sich angeregt mit Verwandten oder Freunden, so sieht es aus. Dort draußen scheint eine andere Zeit zu existieren, dort läuft alles ruhiger und gemächlicher ab. Ganz im Gegenteil zu dem Betrieb im Inneren der Klinik hier herrscht ständige Hektik und überall laufen Schwestern und Ärzte geschäftig herum. Gerade auf seiner Station ist immer eine angespannte Atmosphäre zu spüren. Hier ist der Tod immer gegenwärtig, jede Sekunde des Tages kann es sein, dass ein Leben dem Ende zugeht. Das ist die weniger schöne Seite seines Berufes, als Herzchirurg. So sehr er seinen Beruf auch liebt, es ist für ihn persönlich immer sehr schmerzhaft, wenn ein Patient stirbt. So oft er auch versucht gelassener zu sein, was das anging, überkommt ihn doch stets eine große Leere, wenn wieder ein Patient unter seinen Händen stirbt. Ganz lässt sich das nicht vermeiden, das weiß er. Aber wie schön es ist, wenn ein todgeweihter Patient mit einem neuen Herzen in seiner Brust die Klinik verlässt. Das ist der Moment, der ihm zeigt, dass er den richtigen Beruf gewählt hat. Es ist schön diese rosigen Gesichter zu sehen, die vorher so blass waren, dem Tode so nah. Wenn sie die Klinik dann mit neuem Lebensmut, glücklich und dankbar verlassen, das erfüllt ihn selbst mit solch einer großen Freude, dass er die Welt umarmen kann. Ihm ist klar, dass er einen Beruf hat, in dem große Emotionen fehl am Platze sind. Doch so oft er es auch versucht zu unterdrücken und es cooler und gelassener zu sehen, es gelingt ihm nicht. Seine Mutter meint, dass es daran liegt, weil er mit einem so großen Herz voller Liebe und Mitgefühl geboren ist, genau wie sie.

So ganz einverstanden war sie auch nicht, als er ihr damals sagte das er Herzchirurg werden will. Sie hätte es lieber gesehen, wenn er irgendetwas im therapeutischen Bereich gemacht hätte. Vielleicht sogar in ihre Fußstapfen getreten wäre, nicht in die seines Vaters, dem bekanntesten Internisten und Kardiologen von ganz Kansas. Die Patienten nehmen lange Wartezeiten auf sich, um von ihm behandelt zu werden und ihnen ist kein Weg zu weit, um in das St. John's Memorial Hospital zu kommen. Es gibt sogar Patienten, die aus Europa zu ihm kommen, solch einen guten Ruf besitzt sein Vater. Gedankenverloren sieht er aus dem Fenster, während Bilder seiner Kindheit vor seinem inneren Auge vorbeiziehen. Es ist eine glückliche Kindheit die seine Eltern ihm geschenkt haben. In jungen Jahren hat er sich immer Geschwister gewünscht, aber da seine Eltern beruflich so stark eingebunden waren, blieb er ein Einzelkind. Schon früh interessiert er sich für Medizin, was keinen in seiner Familie wunderte, weil die meisten selbst Ärzte sind.

Wenn einer seiner Spielkameraden sich verletzt hat, dann war immer er derjenige, der sie verarztet. Wie oft hat er den Arzneischrank geplündert, alle Verbände und Pflaster genommen, um mit seinen Freunden Arzt und Patient zu spielen. Wenn seine Mutter dann mal ein Pflaster brauchte, weil sie sich beim Gemüse schneiden den Finger verletzt hat, dann war keins mehr im Schränkchen. Doch niemals wurde er dafür gerügt oder bestraft. Im Gegenteil, er bekam sogar eine Menge leere unbenutzte Spritzen, Verbände und Pflaster von seinem Vater geschenkt. So wächst er wohl behütet auf und seine Talente wurden spielerisch gefördert. Er beendete die Highschool mit Bravour und fing sein Medizinstudium an. Schnell zeigte sich für ihn, dass er am Herzen arbeiten will, dem Motor des Menschen, das Organ, welches die größte Faszination auf ihn ausübt. Mit Auszeichnung besteht er acht Jahre später sein Studium und fängt als Assistenzarzt unter der Leitung seines Vaters im St. John's Memorial an. Im Laufe der ersten Jahre besuchte er immer mehr Fortbildungen, um schließlich einer der bekanntesten und geschätzten Herzchirurgen der USA zu werden. Heute fliegen andere Kliniken ihre Patienten mit Herzproblemen extra ins St. John's, weil es durch ihn einen so guten Ruf auf diesem Gebiet erworben hat. Für ihn ist das alles nicht so wichtig, er will einfach nur helfen und sein Ehrgeiz treibt ihn immer wieder an noch besser zu werden. Doch er zahlt auch einen hohen Preis dafür. Viele seiner Bekannten und Freunde sind schon verheiratet, manche sogar schon zum zweiten Mal und er ist noch Junggeselle. Immer wenn er dann mal eine Frau näher kennengelernt hat, verließ ihn das Interesse, daher eilt ihm auch der Ruf des Lebemanns voraus, das weiß er. Es gibt eine Menge Frauen in seinem Leben, die es gern gesehen hätten, dass er sie heiratet. Nur keine davon reizte ihn so sehr, dass er bereit gewesen wäre diesen Schritt zu gehen.

Das Gegenteil ist der Fall, will eine dieser Frauen mehr von ihm, als er bereit ist zu geben, verlässt er sie. Das ist seine dunkle Seite. Die sehr schwer für ihn selbst zu akzeptieren ist, aber er hatte eben noch nicht die Richtige gefunden. Diejenige, mit der er bereit ist, gemeinsam durch das Leben zu gehen.

Somit ist er noch immer auf der Suche, obwohl es eher die Frauen sind, die auf ihn zukommen, als dass er auf sie zugehen muss. Seine Mutter fängt langsam an sich Sorgen zu machen und immer häufiger spricht sie ihn auf dieses Thema an. Doch er lenkt sie jedes Mal ganz geschickt auf ein anderes Thema und ist somit vorerst gerettet. Böse sein kann er ihr nicht, sie macht sich nur Gedanken um seine Zukunft und dafür ist er ihr auch sehr dankbar. Sein Beruf spannt ihn sowieso stark ein, da ist kein Platz für eine Familie. Er versucht sich vorzustellen, wie es ist, nach Hause zu kommen und dort warten eine Frau und Kinder. Es ist einfach unvorstellbar für ihn. Vielleicht ist sein Zug auch schon längst abgefahren und es wird nie eine eigene Familie für ihn geben, wer weiß das schon.

Energisch, mit einem Kopfschütteln reißt er sich aus diesen Gedanken wieder heraus.

»Alles ist O. K., so wie es jetzt ist!«, sagt er laut zu sich selbst und wendet sich vom Fenster ab, um sich in den großen Sessel am Schreibtisch fallen zu lassen. Zum wiederholten Male geht er heute noch einmal die Krankenakten durch, die vor ihm liegen. Ein Blick zur Uhr sagt ihm, dass es schon vierzehn Uhr ist und noch jede Menge Arbeit vor ihm liegt, die erledigt werden will, bevor er Feierabend macht. Heute Abend muss er zu seinen Eltern, die wieder eines ihrer großen Barbecues geben, wie jedes Jahr im Sommer. Diese Feste richten seine Eltern ein paar Mal im Sommer aus, um sich mit der Familie und Freunden einen geselligen Abend zu machen. Man kann es fast wie eine Art Entschädigung sehen, weil ihnen durch ihre Berufe so wenig Zeit bleibt, um sich genügend, um sie zu kümmern und auch um Freundschaften zu pflegen. Deshalb wird er wohl oder übel heute Abend dort erscheinen müssen, um sie nicht zu verletzen, aber Jake, sein bester Freund, hat versprochen ihn zu begleiten. Dann wird der Abend wenigstens etwas amüsant, denn Jake ist eine Frohnatur, obwohl er äußerlich so hart wirkt. Sie kennen sich beide schon seit seiner Zeit als Assistenzarzt hier im Krankenhaus. Jakes Eltern sind mit ihm von klein an, als Entwicklungshelfer durch die Welt gereist. Als er dann mit dreiundzwanzig Jahren den Wunsch äußerte sesshaft zu werden, um als Rettungssanitäter eine Ausbildung zu durchlaufen, waren sie nicht begeistert, aber sie erfüllten ihm seinen Wunsch. Im dritten Jahr lernten sie beide sich durch die gemeinsame Arbeit im Krankenhaus kennen und wurden Freunde. Als Jake seine Prüfung erfolgreich abgelegt hatte, nahm er Flugstunden, um einige Jahre später den Rettungshubschrauber der Klinik zu fliegen. Dies hat er bis vor einem Jahr auch noch getan, sich dann aber einen eigenen Hubschrauber zugelegt und sein eigenes Geschäft gegründet. Jetzt fliegt er keine medizinischen Notfälle mehr, sondern Geschäftsleute zu irgendwelchen Tagungen. Da er aber im Anbau von Jaydens Haus, als Mieter wohnt, ist diese Freundschaft bis heute ungebrochen bestehen geblieben. Seine Eltern lieben Jake wie einen zweiten Sohn und daher wird er bei jeder Feier mit eingeladen. Heute gehen sie gemeinsam zum Barbecue seiner Eltern, wie so oft im Sommer. Ein lautes, schrilles »Piep« reißt ihn aus seinen Gedanken, sein Blick fällt auf den Pieper an seiner Kitteltasche und er springt hoch, um auf die Intensivstation zu eilen.

Jetzt ist er wieder ganz Arzt und muss Leben retten.

»Aua, du tust mir weh!«, ich drehe mich um und sehe Steph entrüstet an, ungläubig wie sie mich nur so quälen kann.

»Püppi, wer schön sein will, muss leiden. Wenn du eine Idee hast, wie ich deine Locken sonst bändigen kann ohne sie hochzustecken, dann lass es mich bitte wissen.«, sie nimmt meine nächste Haarsträhne, um mit dem Kamm durchzufahren, sie zu drehen und dann elegant hochzustecken.

Während ich vor dem Spiegel im Bad sitze, bewundere ich Steph und ihr Geschick, wie sie es schafft, aus unbändigen Locken eine wunderschöne Frisur zu zaubern.

»Steph das sieht fantastisch aus, was du da machst, aber meinst du nicht, es wirkt etwas zu glamourös?«

»Nun werde mal nicht bescheiden hier, Süße. Du bist eine wunderschöne Frau in den besten Jahren und warum soll man deine natürliche Schönheit nicht noch etwas unterstreichen, was ich hier auch gerade tue?«

Ich muss schmunzeln bei dem Gesicht, welches sie gerade zieht, während sie ihre Hände auf meiner Schulter liegen hat und in den Spiegel vor ihr schaut.

»Du weißt doch Mily, es könnte sein, dass du heute einem ganz besonderen Menschen begegnest und da willst du doch umwerfend aussehen, oder?«, lachend dreht sie die nächste Strähne hoch.

»Mir ist schon etwas mulmig, nachdem du solche Andeutungen gemacht hast, dass ich ihm vor die Füße fallen könnte. Ich glaube, gerade heute sollte ich einen besonderen Blick auf die Auswahl meiner Schuhe haben!«

»O.K ... , da finden wir schon das Richtige, doch vorher kommt erst einmal die Qual der Wahl, in welchem Kleid du sexy genug aussiehst, um die Junggesellen der High Society von Kansas verrückt zu machen.«

»Steph ich möchte keinen verrückt machen und schon gar nicht, dass mir die Junggesellen dort den Hof machen. Ich gehe dort nur hin, weil Grace eine gute Kundin ist und weil ich sie mag, nicht um mir einen Mann zu angeln!«

»Ja ... , Ja ... , Ja ... , du bist die geborene Einsiedlerin. Bloß keinen vom anderen Geschlecht in deine Nähe lassen, es könnte da ja gefährliche Funken schlagen und einer dieser Funken könnte auf dich überspringen und dein Herz in Flammen setzen«, grinsend dreht sie auch noch die letzte Haarsträhne hoch und begutachtet ihr Werk.

»Mir geht es doch gut, so wie ich lebe, wozu dann einen Mann an meiner Seite?«

»Mily ... ! Das meinst du doch jetzt nicht ernst, oder? Ein Mann ist ein göttliches Geschöpf, was dich in den siebten, Himmel befördern kann, vorausgesetzt natürlich, er stellt sich dazu nicht zu blöd an.«

»Ich arbeite tagsüber genügend mit den himmlischen Geschöpfen, da brauche ich nach Geschäftsschluss nicht noch jemanden, der mich dorthin befördert.«, trotzig sehe ich in den Spiegel zu Steph.

»Auch du brauchst irgendwann einmal Sex Süße, das darfst

du mir gerne glauben. Wenn erst einmal Mr. Right vor dir steht, wirst du es fühlen, dass dir etwas ganz besonderes im Leben gefehlt hat, um glücklich zu sein. Dein Leben kann nicht nur aus Arbeit bestehen, so nun dreh dich bitte zu mir herum, damit ich dich schminken kann.«

Mit einem zufriedenen Lächeln sieht Steph sich meine Haare an und bewundert, was sie daraus gezaubert hat und ich muss ehrlich sagen, sie hat gute Arbeit geleistet. Meine Locken sind alle hochgesteckt und nur an den Seiten kringelt sich jeweils eine kleine Locke, was mir wirklich schon fast ein engelsgleiches Aussehen verleiht.

»Nun sitze still und lass mich deine Schönheit noch etwas unterstreichen.«

»Bitte nicht zu übertrieben Steph, du weißt, dass ich das nicht mag. Ich möchte nicht aussehen, als wäre ich in einen Tuschkasten gefallen.«

»Nur keine Panik, ich weiß was ich hier tue, nun halte endlich mal still und lass deine Augen zu.«

Mit einem Geschick, wo ich nicht weiß, woher sie es hat, bearbeitet sie nun mein Gesicht. Ich fühle den weichen Pinsel, als sie mir den Lidschatten aufträgt und meine Wangen mit der ägyptischen Erde bepinselt.

»Augen auf … ! Ich muss jetzt die Wimperntusche und den Lidstrich auftragen.«, wie befohlen gehorche ich ihr und öffne meine Augen.

Ich kann nicht sehen, was sie da zaubert, weil ich noch immer mit dem Rücken zum Spiegel sitze. Als sie auch meine Augen verschönert hat, greift sie zu einem dezent Rosafarbenen Lippenstift und trägt ihn auf meine Lippen auf. Zufrieden betrachtet sie mein Gesicht und ihre Augen strahlen dabei.

»Darf ich jetzt sehen, was du gezaubert hast?«

Erwartungsvoll sehe ich Steph an und sie grinst.

»Nein, das darfst du nicht. Jetzt suchen wir erst das Kleid und die Schuhe aus.«

Gesagt, getan, ich folge ihr in mein Schlafzimmer und ohne lange zu überlegen, greift sie zu einem roten Sommerkleid mit Spaghetti Trägern, was mit zarten weißen, ineinander fließenden Rosen verziert ist. Vorne hat es einen tiefen V-förmigen Ausschnitt, welcher mein Dekolleté voll zur Geltung bringt.

»Genau das hier ziehst du jetzt an und die roten Pumps, die sind auch nicht so hoch. Oder ... ?«

»Ich weiß nicht ... , wirkt das nicht etwas zu sexy?«

»Ganz und gar nicht Süße, es unterstreicht deine schöne Figur und das Rot lässt dich strahlen. Außerdem, wie soll Mr. Right dich finden, wenn du nicht leuchtend aus der Masse hervorstichst?«

Empört sehe ich Steph an, während sie mir hilft das Kleid über den Kopf zu streifen, ohne die Frisur zu beschädigen.

»Jetzt hör doch mal auf mit diesem Mr. Right, wieso sollte er ausgerechnet heute auftauchen? Hast du nicht gesagt, dazu muss ich ihn ganz klar sehen und das Gefühl haben, er ist schon da?«

»Ja ... , das habe ich gesagt und nachdem du mir deinen letzten Traum mit ihm auf der Veranda erzählt hast, weiß ich auch, dass er ganz nah ist und dass er in jedem Moment in deine Realität eintreten kann«, lachend sieht sie mich an, während in mir schon wieder dieses merkwürdige Gefühl von heute Morgen hochkommt, es passiert heute etwas.

»Nun mal keine Panik Püppi, so schlimm wäre das doch nicht, ich bin ja bei dir und so wie du ihn beschrieben hast, ist er doch ein wundervoller, liebevoller Mensch. Wenn ich das geträumt hätte, dann würde ich es kaum erwarten können, dass er in meinem Leben auftaucht und ich den heißesten Sex aller Zeiten erleben darf.«

»Steph jetzt ist gut, du bist scheinbar verrückt! Meinst du wirklich, dass es so etwas in der Realität gibt, dass man sich seinen Traummann herbeizaubern kann? Ich denke eher nicht, das wäre etwas zu einfach für dieses Leben. Wir fahren zu dem

Barbecue und werden einen netten Abend verbringen und mehr nicht. Ich für meinen Teil bin froh, wenn ich wieder zuhause bin.«

»Du wirst noch an Wunder glauben, das verspreche ich dir Püppi!«, lachend steht sie vor mir und betrachtet mein Outfit: »So zauberhaft wie du jetzt aussiehst, fresse ich wahrhaftig einen Besen, wenn da nicht wenigstens einer der Junggesellen dir den Hof macht.«

Ich drehe mich zum Spiegel und bin wirklich erstaunt, was Steph aus mir gezaubert hat, da lächelt mich eine hübsche attraktive Frau an, die nicht ich sein kann.

Während ich mich gar nicht an meinem Spiegelbild satt sehen kann, muss ich Steph noch ein Kontra geben.

»Pass mal lieber auf, dass es nicht dich trifft. Dass du hier nur etwas vertauscht hast und heute dein Traummann vor dir steht oder sollte ich besser sagen, du ihm vor die Füße fällst?«, lachend sehe ich Steph an, die mich völlig verdutzt von meinen Angriff ansieht.

»Oh ... , wird die Püppi jetzt mutig oder bockig? Geh mal einen Kaffee trinken, während ich mich jetzt fertig mache. Ich muss ja schließlich toll aussehen, wenn ich einem heißen Junggesellen vor die Füße plumps ... !«, damit dreht sie mir demonstrativ den Rücken zu und marschiert mit energischen Schritten ins Bad um sich hübsch zu machen.

Bevor ich runtergehe, lege ich im Schlafzimmer noch die zarte Kette an, ein Erbstück meiner Mom. An dieser Kette hängt ein kleines goldenes Kreuz und wann immer ich das Gefühl habe Schutz zu brauchen, trage ich sie. Heute ist einer dieser Tage und während ich nach unten gehe, um auf Steph zu warten, kommen wieder Erinnerungen hoch, als Mom diese Kette noch trug. Sie hat sie nie abgelegt, erst mit ihrem Tode und nun ist sie für mich so eine Art Schutzamulett, was ich heute wirklich gut gebrauchen kann.

»Bitte lieber Gott, ihr lieben Engel, steht mir heute bei, dass dieser Abend nicht zum Fiasko wird, sondern in einer angenehmen Erfahrung endet!«, sage ich laut zu mir selbst, als ich die Küche betrete.

Quinny liegt wieder auf einem der Stühle und hebt den Kopf, als sie mich reden hört, ich streichele sie und sie schnurrt genüsslich. Eigentlich ist heute alles wie immer, warum habe ich dann nur tief in mir drinnen das Gefühl, dass es nicht so ist? Werde ich jetzt verrückt? Anstatt mir einen Kaffee zu kochen, entschließe ich mich lieber ein Glas Wasser zu trinken. Ich bin sowieso schon aufgeregt genug, da brauche ich kein Koffein, was mir durch die Adern rauscht. Das Glas Wasser in der Hand setze ich mich an den Tisch und hänge meinen Gedanken nach, was wohl heute Abend noch alles auf mich zukommt.

»Tadaaa ... ! Da bin ich, hübsch gestylt, um der Männerwelt von Kansas den Verstand zu rauben und hoffentlich sexy genug damit auch einer von der High Society anbeißt.«

Ich schrecke hoch, so tief war ich in meinen Gedanken versunken und habe dabei nicht gemerkt wie schnell die Zeit vergangen ist. »Meine Güte Steph, hast du mich jetzt erschreckt! Ich habe dich gar nicht herunterkommen hören.«

»Wo warst du mit deinen Gedanken Süße? Bestimmt bei Mr. Right, so tief wie du eben weg warst«, lachend öffnet sie die Schranktür, um sich ein Glas herauszuholen und es mit frischem Wasser zu füllen.

In einem Atemzug leert sie ihr Glas und stellt es an der Spüle ab: »Bist du so weit? Können wir losfahren? Es ist halb sieben und ich muss dir gestehen, ich habe einen Bärenhunger.«, fast fieberhaft schaut sie mich an und greift zu ihrer Handtasche, die auf dem Tisch liegt.

»Dann lass uns aufbrechen, ich bin fertig, wer fährt?«

»Ich werde fahren, weil ich mal annehme, dass du viel zu nervös bist und wir uns dann auch noch verfahren könnten, was mein hungriger Magen dir sehr übel nehmen würde. Hast du die Adresse aufgeschrieben Mily? Damit wir wissen, wo es hingeht und nicht gezwungen sind den Duftschwaden, bis zum Barbecue folgen zu müssen?«

»Ja, habe ich.«, und wedel demonstrativ mit dem Zettel vor ihrer Nase herum.

»Dann mal los und rein ins Vergnügen, Mission Hills wir kommen!«

»Oh mein Gott, sieh dir doch nur mal diese Häuser hier an Steph, das ist ja der pure Wahnsinn!«

»Höre ich da etwa etwas Angst aus deiner Stimme heraus? Das hier ist Mission Hills Süße, nicht Prairie Village, wo wir leben.«, sie schaut grinsend zu mir herüber, während das Navi uns sagt, dass wir gleich rechts in die Indian Lane abbiegen müssen, wo unser Ziel ist.

Steph setzt den Blinker und biegt ab, während ich aus dem Staunen nicht wieder herauskomme, was hier für Häuser stehen.

»Voila ... , wir sind da!«

Wir stehen vor einem für mich riesig wirkenden Haus, welches mich vor Ehrfurcht ganz still werden lässt.

»Hat es dir die Sprache verschlagen Püppi?«

»Ich glaube schon, sind wir hier wirklich richtig?«

»Ja sind wir und vergiss nicht, wenn Grace dir schon ein Trinkgeld von hundert Dollar gibt, wird sie wohl kaum in einem Knusperhäuschen leben!« Steph tätschelt meinen Arm: »Nun komm, die Party kann beginnen.«, sie öffnet die Fahrertür und ich tue es ihr gleich und steige aus dem Wagen.

Der Anblick dieses Hauses fasziniert mich total. Es ist langgezogen, hat insgesamt vier Giebel und im vorderen Bereich einen großen Erker im ersten Stockwerk. Allein die Vorderfront hat schon neun große Fenster und in der Mitte den Hauseingang. Eine große Auffahrt führt uns rechts an einer großen Rasenfläche vorbei, in deren Mitte ein großer Ahornbaum majestätisch seinen Schatten wirft, so groß ist er. Auf der linken Seite des Weges befindet sich eine weitere Rasenfläche und viele Blumenbeete zieren den Rand der Grünfläche. Als wir beide schweigsam auf den Hauseingang zugehen, bewundere ich die schöne Blumenvielfalt vor dem Haus. Über die gesamte Länge des Hauses erstrecken sich Blumenbeete, die einen gepflegten Eindruck machen und aussehen als wären sie einem Gartenkatalog entsprungen. Hunderte von bunten Blumen fließen mit ihren Farben ineinander und heben sich durch das saftige grün des Rasens hervor. Es ist eine Augenweide, diese Farben zu sehen und den Duft zu riechen, den sie verströmen. Zu dem betörenden Duft der Blumen mischt sich der Geruch von frisch gemähten Rasen und belebt alle meine Sinne.

»Erde an Mily ... ! Wo bist du mit deinen Gedanken?«

»Das ist alles so beeindruckend Steph, ich muss das erst einmal verarbeiten. Das duftet hier wie in einem Gartencenter und dieses Grün der Rasenfläche ... , die müssen ja tausende Liter von Wasser verbrauchen und das täglich!«

»Was du schon wieder alles siehst, das ist erstaunlich. Komm jetzt, sonst stehst du heute zum Ende des Barbecues noch immer vor dem Haus, weil dich die Blumen so betören. Da drinnen, auf der Gartenseite des Hauses steht vielleicht schon Mr. Right und den würdest du dann natürlich verpassen.«

»Du kannst es aber auch nicht lassen, mich aufzuziehen mit diesem mysteriösen unbekannten Mann, oder?«

»Stimmt! Ich liebe es dich zu necken Süße, weil du aber auch immer darauf anspringst.«, während sie das sagt, öffnet sich vor uns die Tür und Grace tritt heraus.

»Oh ... , wie schön, dass Sie beide gekommen sind, Emily, Stephanie, kommen Sie doch herein. Ich war gerade im Wohnzimmer, als ich Sie beide die Einfahrt hoch kommen sah.«, sie öffnet weit die Tür und wir gehen an ihr vorbei ins Haus.

Mir verschlägt es fast die Sprache, als ich im Eingangsbereich stehe und diese Eleganz sehe, mit der sie dekoriert ist. Überall stehen frische Sommerblumen auf dem Boden in großen Vasen, ebenso auf einer eleganten verzierten weißen Kommode. Neben mir an der Wand hängen wunderschöne Landschaftsbilder, die Wiesen, Blumen und Wasserfälle zeigen. Rechts von mir steht ein Engel aus Stein, fast so groß wie ich und mit meiner Hand fahre ich sanft über seine großen Flügel, die er angelegt hat.

»Ist der nicht schön? Ich dachte mir schon, dass er Sie in seinen Bann ziehen wird Emily, als ich Ihre ganzen Engel im Amarylion gesehen habe. Kommen Sie, lassen Sie uns in den Garten gehen. Mein Mann ist schon ganz gespannt darauf, Sie beide kennenzulernen. Ich habe ihm alles erzählt von unserer Sitzung.«

Wir folgen ihr beide durch ein Wohnzimmer, was so groß ist, wie mein gesamtes Amarylion an Grundfläche hat. Eine riesige halbrunde, cremefarbene Sitzgruppe mit vielen Kissen ziert diesen Raum und lädt zum Verweilen ein. Alles ist mit geschmackvollen eleganten weißen Möbeln eingerichtet, die alle zarte Blumenmuster in Creme aufweisen. An der Wand hängt ein riesiger Fernseher, der den Eindruck erweckt, man wäre im Kino und darunter befindet sich ein Hifi Board auf Rollen, ebenso in Weiß mit cremefarbenen Blüten, wie die anderen Möbel.

Grace geht durch eine große Schiebetür, die inmitten einer riesigen Fensterfront eingelassen ist, die sich in der Breite über das ganze Wohnzimmer erstreckt. Draußen riecht es angenehm nach gegrilltem Fleisch, Gemüse und auch nach gemähten Rasen wie im Vorgarten. Eine Menge Leute befinden sich auf einer Terrasse aus zarten roten Natursteinen, die mir so groß erscheint wie ein Football Feld. Überall stehen große weiße Blumenkübel aus Stein, deren Inhalt in bunter Farbenpracht über den Rand fällt.

Die Terrasse besteht aus drei Ebenen, jede dieser Ebenen erreicht man über wiederum drei breite Stufen, die aus den gleichen Steinen eingelassen sind. Auf jeder dieser Terrassen befindet sich eine Lounge, eingebettet in Blumen, wo gemütliche Sitzgruppen zum Verweilen einladen. Einige Gäste haben es sich dort schon bequem gemacht und unterhalten sich angeregt, bei einem Gläschen Wein. Überall laufen geschäftig junge Mädchen mit kleinen weißen Schürzen herum, um den Gästen ihre Getränke zu servieren.

Mein Blick geht in die Weite und es ist atemberaubend, diese großen Bäume am Ende dieser Terrasse zu sehen. Es wirkt auf mich wie eine Parklandschaft und lädt zum Träumen ein.

Grace führt uns in die Grillecke, die für mich schon eine komplette Küche ist. Rechts davon ist ein riesiges Buffet aufgebaut, voll mit allerlei schmackhaften Köstlichkeiten. Die Gäste suchen sich aus, was sie essen möchten und eines von den jungen Mädchen bringt es ihnen dann zum Tisch. Solch einen Service habe ich noch nie auf einem Barbecue erlebt, aber ich hatte bis auf heute, ja auch noch keine Einladung der High Society bekommen.

Ein großer stattlicher gutaussehender Mann gibt am Grill gerade Anweisungen an einen der zwei anwesenden Köche.

»Andrew, hast du einen Moment Zeit, um unsere Gäste zu begrüßen?«

Der Mann gibt dem Koch noch eine letzte Anweisung und dreht sich zu uns herum. Bis jetzt hatte ich ihn nur von hinten gesehen, aber nun da er sich umgedreht hat, sehe ich erst, wie attraktiv er wirkt. Er strahlt etwas »Magisches« aus, während er lächelnd auf Grace und uns zukommt.

»Darf ich dir vorstellen … , Emily und Stephanie vom Amarylion.«, lächelnd deutet sie auf uns und Andrew Coleman streckt seine Hand aus, um uns zu begrüßen.

»Es ist mir eine Ehre, Sie beide persönlich kennenzulernen. Grace hat mir mit Begeisterung erzählt, wie ihre Sitzung im

Amarylion abgelaufen ist. Wie nett Sie beide sind und hübsch noch dazu, wie ich jetzt feststellen muss.«

Bei dem Kompliment rauscht mir schon das Blut in den Kopf und ich fühle, wie mir die Röte in die Wangen schießt. Steph hingegen sieht noch völlig locker aus und nimmt alles mit Humor.

»Danke für Ihr Kompliment, da hat sich die Mühe des Styling doch schon gleich bezahlt gemacht, wenn der Gastgeber des Hauses dies bemerkt.«

Ich könnte im Erdboden versinken! Was redet Steph da? Doch Andrew Coleman scheint es nicht zu stören, er lacht und fühlt sich sichtlich wohl.

»Was darf ich den Damen denn schönes zu trinken anbieten?«, fragend schaut er uns an und wir beschließen ein Glas Wein zu trinken. Ich natürlich in der Hoffnung, diese Nervosität zu besiegen.

Andrew führt uns zu einer Lounge auf der zweiten Ebene, wo wir Platz nehmen und kaum sitzen wir steht auch schon der Wein vor uns. So schnell, dass wir es kaum glauben können. Grace und Andrew entschuldigen sich kurz, um die anderen ankommenden Gäste zu begrüßen.

»Na dann trinken wir mal auf einen schönen Abend meine Süße.« Steph hebt ihr Glas, um mit mir anzustoßen, ich lasse mein Glas an ihrem Stoßen und ein Klirren wie Engelsglocken erklingt, als die Gläser sich berühren.

»Das ist wunderschön hier, findest du nicht auch Steph?«

»Traumhaft, Püppi! Einfach nur traumhaft und Graces Mann ist auch super nett. Ja…! Und er ist für sein Alter, was ja schon an die sechzig sein müsste, verdammt attraktiv.« Steph grinst mich an und zieht ein Gesicht, als schmelze sie dahin.

Wir genießen beide den Wein und als das erste Glas leer ist, wird es genauso schnell durch ein neues ersetzt, wie durch Zauberhand. Doch Steph lehnt dankend ab und lässt sich ein Wasser bringen.

»Einer von uns beiden muss uns ja auch noch nach Hause bringen«, meint sie lachend.

»Ich habe aber auch genug von zwei Gläsern Wein, ich merke schon einen leichten Schwips, habe lange keinen Alkohol mehr getrunken.«

Mir war wirklich schon der zweite Schluck leicht zu Kopf gestiegen, das lag wohl auch mit an der unerträglichen Hitze, die heute herrschte. Es sind fast neununddreißig Grad und kein Lüftchen weht.

»Komm lass uns zum Buffet gehen und etwas essen, dann verträgst du den Wein auch besser Püppi.«

»Gute Idee, mein Magen knurrt auch schon rebellisch und laut, ein Wunder, dass es noch keiner gehört hat, außer mir selbst«, lachend erheben wir uns aus den weichen Kissen der Lounge und gehen zum Grill eine Ebene höher.

Ein herrlicher Duft empfängt uns und kaum stehen wir vor dem riesigen Buffet, werden wir auch schon gefragt, was wir essen möchten. Eines der jungen Mädchen nimmt sich einen Teller und ich entscheide mich für Hähnchen Brustfilet gegrillt, mit Salat, Ranch Sauce und gebackener Kartoffel mit Sourcreme. Steph lässt sich einen Hamburger auf den Teller geben mit Salat, Kräutersauce und Brot. Die zwei netten Mädchen begleiten uns mit den Tellern zum Tisch, wo schon eine große Karaffe mit herrlich kaltem Wasser auf uns wartet. Das Wasser ist durch die Eiswürfel dermaßen kalt, dass es eine Wohltat ist, es zu trinken und ich leere mein erstes Glas in einem Zug. Steph tut es mir gleich und dann genießen wir beide das köstliche Essen. Als wir fertig gegessen haben, sind auch gleich wieder die Mädchen da, um die Teller abzuholen. Keine fünf Minuten später stehen beide mit kleinen Tellern, Gabeln und Obstschalen an unserem Tisch. Es gibt Erdbeeren und verschiedene Sorten Melone, eisgekühlt und einfach nur köstlich. Wir sind beide so vertieft in unser Essen, dass wir gar nicht bemerken, wie Grace und Andrew sich uns nähern.

»Ich hoffe, es schmeckt Ihnen und Sie haben immer gefüllte Gläser?« Grace sieht uns lächelnd an, als beide sich zu uns setzen.

»Danke Grace, es ist einfach überwältigend für uns, das Essen, die fleißigen Helferinnen, das Ambiente, einfach wundervoll, was Sie hier gezaubert haben.«

»Es freut mich sehr, dass es Ihnen gefällt Emily und ich freue mich wirklich überaus, dass Sie beide heute gekommen sind.«

»Meine Frau hat mir schon viel vom Amarylion erzählt und auch von den Erfolgen, die einige Ihrer Behandlungen erzielt haben, auch wenn sie auf einem Gebiet stattfinden, welches für mich absolutes Neuland ist, würde es mich brennend interessieren mehr darüber zu erfahren. Doch dies sollten wir mal an einem anderen Abend unter acht Augen besprechen, heute ist hier einfach zu viel Ablenkung.«

»Gern Mr. Coleman, sagen Sie mir nur, wann es Ihnen passt und ich richte es so ein, dass Stephanie und ich Zeit haben zu kommen.«

»Bitte nennen Sie mich Andrew, ich finde das etwas persönlicher und alle unsere Freunde tun es auch.«, als er das sagt, zwinkert er mir zu und lacht.

»Grace, wo genau sitzen denn nun die Junggesellen, mit denen Sie uns hierher gelockt haben?«, lachend sieht Steph Grace an.

»Oh ... , dort an der unteren Terrassenebene sitzt eine Herrenrunde, alles Junggesellen. Soll ich sie Ihnen mal vorstellen?«

Steph konnte gar nicht schnell genug antworten, da war Grace schon auf dem Weg nach unten, um kurz darauf mit vier netten Herren, ihre Gläser in den Händen haltend, im Schlepptau wieder am Tisch aufzutauchen.

»Darf ich Ihnen vorstellen, Brian Dearing, Internist. Steve Thomson, Onkologe. Hunter Davis, Kinderarzt und David Moore, Arzt für Palliativ Medizin. Meine Herren ... , diese wundervollen Schönheiten sind Emily Edwards und Stephanie Cunningham.«

Sie zeigte beim jeweiligen Namen, zu wem er gehört, die jungen Männer lächeln uns an und geben uns jeder die Hand. Dann bittet Grace sie Platz zu nehmen und Andrew rückt noch etwas zur Seite, damit wir alle Platz finden auf der Lounge.

»Zwei fehlen noch, sie müssten aber bald hier sein, ich werde sie Ihnen dann auch noch vorstellen. Ich hoffe Sie haben eine Menge Spaß heute, wir müssen leider immer mal von Gruppe zu Gruppe wandern als Gastgeber. Andrew kommst du, unsere Pflicht ruft«, grinsend erhebt Andrew sich, um seiner Frau zu folgen.

»Ich will mal besser tun, was sie sagt, sonst schickt sie mich noch früh schlafen und ich verpasse das Beste.«

Alle müssen lachen, als er das sagt und kaum ist er außer Reichweite stürzen sich die Männer auf uns.

Sie fragen uns regelrecht Löcher in den Bauch, woher wir kommen, was wir beruflich machen und als sie hören, dass wir das Amarylion leiten, gibt es keinen Halt mehr für sie. Wir müssen ihnen alles über unsere Arbeit erzählen und Brian sagt, das seine Mutter schon ein paar Mal bei uns war zu Vorträgen und uns nur in den höchsten Tönen gelobt hat. Während wir plaudern sorgen die netten Mädchen immer wieder für Nachschub an Getränken und ich spüre, dass es jetzt wirklich genug Wein ist, als ich das vierte Glas geleert habe.

»Ich müsste mal wohin«, flüstere ich Steph zu: »Nur wo finden wir das was ich jetzt brauche?«

Steph sieht mich mit einem Grinsen an: »Ich muss auch mal«, flüstert sie, um im nächsten Moment Brian laut zu fragen: »Wo ist denn hier die Damentoilette?«

Ich wäre am liebsten im Erdboden versunken. Brian erklärt uns wie wir dorthin finden und bietet sich sogar an, uns zu begleiten, damit wir uns nicht verlaufen, was wir dankend ablehnen.

»Komm Mily, dann wollen wir uns mal auf eine abenteuerliche Reise begeben und die Toilette suchen«, lachend erhebt sie sich und reicht mir ihre Hand, um mich mitzunehmen.

Gemeinsam begeben wir uns in Richtung Haus, vorbei an kleinen Gruppen, die sich zum Reden zusammen gefunden und sich mittlerweile überall auf den Terrassenebenen verteilt haben. Ich staune über diese vielen Freunde von Grace und Andrew, sie scheinen wirklich sehr beliebt zu sein. Als wir das Haus erreichen, spricht Steph eines der jungen Mädchen an und sie zeigt uns den Weg zur Toilette, wenn man das, was wir dann zu sehen bekommen so nennen kann.

Steph geht als erste durch die weiße Tür, an der ein kleines Bild aus Messing dezent darauf hindeutet, was sich hinter dieser Tür befindet.

»Meine Güte ... ! Mily, das ist ja der Wahnsinn und es ist nur die Toilette für Gäste, wie sehen dann die anderen Bäder hier aus?«

Ich trete hinter ihr in den Raum und auch mich überwältigt es. Das Bad ist riesig und es befindet sich nur eine Toilette, ein wunderschöner weißer Schrank, der dezent verziert ist mit roten Rosen und ein eingebauter Waschtisch, in diesem Raum. Doch ist dieser Raum allein schon so groß wie meine Küche.

»Das ist wirklich überwältigend, geh du zuerst Steph.«

»O. K. ... , aber du bleibst hier stehen und schiebst Wache! Sollte ich in fünf Minuten nicht wieder rauskommen, dann schicke bitte einen Suchtrupp los. Der wird mich dann in den Weiten dieses Raums schon wiederfinden«, lachend schließt sie die Tür vor meiner Nase.

Ich schaue mir derweil das ganze bunte Treiben um mich herum an und fühle mich ohne Steph doch etwas verloren.

Als sie schließlich die Tür nach ein paar Minuten wieder öffnet, bin ich regelrecht erleichtert. Da meine Blase schon fast am Platzen ist, habe ich es eilig zur Toilette zu kommen und schließe die Tür hinter mir. In diesem riesigen Bad komme ich mir schon fast verloren vor und beeile mich, dass ich wieder zu Steph komme, die hoffentlich auch gleich noch vor der Tür steht. An dem großen Waschtisch wasche ich mir die Hände und sehe mein Spiegelbild an, etwas zu viel von dem Wein stelle ich fest und nehme mir vor, ab jetzt nur noch Wasser zu trinken. Alkohol habe ich noch nie gut vertragen, warum ich heute gleich vier Gläser getrunken habe, weiß ich auch nicht, völlig untypisch für mich. Energisch ziehe ich mit dem Lippenstift noch einmal meine Lippen nach und lächele mir selbst zu. So eine Art Bestätigung für mich selbst, dass ich es fast geschafft habe, den Abend ohne Katastrophe zu überstehen.

Als ich die Tür öffne, steht zu meiner Erleichterung Steph noch genau dort, wo sie stand als ich in das Bad verschwunden war.

»Fertig Püppi? Dann auf zu den netten Herren an unserem Tisch, die werden sich schon fragen, ob wir überhaupt noch wieder auftauchen. Dieser Hunter, das ist auch ein ganz Süßer, sieht gut aus und der verschlingt dich mit seinen Augen. Was war der noch von Beruf? Kinderarzt, oder?«

»Ja Kinderarzt, aber es ist mir nicht aufgefallen, dass er mich immer ansieht. Das bildest du dir nur ein Steph.«

»Nein, ganz bestimmt nicht Mily. Du weißt doch, dass gerade ich den Adlerblick für Details habe.«

»Na dann soll er es tun, solange es mich nicht stört, ist ja alles in Ordnung.«, ich lächele sie an und gemeinsam gehen wir wieder auf die Terrasse.

Ein Blick auf die Lounge wo wir vorher gesessen haben, zeigt mir, dass die Jungs noch immer da sitzen und auf uns warten. Seit Steph mir gesagt hat, dass Hunter mich mit den Augen verschlingt, achte ich natürlich auf ihn, als wir uns dem Tisch nähern. Ich bin einfach nur neugierig, ob sie recht hat, mehr interessiert mich an ihm nicht und so konzentriere ich mich auf ihn. Steph geht vor mir die Stufen zur zweiten Ebene hinab, ich folge ihr und wir sind schon fast unten angekommen, als ich Grace höre, wie sie hinter mir meinen Namen ruft.

»Emily, ich möchte Ihnen noch zwei Junggesellen vorstellen!« Ich bin gerade auf der letzten der drei Stufen angekommen, drehe mich um und sehe, dass sie an der oberen Stufe steht und erblicke zwei Männer neben ihr. Dann passiert alles wie in Zeitlupe! Ich sehe direkt in das lächelnde Gesicht von Mr. Right und dann wird plötzlich alles schwarz vor meinen Augen.

»Um Gottes willen Jayden, warum ist sie denn plötzlich umgefallen?«

Ich höre Graces Stimme, wie durch einen Nebel in mein Gehirn vordringen.

»Ich stand hinter ihr und weiß nur, dass sie sich zu Ihnen umgedreht hat, Grace. Plötzlich lag sie auf den Stufen! Wir können nur froh sein, dass Ihr Sohn so schnell reagierte und sie sich nicht noch den Kopf angeschlagen hat. Die Schürfwunde am Knie sieht ja nicht ganz so schlimm aus, die heilt schnell wieder.«

Auch Steph höre ich wie durch einen Nebel und dann kommt noch die Stimme von Andrew dazu.

»Also der Blutdruck ist wieder normal und der Puls auch, sie dürfte gleich wieder zu sich kommen.«, ich fühle eine Manschette an meinem linken Arm, aus der gerade die Luft entweicht und spüre, wie mein Blut dort wieder anfängt zu fließen.

»Ich werde jetzt noch ihre Schürfwunde am Knie versorgen, damit sich dort nichts entzündet. Grace wärst du so lieb mir Jod und Pflaster zu besorgen?«

»Sicher doch mein Schatz, ich bin sofort wieder da. Hoffentlich kommt sie bald wieder zu sich.«

So langsam kämpfen sich die Stimmen in mein Bewusstsein und dann höre ich wieder diese warme Stimme, die ich nicht kenne, die sich aber viel deutlicher und klarer anhört wie die Stimme von Grace, Andrew und Steph.

»Dad ich mach das, kümmere du dich mit Mom um die Gäste und beantwortet ihre Fragen, denn es ist ja nicht ungesehen geblieben, dass sie ohnmächtig wurde.«

»O. K., du hast hier alles im Griff? Wir sind gleich wieder bei euch.«

»Ja, geh nur Stephanie und Jake sind ja auch noch hier.«

Ich nehme durch den Nebel Schritte wahr, die sich entfernen und dann fühle ich einen feuchten Lappen auf meiner Stirn. Mein rechtes Knie tut plötzlich fürchterlich weh und brennt, aber ich bin wie betäubt und versuche mich durch diesen Nebel zu kämpfen. Dann höre ich wieder Stephs Stimme.

»Püppi ... , Süße komm zurück!«

Jemand streichelt mir über die Wange und ich spüre, dass es Stephs Hand ist.

»Sie wird jeden Moment wieder bei uns sein, ihr Bein hat eben beim Jod schon gezuckt, das ist ein gutes Zeichen.«

»Ich kenne Mily schon jahrelang, aber sie ist bis heute noch nie in Ohnmacht gefallen. Jedenfalls nicht, dass ich es wüsste. Heißt es jetzt, dass etwas nicht in Ordnung ist mit ihr?«, die Besorgnis in Stephs Stimme dringt durch den Nebel, der meine Sinne noch immer belagert.

»Nein alles O. K.! Das kann schon mal vorkommen in Stress Situationen, zum Beispiel oder wenn man unter einem niedrigen Blutdruck leidet.«

»Mily ist aber doch völlig relaxt und nichts deutete darauf hin, dass sie unter Stress steht und von einem niedrigen Blutdruck wüsste ich.«

Dann kam eine neue dunkle Stimme durch den Nebel zu mir durch: »JC ... , so direkt und schnell ist dir auch noch keine junge Dame in den Arm gefallen.«

»Jake ... , bitte hör auf! Deine Witze sind hier jetzt fehl am

Platz, nun muss sie erst mal wach werden, dann erfahren wir vielleicht mehr.«

Der Nebel verschwindet langsam, ich fühle mein Knie, welches fürchterlich am Pochen ist und Hände die daran arbeiten und etwas wird darauf geklebt.

»Die Augen zucken!« Stephs Stimme klingt plötzlich so laut in meinen Ohren, dass ich zucke und meine Hände zu meinen Augen führe, was schwer ist da sie mir noch nicht ganz gehorchen.

Wie aus einem Traum erwacht reibe ich über meine Augen und öffne sie, um im gleichen Moment aufzuschreien ... , als direkt über mir das Gesicht von Mr. Right erscheint. Ich schnelle hoch, noch immer im festen Glauben, dass es ein Traum ist und unsere Köpfe stoßen aneinander. Er schreit erschrocken auf, während im gleichen Moment um uns herum Gelächter ertönt.

»Aua! Nun mal nicht so hektisch meine Liebe, immer schön sachte, sonst haben Sie gleich auch noch eine Gehirnerschütterung.«

»Mily ... , Gott sei Dank! Da bist du ja wieder unter den Lebenden, was machst du nur für Sachen und fällst einfach vor mir um. Du hast mir einen gehörigen Schrecken eingejagt.«, zärtlich streichelt Steph mir über meine Wange.

»Was ist passiert, wo bin ich und warum haue ich mir beim Aufwachen den Kopf an einem anderen Kopf?«

Als würde es jetzt erst in meinem Gehirn schalten, wessen Gesicht ich gesehen habe, schnelle ich hoch und bin völlig sprachlos als ich wieder in das Gesicht von Mr. Right sehe. Er lächelt mich an und als ich seine Stimme höre, bin ich der nächsten Ohnmacht nahe.

»Alles in Ordnung mit Ihnen? Sie waren ganz schön lange weg. Ich war in der Zwischenzeit so frei Ihr Knie zu verarzten, welches Sie sich angeschlagen haben, als Sie gestürzt sind.«

Da sitzt er an meinen Füßen und ist so nah, dass ich es nicht fassen kann. Steph hat Recht gehabt, es funktioniert wirklich! Wie ist das möglich?

»Mein Knie ... ? Was ist mit meinem Knie?«, erst jetzt sehe ich das Pflaster auf meinem rechten Knie und weiß, dass ich den Schmerz nicht geträumt habe.

»Sie sind gestürzt und haben sich dabei eine Schürfwunde zugezogen, aber halb so schlimm. Ich hab es schon verarztet.«

Er lächelt mich mit seinen braunen Augen an. Dieselben Augen, mit denen er mich im Traum immer angelächelt hat, wenn wir Sex hatten und auf der Veranda, als wir den schönen Sommerabend genossen haben. Mir verschlägt es noch immer die Sprache, wie kann er plötzlich Realität sein, und zwar so real, dass er hier vor mir sitzt? Hilfesuchend blicke ich zu Steph, doch die sieht absolut glücklich aus und scheint nichts sonderbar zu finden, außer meiner Ohnmacht. Wie sollte sie auch, sie weiß ja nicht, dass dieser Mann hier vor mir derjenige ist, der in meinen Träumen Mr. Right ist.

»Vielleicht wäre es jetzt mal angebracht, dass ich mich vorstelle, Jayden Coleman und wen habe ich hier verarztet?« Er sieht mir so tief in die Augen, dass mir schwindelig wird und ich schlucken muss, bis ich auch nur einen Ton über die Lippen bekomme.

»Emily Edwards ist mein Name.«, hilfesuchend sehe ich zu Steph, die mich anlächelt und mir die Wange tätschelt.

»Ja, das bist du ... ! Alles ist gut Püppi, dein Gehirn hat durch die Karambolage mit diesem netten Herrn keinen Schaden genommen«, lachend nimmt sie denn feuchten Lappen von meiner Stirn, der sogar den Zusammenstoß überstanden hat und noch immer mein Haupt ziert.

»Na dann will ich mich auch mal vorstellen, Jake Stevenson, JCs, also Jaydens bester Freund.«, ein großer stattlicher Mann, mit Muskeln wie Popeye, aber verschmitzt lachenden Augen, reicht mir seine Hand.

»JC ... ?«, ich sehe ihn fragend an.

»Das ist die Abkürzung für Jayden Coleman.«

Ich höre Steph lachen: »Siehst du Mily, nicht nur wir benutzen Abkürzungen, auch die Männer tun das.«

»Jetzt helfe ich Ihnen erst mal hoch und Sie setzen sich einen Augenblick aufrecht hin, aber bitte nicht sofort aufstehen. Ihr Kreislauf muss sich erst stabilisieren.«

Kaum hat er es ausgesprochen, reicht Jayden mir seine Hand, um mir hoch zu helfen. Ich habe seine Hand gerade in meiner, da durchfährt mich ein Schauer, der den rechten Arm hoch rast und dann im Nichts verschwindet. Fast hätte ich vor Schreck seine Hand losgelassen, doch er hält meine fest in seiner, so dass ich ein paar Sekunden später aufrecht sitze.

»Jake besorgst du bitte ein Glas Wasser für Emily?«, kaum hat Jayden es ausgesprochen, flitzt er auch schon los, anscheinend glücklich eine Aufgabe in diesem Szenario zu haben. Kurze Zeit später kommt er mit einem großen Glas sprudelnden Wasser in der Hand zurück.

Jayden nimmt es ihm ab und reicht es mir: »Jetzt trinken Sie bitte dieses Wasser und wenn Sie möchten, dürfen Sie danach auch aufstehen.«

»Oh Emily ..., da sind Sie ja wieder. Sie haben uns allen einen gehörigen Schrecken eingejagt, meine Liebe. Ich nehme mal an, dass Sie sich jetzt schon mit Jayden, unserem Sohn, und Jake bekannt gemacht haben?«

»Danke Grace! Ja wir haben uns bekannt gemacht und ich möchte mich bei Ihnen entschuldigen, dass ich für so viel Wirbel gesorgt habe.«

»Ach ..., das ist nicht der Rede wert. Warum nur sind Sie denn plötzlich umgekippt, Emily?«, fragend sieht sie mich an und ich weiß nicht, was ich ihr sagen soll.

»Entschuldigen sie Grace, aber ihr Sohn taucht seit einiger Zeit in meinen Träumen auf und wir hatten absolut traumhaften Sex und als er real vor mir steht, hat es mich umgehauen?«

Nein, das konnte ich nicht tun, das ist einfach nicht zu erklären, was da gerade passiert und wenn ich es selbst schon nicht begreife, wie soll es Grace dann erst verstehen?

»Da habe ich wohl den Wein heute nicht vertragen«, ist stattdessen meine Antwort.

»Geht es Ihnen denn nun wieder besser? Brauchen sie noch irgendetwas?«

»Nein Danke, Grace Sie haben schon genug für mich getan. Ich denke Steph wird mich gleich nach Hause fahren.«

»Genau, das werde ich tun und dich in dein Bettchen befördern. Für Heute hast du uns alle genug erschreckt.«

Jayden hilft mir von der Couch hoch und wieder rennt dieser Schauer meinen Arm entlang, um im Nichts zu verschwinden. Wieso fühle ich so intensiv, wenn er nur meine Hand berührt? Vielleicht liegt es daran, dass meine Nervenenden noch etwas sensibel reagieren nach der Ohnmacht. Mit dieser Erklärung meines Verstandes war ich vorerst zufrieden. Morgen kann ich mit Steph über diesen merkwürdigen Abend reden, für heute war ich erledigt und wollte nur noch ins Bett.

»Vielen Dank für die Einladung Grace und es tut mir wirklich leid, was passiert ist.«

»Das muss es nicht, das holen wir an einem anderen Abend noch einmal nach.« Grace nimmt mich in den Arm und drückt mich, Jayden, Jake und Steph stehen neben uns und ich sehe wie Andrew gerade von der Terrasse hereinkommt.

»Oh ... , Sie verlassen uns schon Emily?«

»Ja ich gehöre nach diesem, mir unangenehmen Zwischenfall ins Bett und Steph wird mich dorthin befördern.«, mit einem Blick zu Steph versuche ich ihre Bestätigung zu bekommen.

»So soll es sein, ich werde gut für sie sorgen Grace und sie heil nach Hause bringen. An Unfällen dürfte sie heute auch keinen Bedarf mehr haben«, lachend streicht sie über meinen Arm.

»Kommen Sie gut nach Hause Emily und erholen Sie sich gut von diesem Schrecken. Ich muss mich dafür entschuldigen, dass mein Freund JC solch eine umwerfende Wirkung auf Frauen hat.«

Jayden boxt Jake mit einem grimmigen Blick in die Seite und dieser tut so, als wäre er schwer verletzt worden. Alle umstehenden müssen lachen, nur Jayden nicht.

Er sieht mir direkt in die Augen und ich habe das Gefühl, ich versinke in diesem Blick. Genau in diesem Moment fällt mir das Grübchen an seinem Kinn auf und ich spüre wieder diesen Schwindel. Das kann doch alles nur ein Traum sein! Aber nein ..., da steht er völlig real und lächelnd vor mir. Verdammt ..., er sieht noch schöner und attraktiver aus, als in meinen Träumen! Ich muss ins Bett und sollte es kein Traum sein, dann wird Steph es mir morgen früh erzählen, heute vertraue ich meinem Verstand nicht mehr, das ist mir alles zu unheimlich.

»Ich hoffe, wir sehen uns bald wieder und können uns dann auch nett unterhalten, ohne Zwischenfälle.« Jayden reicht mir seine Hand und wieder passiert es, das geht doch nicht mehr mit rechten Dingen zu! Was ist nur los mit mir?

»Ja das wäre nett und danke für Ihre medizinische Versorgung.«

»Gern geschehen.«, er lächelt mich an mit diesen wundervollen Augen.

Ich muss hier weg, denke ich nur und schiebe Steph zur Tür, die erstaunt ist, über so viel Elan von einer, die gerade noch Ohnmächtig flach lag. Die vier begleiten uns bis zum Eingang und stehen auch noch in der Tür als Steph den Wagen startet. Was für ein verrückter Abend denke ich noch, als wir losfahren. Dass dies erst der Anfang einer unendlichen Geschichte ist, konnte ich da noch nicht einmal ansatzweise ahnen. Für mich war das alles nur ein Traum, doch das Erwachen sollte noch kommen.

7

Vogelgezwitscher dringt von draußen herein, ein herrlicher Chor von fleißigen Sängern versucht mich sanft zu wecken und signalisiert mir, dass ein neuer Tag beginnt. Alles scheint wie jeden Morgen zu sein, doch es durchfährt mich eine Welle des Unwohlseins, mein Bauch rebelliert, dann schrecke ich hoch und habe Angst meine Augen zu öffnen. Quinny liegt neben mir, ich höre sie leise schnurren und fühle ihre Wärme an meinem Arm, an den sie sich gekuschelt hat. Mein erster Gedanke ist, es war »Gott sei Dank« nur ein Traum, erleichtert atme ich auf. Doch da habe ich mich wohl zu früh gefreut, sofort fängt mein Kopf in Sekundenschnelle an zu denken und alle Bilder von gestern Abend sind wieder völlig präsent in meinem Bewusstsein. Ich reiße meine Augen auf, sehe mich in meinem Zimmer um, nichts deutet darauf hin, dass sich etwas verändert hat und doch ist es deutlich als Energie zu spüren, etwas ist anders. Vorsichtig taste ich mit meiner Hand unter die Decke zu meinem Knie und fühle das Pflaster, welches die Schürfwunde verdeckt.

»Oh je ...! Wenn dieses Pflaster real ist, dann ist es alles andere auch und es war kein Traum gewesen!«, sage ich laut zu mir selbst und Übelkeit breitet sich bei diesem Gedanken in mir aus.

»Welch eine Blamage! Dann bin ich wirklich auf dem Barbecue ohnmächtig geworden!«

Mir schießt sofort die Hitze in den Kopf und ich fühle, wie ich rot werde. Am liebsten würde ich jetzt vor Scham im Erdboden versinken und das Gefühl wird übermächtig, als vor meinem inneren Auge das Gesicht von Jayden Coleman erscheint. Steph hatte gestern Recht damit gehabt, dass sich in der Matrix etwas verändert hat und nun ist Mr. Right zur Realität geworden. Das Ganze klingt so etwas von absurd, wenn ich darüber nachdenke.

Wie aus einem Liebesroman entsprungen, das kann doch nicht wirklich wahr sein. Doch mein Bewusstsein zeigt mir Bilder vom Barbecue, von Jayden wie wir beide mit den Köpfen zusammenstoßen. So unglaublich es für mich auch sein mag, mein Knie antwortet mir mit seiner Schürfwunde und dem Pflaster darauf, dass es wahr ist.

Warum schlägt das Schicksal immer so erbarmungslos zu, wenn wir nicht darauf vorbereitet sind? Wie gerne hätte ich meinen Mr. Right ganz normal kennengelernt. Einfach sowie andere es auch erleben, im Café oder im Kino.

»Nein! Emily Edwards muss ihm ja direkt Ohnmächtig vor die Füße fallen, wie peinlich.«, wieder spüre ich die Röte in meinem Gesicht hochsteigen.

»Quinny, was soll ich denn jetzt tun? Soll ich mich einfach in mein Schlafzimmer einschießen, bis alle diesen Vorfall vergessen haben?«, hilfesuchend sehe ich meine Kleine an, doch die räkelt sich nur unter den Streicheleinheiten meiner Hände, was mir auch nicht weiterhilft.

Ich erinnere mich an die Rückfahrt mit Steph, die sehr schweigsam verlaufen ist, was völlig unnormal ist. Normalerweise sind wir beide immer wie schnatternde Gänse, uns geht nie der Gesprächsstoff aus, schon gar nicht nach so einem verrückten Abend wie gestern. Doch diesmal war es anders. Als wir im Amarylion angekommen sind, will Steph noch mit hereinkommen, aber ich habe ihr gesagt, ich muss jetzt allein sein. Sie hat es mit Widerwillen akzeptiert und ist, nachdem ich aus dem Wagen ausgestiegen bin, nach Hause gefahren.

Schon das Gefühl, welches mich durchflutet hatte, als ich dann das Amarylion betreten habe, war anders als sonst. Es hat sich etwas verändert, das war auf einmal sehr präsent. Die Energien haben sich gewandelt. Wie in Trance begab ich mich ins Bad und ohne den Kopf auch nur einmal zu heben, schminkte ich mich schnell ab. Um diesem Chaos in mir selber zu entfliehen, begab ich mich dann sofort in mein Bett, natürlich mit der Hoffnung, dass alles nur ein Traum war. Doch erbarmungslos signalisiert mir nun mein Bewusstsein, dass es Realität ist und wahrhaftig passiert ist. Wie betäubt liege ich im Bett, bin unfähig mich zu rühren, meine Gedanken fahren Achterbahn und ich selbst habe keinerlei Macht sie zu stoppen. So fühlt es sich zumindest in diesem Moment an.

»Bitte ihr lieben Engel, ich brauche eure Hilfe! Ihr habt mich bis jetzt noch nie im Stich gelassen, sagt mir, was ich tun soll.«

Ich lausche in mich hinein, was für Gefühle und Bilder kommen, Botschaften der Engel für mich. Mir wird warm, mein ganzer Körper fängt an zu kribbeln und ich fühle, wie Energie durch mich hindurchfließt. Dann tauchen Bilder von Jayden vor meinem inneren Auge auf, die Szenen mit ihm aus meinen Träumen, dann von gestern Abend und mein Herz öffnet sich ganz weit und fängt an zu schlagen wie verrückt.

»Oh mein Gott ... ! Emily Edwards du bist verliebt!«, sage ich erstaunt zu mir selbst und es fühlt sich schön an, dieses Gefühl, aber gleichzeitig macht es mir doch auch so viel Angst.

»Mily ... ? Lebst du noch?«, ich höre Steph von unten rufen und ehe ich antworten kann, steht sie auch schon in der Tür zum meinem Schlafzimmer.

»Alles O. K. mit dir?«, ein sorgenvoller Blick liegt in ihren Augen.

»Steph ... ! Ich habe das nicht geträumt, oder?«

Sie muss lachen: »Kommt darauf an was du meinst.«

»Das Barbecue gestern und das ich in Ohnmacht gefallen bin.«

»Das ist wirklich passiert Süße und du hast uns allen einen ganz großen Schrecken damit eingejagt. Ich hoffe, dass es dir heute wieder besser geht.«

»Ich weiß es nicht so genau! Da sind Bilder in meinem Kopf und ich versuche alles für mich zu sortieren.«

Steph kommt zu mir, nimmt mich in den Arm und gibt mir ein Küsschen auf die Wange.

»Nun stehe erst einmal auf Süße, ich gehe runter und zaubere uns ein schönes Frühstück. Dann erzähle ich dir alles, was du über deinen gestrigen Blackout wissen möchtest.«, sie dreht sich um und verschwindet, laut ein Lied aus dem Radio nach trällernd, wieder nach unten in die Küche.

Ich räkele und strecke mich noch einmal ausgiebig mit der Hoffnung, dass ich dann klarer im Kopf werde, aber Fehlanzeige. Der Kopf schwirrt mir immer noch, voll von Fragen, was gestern Abend mit mir geschehen ist. Meine innere Unruhe steigt und ich schwinge meine Beine aus dem Bett. Ich brauche Antworten und die wird Steph mir hoffentlich gleich geben können. Wieso habe ich nur dieses Gefühl, dass nichts mehr in meinem Leben so sein wird, wie es gestern um diese Zeit noch war?

Frisch geduscht und den Kopf voller Fragen betrete ich dreißig Minuten später die Küche, wo Steph schon den Tisch liebevoll gedeckt hat. Sie hat sogar ein paar Blümchen aus dem Garten geholt und sie in der Mitte auf den Tisch gestellt. Der Duft von frisch gekochten Kaffee belebt meine Sinne und erweckt die Vorfreude auf ein schönes und ausgiebiges Frühstück mit Steph.

»Da bist du ja Püppi! Ich habe schon alles fertig und der Kaffee kommt jetzt.«, damit greift sie zur Kaffeekanne und gießt unsere großen Tassen voll, mit diesem herrlich duftendem Getränk.

»Danke Steph, du sorgst immer wie eine Mutter für mich.«

»Süße, das hätten deine Mom und dein Dad so gewollt und ich tue es aus tiefsten Herzen gerne.«, sie lächelt mich an, während wir beide uns an den Tisch setzen und ich innerlich schon fast vor Aufregung platze.

Was werde ich gleich erfahren? Was ist passiert, während ich ohnmächtig war? So viele Fragen sind für mich noch ungeklärt. Doch Steph denkt gar nicht daran, sofort loszulegen, sondern schmiert sich erst einmal ihr Brot und beißt genüsslich hinein. Dann versenkt sie ihren Kopf in der Tasse, um einen Schluck Kaffee zu nehmen, während ich sie die ganze Zeit ansehe.

»Was ist gestern passiert Steph? Ich meine, während ich ohnmächtig war.«

Sie schaut mich über den Rand der Tasse hinweg an und grinst: »Viel Püppi! Ganz viel ... !«

»Nun mach es doch nicht so spannend Steph, bitte fange an und erzähl mir alles, was meinem benebelten Gehirn nicht mehr bewusst ist.«, erwartungsvoll sehe ich sie an, während ich einen Schluck von dem dampfenden Kaffee nehme.

»Wo soll ich anfangen ... ? Wir kamen von der Toilette und gingen die Stufen herunter, zurück zu der Lounge mit diesen sexy Herren. Ich war schon unten, da höre ich Grace deinen Namen rufen und als ich mich umdrehe, stehst du da wie erstarrt und dann ging alles so schnell. Du kippst plötzlich nach vorne weg und während ich selbst, vor Schreck, aufgeschrien habe, unfähig zu reagieren, sprintet dieser Traum aller Frauen, Jayden Coleman, zu dir. Er fängt dich gerade noch auf, bevor dein hübsches Gesicht Schaden nehmen kann. Du glaubst nicht, wie erleichtert ich in diesem Moment war.«

»Oh je ... ! Das weiß ich nicht mehr, aber ich erinnere mich daran, wie ich zu Grace geschaut habe und dann ist plötzlich alles schwarz geworden, vor meinen Augen.«

»Jayden hat dich, auf seinen Armen, in das Wohnzimmer getragen. Die Gäste haben ihn bestürmt, wollten wissen, was mit dir los ist. Er hat alle ignoriert, marschierte ohne ein Wort an ihnen, vorbei und legte dich auf die Couch. Dann kam Andrew dazu, hat deinen Blutdruck gemessen und deinen Puls gefühlt, während Grace ein feuchtes Tuch für deine Stirn, sowie Pflaster für die Wunde am Knie besorgte.«

»Da habe ich ja für ganz schön großen Wirbel gesorgt, wie peinlich.«

»Da ist wirklich nichts Peinliches daran. Du kannst doch nichts dafür, dass du einfach umkippst. Jayden hat dir dann das Knie verarztet und er sah sehr besorgt aus, hat dich immer wieder angesehen. Als er das Jod auf deine Wunde aufgetragen hat, hast du gezuckt und kurze Zeit später bist du ja auch wieder aufgewacht.«

»Ich habe den brennenden Schmerz am Knie gefühlt, war aber wie im Nebel gefangen, konnte nicht klar denken und auch die Stimmen von euch habe ich wahrgenommen.«

Steph fängt plötzlich an zu lachen und ich sehe sie verwundert an.

»Was ist denn nun daran so lustig?«

»Du hast Jayden angesehen, als wäre er ein Phantom. Dann hast du dir über die Augen gerieben und dabei deine ganze Wimperntusche verschmiert. Wie du deine Augen dann nochmals geöffnet hast, bist du wie von einer Tarantel gestochen hochgeschossen, um dann mit Jayden Kopf an Kopf zusammenzustoßen.«, sie muss herzhaft lachen und tupft sich mit der Serviette die Augen ab.

»Steph, ich hatte einen Schreck bekommen! Wach du mal auf und hast dann das Gesicht vor deinen Augen, welches seit Tagen in deinen Träumen herumgeistert!«, entrüstet sehe ich sie an.

»Wie meinst du das ... ? Du willst doch nicht etwa sagen, dass Jayden Coleman der Mann ist, von dem du diese heißen Sex-Träume hattest ... ! Mr. Right ... ?«, sie sieht mich völlig entgeistert an.

»Doch ... ! Genau, dass will ich damit sagen! Ich habe meine Augen geöffnet und sehe in das Gesicht, welches mir durch meine Träume schon so vertraut war. Da dachte ich, dass ich wirklich träume und habe mir die Augen gerieben, um wach zu werden. Oh je ... ! Wie schlimm hab ich ausgesehen Steph ... ? Mit verschmierter Wimperntusche – wie schrecklich!«

»Du hast trotz allem noch immer hübsch und sexy ausgesehen, auch für Jayden. Das hat schon fürchterlich zwischen euch geknistert, als du ohnmächtig warst. Doch nach dem Crash eurer Köpfe war es noch deutlicher spürbar! Dass er dieser geheimnisvolle Mr. Right ist, habe ich ja zu dem Zeitpunkt nicht ahnen können. Traumhaft Püppi, das heißt, es hat funktioniert ... !«, voller Freude springt sie vom Tisch auf und tanzt singend durch die Küche, um mich dann überschwänglich zu umarmen.

Ich sehe ihr belustigt zu und erfreue mich an ihrer Euphorie.

»Mily ... ! Das ist so schön, es hat doch tatsächlich geklappt und es beweist uns beiden, dass alles möglich ist, wenn man es sich nur real genug im Geiste vorstellen kann. Das ist ja himmlisch!«, völlig aus der Puste lässt sie sich wieder auf ihren Stuhl fallen.

»Hut ab, da angelst du dir doch tatsächlich den begehrtesten Junggesellen von ganz Kansas, Jayden Coleman. Erst passiert bei dir Ewigkeiten nichts, ich mache mir schon Sorgen, dass du als alte Jungfer enden wirst und dann ziehst du dir so einen großen Fisch an Land.«, sie grinst mich an und wirft mir eine Kusshand zu.

Ich muss lachen, weil sie so einen großen Zauber um das ganze macht. Das ist Steph, so wie sie ist, als Persönlichkeit. Ob Trauer oder Freude, sie zeigt es immer extremer als andere, was sie empfindet.

»Er ist nur ein Mann wie jeder andere auch, kein Grund hier vor Freude Indianertänze aufzuführen«, sage ich zu ihr und nehme mir ein Brot, um es seelenruhig mit Butter und Marmelade zu beschmieren.

»Ich freue mich für dich, da kann ich meine Gefühle einfach nicht mehr kontrollieren.«, wieder klatscht sie begeistert in die Hände.

»Du tust so, als wären wir schon ein Paar, dabei hat er mich gestern nur verarztet!«, dass ich diese Schauer bei seinen Berührungen gespürt habe, verschweige ich ihr noch. Wenn sie es wüsste, dann wäre sie vor Freude nicht mehr zu bändigen, dafür kenne ich sie einfach zu gut.

»Du hast ja nicht mitbekommen, wie er dich angesehen hat, Mily. Einfach himmlisch ... ! Du hast aber auch wirklich wie eine Prinzessin ausgesehen, als du da so bewusstlos auf der Couch gelegen hast. Wenn er da nicht sein Herz verloren hat, dann fresse ich einen Besen.«

Plötzlich muss sie lauthals lachen und ich sehe sie verwundert an, weil ich nicht weiß, was ihr Zwerchfell so in Schwingung versetzt.

»Genial, ich bin ein Medium und du bist ihm wirklich vor die Füße gefallen, so wie ich es gestern prophezeit hatte.«

Mir fällt unser Gespräch von gestern Abend wieder ein und ich stelle fest, dass sie es wirklich so gesagt hatte, genauso wie es dann auch eingetroffen ist.

»Du bist schon immer ein Medium gewesen, du bist der Goldschatz vom Amarylion.«, ich grinse sie an.

»Ach ... , nun mach dich nicht kleiner als du bist Süße! Du bist hier das Medium! Ich bin nur deine rechte Hand und passe auf dich auf.«

»Du bist mehr als meine rechte Hand und das weißt du auch ganz genau. Die Kunden lieben dich! Deine Sitzungen, die du hältst, sind spitze und wer von uns beiden kann wohl besser mit Vorahnungen umgehen und sie noch dazu auch ernst nehmen?«

Steph grinst mich schelmisch an, während sie von ihrem Weißbrot abbeißt.

»Ja ... , Ja ... , Ja ... ! Nun hat meine Seele genug Streicheleinheiten von dir bekommen. Du weißt doch um das Gesetz der Resonanz, jetzt kommst du an die Reihe. Du hast immer gegeben, warst für viele Menschen der Anker im Leben, hast vielen Problemen gelauscht und nun bekommst du die Belohnung dafür, in Gestalt von Jayden Coleman.«, sie seufzt und verdreht ihre Augen Richtung Zimmerdecke: »Das ist so romantisch, fast so, als wäre ein Engel vom Himmel zu dir herabgestiegen.«

»Fast genau so, hatte es sich gestern auch angefühlt und das hat meine Knie ja auch weich werden lassen und den Blackout hervorgerufen. Aber mal im Ernst Steph, warum sollte der bekannteste Herzchirurg von Kansas, der auch noch unverschämt sexy aussieht, sich ausgerechnet mit mir abgeben? Er könnte jede Frau haben, die er sich wünscht, die besser in sein Leben passt. Eine Ärztin zum Beispiel und nicht ein Medium. Außerdem, wer sagt denn, dass er sich heute noch an mich erinnert?«

Wenn Blicke töten könnten, dann würde ich jetzt sofort vom Stuhl fallen. Steph sieht mich an, als würde sie gleich aufstehen und mir den Hintern versohlen. Ich muss sogar zucken, als sie energisch ihre Tasse abstellt.

»Mily ... ! Meine Süße ... , du weißt, dass ich dich über alles liebe und dass was ich gestern gesehen und gefühlt habe zwischen euch beiden, war absolut real. Es hat ihn und dich voll erwischt oder sollte ich besser sagen du hast ihn mit deiner Aura eingefangen. Nun gibt es für euch beide kein Zurück mehr, ihr seid euch begegnet, euer beider Lebensplan wurde jetzt aktiviert und selbst, wenn du es nicht wolltest, ohne Herzschmerz wirst du diese Verbindung niemals lösen können. Du weißt doch selbst, wie stark der Herzmagnet ist Süße, nun zier dich nicht und lass geschehen was geschehen soll ... , Punkt!«

Sie schießt mit ihren Augen virtuelle Pfeile auf mich ab und ich fühle, dass ich jetzt besser nicht weiter nach dem Haar in dieser Suppe, Namens Jayden Coleman suchen sollte. Steph wird sonst bestimmt noch aufspringen und mich wirklich übers Knie legen.

Doch ich bekomme auch keine Gelegenheit noch etwas darauf zu antworten, denn von draußen hören wir Stimmen, die zu uns in die Küche dringen.

»Hier muss doch irgendwo ein Eingang sein, das ist doch ein Haus und keine Festung!«

Mein Herz fängt sofort an zu rasen, als ich diese Stimme höre und erkenne zu wem sie gehört.

»Vielleicht musst du, wie im Märchen Rapunzel, warten bis sie ihre schönen Locken zu dir herunterlässt, damit du sie besuchen kannst.«, ein dunkles herzhaftes Lachen war von draußen zu vernehmen, welches eindeutig zu Jake gehört.

Steph und ich sehen uns an und müssen schmunzeln, während die beiden noch immer den Eingang suchen.

»Das ist hier ja der reinste Urwald, ich sehe nur Blumen, Büsche und Bäume, keine Tür.«

»Die Prinzen im Märchen müssen sich auch immer den Weg zur Liebsten erkämpfen, warum sollte es dir anders ergehen?«

Wieder ertönt dieses dunkle Lachen von Jake und ich höre Steph wie sie ihr Lachen unterdrückt und in ihre Tasse gluckst. Während ich selbst wie gebannt zur Tür sehe.

»Aua ...! Jake ich glaube, mich hat etwas gebissen!«, wir sehen den Rosenbusch vor dem Küchenfenster und wie die Zweige sich bewegen.

»Das sind nur die Dornen vom Rosenbusch und außerdem muss jeder Prinz auch mal kämpfen, um das Herz seiner Liebsten zu erobern. Sei froh, dass hier nur ein Rosenbusch dein Gegner ist und nicht ein Drache, der hätte dir Feuer unter dem Hintern gemacht.«

In der Zwischenzeit hat Jayden den Eingang zur Küche entdeckt: »Hier ist eine Tür Jake, nun komm schon und hör mit deinen blöden Bemerkungen auf. Warum hab ich dich überhaupt mitgenommen?«

»Weil die Prinzen im Märchen auch nie allein gehen! Du vielleicht Angst hattest, dass Rapunzel ihr Haar nicht bis zur Erde reicht und ich eine Räuberleiter machen muss, damit du zu deiner Liebsten kommst?«

In der geöffneten Küchentür erscheint das erleichterte Gesicht von Jayden und über seiner Schulter erscheint der Kopf von Jake.

»Oh ... ! Sieh nur, hier gibt es sogar zwei Schönheiten, da hat sich der Kampf durch das Dickicht ja gelohnt!« Jake legt seine Hände auf Jayden seine Schultern und erntet von ihm ein Kopfschütteln.

»Du bist und bleibst ein Scherzkeks, kannst du auch irgendwann einmal normal sein?«

Beide betreten die Küche und natürlich ist Steph die erste, die reagiert.

»Mily ... ! Hast du etwa unseren Drachen im Keller eingeschlossen? Wie können es diese Prinzen sonst schaffen, bis zu unserer Burg vorzudringen?«, kaum hat sie es ausgesprochen, kommt auch schon die Retourkutsche von Jake, er tritt an Jayden vorbei und geht vor ihr in die Knie.

»Holde Schönheit ... , bitte gewährt uns beiden Einlass! Mein Freund hier hat eine ganz schreckliche Krankheit, die sein Herz befallen hat und wir wissen um die Zauberkraft dieser bezaubernden Prinzessin! Nur sie kann ihm helfen!«

Sein Blick geht in meine Richtung und ich kann ein Lachen nicht länger zurückhalten. Dieses Schauspiel, was die beiden hier abliefern, ist einfach zu komisch.

»Die Prinzessin soll also helfen? So einfach geht das aber nicht. Was hat euer Prinz als Gegenleistung zu bieten?«

Mein Blick streift den von Jayden und ich sehe die Belustigung in seinen Augen, auch er genießt gerade dieses Theaterstück, zwischen Steph und Jake, welches sich vor uns abspielt.

»Der Prinz wird sie dafür mit Reichtümern überschütten, es wird ihr an nichts mangeln. Er besitzt unendlich viel von diesem kostbaren Gut ... , welches ihr Liebe nennt und allein kann er damit sowieso nichts anfangen.«

Steph sieht mich an und ich muss glucksen, weil ich mein Lachen zu unterdrücken versuche.

»Prinzessin ... , bist du gewillt diesem Prinzen zu helfen? Dann soll es auch so geschehen!«

Ich kann mein Lachen nun nicht mehr zurückhalten und tupfe mir mit der Serviette die Tränen ab, die schon meine Augen füllen.

»Ja ich bin gewillt und werde sehen welcher Zaubertrank hier Linderung bringen kann.«

Nun kann auch Jayden sein Lachen nicht mehr länger unterdrücken, Steph und Jake fallen auch mit ein und die Energie in der Küche steigt sprunghaft an. Quinny, die gerade zwischen Jaydens Beinen durchlaufen wollte, um die Küche zu betreten, dreht um und flüchtet vor Schreck.

»Setzt euch doch – möchtet ihr auch einen Kaffee?« Steph deutet zu den freien Stühlen am Tisch, Jayden und Jake nehmen Platz. Beide nicken mit ihren Köpfen und sie geht an den Schrank, um zwei weitere Tassen zu holen.

Ich weiß gar nicht wo ich hinsehen soll und mein Herz rast wie verrückt, als Jayden sich an den Tisch setzt. Meine Gedanken flitzen wie Blitze durch meinen Kopf, wieso dreht mein Körper schon wieder durch? Steph stellt die Tassen auf den Tisch und schenkt den Männern Kaffee ein. Jake macht ganz große Augen und nimmt seine Tasse in die Hand.

»Wohnen hier auch Riesen in dieser Burg?«, er dreht die Tasse und sieht fragend in Stephs Richtung.

»Ja, also benehmt euch, sonst werde ich sie aus dem Burgverlies frei lassen.«, sie grinst ihn dabei an und ich finde es köstlich zu sehen, wie schlagfertig die beiden sind.

Irgendwie bin ich fürchterlich nervös und weiß gar nicht was ich sagen soll, daher bin ich froh, dass Jayden den Anfang macht.

»Wie geht es Ihrem Knie Emily? Ich bin eigentlich gekommen, um Sie nochmal neu zu verarzten.«

»Lügner! Bist du nicht ... ! Es war nur ein guter Vorwand für dich.« Jake grinst ihn über den Tisch hinweg an.

Jetzt schießt Jayden mit seinen Augen Pfeile ab und ich muss grinsen. Mir fällt auf, dass die beiden genauso miteinander umgehen wie Steph und ich.

»Dem geht es gut, es tuckert noch etwas.«

»Also wirklich ...! Jetzt hört doch mal mit dieser Förmlichkeit auf. Das kann ich ja kaum mit ansehen, wie ihr beiden umeinander herumschleicht, wie rollige Katzen.« Steph schaut uns entrüstet an und Jake pflichtet ihr bei.

Jayden sieht mir dabei in die Augen und ich habe das Gefühl auch direkt in meine Seele.

»Darf ich mir »dein« Knie noch einmal ansehen?«, er sieht mich an und wartet auf meine Antwort.

Steph lehnt sich entspannt zurück und tauscht einen zufriedenen Blick mit Jake aus. Ich fühle mich so unsicher, würde am liebsten so klein wie eine Maus sein und mich jetzt in irgendeiner Ecke in der Küche verkriechen.

»Ja ..., das darfst »du«.«, schüchtern lächele ich ihn dabei an.

Er wühlt in seiner Hosentasche, holt Jod und Pflaster heraus und legt es auf den Tisch. Dann rückt er mit dem Stuhl näher zu mir und deutet mir an mein Bein auf seine Knie zu legen.

»Das ist jetzt nicht angenehm, aber es muss sein!«, mit einem Ruck zieht er das Pflaster von meinem Knie und ich schreie kurz auf, obwohl ich versuche es zu unterdrücken, um stark zu wirken.

Steph leidet mit und verzieht ihr Gesicht, als ich schreie.

»Es tut mir leid, aber dies war schon der unangenehmste Teil, nun könnte es etwas brennen.«

Wieder beiße ich die Zähne zusammen, als er das Jod auf die Wunde aufträgt und ein brennender Schmerz durch mein Knie zieht.

»Es sieht aber schon sehr gut aus, ein paar Tage noch und das Pflaster kann herunter.«

Er lächelt mich an und ich habe das Gefühl, dass sich alles

andere um mich herum in diesem Moment ausblendet. Seine Hände an meinem Knie jagen wieder diesen, mir schon bekannten Schauer durch meinen Körper. Liebevoll klebt er das neue Pflaster über die Wunde.

»Das hätten wir! Ich hoffe, es war nicht allzu schmerzhaft.«

»Nein, es war auszuhalten.«, schüchtern sehe ich ihn dabei an und ziehe mein Bein von seinen Schoß herunter.

Ich bin froh das Steph das Wort ergreift und sehe schüchtern zu Jayden.

»Patientin versorgt und nun kommen wir zu dem angenehmen Teil ... !«, glucksend versenkt sie ihren Kopf in der Tasse und Jake fängt herzhaft an zu lachen.

»Wenn ich dich vor dem Ertrinken in dieser Tasse retten soll, dann gib mir ein Zeichen.«

Steph kommt mit dem Gesicht aus ihrer Kaffeetasse hervor und grinst ihn an: »Wie romantisch, das würdest du wirklich tun?«

»Ich rette gerne hübsche Damen, aus tiefen Kaffeetassen vor dem Ertrinken.«, kaum hat Jake das ausgesprochen, fangen wir alle herzhaft an zu lachen und mir kullern schon die Tränen die Wange herunter.

Ich spüre Jaydens Aufmerksamkeit auf mir ruhen und ein verstohlener Blick in seine Richtung schenkt mir ein Zwinkern von ihm. Es ist für mich auch jetzt noch völlig unbegreiflich, wie ich mir diesen Traum von einem Mann in mein Leben zaubern konnte.

»Habt ihr beiden Hübschen schon etwas für heute geplant oder dürfen wir beide euch zu einem schönen Tag einladen, natürlich mit uns zwei, äußerst charmanten Herren?« Jayden sieht erst zu mir und dann zu Steph.

Wir sehen uns über den Tisch hinweg an und natürlich findet Steph zuerst ihre Sprache wieder.

»Welch eine Ehre! Was schwebt den Herren denn so vor?«

Jake ergreift sofort das Wort: »Wie wäre es mit einem Gaumenerlebnis bei Starbucks oder als Alternative durch den Oak Park in Overland Park bummeln mit einem großen Becher Smoothie in der Hand?«

»Der Smoothie lockt mich ja sehr und im Oak-Park ist es auch schön kühl, was meinst du Püppi?«

»Nach diesem heißen Kaffee könnte ich auch gut einen Smoothie vertragen. Ich bin dabei!«

»Das hört sich doch toll an, dann laden wir euch beide zu einem erlebnisreichen Nachmittag in die Oak Park Mall ein.«

»Das ist mal ein Angebot Jayden. Hast du deine Kreditkarte dabei?« Jake muss schon wieder Scherze machen.

»Komm Mily wir räumen schnell noch den Tisch ab und dann kann es losgehen.«, damit schiebt Steph ihren Stuhl zurück und steht auf, um loszulegen.

Ich helfe ihr und die beiden stehen auch auf, um mit anzupacken. Gemeinsam schaffen wir es in zehn Minuten.

Keine fünfzehn Minuten später sitzen wir alle vier im Auto von Jayden, auf den Weg zum Overland Park. Ich sitze vorne neben ihm und habe die ganze Fahrt über Zeit, sein Profil zu betrachten, an dem ich mich nicht satt sehen kann.

Der Parkplatz ist um diese Zeit relativ leer, so dass wir in der Nähe des Eingangs einen Parkplatz finden. Steph nimmt meine Hand, als wir in Richtung Eingang gehen und die Männer folgen uns. Eine herrliche Kühle erwartet uns im Inneren der Oak Park Mall und wir atmen alle erleichtert auf, denn draußen ist es zu dieser frühen Mittagsstunde schon fürchterlich heiß.

»Wo wollen wir zuerst hin? Hat jemand von euch ein bestimmtes Ziel?« Steph sieht uns fragend an.

»Wir folgen den Damen und lassen uns gerne führen.« Jayden lacht und macht einen Wink mit seiner Hand nach vorne.

»Aber Gnade euch beiden Gott ... , wenn ihr es bereut, uns

beiden die Führung überlassen zu haben und dann anfangt zu stöhnen.« Steph sieht beide schelmisch an, dreht sich zu mir und Hand in Hand marschieren wir beide vorweg.

Dann stehen wir vor dem Laden mit den handgemachten Seifen und der betörende Duft lockt uns in das Innere des Geschäfts.

»Mily, sieh mal was für eine herrliche Auswahl und es duftet sowas von lecker, so dass ich hier nie wieder raus gehe.«

»Himmlisch dieser Duft und diese Farben. Schau einmal, diese Seife sieht aus wie eine richtige Torte oder diese hier, sie sieht aus wie ein echter Muffin ... !«, ich schlendere an den Seifen entlang und bestaune die Vielfalt, die sich vor mir auftut.

Begeistert wandern wir zusammen an den Regalen entlang und nehmen jede Seife in die Hand, um an ihr zu riechen.

»Das kann jetzt dauern, bis die beiden von den Düften hier satt sind. Es sei denn, wir beide gehen zwischendurch duschen Jayden und benutzen diese Seife hier. Damit könnte es funktionieren.« Jake hält ihm eine Seife mit einem süßen Moschus Duft entgegen, in Form einer Rose und dem passenden Namen Sexbombe.

Jayden nimmt sie in die Hand und riecht daran, dreht und wendet sie, um sie näher zu betrachten.

»Riecht wirklich gut und meinst du es funktioniert?«

Jake wandert mit der Seife in der Hand in unsere Richtung, ich sehe ihn kommen und grinse Steph an.

»Achtung! Da kommt ein Frauenfänger mit einem starken Lockmittel, halt dir die Nase zu, sonst bist du verloren ... !«, lachend dreht Steph sich zu mir und sieht Jake mit der Seife in der Hand kommen.

Ich halte mir lachend die Nase zu, aber Steph kann nicht anders, sie muss mal wieder eine Show hinlegen.

»Wollt ihr beiden einmal an dieser herrlichen Seife riechen? Sie duftet wundervoll, wie ein Strauß Rosen.«, er hält uns die

Seife hin und ich schüttel meinen Kopf ohne die Finger von meiner Nase zu nehmen.

Doch Steph geht mit ihrer Nase ganz dicht an diese Seife heran und nimmt einen tiefen Atemzug. Sie sieht Jake für mindestens dreißig Sekunden ganz tief in die Augen, um noch eine Brise des Duftes einzuatmen und anschließend legt sie richtig los. Wieder sieht sie ihm ganz tief in die Augen. Ich sehe, dass er völlig irritiert ist und mit so einer Reaktion nicht gerechnet hat. Dafür wohl eher mit kreischenden Frauen, die erschrocken Abstand nehmen. Sie steht völlig relax und ruhig vor ihm und sieht ihm tief in die Augen, das allein ist wirklich schon ein göttliches Bild. Die zierliche Steph und Jake, der einen Body hat wie The Rock Johnson und Arme wie Popeye, steht völlig verblüfft vor ihr.

»Die riecht wunderschön, dieser Duft spricht alle meine Sinne an, mir wird regelrecht heiß ... !«, dann nimmt sie noch einen tiefen Atemzug, tritt auf ihn zu, nimmt sein Gesicht in ihre Hände und gibt ihm einen langen leidenschaftlichen Kuss. Sie drückt dabei ihren Körper ganz dicht an seinen und ihr Knie zwischen seine muskulösen Oberschenkel. Dann tritt sie wieder zurück und lacht über sein verdutztes Gesicht.

»Na ... , das war ja wirklich Hollywood pur! Es ist wohl etwas anders gelaufen, als du gedacht hast Jake.« Jayden muss über seinen sprachlosen Freund lachen: »Herzlichen Glückwunsch Steph, du bist die erste Frau, die dieses Muskelpaket zum Schweigen gebracht hat. Jake hat noch nie seine Schlagfertigkeit verloren, das ist jetzt Premiere!«

Ich muss herzhaft lachen, weil Jake wirklich völlig planlos vor Steph steht und mein Zwerchfell ist so sehr am Wippen, dass ich nicht wieder aufhören kann. Jayden geht zu dem Regal, nimmt sich eine Rosenseife und riecht nochmal daran, kommt dann zurück und nimmt dem noch immer sprachlosen Jake die Seife aus der Hand. Dann reicht er sie der Verkäuferin, die schmunzelnd dieses Schauspiel von der Kasse aus beobachtet hat.

»Die nehmen wir, egal was die kosten.«, mit einem, zufriedenem Lächeln im Gesicht und den Wunderseifen in der Tüte, kommt er wieder zu uns.

»Jake ich habe uns beiden etwas gekauft … ! Heute Abend wird geduscht.«

»Du bist Spitze Jayden, ein wahrer Freund! Hast du gesehen, wozu diese Seife in der Lage ist? Wie viele hast du gekauft, ich hoffe alle!« Jake sieht ihn schmachtend an, noch völlig benebelt von dem, was passiert ist.

»Ich denke, zwei sollten für den Anfang reichen, sonst haben wir demnächst beim Einkaufen eine ganze Horde Frauen hinter uns, die dem Duft folgen. Im Moment sind es zum Glück nur zwei.«

»Wenn die Herren mit diskutieren fertig sind, könnten wir ja weiter shoppen gehen.«, alle sehen mich an, stimmen mir aber zu.

»Moment, ich will auch so eine Seife!« Steph geht zu dem Regal und nimmt sich auch eine der Rosenseifen, bezahlt und steht kurze Zeit später mit der Tüte in der Hand wieder neben uns.

Während wir aus dem Laden gehen, hält sie die Tüte immer wieder an ihre Nase und nimmt einen tiefen Atemzug, dann flüstert sie mir zu: »Wow … , er schmeckt wirklich nach mehr.«

Ich nehme an, sie meint den Kuss und muss schmunzeln. Hat es Steph etwa auch erwischt?

»Da gibt es Smoothies meine Damen, wer möchte denn einen?« Jake schaut in die Runde und wir wählen aus was wir möchten.

Ich entscheide mich für Erdbeere-Colada und während wir auf unsere Getränke warten, beobachte ich Steph wie sie immer wieder um Jake herumschleicht. Als alle ihre Getränke haben, schlendern wir weiter. Diesmal sind Jake und Steph an der Spitze und ich laufe ihnen mit Jayden hinterher. Ich spüre seine Blicke wie Amors Pfeile auf meinem Körper.

»Magst du mir etwas über das Amarylion erzählen?«

»Gerne, was möchtest du denn wissen?«

»Was genau tust du im Amarylion?«

Es schmeichelt mir, das er diese Frage stellt: »Steph und ich leiten den Laden, wo wir viele Dinge verkaufen die mit Esoterik zu tun haben. Da gibt es jede Menge Bücher, Kartendecks zum Wahrsagen, Kristalle, Räucherartikel, Engelskulpturen und noch vieles mehr.«

Jayden schaut mich an und ich sehe regelrecht, wie sein Kopf arbeitet.

»Ihr gebt auch Sitzungen, habe ich gehört.«

»Ja, du meinst bestimmt das Kartenlegen, die Jenseitskontakte und die Heilsitzungen, oder?«

»Genau das meine ich! Funktioniert es wirklich? Ich selbst bin noch nie mit solchen Dingen in Berührung gekommen, das ist alles neu für mich.«

»Es funktioniert wunderbar.«, ich lache und sehe ihn an: »Bin ich dir jetzt etwas zu unheimlich geworden?«

»Nein, nein! Überhaupt nicht, das alles erweckt mein Interesse mehr darüber zu erfahren. Du bist also ein Medium, welches in die Vergangenheit und die Zukunft blicken kann?«

»Na ja, heute nennt man es Medium, im sechzehnten Jahrhundert hat man es Hexe genannt und ich wäre gepfählt oder verbrannt worden.«

Erschrocken blickt er mich an: »Das ist ja schrecklich! Meinst du das im Ernst?«

»Ja, es ist die Wahrheit. Früher haben diese Menschen, die man Hexe nannte, nichts anderes gemacht wie ich heute. Sie haben nur noch keine Kartendecks besessen und haben nur mit ihrer Hellsicht gearbeitet. Sie haben vielen Menschen helfen können, doch da keiner eine Erklärung dafür hatte, wurde ihnen Zauberei unterstellt und dann hat man sie dafür auf schreckliche Art und Weise hingerichtet.«

»Klingt ja wie in einem Horrorfilm.«

Jayden sieht mich an und vielleicht überlegt er gerade, ob ich wirklich eine Hexe bin. Ich muss innerlich darüber schmunzeln.

»Das ist früher die Realität gewesen und es gibt viele historische Aufzeichnungen darüber. Im Amarylion befinden sich auch einige seltene Bücher, die dies dokumentieren.«

»Es ist schon wahrhaftig unglaublich ... ! Da spaziere ich hier mit einer kleinen süßen Hexe durch die Oak-Park Mall.«, er lächelt mich verschmitzt an und zwinkert mir zu.

»Danke für dein Kompliment.«, ich spüre, wie mir schon wieder die Hitze in den Kopf steigt.

Dieser Mann ist aber auch unglaublich, er stellt mein ganzes Seelenleben auf den Kopf.

»Das Kompliment meine ich auch so, wie ich es gesagt habe Emily. Du bist ein bewundernswerter Mensch. Du hast dein Leben den Menschen gewidmet, das habe ich als Arzt auch. So verschieden unsere beiden Berufe auch sind, sie haben den gleichen Inhalt. Findest du nicht auch?«, er sieht mich mit seinen wunderschönen braunen Augen liebevoll an.

»Das hast du schön gesagt und du hast Recht, so habe ich es noch nie gesehen.«

Plötzlich bleibt er stehen, nimmt meine Hand und dreht mich zu sich. Da stehen wir nun, Auge in Auge und ich denke, dass ich wohl gleich einem Herzinfarkt erliege, so schnell und wild schlägt mein Herz. Dann fällt mir ein, dass das auch keine Art ist zu flüchten. Er wird es nicht zulassen, schließlich ist er auf Herzen spezialisiert, als Herzchirurg. Tausende verrückter Gedanken rasen in Bruchteilen von Sekunden durch meinen Kopf.

Dann beugt er sich zu mir, seine Lippen legen sich ganz zart auf meine und ich fühle wie wir miteinander verschmelzen. Alles um mich herum ist plötzlich so unwichtig, die Passanten, der Ort wo wir stehen, einfach alles. Nur dieser Augenblick scheint zu existieren. Die Zeit steht still und ich fühle wie meine Knie weich werden, fühle wieder diesen Schauer durch meinen Körper wandern.

Wie durch einen Nebel nehme ich Stephs Stimme wahr.

»Na ... ! Wenn das mal keine Botschaft aus höheren Ebenen ist. Der erste Kuss und dann vor diesem Laden!«, sie lacht und ich öffne meine Augen und sehe direkt in seine.

Noch völlig betäubt von dem, was eben geschehen ist, sehe ich mich um. Jayden ist der erste der anfängt zu lachen und dann sehe ich auch warum. Wir stehen direkt vor einem Laden mit Baby Ausstattung, nun bin auch ich sprachlos.

»Ganz so schnell sollte es dann doch nicht gehen, oder?«, fragend sieht er mich an und drückt meine Hand.

Es dauert einen Augenblick, bis ich meine Sprache wiederfinde: »Da hast du recht, aber es ist schon komisch, dass wir hier stehen.«

»Püppi, du bist so süß, wenn du verwirrt bist.«, sie drückt mich und gibt mir einen Kuss auf die Wange.

»Ich bin nicht verwirrt«, sage ich entrüstet.

»Stimmt Süße, das bist du auch nicht! Es sind nur wieder Halluzinationen von mir, genau solche wie die mit der Matrix.«, sie zwinkert mir zu, wendet sich dann wieder Jake zu und hakt sich bei ihm unter.

»Was meint sie mit der Matrix?« Jayden sieht mich fragend an.

»Ach ... , das ist eine lange Geschichte. Die erzähle ich dir später einmal.«

Wir folgen den beiden, die schon ein gutes Stück vorausgegangen sind. Jayden nimmt wieder meine Hand. Es fühlt sich zu schön an, um wahr zu sein, wie sich unsere Finger ineinander verschlingen. Ich spüre die Wärme seiner Hand, die sie ausstrahlt und es könnte nicht schöner sein. Doch mein Verstand rebelliert und versucht mir immer wieder Zweifel zu senden. Wieso bin ich nicht in der Lage einfach zu genießen, sondern muss immer alles so sehr hinterfragen? Die Erinnerungen an

Maik, die Verletzungen meiner Seele sind in diesem Moment so deutlich spürbar und das macht mir Angst. Nun treffe ich schon auf meinen Mr. Right und meine Ängste stehen mir selbst im Weg. Es ist doch wirklich, zum verrückt werden! Wie zur Bestätigung, dass er auch echt ist, drückt er meine Hand und zieht mich ganz nah an sich heran. Wir haben viel Spaß zu viert, lachen unzählige Male und schlendern noch bis zum späten Nachmittag durch die Oak Park Mall. Bis es später dann Zeit ist, zurück ins Amarylion zu fahren, weil Jayden noch in die Klinik muss.

Die Vögel zwitschern in den Bäumen, singen unermüdlich ihr Lied für uns. Es ist eine fast unerträgliche Hitze, aber Steph und ich haben beschlossen, nachdem Jayden und Jake uns am Amarylion abgesetzt haben, den Rest des Nachmittags im Garten zu verbringen. Da liegen wir nun nebeneinander, jede auf ihrer Sonnenliege, eine Jede in sich schweigsam versunken. Ich sehe den raschelnden Blättern im Baum zu, wie sie sich im Wind wiegen und hänge meinen Gedanken nach. Steph ist auch nachdenklich und still, völlig unnatürlich für sie, wo sie doch sonst immer vor sich herplappert wie ein rauschender Wildbach. Mir wird das Schweigen langsam unerträglich und ich sehe verstohlen zu ihr rüber.

»Ist das nicht ein verrückter Vormittag gewesen? Warum konnte ich das heute Morgen nicht voraussehen? Ich bin doch ein Medium?«, fragend sehe ich zu Steph hinüber.

»Weil du noch nie deine eigene Zukunft im Voraus Sehen konntest Püppi, da bist du eben blockiert. Hättest du sonst Maik geheiratet?«, sie räkelt sich auf der Liege und sieht zu mir herüber.

»Niemals hätte ich ihn geheiratet, ich habe ja auch alle Warnungen von euch in den Wind geschlagen und so musste ich dann wohl oder übel durch diese Erfahrung hindurch.«

Nachdenklich sehe ich den Schäfchenwolken am Himmel nach, als sie über uns hinweg ziehen.

»Jayden ist ein Traum von Mann, den hast du dir wirklich gut erschaffen. Mily ... , ich muss wirklich staunen! Für deinen ersten Versuch in der Matrix zu arbeiten, hast du wirklich eine »super Leistung« vollbracht, du bist ein Naturtalent!«, sie lacht, während sie voller Hingabe ihren Körper mit Sonnencreme verwöhnt.

»Ich bin absolut selbst überrascht, dass es funktioniert hat. Dabei habe ich das am Anfang so bezweifelt, als du es mir es erklärt hast. Nun ist er Realität! Ich bin sprachlos und denke noch immer, dass ich träume.«

»Mily! Der ist absolut echt und hier in deiner Realität gelandet, ich bin Zeuge. Es war aber vorhin zu süß mit anzusehen, wie ihr euch geküsst habt.«

»Wir ... ? Er hat mich geküsst!«, entrüstet sehe ich zu ihr rüber: »Ich war völlig handlungsunfähig.«

»Es hat dir aber gefallen, das habe ich gesehen.«

»Ehrlich gestanden ... , ja. Es macht mir aber auch Angst, welche Gefühle er in mir auslöst.«

»Wenn ich den ersten Kuss von meinem Traummann vor einem Laden mit Babyausstattung bekommen hätte, würde ich auch Angst haben.«, sie schmunzelt und wiegt ihre Arme, als hätte sie ein Baby darin liegen.

»Steph bitte hör auf Witze damit zu machen. Du hast Jake doch auch geküsst und das in einem Laden für handgemachte Seifen, bei dem Duft von Sexbombe! Was bitte schön bedeutet das denn? Etwa ein aufregendes Sexleben?«

Sie sieht lüstern zu mir rüber: »Ich hätte nichts dagegen, wenn dieser Body sich mit meinem im Tanz der Lust vereinigt!« Steph fängt an zu lachen, wahrscheinlich weil sie jetzt das Bild von Jake und sich selbst vor Augen hat.

»Er ist aber auch ein ganzer Kerl und soll ich dir mal etwas verraten? Er ist auch der Matrix entsprungen, so einen Mann habe ich mir gebastelt. Ich habe nicht wie du von ihm geträumt, aber er ist jetzt auch Realität geworden. Das ist doch nun wirklich Beweis genug. Wir sind die Schöpfer unseres eigenen Lebens und wir können alles in unser Leben holen, was wir uns wünschen.«

»Das ist aber auch unheimlich! Ich mag ja gar nicht mehr normal denken, weil ich Angst habe, es könnte wahr werden.«

»Püppi, du musst dich nur mit Gedankenhygiene beschäftigen. Deine eigenen Gedanken, lernen zu kontrollieren. Das geht nicht sofort, aber du siehst ja, es funktioniert und dann ist es natürlich auch möglich, dass genau das wahr wird, wovor du Angst hast. Darum lerne sauber in der Matrix zu arbeiten und überlege genau, was du für Wünsche kreierst.«

»Das ist leichter gesagt als getan. Ich dachte, ich bin mit meinen alten Verletzungen durch, im reinen mit meinen Gefühlen. Da kommt Jayden in mein Leben und stellt alles auf den Kopf.«

Ich fühle wieder diese Verwirrung, die er vorhin beim Abschied in mir ausgelöst hat. Wir vier standen alle noch vor dem Amarylion und ich war total unsicher wie ich jetzt reagieren soll. Jayden einen Abschiedskuss geben oder ihm doch nur einfach die Hand reichen? Mein Gehirn hat heute im Laufe des Tages aber wirklich schon Höchstleistung gebracht, mehr als es sonst in einer Woche leisten muss. Jayden hat mir schließlich die Entscheidung abgenommen. Er kam auf mich zu und wie selbstverständlich hat er mich einfach in den Arm genommen, an sich gedrückt und wieder habe ich seine sinnlichen, warmen Lippen auf meinen gefühlt. Doch diesmal war er fordernder mit seiner Zunge, verlangte Zugang zu meiner und dem Zauber dieses Augenblicks erlegen, öffnete ich meine Lippen für sie. Wir verschmolzen miteinander, wieder schien die Zeit still zu stehen und ich gab mich diesem Kuss ganz hin. Er hielt mich dabei so fest in seinen Armen, dass mir fast die Luft weggeblieben ist, doch es war alles nicht wichtig in diesem Moment. Es fühlte sich einfach nur schön an und ich spürte so etwas wie ein Glücksgefühl, als die Hormone durch mein Blut rauschten.

»Erde an Mily ... ! wo bist du gerade mit deinen Gedanken?«

»Bei dem Kuss, den Jayden mir vorhin am Auto gegeben hat und den Gefühlen, die er damit in mir ausgelöst hat.«

»Schade ... , den habe ich gar nicht mitbekommen, weil ich gerade in den Armen von Adonis gelegen habe. Der mir einen Kuss gegeben hat, der schon fast nicht mehr jugendfrei zu nennen ist.«, sie lacht und ihre Wangen legen deutlich an Röte zu.

»Echt ... ? Was hat er getan, dass du den Kuss nicht mehr jugendfrei nennst?«

Steph grinst mich schelmisch an: »Er hat mich an sich gezogen, mir einen solch heißen Zungenkuss gegeben und mit seinen Bärenpranken an meinen Po gegriffen, um mich noch dichter an sich zu drücken.«, sie sieht mich mit großen Augen an: »Jake ist wirklich eine Sexbombe, kurz vor der Explosion.«

Ich muss lachen, als sie das sagt, dabei stelle es mir gerade vor, wie Jake ihr an den Po greift und Steph in ihren eigenen Hormonen badet.

»Ist das nicht schön, dass wir beide es zur gleichen Zeit erleben? Es ist doch auch kein Zufall, das unsere Traumprinzen Freunde sind.«

»Zufälle gibt es nicht Mily, das weißt du. Ich finde es schön, dass uns dieser Virus Liebe, zur gleichen Zeit befällt.«

»Es ist doch noch keine Liebe Steph! Es ist erst einmal ein Verliebt sein ... , wenn überhaupt.«

»Dass du auch immer alles so ganz genau nehmen musst. Egal was es ist, es ist wunderschön und ich genieße dieses Adrenalin in meinen Adern, wenn Jake mich berührt.«

»Das freut mich so sehr für dich. Du hast es auch verdient glücklich zu sein. Jake ist dazu noch genauso lustig und schlagfertig wie du, das ist wirklich unglaublich wie ihr miteinander harmoniert.«

»Stimmt! es wird noch einen richtigen Wettkampf zwischen uns geben. Mal sehen, was sich daraus entwickelt, ich lasse mich gerne überraschen. Er holt mich heute Abend von zuhause ab und geht mit mir essen.«, zufrieden lächelt sie vor sich hin, in Gedanken bestimmt bei heute Abend.

Das wäre ich auch gerne, aber Jayden hat nichts von einem nächsten Mal gesagt und das lässt mich jetzt schon wieder unsicher werden. Doch ich verberge meine Gefühle, ich möchte das Stephs Glückseligkeit nicht getrübt wird, nur weil ich keine Einladung bekommen habe.

Jayden musste in die Klinik und bestimmt wird er heute noch lange arbeiten. Das bittere Los eines Arztes. Wenigstens hat er sich meine Handynummer aufgeschrieben und vielleicht meldet er sich ja heute noch. Ich spüre in mir den Wunsch aufkommen, dass er es machen wird, damit ich heute noch einmal seine schöne Stimme hören kann.

»Hat Jayden schon ein neues Date mit dir abgemacht?«

»Nein …, ich denke, das ist, als Arzt auch schwierig zu planen. Er hat meine Nummer und wird sich bestimmt melden, wenn er Zeit für ein Date hat.«

»Deine Stimme zittert! Du hast Angst, dass er sich nicht meldet, richtig? Der Virus hat dich voll erwischt, köstlich.«, sie klatscht in ihre Hände und scheint innerlich zu jubeln.

»Etwas unsicher bin ich schon, aber ich warte ab was passiert, der Tag ist ja noch nicht vorbei.«

»Mache dir nicht zu viele Gedanken Süße, Jayden meint es ernst. Dieser Blick, mit dem er dich jedes Mal einhüllt, der spricht Bände. Wenn du mich fragst, dann ist bei ihm schon der Funke übergesprungen, als du ohnmächtig auf der Couch gelegen hast. Schon erstaunlich über was für Kräfte du verfügst. Selbst im absoluten Blackout, bist du in der Lage das Herz eines Mannes zu erobern.«, sie grinst mich an und verdreht demonstrativ ihre Augen, um ihre Aussage noch zu unterstreichen.

»Du übertreibst schon wieder. Darf ich dich daran erinnern, dass du es warst, die mich in die Welt der Matrix eingeführt hat?«

»Püppi, ohne mein Eingreifen würde jetzt kein Jayden existieren. Na, ja … , nicht ganz, aber jedenfalls nicht in deiner Realität, sondern vielleicht in der, einer anderen Schönheit. Nun ist er in dein Leben gehüpft und jetzt genieße einfach das, was diese Verbindung dir an neuen Erfahrungen bringt. Hör auf zu Zweifeln und bitte hinterfrage nicht immer alles. Damit geht dir Zeit und dieser Augenblick verloren und dass nur, weil du mit deiner Analyse des Ganzen beschäftigt bist.«

Ein strenger Blick von ihr reicht mir, um zu wissen, dass ich jetzt besser still sein sollte, sonst verärgere ich sie noch. Daher nehme ich mein Buch in die Hand, schenke ihr noch ein Lächeln und fange an zu lesen. Ich sehe aus den Augenwinkeln, dass sie den Kopf schüttelt und es sich wieder auf der Liege bequem macht, um ihren Körper mit Sonne aufzutanken.

So liegen wir den Rest des Nachmittags schweigend nebeneinander und jeder ist mit seinen eigenen Gedanken beschäftigt. Ich versuche zu lesen, aber Stephs Worte wandern immer wieder durch meinen Kopf. Sie meint es ja nur gut, möchte mich bestimmt schützen damit, aber so einfach ist das nicht, die Zweifel abzuschütteln.

Wieder nehme ich, zum gefühlten hundertsten Male, mein Handy in die Hand, aber wieder ist dort keine Nachricht von Jayden zu sehen. Steph hat vorhin schon gelacht, weil sie mitbekommen hat, wie oft ich einen verstohlenen Blick darauf geworfen habe.

»Er wird sich melden Süße, bleib locker.«

Das waren die Worte, die sie mir noch vom Auto aus zugeworfen hat, als sie zum Date mit Jake aufgebrochen ist. Ein bisschen neidisch bin ich ja schon, weil sie so glücklich und unbeschwert ist. Energisch schüttele ich diese nervenden Gedanken ab und gebe Quinny etwas zu essen, die sanft um meine Beine streift, wahrscheinlich fühlt sie meine Unsicherheit. Katzen sind da sehr sensibel, in puncto Energien und meine kleine Orakel-Katze fühlt, wenn mich etwas bedrückt. Als ich Quinny versorgt habe, bereite ich für mich selbst einen Salat zu, sitze anschließend allein an dem großen Tisch und fühle mich plötzlich einsam.

Was ist nur los mit mir? Vor zwei Tagen war noch alles normal und nun steht mein Seelenleben völlig Kopf. Erschreckenderweise spüre ich plötzlich, wie mir ein paar Tränen die Wange herunter kullern. In mir tobt ein Meer von Emotionen und ist gerade dabei, zur Größe einer Flutwelle anzusteigen. Energisch stehe ich auf und schiebe den Stuhl zurück. Essen kann ich jetzt sowieso nichts mehr. Nachdem ich den Salat in den Kühlschrank gestellt habe, nehme ich mein Buch und gehe auf die Veranda.

Noch immer spüre ich diesen dicken Kloß in meinem Hals stecken, aber ich versuche ihn diesmal nicht wegzudrücken. Es ist meine Angst, die sich da meldet und wenn ich sie weiter ignoriere, dann wird sie mich überrennen. Die Schaukel setzt sich leicht in Bewegung, als ich mich auf ihr niederlasse. Um es mir gemütlich zu machen, schiebe ich die Kissen, die darauf liegen, unter meinen Kopf und strecke die Beine der Länge nach auf der Sitzfläche aus. Dann konzentriere ich mich auf meinen Atem, lasse die Angst wieder hochkommen. So weit bis dieser Knoten im Hals unerträglich wird und urplötzlich so schnell verschwunden ist, wie er gekommen ist. Meine Tränen kullern zwar noch, aber ich spüre Erleichterung und meine Angst fühlt sich nicht mehr an, als würde sie mich regieren, sondern ich habe jetzt die Macht über sie. Zufrieden kuschel ich mich in die Kissen, reibe mir mit der Hand die Tränen aus dem Gesicht und tauche wieder ab in mein Buch. Jedenfalls versuche ich es, doch irgendwann fallen mir wohl die Augen zu und ich sinke in einen tiefen traumlosen Schlaf.

Ich werde wieder wach, als sich ganz zart, weiche Lippen auf meine legen. Im ersten Moment halte ich es wieder für einen dieser schönen Träume, mit Jayden und ein Seufzen aus meinem Innersten bannt sich dem Weg nach außen. Als ich meine Augen öffne, sehe ich direkt über meinem Gesicht, in Jayden seine wundervollen Augen, die mich anfunkeln. Wieder schrecke ich hoch und wir stoßen ein weiteres Mal mit den Köpfen zusammen.

»Aua ... ! Hoffentlich wird das nicht zur Gewohnheit, dass wir uns die Köpfe einhauen!«, er reibt sich die Stirn.

»Oh ... ! Jayden es tut mir leid, aber ich habe mich so erschrocken und dachte, du bist nur ein Traum.«

Nachdenklich sieht er mich an: »Nur ein Traum? Nein ich bin eigentlich völlig real.«, zur Bestätigung kneift er sich selbst in den Arm: »Aua ... ! Und wie real ich bin.«, er lacht und beugt sich zu mir: »Bist du denn auch wirklich echt?«

Seine Lippen legen sich wieder auf meine und bereitwillig öffne ich sie für seine Zunge, die zart fordernd um Einlass bittend über sie streicht. Die Abenddämmerung setzt langsam ein und taucht den Garten des Amarylion in ein goldenes Licht, während wir in diesem Tanz unserer Zungen, miteinander verschmelzen. Um uns herum singen die Vögel ihr abendliches Lied, nur dass es für mich heute noch schöner, noch kraftvoller klingt. Er greift in meine Locken und fährt mit seinen Fingern durch sie hindurch, ohne seine Lippen von meinen zu lösen, spielt mit ihnen und ich fühle wieder diesen Schauer durch meinen Körper jagen. Ein warmer Windzug streift unsere beiden Körper. Er streicht zart über unsere Arme und Gesichter, doch wir sind so sehr ineinander versunken, dass wir ihn nur am Rande wahrnehmen. Dieser Kuss scheint eine Ewigkeit zu dauern und ich würde Jayden am liebsten sofort wieder an mich ziehen, als er seine Lippen von meinen löst. Wir sehen uns an, ich versinke förmlich in seinem Blick. Die Zeit um uns herum scheint still zu stehen und sogar die Vögel scheinen die Luft anzuhalten, denn ihr fröhliches Zwitschern ist verstummt. Es scheint fast so, als würden alle darauf warten was nun passiert. Jayden nimmt mein Gesicht zwischen seine großen Hände und sieht mir direkt in meine Seele.

»Emily ... , auch wenn das alles jetzt ein bisschen zu schnell für dich sein mag, ich habe mich in dich verliebt. In meinem Kopf dreht sich alles nur noch um dich, ich kann keinen klaren Gedanken mehr fassen und in meinem Bauch tanzen die Schmetterlinge! Wie ich dich hier auf der Schaukel erblickt habe, fing mein Herz wie verrückt an, zu schlagen.«

Wenn ich jetzt beschreiben müsste, was in meinem Innersten los ist, ich könnte es nicht. Es fühlt sich an wie ein Feuerwerk der Gefühle, ausgelöst durch seine Worte. Das kann doch nur ein Traum sein, was ich hier erlebe! Gibt es so etwas wie Romantik wirklich? Fragend sieht er mich an, hält noch immer mein Gesicht in seinen Händen und streicht jetzt die Locke wieder zurück, die der Wind mir vor die Augen geweht hat, als er durch meine Haare getanzt ist.

»Jayden mir geht es genauso wie dir, ich habe mich in dich verliebt und ich kann es selbst noch nicht glauben, welche Gefühle du in mir ausgelöst hast. Es geht alles so schnell und das macht mir Angst. Die Empfindungen zu dir überrennen mich und ich kann keinen klaren Gedanken mehr fassen, das alles verwirrt mich auch sehr.«

»Mir geht es nicht anders Emily, du bist wirklich wie ein Engel in mein Leben gerauscht, hast deine Flügel ausgebreitet und mich eingefangen. Für mich bist du ein Geschenk des Himmels.«

Wie gerne hätte ich in diesem Moment, wo er diese Worte ausgesprochen hat, in mein eigenes Gesicht gesehen. Ich bin völlig sprachlos, wie soll ich das jetzt nennen? Ist es einfach Glück, ist es vielleicht Schicksal oder ist es sogar Bestimmung, dass wir uns jetzt begegnet sind? Innerlich schimpfe ich schon wieder mit mir, dass ich ein Medium bin und für alles eine Erklärung suche. Vielleicht gibt es für Jayden keine und er ist mir wirklich als Geschenk des Himmels überreicht worden. Wie unfreundlich von mir, dieses Geschenk zu durchleuchten, anstatt es dankend und mit Freude entgegenzunehmen. Jetzt erst erkenne ich, dass auch ein Medium mit diesen Dingen des Alltags konfrontiert wird und es keine Vorzeichen dafür gibt, wann es eintrifft. Wir werden jeden Tag, jede Minute, jede Sekunde vom Leben beschenkt und nehmen es nicht wahr. Es wird mir plötzlich sehr bewusst, das Jayden eines dieser Geschenke des Lebens ist, das darauf wartet, von mir angenommen zu werden.

»Ich wollte mich den ganzen Tag über schon gemeldet haben, aber immer wieder kam etwas dazwischen und ich hatte schon Angst, dass du böse mit mir sein wirst. Dieses ist leider die Schattenseite eines Arztes, der Patient geht vor. Meinst du, dass es für dich möglich ist, es trotzdem miteinander zu versuchen und die Zeit zu genießen, die uns geschenkt wird?« Liebevoll sieht er mich an, fasst dabei meine Hände, um sie zu drücken. So als will er seine Worte damit noch unterstreichen.

»Ich kann es mir sogar sehr gut vorstellen, es zu versuchen. Meinst du denn, dass du es schaffst, mich mit meinen Kunden zu teilen? Ein Medium ist auch immer für ihre Kunden da. Es gibt hin und wieder mal Notfälle, die sofort Hilfe brauchen. Genauso wie du als Arzt für deine Patienten da bist, bin ich für meine Kunden da.«

»Lass es uns versuchen Emily, gemeinsam werden wir es schaffen. Ich kann mir ein Leben ohne dich nicht mehr vorstellen, so sehr hast du es jetzt schon bereichert.«

Er sieht mich bittend an und schon wieder kommt, dieser mir schon so bekannte, Schauer und ich sehe direkt in seine wunderschönen braunen Augen.

»Ich könnte mir nichts Schöneres mehr vorstellen, als dich an meiner Seite zu wissen.«

Als hätte er nur auf diesen Moment gewartet, beugt er sich zu mir und wieder küssen wir uns leidenschaftlich, vergessen Raum und Zeit. Ich glaube, ich war wirklich noch nie glücklicher in meinem Leben wie in diesem Augenblick. Wir lösen uns wieder voneinander und Jayden greift rechts neben sich, um eine Flasche Wein hervor zu zaubern.

»Dann lass es uns beide mit einem Glas Wein besiegeln«, schmunzelnd hält er die Flasche vor mir hoch.

»Hast du schon vorher gewusst, was ich sagen werde?«, lachend sehe ich ihn an.

»Irgendwie schon! Aber wohl doch eher gehofft als gewusst. Wenn du nein gesagt hättest, dann wäre es eben ein Glas Wein zum Abschied geworden, aber so ist es mir tausendmal lieber.«

Er küsst mich auf die Nasenspitze: »Besorgst du uns bitte Gläser und einen Korkenzieher, damit wir an diesen herrlichen Traubensaft kommen?«

Ich erhebe mich von der Schaukel, er ergreift die Chance und nimmt mich fest in seine Arme, um mir noch einen Kuss zu geben.

»Von allein öffnet sich die Flasche nicht und über so viel Zauberkräfte verfüge ich nicht, um Gläser hier zu manifestieren, dazu muss ich leider in die Küche verschwinden.«

Wir lachen beide und während er sich auf der Schaukel niederlässt, hole ich Gläser und den Korkenzieher. Kurze Zeit später bin ich wieder zurück und reiche den Öffner an Jayden weiter. Geschickt öffnet er die Flasche, was mir zeigt, dass er wohl öfters Wein trinkt und daher über Übung verfügt. Er schenkt den Rotwein in die Gläser und reicht mir eins von den beiden.

»Auf uns beide Emily!«

Wir stoßen miteinander an und sehen uns dabei tief in die Augen, als wir jeder einen Schluck nehmen. Jayden stellt die beiden

Gläser auf dem Geländer ab. Ich lehne mich auf der Schaukel zurück und meinen Kopf an seine linke Schulter. Er legt seine Hand auf meine und streichelt sie zärtlich, unsere Finger verschränken sich ineinander und ich genieße dieses Gefühl des »Eins Sein« mit ihm. Mein Daumen streicht über seinen und ich zucke zusammen, als mir bewusst wird, was ich dort fühle. Das kann ich mir doch unmöglich so genau geplant haben in meiner Matrix. Noch einmal streiche ich über seinen Daumen und da ist sie, ganz deutlich zu fühlen, eine Narbe. Genauso wie es in meinem Traum war, nur jetzt fühle ich sie im Hier und Jetzt. Verstohlen blicke ich ihn von der Seite an, bis er den Kopf in meine Richtung dreht und ich auch das Grübchen an seinem Kinn deutlich sehen kann.

»Warum zuckst du?«

»Das sind wohl Muskelzuckungen, weil ich mich so entspannt fühle an deiner Seite.«, ich lächel in an und sehe in die Augen, die mir schon so vertraut aus meinem Träumen sind. Dass es so perfekt funktioniert, etwas in der Matrix zu kreieren und es dann auch zum Leben erwachen zu lassen, das hätte ich nie für möglich gehalten. Doch mein erster Versuch sitzt hier neben mir, daran besteht kein Zweifel mehr. Etwas unheimlich ist es schon für mich, jetzt wo ich weiß, zu was ich in der Lage bin. Ich nehme mir vor, ab heute wirklich genau auf meine Gedanken zu achten, damit nicht irgendwann eine Kreation meines Geistes auftaucht, die ich nicht in meiner Realität haben möchte.

»Ich würde jetzt zu gerne einen Blick in deinen bezaubernden Kopf werfen, was dort an Gedanken durchwandert, die dich so still werden lassen.«

»Das willst du nicht wirklich wissen! Es würde Stunden dauern, es dir zu erklären, weil es mit meiner Arbeit zu tun hat.« Ich drücke zärtlich seine Hand und fühle ganz deutlich, wie verliebt ich bin. Die Welt könnte ich umarmen, vor Glück und Freude.

»Fühlst du dich wohl, hier mit mir zu sitzen?«

»Ja, sehr sogar und alles ist so vertraut, als würden wir uns schon ewig kennen. Empfindest du es auch so?«

Jayden sieht mich an und anstatt zu antworten, küsst er mich, voller Leidenschaft. »Ist die Antwort ausreichend für dich?«, fragend sieht er mich an, nachdem wir uns wieder voneinander gelöst haben.

»Wenn ich es mir recht überlege … , ich weiß nicht genau. Könntest du es vielleicht noch einmal wiederholen?«

Lachend beugt er sich wieder zu mir und diesmal spüre ich das Feuer der Leidenschaft so deutlich, dass ich das Gefühl bekomme, gleich in Flammen zu stehen. Das Leben kann so schön sein, schießt es mir durch den Kopf. Langsam löst er seine Lippen wieder von meinen, greift zu den Gläsern und reicht mir meines. Gemeinsam genießen wir den süßen Traubensaft, während Jayden die Schaukel immer wieder etwas in Bewegung versetzt und ich mich entspannt in seine Arme kuschele. Ich spüre, wie mir dieser liebliche Wein schon langsam zu Kopf steigt oder vielleicht ist es auch dieses berauschende Gefühl, was dies verursacht? Ein leises Miau ertönt aus den Blumen vor der Veranda, meine kleine Quinny kommt kurze Zeit später aus ihnen zum Vorschein und streift uns um die Beine. Dann springt sie auf Jayden seine Oberschenkel und macht es sich dort bequem. Wieder packt mich dieses Déjà-vu und ich sehe, wie noch ein Teil meines Traumes wahr wird, mich überrascht jetzt nichts mehr. Erstaunt sehe ich zu, wie sie sich unter Jayden seinen Händen räkelt. Ein leises konstantes Schnurren erfüllt die abendliche Stille, die sich langsam über das Amarylion und die ihm umgebende Natur legt. Was für ein schöner Abend, einer wie ich ihn mir schon immer gewünscht habe. Jayden legt seinen freien Arm um meine Schulter und zieht mich an sich. Wie schön es sich anfühlt, als ich meinen Kopf an seine Brust lehne und seinen Herzschlag hören kann. Fast scheint es so, als würde mein Herz sich dem Rhythmus seines Herzens anschließen und beide im gleichen Takt miteinander schlagen. Eine große Harmonie ist spürbar und lässt mir fast schon Flügel wachsen, ich könnte vor Glück abheben. Gut, dass Jayden mich so fest im Arm hält. Selbst das Schweigen zwischen uns wirkt nicht unangenehm. Seine Hand krault durch Quinny ihr Fell und sie macht sich immer länger auf seinen Beinen, bis ihr Kopf zwischen den Knien liegt und ihre Beine sich gegen seinen Bauch drücken. Die Grillen fangen an zu zirpen und ich genieße jede Sekunde, die ich an seiner Seite verbringe. Noch immer kann ich nicht glauben, dass es mich erwischt hat, dass er der Mann ist, der das Wunder vollbracht hat, mein Herz wieder für die Liebe zu öffnen. Jetzt wo diese wunderschönen Gefühle wieder Einzug in mein Leben gehalten haben, wird mir bewusst, wie schön es sich anfühlt, wieder verliebt zu sein. Wie zur Bestätigung und als könnte er Gedanken lesen, löst sich seine Hand von Quinny und er streicht mir mit ihr, über meine Wange,

»Spürst du auch diesen Zauber?«

Ich sehe ihn an und weiß ganz genau was er damit meint,

»Ja, ich fühle es auch. Es ist alles so vertraut, obwohl es das doch gar nicht sein kann.«

»Genau, das ist es was ich sagen will. Es fühlt sich für mich so vertraut an, als hätten wir schon mehrfach hier zusammen gesessen. Du bist das Medium, ich habe da keine Erklärung für, doch egal was es ist, was uns verbindet, ich genieße es in vollen Zügen.«, er lacht und Quinny hebt ihren Kopf, weil die Erschütterung durch seine Beine geht.

»Auch wenn es dich jetzt wundern wird, ich habe selbst keine Erklärung dafür. Es gibt Dinge im Leben, die kann auch ein Medium nicht in Worte fassen, dazu gehört das Mysterium Liebe. Das einzige was ich weiß ist, dass Liebe die stärkste Kraft hier auf Erden ist, die alles durchdringt und alles miteinander verbindet.«

»Dann habe ich wohl nie die richtige Liebe getroffen und

empfinde deshalb bei dir so viel, weil du etwas ganz besonderes bist Emily.«

Liebevoll sieht er mir bei seinen Worten, in die Augen und wieder schmelze ich dahin. Langsam komme ich mir wirklich wie ein verliebter Teenager vor, der seine erste große liebe neben sich sitzen hat. Mein Verstand versucht wieder dazwischen zu funken, um in mir Zweifel zu säen, doch ich lasse es nicht zu, beuge mich zu Jayden und gebe ihm einen leidenschaftlichen Kuss.

»Oh … , was war das jetzt? So viel Energie in nur einem Kuss! Gut das ich sitze, sonst hätte es mich jetzt glatt umgehauen.«

»Mir war danach, du machst mich glücklich und das sollte, meiner Meinung nach belohnt werden.«

»Das klingt interessant, was muss ich denn tun, damit ich noch mehr Belohnungen erhalte?«, er grinst mich an und kommt nicht dazu etwas zu sagen, weil ich ihn mitten im Satz unterbreche und meine Lippen auf seine lege.

Ein Gefühl der Glückseligkeit jagt durch meinen Körper und ich lasse mich ganz tief fallen, genieße diesen Augenblick in seinen Armen und alles um mich herum wird unwichtig. Dieser Kuss scheint eine Ewigkeit zu dauern und fast bin ich traurig, als er sich von meinen Lippen löst.

»Du raubst mir wirklich den Verstand, wie machst du das? Immer wenn wir uns voller Leidenschaft küssen, dann ich habe das Gefühl die Erde unter uns verschwindet und wir schweben. Ich traue mich nicht die Augen dabei zu öffnen, weil ich dann wahrscheinlich sehe, dass wir wirklich schweben und ich dann vor Schreck auf die Erde falle.«

Ich muss lachen, weil er wirklich ein völlig erstauntes Gesicht macht und mir damit zeigt, dass er das, was er sagt, ernst meint.

»Vielleicht liegt es daran, dass du in meiner Aura bist, wenn wir uns küssen und meine Gefühle sich mit deinen zu einem Höhenflug verbinden? Wenn zwei Menschen sich näher kommen, passiert ganz viel im energetischen Bereich, nur ist das kaum jemanden bewusst, was sich da abspielt. Diese beiden Menschen können es auch nicht beschreiben, wenn man sie fragen würde oder kannst du dein Gefühl gerade beschreiben?«

»Nein, dafür fehlen mir die Worte. Es ist so … , unbeschreiblich schön was ich fühle, das ich es nicht in irdische Worte fassen kann.«

»Es ist genau das Gefühl, was viele Menschen in ihrem Leben suchen. So wie jetzt habe ich es auch noch nie empfunden und das verwirrt mich. Sicher habe ich oft darüber nachgedacht, aber es selbst noch nie in dieser Heftigkeit erlebt. Darum habe ich bis heute immer gedacht, es gibt so etwas nur in Büchern und jetzt erlebe ich, dass es wirklich möglich ist.«

Er sieht mich an, als wäre ich ein Produkt seiner Fantasie und er hätte mich gerade vor seinen Augen materialisiert.

»Ich liebe Dich Emily! Du hast mein Leben völlig verzaubert!«

Wieder habe ich dieses Déjà-vu und staune, wie real mein Traum geworden ist. Doch anstatt einer Antwort, gebe ich ihm einen Kuss und erfreue mich an dem Farbenspiel unserer Auren, welches vor meinem geistigen Auge zu explodieren scheint. Farben über Farben in meinem Kopf. Ich habe das Gefühl, dass ich erst jetzt wirklich anfange zu leben. Glücklich und zufrieden lasse ich mich tief in Jaydens Arme sinken. Möge dieser Moment nie vergehen, denn es ist ein Geschenk Liebe zu geben und zu empfangen.

Die Sonnenstrahlen, die sich den Weg durch das Fenster gebahnt haben, streicheln mein Gesicht. Das Schnurren, welches ich vernehme, kommt von Quinny, die sich genüsslich auf dem Kopfkissen neben mir räkelt und mich sanft mit einer ihrer Pfoten im Gesicht berührt. Ich sehe sie liebevoll an und sie fängt auch gleich vor Wonne noch hingebungsvoller an zu schnurren.

»Ach Quinny, was war das für ein herrlicher Tag gestern.«

Als sie ihren Namen vernimmt, schaut sie mich erwartungsvoll an und dreht ihren Körper zur Seite, damit ich ihren Bauch kraulen kann.

»Du magst Jayden auch, oder? So wie du dich auf seinen Beinen lang gemacht hast. Er hat wundervolle Hände, oder nicht?«, ich sehe meine kleine Orakel-Katze an und sie fängt, wie zur Bestätigung meiner Worte, noch lauter an zu schnurren.

In dieses Geräusch mischt sich plötzlich ein heller Ton einer Harfe, mein Handy klingelt, um mir zu sagen, eine Nachricht ist eingegangen. Quinny steht auf und macht ihren Katzenbuckel, räkelt sich, bevor sie vom Bett springt und durch die angelehnte Tür nach unten verschwindet.

Mein Blick wandert zum Handy, träge nehme ich es in die Hand. Eine neue Nachricht von Jayden. Ich öffne sie und muss innerlich schmunzeln. Er schreibt mir wie sehr er mich vermisst und ob wir uns heute Abend sehen können. Als ich ihm schon antworten will, fällt mir ein, dass ich ja heute Abend den Vortrag »Gefühle wie Angst, Wut und Trauer auflösen« im Amarylion unten halte. Was mache ich denn nun, schießt es mir durch den Kopf. Kurzerhand nehme ich das Handy und schicke ihm eine Nachricht, dass ich heute Abend eine Veranstaltung habe, aber dass er und Jake herzlich eingeladen sind, am Vortrag teilzunehmen. Kurz darauf senden gedrückt und schon ist die Mitteilung raus. Keine Minute später kommt von Jayden auch gleich die Zusage und dass er sich freut, mich bei der Arbeit zu erleben. Ein dicker Kuss in geschriebener Form rundet diese Mitteilung noch ab. Ich muss schmunzeln, als ich die Nachricht von ihm lese. Ein kurzer Blick zur Uhr zeigt mir, dass ich mich jetzt besser beeilen sollte, wenn ich noch vor der Arbeit frühstücken möchte. Von unten höre ich Steph zu, wie sie ein Lied aus dem Radio mit lauter

Stimme trällert. Sie scheint gestern wohl noch einen schönen Abend mit Jake gehabt zu haben, denn den Refrain im Lied, der von großer Leidenschaft und Liebe handelt, den singt sie lauter, kräftiger und voller Hingabe. Ich räkele mich noch einmal und schwinge mich glücklich aus dem Bett, um dann ins Bad zu verschwinden. Von unten aus der Küche zieht schon der Duft von frischen Kaffee zu mir herauf und belebt meine Sinne.

Frisch geduscht und fit für den Start in einen neuen Tag, betrete ich die Küche.

»Einen wundervollen guten Morgen Mily ... , na du strahlst ja so von innen heraus. Hattet ihr beiden auch einen schönen Abend?« Steph lächelt mir zu und zwinkert etwas lasziv.

»Ja ... , Steph! Es war einfach unbeschreiblich schön.«, als ich das sage, huscht ein Lächeln über mein Gesicht, bei dem Gedanken an Jayden.

»Aha ... , erzähl mir das mal etwas genauer und ausführlicher. Ist der Sex mit ihm auch so wie du ihn vorher immer geträumt hast?«, fragend und verschmitzt schaut sie mich an und genießt es zu sehen, dass mir die Röte in die Wangen schießt.

»Steph ... ! Bitte! Wir hatten noch keinen Sex. Es war nur ein wunderschöner romantischer Abend, draußen auf der Veranda. Sage jetzt nicht, dass du und Jake ... ?«, mit verwundertem Blick sehe ich sie an und bemerke, dass sie ganz kurz etwas mehr an Farbe im Gesicht bekommt.

»Püppi ... ! Das war der Hammer mit Jake und ja ... , ich weiß es war der erste Abend, da geht man nicht sofort miteinander ins Bett, aber die Gefühle waren so stark und haben uns beide einfach überrannt«, verlegen reibt sie am Henkel ihrer Kaffeetasse herum.

Ich genieße ihre Verlegenheit, lasse es mir aber nicht anmerken. »Du bist erwachsen Steph und mir keine Rechenschaft schuldig. Es scheint dich wirklich erwischt zu haben, oder?«

Sie sieht mich über den Tisch hinweg an: »Ja Mily, ich glaube, es hat mich voll erwischt! Dieser Mann hat mir so den Kopf verdreht. Es wundert mich heute, dass mein Gesicht noch vorne in die richtige Richtung zeigt und nicht plötzlich meine Augen am Hinterkopf sind«, lachend versenkt sie ihr Gesicht in der großen Kaffeetasse und prustet da so stark rein, dass ihr Kaffee darin kräftig ins Schwanken gerät.

»Jake ist aber auch eine sehr maskuline Erscheinung, der Mann besteht ja nur aus Muskeln pur«, lächelnd greife ich zum Brot, um mir eine Scheibe zu angeln und sehe dabei zu ihr hinüber.

»Oh … , ja … ! Wenn ich an die letzte Nacht denke, dann wird mir jetzt schon wieder ganz heiß. Dieser Mann hat mich so fest im Griff gehabt, als hätte er Angst ich laufe ihm mitten im Liebesspiel weg«, lachend macht Steph eine Handbewegung und dribbelt mit den Fingern in der Luft herum, die wohl das Flüchten andeuten soll.

»Nun verschone mich bitte mit delikaten Details Steph! Ich muss schon meine Fantasie hier zügeln, die mir gerade versucht Bilder von dir und Jake im Liebesspiel zu übermitteln«, lachend greife ich zu meinem geschmierten Brot, um genüsslich hineinzubeißen.

Steph sieht mich mit ihren großen Augen unschuldig an: »Dann eben nicht, aber zu deiner Information, es war göttlich und auf jeden Fall ist eine Wiederholung fällig.«, verschmitzt sieht sie in meine Richtung.

»Ist das nicht verrückt? Noch vor ein paar Tagen kannte keiner von uns beiden Jayden und Jake. Weißt du noch wie wir das Ritual gemacht haben und ich Mr. Right kreiert habe? Das ist so unglaublich, was seit dem Tag alles passiert ist und wie präzise genau er auch plötzlich vor mir stand. Gerade ich müsste ja wissen, dass in dieser Welt alles möglich ist, wenn man nur daran glaubt. Trotzdem hat es mich umgehauen, als er plötzlich real vor mir stand.«

Gedankenverloren gießt Steph nochmal Kaffee in unsere Tassen: »Mily, was wir beide hier gerade erleben ist das Schönste, was ich bis heute je erfahren durfte«, verträumt sieht sie in meine Richtung.

Ich frage mich gerade gedanklich, was mit meiner Steph passiert ist, als sie plötzlich aufsteht und meinen Arm nimmt, um mich blitzschnell vom Stuhl hochzuziehen. Völlig verdutzt sehe ich sie an, als sie mich im Tanz zu einem flotten Lied das gerade im Radio läuft, durch die Küche wirbelt. Da ist sie wieder, die alte Steph. Erleichtert vor Glück tanzen wir zwei durch die Küche und als das Lied im Radio verklingt, nimmt sie mich ganz fest in ihre Arme und drückt mir einen Kuss auf die Stirn.

»Ich bin glücklich Püppi und im totalen Einklang mit meiner Seele.«, freudig zieht sie mich wieder Richtung Tisch und wir genießen beide diese hohe Energie, die sich durch unsere Fröhlichkeit in der Küche ausgebreitet hat.

»Bevor ich es vergesse! Jayden und Jake kommen heute Abend zu dem Vortrag.«, erwartungsvoll sehe ich Steph an.

»Wirklich? Das ist ja genial. Hast du sie eingeladen?«, fragend sieht sie mich an.

»Ja, das habe ich. Jayden wollte heute Abend kommen und da ich ja den Vortrag halte, dachte ich, es wäre eine gute Gelegenheit, so sieht er, wie ich arbeite. Heute geht es zwar nicht um verstorbene Seelen, aber das Thema »Gefühle wie Angst, Wut und Trauer auflösen« dürfte ihn wohl auch interessieren. Als Arzt wird er ja auch oft mit diesen Gefühlen konfrontiert sein.«

»Das wird er mit Sicherheit sein, denn er hat bestimmt auch schon einige Patienten an den Tod verloren, denen er nicht helfen konnte. Dann sehe ich Jake ja heute auch wieder.«, ein Schimmer von rot huscht über Steph ihr Gesicht, als sie das sagt.

»Ja, das wirst du«, schmunzelnd sehe ich sie dabei an. Ein Blick zur Uhr sagt mir, dass es Zeit wird das Amarylion zu öffnen: »Nun lass uns beide schnell den Tisch abräumen, der erste Kunde kommt gleich und steht sonst vor verschlossener Tür.«

»Jawohl Prinzessin Emily! Ihr Wunsch ist mir Befehl.«, lachend fängt Steph an die Sachen, die gekühlt werden müssen, zurück in den Kühlschrank zu stellen.

»Prinzessin Emily?«, ich sehe sie fragend an.

»Schon vergessen als diese beiden Ritter gestern unsere Burg hier gestürmt haben?«, lachend klappert sie mit dem Geschirr, welches sie für den Abwasch in die Spüle stellt.

»Du hast Recht, es war einfach zu lustig gestern, als die beiden den Eingang gesucht haben«, schmunzelnd rufe ich mir diese Situation wieder ins Gedächtnis zurück.

Während Steph noch den Abwasch erledigt, gehe ich nach vorne, ins Amarylion, um die Ladentür aufzuschließen. Ein neuer Tag beginnt und ich fühle mich beschwingt durch die Liebe, wie neu geboren. Ein herrliches Gefühl, was ich schon viel zu lange nicht mehr gefühlt habe.

Die Türglocke geht, als eine Kundin den Laden betritt. Ich stehe gerade hinter dem Tresen und sehe hoch, als ich sie eintreten sehe. Das Gesicht der Kundin kommt mir bekannt vor, aber ich kann es nicht einordnen, woher ich die Frau kenne. Sie ist von kräftiger Statur und hat sehr markante Gesichtszüge, die tiefen Furchen in ihrem Gesicht zeigen mir, dass sie es im Leben nicht leicht hatte. Ihre Augen wirken müde und ihr Gang, als sie auf den Tresen zukommt, ist sehr schleppend. Die Kleidung, die sie trägt, wirkt nicht sehr teuer, eher der unteren Preisklasse entsprechend und auch schon ziemlich verwaschen. Ihre Bluse hat bestimmt einmal in den schönsten Farben gestrahlt, bevor diese vom vielen waschen, an Leuchtkraft eingebüßt haben. Die helle Jeans wirkt auch schon reichlich verschlissen und lässt erkennen, dass sie eigentlich schon eine Konfektionsgröße zu klein für die Trägerin ist. Der Rettungsring zeichnet sich deutlich unter ihrer

Bluse ab, weil er so sehr gequetscht wird und sich als Rolle über den Bund der Jeans quillt. Sie trägt ihre Haare zu einem Zopf zusammengebunden, sie wirken aber nicht sehr gepflegt, eher strähnig und fettig. Der Zopf wurde so stramm nach hinten gebunden, dass man am Ansatz der Kopfhaut sieht, wie viel Spannung darin ist. Die Augen der Kundin scheinen kaum Leben in sich zu tragen. Sie wirken traurig und stumpf, völlig ohne Glanz. Ihre Hände wirken rau, trocken und die Finger- nägel sind in einem knalligen rot lackiert, das schon vereinzelt am Abblättern ist. Diese Frau scheint täglich schwere Arbeit mit ihren Händen zu verrichten. Noch immer überlege ich, woher ich dieses Gesicht kenne, als sie sich dem Tresen nähert. Unsicher und ängstlich steht sie schließlich vor mir und spielt nervös an dem Tragegurt ihrer Handtasche herum. Selbst die Tasche hat bestimmt auch einmal hübsch ausgesehen, doch jetzt ist das einst so schöne Muster von vielen Rissen durchzogen. Ihre Augen wirken ruhelos und unendlich traurig, als sie mich ansieht. Der rote Lippenstift, den sie auf ihre schmalen Lippen aufgetragen hat, kommt mir etwas zu grell vor und wirkt völlig unvorteilhaft bei ihr. Auf ihrer Nase erkenne ich die kleinen blauen geplatzten Äderchen, die sie versucht hat, unter einer etwas dickeren Schicht Make-up zu verbergen, ein Zeichen für übermäßigen Alkoholkonsum, wofür auch ihr aufgeschwemm- ter Körper spricht.

»Emily Edwards?«, fragend sieht sie mich an und nestelt dabei nervös an ihrer Tasche herum.

»Ja ... ? Die steht vor Ihnen. Wie kann ich Ihnen helfen?«

»Du erkennst mich nicht, oder? Es ist ja auch schon Jahre her, als wir uns zuletzt gesehen haben. Abigail Collister! Wir sind zusammen zur Schule gegangen.«

Als sie ihren Namen nennt, durchflutet mich eine Welle von Erinnerungen. Wie könnte ich diesen Namen jemals vergessen, von dem Menschen, der mir so sehr meine Kinderseele verletzt hat. Bilder vom Schulhof tauchen wieder vor meinem inneren Auge auf, von Abigail wie sie mich drangsaliert, jeden Tag aufs Neue. Die seelischen Schmerzen waren die schlimmsten in dieser Schulzeit, das Körperliche war immer schnell verheilt, dank der Zaubersalbe von Dad. Nur die seelischen Wunden, die dieses Mädchen mir damals zugefügt hat, waren noch so lebendig in meiner Seele, dass ich innerlich fast der Versuchung widerlege, sie einfach aus dem Laden zu schieben. Diese Frau hat mir, als sie selbst noch ein Kind war, höllische Schmerzen bereitet, hat mich und die Arbeit meiner Eltern im Amarylion, in den Dreck gezogen. Sie hat mich damals täglich als Hexe bezeichnet und ihre Kameradinnen gegen mich aufgestachelt. Ich wusste sogar noch ihre Namen, Sofia Baker und Susan Franklin, wie könnte ich die auch je vergessen. Jetzt steht Abigail, als Kundin vor mir. Was soll ich tun? Mein Kopf und mein Herz sind gerade dabei einen innerlichen Kampf auszufechten. Ich sehe ihr direkt in die Augen und ich weiß, dass sie es spürt, als ich mich gerade an diese leidvolle Zeit in der Schule erinnere. Ganz wohl scheint sie sich auch nicht in ihrer Haut zu fühlen, denn ihre Augen wirkten ängstlich.

»Du erinnerst dich ... , oder? Es tut mir leid, was ich dir damals angetan habe und ich möchte mich heute als erwachsene Frau bei dir dafür entschuldigen. Wir waren damals noch Kinder und ich wusste es nicht besser, jeder hier in der Stadt hat über die Arbeit deiner Eltern abfällig gesprochen und sie als Hexen bezeichnet. Meine Eltern hatten mir auch verboten, mit dir zu spielen. Es tut mir unendlich Leid und ich hoffe, du kannst mir verzeihen!«, mit Tränen in ihren Augen sieht sie mich erwartungsvoll und ängstlich an.

Mein Herz gewinnt die Oberhand und beendet den innerlichen Konflikt, in dem ich mich gerade befand.

»Abigail Collister – ja du hast mir wirklich sehr wehgetan Du hast die Schulzeit für mich zur Hölle gemacht, aber ich verzeihe dir«, versöhnend reiche ich ihr meine Hand über den Tresen. Dankbar nimmt Abigail sie in ihre beiden Hände und drückt sie so fest vor Freude, dass ich fast gewillt bin, vor Schmerz aufzuschreien: »Was kann ich für dich tun? Du bist doch bestimmt nicht nur hierhergekommen, um dich zu entschuldigen?«, fragend sehe ich sie an und spüre gleichzeitig auch, dass sie erleichtert ist.

»Nein ... , das stimmt. Ich mache gerade eine große Krise durch und wollte dich bitten, mir die Karten zu legen. Würdest du das tun?«, sie sieht mich ängstlich an und hängt förmlich an meinen Lippen.

Ohne ihr zu antworten, sehe ich in den Terminkalender, der auf den heutigen Tag aufgeschlagen vor mir liegt. Mein erster Termin ist erst in einer Stunde und blitzschnell wäge ich innerlich ab, ob ich ihr diese Stunde jetzt gebe oder einen Termin mit ihr abmachen soll. Mein gütiges Herz entscheidet sich für Jetzt und ich trage ihren Namen in das Buch ein.

»Wenn du möchtest, können wir sofort Karten legen, meine nächste Kundin kommt erst in einer Stunde.«

Dankbar sieht sie mich an: »Wirklich? Ich danke dir, dass du das für mich tust und ich weiß es auch zu schätzen!«, mit Tränen in den Augen sieht sie mich an.

»Kein Problem, komm bitte mit mir mit, wir gehen in meinen Beratungsraum.«, sie folgt mir und ich bitte sie Platz zu nehmen, während ich noch einmal kurz den Raum verlasse, um Steph Bescheid zu geben, dass ich eine Beratung habe.

Ich finde sie im Büro am Computer, wo sie Emails beantwortet.

»Ich habe eine Beratung mit den Karten, würdest du vorne im Laden übernehmen?«

Steph spürt sofort, dass etwas nicht stimmt, aber es ist keine Zeit ihr zu erklären, was los ist.

»In Ordnung, das kann ich tun, aber du erzählst mir nachher

warum du so bedrückt wirkst.«, sie steht von dem Schreibtisch auf und drückte mich kurz an sich, um dann im Amarylion zu verschwinden.

Ich hole noch ein Glas Wasser für Abigail und begebe mich zu ihr in den Beratungsraum.

»Ich bin dir so dankbar, dass du mir ohne Termin die Karten legst. Es ist für mich das erste Mal, ich habe so eine Dienstleistung noch nie in Anspruch genommen.«, voller Ehrfurcht beobachtet sie mich, wie ich ihr gegenüber in dem Korbsessel Platz nehme und zu den Lenormandkarten greife.

»Ich mische jetzt die Karten und du gibst mir bitte ein Stopp, wenn ich aufhören soll zu mischen. Dann lege ich das Kartenbild aus und beginne die Karten für dich zu analysieren.«

»Ja … , gut, mehr muss ich nicht tun?«, fragt sie mich.

»Nein, nur Stopp sagen, mehr nicht.«, ich beginne die Karten zu mischen und warte dabei auf den Stopp von Abigail.

»Stopp!«, ruft sie mit schriller Stimme zu mir herüber.

Sofort höre ich auf zu mischen und fange an die Karten auf dem schwarzen Samt auszulegen. Gespannt beobachtet Abigail mich dabei und ist ganz still. Was mir sofort auffällt, als das Kartenbild ausgelegt ist, das sind ihre Gesundheit und ihre Beziehung.

»Darf ich ganz ehrlich zu dir sprechen Abigail?«, fragend sehe ich sie direkt an.

»Ja, sicher darfst du das. Erzähle mir bitte schonungslos, was du in den Karten siehst.«, sie schaut etwas ängstlich zu mir herüber, als sie das sagt.

»Als Erstes sehe ich hier deine Gesundheit liegen, mit der es nicht zum Besten gestellt ist. Hier liegen alles dunkle Karten um die Gesundheit herum, da drückt dich etwas total nieder. Du hast ein Problem mit Alkohol und auch mit Tabletten, sagen mir die Karten.«, neugierig auf ihre Antwort, sehe ich sie an.

Ihr Gesicht hat deutlich an Röte zugenommen und ich sehe wie sie krampfhaft versucht, den Kloß in ihrem Hals weg zu schlucken.

»Das kannst du wirklich sehen? Das ist ja unheimlich! Du hast Recht, der Alkohol ist ein großes Problem in meinem Leben, gefolgt von den täglichen Tabletten, die es mir ermöglichen dieses Leben zu ertragen.«

»Ich sehe hier einen Mann in deinem Leben, der aber ohne Liebe hier liegt?«, fragend sehe ich wieder in ihr Gesicht und bemerke, wie sie zuckt, als ich das sage.

»Ich bin verheiratet, seit einigen Jahren schon und am Anfang lief auch alles gut, aber dann verlor mein Mann seinen Job und er fing an zu trinken. Zu Beginn war alles noch ganz harmlos, doch als die Monate ohne neuen Job verflogen, da wurde er immer unzufriedener und ich auch. Das Geld wurde knapp und wir beide gifteten uns immer mehr an. Ich fing an mit ihm mitzutrinken und für ein paar Stunden waren die Probleme dann auch verschwunden, aber am nächsten Morgen waren sie umso heftiger wieder da. Tagsüber versuchte ich mich dann erst mit Tabletten zu betäuben, als die allein nicht mehr halfen, kam auch morgens schon der Alkohol dazu. Als ich später erkannte, in was für einem Teufelskreis ich gefangen war, da war es schon eskaliert. Der Alkohol machte unsere finanzielle Situation noch schlimmer. Ständig war zu wenig Geld da und später kamen noch Schläge von meinem Mann dazu, wenn er keinen Alkohol bekam. Er hat mir das Leben zur Hölle gemacht, wenn der Kühlschrank leer war. Es war so schlimm, dass ich verzweifelt versucht habe an Geld zu kommen, damit ich den Alkohol und die Tabletten besorgen konnte. Ich selbst hatte auch keinen Job. Meine Anstellung im Büro habe ich damals verloren, weil die Kunden sich beim Chef beschwert hatten, da ich immer so eine starke, Alkohol Fahne hatte. Mein Arbeitgeber hat mich damals zweimal verwarnt, doch da ich schon zu tief in der Sucht drin steckte, kam ich da auch allein nicht mehr heraus. Um Hilfe wollte ich nicht bitten und dann bin ich eines Tages entlassen worden, weil ich ständig auf der Arbeit gefehlt habe. Meinen Mann habe ich monatelang etwas vorgelogen und ihm verheimlicht, dass ich gekündigt wurde.« Abigail sieht mich traurig an und nestelt nervös an ihren Fingern herum.

»Was ist dann passiert?«, ich will, dass sie es mir selbst sagt, denn in den Karten kann ich es deutlich sehen was ihre Seele belastet.

Sie rutscht nervös auf ihrem Stuhl hin und her, es ist ihr sichtlich peinlich, über etwas zu reden was sie getan hat.

»Ich bin morgens immer aus dem Haus gegangen, so als würde ich zur Arbeit gehen. Mein Mann hat morgens sowieso seinen Rausch noch ausgeschlafen, er hat monatelang nichts bemerkt. Es war unmöglich einen Job zu bekommen, überall wo ich mich vorstellte, sie wollten mich nicht. Erst habe ich eine Putzstelle für die frühen Morgenstunden angenommen und dann habe ich in der Zeitung die Annonce gelesen, dass ein Club für die Vormittagsstunden Damen sucht, die sich um Kundenbetreuung kümmern. Dort habe ich mich dann beworben und beim Einstellungsgespräch stellte sich dann heraus, dass es darum ging, Geschäftsmännern eine süße Pause zu bescheren. Da ich das Geld dringend brauchte, habe ich den Job angenommen und ab den Tag mein Gehalt mit Putzen und Sex verdient. Erst bin ich zu der Putzstelle gefahren und ab zehn Uhr war ich dann bis fünfzehn Uhr im Club.« Abigail fängt an zu weinen und ich reichte ihr ein Taschentuch.

Sie wischt sich die Tränen von der Wange und schnäuzte sich ihre Nase.

»Das ist wirklich kaum zu glauben, was du da durchgemacht hast. Möchtest du weiter erzählen?«, ich streiche voller Mitgefühl über ihre Hand, die zitternd auf dem Tisch liegt.

»Es war schrecklich Emily! Jeden Tag musste ich mit Männern jeder Altersklasse ins Bett gehen und es gab auch einige unter ihnen, die ziemlich schreckliche Dinge von mir verlangt haben. Wenn ich nicht das tat, was sie wollten, dann gab es auch kein Geld. Weil ich es aber so dringend brauchte, damit mein Mann nichts merkt, habe ich alles getan, was sie von mir verlangt haben. Es gab auch einige nette unter den Geschäftsmännern. Die haben mir sogar noch extra Geld als Bonus gezahlt, ohne dass es die Betreiberin des Clubs mitbekam. Das waren dann meine Glückstage, aber da gab es nicht viele von. Ich war nur froh, dass mein Mann schon nachmittags so betrunken war, dass er keinen Sex von mir wollte. Mir wurde morgens schon übel, wenn ich nur daran dachte, wieder in den Club gehen zu müssen. Vor ein paar Wochen konnte ich nicht mehr, ich war am Boden, tiefer konnte ich nicht mehr fallen. Als ich vom Club kam, habe ich meinem Mann alles erzählt und er ist total ausgeflippt. Grün und Blau hat er mich geprügelt und einfach vor die Tür gesetzt. Ich wusste nicht, wo ich hingehen sollte und habe sogar eine Nacht unter schrecklicher Angst im Park geschlafen. Am nächsten Tag bin ich voller Scham zu meinen Eltern gegangen. Diese waren völlig entsetzt und haben sofort mit mir zusammen, meine Sachen aus der Wohnung von meinem Mann geholt. Dann haben sie mir einen Therapieplatz besorgt und seit kurzer Zeit bin ich jetzt Clean. Doch mein ganzes Leben liegt in Scherben vor mir und ich weiß nicht wie es weitergehen soll. Meine Scheidung läuft und ich bin jeden Tag auf Jobsuche. Ich möchte so gerne wissen, was die Zukunft mir bringt, wie es in meinem Leben weitergehen wird. Mir fehlt so sehr ein Hoffnungsschimmer, das alles sich zum Besseren wendet.« Abigail blickt mich, voller Hoffnung an: »Kannst du etwas in den Karten sehen, was mich hoffen lässt Emily?«

Mir schwirrt der Kopf, denn obwohl Abigail mir als Kind so sehr wehgetan hat, tut sie mir jetzt leid. Sie hat zwar selbst zu ihrem Schicksal mit beigetragen, weil es eine ihrer Lebensaufgaben ist, aber trotzdem blutet mir mein Herz, sie so verletzlich zu sehen. Egal was als Kinder zwischen uns war, heute sollte das verziehen werden und jeder hat die Chance auf einen Neuanfang.

Ich ergreife über den Tisch hinweg Abigail ihre Hände und drücke sie: »Lass uns einmal schauen, was noch so alles in deinem Kartenbild steht«, lächelnd lasse ich ihre Hände wieder los und sie schaut mich dankbar an.

»Deinem Mann geht es finanziell und gesundheitlich sehr schlecht. Er wird in nächster Zeit in eine Klinik gehen, dort wird ihm geholfen. Nun sehen wir mal was bei dir passiert.«, ich zwinkere ihr aufmunternd zu und sehe mir die Karten genauer an: »Hier liegt ein Job, ziemlich nah bei dir und sogar gut bezahlt. Die Branche hat etwas mit Autos zu tun.«

Freudig rutscht Abigail auf ihrem Stuhl hin und her: »Ich habe mich bei einer Firma beworben, die Autoteile herstellt und jemanden für die Auftragsbearbeitung sucht.«

»Der Job ist dir sicher und dort wirst du auch jemanden treffen, der dein Herz wieder zum Lachen bringt, er arbeitet dort in der Herstellung.«

Völlig entgeistert sieht sie mich an und vor Staunen steht ihr der Mund offen: »Ist das wirklich wahr? Soviel Glück auf einmal, womit habe ich das nur verdient?«, weinend greift sie zu einem Taschentuch, welches ich ihr reiche.

Sie muss so heftig weinen, dass es ihren ganzen Körper durchschüttelt. Ich stehe auf und gehe vor ihr, in die Hocke, nehme ihren Arm und drücke ihre Hand mitfühlend. Langsam beruhigt sie sich wieder etwas. Ihr Gesicht ist ganz fleckig von den Tränen und das Make-up völlig hinüber, aber ihre Augen strahlen wieder.

Ich stehe auf und setze mich wieder in meinen Stuhl: »Dann sehen wir mal was da noch so passiert«, lachend sehe ich sie an und fange ihren dankbaren Blick auf. »Diese neue Beziehung mit dem Mann aus der Autoteilefabrik, die wird sehr glücklich werden. Ihr passt gut zusammen und er hilft dir dabei seelisch gesund zu werden. Ich sehe hier sogar ein Kind, welches in dieser Verbindung gezeugt wird, ein Junge und gesund wird er sein. Ihr werdet beide viel Spaß und Freude mit dem Kleinen haben.«

»Oh ... , Emily! Ich kann das gar nicht glauben. Bekomme ich wirklich die Chance auf eine eigene kleine Familie? Das ist das größte Geschenk, was mir je gemacht wurde. Ich danke dir so sehr Emily, für deine so kurzfristige Hilfe, die du mir gegeben hast.«

»Gern geschehen Abigail. Manchmal muss man ganz unten landen im Leben, erst dann erkennt man den Wert, von dem was das Leben einem bietet. Man sieht dann plötzlich alles mit anderen Augen und lebt bewusster. Jeder von uns hat solche Momente im Leben, wo sich alles gegen uns zu stellen scheint, wo wir uns fühlen als würde die Welt um uns herum zusammenbrechen. Doch nach einem Zusammenbruch kommt auch immer der Tag, an dem sich alles wieder zum Guten wendet. Nach jedem Wolkenbruch kommt auch wieder die Sonne, die dann umso kräftiger scheint. Wir lernen aus diesen Schicksalsschlägen und sie lassen unsere Seele wachsen. Du wirst sehen, dass du mit ganz neuen Kräften aus dieser Krise wieder durchstartest und später, wenn du auf diese Zeit zurück blickst, erkennst du, wie stark sie dich hat, werden lassen.«, ich blicke zu Abigail und man sieht ihr an, wie entspannt und voller neuer Hoffnung sie jetzt ist.

Das ist das schönste an meiner Arbeit als Medium, diese tiefe Zufriedenheit, wenn man einem Menschen geholfen hat. Dieses Gefühl kann kein Geld der Welt hervorrufen. Es kommt aus den Tiefen einer zufriedenen Seele.

»Ich bin dir so dankbar Emily!«, glücklich steht sie auf und schließt mich in ihre Arme: »Ich möchte gleich Nägel mit Köpfen machen und heute Abend zu deinem Vortrag kommen. Das wird mir bestimmt zusätzlich helfen, in meinem Seelenleben wieder Frieden hereinzubekommen, was meinst du?«

»Gerne – Steph wird sich um dich kümmern, ich habe gleich den nächsten Kunden.«, während ich mit ihr rede, öffne ich die Tür zum Verkaufsraum und begleite sie zum Tresen.

»Steph kannst du dich bitte um Abigail kümmern und einmal sehen, ob für heute Abend noch ein Platz im Vortrag frei ist?« Ich zwinkere ihr zu und verabschiede mich von Abigail, um mich auch sogleich um meinen nächsten Termin zu kümmern.

»Was für eine bewundernswerte Frau Emily doch geworden ist«, seufzend sieht Abigail zu Steph, die innerlich schmunzeln muss.

»Was für ein Vormittag!«, erleichtert lasse ich mich am Tisch auf einen Stuhl sinken, während Steph uns Kaffee einschenkt.

»Jetzt erzähle mal Püppi, wer war diese Abigail?«

Ich setze meine Ellenbogen auf den Tisch und lege mein Kinn in meine Hände, während ich im Geiste nochmal das Gespräch mit Abigail durchgehe.

»Erde an Mily … , bitte melden … , wo bist du mit deinen Gedanken?«

Erschreckt komme ich zurück in die Realität und sehe Steph an: »Das war die schlimmste Zeit meiner Kindheit, an der Abigail Schuld war!«

Steph schiebt mir meine Kaffeetasse rüber und ich nehme dankbar einen großen Schluck von der köstlichen dunklen Brühe. Dann erzähle ich ihr in knappen Sätzen die Geschichte von meiner Schulzeit als kleines Mädchen, mit Eltern die als Hexen verschrien waren. Als ich zu Ende erzählt habe, sieht Steph mich an und schüttelt den Kopf.

»Wie grausam Kinder doch manchmal sein können, was musste deine Seele nur alles erleiden. Ich bewundere dich Mily, du hilfst sogar deinen Feinden.«

»Abigail hat genug dafür gelitten! Ihr Leben verlief nicht so angenehm wie meines. Was würde das bringen, wenn ich ihr jetzt noch böse wäre? Keiner von uns beiden hätte etwas davon und ich würde mir selbst schlechte bedrückende Energien erschaffen, darum habe ich ihr vergeben. Man kann nicht gleiches mit Gleichen vergelten. Es gibt eine Zeit im Leben, wo wir das alte was uns bedrückt, liebevoll loslassen sollen, sonst wird es uns krank machen.«

»Schau mal einer an – vor kurzem musste ich dir noch eine Predigt darüber halten, als Maik sich gemeldet hat. Nun hast du es endlich begriffen, dass das Festhalten an alten Energien uns im Leben nur behindert und uns nicht vorwärts kommen lässt. Du lässt Maik innerlich los und Jayden kommt in dein Leben. Jetzt lässt du die alte Geschichte mit Abigail los und hilfst ihr damit in ihrem Leben wieder Fuß zu fassen. Wie frei und leicht die Seele wird, spürt man sofort, wenn man loslässt, oder?« Steph sieht mich erwartungsvoll an und grinst, als sie ihr Gesicht in der Tasse versenkt.

»Ich fühle mich Federleicht, es ist wirklich ein schönes Gefühl, wenn man verzeihen kann. Die Energie ist sofort bei mir angestiegen, als ich ihr verziehen habe. Sicher werde ich es nicht vergessen können, aber verzeihen kann ich.«, stolz sehe ich zu ihr hinüber und muss grinsen, als ich sehe, wie sie wieder in ihre Tasse gluckst. »Was ist denn nun schon wieder los Steph? Was habe ich denn getan, dass bei dir diesen Lachanfall auslöst?«

»Nichts Püppi, rein gar nichts! Ich muss nur lachen, weil meine Fantasie mit mir durchgeht. Du hättest deine Klassenkameradinnen doch auch verhexen können, so ein bisschen jedenfalls«, schmunzelnd sieht sie mich an.

»Ja klar! Ich hätte sie mal eben in Frösche verwandelt und dann hätten sie heute irgendeinen Tümpel mit ihrem leidvollen quaken erfüllt«, lachend greife ich zu einem Zuckerstück und werfe es in ihre Richtung.

Es trifft sie an der Stirn und landet mit einem lauten Platschen in ihrem Kaffee. Die Spritzer besprenkeln ihr Gesicht und Steph sieht mich so verdutzt an, dass ich vor Lachen fast vom Stuhl falle.

»Oh ... , so spontan und angriffslustig heute Mily?«, grinsend nimmt sie sich auch ein Zuckerstück und wirft es in meine Richtung, verfehlt mich aber und es trifft statt dessen Quinny. Diese liegt schlafend auf dem Stuhl neben mir und springt jetzt vor Schreck hoch, um schnellstens das Weite zu suchen.

Das Klingeln meines Handys unterbricht unser herumalbern und ich nehme es hoch, um zu sehen, wer uns hier beim Spaß machen stört. Im Display steht Jayden und mein Herz fängt an zu rasen.

»Jayden!«, sage ich zu Steph und drücke auf die Taste, um das Gespräch anzunehmen.

Es ist so herrlich seine Stimme zu hören und ich sauge jedes seiner Wörter in mir auf, wie ein ausgetrockneter Schwamm. Wir besprechen, wann er und Jake heute Abend kommen sollen und verabschieden uns mit einem Luftkuss voneinander.

»Wie kann ein Mann so ein sexy äußeres Erscheinungsbild haben und dazu noch eine Stimme, die meine Seele so zart berührt, als würde ich mit einem Engel reden?«, etwas verlegen wische ich die Krümel auf dem Tisch mit der Hand zu einem Haufen zusammen.

Steph ist ganz still und beobachtet mich dabei, schwenkt ihren Kaffee in der Tasse und lächelt verschmitzt in meine Richtung: »Du bist total verliebt Püppi, das strahlst du mit jeder Körperzelle aus und ich bin so froh, dich glücklich zu sehen.«

»Ja, das bin ich, glücklich und noch immer so erstaunt darüber, was in dieser Welt alles möglich ist. Da sagen die Menschen, dass es keine Zauberei gibt und dann beweist mir das Arbeiten in der Matrix genau das Gegenteil. Im Grunde ist doch alles ganz einfach, nur wir selbst gestalten unser Leben so kompliziert. Es ist so leicht und für jeden in Minuten umsetzbar. Steph, wir müssen unbedingt einen Workshop, mit diesem Thema, im Amarylion einplanen.«

»Das werden wir tun, eine gute Idee. Zur gegebenen Zeit, ich muss erst einmal einen Vortrag ausarbeiten. Es gibt da draußen so viele Menschen, die sich ihr Leben erleichtern könnten, wenn sie wüssten, wie das mit der Matrix funktioniert. Ich werde mir nachher, wenn du in deinem Beratungstermin bist, einmal ein paar Gedanken darüber machen.«, sie zwinkert mir über den Tisch hinweg zu und steht auf, um die Tassen in das Spülbecken zu stellen.

»Das hört sich doch gut an und es wird ein Workshop für das Erleben von Wundern«, verträumt wische ich den Tisch ab und bin in Gedanken bei Jayden, meinem persönlichen Wunder.

Das Amarylion wird wieder liebevoll von Steph für den Vortrag hergerichtet, der hier gleich stattfinden wird. Wir sind mal wieder völlig ausgebucht. Das sind wir ja immer! Es bringt mein Herz zum Singen, wenn ich die strahlenden Augen der Kunden sehe, die ins Amarylion gekommen sind und hier auch wirklich Hilfe erfahren haben. Mit keinem Geld dieser Welt könnte man mir dieses schöne innere Gefühl ersetzen. Ein Gefühl, das mein Herz zum Überlaufen bringt und die Seele so satt macht. Ich bin so dankbar, dass Steph mich damals überredet hat, das Geschäft weiterzuführen und selbst als Medium zu arbeiten. Heute verstehe ich warum Mom und Dad ihre Arbeit so sehr geliebt haben. Schade, dass ich erst durch viele Erfahrungen gehen musste, die nicht so schön waren, um später zu erkennen, was ich doch wundervolles genau vor der Nase habe.

Die Türglocke des Amarylion geht und die ersten Gäste für den Vortrag kommen. Ich begrüße jeden Kunden persönlich und Steph begleitet ihn zu seinem Platz.

»Holde Prinzessin Emily, gestatten Sie mir Ihre Hand zu

meinen Lippen zu führen, um diesen lieblichen Duft, den Ihr Körper ausstrahlt und der mir die Sinne raubt, in mir aufzusaugen?«

Ich drehe mich zu Jayden um, denn seine Stimme ist unverkennbar und ich weiß, dass er es ist. Er nimmt mich dezent in den Arm, um nicht zu viel Aufmerksamkeit der Kunden hier auf uns zu lenken und dafür bin ich ihm innerlich dankbar. Doch dann nimmt er meine Hand und zieht mich in Richtung Küche. Dort angekommen, nimmt er mich ganz fest in den Arm, so dass mir fast die Luft wegbleibt und drückt seine Lippen sanft auf meine. Die Knie werden mir schon wieder weich und es ist wirklich erstaunlich, was dieser Mann für Reaktionen in mir auslöst. Seine Hand wandert in meinen Nacken und er fasst in meine Haare, um mit ihnen zu spielen, während unsere Zungen miteinander tanzen und mir langsam die Sinne vor Lust vernebelt werden.

»Jetzt kannst du viel besser arbeiten!«, so abrupt wie er mich in die Küche gezogen und geküsst hat, genauso schnell zieht er mich jetzt wieder nach vorne ins Amarylion und sieht mich noch grinsend dabei an.

Mir fehlen die Worte, aber ich habe auch keine Zeit darüber nachzudenken, denn schon nimmt Jake mich in den Arm und drückt mich ganz fest: »Hilfe! Jake nicht so fest! Ich bekomme keine Luft mehr und wenn du mich hier zerquetschst, dann wirst du den Vortrag für mich halten müssen«, lachend versuche ich mich aus diesen starken, überdimensional, kräftigen Armen zu befreien.

Was für ein Muskelpaket Steph da als Freund hat, hoffentlich lässt er sie auch heile und erdrückt sie nicht. Jake lässt mich lachend los und gibt mir noch ein Küsschen auf die Wange.

»Viel Glück!«, damit zieht er Richtung Jayden, der sich schon vorne, in der ersten Stuhlreihe, einen Platz gesichert hat.

Mein Blick geht zu Steph und ich sehe, wie sie mir schmunzelnd zuzwinkert. Die Stuhlreihen füllen sich und ich entdecke Abigail, die gerade den Laden betritt.

»Wie geht es dir? Schön, dass du gekommen bist.«, ich umarme sie und sehe in ein strahlendes Gesicht, welches keinerlei Ähnlichkeit mehr mit dem Gesicht hat, das ich heute Morgen vor mir hatte.

»Danke, dass ich hier sein darf Emily und mir geht es so gut seit unserer Sitzung heute Morgen. Es fühlt sich an, als hättest du mich verzaubert und einen schweren Fluch von mir genommen. Ich fühle so viel neue Energie, die durch meinen Körper fließt und mir so viel Kraft verleiht!«, sie nimmt mich in den Arm und drückt mich.

Ich nehme ihre Hand und begleite sie zu ihrem Sitzplatz. Dankbar sieht sie mich an und ich streichel ihr noch über den Arm, um mich dann den anderen Gästen zuzuwenden. Als alle Stühle besetzt sind, gebe ich Steph das Zeichen, das wir beginnen können und begebe mich nach vorne auf die kleine Bühne. Mein Blick geht erst einmal über alle Gäste, die dort vor mir sitzen und ich nicke einigen aufmunternd zu und andere wiederrum lächel ich an. Dann hole ich tief Luft, schließe kurz meine Augen und nehme auch schon Jeremias seine Präsenz wahr. Er steht links neben mir und lächelt mir aufmunternd zu. Jetzt kann es losgehen und Jeremias wird mich durch diesen Vortrag begleiten, um mir Unterstützung zu geben, dort wo ich sie benötige, wo mir manchmal die Worte fehlen, etwas auszudrücken, so dass die Gäste es auch verstehen.

»Ich begrüße euch alle ganz herzlich hier im Amarylion und freue mich, dass ihr zu dem Vortrag »Gefühle wie Angst, Wut und Trauer auflösen« gekommen seid. Es ist ein Thema, welches uns alle betrifft, denn jeder von euch hat schon mehrfach alle diese Gefühle durchlaufen. Es ist einfacher für mich in der »Du« Form zu sprechen, daher hoffe ich, dass es für alle hier in Ordnung ist, wenn ich euch so anspreche.«

Allgemeines Kopfnicken und gespannte Blicke erreichen mich auf der Bühne.

»Wir geben hier ja viele Vorträge und Workshops im Amarylion und ich stelle immer wieder fest, dass es einfach eine schönere Energie und Nähe zu jedem Einzelnen von euch schafft, wenn wir beim »Du« sind. So – dann wollen wir uns jetzt mal den Gefühlen zuwenden.«

Dabei liegt mein Blick auf Jayden, der mir zunickt und einen Kuss mit seinen Lippen formt. Mir wird schon wieder heiß und schwindelig, also löse ich mich von seinem Blick und konzentriere mich wieder auf den Vortrag.

»Was sind denn überhaupt Gefühle? Wo kommen sie her und warum kann man nicht einfach »nicht fühlen«? Das sind die Fragen, die mir hier in den Beratungsgesprächen sehr oft gestellt werden. Darum möchte ich diesen Vortrag gerne damit beginnen.«

Ich sehe in die Gesichter der Gäste vor mir und spüre wie gespannt und offen alle sind, neugierig darauf, etwas zu lernen was ihnen das Leben erleichtern kann.

»Gefühle sind die Sprache unserer Seele. Was eine Seele ist, dürften ja alle hier im Raum wissen oder?«, fragend sehe ich in die Runde, aber es geht keine Hand hoch, darum fahre ich mit dem Vortrag fort.

»Die Seele drückt sich über Gefühle aus. Das größte und schönste Gefühl kennt hoffentlich jeder hier von euch, die Liebe.«

Allgemeines Raunen erfüllt das Amarylion und ich sehe überall nickende Köpfe, schmunzelnd fahre ich fort mit dem Vortrag.

»Ein schönes Gefühl – diese Liebe. Es bereitet uns Wärme im Herzen und Schmetterlinge im Bauch. Die Liebe kann sehr stark sein, denkt bitte einmal an die Liebe einer Mutter zu ihrem Kind, welches sie neun Monate unter ihrem Herzen trägt. Die

Liebe kann aber auch oberflächlich sein, die Liebe zum Kuchen backen zum Beispiel. Ihr seht hier einen großen Unterschied, aber es ist alles eine Form von Liebe. Liebe drückt sich auf verschiedenste Arten aus, doch jeder denkt bei dem Wort Liebe, sofort an die Liebe zwischen zwei Menschen. Dass es noch viel mehr Arten der Liebe gibt, ist vielen gar nicht bewusst. Bleiben wir mal beim Kuchen backen, das haben viele von euch schon einmal getan. Jeder von euch hat bestimmt ein ganz tolles Rezept für einen herrlichen Kuchen, den eure Mutter oder Großmutter schon einmal gebacken hat. Voller Ehrgeiz geht ihr nun dabei und nehmt alle Zutaten und verarbeitet sie zu dem Kuchen, der so lecker geschmeckt hat. Voller Freude schiebt ihr den Kuchen in den Ofen und könnt es kaum erwarten, dass er fertig ist. Dann kommt das große Finale und der Kuchen wird an der Kaffeetafel angeschnitten. Ihr nehmt euch ein Stück dieses herrlichen Kuchens und freut euch schon beim rein beißen, auf den Geschmack wie ihr ihn von Mutter oder Großmutter kennt. Dann die Enttäuschung, ein bisschen schmeckt er ja so, aber da fehlt doch etwas. Ganz genau wie ihr Kuchen schmeckt er eben nicht. Dabei habt Ihr alles genau nach Rezept gemacht, wie kann das sein?«

Viele erstaunte Gesichter sehen mich an und warten jetzt gespannt darauf, dass ich dieses Mysterium auflöse.

»Da habe ich Recht, oder? So etwas haben viele von euch schon erlebt. Was ist da anders gelaufen und was hat das mit Liebe zu tun? Das verrate ich euch jetzt.

Die Mutter oder Großmutter, von der dieses Rezept stammt, war mit Herz, Seele und all ihrer Liebe am Kuchen backen. Während sie die Zutaten gemischt und verrührt hat, war sie völlig mit sich selbst im Einklang. Sie liebte das Backen, rührte den Teig noch mit Hingabe, jede Zutat wurde mit Liebe in den Teig gegeben. Ihre Hände, die diese Zutaten berührten, gaben diese Energie an alle Zutaten weiter, seien es an das Mehl oder an den

Zucker, alle Zutaten bekamen diese Energie von ihr. Das tat sie ganz unbewusst, es reichte einfach, dass sie mit diesem Gefühl der Liebe zum Backen, einen Teig zusammenrührte. Diese Liebe gab dem Kuchen seinen unverkennbaren Geschmack. Wer ohne Liebe zum Backen versucht einen Kuchen zu zaubern, der wird oftmals enttäuscht sein, weil er immer wieder etwas findet, was am Kuchen nicht ganz so schön geworden ist, wie es im Rezept versprochen wurde. Versteht ihr, was ich damit versuche auszudrücken? Alles was ihr mit Liebe macht, was wirklich tief als Gefühl aus eurer Seele kommt, das macht ihr perfekt. Sei es einen Kuchen backen, ein Bild malen, einen Pullover stricken, ein Kleid nähen oder auch einen Tisch bauen, einen Oldtimer wieder zum Fahren bringen, wir wollen ja nicht die Männer, hier unter uns, vergessen. Darum scheitern so viele, wenn sie versuchen etwas zu tun, was einem anderen so gut gelungen ist. Der Eine hat es mit Liebe getan und der Andere will es vielleicht nur nachmachen, weil es ihm gefällt. Das ist das Geheimnis von allen Menschen, die kreativ sind. Sie erschaffen Dinge für uns und sich selbst, die aus ihrer Seele als das Gefühl der Liebe zu ihrer Arbeit entspringen. Da ist keine Zauberei mit im Spiel. In dem Moment wo ihr mit Liebe tätig seid, haucht ihr dem ganzen Leben ein. Das Geheimnis eines jeden Künstlers ist, dass er aus seiner Seele mit dem Gefühl der Liebe sein Kunstwerk erschafft. Ihr seht, wie das Gefühl der Liebe immer wieder in anderer Form in Erscheinung tritt. Alle Gefühle entspringen unserer Seele. Das Herz eines Menschen ist sein Motor und richtig, ohne Herz können wir nicht leben. Da die Seele mit unserem Herzen verbunden ist, erfüllt dieses Gefühl immer unser Herz. Mit dem Herzen strahlen wir dann diese Energie des Gefühls aus. Gefühle kann keiner von uns abstellen, man kann nicht »nicht« fühlen. Gefühle sind immer da, vierundzwanzig Stunden, selbst wenn wir schlafen, dann sind unsere Gefühle wach. Die Träume, die wir manche Nacht haben, entspringen auch unserer Seele und wenn wir dann nicht versuchen das Geschehen, die Handlung in diesem Traum zu analysieren, sondern auf die Gefühle achten, die dieser Traum uns gibt, dann haben wir die Sprache der Seele verstanden. Gibt er uns Gefühle von Liebe als Traumbilder? Dann weist die Seele uns darauf hin, dass wir mehr Liebe in unseren Leben integrieren sollen. Kommen aber Träume mit Ängsten, sagt die Seele wir sollen an unseren Ängsten arbeiten, sie auflösen. Denn Ängste bremsen uns im Vorwärtskommen. Genau das Gleiche betrifft auch das Gefühl der Wut und der Trauer. Diese starken Gefühle können das ganze Leben eines Menschen ausbremsen und dabei versucht die Seele uns damit nur zu sagen, das da Energie ist, die wir annehmen sollen. Denn durch das Annehmen von Gefühlen, die da sind, lösen wir uns aus diesem Teufelskreis.

Egal ob es um Liebe, Angst, Wut oder Trauer geht, alle Gefühle die wir fühlen, sind in dem Moment, in dem wir sie fühlen wichtig. Deine Seele kann nur über Gefühle mit dir sprechen. Dein Kopf kann dir Bilder senden, auch deine Träume senden dir Bilder, aber es steckt immer ein Gefühl dahinter. Diese Gefühle wollen gefühlt werden. Die Seele lebt von Gefühlen und wenn wir diese Welt verlassen, wenn wir sterben, dann ist nicht wichtig, was wir für Besitztümer zu Lebzeiten hatten, es ist wichtig welche Gefühle wir in unserer Seele gespeichert haben. Die Seele ist, um es modern für das einundzwanzigste Jahrhundert auszusprechen, unsere Festplatte. Erinnerungen, die unser Unterbewusstsein uns sendet, sie haben immer ein Gefühl mit im Gepäck. Dies kann ein schönes Gefühl sein, aber auch ein bedrückendes Gefühl, wie Angst, Wut oder Trauer. Diese Energien drücken unsere Stimmung auch runter und es setzt Unwohlsein ein, wenn sie kommen und sich zeigen, diese Gefühle.«

Ich unterbreche kurz, um einen Schluck Wasser zu trinken, welches Steph mir auf dem Tisch neben der Bühne bereitgestellt hat. Ich schaue in die Gesichter der Gäste und sehe, wie sehr sie gefesselt sind, von dem was ich sage. Jake lächelt mir zu, zeigt mir den Daumen hoch, ein Zeichen das ihm der Vortrag gefällt. Jayden sitzt mit nachdenklicher Miene da, aber entspannt, was ich in seiner Aura sehe.

»Wir wollen uns nun mal näher mit einem bestimmten Gefühl beschäftigen, der Angst. Jetzt seit mal ganz ehrlich und jeder, der wenigstens einmal im Leben Angst gefühlt hat, hebt bitte die Hand.«

Alle Hände gehen hoch, keiner der Gäste lässt seine Hand unten. Jeder schaut zu seinen Sitznachbarn und denen, die vor ihm sitzen. Doch alle haben eine Hand oben.

»Ich habe jetzt auch nichts anderes erwartet, denn jeder von euch hat schon Angst erlebt und sei es auch nur als Kind, wenn die Mutter das Licht abends zum Schlafen ausgemacht hat. Angst kann als zartes kleines Gefühl kommen, aber Angst kann uns auch so stark treffen, dass sie Panikattacken auslöst. Die Angst ist genauso in verschiedenen Formen da, wie es das Gefühl der Liebe auch ist. Was ist Angst? Jeder von euch kennt es, wenn etwas die Brust abschnürt, wenn uns ein dicker Kloß im Hals zu stecken scheint. Der ganze Körper geht plötzlich auf Abwehr und die Angst macht sich in unserer Seele breit. Nun wollen wir einmal durchleuchten, was die Angst genau ist. Da gibt es viele verschiedene Formen der Angst, die Angst den Arbeitsplatz zu verlieren, die Angst den Partner zu verlieren, die Angst im Leben zu versagen, die Angst vor dem Ertrinken, die Angst vor Krankheiten und ich könnte noch so viele Ängste mehr aufzählen. Alle haben eines gemeinsam – sie lähmen uns. Doch wie genau entstehen sie in unserer Seele? Wenn wir Angst bekommen, dann weil wir nicht vertrauen – dem Leben nicht vertrauen. Nehmen wir einmal die Angst zu versagen, die uns erst gar nicht ermöglicht neue Dinge auszuprobieren. Immer wenn ich etwas Neues ausprobieren möchte, was ich nicht genau kenne, dann bremst mich diese Angst aus. Da kommen Gedanken in uns hoch wie – »Was ist, wenn ich es nicht schaffe« – »Was ist, wenn ich mich blamiere« – »Was ist, wenn die Anderen über mich lachen«? Also gibt es nur zwei Möglichkeiten dies herauszufinden, das heißt, ich stelle mich der Angst oder ich gebe auf und überlasse mich der Angst. Die verschiedenen Ängste stehen immer in Verbindung mit unserem Selbstvertrauen. Wenn ich mir Selbst vertraue, das ich dies oder jenes schaffe, erst dann bin ich in der Lage, es auch zu versuchen und erst dann können die Ängste aufgelöst werden. Mangelndes Selbstvertrauen bringt die Gefühle der Angst zum Blühen. Ich möchte auch hierfür mal ein Beispiel bringen, was so wie ich es sage, auf der ganzen Welt zu finden ist, in jeder Nation kommt dies vor und jeder von uns hat es auch schon mal in der einen oder anderen Form erlebt. Nehmen wir einmal einen Mann, Mr. X. Nett, freundlich, sieht gut aus, besitzt Humor und steht mit beiden Beinen im Leben. Er hat alles, was er sich wünscht, bis auf eines, Mrs. X an seiner Seite. Doch da ist diese nette und freundliche Frau, die mit dem herzhaften Lachen, die ihn morgens immer den Kaffee im Café serviert. Die hat immer ein nettes Wort für ihn, welches ihr über die Lippen kommt. Sie lächelt ihn immer an und sie scheint sich aufrichtig zu freuen, wenn er das Café betritt. Sie sieht auch hübsch aus und immer wenn sie lacht, hat sie ein Grübchen an der Wange und ihre Augen strahlen. Wie gerne hätte er diese Frau an seiner Seite, mit der er zusammen lachen kann und die ihn jetzt schon so glücklich macht, ohne es selbst zu ahnen. Jedes Mal, wenn er sich vornimmt, dass heute der Tag ist, an dem er sie fragen wird, ob sie sich mit ihm privat treffen möchte, wird er ausgebremst. Da kommt diese Angst in ihm hoch. Was ist, wenn sie nein sagt? Wird sie ihn danach noch immer so freundlich bedienen? – Was ist, wenn sie ihm sagt, dass sie einen Freund hat? – Was ist, wenn sie ihn wieder verlassen sollte, wenn die Beziehung scheitert? – Was ist, wenn er diese

Frau nicht glücklich machen kann? So viele Fragen gehen ihm durch den Kopf und vor lauter Angst, dass er scheitern könnte, spricht er seinen Wunsch ihr gegenüber nicht aus. Die Angst lähmt ihn. Wenn er sich dieser Angst nicht stellt, dann wird sie immer zwischen ihm und dieser Frau stehen, die er so gerne an seiner Seite hätte. Die Frau ahnt von diesem innerlichen Konflikt ihres Gastes nichts, aber vielleicht empfindet sie dasselbe für ihn und wird auch durch ihre Ängste ausgebremst. Damit Mr. X endlich Klarheit bekommt, muss er sich seinen Ängsten stellen und sie ansprechen. Nur so wird er sie los, die Angst vor dem Versagen. Lassen wir unsere Ängste in uns unkontrolliert wachsen, dann verschlingen sie unser ganzes Selbstvertrauen. Hätte Mr. X genügend Selbstvertrauen in sich, dann würde er Mrs. X ansprechen und wahrscheinlich heute eine glückliche Ehe mit ihr führen, mit Kindern und allem was dazugehört. Ihr seht also, dass die Ängste so viel Macht besitzen, dass sie euer Leben steuern und das nicht gerade in die Richtung, die Ihr gerne hättet.«

Dankend sehe ich Steph an, die mir gerade aus dem großen Krug mit Wasser mein Glas füllt. Sie zwinkert mir aufmunternd zu und streicht mir über den Arm, eine kleine Geste, die mir unheimlich viel Kraft gibt und mir sehr viel bedeutet. Während ich den Vortrag halte, sehe ich immer mal wieder zu Jayden und stelle fest, dass er völlig gebannt an meinen Lippen hängt und auch manches Mal sehr nachdenklich wirkt.

»Das war die Angst, über die wir gesprochen haben. Nun wollen wir uns einmal dem Gefühl der Wut widmen. Wütend war bestimmt auch schon mal jeder von euch oder?«, fragend blicke ich in die Runde und sehe überall ein bestätigendes Nicken, was ich auch so erwartet hatte.

»Das Gefühl kennt ihr also auch alle, die Wut, wenn einem das Blut in den Adern kocht, wenn man die Zähne vor Wut fest zusammenbeißt. Bei Tieren nennt man es Zähne fletschen.«

Die Gäste fangen herzhaft an zu lachen und ich spüre, wie die Energie im Raum sofort ansteigt.

»Wut ist also auch ein Gefühl, welches sehr viel Energie freisetzen kann, die nicht gerade schön ist. Es sind schon viele Menschen aus Wut verletzt worden. Ihr kennt den Ausdruck »rasend vor Wut«?«

Wieder nicken alle Gäste und so manch einer sieht verlegen runter, wahrscheinlich erinnert er sich jetzt an einen Wutanfall, den er selbst mal erlebt hat.

»Wut kann Kräfte mobilisieren, gute und auch schlechte. Wenn wir wütend sind, dann besitzen wir meistens eine Muskelkraft wie Popeye es durch den Spinat bekommen hat.«

Wieder schallt herzhaftes Gelächter der Gäste durch das Amarylion.

»Wo kommt diese Wut her, welcher Motor in uns treibt sie an? Die Verzweiflung in unserer Seele treibt den Motor der Wut an. Beides ist ganz eng miteinander verbunden. Oft passieren Gewalttaten aus Wut und Verzweiflung.

Nehmen wir jetzt einmal ein einfaches Beispiel. Wieder holen wir uns Mr. X als Hilfe, um zu verstehen, was Wut ist.

Der nette Mr. X und die fröhliche Mrs. X, haben mittlerweile ihre Ängste besiegt und sind jetzt ein Paar. Sie ziehen zusammen, in ein schönes neues Zuhause. Dieses richten sie sich gemeinsam nach ihren Geschmack ein. Sie kaufen Möbel, echte Holzmöbel, die ein großes Eigengewicht haben. Den Schrank für das Wohnzimmer haben zwei Handwerker hereingetragen, die schon mächtig am Stöhnen waren, unter dieser Last. Immer wieder mussten sie den schweren Schrank absetzen, weil die Hände und Arme diese Last nicht mehr halten konnten. Endlich steht er an seinem Platz und normalerweise steht er da auch genau richtig. Mrs. X fällt nach einiger Zeit auf, dass dieser Schrank besser zur Geltung kommen würde, wenn das Regal an der Wand stehen würde und der Schrank dort wo das Regal steht. Das wirkt dann viel harmonischer, meint sie. Der nette Mr. X tut wirklich alles, um seine Frau glücklich zu machen und so beschließt er mit ihr zusammen, den Schrank auf die andere Seite des Wohnzimmers zu stellen. Ein wirklich schwieriges Unterfangen, da seine Frau nicht gerade über Bärenkräfte verfügt. Jeder von Ihnen geht an eine Seite und versucht den Schrank anzuheben. Keine Chance. Ein zweiter Versuch, kein Erfolg. Das kann doch nicht angehen, denkt sich Mr. X und noch ein Versuch, der wieder nicht klappt. Seine Frau findet das alles total lustig und macht Späße mit ihm. Sie fragt ihn, ob sie Spinat kochen soll, denn das würde ihm Superkräfte bringen. Ihn macht es wütend, dass er so schwach ist. Zu schwach, um den Schrank heben zu können, wenigstens an seiner Seite. Das Lachen seiner Frau macht ihn bei jedem gescheiterten Versuch, den Schrank anzuheben, noch wütender. Er will ihr zeigen, dass er genauso kräftig ist wie die Handwerker, die ihn hier rein getragen haben. Noch ein Versuch und seine Frau hört nicht auf Witze zu machen und über seine Schwäche zu lachen. Seine Wut wächst und verleiht ihm so große Kraft, dass er seine Seite vom Schrank plötzlich mühelos anheben kann. Seine Frau hört erschrocken auf zu lachen und er selbst lässt vor Schreck den Schrank wieder los und er kracht laut auf den Boden.

Was ist hier passiert? Wo kam plötzlich diese Kraft her? Das war die Verzweiflung von Mr. X, weil er den Schrank nicht bewegen konnte, wurde er wütend und diese Wut gab ihm schlussendlich die Kraft, um das schwere Möbelstück anzuheben. Ihr seht, erst kommt die Verzweiflung und dann folgt die Wut. Genau so passieren auch Verbrechen in der Welt. Die Verzweiflung wird so groß, dass dann aus Wut diese Verbrechen begangen werden, seien es Morde, Körperverletzungen oder anderes. Man spricht dann auch sehr oft von »Verzweiflungstaten«.

Jetzt haben wir also schon die Angst mit dem mangelnden Selbstvertrauen und die Wut mit der Verzweiflung kennengelernt. Jetzt kommen wir zu dem nächsten Gefühl, die Trauer.«

Meine gute Seele Steph reicht mir ein Glas Wasser und ich trinke es zügig aus, reden macht durstig. Sie schenkt sofort noch einmal aus dem Krug nach und auch dieses Glas leere ich in einem Zug. Dann bin ich bereit in die Endphase des Vortrags zu gehen.

»Jeder von euch kennt die Trauer, alle haben sie schon wenigstens einmal im Leben erlebt und durchlebt. Die Trauer ist auch ein mächtiges Gefühl, sie kann uns zeitweise sogar lähmen, so stark, das wir Schwierigkeiten haben, in das wirkliche Leben zurückzufinden. Trauer zeigt sich auf verschiedenste Art und Weise. Der Verlust eines geliebten Menschen durch den Tod ist das wohl Bekannteste. Dann haben wir noch die Trauer um eine Beziehung, die beendet wurde. Trauer um einen Arbeitsplatz, den man verloren hat. Die Trauer um ein Haustier, welches gestorben ist. Die Trauer um das Wissen eines bald anstehenden Verlustes und auch hier gibt es noch viel mehr Beispiele, die ich aufzählen könnte. Nun wissen wir ja, dass bis jetzt jedes Gefühl auch einen Gegenspieler hat. Bei der Trauer ist es die Verlustangst. Immer wenn wir traurig sind, fühlen wir auch Verlustängste in uns aufsteigen. Nun möchte ich euch auch hierfür wieder ein Beispiel aufführen, um es besser zu erklären. Weil sie uns schon so vertraut sind, nehmen wir wieder Mr. X und Mrs. X, die gerade mit großen Problemen zu kämpfen haben. Die Mutter von Mrs. X ist plötzlich schwer erkrankt und liegt im Krankenhaus. Es sieht nicht gut für sie aus und die Ärzte kämpfen unermüdlich um ihr Überleben. Dies ist eine schwere Zeit für Mrs. X und sie weint viel. Die roten Ränder, die sich durch das viele weinen um ihre Augen gebildet haben, zeigen wie sehr sie Angst hat ihre Mutter zu verlieren, Verlustängste. Durch die Trauer um ihre Mutter isst sie nichts mehr und sitzt stundenlang an ihrem Bett, um ihre Hand zu halten. Wenn ihr Mann sie dazu bewegen will etwas zu essen, dann kann sie nicht, weil die Trauer ihr die Kehle zuschnürt. Kennt ihr das Wort »Trauerkloß«?«

Mein Blick erfasst das bestätigende Nicken einiger Gäste und es sind auch ein paar unter ihnen, die wohl gerade durch die Gefühle der Trauer gehen, denn dort glänzen die Augen besonders stark, weil sich gerade ein Bach von Tränen in ihnen bildet.

»Das Wort kommt nicht einfach aus dem Nichts. Es beschreibt das Gefühl der Trauer, wenn man Probleme hat zu schlucken, als wenn ein dicker Kloß im Hals sitzt. Dazu kommt oft noch eine Art Lähmung, man ist viele Minuten oder manchmal sogar noch länger, wie gelähmt. Es fühlt sich wie Blei in den Gliedern an und man sitzt reglos auf einem Fleck und starrt vor sich hin. So ergeht es Mrs. X auch, wie sie am Bett ihrer Mutter sitzt und darauf wartet, dass diese wieder gesund wird. Sie ist unendlich traurig, ihre Mutter so krank zu sehen und sie fühlt sich hilflos und gelähmt vor Angst um sie. Aus der lebensfrohen, lustigen Mrs. X ist plötzlich ein Häufchen Elend geworden, die Trauer hält sie gefangen. Diese Trauer seiner Frau tut Mr. X in der Seele weh, aber er weiß nicht wie er ihr helfen kann. Er nimmt sie wortlos in die Arme und die Tränen, die über ihre Wangen laufen, küsst er weg. Er weiß nicht was er mit Worten in dieser Situation zu ihr sagen soll. Dass er es unbewusst richtig macht, ahnt er gar nicht. Er gibt seiner Frau dadurch sein Mitgefühl, auch ein Gefühl, welches wir alle kennen.

Ihr seht, es gibt so viele Varianten von Gefühlen, aber kaum ein Mensch setzt sich mit ihnen auseinander und erforscht seine eigenen Gefühle. Wir könnten viel für uns selbst tun, wenn wir auf unsere Gefühle eingehen, sie beachten. Wir können die Trauer nicht einfach herunterschlucken, dann wird sich der Kloß im Hals bemerkbar machen und uns auffordern, auch über unsere Gefühle zu sprechen. Egal um welche Gefühle es sich auch handeln mag, reden ist einer der Wege, um wie hier, das Schicksal von Mrs. X mit der Trauer zurechtzukommen. Wenn wir zu viele Gefühle versuchen zu verdrängen, sie herunterschlucken, dann werden wir krank. Wenn wir nicht auf den

Ruf unserer Seele hören, dann wird sie die Krankheit wählen, um beachtet zu werden.

Das ist wie mit einem Auto, wenn wir es gut pflegen, es immer wieder mal in der Werkstatt überprüfen lassen, dann wird es uns dieses danken, indem morgens der Motor anspringt. Wenn wir aber das Gegenteil tun, dem Auto keine Aufmerksamkeit zuteilwerden lassen und es nicht pflegen, dann werden wir eines morgens beim Zündschlüssel umdrehen, kein Motorengeräusch hören.

Jetzt wollt ihr aber bestimmt wissen, wie geht das denn, Gefühle auflösen. Wie bekommt ihr eure Gefühle wie Angst, Wut und Trauer aufgelöst, das verrate ich euch jetzt.«

Ich sehe zögernd die Hand von Brenda Jefferson hochgehen, »Brenda, du hast eine Frage?«

»Ja, und das möchten die anderen Gäste hier vielleicht auch gerne erfahren. Was ist aus der Mutter von Mrs. X geworden?«, ein Lachen der Gäste geht durch das Amarylion.

»Ja genau, was ist aus ihr geworden, du kannst uns doch hier nicht so im Ungewissen lassen.« Steph steht lachend an der Bühne und fordert, wie alle anderen auch, dass ich erzähle, wie es weitergeht.

»Oh, es ist zwar nur eine Geschichte gewesen, völlig frei erfunden von mir, aber sicher sollte auch diese ein Happy End haben«, lachend wende ich mich mit der Auflösung der Geschichte an die Gäste.

»Die Mutter von Mrs. X hat noch einige Tage sehr gelitten und die Ärzte mussten schwer um ihr Leben kämpfen. Doch eines Tages kam die Wende und sie hatte wieder rosige Wangen, die Krankheit war besiegt. Die Trauer und die Verlustängste lösten sich bei Mrs. X auf und ihr Mann war so glücklich, seine lachende Frau zurückzuhaben.«

Beifall schallt durch das Amarylion und ich sehe wie die Gäste vor Freude strahlen.

»Danke ihr Lieben! Dann wollen wir nun mal zu dem aktiven Teil kommen, die Gefühle auflösen. Es hört sich im ersten Moment unmöglich an, oder? Wie soll ich etwas in mir drinnen auflösen, wenn ich es noch nicht einmal sehen oder anfassen kann. Doch so schwer ist das nicht, wie ihr denkt. Es ist sogar ganz einfach. Als allererstes braucht jeder von euch Ruhe, also am besten die Musik ausmachen und für Stille sorgen. In der Stille könnt ihr euch Selbst viel besser wahrnehmen. Dann setzt euch jetzt alle einmal ganz entspannt hin, versucht so locker es geht zu werden.«

Die Gäste ruckeln auf ihren Stühlen herum, um eine gute Sitzposition zu finden, die es ihnen ermöglicht zu entspannen. Als ich sehe, dass jeder von ihnen jetzt entspannt sitzt, fahre ich mit der Übung fort.

»Jetzt schließt bitte eure Augen und jeder von euch wird nun mit dem Gefühl der Angst arbeiten. Das kennt ihr ja alle und jeder von euch hat auch noch heruntergeschluckte Ängste in sich, die wir jetzt auflösen werden. Der ein oder andere wird sich vielleicht nicht sehr behaglich fühlen, wenn die Angst hochkommt, aber bitte lasst es zu. Denn indem ihr der Angst Raum in euch selbst gebt, kann sie hochkommen und sich auflösen. Ich geleite euch jetzt durch diesen Prozess, lasst alles geschehen was geschehen soll. Ich möchte, dass ihr jetzt in euren Gedanken, die Angst in euch bittet, sich zu zeigen. Sagt eurer Angst, dass es in Ordnung ist, wenn sie jetzt in euch hochsteigt. Vielleicht spüren einige von euch nun, dass sich etwas tut im Körper, dass euch vielleicht Tränen über das Gesicht laufen, das das Herz schneller schlägt oder ein Kribbeln im Kopf. Alles was ihr jetzt fühlt, ist für jeden anders und nicht bei allen gleich, aber das was ihr fühlt, ist richtig und bitte lasst es geschehen ohne zu Werten. Wenn ihr die Angst nun spürt, bittet sie sich noch deutlicher zu zeigen, so dass ihr sie ganz stark fühlen könnt. Sagt eurer Angst, dass es in Ordnung ist, wenn sie da ist und das sie sich ruhig noch deutlicher zeigen kann. Jetzt kommt das Finale und ihr bittet die Angst sich so deutlich zu zeigen, dass ihr sie gerade so stark spürt, wie eure Seele es ertragen kann.«

Ich sehe viele Tränen und auch verzerrte Gesichtszüge bei denen, die noch innerlich gegen die Angst ankämpfen.

»Ich werde euch jetzt eine kurze Zeit in diesem Gefühl belassen, lasst es einfach geschehen. Alles ist richtig, so wie es jetzt kommt und will einfach nur wahrgenommen werden.«

Es ist bei vielen der Gäste noch ein innerlicher Kampf in Gange, doch bei anderen zeigt sich schon eine deutliche Entspannung der Gesichtszüge. Nach ungefähr fünf Minuten beende ich die Übung.

»Ihr dürft jetzt wieder die Augen öffnen und mit eurer Aufmerksamkeit ins Amarylion zurückkehren. Ich sehe hier viele erleichterte Gesichter. Wie hat euch diese Übung gefallen?«

In der hinteren Reihe meldet sich Bonny Baker und ich nicke ihr zu, dass sie reden kann.

»Es war so ein heftiges Gefühl, als die Angst hochkam. Ich habe erst versucht, es zu stoppen, doch dann habe ich es einfach nur geschehen lassen und mir liefen so viele Tränen über mein Gesicht wie seit Jahren nicht mehr. Es gab einen Punkt, wo die Angst mir so sehr die Brust zugeschnürt hat, dass mir das Atmen schwer fiel. Doch plötzlich war es, als würde es eine stille Explosion geben und da war das Gefühl von jetzt auf gleich weg. Ein Erlebnis, das ich es noch gar nicht in Worte fassen kann«.

»Danke Bonny, für dein Vertrauen, uns deine Gefühle mitzuteilen. Ging es anderen hier ähnlich?«

Viele Hände erheben sich. Ich sehe, dass diese schöne Übung vielen wieder Erleichterung beschert hat.

»Das freut mich so sehr für euch, weil hier auch wirklich jeder etwas fühlen und auch auflösen konnte. Ihr seht, es waren nur fünf Minuten, mehr nicht und spürt mal in euch hinein, wie leicht ihr euch jetzt fühlt. Diese Übung könnt ihr mit jedem Gefühl machen, egal welches. Gefühle kann man nicht wegzaubern, eure Angst ist auch noch in euch drinnen, doch jetzt ist sie aufgelöst und nicht mehr dieser riesige Klumpen von Gefühl, welches euch den Atem nimmt. Sie wird sich auch das ein oder andere Mal noch zeigen, in Situationen, die wir heute noch nicht kennen. Doch wenn ihr diese wirklich kurze Übung macht, dann ist sie auch schnell aufgelöst, zu einem ganz winzigen Körnchen in euch geschrumpft. Ganz auf null werden wir unsere Gefühle nie bekommen, weil wir voll mit ihnen sind. Doch man kann lernen die Gefühle zu akzeptieren und erst dann können sie gehen, doch ein kleiner Teil von ihnen bleibt in unserer Seele, als Erfahrung gespeichert. Gefühle sind das was wir in unserer Seele abspeichern und mit jedem gespeicherten Gefühl wächst sie. Aller Reichtum, den wir mitnehmen können, wenn wir diese Erde verlassen, sind die gespeicherten Gefühle und Erfahrungen in unserer Seele. Mit diesem schönen Satz möchte ich diesen Vortrag abschließen und euch allen viele neue Erfahrungen wünschen, bei der Umsetzung von dem, was ihr gerade gelernt habt. Danke, dass ihr mir heute zugehört habt und kommt alle gut nach Hause.«

Lautes rücken der Stühle setzt ein, als sich die Gäste erheben und Steph kommt auf mich zu und nimmt mich in den Arm.

»Püppi, du warst Spitze, wo kamen die Beispiele plötzlich her? Die hattest du doch gar nicht geplant?«

»Nein, geplant waren sie nicht, aber plötzlich in meinem Kopf. Ich denke, Jeremias hat sie für wichtig gehalten, weil er unter den Gästen welche gesehen hat, die es einfacher und bildlicher erklärt brauchten. Jeremias hat es erkannt und ohne mich zu unterbrechen, in meinen Vortrag mit einfließen lassen. Ich bin froh so einen vorausschauenden Geistführer zu haben«, lachend nehme ich einen Schluck Wasser aus dem Glas, das Steph mir eingeschenkt hat.

Die Gäste verlassen nach und nach das Amarylion, natürlich

nicht ohne mich noch einmal zu umarmen und mir für diesen schönen Vortrag zu danken. Steph begleitet sie zur Tür und muss sich von einigen noch anhören, wie es sich angefühlt hat, als sie die Übung gemacht haben. Viele zufriedene Gesichter und das ist ein wundervolles Geschenk für mich. Ich nehme Jeremias wieder neben mir wahr und bedanke mich innerlich bei ihm für seine Unterstützung. Er lächelt mir zu und löst sich wieder auf, um vielleicht jetzt auch Feierabend zu machen oder in anderen Dimensionen, anderen Menschen Hilfe zu geben. Der Gedanke, dass Geistführer auch Feierabend machen, amüsiert mich. Genau das werde ich Jeremias beim nächsten Treffen fragen.

»Erde an Mily ... , bist du noch hier?« Steph berührt mich am Arm und sieht mich mit einem Lächeln im Gesicht an.

»Entschuldige bitte, ich war mit den Gedanken ganz woanders. Wo sind Jayden und Jake?«, fragend blicke ich mich im Amarylion um, kann sie aber nicht entdecken.

»Die sitzen schon vor einer dampfenden Tasse Kaffee und sind in heiße Diskussionen über deinen Vortrag gefangen. Denen hast du aber auch eine Show hingelegt, die kommen beide aus dem Staunen nicht mehr heraus. Jetzt erzählen sie sich gegenseitig wie sie ihre Angst gespürt haben und wie man Kräfte wie Popeye bekommt nur, weil man wütend ist. Komm lass uns den Rest des Abends mit den beiden Prinzen verbringen und wenn sie nicht nett zu uns sind, dann verhext du sie in Frösche.« Steph fängt so herzhaft an zu lachen, das sie mich ansteckt.

Wir löschen das Licht im Amarylion, verschließen die Ladentür und begeben uns zu den beiden Prinzen in die Küche, die uns schon sehnsüchtig erwarten.

»Jake, sieh nur unsere Prinzessinnen kommen!« Jayden springt auf und zieht den Stuhl am Tisch zurück, so dass ich mich setzen kann.

Das gleiche macht Jake für Steph und die muss kichern, weil er so vornehm tut und ihr, als sie sitzt, sogar ganz charmant die Hand küsst. Jayden und ich sehen uns an und müssen lachen. Es ist aber auch zu komische die beiden bei ihrem Ritual zu beobachten. Fast wirkt es so, als würden sie sich schon ewig kennen, nicht erst seit ein paar Tagen. Mir wird richtig warm ums Herz, Steph so glücklich zu sehen. Sie hat es wirklich verdient, das große Glück gefunden zu haben. Denn die letzten Jahre war sie nur für mich da gewesen und hat mir geholfen dem Amarylion Leben einzuhauchen. Als meine beste Freundin hat sie mir immer ihre Schulter zum Ausweinen zur Verfügung gestellt, mich so oft in den Arm genommen und mir dadurch viel Geborgenheit geschenkt. Sie ist so stark in mein Leben mit eingebunden, wie eine Schwester und eine Mily ohne Steph, kann ich mir mit keinem Gedanken vorstellen. Ein sanfter Kuss, auf meine Wange gehaucht, holt mich aus meinen Gedanken über Steph wieder zurück in das Hier und jetzt. Ich sehe in Jaydens strahlenden Augen, die mich liebevoll ansehen und mir ein wunderschönes Lächeln schenken.

»Dein Vortrag war ein so großes Erlebnis für mich. Mein Kopf schwirrt mir noch von den ganzen neuen Informationen, die du ihm gebracht hast.«, er drückt bei seinen Worten meine Hand und unsere Finger verschränken sich ineinander.

»Es freut mich, dass er dir gefallen hat und die restlichen Gäste waren ja auch sehr angetan.«

»Wie schaffst du es nur, fast zwei Stunden lang einen Vortrag zu halten ohne ein Manuskript oder Leitzettel zur Hilfe zu nehmen?«, mit Bewunderung in seinen Augen sieht Jayden mich an.

»Das verdanke ich Jeremias, meinem Geistführer. Er gibt mir immer die Inspiration für die richtige Wortwahl und damit auch genügend Selbstvertrauen, diese Worte auszusprechen. Früher habe ich immer versucht einen Vortrag vorzubereiten, aber diese waren dann nie so informativ und emotional berührend, wie die Vorträge, die ich mit Hilfe von Jeremias halte. Jetzt ist er ein fester Partner für mich und steht bei allen öffentlichen Auftritten an meiner Seite, seien es Vorträge, Workshops oder auch mediale Abende. Auf der Bühne des Lebens ohne Jeremias zu stehen, kann ich mir nicht mehr vorstellen, er gehört zu mir, ist mein spiritueller Berater und mein bester Freund.« Liebe durchflutet gerade mein Herz, als ich diese Worte ausspreche und ich weiß instinktiv, dass Jeremias mir dieses wunderschöne Gefühl als Geschenk sendet, weil er meine Worte empfangen hat.

»Haben alle Menschen, die so wie du arbeiten, einen solchen Berater, also Geistführer an ihrer Seite?« Jake sieht mich neugierig an und spielt dabei mit Stephs Hand, die er fest umschlossen hält.

»Nicht nur Menschen, die wie ich spirituell arbeiten, sondern »alle« Menschen haben Geistführer an ihrer Seite. Er hält sich so lange im Hintergrund, bis du selbst soweit bist, mit ihm in Kontakt zu treten. Niemals würde er sich in deinen freien Willen einmischen. Wenn du für dich nicht annehmen kannst, dass er existiert und dich in deiner ganzen spirituellen Entwicklung unterstützt, so lange arbeitet er im Verborgenen mit deiner Seele zusammen. Du erhältst dann Hilfe durch Eingebungen, die du für ein Produkt deines Denkens hältst. In Wahrheit kommen diese spontanen Einfälle aber von deinem Geistführer, der dich unterstützt und deine Seele sendet dir dann diesen Einfall, den du für deinen hältst. Deine Seele hat immer Kontakt zur Jenseitigen Welt, weil sie selbst aus purer Energie besteht, die immer mit unserem wirklichen Zuhause im Kontakt steht. Vom ersten Tag deiner Zeugung an, bis zu deinem Tod bist du immer mit deinem Zuhause verbunden. Diese Verbindung wird niemals unterbrochen, sie besteht für die Ewigkeit. Ich habe mich meiner Seele geöffnet und nehme an, was sie mir sendet. Darum bin ich ein Medium, weil es der Weg meiner Seele ist. Nehmen wir mal

Jayden als Beispiel«, ich zwinkere ihm zu und er drückt meine Hand. »Er arbeitet als Herzchirurg und er liebt seine Arbeit.« Jayden nickt zur Bestätigung mit seinem Kopf. »Weil er mit Liebe seine Berufung lebt, heißt das er arbeitet mit seiner Seele, nicht gegen sie. Darum hat er auch so großen Erfolg. Denn dies ist das Geschenk, was ihm seine Seele macht. Wenn wir dem Ruf unserer Seele folgen, dann wird kraftvolle Energie von ihr ausgesendet, die alle Weichen stellt, dass der Erfolg kommt. Die Seele ist also unser Navigationsgerät für das Leben. Wenn wir in das Ziel vertrauen, welches wir in das Navigationsgerät eingegeben haben und wir dann diese Route auch wirklich nehmen, erreichen wir das Ziel direkt. Biegen wir aber falsch ab, dann wird die Route neu berechnet, wir kommen auch ans Ziel, nur dauert es durch den Umweg viel länger.«

»Es ist erstaunlich wie du immer wieder einfache, verständliche Worte findest, einem deine Welt zu erklären, Mily. Es bringt mich dazu, diese Welt mit ganz anderen Augen zu betrachten. Nicht nur diese Welt, mich selbst natürlich auch. Ich möchte wirklich noch mehr darüber lernen, es fasziniert mich sehr dieses Thema.« Jake sieht mich erwartungsvoll an.

»Gerne! Es wird mir eine Freude sein, dir diese Welt näher zu bringen.«

»Darf ich mich Jake auch anschließen? Mich interessiert es auch sehr, was dieses Thema betrifft und ich bin gespannt, was es noch so alles gibt, von dem ich nie gedacht hätte, dass es existiert.« Jayden sieht mich mit bettelnden Blick an und ergreift meine Hand um sie zu seinem Mund zu führen, der ihr einen Kuss auf haucht.

»Na, dann kommt ja jetzt ein Stück Arbeit auf uns zu Mily. So meine Herren, erste Lektion, keinen Vortrag und Workshop verpassen. Denn diese werden euch Schritt für Schritt in unsere Welt führen und eure, jetzt noch blinden Augen, öffnen. Macht euch bereit für ein riesiges Abenteuer, welches euch erwartet und für die großen Wunder, die passieren werden.« Steph muss herzhaft lachen, als sie diese Worte ausspricht und steckt uns alle mit dieser Herzlichkeit an.

Schon erfüllt unser aller Lachen die Küche und hebt die Energien spürbar an. Wir fangen voller Eifer sofort an einen Schlachtplan für die Ausbildung von Jake und Jayden zu erstellen, was noch einige Zeit des Abends in Anspruch nimmt.

»So ihr beiden Süßen!« Steph erhebt sich von ihrem Stuhl und nimmt die Hand von Jake, um ihn von seinem Stuhl hochzuziehen: »Wir beide werden euch jetzt für heute verlassen, denn ich entführe diesen stattlichen Prinzen jetzt in meine Burg, um ihn in die Kunst der spirituellen Liebe einzuführen«, lachend nimmt Steph erst mich und dann Jayden in den Arm, während Jake mit einem Schmunzeln Jayden auf die Schulter klopft.

»Ich werde wohl besser machen was die Prinzessin von mir erwartet, sonst werde ich noch einen Fluch auferlegt bekommen und wirklich als Frosch an irgendeinem Tümpel mein Dasein fristen müssen.«, damit umarmt er mich und verlässt winkend mit Steph die Küche, um von der Dunkelheit des Abends, mit ihr zusammen, verschlungen zu werden.

Jayden steht jetzt vor mir und nimmt mein Gesicht zwischen seine Hände. Dabei schaut er mir mit diesen Augen, die mir weiche Knie bereiten, direkt in meine Seele hinein.

»Was machen wir zwei verliebten jetzt?«

Ohne ein Wort zu sagen, nehme ich seine Hand, lösche das Licht in der Küche und gehe mit ihm die Treppe nach oben.

9

Sanft flackern die Kerzen im Luftzug, der durch ein geöffnetes Fenster die warme und laue Nachtluft in das Zimmer trägt. Das Zirpen der Grillen dringt von draußen in den Raum und vermischt sich mit der Stimme, die leise »Ich werde dich immer lieben« singt. Die Vorhänge flattern leicht im Windzug und verteilen den Duft vom Elixier d´amour im ganzen Zimmer, der sich betörend auf unsere Sinne legt. Die warme feuchte Luft tanzt um unsere erhitzen nackten Körper, Schweißperlen glänzen auf unserer Haut. Dieser liebliche Duft scheint jede Körperzelle zu durchdringen und sie zu beleben. Unsere Körper glänzen und glühen gleichzeitig vor Lust, die sich immer stärker aufbaut, zu einem Vulkan, der nicht mehr zu stoppen ist. Eng umschlungen liegen wir nebeneinander, versunken in einem leidenschaftlichen Kuss. In diesem Tanz verbinden sich unsere Zungen miteinander, tanzen wie um ein Feuer herum, dem Feuer der Leidenschaft. Sanft streicht seine Hand mir über die Wange, um dann mit seinen Fingern durch meine Locken zu fahren. Wir lösen unsere Lippen voneinander und ich sehe in sein Gesicht über mir, sehe unbeschreibliches Glück in seinen Augen. Eine so große Sanftheit strahlen sie aus, dass mein Herz schon wieder höher schlägt. Jede Faser meines Körpers verlangt nach ihm, verzehrt sich danach seine Berührungen zu fühlen. Er legt seine sinnlichen Lippen wieder auf meine und ich spüre, wie seine Zunge nochmals um Einlass bittet, damit sie sich wieder tanzend mit meiner verbinden kann. Seine Hand fährt meinen Körper entlang, bleibt auf der einen Brust liegen und drückt sie sanft. Seine Fingerspitzen umschließen meine Brustwarze und zwirbeln sie sanft, um dann im gleichen Moment einen Zug auf sie auszuüben. Mein Himmelreich schreit förmlich auf vor Lust und meine Perle fängt an zu zucken. Jayden macht unbeirrt weiter, nimmt meine andere Brust, auch diese drückt er erst sanft, um dann die Brustwarze zwischen seinen Fingern zu zwirbeln, ein Zug an ihr und wieder schreit mein Himmelreich auf und ein Zucken durchläuft meine Perle. Seine Hand wandert weiter über meinen erhitzten Körper und seine Finger umkreisen meinen Bauchnabel, während unsere Zungen einen immer heftiger werdenden Tanz vollziehen. In meiner Leiste streicht seine Hand sanft über den Übergang vom Bauch zu meiner Scham, ein wohliger Schauer durchfährt meinen Körper und instinktiv hebt sich mein Becken an, um sich nur für ihn zu öffnen. Sanft löst Jayden seine Zunge von meiner, um mein Gesicht mit zarten Küssen zu bedecken. Er erkundet meinen Hals und beißt zärtlich in mein Ohrläppchen. Lustvoll saugt und knabbert er daran, laut stöhnend presse ich mich an ihn. Lasziv tanzt seine linke Hand über meinen Schenkel, er verschafft sich fordernd mit seinen Fingern Einlass in mein Himmelreich. Mit sanftem Druck reibt sein Daumen auf meiner Perle, über meine Lippen kommt ein lautes Stöhnen der Lust. Er packt mich noch fester, drückt mich eng an sich, als hätte er Angst ich würde ihm entgleiten. Seine Finger ertasten meine Perle und zwirbeln mit leichtem Druck an ihr, mein Himmelreich schreit immer lauter nach Erlösung. Unsere erhitzten Körper reiben sich aneinander. Ich spüre seine Erregung, als er sich immer enger an mich drückt und sein Excalibur meinen Schenkel berührt. Voller Zärtlichkeit lässt er wieder und wieder seine Finger in mich gleiten, wo ihn mein feuchtes Himmelreich jubelnd begrüßt. Sofort umschließt es die Finger, als hätte es Angst, er könnte seine Hand gleich wieder zurückziehen. Seine Finger streicheln mich von innen und bringen mich dem Höhepunkt der Gefühle immer näher. In meinem Inneren tanzt alles in heller Freude, ich spüre meine eigene Feuchte zwischen den Schenkeln. Kurz vor meinem Höhepunkt, ziehen sich seine Finger aus mir zurück, um im gleichen Moment wieder tief in mein Himmelreich vorzustoßen. Er steigert meine Lust ins Unermessliche. Ich sehe die feurige Leidenschaft in Jaydens Augen. Er genießt es wie ich unter seinen Händen dahinfließe, ihn erfreut es zu spüren, wie mein Körper vor Erregung zittert. Seine Finger gleiten aus mir heraus, um im nächsten Moment noch tiefer in mir zu versinken. Er ertastet in mir den Punkt, der mich zum Beben bringt, voller Lust strecke ich ihm mein Becken entgegen, damit er noch tiefer in mein Himmelreich vorstoßen kann. Ich nehme voller Erregung sein Excalibur, welches sich sofort in meine Hand schmiegt, während ich meine Finger um diesen herrlichen Zauberstab schließe. Ein heftiges Stöhnen bahnt sich den Weg über Jaydens Lippen, er drückt mich erneut fest an sich und seine Finger tanzen einen fordernden Tanz in meinem feuchten Himmelreich. Die Luft um uns herum scheint zu kochen, immer heftiger bewegen sich unsere Körper im Takt der Lust. Seine Hand löst sich von meinem feurig, durch ihn in Erregung versetztes Himmelreich, welches kurz vor dem Explodieren steht. Zärtlich nimmt er mein Gesicht zwischen seine Hände und schiebt seinen erhitzten Körper auf meinen. Ich spüre sein Excalibur zwischen meinen Schenkeln liegen, erfreue mich dieser Geborgenheit, die es in mir auslöst, als er mein Gesicht mit seinen beiden Händen umfasst. Seine Augen funkeln als er mich ansieht und während unsere Augen ineinander versinken, gleitet sein Excalibur in mein, vor Aufregung zuckendes, Himmelreich. Es ist, als würden wir miteinander verschmelzen, die Zeit scheint stillzustehen. Seine Augen fangen jede Reaktion von mir auf, sehen die Lust die er mir bereitet. Tief dringt er in mich ein und bereitet mir eine unbeschreibliche Freude der Lust und meine Hormone fahren Achterbahn, als er noch fordernder sein Excalibur in mich gleiten lässt. Immer wilder wird der Tanz unserer Körper, getrieben von der Lust, die ihrem Höhepunkt immer näher kommt. Seine Lippen finden meine und unsere Zungen umschlingen sich, als würden sie sich festhalten müssen, um nicht in dem Fluss der Ekstase mitgerissen zu werden, der wie ein Wildwasser durch unsere Körper rauscht. Jaydens Hände umfassen mein Gesicht fester und er stöhnt vor Lust, als er noch tiefer in mich hinein stößt. Ein Beben läuft durch meinen Körper und das Himmelreich macht sich bereit für den Höhepunkt dieses Liebesspiels. Unsere Blicke verschmelzen ineinander, als er noch einmal voller Ekstase sein Excalibur tief in mich gleiten lässt. Mit einem Schrei der Lust strecke ich ihm meinen Unterleib entgegen und spüre wie sich die Tore meines Himmelreichs öffnen und sein Excalibur es mit seinem köstlichen Saft überschwemmt. Während seine Lust sich in mir ergießt, erreicht meine Liebesglut seinen Höhepunkt und mein himmlisches Reich erliegt wilden Zuckungen.

Erschöpft sinken wir nach diesem Akt der Liebe nebeneinander und ich lehne meinen Kopf an seine Schulter. Er streicht mir mein verschwitztes Haar aus dem Gesicht und sieht mich zärtlich an

»Ich liebe Dich Emily!«, dann legt er seine Lippen auf meine und wir versinken in diesem, hoffentlich, immer währenden Kuss.

Die Morgensonne steigt langsam höher und die Vögel begrüßen den neuen Wochentag mit ihrem lauten trällern. Die Welt erwacht wieder einmal zu neuem Leben und ein wundervoller Tag bringt uns neue Herausforderungen. Auch heute wird es sehr heiß werden, verspricht der Moderator vom Wetterradio und kündigt für die Abendstunden kräftige Gewitter an. Dann dringt die rauchige Stimme des Sängers, mit »Der Morgen ist angebrochen«, an mein Ohr und lässt mich langsam aus meinen Träumen in die Wirklichkeit zurückkommen. Ich strecke mich und spüre etwas Feuchtes in meinem Gesicht. Als ich die Augen öffne, sehe ich Quinny über mir stehen und mit Hingabe am

Gesicht schnuppern. Dabei stupst sie mich mit ihrer feuchten Nase an und mit einen leisen »Miau«, will sie mir sagen, dass ich aufstehen soll. Meine kleine Orakel-Katze ist genauso pünktlich wie mein Radiowecker. Sie springt auf die andere Bettseite und wieder höre ich ihr »Miau«.

Dann geht mein Blick in ihre Richtung und mir stockt der Atem, es war kein Traum! Diesmal war es Echt! Da liegt er, mein Prinz, in meinem Bett und ist gerade dabei Quinny von sich herunter zu schieben.

»Igitt! Was machst du da?«

Ich muss lachen, sie hat das gleiche mit Jayden gemacht, wie mit mir.

»Sie gibt dir ein »Guten Morgen« Küsschen und wundert sich wohl, dass du noch immer hier bist.«, ich kuschel mich in seine Arme und die Katze verlässt fluchtartig das Bett.

Er zieht mich enger an sich und seine Augen strahlen mich an: »Was für ein wundervoller Anblick am frühen Morgen.«, dabei beugt er sich zu mir und unsere Lippen verschmelzen erneut miteinander, bis ich mich zärtlich von ihnen löse.

»Da sind wir wohl beide vor Entspannung eingeschlafen«, lachend beuge ich mich über ihn und kann es gar nicht fassen, dass er hier bei mir ist.

Vor ein paar Tagen noch war er ein Produkt meiner Fantasie, aber so ist es mir natürlich lieber, wirklich und echt zum Anfassen.

»Ich habe geschlafen wie ein Baby, tief und fest. So gut habe ich schon lange nicht mehr geschlafen, liegt wohl an der hübschen Bettnachbarin, die mich verzaubert hat«, grinsend fährt er mit seiner Hand durch mein Haar und seine Augen blitzen wie ein Diamant auf.

Ich streiche mit meiner Hand über seine Wange und er genießt es so sehr, da fällt es mir schwer diese schöne Zweisamkeit zu unterbrechen: »Es ist so schön mit dir, aber die Pflicht ruft und ich muss mich fertig machen. Das Amarylion öffnet um zehn Uhr.«

Er gibt mir noch einen zärtlichen Kuss und ich stehe auf, um mich zu duschen.

Als ich fertig angezogen wieder im Schlafzimmer erscheine und bereit den Tag zu beginnen, begibt Jayden sich ins Bad, aber nicht ohne mich, so nackt wie er vor mir steht, zu umarmen. Meine Perle fängt schon wieder verdächtig an zu pochen, so dass ich ihn Richtung Dusche schieben muss.

»Dein Körper schreit nach Reinigung, also ab unter die Dusche!«, lachend schließe ich die Tür der Duschkabine, während er das Wasser andreht und lege ihm ein Handtuch zum Abtrocknen bereit. »Ich gehe runter in die Küche und zaubere für uns ein Frühstück, damit wir wieder zu Kräften kommen.«

»Das ist eine gute Idee und bitte auch Eier mit Speck zaubern, wenn du so lieb wärst. Mein Magen ist total leer und schreit förmlich nach Eiweiß.«

»Jawohl! Ihr Auftrag ist mir Befehl, eure Hoheit«, lachend wende ich mich Richtung Tür, um herunter in die Küche zu gehen.

»Eure Hoheit? Warte ab, wenn ich diese Dusche verlassen habe und kein Frühstück fertig ist, dann werde ich dich übers Knie legen.«

Kichernd flüchte ich aus dem Bad und begebe mich auf den Weg zur Küche, um meinem Prinzen die gewünschten Eier mit Speck zu zaubern.

Ein herrlicher Duft von frischem Kaffee und gebratenen Speck durchzieht die Küche. Die Kaffeemaschine gibt mir mit einem Gluckern das Zeichen, dass der Kaffee fertig ist.

»Oh mein Gott! Was für ein herrlicher Duft. Speck? Püppi, machst du Rühreier mit Speck? Geht es dir nicht gut?« Steph kommt durch die Hintertür herein und streckt ihre Nase in

Richtung Pfanne: »Das habe ich ja schon in der Einfahrt gerochen!«, sie stellt ihren Korb auf dem Küchentresen ab und packt den Einkauf aus, den sie auf dem Weg hierher besorgt hat.

Während sie die Sachen im Kühlschrank verstaut, sieht sie mich fragend an und als ich ihr schon antworten will, geht ihr Blick zur Treppe und der Mund steht ihr offen. Jayden kommt gerade die Treppe herunter, mit einem Grinsen im Gesicht nimmt er Steph in den Arm und drückt sie.

»Also jetzt bin ich sprachlos!«, sie sieht erst mich und dann Jayden an: »Sage jetzt nicht, dass du dich gestern im Dunkeln nicht mehr raus getraut hast und darum hier geblieben bist.«, ihr Blick ist völlig erstaunt darüber, Jayden hier zu sehen. »Püppi habt ihr etwa ... ?«, fragend sieht sie mich an: »Nun erzähle schon und du Jayden halte dir gefälligst die Ohren zu, während sie mir eure heiße Nacht schildert!«, lachend stupst sie Jayden an.

Ich decke gerade für uns drei den Tisch ein: »Der Genießer schweigt Steph und dass es schön war, dürfte heute in unseren Gesichtern zu lesen sein, oder?«, als ich das sage, zwinkere ich Jayden zu und er grinst mich schelmisch an.

Während Steph unsere Kaffeetassen füllt, serviere ich Jayden seinen Teller mit Rührei und Speck.

»Oh! Das duftet aber herrlich! Danke meine Prinzessin. Eigentlich schade, ich hatte mich schon so darauf gefreut, dir den Hintern zu versohlen«, lachend greift er zu seiner Gabel, um sie sich mit Rührei zu füllen.

»Er will dir den Hintern versohlen? Habe ich jetzt etwa das Spannendste verpasst?« Steph sieht uns fragend über den Rand ihrer Kaffeetasse an.

Jayden und ich tauschen Blicke aus und müssen herzhaft lachen, was noch mehr Verwunderung auf Stephs Gesicht zaubert.

»Wie war dein Abend mit Jake?«

»Oh! Nun lenke mal hier nicht vom Thema ab Püppi! Aber wenn du schon so nett fragst, es war wild, leidenschaftlich und … «

»Stopp! Bitte keine Details, ich weiß, dass du gerade dabei bist, es ausführlicher zu beschreiben.«

Sie sieht mich vorwurfsvoll an, während sie Jayden zuzwinkert: »Das ist unsere Emily, nach außen ganz lieb und hilfsbereit, aber wenn es um ihr Liebesleben geht, ist sie verschlossen wie eine Auster. Dabei würde es mich brennend interessieren wie es war«, lachend greift sie zum Brot, immer schön bedacht meinem Blick auszuweichen, der gerade Pfeile in ihre Richtung schießt.

»Ist das immer so aufregend mit euch beiden Prinzessinnen zu frühstücken?«

Steph und ich tauschen Blicke aus und fangen herzhaft an zu lachen.

»Wenn du damit ein lebhaftes Frühstück meinst – ja, das ist immer so bei uns beiden. Mal gibt es etwas zum Lachen und dann ein anderes Mal auch ernstere Themen. Dieser Raum hat schon viele Tränen der Freude erlebt und auch genauso viele der Trauer.«, ich nehme Stephs Hand und drücke sie, eine Geste, die mehr sagt, als Worte je ausdrücken könnten.

»Mily hat Recht, hier in dieser Küche sind schon viele Emotionen geflossen, sie ist der Dreh- und Angelpunkt für uns.«

Ich weiß, dass auch Steph jetzt gerade an den Tag zurück denkt, als ich Maik verlassen habe. Wo ich hier genau auf dem gleichen Stuhl saß wie heute. Nur der Unterschied zu heute ist, dass ich jetzt glücklich bin, aber die einstige Trauer ist trotzdem noch gespeichert in den Wänden und Gegenständen der Küche. Alles ist Energie, Gespräche die stattfinden, das Lachen genauso wie der Kummer und das Weinen. Diese Energien werden auch immer in diesem Raum bleiben. Wie auf einer Festplatte speichert eine Räumlichkeit das Leben in ihm ab. Nichts vergeht oder verschwindet für immer in diesem Universum, es wechselt nur sein Erscheinungsbild und somit seine Energien.

»Dann ziehe ich mal lieber das Lachen vor! Das fühlt sich für mich besser an und bringt mir gute Laune für den Tag.«, dabei greift er zu seiner Tasse und wir sehen wie sein Gesicht fast in ihr verschwindet, während er einen Schluck nimmt. Aus den Tiefen der Kaffeetasse erschallt sein Lachen und wir stimmen mit ein.

Es ist auch zu witzig, wie er da mit versunkenem Gesicht in der Tasse hängt.

»Wann fängt denn unser Unterricht an?«, er stellt die Kaffeetasse ab und grinst uns beide bei der Frage an.

»Was meinst du Mily, hast du Lust auf einen lustigen, entspannten Abend mit den beiden Prinzen?«

»Ja, gerne und wir überlegen uns im Laufe des Tages eine schöne Lernübung für euch. Was meinst du Steph? Am besten etwas was ihnen live zeigt, dass es da viel mehr gibt, als wir mit unseren Augen sehen können?«, fragend sehe ich sie an und nehme ihr Grinsen im Gesicht wahr.

»Oh ja! Und ich wüsste auch schon etwas, aber das besprechen wir später. Mir ist da gerade eine Idee gekommen.«

»Wie? Jetzt muss ich wirklich, bis heute Abend warten, damit ich erfahre, was ihr beiden mit uns vorhabt? Das ist doch noch so lange hin.« Jayden sieht uns flehend an, aber wir bleiben hart.

»Da wirst du wohl etwas an deiner Geduld arbeiten müssen, mein lieber.« Steph lächelt ihn an und beißt genüsslich in ihr Brot.

»Ihr beide habt aber auch kein Erbarmen mit einem armen neugierigen Prinzen.«, er lacht und hebt seine Tasse, um wieder darin zu versinken.

»Alles kommt zu seiner richtigen Zeit und da es hier um die Einführung von euch beiden in die Jenseitige Welt geht, müssen wir das auch mit ihnen abstimmen. Denn das zollt von Respekt, ihnen gegenüber. Also lasst euch überraschen und seit offen für alles Neue, was ihr heute in eurem Leben erfahren werdet.«, dabei lächelt Steph mich verschmitzt an, zwinkert mir zu und da habe ich plötzlich eine Eingebung und weiß, was sie heute Abend vorhat.

Ein Piep Ton erschallt plötzlich durch die Küche und Quinny, die auf einem Stuhl neben Jayden liegt, springt erschrocken hoch und sieht in seine Richtung.

»Die Arbeit ruft ihr beiden hübschen Prinzessinnen, da wird ein Notfall für mich aus Miami eingeflogen. Ich muss sofort los!«, während er das sagt, steht er auf und kommt auf mich zu, beugt sich zu mir herunter und nimmt mein Gesicht zwischen seine Hände, um mir dann einen Kuss voller Leidenschaft zu geben. Er sieht mir noch einmal liebevoll in meine Augen und ich sehe wie seine funkeln vor Glück und wieder überkommt mich das Gefühl wir verschmelzen miteinander.

»Wann sollen Jake und ich heute Abend erscheinen?«, er sieht Steph fragend an und schnappt sich dabei seine Autoschlüssel, die sie ihm von der Arbeitsplatte hangelt und am ausgestreckten Arm entgegen hält.

»So gegen zwanzig Uhr können wir starten, dann sind alle Vorbereitungen abgeschlossen und euer Abenteuer kann beginnen.«

»Wir werden pünktlich um zwanzig Uhr hier sein, bis nachher ihr beiden Prinzessinnen, viel Spaß euch beiden bei der Arbeit.«, damit verschwindet er durch die Tür in den Garten und kurze Zeit später hören wir ihn den Wagen starten.

Während Jayden nun auf dem Weg in die Klinik ist, räumen wir zusammen den Tisch ab und besprechen dabei die Termine, die heute für jeden von uns anstehen.

Während Steph sich noch um die Buchhaltung und die Emails kümmert, begebe ich mich in den Laden, um die Ladentür aufzuschließen. Der erste Termin ist erst um elf Uhr und es ist

Stephs Kunde, der ein Coaching von ihr bekommt. Sam Sparks ist ein treuer Stammkunde von Steph und kommt immer in regelmäßigen Abständen zu ihr. Er leitet ein großes Unternehmen, in der Medien- und Filmbranche. An seinem Schreibtisch haben schon viele Prominente gesessen, die wir dann in den Serien, die er auch selbst produziert, im Fernsehen bewundern konnten. Seine Angestellten lieben ihn, weil er ein fairer und lustiger Chef ist und dass er heute so ist, verdankt er Steph. Jeder, der für ihn arbeitet, liebt seine Arbeit, weil Mr. Sparks alle Aufgaben, die er sonst immer selbst erledigt hat, seitdem auf seine Mitarbeiter verteilt. Diese dürfen in einem bestimmten Rahmen auch eigene Entscheidungen treffen und er vergibt Erfolgsprämien an diejenigen, die Kreativ sind und den Mut haben, ihre Ideen auch in die Tat umzusetzen. Diese Arbeitsweise und das Vertrauen, welches er dadurch in seine Mitarbeiter steckt, haben sich für ihn schon mehrfach bezahlt gemacht. Jeder kommt gerne zur Arbeit, die Krankenstände sind fast bei null und sein Unternehmen hat einen deutlich höheren Jahresumsatz als früher. Dabei hat er auch noch die Gehälter deutlich angehoben, was sich für ihn schon bezahlt gemacht hat. Denn alle seine Mitarbeiter verfügen jetzt über viel mehr Motivation bei der Arbeit, weil er sie wertschätzt und sie dementsprechend entlohnt. Das dies so ist, verdankt er Steph, denn diese hat mit ihm viel an seinem Vertrauen in seine Mitarbeiter gearbeitet und ihm so zu seinem heutigen Erfolg verholfen. Da er ihr so viel zu verdanken hat, kommt er immer wieder, um sich von ihr beraten und coachen zu lassen.

Während ich so meinen Gedanken nachhänge, beschließe ich die Zeit zu nutzen, bis mein erster Kunde Bob Wilson, in zwei Stunden kommt. Ich fange an das eine Bücherregal, Fach für Fach leerzuräumen, um dort alles auszuwischen. Dann sortiere ich die Bücher der Reihe nach wieder ein. Während dieser monotonen Arbeit muss ich ständig an die erste Nacht mit Jayden denken und mein Herz fängt bei diesem Gedanken an schneller zu schlagen. So habe ich den Sex noch nie erlebt, was vielleicht auch kein Wunder ist, da Jayden erst der zweite Mann ist, mit dem ich intim geworden bin. Dass es auch gefühlvoll, zärtlich und sinnlich sein kann, hat er mir ja letzte Nacht bewiesen. Diese Verbundenheit, die ich mit ihm zusammen gespürt habe, die hat sich in jede meiner Körperzellen für immer eingebrannt. Vielleicht ist das auch der Sex, wovon so viele Bücher berichten »erfüllender Sex«? Bis jetzt konnte ich mir nichts darunter vorstellen, da ich noch keinen Vergleich hatte, aber heute denke ich, dass es gestern erfüllender Sex war, den ich mit Jayden hatte. Diese Tiefe in den Gefühlen, die er in mir ausgelöst hat, so etwas war völlig neu für mich. Sicher wünscht man sich solche tiefen Gefühle, aber dass es sie auch real gibt oder man sie wirklich fühlen darf, daran zweifelt man ja so lange, bis es einen dann selbst trifft und das hat es mich gestern. Es zaubert mir ein Lächeln in mein Gesicht, wenn ich an unsere letzte Nacht denke und wie ich da auf Hochtouren gelaufen bin. Jayden weiß aber auch ganz genau, welche Knöpfe er bei mir drücken muss, um mich um den Verstand zu bringen. Ich räume die nächste Ebene des Bücherregals aus, um die Fläche abzuwischen. So arbeite ich mich durch das ganze Regal und lasse dabei die letzte Nacht Revue passieren, bis mich die Türglocke aus meinen Gedanken hochschrecken lässt.

Sam Sparks betritt mit einem zufriedenen Lächeln im Gesicht das Amarylion.

»Einen wunderschönen guten Morgen wünsche ich Ihnen Emily. Wie geht es Ihnen?«

»Guten Morgen Sam, danke der Nachfrage, es geht mir wie immer sehr gut und wie sieht es bei Ihnen selbst aus?«

»Seit ich Ihren Vortrag gestern erlebt habe, geht es mir sehr gut. Es arbeitet in meinem Kopf und ich habe mich den restlichen Tag mit meinen Gefühlen beschäftigt. Es ist ja interessant, wenn man anfängt sich selbst, sein Innerstes zu erforschen. Da hatten Sie wirklich Recht mit und eines muss ich Ihnen sagen, Ihre Vorträge sind immer so lehrreich und auch so leicht zu verstehen.«, er umarmt mich zur Begrüßung und drückt mich herzlich an sich.

»Was sehe ich denn da? So viel Herzlichkeit und das am Vormittag schon? Da kann der Tag doch nur schön werden. Guten Morgen Sam, schön dich zu sehen!« Steph betritt den Laden und umarmt ihren Kunden.

Da sie sich jetzt schon so lange kennen, sind sie irgendwann zum persönlicheren »du« übergewechselt, was Sam Sparks, Steph vorgeschlagen hat.

Er nimmt auch Steph in den Arm und drückt sie an sich: »Es ist schön, dich zu sehen Steph, gut siehst du aus. Fast könnte ich vermuten du wärst verliebt? Du strahlst heute irgendwie von innen heraus, es fühlt sich für mich jedenfalls anders, noch besser als sonst, an.«

Steph und ich tauschen Blicke aus und fangen an zu lachen,

»Oh! Habe ich etwas Falsches gesagt?«, Mr. Sparks sieht uns beide schmunzelnd an.

»Nein Sam, alles ist in Ordnung, aber mit dem Verliebt sein könntest du sogar richtig liegen. Komm wir gehen in meine Coaching Höhle und dann verrate ich dir vielleicht, worum es gerade ging.«

Sam folgt Steph und zwinkert mir noch kurz schelmisch zu, während er hinter ihr hergeht.

Wieder allein mit meinen Büchern, beginne ich die nächste Reihe auszuräumen, um auch hier alles auszuwischen. Während ich zum Eimer greife, um den Lappen aus dem Wasser zu fischen und ihn auszuwringen, sehe ich, wie ein Auto auf die Einfahrt zum Amarylion fährt und vor dem Eingang zum Stehen kommt. Während ich warte, dass der Kunde den Laden betritt, räume ich die Bücher wieder zurück in das Regal. Als ich fertig bin, sehe ich zur Ladentür, aber es kommt keiner herein. Mein Blick zum Fenster verrät mir, dass der Wagen noch immer vor der Tür steht. Warum steigt keiner aus dem Auto aus? Langsam macht mich die Situation stutzig und ich gehe an das Fenster, um einen besseren Blick auf das Innere des Wagens zu haben. Ich sehe nur eine Person in dem Fahrzeug, eine Frau oder besser gesagt ein junges Mädchen, sie ist vielleicht höchstens um die zwanzig Jahre alt. Mit beiden Händen umklammert sie das Lenkrad und hat ihren Kopf daraufgelegt. Vielleicht ist ihr nicht ganz wohl und sie braucht Hilfe, deshalb beschließe ich herauszugehen und mich um das Mädchen zu kümmern. Die Türglocke gibt einen hellen Ton von sich, als ich die Ladentür öffne und nach außen trete. Die Sonne scheint schon jetzt erbarmungslos vom Himmel und es sind fast fünfunddreißig Grad draußen, dabei ist es noch nicht einmal Mittagszeit. Langsam bewege ich mich auf den Wagen zu und erkenne jetzt von nahem, dass es sich um ein junges Mädchen handelt. Ihr Kopf liegt auf dem Lenkrad und ihre Hände halten es umklammert. Ihr lockiges braunes Haar hat sich wie ein Fächer um ihren Kopf gelegt und bedeckt ihre Arme und das Lenkrad, so dass ich ihr Gesicht nicht sehen kann. Doch sie weint, denn ich sehe Erschütterungen durch ihren Körper laufen und höre sie auch schluchzen. Vorsichtig klopfe ich an das Fenster vom Wagen, um sie nicht noch zusätzlich zu erschrecken. Doch erst einmal kommt keine Reaktion von ihr, darum klopfe ich ein zweites Mal und etwas kräftiger. Es dauert noch einen kleinen Moment, aber dann sehe ich, wie sie ihren Kopf in meine Richtung dreht und mich ihre traurigen, verweinten braunen Augen ansehen.

»Hallo, mein Name ist Emily. Wie heißt du?«, es kommt langsam Bewegung in das Mädchen und sie öffnet die Fahrertür. Eine kühle Brise streift meine Beine, die von der Klimaanlage herrührt, die im Wageninneren noch immer läuft, da sie den Motor noch nicht ausgestellt hat. Jetzt dreht sie am Zündschlüssel, der Motor verstummt und die kühle Brise verflüchtigt sich, wird von der warmen Umgebungsluft einfach verschluckt.

»Laurelle ist mein Name – Laurelle Ryan!«, dabei sieht sie mich mit ihren verweinten Augen an.

Ich strecke ihr meine Hand entgegen: »Laurelle, schön dich kennenzulernen, magst du mit mir ins Amarylion kommen? Dort ist es kühler und da bekommst du erst einmal ein Glas Wasser. Ich vermute mal, das kannst du jetzt auch gut gebrauchen, oder?«, fragend sehe ich sie an.

Sie nickt zustimmend und folgt mir in den Laden. Ich führe sie in die kühle Küche und schenke ihr ein Glas Kristallwasser aus dem großen Krug ein. Sie trinkt es in einem Atemzug aus und ich schenke ihr nach. Während sie trinkt, beobachte ich sie. Warum sitzt dieses Mädchen jetzt hier in meiner Küche, was ist mit ihr passiert? Das äußere Erscheinungsbild wirkt gepflegt und sauber. Sie trägt eine dunkle Jeans, offene Sandalen mit Riemchen und eine rot-weiß karierte leichte Sommerbluse mit zarten dunkelroten gestickten Rosen am Kragen, dem Bund und an den Ärmeln. Das verleiht ihr ein noch zarteres Aussehen und ihre Haare sehen aus wie von einem Engel, ganz weich und lockig fällt es ihr auf die Schultern und umrahmt ihr zartes Gesicht. Sie ist ein bildschönes Mädchen. Was ist ihr nur passiert, dass sie weinend vor dem Amarylion gelandet ist?

»Danke für das Wasser und ihre Hilfe!« Laurelle sieht mich dankbar an.

»Warum bist du nicht aus dem Wagen gestiegen und ins Amarylion gekommen?«, ich sehe sie mit prüfendem Blick an, während sie verlegen an ihrem Wasserglas rumspielt.

»Ich habe mich nicht getraut. Als ich hierher gefahren bin, war ich so mutig, aber vor der Tür hat mich dann die Furcht übermannt.«, ängstlich sieht sie mich an.

Ich stehe auf, gehe vor ihr, in die Hocke und lege meine Hände auf ihre Knie: »Du brauchst dich vor nichts zu fürchten. Ich möchte dir helfen, aber du musst mir sagen, warum du hierher-gekommen bist.«, sorgenvoll sehe ich die Tränen, die jetzt über dieses schöne Gesicht laufen.

Sie fängt an zu schluchzen, die Tränen ersticken fast ihre Stimme, als sie anfängt zu erzählen: »Wegen Steve – Steve Handson, meinen Freund. Wir haben uns ganz schlimm ge-stritten und ich bin einfach weggefahren, weil ich so sauer auf ihn war.«, jetzt schüttelt der Weinkrampf ihren ganzen Körper und ich streiche behutsam über ihren Arm, um sie etwas zu beruhigen.

»Jede Beziehung macht auch mal schlechte Zeiten durch und wenn man sich dann streitet, ist es zwar nicht schön, aber es passiert leider. Heute ist ein neuer Tag und vielleicht tut ihm der Streit auch schon leid. Hast du mit ihm gesprochen?«

Jetzt bricht bei Laurelle ein starker Weinkrampf aus, die Trä-nen rollen ihr sturzbachartig über das Gesicht und ihre Augen haben plötzlich einen erschreckend leeren Blick, als sie mich ansieht.

»Steve ist tot!«, wieder wird dieser zarte Körper von Emotio-nen durchgeschüttelt und ich bin im ersten Moment geschockt von dem, was Laurelle mir gerade erzählt hat.

Ich stehe auf und nehme das weinende Mädchen in den Arm und halte sie ganz fest umschlungen, bis ich spüre, dass sie sich etwas beruhigt hat. Die Gedanken rasen in meinem Kopf. Wer ist Steve und was ist ihm passiert? Mich überkommt ein ungutes Gefühl und ich sehe einen jungen Mann vor meinem geistigen inneren Auge, jung, kräftig, zerzauste blonde Haare. Er trägt ein weißes T-Shirt, eine blaue Jeans-Latzhose und lächelt mich an. Ich versuche dieses Bild wieder beiseite zu schieben, um mich um Laurelle zu kümmern. Ich lasse sie aus meinen Armen frei und hebe mit meiner Hand ihr Kinn an, damit ich in ihre Au-gen sehen kann. So viel Traurigkeit schlägt mir da entgegen, aus diesen rot verweinten Augen.

»Was ist passiert? Magst du es mir erzählen?«, ich sehe sie mitfühlend an, drücke sie sanft auf ihren Platz am Tisch zurück und setze mich neben ihr, auf den anderen Stuhl.

Während sie anfängt, mit tränenerstickter Stimme zu erzählen was passiert ist, halte ich ihre Hand und versuche ihr so Vertrauen zu geben.

»Steve und ich haben gestritten, weil er immer so viel auf der Ranch seiner Eltern hilft und dadurch wenig Zeit für mich hat. Dass sein Dad nicht alles allein bewältigen kann und er in seiner Freizeit zuhause mit anpacken muss, das ist ja nichts Neues. Doch dann gab es einige Renovierungsarbeiten am Haus zu machen, da fuhr er jeden Tag nach seiner Arbeit hin, um seinen Eltern zu helfen. Ich fühlte mich zurückgesetzt und habe ihm Vorwürfe gemacht. Er wurde wütend und hat gesagt, dass er auch an seine Familie denken muss, und dass es für ihn nicht leicht ist, sich immer zwischen seinen Eltern und mir entscheiden zu müssen. Dass er seinen Vater nicht mit der Arbeit am Dach allein lassen kann. Es ist immer sicherer, wenn man zu Zweit auf dem Dach ist und darum wollte er ihm helfen. Mich hat das so wütend gemacht, dass ich ihm gesagt habe, er könne mich kreuzweise und das es mich ankotzt, immer an zweiter Stelle zu kommen. Dann bin ich einfach weggefahren, ohne noch ein einziges Wort zu ihm zu sagen. Am Morgen danach kam der Anruf von seiner Mom, sie hat so geweint und da wusste ich, es ist etwas Schreckliches passiert. Sie erzählte mir, dass Steve bei den Arbeiten vom Dach abgestürzt sei, als er über eine Holzlatte gestolpert ist. Er ist unten auf dem Hof so unglücklich aufgeschlagen, dass er sich das Genick gebrochen hat und sofort tot war.«, wieder schüttelt sie ein Weinkrampf und ich streichel beruhigend über ihre Hand.

Dieses Mädchen macht sich Vorwürfe, das spüre ich: »Das letzte war also der Streit mit Steve, der dir von ihm bleibt und jetzt bedrückt dich das richtig?«, ich sehe sie an und sie nickt.

»Ja, es ist so ein schlimmes Gefühl. Er wollte doch nur helfen. Ich bin so gemein zu ihm gewesen und jetzt kann ich mich nicht mehr bei ihm entschuldigen, weil er tot ist«. Wieder rollen ihr die Tränen über die Wange und sie wischt sie mit ihrer Hand weg.

Ich fülle ihr Glas erneut mit Wasser aus dem Krug und schiebe es ihr rüber. Sie sieht mich dankbar an.

»Was soll ich nur ohne ihn tun? Ich habe ihn doch geliebt und wir haben schon unsere Zukunft geplant. Wir wollten heiraten, Kinder bekommen und uns ein eigenes Zuhause schaffen, wo wir hätten glücklich sein können. Jetzt ist er nicht mehr da und ich kann es noch gar nicht glauben.«, sie schnieft in das Taschentuch, welches ich ihr hinüberreiche und bedankt sich.

»Laurelle, ich möchte dir ein Bild beschreiben, welches ich bekomme. Ist das für dich in Ordnung?«, sie sieht mich mit fragenden Blick an.

»Ja sicher, aber was bedeutet das? Ich weiß ja, dass du ein Medium bist und auch Jenseitskontakte hier im Amarylion machst, vielleicht hat mich mein Gefühl ja nicht betrogen? Seit ich diese schreckliche Nachricht bekommen habe, war der Drang so groß zu dir zu fahren, dass ich ihm schließlich nachgegeben habe. Doch als ich vor der Tür stand, hat mich der Mut wieder verlassen und darum bin ich nicht aus dem Auto ausgestiegen. Doch ich war auch wie gelähmt und konnte weder aus dem Auto aussteigen, noch konnte ich wieder wegfahren. Meinst du, das hat eine Bedeutung, weil ich jetzt hier bei dir sitze?« Laurelle nimmt sich noch ein Taschentuch aus der Box, um sich die Tränen wegzuwischen, die ihr erneut aus den Augen kullern.

»Ja, das denke ich, denn nichts im Leben passiert ohne einen Grund und hat immer eine Bedeutung für uns Menschen. Dass du jetzt hier bei mir sitzt, dass ich auch gerade heute keinen Kunden in dieser Zeit habe, das alles ist Bestimmung, weil es gerade jetzt so sein soll. Die Verstorbenen leiten die Trauernden sehr oft zu mir, nur nicht jeder Hinterbliebene folgt dem Ruf. Die Seele des Verstorbenen ist auch nach dessen Tod mit unserer Seele hier auf der Erde verbunden. Unsere Seele bekommt plötzlich genau, wie du es heute empfunden hast, Impulse und du bist diesem Ruf unbewusst gefolgt. Jetzt sitzt du hier. Steves Seele hat mit deiner Seele Kontakt aufgenommen und deshalb hast du diesen Weg zu mir genommen, weil er weiß, dass er über mich mit dir sprechen kann. Das Jenseits ist immer mit unserer Welt verbunden, alles ist ja nur Energie, hier genauso wie drüben. Diese Energien sind immer da, denn Energie stirbt nicht, sie wandelt sich nur. Der physische Körper vergeht, aber die Seele ist pure Energie und mit allen deinen Emotionen und Erfahrungen gefüllt. Denn auch Gefühle, die wir durch unsere Erfahrungen hier auf der Erde gefühlt haben, sind pure Energie, dies nimmt die Seele mit ins Jenseits. Die Liebe, die Steve für dich und du für ihn empfunden hast, das ist auch solch eine Energie. Liebe ist die stärkste Energie, die es gibt.«

Laurelle sieht mich erstaunt an und spielt nervös mit einer Locke ihres Haares rum: »Du meinst damit, dass er hier ist? Dass er mit mir reden möchte und mich deshalb vom Jenseits aus zu dir gelenkt hat?«

»Ja, das meine ich. Das Jenseits ist nicht im Himmel oder was du sonst so alles darüber gehört hast. Das Wort »Jenseits« sagt uns schon, dass es Jenseits von uns liegt. Es ist überall um uns herum, nur in einer anderen Energie Schwingung und darum nehmen die Menschen es nicht wahr. Wir beide sitzen jetzt hier in meiner Küche und das ist das, was du siehst. Wir sitzen aber auch gleichzeitig im Jenseits, nur sehen wir nicht, was um uns herum noch alles ist. Das lässt unser Verstand auch nicht zu. Wir gehen auf dieser Erde also immer gleichzeitig in beiden Welten. Einmal physisch hier, wo wir uns jetzt befinden und einmal geistig als Energie, wo Steve sich jetzt befindet, aber es ist der gleiche Ort. Einem Medium wie mir ist das sehr oft bewusst und ich sehe auch die verstorbenen Seelen, wenn sie bereit sind, sich mir zu zeigen. Meine Lebensaufgabe ist das Vermitteln zwischen diesen beiden Welten. Ich kann mich mit meiner Energie auf ihre Energie einstellen und dann empfange ich die Botschaften. Du empfängst sie nicht, weil du nicht weißt, wie du deine Energie darauf einstellen musst. Das ist wie mit einem Radiosender. Ist er nicht richtig eingestellt, dann hörst du nichts. Hast du den Sender aber gefunden, hier ist der Sender jetzt das Jenseits, dann empfängst du auch, weil du deine Energie in deiner Aura erhöht hast und die Verstorbenen drüben ihre sehr viel höhere Energie auf deine, herabgesenkt haben. Dann erst ist ein klares Gespräch, vergleichbar mit einem Telefonat, durch den Verstorbenen möglich. Darum habe ich heute auch den jungen Mann gesehen, bevor ich von dir erfahren habe was passiert ist.«

»Es ist das erste Mal, dass mir jemand die Welt so erklärt, aber jetzt ergibt für mich vieles einen Sinn. Ich verstehe, was du mir hier erzählst, nur mein Verstand sträubt sich und kann es noch nicht begreifen.«, nervös faltet sie ihre Hände wie zu einem Gebet und sie wirkt jetzt auch innerlich ruhiger auf mich.

Da zeigt sich mir wieder wie hilfreich Jenseitskontakte und die Gespräche über den Tod sein können. Das ist ganz wichtige Trauerarbeit, was Laurelle jetzt gerade hier erfährt. Wenn sie versucht, allein damit fertig zu werden, dann würde sie das auch schaffen, nur wird sie Monate oder vielleicht sogar Jahre dafür brauchen, den Tod von Steve zu verarbeiten.

»Der Verstand versucht nur eine Erklärung zu finden, weil er gerade etwas erlebt, was er nicht versteht. Genau so haben die Menschen auch das erste Fahrrad oder das erste Auto angezweifelt oder denke einmal daran, wie die Menschen das erste Licht durch eine Glühbirne erlebten. Da war damals auch so manch ein Verstand mit überfordert. Heute ist es aber unsere Realität und genau das wird im Laufe der nächsten Jahrzehnte auch mit den Jenseitskontakten passieren. Irgendwann werden sie für uns alle so normal sein wie ein Telefonanruf von einem Lebenden. Jetzt haftet dem Ganzen noch etwas Mystisches an, dabei ist es etwas ganz Normales, was schon immer da war. In jedem Jahrhundert gab es Menschen die zwischen den Welten vermittelt haben. Es war nur nicht immer ungefährlich für ein Medium, denke da mal an die Hexenverbrennungen. Doch jetzt haben sich die Zeiten gewandelt und die Menschen öffnen sich schon dafür. Zwar noch langsam, aber immer mehr von ihnen befassen sich mit diesem Thema. Das ist ein sehr großer Fortschritt, auch für mich als Medium.«, ich gieße mir selbst etwas Wasser aus dem Krug in mein Glas und auch Laurelle ihres Fülle ich auf.

Sie sieht mich dankbar an und jetzt kommt sogar schon ein kleines, kaum wahrnehmbares Lächeln von ihren Augen.

»Dann werde ich dir jetzt erzählen was ich gesehen habe. Ein junger Mann, groß und muskulös, aber von schlanker Statur. Er trägt ein weißes T-Shirt und eine Jeans-Latzhose. Er hat blonde Haare, die etwas zerzaust von seinem Kopf abstehen. Seine Augen strahlen in einem schönen blau und er hat immer viel gelacht, er war ein fröhlicher Mensch.«, ich sehe, wie Laurelle mich ungläubig ansieht und wie ihr die Tränen sturzbacharting aus den Augen laufen.

Dabei sitzt sie aber regungslos vor mir und es kommt einige Zeit kein Ton über ihre Lippen. Es breitet sich eine andächtige Stille in der Küche aus und ich lasse ihr diese Zeit, die sie braucht, um mit mir über das was ich sehe zu sprechen.

»Oh mein Gott! Du siehst ihn wirklich? Das ist so eine perfekte Beschreibung von ihm. Diese Kleidung hat er immer beim Arbeiten auf der Ranch getragen und auch die Haare, es sah aus, als hätte er sie nicht gekämmt. Ganz wild sah er immer auf dem Kopf aus, als hätte ein Sturm ihm die Haare zerzaust. Seine Augen waren blau und sie strahlten wirklich immer und je glücklicher er war, desto heller blitzten sie. Er hat auch viel gelacht, dabei hat er mich mit seinem Lachen angesteckt. Steve war so ein fröhlicher Mensch und daher auch sehr beliebt bei seinen Freunden. Er ist jetzt wirklich hier?«

»Ja Laurelle, er ist hier und er möchte dir für eure schöne Zeit, die ihr zusammen hattet, danken. Es tut ihm leid, dass er dich so verletzt hat und er bittet um Verzeihung. Dass er so wütend war, kam von seiner Verzweiflung. Er wollte seinen Dad nicht enttäuschen und dich auch nicht, doch er fühlte sich so überfordert. Alle forderten etwas von ihm und das war zu viel des Guten für ihn. Leider warst du das Ventil gewesen, seine Wut heraus zu lassen. Das tut ihm heute leid. Als er mit seinem Dad auf dem Dach war, hat er sich vorgenommen abends mit dir zu reden, er wollte sich bei dir entschuldigen. Dass der Unfall passiert ist, ist seine eigene Schuld, sagt er. Da er so unkonzentriert war, hat er die Holzlatte nicht gesehen und als er dann vom Dach fiel, hat er nur noch alles schwarzgesehen. Dann plötzlich war wieder alles ganz gleißend hell am Strahlen und er stand neben seinem Körper, der verkrümmt am Boden lag. Die Schreie seines Dads und das Kreischen seiner Mom hörte er und sah auch wie sie weinend seinen Körper berührten und ihn umarmten, doch er hat nichts gefühlt. Da wurde ihm bewusst, dass er gestorben war und dass er dort die Hülle sah, die er zurückgelassen hatte. Ein Zurückgehen ging nicht und er musste sich damit abfinden. Dann hat er sofort versucht mit dir Kontakt aufzunehmen, aber du hast ihn nicht gesehen, als er bei dir war. Seine Seele hat geblutet, sagt er, als du mit seiner Mom telefoniert hast. Erst jetzt, Monate später hat es plötzlich funktioniert, du bist hierher gefahren. Es macht ihn so glücklich, dass er dir eine letzte Botschaft geben kann.

Seine Botschaft für dich lautet: »Liebe Laurelle, ich liebe dich so sehr und möchte dir für deine Liebe, die du mir geschenkt hast, danken. Es war eine wundervolle Zeit, die wir zusammen hatten, nur leider zu kurz. Doch jetzt ist es Zeit loszulassen und jeder von uns beiden muss nun seinen eigenen Weg gehen. Ich möchte, dass du wieder lachst, glücklich bist und dich für dein neues Leben ohne mich öffnest. Wenn du an mich denkst, werde ich da sein, unsere Seelen bleiben auch weiterhin miteinander in Verbindung. Ich werde immer an deiner Seite sein, wenn du mich brauchst, doch jetzt möchte ich, dass du stark bist, deinen neuen Weg ohne mich zu gehen. Ich liebe dich Laurelle!«

Das sind seine Worte, die er mir für dich übermittelt.«, ich nehme Laurells Hände in meine und drücke sie.

»Danke Emily, das tut so gut, diese Botschaft von Steve zu bekommen. Es wird mir nur sehr schwer fallen neu anzufangen, ohne ihn. Doch ich werde mein Bestes geben, die Zeit heilt ja bekanntlich alle Wunden.«, sie trocknet sich die Tränen ab, die ihr übers Gesicht laufen und steht auf, um mich zu umarmen: »Danke für deine Hilfe! Du glaubst nicht, wie sehr du mir jetzt geholfen hast. Ich möchte dir diese Zeit auch bezahlen, die du mir geschenkt hast. Was bekommst du von mir für diese Sitzung?« Laurelle fischt ihren Geldbeutel aus der Tasche.

»Nein, es ist gut so. Du brauchst nichts bezahlen, das habe ich gerne für dich getan. Es macht mich glücklich, dass ich dir helfen konnte.«

Die Türglocke geht und ich höre jemanden in den Laden kommen. Dann ertönt der dezente Gong, der am Tresen steht, womit sich die Kundschaft bemerkbar machen kann, wenn gerade mal keiner von uns vorne ist.

»Du musst nach vorne, ich halte dich jetzt nicht länger von deiner Arbeit ab!«, wir gehen gemeinsam nach vorne ins Amarylion.

Dort sitzt Bob Wilson und wartet schon auf mich. Er hat es sich, mit einem Buch aus dem Regal neben ihm, in dem großen Ohrensessel bequem gemacht. Ich umarme Laurelle, die jetzt schon so viel entspannter wirkt und begleite sie zur Tür.

Dann wende ich mich meinem nächsten Kunden zu: »Schön Sie zu sehen Bob. Wie geht es Ihrem Bein?«

Er erhebt sich etwas schwerfällig aus dem Ohrensessel und

stellt das Buch zurück in das Regal, dann kommt er auf mich zu. »Meinem Bein geht es schon richtig gut. Die Behandlung scheint anzuschlagen, es juckt nur so kräftig!«

Ich umarme ihn zur Begrüßung und wir gehen gemeinsam in meinen Beratungsraum, wo er es sich auf der Behandlungsliege bequem macht. Von vorne höre Steph und Sam, dessen Sitzung gerade beendet ist, sich verabschieden.

»Ich hole Ihnen noch schnell ein Glas Wasser Bob und dann fangen wir an!«, ich gehe Richtung Küche und da steht Steph schon am Tisch und hält mir flatternd einen Hundert Dollar Schein vor die Nase.

»Oh! Hat Tom dir so ein großzügiges Trinkgeld gegeben?« Ich greife zu dem Krug und fülle für Bob ein Glas mit Wasser.

»Sam ... ? Nein, das ist nicht von ihm. Der Schein lag hier schon auf dem Tisch, als ich mir Wasser holen wollte. Wo kommt der her?«, fragend sieht sie mich an und ich denke an die Sitzung, die ich Laurelle gerade gegeben habe. Der Schein muss von ihr kommen. Sie hat ihn wahrscheinlich von mir unbemerkt, beim Herausgehen auf den Tisch gelegt. Mit kurzen knappen Sätzen erkläre ich Steph was gerade passiert ist und das Laurelle ihn dort hingelegt haben muss, obwohl ich keine Bezahlung verlangt habe.

»Du hast also wieder einmal eine Seele gerettet und kannst nicht akzeptieren, dass sie dich dafür gebührend entlohnen möchte? Du musst noch viel lernen, was das betrifft Püppi und nun los, Bob schläft dir sonst auf der Liege ein.«, Steph lacht und schiebt mich in Richtung meines Beratungsraumes.

Als ich den Raum betrete, liegt Bob schon auf der Behandlungsliege und ich reiche ihm sein Wasser.

»Dann sehe ich mir jetzt erst einmal an, wie die Wunde aussieht.«, ich entferne den Verband und bin selbst wieder einmal erstaunt, was sich mir zeigt.

Noch vor ein paar Tagen war diese Wunde so stark entzündet und am Eitern, dass es jetzt schon einem Wunder gleicht, was ich sehe.

»Es sieht sehr gut aus Bob. Die Wunde ist bereits am Abheilen, daher wohl auch der Juckreiz, den Sie empfinden. Sie hat sich schon geschlossen und eine leichte Kruste hat sich auch gebildet. Die Haut ist nicht gerötet und die Wunde auch nicht mehr am Nässen. Ich sehe auch keinen Eiter und das heißt, die Entzündung ist raus und jetzt geht es in die Endrunde der Behandlung.«

Er sieht mich dankbar an: »Da bin ich aber froh und das nächste Mal warte ich nicht so lange, bis ich hierherkomme. In meiner Garage habe ich jetzt auch aufgeräumt, damit ich nicht wieder über etwas stolpere und mir damit die nächste Wunde zuziehe.«

»Das zu wissen ist beruhigend für mich, denn Sie haben aus ihren Fehlern gelernt. Nun wird es Ihnen auch nicht wieder passieren.«

Bob Wilson liebt seine Garage, die für ihn auch gleichzeitig Hobbyraum ist. Da sich aber im Laufe der Jahre so viel angesammelt hat, was er denkt, noch gebrauchen zu können, hat er sich durch die Lagerung auch seine eigene Stolperfalle gebaut. Als er letzte Woche wieder am Basteln war, er baut gerade an einem Windrad für den Garten, da hat er sich an einer rostigen Eisenstange das Bein verletzt. Die Stange lag etwas ungünstig und er ist über das Stromkabel der Kabeltrommel gestolpert und direkt in sie hinein gefallen. Die Eisenstange hat eine tiefe Schramme verursacht und durch den Rost hat sich die Entzündung gebildet. Er hat erst selbst noch versucht die Wunde gut zu versorgen, aber der Eiter wurde immer mehr. Schließlich kam er zu mir ins Amarylion, um sich Hilfe zu holen, weil er lieber zu Naturmedizin greift, als zu herkömmlichen Medikamenten. »Die bringen einen nur um« ist sein Spruch, wenn man ihn fragt, warum er keine Medikamente vom Arzt nimmt. Dabei weiß ich schon um meine Verantwortung und wenn ich nicht helfen kann, dann schicke ich die Kunden auch umgehend zum Arzt. Mehr als ein paar Tage ohne Besserung versuche ich es nicht, dann beende ich die Behandlung, was nicht jeder Kunde versteht, aber akzeptieren muss.

Während ich meinen Gedanken nachhänge, greife ich zu dem Rollwagen und ziehe ihn zu mir. Auf ihm habe ich alles, was ich zur Versorgung der Wunde brauche. Da steht frisch abgekochtes Kristallwasser, womit ich den Wundrand abtupfe, die Kräuter Tinktur, die ich nach Dad seinem alten Rezept selbst hergestellt habe, Kompressen, Verbandsmaterial und Pflasterstreifen.

»Dann werde ich mich jetzt um die Versorgung Ihrer Wunde kümmern. Die Prozedur kennen Sie ja schon.«

»Ja, das kenne ich schon und ich hatte Recht, Ihre Zauberkräuter helfen.«, dabei sieht er mich grinsend an.

»Das sind ganz normale Kräuter Bob, nichts Mystisches. Nur eine gute Zusammensetzung, die nicht ich selbst erfunden habe, sondern mein Dad. Seine Rezeptur verwende ich hier im Amarylion, also Sie sehen, das hat nichts mit Zauberei zu tun«, lachend tränke ich die Kompresse mit der Kräutertinktur und lege sie auf die Wunde.

»Mir ist es egal, wer das erfunden hat. Sie haben es hergestellt mit Kräutern hier aus dem Garten des Amarylion. Darum sind Sie auch diejenige, die mich heilt, weil Sie erkannt haben, dass die Kräuter mir helfen werden.«, er sieht mich mit einem verschmitzten Grinsen an.

»Da haben Sie Recht, ich habe die Kräutermischung nicht erfunden, aber erkannt, dass genau die Ihnen Heilung bringen werden. So habe ich es selbst noch gar nicht gesehen, danke für diese Erkenntnis, die Sie mir gerade beschert haben Bob.«

»Gern geschehen. Für so eine gute Heilerin wie Sie es sind, tue ich das doch mit Freude.«

Ich lege ihm noch den Verband an, fixiere ihn mit den Pflasterstreifen und dann ist die Wunde bis zum nächsten Termin in zwei Tagen gut versorgt. »Das ist aber ein nettes Kompliment von Ihnen, Danke«.

»Das ist ja auch die Wahrheit und darum werden Sie mich als Kunden auch schon, seid Ihr Vater hier praktiziert hat, nicht mehr los. Ich schwöre auf diese Art der Medizin und da lasse ich mir auch nichts anderes einreden.«, er erhebt sich von der Behandlungsliege und wir gehen zusammen in den Laden zum Tresen, wo er mir dann die fünfzig Dollar für die Behandlung reicht. Zusätzlich steckt er einen zehn Dollar Schein in die Spardose, in Form eines Engelchens, von mir und Steph, die neben der Kasse steht. Nachdem ich ihm einen neuen Termin gegeben habe, begleite ich ihn zur Tür und verabschiede mich von ihm. Dann verschließe ich die Ladentür, drehe das Türschild wieder um, auf »Auch Engel brauchen mal Pause« und begebe mich zu Steph in die Küche.

Die Kerze auf dem großen Tisch brennt und flackert im leichten Windzug, der von der offenen Gartentür hereinweht. Steph hat wieder alles so liebevoll gedeckt für uns beide. Sie stellt gerade den Salat und das Brot auf den Tisch, als ich die Küche betrete.

»Das war ein aufregender Vormittag!«, seufzend lasse ich mich auf den Stuhl am Tisch sinken und nehme dankend die mit frischen duftenden Kaffee gefüllte Tasse von ihr entgegen.

»Na, das kann man wohl sagen. Diese Laurelle kann einem aber auch leidtun. Stelle dir nur mal vor, du könntest nicht mehr um Verzeihung bitten, weil derjenige dem du Unrecht getan hast, gestorben ist. Eine schreckliche Vorstellung«. Steph greift zu der Schale mit Salat, um sich etwas auf den Teller zu geben.

Ich muss lachen, weil mir gerade ein Gedanke durch den Kopf huscht: »Trifft das eigentlich auch auf mich zu? Ich rede doch mit den Verstorbenen, so wie ich auch hier jetzt mit dir rede. Das

Das was Steph gerade gesagt hat, macht mich sehr nachdenklich, aber ich komme zu dem Schluss, dass da etwas dran ist. Es ergibt einen Sinn, wenn man sich mit diesem Gedanken näher beschäftigt.

»So, nun genug philosophiert! Jetzt planen wir unseren Abend mit den beiden Prinzen.« Steph schiebt ihren Teller weg, nimmt den Schreibblock, um sich Notizen zu machen und fängt an zu planen.

Das wird der aufregendste Abend den Jayden und Jake je erlebt haben und einer, den sie mit Sicherheit nie wieder vergessen werden. Ihr erster Kontakt mit der Jenseitigen Welt, der Welt, die mir genauso sehr vertraut ist wie mein Zuhause hier auf Erden.

Die Küche zeigt sich heute Abend in einem ganz anderen Licht. Überall stehen Kerzen verteilt, auf dem Küchentresen und den Regalen. Die Vorhänge an den Fenstern sind geschlossen, wobei sie sonst immer offen sind, damit die Sonne mit ihrem Strahlen die Küche durchfluten kann. Wo sonst immer verschiedene Düfte vom Essen den Raum erfüllen, ist heute Abend keiner wahrnehmbar, weil er die kommende Sitzung stören könnte. Denn oft werden bei spiritistischen Sitzungen auch Düfte aus der geistigen Welt übertragen. Darum haben wir alle heute auch kein Parfüm aufgetragen und den Männern wurde befohlen, kein Rasierwasser zu benutzen. Wenn also Düfte übertragen werden sollten, können wir sie ganz deutlich wahrnehmen und wissen, dass sie nicht von einem von uns kommen. Das Telefon vorne im Amarylion wurde von Steph auf lautlos gestellt. Der Anrufbeantworter wird eingehende Anrufe aufzeichnen und wir hören sie uns morgen früh an, wenn der Laden wieder geöffnet ist. Quinny läuft hier zwar noch irgendwo im Haus herum, aber das ist nicht weiter schlimm, da sie diese Sitzungen schon oft schlafend auf einem der Stühle verbracht hat. Der Krug mit Wasser steht zusammen mit vier Gläsern auf einem

Tablett, auf dem Küchentresen. Auf dem großen Esstisch liegt in der Mitte das Quija Brett. Mystisch hebt es sich mit seinem etwas dunkleren Holz von dem helleren Holz des Tisches ab. Es ist mit Bienenwachs auf Hochglanz poliert und die dazugehörige Planchette, die in der Mitte ein Loch hat, auch. So ist gewährleistet, dass die Planchette gut beweglich auf dem Brett hin und her wandern kann, durch die Kraft der geistigen Welt in Bewegung gesetzt. Auf der Oberfläche des Quija Bretts ist oben links eine Sonne zu sehen, die das Symbol für »Ja« sein soll. Dann ist auf der rechten Seite ein Mond zu sehen, der das Symbol für »Nein« ist. Genau unter diesen Symbolen befindet sich eine Reihe Buchstaben von A bis M und in der zweiten Reihe die Buchstaben N bis Z. In der Mitte befindet sich ein Kreis mit einem Pentagramm in seinem Zentrum. Links von dem Pentagramm befindet sich das Wort »Hallo« und rechts davon das Wort »Bye«. Als Abschluss sind im unteren Teil des Bretts die römischen Zahlen von eins bis zehn zu sehen. Dieses Quija Brett hat schon so viele Gespräche mit der geistigen Welt geführt und so manchen, der an einer spiritistischen Sitzung teilgenommen hat, in Erstaunen versetzt.

Es ist nur einiges zu beachten, wenn man mit solch einem Brett arbeitet. Es gibt auch erdgebundene Seelen, die gerne mal ihren Schabernack mit der Gruppe treiben, die es gerade benutzt. Auch gibt es Energiewesen, die uns nicht so wohl gesonnen sein können und wenn man nicht genau weiß, wie man mit solchen Wesen umgehen muss oder wie man sie wieder wegschickt, der sollte so ein Quija Brett niemals benutzen! Es kann im schlimmsten Fall passieren, dass man sich nachher mit einem Poltergeist das Haus teilt, der es liebt Regale auszuräumen, Schränke zu verrücken, oder sie sogar umfallen lässt. Der sogar in der Lage ist das Geschirr aus den Schränken fallen zu lassen, was einem einen gehörigen Schrecken einjagen kann, weil dies dann meistens in der Nacht passiert, während man im Bett liegt. Es hört sich im ersten

Moment vielleicht aufregend an, aber es kann bei einem selbst oder den Gästen dieser Sitzung zu ernsten Verletzungen führen und sogar zu ernstzunehmenden psychischen Störungen. Wer dieses Brett also nicht »wirklich beherrscht«, sollte die Finger generell davon lassen! Da ich den Umgang mit dem Brett noch von meinen Eltern beigebracht bekommen habe, weiß ich um alle diese Gefahren und was im Ernstfall zu tun ist.

»Oh, Püppi, du bist ja schon fertig mit den Vorbereitungen!«, Steph betritt die Küche, greift zum Feuerzeug und zündet die Kerzen auf dem Tisch an, die oberhalb des Quija Brett in einem Kerzenleuchter stecken.

»Ja, alles bereit für den aufregenden Abend. Jetzt fehlen nur noch die Prinzen.«, kaum habe ich den Satz ausgesprochen geht auch schon die Tür zum Garten auf. Jayden und Jake kommen lachend in die Küche.

»Von wegen – das glaubst du doch selber nicht!«, lachend klopft Jayden dem neben ihn eintretenden Jake auf die Schulter.

»Dürfen wir mitlachen? Wer glaubt hier was nicht? Kommt Jungs, klärt uns bitte mal auf, damit wir auch mitlachen können.« Steph steht vor den beiden, ihre Hände hat sie in die Hüften gestemmt und sieht die Männer fragend an.

»Jake sagt, das wir heute richtige Geister »sehen« werden, aber das passiert, wenn man zu viele Gruselfilme sieht. Habe ich Recht? Sage jetzt nicht, dass Jake richtig liegt!« Jayden umarmt erst Steph und kommt dann lächelnd zu mir, um mich in den Arm zu nehmen.

»Doch, da muss ich Jake leider beipflichten, es ist möglich, aber eher sehr selten. Was ihr heute auf jeden Fall sehen werdet, ist die Energie, mit der sie die Planchette auf dem Quija Brett bewegen.«, ich gebe Jayden einen Kuss, während Jake staunend vor dem Tisch steht.

»Quija Brett? Oh! Sieh mal JC, das Brett hier ist wie das im Film. Meine Güte, ist das aufregend! Wir arbeiten heute Abend damit und dieses Holz Teil wandert dann wirklich über das Brett und den Buchstaben?«, er sieht zu Steph, die ihn aber erst einmal verwundert ansieht.

»Das glaube ich jetzt nicht, oder? Wo bleibt meine Begrüßung und ein Kuss ist heute wohl auch nicht drin, was?«, sie geht auf Jake zu, zieht ihm vom Tisch weg in ihre Arme und küsst ihn so, dass er nach Luft ringen muss. Dann lässt sie ihn auch genauso schnell wieder los, wie sie sich ihn geschnappt hat und befiehlt den Männern sich zu setzen.

Ich schenke jedem von uns ein Glas mit Wasser ein und stelle es auf den Tisch.

»Jetzt gibt es noch etwas zu trinken und dann starten wir. Die Gläser stelle ich gleich wieder weg, weil sie sonst während der Sitzung umfallen könnten.«

Jeder leert sein Glas und wir setzen uns an den Tisch. Dort sitzen wir mit etwas Abstand zueinander im Halbkreis vor dem Brett. Die Spannung steigt und die beiden Männer sind schon voller Erwartung ganz aufgeregt. Steph sieht mich an und ich nicke ihr zu, das ist das Zeichen, dass es jetzt losgeht und ich den beiden Neulingen erst einmal den Ablauf erkläre. Mit großen Augen sehen mich die beiden an, als ich ihnen erkläre, wie wichtig es ist, während der Sitzung auf mich zu hören. Ich informiere sie über die Risiken und erkläre, was bei solch einer spiritistischen Sitzung alles passieren kann. Dann folgt der Ablauf und wie das Quija Brett aufgebaut ist.

»Habt ihr beiden noch etwas auf dem Herzen oder können wir jetzt loslegen?«, ich sehe beide an und sie nicken mir zu, was für mich das Zeichen zum Start ist.

Steph hat ein schelmisches Grinsen im Gesicht, wahrscheinlich stellt sie sich gerade vor, wie einer unserer Männer fluchtartig vor Angst den Tisch verlässt. Nur allein der Gedanke daran, bringt mich fast dazu laut loszulachen, doch ich kann mich gerade noch so beherrschen.

Ich habe es gerade ausgesprochen, da legt die Planchette an Tempo zu. Sie wandert immer schneller über das gesamte Brett, unsere Finger liegen noch immer locker auf ihr und fahren mit. Erst geht sie von rechts nach links, dann auf »Ja«, anschließend auf »Nein«, blitzschnell wanderte sie über jeden Buchstaben, um sich dann den Zahlen zuzuwenden. Unsere Blicke folgten diesem Schauspiel mit immer größerer Spannung. Dann zieht uns die Planchette plötzlich blitzschnell auf die Mitte des Quija Bretts und kurz vor dem Pentagramm schwenkt sie nach links und bleibt auf dem »Hallo« liegen.

»Was bedeutet das jetzt?« Jayden sieht erst mich an und dann wieder auf die Planchette.

»Jetzt werden wir gerade begrüßt, es ist über das Brett Besuch hier. Auch die Geistwesen haben Anstand und wissen was sich gehört.«

Jayden lässt etwas verunsichert seinen Blick durch die Küche wandern. Während gerade jeder im Raum wohl seine Luft anhält, beginne ich das Gespräch mit dem Besuch aus der Geisterwelt.

»Wir begrüßen dich auch und sagen »Hallo« zu dir. Möchtest du mit uns über dieses Brett sprechen?«

Wieder kommt Bewegung in die Planchette und sie wandert auf die Sonne, dem »Ja« zu.

»Es ist schön, dass du gekommen bist. Sicher weißt du, dass wir heute Kontakt zu euch hergestellt haben, um Jayden und Jake hier, einen Beweis eurer Existenz zu bringen.«

Die Holzplanchette rutscht kurz nach unten, um dann wieder schnell hochzuschnellen, erneut bleibt sie auf »Ja« liegen.

»Hast du einen Namen und möchtest du ihn uns mitteilen?«

Jetzt kommt die Blanchette in Fahrt und wandert suchend über die Buchstaben, immer wieder geht sie mal schnell, mal langsam über die beiden Reihen. Plötzlich stoppt sie bei »E«, wandert weiter zu »S«, dann »T«, schiebt sich zu »R«, auf

»E«, weiter auf »L«, rückt etwas zur Seite und bleibt wieder auf »L« stehen und noch einmal geht sie auf »E«. Dann wandert sie in den neutralen Bereich zwischen »Ja« und »Nein«.

Steph blickt zu uns und hält den Block hoch, so dass wir alle den Namen lesen können.

»Haben wir deinen Namen richtig verstanden, Estrelle?«

Es kommt wieder Fahrt in die Planchette und sie wandert auf die linke Seite, zur Sonne, auf das »Ja«.

»Warst du jemals hier, in dieser Dimension, in der wir uns gerade befinden?«

Mit einem Ruck schiebt die Planchette sich auf »Ja«.

Jake sieht völlig verwirrt aus und sieht ehrfürchtig auf die Blanchette, als würde sie ihn gleich anspringen. Jayden reibt sich mit der freien Hand nervös sein Bein, als hätte er dort gerade den Stich einer Mücke bekommen.

»Estrelle, kannst du uns über die Zahlen mitteilen, wie alt du warst, als du gestorben bist?«

Die Planchette wandert zügig über das Quija Brett und bleibt unten kurz auf »III« liegen, anschließend auf der »IV« und rutscht dann wieder nach oben zwischen die Sonne und dem Mond, dem neutralen Bereich.

»Du bist gestorben im Alter von vierunddreißig Jahren? Haben wir das richtig verstanden?«

Steph und ich sehen uns an und dann geht unser Blick wieder auf das Brett, wo sich die Holzplanchette auf das »Ja« schiebt.

»Würdest du uns auch das Jahr mitteilen, in dem du gestorben bist?«

Wieder kommt Fahrt in die Planchette und sie wandert rasend schnell nach unten auf die Zahlen. Erst bleibt sie bei »I« stehen, geht dann zu »IX«, rutscht auf »V« und schließlich auf »VI«, fährt dann wieder rasant schnell hoch zu dem neutralen Bereich zwischen Sonne und Mond, um dort mittig zum Stehen zu kommen.

»Haben wir dich richtig verstanden, Neunzehnhundert-sechs-undfünfzig?«

Die Planchette schiebt sich wieder auf »Ja«, um dort liegen zu bleiben.

»Estrelle, bist du eines natürlichen Todes gestorben?«

Alle sehen mich an, als ich diese Frage stelle. Warum ich ausgerechnet danach gefragt habe, kann ich nicht erklären. Nennen wir es einfach innere Eingebung.

Die Holzplanchette wandert blitzschnell auf den Mond, dem »Nein« und kommt dort zum Stehen.

Jetzt ist die Spannung so stark spürbar und wir alle halten die Luft an.

»Ich frage dich jetzt ganz direkt Estrelle, bist du ermordet worden?«

Nun fliegen alle Köpfe in meine Richtung, um mich mit riesigen Augen fragend anzusehen.

Erst als die Planchette wieder über das Brett vom »Nein« zum eindeutigen »Ja« rutscht, entgleist auch wirklich jedes Gesicht hier am Tisch, außer meines, da ich es schon als Gefühl von Estrelle übermittelt bekommen habe.

Eine spiritistische Sitzung ist ja für mich nichts anderes als ein Jenseitskontakt. Es ist nur die beste Möglichkeit, Energien der Verstorbenen sichtbar zu machen. Damit auch Menschen, die ihre eigene Medialität noch nicht entdeckt haben, sehen können, dass der Verstorbene nach seinem Tod noch präsent ist. Dass was ich innerlich sehe und höre, wird hier über das Brett sichtbar übermittelt. Ich spüre Jaydens Hand, wie er sie auf mein Bein legt und als ich ihn ansehe, erkenne ich das Entsetzen in seinen Augen. Steph und Jake sehen mich auch an und keiner von ihnen sagt ein Wort, aber ihre Blicke verraten mir, dass sie erschrocken sind über das, was Estrelle uns über das Brett mitteilt.

»Kannst du uns sagen, wo du herkommst Estrelle?«

Jetzt wandert die Planchette wieder rasant zu den Buchstaben und bleibt auf dem »M« liegen, wandert zu »E«, rutscht zum »X«, dann auf »I«, um blitzschnell zum »K« zu springen, der letzte Halt ist das »O«, dann geht sie wieder nach oben in die neutrale Stellung zurück.

»Du kommst aus Mexiko, ist das richtig?«

Wieder kommt Bewegung in die Planchette und sie rutscht auf »Ja« und bleibt dort still liegen.

»Bist du auch in Mexiko gestorben?«

Jetzt rutscht die Planchette blitzschnell nach links zum Mond, um auf dem »Nein« liegen zu bleiben.

»In welchem Land bist du gestorben?«

Die Stille, die einsetzt, bis die Planchette wieder über das Quija Brett rutscht, ist unerträglich. Jeder von uns ist ergriffen von dem, was Estrelle uns da mitteilt.

Nun wandert sie wieder zielstrebig runter zu den Buchstaben und bleibt beim »U« liegen, geht dann zu dem »S«, um sich dann auf das »A« zu schieben, danach rutscht sie wieder hoch und kommt zwischen der Sonne und dem Mond zur Ruhe.

»Du bist in den USA ermordet worden? Haben wir das richtig verstanden?«

Es kommt wieder ein Ruck und die Planchette schiebt sich auf »Ja«, um dort ruhig liegen zu bleiben.

Jetzt kommt ein Bild in meinen Kopf und ich stelle meine Frage an Estrelle.

»Hast du zu deinem Todeszeitpunkt in den USA gelebt?«

Nun sehen mich drei Paar Augen fragend an, weil ja keiner weiß, worauf ich hinaus will.

Die Planchette wandert zögerlich Richtung Mond, auf »Nein« und bleibt dort stehen.

»Mily, was soll jetzt diese Frage? Du siehst doch etwas was wir nicht sehen, sonst wäre Estrelle jetzt nicht so zögerlich gewesen!« Steph dreht den Stift zwischen ihren Fingern und wartet auf eine Antwort von mir.

»Bist du von einem Tier, welches in der Wüste lebt, gebissen worden?«

Die Planchette rückt nur kurz etwas zur Seite, dann zurück auf »Ja« und bleibt dort wieder still liegen.

»Sie ist also von einem Tier ermordet worden, fragt sich nur, was gibt es denn für giftige Tiere in der Wüste von Nevada?«

Jake sieht uns nachdenklich an: »Ich habe keine Ahnung welche Tiere in der Wüste dort leben, aber da gibt es bestimmt auch giftige Arten, ganz sicher bin ich mir da aber nicht.«

Jayden sieht ratlos aus und man sieht, wie es hinter seiner Stirn arbeitet, so kraus zieht er sie gerade.

»Da gibt es einige Arten, aber so spontan fallen mir nur Skorpione und Schlangen ein.« Steph sieht in meine Richtung und zieht ihre Schultern hoch, zum Unterstreichen ihrer Worte.

Die Planchette rast plötzlich ganz schnell auf den Mond, dem »Nein« rüber, bleibt dort nur eine Sekunde stehen, um dann wieder auf die Sonne, dem »Ja« rüber zu schnellen. Dort bleibt sie still liegen.

»Was war das denn jetzt, Mily hat doch keine Frage gestellt?« Jayden sieht mich an und dann zur Holzplanchette, die nun aber wieder absolut still liegt.

»Steph hat Namen von zwei Tieren ausgesprochen, zuerst hat sie den Skorpion genannt und dann folgte die Schlange. Estrelle hat also zuerst auf den Skorpion reagiert, mit »Nein«, dann hat sie eine Antwort auf das zweite Tier was genannt wurde gegeben, ein »Ja« für die Schlange.«

»Das ist wirklich genial was hier gerade passiert, wenn man es nicht selber live erlebt, dann ist es kaum zu glauben!« Jakes Blick wandert über unsere Gesichter. Steph nimmt seine freie Hand und drückt sie schmunzelnd.

»Du bist von einer Schlange gebissen worden, ist das richtig?«

Die Planchette rückt etwas zur Seite und setzt wieder zurück auf die Sonne, dem »Ja«.

Das hatte ich auch schon vorher vermutet, doch nun gilt es herauszufinden, was genau passiert ist. Dazu hatte ich mir schon gedanklich die richtigen Fragen zurechtgelegt.

»Warst du allein auf der Flucht in die USA?«

Erneut sehen mich alle völlig verdutzt an und ich deute nur mit einem Kopfnicken Richtung Brett, denn Estrelle antwortet gerade auf meine Frage.

Die Planchette rutscht rüber zum Mond und bleibt bei »Nein« liegen.

»Du warst also mit mehreren zusammen auf der Flucht?«

Ein Ruck und die Planchette schiebt sich hinüber, zu der Sonne, dem »Ja« und bleibt dort still auf ihr liegen.

»Waren die anderen dabei, als du von der Schlange gebissen wurdest?«

Wieder zieht die Planchette nur kurz nach rechts, um sofort wieder auf »Ja« zu rutschen.

Jetzt höre ich Jayden, wie er einen tiefen Atemzug macht, wahrscheinlich ist er innerlich so angespannt, dass sein Körper durch das Atmen versucht, diese innere Spannung zu lockern.

»Waren die anderen dabei als du gestorben bist?«, jetzt sieht Jake mich völlig entgeistert an, weil er nicht versteht, was ich mit dieser Frage versuche herauszubekommen.

Estrelle bewegt die Planchette zügig auf den Mond, dem »Nein« und bleibt dort liegen.

»Du bist allein gestorben, ist das richtig?«

Blitzschnell zieht die Planchette nach links auf die Sonne und bleibt bei »Ja« liegen.

»Haben die anderen dich sterbend zurückgelassen?«

Ein kurzes Rutschen der Planchette und sie zieht wieder auf »Ja« zurück.

»Nun wissen wir, dass Estrelle sterbend zurückgelassen wurde, daher auch ihre erste Reaktion, wo sie sagte, sie sei ermordet worden. Für sie war es Mord, als die anderen ihre Flucht durch die Wüste ohne sie fortsetzten. Doch hier hat damals nur jeder an sein eigenes Überleben gedacht. Ich vermute mal, es fehlte das Gegengift, das hatte keiner und so stand für die anderen fest, dass Estrelle so oder so sterben wird. Entweder schnell durch den Schlangenbiss oder langsam durch das Verdursten, weil das Wasser, was sie alle hatten nur das wenige war, welches sie bei der Flucht tragen konnten. Somit war keiner gewillt kostbare Zeit zu verschwenden, was auch die Wasservorräte hätte schrumpfen lassen, daher ließ man Estrelle alleine zum Sterben zurück.«, mein Blick in die erstaunten Gesichter lässt mich, trotz dieses traurigen Schicksals, etwas schmunzeln.

»Das ist ja schrecklich, doch auch verständlich. Es ging hier ja für jeden einzelnen um das nackte Überleben. Da ist sich jeder selbst der Nächste, gerade auf so einer Fluchtroute und dann noch durch die Wüste von Nevada mit viel zu wenig Wasservorrat.« Jayden sieht traurig auf die Planchette, als könnte er so sein Mitgefühl für Estrelle besser übermitteln.

»Es ist wirklich traurig. Sie war so jung und bestimmt voller Hoffnung auf ein besseres Leben in die USA geflüchtet. Stattdessen findet sie kurz vor ihrem Ziel den Tod. Was für ein schreckliches Schicksal.« Steph wischt sich eine Träne aus dem Gesicht, die sich gerade über ihre Wange gerollt hat.

Wieder sehen mich die beiden Männer ratlos an, als ich die nächste Frage an Estrelle richte.

»Befinden sich deine Überreste, deine Knochen noch immer in der Wüste von Nevada?«

Die Planchette schiebt sich kurz nach rechts und zieht dann wieder auf die Sonne, dem »Ja«.

»Möchtest du dort bleiben?«

Mit einem Blitzschnellen Ruck zieht sie auf den Mond, zum »Nein« und bleibt dort stehen.

»Möchtest du lieber in das Licht gehen?«

Wieder rutscht die Planchette auf die linke Seite rüber und bleibt beim »Ja« auf der Sonne liegen.

»Ihr habt gesehen, was Estrelle gerne möchte, dann lernt ihr beiden jetzt live, wie man eine Seele in das Licht schickt«, schmunzelnd sehe ich in zwei verdutzte Männergesichter.

»Eine Seele ins Licht schicken? Geht so etwas überhaupt?« Jayden sieht mich zweifelnd an.

»Oh ja, das geht und ich habe auf diesem Wege, den ich jetzt mit euch zusammen beschreite, schon viele Seelen ins Licht geschickt. Bitte tut nun genau das, was ich euch sage. Fragen könnt ihr nachher stellen. Seid ihr bereit?«

Alle drei sehen mich an und Steph legt den Block und den Stift zur Seite, denn sie kennt diesen Prozess schon, weil sie ihn sehr oft mit mir zusammen praktiziert hat.

»Estrelle bist du bereit in das Licht zu gehen?«

Die Planchette schiebt sich etwas zur Seite, um gleich wieder auf das »Ja« zu rutschen.

»Dann lasst uns beginnen. Bitte fasst euch an den Händen, so wie vorhin zu Beginn des Gebets.«, kaum hatte ich dies ausgesprochen und wir drei wollten unsere Finger von der Planchette nehmen, da bewegte sie sich und rutschte etwas tiefer, um auf dem »Bye« kurz zum Stehen zu kommen. Dann zieht sie wieder in die Mitte vom Quija Brett und bleibt auf dem Pentagramm liegen.

»Was war das denn jetzt?« Jake sieht völlig verdutzt zu mir herüber.

»Sie verabschiedet sich von uns und wir schicken sie jetzt ins Licht. Bitte lasst uns wieder einen Kreis bilden, nehmt euch an den Händen. Nun schließt eure Augen und achtet auf Bilder, die sich vielleicht vor eurem inneren Auge zeigen, während ich das Ritual jetzt beginne.

Es geht los liebe Estrelle! Wir alle hier bedanken uns für dein Vertrauen, welches du uns geschenkt hast und wünschen dir eine gute Reise. Vor dir siehst du nun eine Brücke und ich möchte, dass du jetzt über diese Verbindung zur anderen Seite gehst. Am Ende dieser Brücke siehst du ein strahlendes Licht, auf das gehst du jetzt zu und wenn du es erreicht hast, wirst du abgeholt. Es warten dort schon deine Lieben auf dich, alle, die schon vor dir diesen Weg gegangen sind.«

Vor meinem inneren Auge sehe ich, wie Estrelle sich auf den Weg über die Brücke macht, direkt auf das helle Licht zu. Eine wunderschöne Frau war sie zu ihren Lebzeiten, lange, glatte schwarze Haare, die so schön glänzten. Der Wind lässt die dünne grüne Stoffhose an ihren Beinen flattern und in ihrer bunten Bluse wirkt sie so zierlich und zerbrechlich, als sie über die Brücke geht. Am Ende der Brücke angekommen, sehe ich zwei Frauen aus dem Licht treten, die ihr jetzt die Hände reichen. Sie dreht sich noch einmal zu mir um und ich sehe große Dankbarkeit in ihren Augen, als sie mir zulächelt, um dann mit ihren beiden Begleitern in das Licht zu treten, dort wo sie jetzt zuhause ist. Das Bild schließt sich, ich danke laut der geistigen Welt für ihre Unterstützung bei dieser Séance und beende diese mit einem lauten »Amen«.

Einen Moment lang herrscht eine andächtige Stille am Tisch, keiner sagt etwas und wir halten uns noch immer an den Händen. Die Augen hat jeder von uns schon wieder geöffnet und Jayden ist der erste, der diese Stille mit seiner Stimme durchdringt.

»Das war das Schönste was ich jemals erlebt habe. Es war für mich, als würde ich selbst, real, an dieser Brücke stehen und Estrelle sehen wie sie hinübergeht und ihr langes schwarzes Haar hat so schön geglänzt in diesem Licht!«

Jake unterbricht Jayden in seiner Schilderung: »Das ist ja schon Zauberei! Lange schwarze glänzende Haare, die habe ich auch gesehen und eine grüne dünne Stoffhose, die der Wind zum Flattern gebracht hat!«

Jetzt unterbricht Jayden Jake in seinem Redefluss: »Das ist

ja verrückt, diese grüne Hose habe ich auch gesehen, unheimlich. Jetzt sage nicht, dass du auch eine bunte Bluse gesehen hast Jake!« Jayden ist plötzlich ganz aufgeregt und Steph und ich lächeln uns an, denn wir beide haben ja das gleiche gesehen.

»Doch, doch! Das ist aber jetzt wirklich unheimlich, ich habe diese bunte Bluse auch gesehen und da waren zwei Frauen, die sie mit in das Licht genommen haben. Hast du die etwa auch gesehen?«

»Ja, das habe ich und jetzt bin ich wirklich sprachlos. Wie kann es sein, dass wir beide genau das gleiche gesehen haben?«

Nun drehen beide Männer ihre Köpfe gleichzeitig in meine Richtung und warten auf eine Erklärung von mir. »Herzlichen Glückwunsch, ihr beiden hattet gerade euren ersten Kontakt mit der Jenseitigen Welt. Die Szene, die ihr gesehen habt, wie Estrelle in das Licht geht, ist real gewesen. Nur auf einer anderen Existenzebene hat sie stattgefunden, als auf der ihr euch gerade befindet. Ihr konntet einen Blick auf diese Ebene werfen und habt auch das Licht gesehen. Wenn Seelen in das Licht gehen, dann sind sie Zuhause angekommen, dann finden sie ihren Frieden. Es ist auch sehr oft der Fall, dass jemand den sie kennen aus dem Licht tritt, um sie hinüber zu begleiten. Meistens sind es Menschen die sich zu ihren Lebzeiten schon gekannt haben, Mutter, Vater oder andere Familienmitglieder und Freunde. Keiner muss diesen Weg alleine gehen, es sei denn, er möchte es selbst so haben. »Dein Wille geschehe«, ein sehr bekannter Spruch aus der Bibel, der sehr viel aussagt.«

Jayden steht auf, schiebt seinen Stuhl zur Seite und nimmt meine Hände, um mich von meinem Sitz hoch und zu sich zu ziehen. Dann nimmt er mein Gesicht zwischen seine Hände, eine Geste die ich so sehr an ihm liebe und gibt mir einen Kuss, der vom Herzen kommt.

»Danke Emily, für dieses wundervolle Erlebnis, welches du mir beschert hast. Es war so schön, das ich es nicht in Worte fassen kann, die es auch nur annähernd beschreiben könnten, was ich gefühlt und gesehen habe. Du hast mir heute bewiesen, dass es wirklich ein Jenseits gibt, dass mit dem Tod nicht die große Leere kommt, sondern dass es weitergeht. Nun stellt sich natürlich mein ganzes bisheriges Denken auf den Kopf, aber das eröffnet mir den Weg in eine neue Welt und diese möchte ich von Herzen näher kennenlernen.«, er nimmt mich in den Arm und drückt mich so fest, dass mir fast die Luft wegbleibt.

»Ich kann mich nur den Worten von Jayden anschließen, es war ein Erlebnis, welches ich nie wieder vergessen werde und wäre dir sehr dankbar, wenn du dich unserer Seelen annehmen würdest. Bitte sei unser Guide, der uns durch das Mysterium der geistigen Welt führt.«, auch Jake kommt auf mich zu, umarmt mich und drückt mir einen Kuss auf die Wange.

Steph fängt an zu lachen: »So viele Küsse auf einmal, da werde ich ja neidisch. Dann lasst uns jetzt mal den Tisch abräumen und zu dem gemütlichen Teil des heutigen Abends übergehen.«

Mit vereinten Kräften räumen wir alle Utensilien der Sitzung weg und ich stelle die Gläser und eine Flasche Sekt auf den Tisch. Als wir es uns alle vier am Tisch gemütlich gemacht haben, werden die Gläser, die Steph gerade gefüllt hat erhoben. Wir stoßen zusammen an, auf einen Abend voller Wunder, interessanten Gesprächen und auf die Einführung von Jayden und Jake in die geistige Welt.

10

Ein lautes Donnergrollen lässt mich zusammenzucken. Die Küche, die sonst am frühen Morgen um acht Uhr mit dem Licht der Sonne durchflutet ist, liegt nun fast im Dunkeln. Ich betätige den Lichtschalter und während ich die Kaffeemaschine mit dem Wasser auffülle, denke ich an Steph. Hoffentlich ist sie gleich hier, denn mir ist nicht wohl bei dem Gedanken, dass sie da draußen ist, obwohl ja ein Auto der beste faradaysche Käfig ist und die Blitze ableitet, wenn sie einen denn als Ziel ausgewählt haben. Ein herrlicher Duft von frisch gemahlenen Kaffeebohnen zieht durch meine Nase, als ich die Dose öffne, dass alleine weckt schon meine Lebensgeister. Ich lege eine Filtertüte ein, fülle sie mit diesem wunderbaren dunkelbraunen Pulver, noch eine Prise Salz, betätige den Schalter und ein paar Sekunden später kocht sie auch schon den Kaffee. Das Salz ist ein Geheimtipp meiner Großmutter, dadurch bekommt der Kaffee ein ganz anderes Aroma. Das Natrium im Salz neutralisiert den bitteren Geschmack und verstärkt das Aroma, hat sie immer gesagt. Wir kochen schon immer so den Kaffee und wenn genügend Zeit ist, zum Beispiel am Wochenende, dann brühe ich ihn sogar mit der Hand auf. In meiner Erinnerung kommen Bilder von Großmutter und Großvater hoch, als ich noch ganz klein war. Sie sind schon vor vielen Jahren gestorben und sie fehlen mir sehr. Großvater ist als erster gegangen. Zuerst hatte er einen Schlaganfall bekommen und später einen aggressiven Gehirntumor. Mom und Großmutter haben ihn zuhause gepflegt, bis er gestorben ist. Der Tag an dem er in das Jenseits hinüberwechselte war mein Geburtstag, der zwanzigste Juli, morgens um kurz vor neun Uhr hat er für immer seine Augen geschlossen. Ich habe das damals noch nicht begreifen können, weil ich erst fünf Jahre alt war, aber ich kann mich noch heute an diesen Tag erinnern. Meine Großmutter ist drei Jahre später gegangen, da war ich schon in der Schule. Es kam ein Anruf von der Nachbarin, sie hatte einen Schlüssel für die Wohnung von Großmutter und hat sich gewundert, weil sie schon fünf Tage nicht mehr gesehen wurde. In der Wohnung fand sie Großmutter dann auf dem Bett liegend und tot. Der Arzt hat später in dem Totenschein als Todeszeit zwischen dem vierten und dem achten Dezember angegeben. Er sagte, sie wäre schon mindestens vier Tage tot, aber er konnte Mom damals beruhigen, weil sie wohl sehr schnell und plötzlich gestorben ist. Ich kann mich noch daran erinnern, wie sehr sie geweint hat und immer wieder hat sie mit einer Kerze sowie mit dem Bild von Großmutter da gesessen. Sie war damals lange Zeit sehr traurig gewesen. Heute, als Erwachsene Frau, kann ich ihren Schmerz und ihre Trauer von damals verstehen. Denn auch ich habe meine Eltern schon viel zu früh verloren, sie fehlen mir jeden Tag und das tut sehr weh. Dieser Schmerz wird wohl nie vergehen, der sitzt so tief in meiner Seele verankert, doch er ist heute erträglicher geworden. Die Zeit heilt ja bekanntlich alle Wunden.

Ich stütze meine Hände auf den Küchentresen und sehe hinaus in dieses Gewitter da draußen. Der Himmel wird immer dunkler und man sieht vereinzelt Blitze über ihn jagen, doch noch ist es trocken, der Regen lässt sich noch etwas Zeit. Nur diese drückende Hitze ist nicht sehr angenehm, da die Luftfeuchtigkeit sehr hoch ist, schwitze ich wie verrückt. Dass ich heute Morgen unter der Dusche war, hätte ich mir sparen können. Denn jetzt bin ich schon ohne etwas zu tun am Schwitzen und mein Sonnenshirt ist schon ganz klamm. Ein erneutes Grollen dringt von draußen in die Küche und Quinny kommt gerade wie der Blitz hereingerannt, um sich vor dem Unwetter in Sicherheit zu bringen, welches da im Anmarsch ist. Der Kaffee ist mittlerweile fertig. Ich hole eine von den riesigen Tassen aus dem Schrank und fülle sie mit der dunklen Brühe. Da ich noch keinen Hunger habe und lieber warte, bis Steph hier ist, gehe ich mit der Tasse auf die Veranda, um mich auf die Schaukel zu setzen. Die Luft scheint zu stehen, kein Windzug ist zu fühlen und der Schweiß rinnt mir aus jeder Pore meiner Haut. Der heiße Kaffee wirkt darum heute Morgen auch etwas fehl am Platze, etwas Eiskaltes wäre wohl besser gewesen. Es ist so dunkel geworden, als wäre es schon Abenddämmerung, nur die Blitze, die über den Himmel huschen, erhellen den frühen

Tag etwas. Wenn ich in die Richtung der Straße blicke, dann kann ich sogar die heiße Luft flimmern sehen. Quinny ist im Haus geblieben, wahrscheinlich ahnt sie schon, dass es gleich ein Unwetter gibt. Tiere haben einen sechsten Sinn für so etwas. Ich höre ein Auto die Straße hochkommen und einen kurzen Moment später biegt Steph in die Einfahrt des Amarylion ein. Der Motor verstummt und sie steigt aus dem Wagen, schnappt sich vom Rücksitz ihren Korb und kommt schnellen Schrittes auf die Veranda.

»Guten Morgen Püppi! Hast du das Wetter da oben bestellt? Das kommt ein paar Stunden zu spät, gestern Abend hätte es unsere Seance noch ein Stück weit gruseliger wirken lassen.«, sie stellt lachend ihren Korb vor der Tür ab und umarmt mich herzlich.

»Da hast du Recht, das wäre wirklich ganz schön gruselig gewesen, wenn es gestern Abend gewittert hätte.«

»Ich gehe mal eben rein, stelle die Lebensmittel in den Kühlschrank und hole mir auch einen Kaffee. Etwas essen kann ich jetzt nicht, das ist einfach eine zu drückende Schwüle heute.« Steph nimmt den Korb und verschwindet in der Küche, um einen kurzen Augenblick später mit einer Tasse in der Hand wieder herauszukommen.

Sie streicht sich die verschwitzten Haare aus dem Gesicht und kommt neben mir auf der Schaukel zum Sitzen. Wir beide bringen diese ganz leicht in Bewegung und genießen unseren Kaffee.

»Es war ein wirklich schöner Abend gestern, oder?«, fragend sieht sie mich dabei an und nippt an ihrer braunen Brühe herum.

»Es war unglaublich spannend und aufregend. Dass wir Estrelle als Kontakt hatten, kann auch kein Zufall gewesen sein, denn du weißt ja, Zufälle gibt es nicht. Alles ist vorherbestimmt und es heißt ja auch »es fällt dir zu«. Ich vermute, dass es durch die Jenseitige Welt so geleitet wurde, da wir zuerst dachten, es handelt sich um einen Mord. Das hat uns und den Männern ja erst gezeigt, wie wichtig die richtigen Fragen sind, um auch klare Antworten zu bekommen. Hätten wir es weiter bei dem »ermordet« gelassen, dann wäre nie herausgekommen, welchem Schicksal Estrelle erlegen ist.«

Steph nimmt meine Hand: »Weißt du eigentlich wie schön es für mich ist, dich in Verbindung mit der geistigen Welt zu sehen?«

»Wie meinst du das?«, ich blicke sie erstaunt an.

»Immer wenn du mit denen, die drüben sind redest, dann entspannt sich dein ganzer Körper. Besonders in deinem Gesicht kann ich es dann sehen, weil deine Gesichtszüge so weich werden und du sendest ein inneres Strahlen aus. Es ist in dem Moment anscheinend ein wahres Verjüngungselixier, denn du siehst jedes Mal wirklich um Jahre jünger aus. Vielleicht sollte ich das auch öfters machen, dann spare ich mir später den Weg zum Chirurgen, der mein Gesicht liftet.« Steph fängt herzhaft an zu lachen, bei dieser Vorstellung.

»Was gibt es denn da zu lachen?«

»Dann musst du hier das Amarylion vergrößern, wenn sich das herumspricht. Was meinst du, wie viele Frauen gerne um Jahre jünger aussehen möchten und wenn das ohne Skalpell geht, wird das der Mode Hit überhaupt. »Treten sie ein in den Jungbrunnen des Amarylion! Erleben Sie die Verjüngung ihres Seins durch unsere magischen Seancen!««, jetzt lacht sie so stark, dass der Kaffee in der Tasse gefährlich nahe am Rand hoch schwappt.

»Deine Fantasie geht gerade etwas mit dir durch, kann das sein?«, ich kann gerade noch meine Tasse auf dem Geländer der Veranda abstellen, als ich herzhaft über Stephs Spruch lachen muss, so heftig, dass mir die Tränen in die Augen schießen.

»Ja, so wird es sein, lache nur über meine Vision. Spätestens wenn jedem auffällt, dass du nicht so schnell alterst wie andere

Menschen, dann kommen die Fragen und Spekulationen, warum das so ist.«, sie sieht mich mit einem ernsten Gesicht an und reckt dabei keck ihre Nase in die Luft.

Mein Lachen schüttelt mich heftig durch und jetzt fängt Steph auch noch an, weil ich sie angesteckt habe. Wir lachen so lange, bis uns beiden das Zwerchfell schon vom dem vielen Wippen wehtut. Als sich dieser Anfall wieder gelegt hat, muss ich mir erst einmal die Augen abtupfen. Steph reicht mir ihre Serviette herüber und ein letztes Glucksen lässt ihr Zwerchfell sich noch einmal aufbäumen.

»So Püppi, jetzt haben wir durch unser herzhaftes Lachen für so viel gute Energie gesorgt, eigentlich sollte das jetzt auch reichen, um das Gewitter zu vertreiben.«, dabei sieht sie in den Himmel, der immer dunkler wird und die Wolken scheinen sich immer schneller zu gewaltigen Bergen aufzutürmen.

Jetzt kommt auch etwas Wind auf, der die Blätter der Bäume, durch die er fährt, zum Rascheln bringt. Auf Steph ihrem Auto sehe ich die ersten Regentropfen, die ihre Spuren auf der staubigen Windschutzscheibe hinterlassen. Immer mehr Tropfen fallen jetzt und ein Blitz erhellt die Dunkelheit, dem gleich darauf ein so heftiger Donner folgt, dass wir beide fast unsere Kaffeetassen fallen lassen.

»Himmel, das war aber jetzt laut!«, mein Blick geht zu Steph, die ganz gebannt das Naturspektakel vor ihrer Nase betrachtet.

»Sieh dir nur diese Blitze an Püppi, was für eine Power doch in der Natur steckt, ist das nicht faszinierend?«, sie nimmt meine Hand und drückt sie, als würde sie mich beruhigen wollen.

Dabei hatte ich keine Angst, nur wenn nach dem Blitz wieder der Donner kommt, der lässt mich zusammenzucken, weil es so laut ist. Der Regen wird immer stärker und die Regentropfen scheinen immer dicker zu werden. Die Einfahrt des Amarylion verwandelt sich gerade in eine Art Fluss, der zur Straße runter fließt, um sich dort in alle Richtungen aufzulösen. Die großen

Abflüsse an dem Fahrweg können kaum die Flut von Wasser auf einmal bewältigen und so steht in Minuten, die ganze Wohngegend an der Hauptstraße überflutet dar. Gut, dass wir mit dem Amarylion etwas höher liegen als die Straße, sonst hätten wir jetzt schon die Eimer herausholen müssen, um das Wasser wieder aus dem Laden zu entfernen. Es blitzt und donnert jetzt so heftig, dass mir doch etwas mulmig wird und auch der Wind, der noch bis gerade eben harmlos war, ist jetzt so heftig, dass er die starken Bäume sogar zum Schwanken bringt.

»Wollen wir hineingehen? Es scheint immer schlimmer zu werden, doch in den Nachrichten haben sie keine Tornadowarnung gesendet oder hast du etwas gehört?«, nervös sehe ich Steph an, die auch mit beunruhigtem Blick dieses Unwetter betrachtet.

»Nein, in den Nachrichten habe ich keine Warnung gehört und auf dem Weg hierher hatte ich Radio an, aber da redeten sie nur von Unwetter, keine Meldung von einem Tornado.«

Wir nehmen unsere Tassen und gehen zurück in das Haus, welches uns Sicherheit vor diesem Unwetter bieten sollte. Der Wind peitschte mittlerweile den Regen so heftig an die Tür vom Seiteneingang, so dass wir total durchnässt werden auf dem kurzen Weg von der Veranda ins Haus. Als wir endlich den Kampf die Tür zu schließen, gewonnen haben, atmeten wir beide erleichtert auf.

»Hoffentlich beruhigt sich das Wetter bald, sonst werden bestimmt die Vormittagstermine ausfallen. Dabei geht doch keiner raus und überlässt sich freiwillig diesem Unwetter!«, während Steph das sagt, greift sie zu dem Handtuch, das neben der Spüle hängt und trocknet sich damit das Gesicht und die nassen Arme ab, dann wirft sie es mir zu.

Während ich mich trockenreibe, füllt Steph uns die Kaffeetassen wieder auf und schaltet die Maschine aus, da die Kanne jetzt leer ist. »Nun warten wir mal ab, es ist ja noch eine knappe

Stunde hin, bis wir das Amarylion aufschließen. Der erste Termin ist auch erst um zehnuhrdreißig, wenn ich mich recht erinnere.«, dabei geht mein Blick zur Uhr, die an der Wand hängt. Die zeigt gerade neunuhrzehn an.

»Ich hole mal eben das Terminbuch von vorne!«, damit verschwindet Steph Richtung Laden, um eine Minute später mit dem Buch in der Hand wieder in die Küche zu treten.

Wir setzen uns zusammen an den Tisch und gehen gemeinsam die gebuchten Termine für heute durch.

»Der erste Kunde für dich steht hier um zehnuhrdreißig, Mrs. Callahan – etwa die Mrs. Callahan?«, sie sieht mich mit großen Augen an.

»Ja, Joy Callahan.«

Jetzt verschluckt Steph sich an dem Kaffee, weil sie gerade die Tasse an ihrem Mund geführt hat: »Wow, dass sie zu uns kommt, gleicht ja schon an ein Wunder. Du hast hier aber nicht eingetragen, welche Sitzung oder Behandlung sie bekommt.«, während sie das zu mir sagt, sieht sie angestrengt auf den Namen im Buch, als könnte, der ihr verraten, warum die Kundin in das Amarylion kommt.

»Sie möchte, dass ihr Besuch bei mir diskret abläuft, darum habe ich nichts in das Terminbuch geschrieben, außer ihren Namen.«

Hinter Stephs Stirn arbeitet es gerade ganz gewaltig. Sie zieht die Stirn kraus und fährt immer wieder mit dem Finger über den Namen: »Aber wie kommt Joy auf das Amarylion, so bekannt sind wir ja nun auch wieder nicht, oder etwa doch?«, mit weit aufgerissenen Augen sieht sie mich fragend an und ich muss lachen, weil es zu komisch wirkt, Steph so ratlos zu sehen.

»Sie kommt auf eine Empfehlung hin, hier ins Amarylion.«

»Wirklich? Das ist ja kaum zu glauben, hierher zu uns, in unser kleines Amarylion. Das ist wirklich echt? Du machst jetzt nicht gerade einen Scherz mit mir?« Steph ist so aufgeregt, dass sie aus Versehen ihre Tasse ohne hinzublicken fast in das Nichts fallen lässt, anstatt sie auf dem Tisch abzustellen. Doch es fällt ihr noch rechtzeitig auf und die gute Kaffeetasse hat überlebt.

Ich muss unwillkürlich lachen, weil diese nervöse Aufregung von Steph so ganz und gar nicht zu ihr passt. Wo sie sonst doch immer über alles die Kontrolle hat, für die organisatorischen Dinge hier im Amarylion verantwortlich ist und nun hat sie diesen Namen erst heute wahrgenommen. Das ist für mich höchst amüsant, denn ich habe wirklich gedacht, sie entdeckt ihn eher im Terminbuch und nervt mich dann mit Fragen. Doch ich hatte hier wohl mal wieder himmlische Hilfe. In Gedanken bedanke ich mich bei Jeremias und allen Helfern, die diesen Namen im Buch für Steph so lange unsichtbar gemacht haben.

»Ich mache keinen Scherz mit dir und ja – es ist wirklich »die« Joy Callahan, die einen Termin bei mir hat. Darum habe ich auch heute Vormittag keine weiteren Kunden angenommen, um mich voll und ganz auf sie zu konzentrieren.«, ich leere meinen letzten Schluck Kaffee aus der Tasse und stehe auf, um sie in die Spüle zu stellen.

Es ist bereits zehn Uhr und das Amarylion muss aufgeschlossen werden.

»Du willst mich doch jetzt nicht mit tausend Fragen hier sitzen lassen?« Steph steht ebenfalls auf und folgt mir nach vorne in den Laden, wo ich gerade die Tür aufschließe und das Schild umdrehe.

»Mily! Nun spanne mich doch nicht so auf die Folter. Es ist nicht nett, wenn du das tust.«, dabei steht sie am Tresen, mit dem Buch unter dem Arm und immer noch mit sehr neugierigen Augen, die sie auf mich gerichtet hat.

Ein Blick, durch das große Fenster nach draußen zeigt mir, dass es sich langsam aufklart und das Gewitter weitergezogen ist. Es wird schon wieder hell und die ersten Sonnenstrahlen kämpfen sich durch die Wolken.

»Sie kommt zu einer Behandlung, weil Grace mich weiterempfohlen hat.«

Jetzt lässt Steph das Buch auf den Tresen fallen und hält sich die Hände vor Erstaunen an den Mund: »Grace? Grace Coleman, Jaydens Mom?«

»Ja genau die Grace!«, mir steckt schon wieder ein Lachen im Hals, bei ihrem Anblick.

»Wie kommt eine Joy Callahan an eine Empfehlung von Grace Coleman? Das wird ja immer verrückter, da müssen die beiden sich ja kennen. Mily in was für Dimensionen der Matrix bist du denn jetzt rein geraten, wenn nun sogar die Stars sich hier bei uns beraten lassen. Du hast jetzt nicht eine versteckte Kamera hier und morgen sehe ich mich im Fernsehen?«, verstohlen lässt sie ihren Blick durch das Amarylion wandern, um vielleicht doch eine Kamera zu entdecken, aber da wird sie umsonst nach suchen.

Ich muss schmunzeln, weil sie so viel Wirbel um eine Frau macht, die doch auch nur ein Mensch ist, wie wir. Nur weil sie so bekannt durch ihre Spielfilme und Serien ist, bleibt sie auch ein Mensch der genauso wie wir Probleme im Leben zu bewältigen hat.

»Diese Frau ist einfach göttlich, hast du ihre Filme gesehen? Diese Liebesszenen, ich schmelze schon dahin, wenn ich nur daran denke. Joy ist so eine atemberaubende Schönheit und das für ihr Alter. Sie ist doch schon Ende vierzig. Ich glaube mich recht zu erinnern, achtundvierzig? In dem Film »Briefe für dich«, das waren so schöne Liebesbriefe, die sie an Tom geschrieben hat, obwohl der gar nicht der eigentliche Empfänger sein sollte. Auch Tom hat ihr Briefe geschrieben, weil er ja dachte, dass die von ihr für ihn waren. Diese Verstrickungen bis die beiden dann letztendlich doch noch zusammengefunden haben, einfach nur herrlich.«, mit einem völlig verklärten Blick sieht Steph mich an.

Ich will gerade etwas darauf antworten, doch die Türglocke

geht, als ein Kunde den Laden betritt. Schnell schicke ich im Geiste ein »Danke« nach oben, weil ich so das Thema Joy Callahan erst einmal umgehen kann. Doch der Tag ist noch lang und Steph wird keine Ruhe geben, bis sie alles erfährt, was sie wissen will.

Während Steph den Kunden bei den Büchern berät, gehe ich in meinen Beratungsraum, in dem gleich auch die Behandlung durchführt wird. Hier bereite ich schon alles vor, damit wir nach dem Einführungsgespräch auch sofort starten können. Ich spüre die Nähe von Jeremias, meinem Geistführer, der mich gleich mit einem kompletten Team aus der geistigen Welt unterstützen wird. Etwas aufgeregt bin ich schon, aber nicht, weil Joy gleich in diesem Raum sein wird, sondern weil gleich wieder eine ganz besondere Verbindung geschaffen wird zwischen dem Hier und dem Jenseits. Das ist für mich immer ein so großes Erlebnis, weil es auch wundervolle Energien von drüben hierher bringt. Mein Herz wird dann mit so viel Liebe durchflutet, dass ich süchtig nach diesem schönen Gefühl bin. Es ist nicht ganz leicht mit dem Hochgefühl umzugehen, was sich nach der Behandlung in mir selbst befindet. Einerseits könnte ich durch die Energie Bäume ausreißen, doch spätestens am Abend falle ich dann in einen so tiefen Schlaf, wie an keinem anderen Tag. Jeremias hat mir einmal erklärt, dass es eine Heilenergie ist, mit der ich bei einer Behandlung durchflutet werde. Das ist ein Geschenk der geistigen Welt an mich, weil ich mich als Kanal für ihre Energien zu Verfügung stelle und damit gutes für den Kunden und auch gleichzeitig für die Welt schaffe. Das »für die Welt« musste ich mir damals von ihm erklären lassen, weil mein Verstand mir da selbst etwas im Wege stand und ich das große Ganze nicht erfassen konnte. Seine Erklärung war so simple.

»Alles um uns herum besteht aus Energie, die mit der geistigen Welt verwoben ist. Da in dieser Dimension kein Raum und keine Zeit existiert, geht auch Energie die wir hier vor Ort aussenden, in die Mutter Erde. Diese Heilenergie fließt überall hin auf dieser Welt, denn sie besteht immer weiter fort, sie löst sich nicht auf. Je mehr von dieser heilenden Energie besteht, umso mehr Heilung gibt es für die ganze Welt. Darum ist ein Mensch, der sich entschließt mit der geistigen Welt zusammenzuarbeiten, so kostbar für uns«.

Das waren damals seine Worte und es ergab plötzlich alles einen Sinn für mich. Seit dem Gespräch mit Jeremias genieße ich jede Heilbehandlung und freue mich, wenn ich im Terminbuch hierfür einen Eintrag sehe. Wenn ich die Jahre zurückblicke und daran denke, dass die Dinge für mich auch hätten anders laufen können, dann bin ich so dankbar, dass meine Eltern mir das Amarylion vererbt haben und ich heute einen Beruf habe, den ich mit Herz und Seele ausübe. Es hätte ja auch anders kommen können und ich würde heute in einem Buchladen stehen, wo ich auch sinnvolle Arbeit hätte, aber meine Seele würde immer auf der Suche nach dem sein, was mir das Amarylion gibt. Die Arbeit, die man mit Freude verrichtet, wo Herz und Seele angesprochen werden und wo man jeden Tag gerne hingeht, das ist die Richtige. Interessant ist, dass bei einer solchen Arbeit die Zeit wie im Fluge vergeht. Bei einer Tätigkeit, die man aber nicht mit Herz und Seele ausübt, die Stunden sich doppelt in die Länge zu ziehen scheinen. Es ist ein Phänomen, was ich schon sehr oft auch selbst, früher, wie heute, erlebt habe. Ich zünde die Kerzen an, die überall im Beratungsraum verteilt sind und beim herausgehen streiche ich die Decke auf der Behandlungsliege glatt.

Als ich gerade wieder den Laden betrete, ertönt die Türglocke und Joy Callahan betritt das Amarylion. Der Anblick von ihr erschreckt mich doch mehr als ich dachte. Sie hat mich schon vorgewarnt, als wir beide diesen Termin gemacht haben, aber es dann real zu sehen, war doch noch viel schlimmer. Diese einst so wunderschöne Frau ist stark von ihrer Krankheit gezeichnet. Sie wirkt ziemlich zerbrechlich und ausgemergelt, der Krebs hat seine sichtbaren Spuren hinterlassen. Seit einigen Monaten ist sie nun mit der Chemotherapie durch und es sind auch keine Metastasen aufgetaucht, aber diese ganze Behandlung hat ihr alle Kraft geraubt, die sie je besessen hat. Sie hat sehr stark abgenommen, das sieht man an ihrer Kleidung, die sehr locker am Körper hängt. Wenn man diese Frau aus ihren Filmen kennt, wo sie noch eine wohlgeformte schlanke Statue hat, ist es umso erstaunlicher. Joy hat immer eine beneidenswerte Figur gehabt, war auch in der Filmindustrie eine imposante Erscheinung, durch ihre Ausstrahlung und ihr Aussehen. Da gab es mit dieser Frau hier vor mir kaum noch Ähnlichkeit. Ihren Kopf hat sie mit einem schönen bunten Tuch umwickelt, wahrscheinlich sind ihr die Haare durch die Chemotherapie ausgefallen. Ihre Augen, die in jedem Film, auf jedem Bild in der Zeitung, so schön gestrahlt haben, sind jetzt völlig glanzlos.

Mein Blick geht kurz zu Steph hinüber, die noch immer den Kunden bei den Büchern berät und sehe ihr Entsetzen im Gesicht, als sie erkennt, wer da gerade den Laden betreten hat.

»Hallo Mrs. Callahan, willkommen im Amarylion!«, ich strecke ihr meine Hand zur Begrüßung entgegen und sie umschließt sie mit ihren beiden Händen, die genauso zerbrechlich wirken wie ihr ganzer Körper.

»Hallo Emily, ich darf doch Emily sagen?«, fragend sieht sie mich an, während sie meine Hand fest umschlossen hält.

»Ja, sicher dürfen Sie das.«

»Das ist schön, aber nenne mich doch bitte Joy, das gibt mir ein Gefühl von Vertrautheit und lasse bitte das förmliche »Sie« weg.«

»Gerne Joy, dann lass uns jetzt in meinen Beratungsraum gehen, wo ich dir alles weitere erkläre.«, ich drehe mich noch zu Steph um und gebe ihr durch mein Kopfnicken in Richtung

Beratungsraum bekannt, dass ich mich jetzt mit Joy zur Behandlung zurückziehe.

Sie macht ein sehr sorgenvolles Gesicht, zwinkert mir aber aufmunternd zu, weil sie weiß, was das für mich bedeutet und wendet sich wieder ihrem Kunden zu.

»Joy, bitte nimm doch erst einmal Platz am Tisch, ich bin sofort wieder da!«, damit verlasse ich den Beratungsraum, um einen Krug mit Wasser und Gläser für uns beide zu holen. Als ich wieder in den Raum trete, hat sie gerade das Tuch vom Kopf gewickelt und ich sehe, da wo einst diese wundervollen langen blonden Haare waren, nur noch einen kahlen Kopf, auf dem gerade erst wieder die ersten Haare sprießen. Ich gieße uns jedem ein Glas Wasser ein und sie sieht mich dankbar an.

»Das ist nett von dir Emily. Es ist aber auch eine so schwüle Luft, trotzdem das Gewitter heute Morgen schon für etwas angenehmere Temperaturen gesorgt hat.«

»Ja, es ist heute wirklich schlimm, immer noch so drückende Luft. Doch jetzt wenden wir uns deiner Behandlung zu und ich möchte gerne erklären, was gleich mit dir passieren wird.«

Joy sieht mich gespannt an und nimmt einen großen Schluck aus ihrem Wasserglas: »Gut, dann bin ich jetzt aber neugierig, denn das ist meine erste Behandlung der außergewöhnlichen Art.«, damit stellt sie ihr Glas wieder ab und widmet ihre Aufmerksamkeit ganz meinen Worten.

»Diese Behandlung kannst du mit keiner vergleichen, die du bisher kennst oder auch erlebt hast, Joy. Ich arbeite gleich mit Heiler und Ärzten aus der geistigen Welt zusammen, dann wird uns auch Jeremias, mein Geistführer, unterstützen und alles weitere überwachen was mit dir passiert. Wenn du es dir auf der Liege bequem gemacht hast, werde ich mich an dein Kopfende stellen und still für mich ein »Vaterunser« beten. Da wirst du noch nichts spüren, aber wenn ich beginne, bitte ich die Ärzte zu übernehmen. Sobald sie die Behandlung übernommen haben, klinke ich mich geistig aus. Das heißt, ich gehe gedanklich an einen schönen Ort und sie holen mich zurück, sobald sie fertig sind. Wenn das Ärzte- und Heiler Team aus der geistigen Welt übernommen hat, dann wirst du auch abgeschwächt spüren, dass in deinem Innersten gearbeitet wird. Während der ganzen Zeit behandeln dich die Ärzte und Heiler durch mich hindurch, ich stelle mich ihnen zur Verfügung. Doch zu keiner Zeit werden »meine« Hände dich berühren, sondern immer an verschiedenen Stellen über deinen Körper schweben. Solltest du also etwas in deinem oder auf deinem Körper spüren, dann sind es die Ärzte aus der geistigen Welt. Bitte versuche in dieser Zeit ganz ruhig liegen zu bleiben, auch wenn es mal etwas unangenehm vom Druck im Körper sein sollte. Sie werden dich keinem heftigen Schmerz aussetzen, sondern so arbeiten, dass sie deine Schmerzgrenze achten. Wie lange diese Sitzung dauern wird, kann ich nicht sagen, weil sie es leiten werden, nicht ich. Während der Behandlung könnte es auch sein, dass du Geräusche wahrnimmst, die vielleicht nicht von dieser Welt sind. Es könnten Glockenklänge sein oder sogar Stimmen, die etwas flüstern was du nicht verstehen kannst, sowie auch Gerüche oder Windzüge, die plötzlich da sind. Das alles kann passieren, aber es muss nicht passieren, bitte sei da ganz offen und vertraue ihnen einfach, so gut du es kannst. Wenn sie fertig sind, werden sie mich geistig wieder zurückholen, so dass ich weiß, die Behandlung ist abgeschlossen. Danach wirst du die Möglichkeit haben etwas zu trinken und während du noch liegen bleibst, kannst du mir dein Erleben der Behandlung schildern. Hast du noch Fragen hierzu, habe ich alles verständlich erklärt?«

Joy sieht mich mit Erstaunen in ihren Augen an: »Das ist ja kaum zu glauben, was da passiert. Doch ich bin neugierig und froh über jede Hilfe, die mir geboten wird, auch wenn sie nicht von dieser Welt kommt.«

»O. K., dann darf ich dich jetzt bitten, es dir auf der Behandlungsliege gemütlich zu machen. Bitte sorge dafür, dass du gut und bequem liegst, nichts sollte drücken oder dich ablenken.«

Joy legt sich auf die Liege und rückt noch etwas hin und her, dann gibt sie mir das Zeichen, dass sie startklar ist. Ich begebe mich an das Kopfende der Behandlungsliege und beginne mit meinem Gebet, während Joy mit geschlossenen Augen und ganz entspannt auf derselben liegt.

Einen kurzen Moment später übergebe ich die Heilung in die Hände der Heiler und Ärzte aus der geistigen Welt, die tun werden was getan werden muss, um dem Körper von Joy wieder Kraft und Energie zu geben.

Ich muss blinzeln, weil mich das Sonnenlicht etwas blendet, welches durch das Fenster in den Behandlungsraum scheint. Die Behandlung von Joy ist abgeschlossen und man hat mich wieder zurückgeholt in das Hier und jetzt.

Sie liegt noch mit geschlossenen Augen vor mir, ganz entspannt wirkt ihr Gesicht und ich berühre vorsichtig ihren Arm, um sie nicht zu erschrecken. Auch sie muss blinzeln, als sie ihre Augen öffnet und ich ihr das Glas Wasser reiche. Noch etwas benommen setzt sie sich auf und leert in einem Zug das Wasserglas. Dann deute ich ihr an, sich wieder hinzulegen, was sie auch tut.

»Wie geht es dir Joy?«

»Fantastisch! Das war so unglaublich was da gerade mit mir passiert ist!«, sie sieht mich mit einem Glanz in ihren Augen an. Genau der Glanz, der ihr vorhin gefehlt hat, als sie zu mir kam.

»Dann würde ich mich freuen, wenn du mir erzählst was du während der Behandlung gefühlt oder wahrgenommen hast.«

»Ganz zu Anfang, also kurz nach deinem Gebet, da vibrierte plötzlich mein ganzer Körper. Es war so ein merkwürdiges Gefühl, als würde ganz leichter Strom durch mich hindurch geleitet, alles war innerlich in Schwingung. Das konnte ich ganz intensiv fühlen, aber es war sehr angenehm. Kurz darauf spürte ich eine

Hitze genau an der Stelle, wo man mir den Tumor entfernt hat, das war etwas unangenehm, aber auszuhalten. Zwischenzeitlich muss ich wohl etwas eingeschlafen sein, jedenfalls habe ich da eine große Lücke zwischen der Hitze und dem nächsten was ich gefühlt habe. Das nächste was ich dann bewusst wahrgenommen habe, sind Hände, die ich auf der Stelle fühlte, wo die Narbe von der Operation ist und dort wo die Metastasen waren. Nicht nur zwei Hände, sondern es müssen mehr gewesen sein, wie viele kann ich nicht sagen, da sie überall gleichzeitig zu fühlen waren. Als diese Hände auf mir waren, hörte ich immer ein ganz leise »kling«, wie von einem sehr hellen Gong. Was unheimlich war, da es aus meinem inneren zu kommen schien, das konnte ich mir nicht erklären. Was auch noch interessant war, die ganze Behandlung über hatte ich dieses Gefühl, als würde ich in Liebe baden, eine so tiefe Zufriedenheit hatte ich noch nie erlebt in meinem Leben. Eine andere Person außer dir Emily habe ich noch wahrgenommen, jedenfalls denke ich das. Sie muss direkt neben mir an der Liege hier gestanden haben, denn jemand hat meine Hand gehalten, als sie die Hitze in mir gemacht haben. An mehr kann ich mich nicht erinnern, ich glaube, da fehlt ein großer Teil, der sich meiner Kenntnis entzieht.« Joy sieht mich fragend an und ich nehme ihre Hand und drücke sie.

»Das ist wirklich sehr schön, was du da schilderst und ja – das kann sein, dass dein Bewusstsein für kurze Zeit ausgeschaltet wurde. Dies geschieht, wenn sie tiefgründiger arbeiten müssen und das wäre sehr unangenehm. Darum legen sie dich hierfür in einen kurzen tiefen Schlaf. Die Hände, die du alle gleichzeitig gefühlt hast, sind die der Heiler und Ärzte aus der geistigen Welt gewesen. Auch das »kling« der Glocke war von drüben und deine Hand, die gehalten wurde, das war Jeremias mein Geistführer, der immer über alles ein waches Auge hat. Wie fühlst du dich jetzt? Bist du in der Lage aufzustehen?«, ich reiche Joy meine Hand, um ihr beim Aufsetzen zu helfen.

»Danke! Mir geht es jetzt so gut wie seit Monaten nicht mehr, du oder »die« haben ein Wunder vollbracht!«, dankbar sieht sie mich an.

»Ich bin nur der Kanal durch den sie arbeiten, dein Dank gebührt Ihnen, nicht mir.«

»Oh doch! Denn ohne dich Emily könnten sie gar nicht heilen, weil ihr nur zusammen Wunder bewirken könnt. Ich danke dir so sehr, dass ich dies hier erleben durfte und werde dich natürlich auf dem Laufenden halten, wie es mir gesundheitlich geht.«, damit rutscht sie von der Liege herunter und umarmt mich so herzlich, dass mir fast die Luft wegbleibt und ich Tränen der Rührung in meinen Augen bekomme.

»Danke liebe Joy und es war mir eine Ehre, dir diesen Dienst erweisen zu können, obwohl mein Anteil daran ja wirklich nur ein kleiner war.«

»Da täuschst du dich aber, denn dein Anteil war genauso bedeutend wie Ihrer!«, noch einmal drückt sie mich liebevoll und dann gehen wir gemeinsam nach vorne ins Amarylion, wo Steph schon erwartungsvoll am Tresen steht und unnötigerweise Papiere sortiert, die schon sortiert waren. Das lässt mich insgeheim grinsen, denn ich weiß, dass sie vor Neugierde fast am Platzen ist.

»Joy, darf ich dir Stephanie vorstellen, meine gute Seele hier und meine rechte Hand was das Amarylion betrifft.«

»Hallo Stephanie! Es ist schön, dass ich Sie auch kennenlerne, denn ich habe schon von Ihrer guten Coaching Arbeit gehört.«

Jetzt steht Steph der Mund vor Staunen offen, Joy Callahan hat von ihr gehört. Es ist ein so großes Lob, dass sie ganz rot vor Verlegenheit wird: »Das freut mich sehr, denn nur zufriedene Kunden geben Empfehlungen.«, damit tritt sie zur Seite und ich kann mit Joy das Finanzielle regeln.

Bald darauf verlässt eine völlig neugeborene, zufriedene Joy

Callahan das Amarylion, mit aufrechten Gang und rosigen Wangen.

Das Unwetter von heute Morgen hat in der Natur kaum Spuren hinterlassen. Die großen Wassermassen sind in der trockenen Erde versickert, vereinzelt sieht man kleine Pfützen, dort wo sich sehr viel Wasser gesammelt hat. Der Himmel ist wieder strahlend blau, nur kleine Schäfchenwolken ziehen über ihn hinweg. Einige Blätter der Bäume, sowie auch manche der Blumen, haben diesen morgendlichen Zorn Petrus nicht überlebt. Sie bedecken jetzt die Einfahrt und auch die Wege hinten im Garten, wohin der Wind sie getrieben hat. Auch die Vögel singen wieder ihre Lieder, trällern um die Wette und unterhalten sich aus den Wipfeln der Bäume miteinander. Ich bin gerade auf der Suche nach Steph, weil ich sie im Büro und der Küche nicht gefunden habe. Im Garten werde ich aber fündig, dort kniet sie vor den Kräutern und zupft die kaputten Blätter ab. Sie scheint ganz versunken in ihrer Arbeit, denn als ich neben ihr stehe, zuckt sie zusammen und wäre dabei fast auf ihrem Hinterteil gelandet. Der Schatten, den ich auf das Beet werfe hat sie zurück in die Gegenwart geholt.

»Mily – du hast mich erschreckt! Plötzlich wurde es dunkel vor meinen Augen und ich dachte, jetzt kommt wieder so ein Unwetter. Musst du dich denn auch so anschleichen?«, sie sieht zu mir hoch, kommt dabei ins Schwanken und plumpst auf ihren Allerwertesten.

Ich versuche sie noch am Fallen zu hindern, aber dabei komme ich ins Straucheln und lande genau hinter ihr auf der Erde. Jetzt sitzen wir beide mit unserem Hinterteil im Beet und müssen herzhaft lachen.

»Oh man Steph – nun höre bitte auf zu lachen und hilf mir hoch!«, ich versuche mich wieder aufzurichten, indem ich an ihre Schulter fasse, die genau vor mir ist.

»Es ist aber auch zu komisch wie wir beide, umgeben von Kräutern, hier sitzen.«, sie nimmt meine Hand, um mich zu halten und als ich wieder stehe, ziehe ich sie zurück auf ihre Füße.

Wir klopfen uns gegenseitig die dunkle Erde vom Hinterteil und den Beinen.

»Püppi, du siehst aus, als wärst du einem Blumentopf entstiegen!«

Ich muss wieder lachen, als sie das sagt: »Du siehst auch nicht besser aus!«, jetzt helfe ich ihr, den Dreck abzuklopfen, während sie weiter ihre Witze darüber reißt.

»Nun haben wir beide für heute Abend die richtige Würze, schnuppere mal, herrlich dieser Thymian.«

»Gut zu wissen, dann kann ja beim Vortrag nichts schiefgehen.«, mein Blick geht zu Steph, die noch immer an ihren Händen riecht.

»Was soll da schon schief gehen, du hältst doch diesen Vortrag und keiner kann das so gut wie du.«, dabei dreht sie den Thymian zwischen ihren Fingern und grinst mich schelmisch an.

»Danke für dein Kompliment, ich weiß es sehr zu schätzen.«, ich bin etwas verlegen, denn dass was meine Arbeit betrifft, sehe ich sie nicht als solche an. Für mich ist es meine Berufung und diese führe ich mit all meiner Liebe aus, weil sie mich glücklich macht. Wenn dann immer wieder Komplimente und auch schon mal die überschwänglichen Dankesbekundungen von Kunden kommen, macht mich das immer wieder verlegen.

»Püppi, ich glaube manchmal, dass du gar nicht weißt, wie wertvoll deine Arbeit ist. Warum macht dich ein Kompliment immer noch verlegen? Wieso kannst du ein »herzliches Danke« nicht einfach annehmen und akzeptieren, dass es Menschen gibt, die dich wundervoll finden und deine Arbeit wertschätzen?«, sie sieht mich mit fragendem Blick, herausfordernd an.

»Das kann ich dir nicht beantworten, warum mich das jedes Mal verlegen werden lässt.«

Steph dreht weiter ihren Thymian zwischen den Fingern und schnuppert zwischendurch daran: »Das dürftest du ja dann spätestens heute Abend erfahren, bei deinem Vortrag.«, sie lacht mich an und blinzelt mir neckisch zu.

»Wie meinst du das? Warum tust du schon wieder so geheimnisvoll?«

»Dein Vortrag hat doch das Thema »Das Selbst und seine vielen Gesichter«, denke doch mal über deinen eigenen Selbstwert nach. Meines Erachtens liegt da dein Problem mit Lob und Anerkennung umzugehen.«

Nachdenklich lasse ich Steph ihre Worte auf mich wirken. »Das was du sagst, gefällt mir gerade gar nicht, aber es scheint etwas Wahres daran zu sein.«

»Ja Mily, da ist etwas Unwiderlegbares daran, diese Situationen habe ich schon sehr oft bei dir erlebt. Hast du dich mit dem Thema noch nie auseinander gesetzt? Du hältst heute deinen Vortrag! Wie kannst du nicht über diese Dinge nachdenken, ob sie auch dich selbst betreffen.«

Steph hat Recht, so habe ich es noch nie gesehen. »Diese Themen kommen ja nicht direkt von mir, das weißt du doch. Jeremias gibt mir die Inspiration in seinen Sitzungen. Während wir dort in der Kathedrale sitzen, entwickelt sich der Vortrag in meinem Kopf. Er würde mir niemals ein Thema vorschreiben, das dürftest du doch wissen.«

»Ja, das weiß ich, aber hast du nie darüber nachgedacht, dass es immer Vorträge sind mit den Themen, die dich selbst auch betreffen? Das ist ja das geniale an diesen Referaten, du heilst nicht nur die Seelen von allen Menschen, die diese Abende besuchen, sondern deine eigene auch. Ich muss immer wieder feststellen, wie genial die geistige Welt ist. Sie unterstützt, ohne direkt einzugreifen, indem sie dich selbst die Lösung finden lässt. Doch damit du sie findest, musst du dich mit dem Thema in den Gesprächen mit Jeremias auseinandersetzen.«

Da hat sie Recht, wieso habe ich das nie selbst so erkannt, wie gerade in diesem Augenblick? »Steph, das habe ich aus dieser Perspektive noch nie betrachtet und ich gebe dir Recht. Jeremias hat niemals gesagt wie oder was ich tun soll. Erst im Gespräch mit ihm bin ich selbst auf die Themen der Vorträge gekommen. Wenn ich nun darüber nachdenke, ja es war auch immer mein inneres Thema, woran ich noch zu arbeiten hatte.«

»Das ist es, was ich versucht habe dir verständlich zu machen. Das was Jeremias in den ganzen Jahren schon in dir wachgerufen hat, ist unglaublich.«, während sie das sagt, versucht sie gerade einen Marienkäfer, der sie angeflogen hat, von ihrer Hand auf ein Blatt der Kräuterpflanze zu setzen.

»Es ist mir ja selbst auch immer noch ein Rätsel, wie ich einen Vortrag halten kann, den ich vorher nicht zu Papier gebracht habe. Wenn ich anfange zu reden, dann kommt alles wie von selbst aus mir heraus und sehr oft bin ich über meine eigenen Worte erstaunt, weil sie auch einen Sinn ergeben. Jeremias steht dann nur neben mir, er hilft mir, wenn ich mal nicht die richtigen Worte finde, aber mehr auch nicht. In den Vortrag selbst greift er nicht ein, er deutet höchstens mal an, dass noch etwas gesagt werden sollte, worauf ich dann auch immer selbst komme und mir einfällt, was er damit meint.«, ich streiche nachdenklich über meinen linken Arm, weil ich weiß, dass Jeremias gerade neben mir steht und ich seine Anwesenheit spüre.

»Vielleicht denkst du heute Abend einmal an meine Worte, wenn du auf der Bühne stehst. Deine Worte, die dann aus dir herauskommen, berühren so viele Seelen und du solltest anfangen zu akzeptieren, dass du es bist, die diesen Menschen hilft. Dass was du sagst, kommt aus deiner Seele und darum berührt es so viele. Du hast durch Jeremias Unterstützung beim Lernen, aber zur Erkenntnis musst du selbst kommen, die nimmt er dir nicht ab. Doch diese Art zu lernen, scheint auch zu funktionieren, wie ich immer wieder erstaunt feststelle. Wenn jeder zu seinem Geistführer so ein tiefes Vertrauen haben würde, wie du es zu Jeremias besitzt, dann hätten wir einige Sorgen weniger auf dieser Welt.« Steph erhebt sich wieder, als der Marienkäfer sich endlich auf dem Blatt niedergelassen hat.

Mir gehen gerade ihre gesagten Worte durch den Kopf und innerlich sehe ich das verschmitzte Lächeln von Jeremias. Er scheint sich zu freuen, dass ich einen Denkanstoß von Steph bekommen habe.

»So Püppi! Genug philosophiert für den Augenblick. Was hältst du von einem leckeren Salat und Brot mit einem schönen Kräuterdip?«

Während sie das sagt, spüre ich das Knurren meines Magens. »Das hört sich sehr gut an! Mit Vitaminen im Blut lässt es sich auch besser denken.«

Wir gehen Hand in Hand zurück zum Haus, während ich noch meinen Gedanken nachhänge und für mich selbst wieder einmal feststelle, dass man im Leben nie auslernt.

Das Amarylion erstrahlt wieder im Kerzenschein, dafür hat meine gute Seele Steph gesorgt. Überall stehen die Kerzen verteilt und werfen ihr warmes Licht in den Raum. Im Hintergrund spielt leise die Musik einer australischen Kirchenband, die mir so sehr ans Herz gewachsen ist. Wenn ich den Texten lausche, dann fühle ich einen inneren Seelenfrieden in mir. Wie gerne würde ich einmal Live bei einem Event von ihnen dabei sein, in der Masse der Menschen stehen, die alle ihre Hände zum Himmel strecken und die Lieder, die von Gott und Jesus handeln, voller Freude mitzusingen. So langsam füllen sich die Stuhlreihen mit den Gästen, die zu dem angekündigten Vortrag gekommen sind. Heute heißt das Thema »Das Selbst und seine vielen Gesichter« und wir sind komplett ausgebucht. Es spricht sich immer mehr herum, wie interessant die Themen sind und wie sehr ich damit schon vielen Menschen helfen konnte. Jeder zweite neue Gast kommt aufgrund einer Empfehlung und einige buchen das gleiche Thema sogar zwei oder dreimal hintereinander. Ich sehe wieder einige bekannte Gesichter im Publikum und auch viele neue, die zum ersten Mal hier im Amarylion sind. Steph kümmert sich um die ankommenden Gäste und ich bin gedanklich bei der Sitzung, die ich gerade mit Jeremias hatte. Vor jeder Veranstaltung, egal welcher, verbinde ich mich mit meinem Geistführer, er unterstützt mich immer bei der Arbeit mit den Gästen. In der heutigen Sitzung haben wir beide viel an mir gearbeitet und er hat genau das gesagt, was Steph mir heute Mittag im Garten auch erzählt hat. Wir haben zusammen an meinem Problem, Lob anzunehmen, gearbeitet und ich habe viele neue Sichtweisen auf das Thema »Selbstwert« bekommen. Jetzt bin ich gerüstet für alles, was auch immer kommen mag und freue mich auf einen interessanten Abend mit den Gästen. Ich sehe Jake vorne im Publikum sitzen, kann aber Jayden nicht entdecken. Wahrscheinlich wird er später nachkommen, weil er in der Klinik noch aufgehalten wurde. Auf dem Weg zur Bühne muss ich noch einige Hände schütteln und mir lieb gewonnene Kunden des Amarylion begrüßen. Viele von ihnen schildern mir noch kurz, wie gut es ihnen jetzt geht, seit sie die Vorträge besuchen und wie sehr diese ihr Leben verändert haben. Da kann ich gleich üben, ob ich jetzt mit Lob besser umgehen kann und ich spüre diesmal keine Verlegenheit, sondern nehme lächelnd und dankbar jede Anerkennung an. Es ist wirklich erstaunlich was die Gespräche mit Jeremias doch positives in mir bewirken. Als ich das Zeichen von Steph bekomme, das jetzt alle Gäste da sind, gehe weiter durch die Mitte der Stuhlreihen Richtung Bühne. Bei Jake bleibe ich kurz stehen, wir umarmen uns zur Begrüßung und er wünscht mir viel Erfolg. Als ich die Bühne betrete, setzen sich gerade die letzten Gäste auf die noch freien Plätze und es kehrt langsam Ruhe unter ihnen ein. Hier und da hört man noch Getuschel, was aber langsam weniger wird, als sie hören das die Musik verstummt, die Steph gerade ausgemacht hat. Ich fülle mir ein Glas mit Wasser, aus dem Krug der immer auf einem kleinen Tisch an der Seite steht. Während ich einen Schluck nehme, sehe ich in das Publikum, welches jetzt ganz aufmerksam zu mir auf die Bühne sieht.

Ich trete nach vorne und beginne den Abend, der wieder ganz viele Leben verändern wird. Mein Blick geht erst einmal über alle Gäste, die dort vor mir sitzen und ich nicke einigen aufmunternd zu und wiederum andere lächel ich an. Dann hole ich tief Luft, schließe kurz meine Augen und nehme auch schon Jeremias seine Präsenz wahr. Er steht links neben mir und lächelt mir aufmunternd zu. Jetzt kann es los gehen und Jeremias wird mich durch diesen Vortrag begleiten, um mir Unterstützung zu geben, dort wo ich sie benötige, wo mir manchmal die Worte fehlen etwas auszudrücken, damit es die Gäste auch verstehen.

»Ich begrüße euch alle ganz herzlich hier im Amarylion und freue mich, dass ihr zu dem Vortrag »Das Selbst und seine vielen Gesichter« gekommen seid. Es ist einfacher für mich in der »Du« Form zu sprechen, daher hoffe ich, dass es für alle Anwesenden hier in Ordnung ist, wenn ich so rede.

Wir machen hier ja viele Vorträge und Workshops im Amarylion und ich stelle immer wieder fest, dass es einfach eine schönere Energie und Nähe zu jedem Einzelnen von euch für mich schafft, wenn wir beim »Du« sind.«

Allgemeines Kopfnicken aus dem Publikum, zur Bestätigung erreicht mich auf der Bühne.

»Dann wollen wir uns einmal um die vielen Gesichter des »Selbst« kümmern. Wer ist denn das Selbst überhaupt? Ich bin doch ich, werdet ihr jetzt denken, wer ist dann das Selbst? Hierzu möchte ich gerne auch wieder mit Beispielen arbeiten, heute wird uns Mrs. X durch den Vortrag begleiten. Sie ist eine hübsche junge Frau, Anfang dreißig und nicht verheiratet. Doch sie ist auf der Suche nach Mr. X, dem Mann ihrer Träume. Sie sucht nach ihm auf Internet Portalen, in Zeitungsannoncen, auf Speed Dating Events, auf Single Partys und sie hält die Augen immer offen, wenn sie in der Stadt unterwegs ist. Selbst beim Einkaufen achtet sie auf Männer, die allein ihren Wagen durch die Gänge schieben und wenig im inneren desselben haben. Das lässt sie darauf schließen, dass sie vielleicht einen Single vor sich sieht. Doch bis jetzt hat sie ihren Mr. X noch nicht gefunden. »Woran kann das nur liegen?« das fragt sie sich immer wieder aufs Neue. Es gab im Laufe der Jahre viele Blickkontakte und kurze Affären mit Männern, die ihr gefielen, doch keinen, mit dem sie ihr Leben teilen konnte, weil es nie zu einer festen Beziehung kam. Beschäftigen wir uns jetzt einmal eingehender mit Mrs. X, versuchen wir herauszufinden, warum es so ist.«, mein Blick streift die Gäste vor mir und ich sehe gespannte und nachdenkliche Gesichter.

»Jetzt kommt das »Selbst« ins Spiel, mit seinen vielen Gesichtern. Beginnen wir einmal damit, zu erkunden, wer ist das »Selbst« denn überhaupt. »Bin ich das Selbst?« Das fragt sich Mrs. X gerade. Wie sehen wir uns selbst, wie nehmen wir uns selbst wahr, wie gehen wir selbst mit uns um? Das Selbst sind wir selber, so wie wir uns im Inneren wahrnehmen. Das eigene Selbst bildet sich im Laufe unseres Lebens und ist das Resultat vieler Erfahrungen, die wir gemacht haben. Alle Erfahrungen, die wir machen, positive wie auch negative, werden ab einem gewissen Kindesalter hinterfragt. Diese Phase beginnt in dem Moment, wenn ein Kind nicht mehr in der zweiten Person von sich spricht, sondern wenn es anfängt das »ich« zu benutzen. Meistens wird dies zwischen dem zweiten bis dritten Lebensjahr sein, ab da nimmt es sein eigenes »Selbst« wahr. Dann erkennt das kleine Wesen sich auch selbst im Spiegel. Schenken wir jetzt also Mrs. X wieder unsere Aufmerksamkeit, wie sieht es mit ihrem »Selbst« aus. Sie hatte es nicht leicht in ihrer Kindheit, immer wieder gab es Probleme mit ihren Eltern und auch in der

Schule lief es nicht so gut. Eigentlich Probleme, die jeder hier von euch in seiner Kindheit auch erlebt hat, mutige vor und hebt einmal die Hand, wer sich angesprochen fühlt.«

Ich kann mir ein Schmunzeln nicht unterdrücken als alle Hände nach oben gehen. Manche zwar zögerlich, aber es gibt keine Person im Amarylion, die ihre Hand unten behält, sogar Steph hat ihre gehoben.

»Dann versuchen wir jetzt einmal herauszufinden, warum Mrs. X heute diese Probleme hat. Nehmen wir uns das erste Gesicht des Selbst einmal vor, den Selbstwert. Kennen wir alle unseren Selbstwert?«

Schulterzucken und ratlose Gesichter unter den Gästen.

»Wir alle haben einen Selbstwert, es kommt nur darauf an, wo der liegt, ob auf einem unteren oder auf einem oberen Level. Mrs. X befindet sich mit ihrem auf einem unteren Level, aber warum? In der Familie, in der sie aufwuchs, wurde nicht viel Lob ausgesprochen. Keiner hat Notiz von ihr genommen, wenn sie von ihren Erlebnissen berichtete, wenn sie ihren Eltern davon erzählen wollte was sie an dem Tag alles erlebt und entdeckt hat. Dass sie jetzt sogar Seifenblasen machen kann, dass sie nicht mehr hinfällt, wenn sie mit den Rollschuhen draußen läuft und dass sie jetzt beim Seilspringen mit zwei Seilen schon ganz lange durchhalten kann. Doch für ihre Eltern war es wichtiger zu erfahren, wie es mit der Bewertung in der Schule aussah, wie das Diktat gelaufen ist. Es waren zu viele Fehler darin, deshalb bekam sie vom Lehrer eine schlechte Note. Für die Eltern war das eine Katastrophe und sie wurde als dumm bezeichnet, zu blöd um ein Diktat korrekt zu schreiben. Solche Situationen häuften sich im Laufe der Kindheit und Jugend von Mrs. X, keiner sah ihren Erfolg, wie sie neue Dinge für sich entdeckt und daraus gelernt hat, sondern es wurden nur ihre Fehler gesehen. Es gab dann irgendwann einen Punkt in ihrem Leben, wo sie selbst ihren Selbstwert abgestuft hat – Ich bin zu dumm!, ich tauge nichts!, ich mache zu viele Fehler!, ich bin es nicht wert! – Ab diesem Zeitpunkt richtete sie ihre Aufmerksamkeit nur noch auf das, was sie nicht gut konnte. Dingen, die sie aber gut konnte, schenkte sie kein Interesse mehr, denn diese wurden ja nicht gewürdigt. Diese ganzen Erlebnisse haben sich tief in ihrem Unterbewusstsein verankert und sie beeinflussen sogar jetzt noch ihr Leben.«

Ich sehe, dass die Ladentür des Amarylion sich öffnet und Jayden eintritt. Leise schließt er die Tür wieder hinter sich und kommt auf die Bühne zu, um sich in die Reihe vorne neben Jake zu setzen. Dieser klopft ihm zur Begrüßung auf die Schulter und mir wirft Jayden eine Kusshand zu, was mir ein Lächeln ins Gesicht zaubert. Ich deute mit meinem Mund einen Kuss an und zwinkere ihm zu.

»Wir sprechen heute nur die wichtigsten »Selbst« an, denn wenn wir uns dieser magischen fünf bewusst werden und uns damit beschäftigen, dann wird sich schon vieles in unserem Leben zum positiven verändern. Diese magischen fünf sind der Selbstwert, das Selbstbewusstsein, die Selbsterkenntnis, die Selbstliebe und die Selbstachtung. Diese fünf greifen ineinander und keines kann für sich alleine existieren. Zum Ende des Vortrages werdet ihr auch erfahren, warum der Selbstwert der Schlüssel für alle anderen vier Selbst ist. Nun wissen wir ja schon, dass Mrs. X ihr Selbstwert ziemlich im unteren Level existiert, doch wie bekommt sie ihn jetzt auf einem hohen Level, damit sie endlich glücklich wird und auch den richtigen Partner findet? Wir wissen, dass wir das Ausstrahlen was wir sind und wenn das Selbstwertgefühl fehlt, dann spürt das unser Gegenüber. Dies macht uns nicht gerade interessant für das andere Geschlecht und dann dreht sich auch im Erwachsenenalter der Teufelskreis weiter. Das hört sich für euch bis hierhin bestimmt ziemlich kompliziert an, aber es ist so leicht, wenn man erst einmal für sich erkannt hat, dass die Wurzel vieler Probleme der Selbstwert ist. Da es nichts nützt dies nur im Kopf, als Gedanken zu haben und es schwer ist dann alles auf einem Blick zu erfassen, deshalb nehmen wir uns ein Blatt Papier. Ganz oben auf das unbeschriebene Blatt notieren wir »mein Selbstwert«. Dann kommen zwei Kategorien die wir füllen werden. Die erste ist, »ich bin wertvoll« und die zweite Spalte ist für, »ich bin nicht wertvoll«. Jetzt kommt es darauf an, wirklich ehrlich zu sich selbst zu sein, denn nur dann werden wir hier auch den Erfolg haben. Könnt ihr mir bis hierhin folgen? Wenn jemand noch Fragen hat oder etwas nicht verstanden hat, dann hebt bitte eine Hand. Ich werde es dann noch einmal für euch verständlicher erklären.«

Alle Augenpaare sind auf mich gerichtet und jeder im Raum sieht jetzt voller Spannung dem entgegen, was ich ihnen gleich erklären werde. Ich sehe keine Hand, die gehoben wird, es scheinen mir alle folgen zu können. Steph reicht mir ein Glas Wasser und ich nehme es dankbar an. Als ich es gelehrt habe setze ich meinen Vortrag fort.

»Mrs. X hat jetzt also ein Blatt Papier vor sich mit diesen zwei Spalten. Wir fangen mit der zweiten Spalte an, diese zeigt uns am besten, welche Muster in unserem Inneren ablaufen. Unsere Aufmerksamkeit richten wir jetzt auf die Worte, »ich bin nicht wertvoll«.

Mrs. X fängt an zu schreiben, sie listet alles auf, warum sie sich selbst nicht für wertvoll hält. Hierzu zählen Dinge aus der Kindheit, der Jugend und dem Leben welches sie bis jetzt, als Erwachsene geführt hat – Schlechte Zensuren, nicht sportlich, zu mollig, schüchtern, keine moderne Kleidung, Zahnspange, verträumt, dumm, begriffsstutzig, zu klein, keine Beachtung von anderen, ängstlich, ein Feigling, zu viele Fehler gemacht, Tollpatsch, faul, undankbar, böse – Nachdenklich sieht Mrs. X jetzt auf die Wörter, die ihr dazu eingefallen sind und innerlich weiß sie, das da noch jede Menge mehr dazukommen, die ihr nur gerade nicht einfallen.

Du bist, was du tust, das haben wir von klein auf so gelernt. Beurteilung muss nicht grundsätzlich schlecht sein, sie kann auch äußerst wertvoll für uns sein. Denn wir können durch sie auch etwas über uns selbst lernen. Zum Problem wurde die Beurteilung unseres Verhaltens als richtig und falsch, gut und schlecht, erst, als wir und unsere Eltern einen folgenschweren Fehler begingen. Dieser Fehler bestand darin, unser Verhalten mit unserer Person, dem Selbst und unserem Wert als Mensch gleichzusetzen. Tue ich etwas Schlechtes, dann bin ich als Mensch schlecht. Mache ich etwas Verwerfliches, dann bin ich als Mensch auch verwerflich. Handle ich etwa Unmoralisch, dann bin ich ein unmoralischer Mensch. Tue ich etwas Blödes und dummes, dann bin auch ich blöd und dumm. Mache ich also etwas verkehrt, dann bin ich als Mensch nicht in Ordnung. Bin ich ängstlich, dann bin ich ein Feigling. Mache ich etwas falsch, dann bin ich als Mensch Fehler- und mangelhaft. Wir setzen unser Verhalten also mit unserer Person gleich. Ich bin gut, wenn ich etwas Gutes tue. Ich bin schlecht, wenn ich etwas Schlechtes tue, das dachten wir. An dieser unglücklichen Schlussfolgerung waren unsere Eltern mitbeteiligt.

»Ja, wie kann das denn sein«, werden einige jetzt denken. »Die Eltern wollten doch nur das Beste für mich!«

Wir gelangten zu diesen Gedanken aufgrund von Worten – »Was hast du dir nur dabei gedacht?«, »Aus dir wird nie etwas werden!«, »Mit dir hat man nur immer wieder Ärger!«, »Dumme Gans!«, »Ich muss mich schämen für dich!«, »Du bist ein Tollpatsch!«, »Du bist ein großer Versager!«, »Du bist wohl nicht ganz bei Verstand!«, »Du bist stinkfaul!«, »Kannst du auch mal zur Abwechslung etwas richtig machen?«, »Du machst mich wahnsinnig!«, »Du bist undankbar!«, »Was soll nur aus dir werden?«, »Du bringst mich noch ins Grab!«, »Ich fasse es nicht, du bist ein böses Kind!«, »Du willst eine Marken Jeans? Bringe erst einmal bessere Zensuren mit nach

Hause!« – Diese Liste von Sätzen ist unendlich und ich denke jeder von euch erinnert sich an den einen oder anderen Satz. Wenn du nun als Kind in den ersten sechs bis sieben Lebensjahren häufig mit solchen Worten kritisiert wurdest, dann hast du für dich selbst daraus gefolgert, nicht in Ordnung zu sein, nichts »Wert« zu sein. »Was stimmt nicht mit mir?«, »wenn ich in Ordnung wäre und liebenswert, dann hätten sie mich doch lieb!« Ich bin es nicht »Wert« geliebt zu werden, das hat sich im Unterbewusstsein fest gesetzt. Das Schlimme an diesen Gedanken ist, dass sie die Grundlage für die Selbstablehnung unserer eigenen Person sind. Unser Selbstwert ist fast null. Denn wir erkennen nicht mehr unseren eigenen Wert. Wir haben es so gelernt, dass bestimmte Verhaltensweisen oder Gefühle schlecht sind und wir dadurch auch schlecht sind, wenn wir diese haben. Wenn du selbst überzeugt bist schlecht zu sein, wenn schlecht sein auch bedeutet unvollkommen zu sein, dann kannst du dich selbst erst annehmen und akzeptieren, wenn du vollkommen bist. Da wir aber menschliche Wesen sind und keine Roboter, ist die Vollkommenheit wohl nie zu erreichen, denn Menschen machen auch Fehler und Menschen haben Gefühle, aus denen heraus sie handeln. Da du nie vollkommen bist und es auch nie sein wirst, egal wie sehr du dich auch bemühst, sagt dir deine innere Stimme, dass es zwecklos ist. Du bist es nicht »Wert«, finde dich damit ab! Das sitzt in deinem Bewusstsein fest wie in Beton gegossen. Heute noch lebt dieses Kind, welches wir ja auch einmal waren, in uns und es lenkt unsere Gedanken und Gefühle. Hierzu werde ich auch noch einen Vortrag halten, da beschäftigen wir uns dann mit unserem inneren Kind und unseren eigenen Kindern.

Nun aber wieder zu dir. Als Kind hast du gelernt deinen Selbstwert von anderen abhängig zu machen. Warst du so, wie sie dich gerne wollten, dann war alles in Ordnung. Du wurdest geliebt und hast Anerkennung von allen bekommen. Darum sagen viele von euch auch heute noch zu allem »Ja«, obwohl sie lieber »Nein« sagen würden. Sie leben nicht so wie sie es eigentlich gerne möchten, weil sie immer Angst davor haben, was andere über sie denken könnten. Sie haben Angst ihr Ansehen zu verlieren, wenn sie zu sich selbst stehen, darum handeln sie lieber so wie es alle anderen von ihnen erwarten. Doch damit verlieren sie ihren Selbstwert, denn glücklich sind sie nicht dabei, immer alles so zu tun, so zu handeln wie es alle erwarten. Es gibt Momente im Leben, wo wir versuchen auszubrechen und wo wir für kurze Zeit erkennen was wir selbst Wert sind, aber dann holt uns die Empörung anderer, über unser neues Verhalten, wieder zurück. Wir ordnen uns erneut dem unter, was alle anderen von uns erwarten.«

Ich sehe wie gerade, etwas zögerlich, eine Hand, in der mittleren Reihe links, gehoben wird. Es ist Alice Taylor, Mitte dreißig, eine langjährige Kundin und treue Besucherin aller meiner Vorträge. Sie ist verheiratet und Mutter von vier wundervollen Kindern. Drei Jungen, Jacob neun, Benjamin sieben, Liam zwei Jahre alt und ein Mädchen, Emma von fünf Jahren. Manchmal kommt auch ihr Ehemann Logan mit zu den Vorträgen, aber heute scheint sie allein hier zu sein.

»Alice, du hast eine Frage?«

»Ja, Emily, danke! Du sagst, dass wir alle diese negativen Sätze in unserer Kindheit gehört haben. Einige habe ich für mich sogar gerade wiedererkannt und nun macht sich bei mir Unsicherheit breit. Wenn ich erkenne, dass ich genau diese Sätze heute bei meinen Kindern anwende, was mir gerade erst bewusst geworden ist, dann sitzen diese doch schon in Beton gegossen fest, wie du so schön sagtest. Das würde ja heißen, dass wir uns alle immer wieder im Kreis drehen, Generation für Generation?«

»Genau das ist das Problem! Du hast es wirklich ganz treffend beschrieben und ich danke dir liebe Alice. Es hört sich jetzt zwar schlimm an, in solch einem Teufelskreis festzusitzen, doch du hast gerade den ersten Schritt getan, um aus diesem Kreis herauszukommen. Was genau hat Alice denn getan, das sie diesen jetzt schon durchbrochen hat?«

Viele ratlose Gesichter blicken in meine Richtung und ich baue noch etwas Spannung auf, indem ich erst einmal ein Glas Wasser trinke.

»Der erste Schritt heraus aus diesem Teufelskreis, der schon seit Generationen besteht, bedeutet zu erkennen, dass es einer ist und auch die Bereitschaft an diesem Problem zu arbeiten. Der zweite Schritt ist nun, sich diese ganzen Sätze einmal in Erinnerung zu rufen und zu vergleichen, welche man davon heute bei seinen eigenen Kindern anwendet. Dann folgt der dritte Schritt, sich selbst bewusst machen wie wertvoll man ist und erst dann überträgt es sich auch automatisch auf das Kind. Wenn wir uns selbst eingestehen nicht vollkommen zu sein, dann werden wir dies auch nicht mehr von unseren Kindern erwarten. Dann haben wir ja an uns selbst erkannt, wo es hinführt. Dies ist ein guter Wechsel zurück zu Mrs. X, die ja ihre zweite Spalte gefüllt hat und ganz erschrocken auf das Blatt sieht, weil es so viel geworden ist. Nun ist die erste Spalte dran, »ich bin wertvoll«, was soll sie nur da eintragen? Sie sitzt eine ganze Weile vor dem Blatt, den Stift in der Hand und überlegt. »Die zweite Spalte hat sich so schnell gefüllt«, denkt sie, »warum fällt mir jetzt nichts ein, wieso ich wertvoll bin?«.

Ganz zögerlich fängt sie an zu schreiben, noch unsicher, aber interessiert, was dort gleich auf dem Papier stehen wird. Das erste Wort erscheint – nett, dann das zweite, freundlich, nach ein paar Minuten dann das dritte, hilfsbereit – Jetzt hat sie wenigstens schon einmal den Anfang gemacht, aber es geht wirklich nur ganz schleppend voran. Dann fällt ihr plötzlich ein, wie stolz sie als Kind immer war, wenn sie etwas gemalt oder gebastelt hat, ob das auch in diese Spalte kommt? Heute handarbeitet sie gerne und malt in ihrer Freizeit wunderschöne

Bilder. Sie schreibt auch sehr gerne Geschichten, über die große Liebe, die sie selbst noch nicht gefunden hat, aber ihre Hauptperson in der Geschichte schon. Kurzerhand schreibt sie das vierte Wort in die Spalte – kreativ, dann fantasievoll, gefolgt von liebenswert – Nach einiger Zeit des Überlegens legt sie den Stift zur Seite. Sie sieht sich die beiden Spalten an und erkennt, dass sie etwas verändern muss. Dann erfasst sie plötzlich für sich den Zusammenhang – »Es ist doch egal, was in der zweiten Spalte steht, die erste ist doch für mich viel wichtiger!«, denkt sie. Also nimmt sie den Stift wieder in die Hand, auch wenn ihr keine Worte mehr einfallen, die ihren eigenen Wert beschreiben, sie schreibt instinktiv, mit ganz großen Buchstaben »Ich bin wertvoll!« Noch etwas unsicher sieht sie jetzt auf das Blatt. »Ich weiß nicht warum, aber wenn ich die zweite Spalte ansehe, fühle ich mich bedrückt und wenn ich die erste ansehe, dann fühle ich mich gut ... , merkwürdig«, denkt sie. Dann betrachtet sie die Wörter in der Spalte etwas genauer und fragt sich, was dass jetzt mit ihrem Leben heute zu tun hat.

Damals schlechte Zensuren doch heute hat sie einen Arbeitsplatz in leitender Stellung. Den Sport hat sie nie gemocht, aber heute geht sie gerne ins Fitness Studio. Die Figur war als Kind mollig, das ist sie heute auch noch, aber sie sieht attraktiv aus mit ihren Rundungen. Früher war sie schüchtern, O.K., das ist sie heute manchmal auch noch. Die Kleidung, die sie trägt, ist heute etwas außergewöhnlich, aber schick. Eine Zahnspange hat sie heute nicht mehr und ihre Zähne sind gesund. Sie ist noch immer verträumt, aber dadurch kann sie erst diese schönen Geschichten schreiben. Dass sie dumm ist, kommt manchmal auch vor und wenn ihr das klar wird, dann lacht sie über sich selbst. Dass sie auch mal begriffsstutzig ist, stört sie heute nicht, sie lernt gerne noch neues dazu. Mit ihrer Körpergröße hat sie heute kein Problem mehr, denn sie weiß jetzt was für Vorteile das im Leben auch mit sich bringen kann, wenn man klein ist. Früher hatte sie das Gefühl nicht beachtet zu werden, doch heute sehen ihre Kollegen zu ihr hoch und Freunde fragen sie gerne um Rat. Dass sie ängstlich ist, sieht sie heute als gutes Warnsystem an, denn es lässt sie vorsichtiger sein im Leben. Manchmal ist sie auch heute noch ein Feigling, aber sie war erst vor kurzen mitten im Indischen Ozean schwimmen, mit einem riesigen Wal Hai und ganz vielen Mantas um sie herum, obwohl sie Angst vor der Tiefe hat. Heute macht sie genauso viele Fehler wie als Kind, doch heute weiß sie, dass sie viel aus diesen Situationen gelernt hat, wo sie nicht korrekt war. Ein Tollpatsch ist sie auch heute noch, mit dem Unterschied, dass sie jetzt herzhaft über sich selbst lachen kann. Manchmal ist sie auch heute noch faul, wenn sie wieder viel zu viel gearbeitet hat und einfach nur innerlich ausgebrannt ist. Dass sie undankbar ist, liegt immer im Auge des Betrachters, das kann sie nicht beeinflussen. Doch böse kann sie heute auch werden, wenn sie sieht, dass ein Mensch seelisch fertig gemacht wird, dann greift sie ein. Jetzt sitzt Mrs. X vor ihrer Liste und plötzlich fühlt sich die rechte Spalte gar nicht mehr bedrückend an. Sie betrachtet noch einmal aufmerksam beide Kategorien und jetzt erfüllt sie innerer Stolz. Denn sie erkennt plötzlich ihren eigenen Selbstwert, der ganz und gar nicht mehr im unteren Level ist. Ihr eigenes Selbstbild hat sich mit dieser einfachen Aufgabe gewandelt und weil sie das jetzt auch innerlich spürt, wird sich vieles in ihrem Leben zum Positiven wenden.«

Viele erstaunte Augenpaare fixieren mich gerade und in der vorderen Reihe vor mir, hebt Jayden seine Hand.

»Jayden, du hast eine Frage?«

»Das hört sich so einfach an, das ich mich frage, warum dann so viele Menschen noch Hilfe von Psychologen brauchen. Diese Methode, die du gerade vorgestellt hast, ist doch genial, auch ohne Kosten und großen Aufwand umzusetzen?«

Ich schenke ihm ein Lächeln und er zwinkert mir zu.

»Da hast du vollkommen Recht Jayden, wir könnten viel Geld

sparen und vielen Menschen wäre damit auch schnell geholfen. Der Zeitaufwand für diese Aufgabe ist höchstens eine Stunde. Doch es gibt immer noch Menschen, die denken, wenn etwas einfach ist, hilft es ihnen auch nicht. Alles was hilft, muss teuer oder kompliziert sein, aber das Leben ist ganz einfach und unkompliziert, zudem kostet es nichts, sich selbst zu helfen. Wenn jemand sich aber nicht in der Lage sieht, sich selbst zu helfen, dann ist es doch sehr sinnvoll, dass es die Psychologen gibt. Wir sind alle unterschiedlich, der eine schafft es ohne Hilfe und der andere braucht Unterstützung. Wir können daran rückwirkend nicht mehr viel verändern, aber wenn ein allgemeines Umdenken bei den Generationen, die jetzt hier in dieser Zeit leben stattfindet, dann wird es dieses Problem in einigen Jahrzehnten nicht mehr geben. Das Schöne daran ist, dass dies auch der Weg ist Frieden auf der Welt zu erschaffen, weil erst Frieden in uns selbst entstehen muss, bevor sich das im Außen auch zeigt. Ihr habt sicherlich schon von den hermetischen Gesetzen gehört?«

Einige schütteln den Kopf, als ich meinen Blick über die Gesichter der Gäste wandern lasse.

»Wer kennt sie noch nicht die hermetischen Gesetze, bitte einmal die Hand heben?«

Jetzt gehen in allen Reihen die Hände hoch und nur ein paar von ihnen bleiben unten. »Oh, doch so viele, die diese Gesetze nicht kennen. Ich bin erstaunt und werde mit Stephanie einen Termin heraussuchen, um euch durch einen Vortrag die hermetischen Gesetze näher und ausführlich zu erklären.«

Ich sehe zu Steph hinüber, die schon ihren Block hebt und mir damit zeigt, dass sie es notiert hat. Dankbar sehe ich sie an und bin innerlich so froh, dass sie an meiner Seite steht.

»Dann erkläre ich es jetzt nur in ein zwei kurzen Sätzen, damit ihr wisst, worum es geht. »Wie oben im Himmel, so unten auf Erden.« »Wie innen in mir, so auch außen von mir.« »Wie der Geist in meinem Kopf, so der Körper im außen.« Das soll heißen, dass wir selbst uns unsere eigene Realität erschaffen und auch nur wir, alleine, durch innerliche Umkehr eine Veränderung herbeiführen können. Da dies ein ziemlich umfangreiches und komplexes Thema ist, kann ich es heute nicht in kurzer Form hier mit einbauen. Ich möchte, das dann lieber ausführlich erklären, damit auch jeder es versteht. Daher bitte ich euch um Verständnis und etwas Geduld, es wird sich für euch lohnen, denn es ist ein sehr spannendes Thema.«

Von den Gästen erreicht mich ein verständnisvolles Nicken und ich fahre fort mit dem Vortrag.

»Wenden wir uns jetzt wieder Mrs. X zu, die nun völlig verwandelt scheint. Noch ist ihr das gar nicht bewusst, was sich plötzlich in ihrer Außenwelt verändert, weil sie in ihrem Inneren aufgeräumt hat und nun ein völlig neues Selbstbewusstsein besitzt. Was ist, nun genau passiert fragt ihr euch bestimmt und wir müssen doch noch die anderen Selbst besprechen. Nein, das müssen wir nicht! Weil das Erkennen des Selbstwerts automatisch auch das Selbstbewusstsein stärkt. Wir wissen nun unseren Wert als Individuum und wir werden ganz von alleine selbstbewusst. Dann haben wir noch die Selbsterkenntnis, auch diese setzt ein, wenn wir erkennen, wer wir sind. Dass wir, so wie wir sind, wertvoll sind. Nun zur Selbstliebe, die dadurch ganz stark gewachsen ist, denn wir nehmen uns jetzt, so wie wir sind, liebevoll an. Noch ein positiver Effekt, der die Selbstachtung betrifft, setzt ein, wir bekommen wieder Achtung vor uns selbst. Ihr seht jetzt, wo wir zum Ende des Vortrages gekommen sind, wie wichtig es ist, den Selbstwert anzuheben und zu erkennen, dass wir alle, jeder Einzelne von uns, wundervolle Geschöpfe Gottes sind.«

Betty Gilmore, eine Stammkundin von mir, sitzt in der ersten Reihe vor mir und hat eine Frage.

»Betty, du möchtest etwas fragen?«

»Emily, dein Vortrag war wie jeder andere den ich, bis jetzt von dir besucht habe, spannend bis zur letzten Minute. Danke, dass du uns hier im Amarylion die Möglichkeit bietest, unser Leben mit anderen Augen wahrzunehmen. Doch jetzt interessiert mich brennend und bestimmt alle anderen auch, was ist aus Mrs. X geworden? Hat sie jetzt Mr. X gefunden?«

Ich kann mir ein Lachen nicht unterdrücken und auch im Publikum macht sich allgemeine Erheiterung breit.

»Aber ja, natürlich! Wie kann ich euch nur das Happy End von Mrs. X vorenthalten! Einige Wochen später betritt eine sehr selbstbewusste Mrs. X eine Bar. Sie setzt sich an die Theke und während sie ihren Drink genießt, betritt ein attraktiver Mr. X die Bar. Er setzt sich ihr gegenüber, an die Theke und bestellt sich einen Drink. Während er auf sein Getränk wartet, fällt ihm Mrs. X auf, die gerade über einen Witz lacht, den ihr der Barmann erzählt hat. Fasziniert sieht er sie an und denkt, »was für eine wunderschöne Frau und dieses herzhafte Lachen verleiht ihr noch mehr Ausstrahlung. Wie ihre Augen strahlen und was für wunderschöne lange Haare sie hat«. Kurzerhand gibt er dem Barmann ein Zeichen, das er seinen Drink an den Platz neben Mrs. X stellen soll. Dann begibt er sich zu ihr und setzt sich auf den freien Barhocker neben ihr. Er stellt sich ihr vor und beide kommen miteinander ins Gespräch. So sitzen die beiden noch einige Stunden zusammen und führen eine nette Unterhaltung. Immer wieder hört man Mrs. X und Mr. X lachen, beide fühlen sich vom ersten Moment ihrer Begegnung an, zueinander hingezogen. Nachdem sie Telefonnummern ausgetauscht haben, verlassen sie zu später Stunde die Bar. Es folgen noch viele nette Verabredungen, wo beide sich immer mehr zu schätzen und zu lieben lernen. Heute leben Mr. X und Mrs. X glücklich verheiratet zusammen und erwarten ihr erstes Baby. Mrs. X ist nie wieder in ihr altes Muster der Kindheit zurückgefallen und sie hat Mr. X geholfen, dass auch er seinen Selbstwert erkennen konnte.«

Die Gäste klatschen Beifall, als ich fertig bin, über Mrs. X ihr Happy End zu berichten.

»Danke ihr lieben Seelen, ich möchte mit dieser wundervollen Energie, die diesen Raum jetzt gerade erfüllt, den Vortrag beenden. Ich wünsche euch allen viel Spaß und Freude bei eurem eigenen Start in ein neues, selbstbewusstes Leben. Ganz lieben Dank für euer Interesse an diesem Vortragsabend und ich hoffe, dass wir uns noch auf vielen Abenden, hier im Amarylion wiedersehen werden. Kommt alle gut nach Hause.«

Wieder klatschen die Gäste kräftig Beifall und ich verlasse die Bühne und gehe auf Jayden zu, um ihn jetzt richtig zu begrüßen.

»Mily, du warst wieder einmal genial, mein Kopf arbeitet auf Hochtouren, um das Gehörte zu verarbeiten.«

Ich wollte Jayden gerade antworten, wurde aber von einigen Gästen daran gehindert, die sich kurz von mir verabschieden wollten. Als auch der letzte Gast das Amarylion verlassen hat, wende ich mich wieder Jayden zu, während Steph den Laden zuschließt.

»Es tut mir leid, dass wir eben unterbrochen wurden. Danke für dein Kompliment, schön das dir der Vortrag gefallen hat. Lasst uns alle noch etwas in der Küche zusammensitzen, was haltet ihr davon?«

»Das ist eine gute Idee, komm wir helfen dir eben die Kerzen zu löschen und du sorgst in der Küche schon mal für Knabbersachen und ein Gläschen Sekt wäre auch schön. Jake, nun komm schon, küssen könnt ihr euch den ganzen Abend noch«, lachend schiebt er mich Richtung Steph, die gerade völlig perplex mitten im Amarylion steht und gar nicht fassen kann, das ihr der Mann entrissen wurde.

»Püppi, hast du das eben mitbekommen? Da schwebe ich gerade mit Jake auf Wolke sieben und dein Jayden schubst ihn einfach runter!«, völlig entrüstet, aber mit einem verschmitzten Lächeln um ihre Mundwinkel sieht sie mich an.

»Komm mit Steph! Wir Frauen gehen jetzt in die Küche und zaubern den beiden Prinzen Leckereien und Sekt herbei.«

Während Jake und Jayden sich um die Kerzen kümmern und die Stühle zusammenstellen, schiebe ich Steph Richtung Küche. Quinny, die sich gerade an den Männern vorbeischleicht, schließt sich uns an und streicht Steph beim Laufen schnurrend um die Beine, so dass diese fast ins Straucheln gerät.

»Sieh dir diese verrückte Orakel-Katze an, bedeutet das jetzt auch Glück für mich?«

»Du hast Jake gefunden, das ist doch schon Glück genug, was willst du mit noch mehr Glück?«

Steph knufft mich in die Seite, als ich ihr das sage: »Das musst du Prinzessin gerade sagen, mit deinem Mann, der aus einem Traum in diese Realität gehüpft ist.«

Lachend betreten wir beide die Küche und gemeinsam decken wir den Tisch für einen gemütlichen Ausklang des Abends.

11

Das Licht der frühen Morgensonne fällt durch das große Schaufenster im Amarylion und taucht die Bücherregale in goldenes Licht. Die Engel die als Bücherstütze dienen, sehen in den Strahlen die sie treffen so aus, als würden sie zum Leben erwachen. Das Wechselspiel von Licht und Schatten auf ihren Flügeln lässt mich diesen Eindruck bekommen. Wenn ich einen der Engel länger ansehe, habe ich manchmal das Gefühl, die Gesichtszüge verändern sich bei diesem, eigentlich, leblosen Gegenstand. Vielleicht ist es auch wieder eines dieser mysteriösen Zeichen, die mir die geistige Welt von Zeit zu Zeit schickt. Ein Zeichen der Engel, die dezent darauf hinweisen, dass sie hier im Amarylion sind. Wie oft sind hier schon merkwürdige Dinge passiert, wo Steph und ich keine Erklärung dafür hatten. Doch einige Zeit später ist etwas passiert und dann fiel uns wieder ein, dass dieser Vorfall es uns schon vorher bewusst machen wollte. Das eine ein oder andere Mal ist es wirklich auffällig, dann kann ich die Zeichen einfach nicht übersehen. An einem Tag gingen immer wieder alle Kerzen aus. Egal wie oft wir sie angezündet haben, sie erloschen nach einem heftigen Aufflackern immer wieder. Erst habe ich selbst es gar nicht bemerkt, bis Steph sagte, dass sie jetzt schon zum zweiten Mal die gesamten Kerzen im Laden wieder anzündet. Als diese dann ein drittes Mal erloschen, obwohl die Ladentür geschlossen war, also auch kein Windzug dafür verantwortlich sein konnte, ging Steph in die Küche, um eine Schere zu besorgen, womit sie die Dochte der Kerzen oberhalb etwas kürzen konnte. Doch sie kam ohne Schere zurück, dafür aber mit einem Grinsen im Gesicht und als sie mir erzählte, dass die Kerze auf dem Küchentisch noch brannte, die immer diejenige löscht, die als letzte den Raum verlässt, da fingen wir beide an zu lachen. Steph meinte damals, dass es besser gewesen wäre, die Geister hätten die Kerze in der Küche gelöscht, statt uns hier vorne alle Kerzen auszupusten. Doch ich hatte sie dann darauf hingewiesen, dass wir daraus lernen sollten. Denn hätten sie in der Küche die Kerze gelöscht, dann hätten wir nicht gewusst, dass wir unachtsam waren. Dass wir sie selbst löschen mussten und der ganze Vorfall auch noch im Nachhinein so lustig war, lässt uns diese Begebenheit nicht vergessen. Jedes Mal, wenn wir die Kerze in der Küche anzünden, denken wir an diesen Tag zurück. Es ist nicht wieder vorgekommen, dass sie noch brannte, wenn wir den Raum verließen. Da sieht man ganz genau, wie die geistige Welt arbeitet. Sie unterstützen uns sehr viel, aber wenn wir etwas begreifen sollen, dann müssen wir erst einmal eine Erfahrung machen. Denn nur durch diese Erfahrungen lernen wir und es prägt sich uns ein. Wer es erst einmal für sich selbst verinnerlicht hat, versteht auch warum uns die Geistführer keine fertigen Lösungen aufzeigen, denn dann würden sie uns um eine wertvolle Erfahrung bringen. Jetzt stehe ich vor dem Regal, wo die Bücher stehen, die sich mit dem Thema Medizin beschäftigen, »warum gerade hier?«, frage ich mich. Das weiß ich selbst noch nicht so genau. Es fing schon damit an, dass ich eine innerliche Unruhe gespürt habe und eine halbe Stunde früher als sonst aufgestanden bin. Erst habe ich ja versucht noch etwas vor mich hin zu träumen, aber das funktionierte nicht wirklich, also habe ich mein Bett verlassen. Nun stehe ich hier vor den Büchern und lasse meinen Blick über die Titel wandern. Steph müsste jeden Moment kommen und ich könnte schon den Tisch für unser Frühstück decken, aber etwas hält mich hier gefangen, »nur was?«, frage ich mich innerlich. Ratlos sehe ich mir immer wieder diese vielen verschiedenen Buchtitel an und davon gibt es jede Menge. Dort stehen einige Bücher über Naturmedizin, ein paar gute Ratgeber für an Krebs erkrankte, jede Menge Diätbücher, Hilfe zur Selbsthilfe mit Bachblüten, wie man Depressionen überwindet, Suchterkrankungen und ihre Ursachen. Doch was genau ich hier zu finden gedenke, eröffnet sich mir immer noch nicht. Völlig planlos greife ich zu dem nächsten Buch und da spüre ich es plötzlich! Ganz fein, aber es ist wahrnehmbar, ein Kribbeln in den Fingerspitzen. Jetzt ziehe ich das Buch ganz aus der Reihe von Büchern heraus, drehe es um und lese den Titel. »Trauma auflösen.« »Na toll! Jetzt habe ich das Buch, aber was will man mir hier mitteilen?« Ziemlich ratlos halte ich das Buch in den Händen, dann drehe ich es herum und lese die Inhaltsangabe, aber es kommt mir keine Eingebung, warum es gerade dieses Thema ist. Nun stehe ich da, mit einem Rätsel meiner Freunde aus der geistigen Welt und habe keine Ahnung, warum sie mir dieses Buch in die Hände legen.

»Mily! Liegst du noch im Bett? Du musst langsam mal aufstehen. Ich mache jetzt Frühstück ... , du Schlafmütze!«

Steph ist eingetroffen und denkt, ich sei noch oben im Schlafzimmer. Sie kann ja nicht wissen, dass ich gerade vorne im Amarylion Rätselraten spiele.

»Ich bin vorne im Laden!«, rufe ich ihr zu. Kaum habe ich es laut gerufen, kommt sie auch schon um die Ecke.

»Meine Güte, hast du hier vorne übernachtet oder bietest du jetzt einen speziellen Frühaufsteher Rabatt an?« Steph kommt zu mir und nimmt mich in den Arm. Dann hält sie mich eine Armeslänge von sich weg und sieht erst mich an, dann den Titel des Buches, was ich in den Händen halte: »Püppi, was ist passiert? Bist du in Ordnung oder warum beschäftigst du dich jetzt mit Traumata?«, dabei sieht sie mich sorgenvoll an und ich sehe wirkliche Besorgnis in ihrem Blick.

»Nein, mit mir ist alles bestens! Jedenfalls war es das bevor mich die geistige Welt aus dem Bett geholt hat, um hier unten Rätselraten mit mir zu spielen.«

»Rätselraten? Ist denen jetzt langweilig geworden, das sie dich zum Spielen ausgesucht haben?« Steph muss lachen und drückt mich nochmal an sich: »Wir frühstücken jetzt und dabei kannst du mir erzählen, was passiert ist, vielleicht habe ich ja den Durchblick in dieser mysteriösen Sache?« Damit ich nicht widerspreche, hakt sie sich bei mir unter und zieht mich Richtung Küche, wo es schon herrlich nach frisch gekochten Kaffee duftet.

Während Steph die beiden großen Tassen mit Kaffee füllt, stelle ich noch das Brot, die Butter und die Marmeladen auf den Tisch. Dann setze ich mich und nehme ihr die Tasse ab, die sie mir herüberreicht.

»So nun erzähle mir mal etwas genauer, was dich dazu bringt, dein Bett auch nur fünf Minuten früher als nötig zu verlassen. Gerade du, die noch so gerne vor sich hin träumt, während um dich herum schon alles Leben erwacht ist.«

Ich nehme einen Schluck Kaffee aus meiner riesigen Tasse und sehe sie ratlos an: »Wenn ich dir das beantworten könnte, dann wäre ich schon einen Schritt weiter. Heute Morgen bin ich plötzlich wach geworden, eine halbe Stunde früher als gewohnt. Ich habe versucht noch ein bisschen zu schlummern, aber das klappte nicht, weil ich hellwach war. Etwas hat mich innerlich unruhig werden lassen, also bin ich aufgestanden, habe mich fertig gemacht und bin runter gegangen. Erst dachte ich, dass ich Frühstück machen könnte, doch es hat mich nach vorne in das Amarylion getrieben, genau vor das Regal mit den ganzen Büchern über Medizin und den Ratgebern. Eine ganze Zeit lang stand ich nur davor und dann fing ich an, Buch für Buch in die Hand zu nehmen, aber keines davon schien mir das Richtige zu sein. Ich wusste ja auch gar nicht, nach was ich da suchen sollte. Bis ich dann das Buch über Traumata in der Hand hatte, da fühlte ich dieses Kribbeln in den Fingerspitzen. Wie ich es ganz aus dem Regal gezogen hatte und mit beiden Händen festhielt, war das Gefühl sogar noch etwas stärker geworden. Mir sagt aber weder der Titel etwas, noch erklärt es das kribbeln in den Fingern. Mehr kann ich dir auch nicht sagen. Es ist bis jetzt ein Rätsel welches die geistige Welt mir wieder einmal aufgegeben hat. Wahrscheinlich sind die gerade köstlich darüber am Lachen, dass ich mir hier haufenweise Gedanken über die Bedeutung des Buches mache.«, ratlos sehe ich sie an und beschmiere mein Brot mit Butter, während Steph mich nachdenklich ansieht.

»Püppi, du kennst die geistige Welt besser als jeder andere. Es ist, so zu sagen dein zweites Zuhause. Gerade du – Emily Edwards, lebst in diesem Leben in beiden Welten gleichzeitig. Kein anderer, dem ich je begegnet bin, hat eine so kristallklare Verbindung zu ihnen. Selbst deine Mom hatte diese nicht so deutlich wie du. Es ist ein Geschenk Gottes, dass du auserwählt wurdest, so vielen Menschen hier zu helfen. Wenn also die hinter dem Schleier meinen, dir ein Rätsel zu schicken, dann bedeutet es etwas, das müsstest du doch am besten wissen.« Steph beißt genüsslich in ihr Brot und wartet darauf, dass ich antworte.

»Das ist ja das Problem, vielleicht bin ich auch einfach zu blockiert vom Kopf her. Was wecken die mich auch so früh und schmeißen mich aus dem Bett! Nun haben sie selbst schuld!«, trotzig lege ich mein Brot auf den Teller zurück.

Steph fängt herzhaft an zu lachen und verschluckt sich am Kaffee, was ihr die Tränen in die Augen treibt: »Mily ... , du bist wirklich manchmal etwas merkwürdig. Falls das von diesen Energien kommt, mit denen du arbeitest, dann bin ich froh, dass ich mental Coach bin. Jetzt einmal im Ernst, du hast da eine Botschaft in deine Hände bekommen und nun müssen wir herausfinden was sie bedeutet.«, als sie das sagt, unterstreicht sie ihre Worte noch, indem sie mit dem Buch direkt vor meiner Nase herum wedelt.

»Mach dich ruhig lustig über mich! Sei froh, dass du nur mit Lebenden zu tun hast. Es ist nicht immer einfach mit den Geistwesen, obwohl ich noch keine Nachricht von ihnen bekommen habe, die unwichtig war. Zum Schluss hat sich immer der Sinn dieser Botschaft gezeigt und warum sie geschickt wurde.«

»Deshalb werden wir jetzt zusammen daran arbeiten, denn was der eine nicht sieht, erfasst der andere von uns beiden vielleicht.« Steph hält das Buch in ihren Händen und dreht es herum. Sie liest den Text auf der Rückseite.

Ich warte ganz gespannt, ob ihr etwas auffällt, was ich übersehen habe.

»Ein Buch über Trauma und wie man es auflösen kann, um wieder ein unbelastetes Leben führen zu können. Ich gebe dir ja Recht, ein sehr spezielles Thema. Eines ist sicher, es betrifft weder dich noch mich. Denn wir beide haben kein Trauma oder sehe ich das falsch?« Steph sieht mich schmunzelnd an und schiebt sich dabei den letzten Bissen von ihrem Brot in den Mund. Während sie genüsslich kaut, öffnet sie das Buch.

»Ich denke nicht, dass ich ein Trauma habe. Die Geschichte

mit Maik habe ich doch schon lange verarbeitet.«, nachdenklich schwenke ich den Kaffee in meiner Tasse hin und her.

»Gehen wir das Thema einmal von vorne an. Was ist ein Trauma? Hör mal zu! Hier steht: »ein Trauma ist eine seelische Verletzung, die durch einen Unfall oder einer Gewalteinwirkung hervorgerufen wurde. Ob eine Situation traumatisch wird, hängt nicht nur von den äußeren Umständen, sondern auch sehr stark vom inneren Erleben dieses Ereignisses ab.« Es geht hier um jemanden, der etwas Schreckliches erlebt hat.« Steph blättert interessiert in dem Buch.

»Kennst du jemanden auf den das zutrifft?«

»Nein, noch nicht! Aber was nicht ist, kann ja noch kommen. Mily holst du bitte mal das Terminbuch aus dem Laden?«

»Was willst du denn damit? Meinst du, dass es ein Hinweis auf einen unserer Kunden ist?«

»Das könnte doch sein und wenn wir nicht nachsehen, erfahren wir es nie.«

Ich stehe auf und gehe nach vorne ins Amarylion, um das Terminbuch zu holen, welches neben der Kasse auf dem Tresen liegt. In Gedanken gehe ich meine Termine für heute durch, aber da ist, meines Erachtens keiner bei, der gerade ein Trauma durchlebt. Wieder zurück in der Küche, reiche ich Steph das Buch und setze mich auf meinen Platz am Küchentisch. Sie fährt mit den Finger über die eingetragenen Termine für heute und den dazugehörigen Namen.

»Du stehst ja heute Morgen gar nicht hier im Buch, jedenfalls sehe ich keinen eingetragenen Termin für dich?«, Steph hebt ihren Kopf und sieht mich fragend an.

»Stimmt, denn ich habe heute Vormittag ein Date.«

»Ein Date? Triffst du dich etwa mit Jayden oder kommt er hierher?«

Ich muss lachen, weil sie mich so merkwürdig mustert, als sie die Frage stellt: »Nein Jayden kommt nicht, mein Date habe ich mit Jeremias. Von Zeit zu Zeit brauche ich auch einmal ein privates Treffen mit ihm.«, verstohlen wische ich die Krümel vom Brot, die auf dem Tisch liegen, zusammen, während Steph mich intensiv mustert.

»Gut, dann will ich mal nicht weiter bohren. Es ist eine Sache, die nur dich und Jeremias etwas angeht. Also ich finde hier nichts Auffälliges, keinen Hinweis, der bedeutend wäre. Ich habe heute Vormittag zwei Firmenchefs zum Coaching und heute Nachmittag steht hier bei mir Büro und Laden, weil du ab sechzehn Uhr die große Clearing Sitzung mit Grace Coleman und ihrem Patienten eingetragen hast.«

»Ja, sie kommen beide zusammen, aber ins Clearing geht der Patient von ihr. Grace selbst ist nur mit anwesend, um zu sehen, wie ein Clearing funktioniert und abläuft. Sie hat alles mit ihrem Patienten besprochen und dieser hat sich bereit erklärt, das Clearing seiner Seele auszuprobieren.«

Steph sieht gerade ziemlich nachdenklich aus, schaut immer wieder auf das Trauma Buch und dann zu dem Terminbuch, die beide vor ihr auf dem Tisch liegen. Dann schwenkt sie den Rest Kaffee, der sich noch in ihrer Tasse befindet und nimmt einen Schluck der braunen Brühe. »Püppi! Ich glaube das Rätsel wurde gerade gelöst!«, sie sieht mich triumphierend an, mit einem Grinsen um ihre Mundwinkel.

»Wie meinst du das? Es ist gerade gelöst worden? Mir schwirrt, seitdem ich dieses Buch in den Händen gehalten habe, der Kopf und ich habe keine Ahnung was die geistige Welt mir mitteilen möchte. Jetzt bin ich aber neugierig auf das, was du meinst, entdeckt zu haben.«

»Es gibt nur einen Termin heute, wo keiner von uns beiden weiß, wer der Patient ist. Habe ich Recht?« Steph sieht mich mit strahlenden Augen an, als hätten wir heute Weihnachten und es ist gleich Bescherung.

»Ja, du hast Recht. Bei allen anderen Kunden kennen wir ihre

Vorgeschichte, weil sie schon lange zur Stammkundschaft gehören. Nur dieser mysteriöse Unbekannte, der heute mit Grace zusammen kommt, den kennt keiner von uns.«

»Sage ich doch! Es kann hier nur um ihn gehen oder um sie. Wir wissen ja nur, dass es ein Patient von ihr sein wird, aber nicht, ob es ein Mann oder eine Frau ist. Doch das Thema wird mit ganz großer Sicherheit »Trauma« heißen. Ich fresse einen Besen, wenn das nicht der Fall sein sollte!«, mit einem verschmitzten Lächeln, was sich in ihren Mundwinkeln zeigt, lehnt Steph sich auf dem Stuhl zurück und wartet geduldig auf meine Antwort.

Doch ich muss das Ganze für mich kurz überdenken, denn warum sollten sie mir Informationen über ein Buch und ein Thema übermitteln, bevor der Kunde kommt?

»Doch was für einen Sinn hätte es, wenn dies wirklich zutrifft? Das verstehe ich nicht, denn wenn es so wäre, dann erfahre ich doch sowieso erst in der Sitzung, ob es ein Trauma ist.«

»Das ist wohl wahr, aber mal angenommen, es ist wirklich ein traumatisches Erlebnis im Leben dieses Patienten passiert, was würde dann in dem Clearing mit ihm geschehen?«

»Oh! Nun verstehe ich, was du meinst. Wenn ich ihn im Clearing liegen habe, dann könnte das Trauma wieder hochkommen und das so stark, als wäre es gerade erst passiert. Meinst du, dass soll eine Vorwarnung sein, damit ich auf das schlimmste gefasst bin? Oder meinen die, ich sollte diese Sitzung nicht machen? Das ist doch alles ziemlich verwirrend für mich.«, völlig ratlos sehe ich Steph an, die nachdenklich auf das Terminbuch vor sich sieht.

»Wir wissen nicht, warum dieser Patient die Dienste von Grace in Anspruch nimmt, jedenfalls noch nicht. Du hast doch schon so viele Seelen Clearings gemacht Mily, waren das immer Erlebnisse, die aus vergangenen Leben geklärt werden mussten oder waren es auch mal Ereignisse aus diesem, dem aktuellen Leben?«

»Es waren hauptsächlich Ereignisse aus dem vergangenen Leben, die die Seele in diesem Leben belastet hat. Sicherlich sind einigen Kunden auch in dem aktuellen Leben Dinge passiert, die sehr belastend auf ihre Seele gewirkt haben. Aus den vielen Erfahrungen, die ich auf dem Gebiet bereits sammeln durfte, lösen sich Probleme aus diesem Leben auf, wenn man an die Wurzel des Ganzen geht und die liegt sehr oft in einem der vergangenen Leben.«

»Genau so dachte ich mir das auch, denn es könnte ja sein, dass Grace deshalb nicht weiterkommt, weil sie ein Problem in diesem Leben versucht zu behandeln, was aber seinen Ursprung vielleicht vor drei oder vielleicht sogar mehr Leben hatte.«

»Ja, das könnte sein, denn oftmals überlagert ein Problem das andere. Wenn die Seele zum Beispiel in einem vergangenen Leben ein Trauma erlebt hat, welches sich über mehrere Leben erstreckt, dann könnte es sich in diesem Leben in Angstzuständen zeigen, für die es keine Erklärung gibt, warum sie überhaupt auftreten. Da ist wirklich sehr viel Fingerspitzengefühl nötig, um im Clearing den Kunden in die richtige Zeit zurückzuführen und dann auch noch den Auslöser zu finden.«, ich stehe auf und hole den Kaffee, um uns beiden den Rest aus der Kanne einzuschenken.

»Verstehe ich das richtig? Wenn du das Leben gefunden hast, in dem das Problem entstanden ist, dann suchst du nach dem Auslöser, der irgendwo in den zwölf Monaten versteckt ist? Vorausgesetzt es gab in der Epoche, in der der Kunde landet, eine Monatsberechnung!« Steph muss herzhaft lachen und verschüttet dabei etwas von dem Kaffee, den ich ihr gerade aufgefüllt habe.

»Gibt es wirklich Epochen ohne Monatsberechnung? Vielleicht zu den Zeiten, wo die Menschen nur nach den Jahreszeiten gegangen sind, Frühling, Sommer, Herbst und Winter. Ich hatte so einen Fall noch nicht, darum kann ich dir auch nicht die passende Antwort geben. Es kommt schon mal vor, dass wir keinen Monat haben, aber eine Jahreszeit, das habe ich schon erlebt. Du stellst aber auch Fragen! Wie soll ich dir das jetzt zufriedenstellend beantworten?«, fragend sehe ich sie an, schüttele meinen Kopf und fange an, das Geschirr vom Tisch abzuräumen.

»Wie willst du denn jetzt vorgehen? Wenn es sich wirklich um Graces Patienten handelt, der ein Trauma erlebt hat?« Steph steht ebenfalls auf und hilft mit das Geschirr in die Spüle zu räumen, dabei sieht sie mich mit tausend Fragen in ihrem Blick an.

»Ich lasse es auf mich zukommen. Es ist ja nicht so, dass ich allein diese Sitzung abhalte. Jeremias ist bei mir, er wird mich unterstützen und Grace ist auch dabei. Sollte es Probleme geben und ich nicht weiterwissen, dann wird Grace das Clearing übernehmen. Doch ich vertraue Jeremias, er hat mich noch nie im Stich gelassen und er hat mir immer gesagt, wenn ich genauer hinsehen soll. Warum sollte er es diesmal nicht tun?«

»Du wirst schon das Richtige machen Mily, da habe ich vollstes Vertrauen zu dir. Bis jetzt sind ja alle Kunden zufrieden und glücklich aus einem, Seelen Clearing gekommen. Wenn ich mir dazu noch die Emails ansehe, wo dir so viele gedankt haben, weil du ihnen ihr Leben wieder lebenswert gemacht hast, dann weiß ich, was du geleistet hast.«

Sie kommt auf mich zu, nimmt mich in den Arm, dann hält sie mich um Armeslänge von sich und sieht mich an: »Du weißt selbst ganz genau, wozu du fähig bist, Püppi und hast ja auch Unterstützung von Jeremias, sowie allen anderen himmlischen Wesen aus der geistigen Welt. So, genug geplaudert, ich erledige hier den Rest, schließe du bitte schon einmal den Laden auf, wenn du so lieb wärst.«, sie drückt mich und schiebt mich dann lachend, aber bestimmend, in Richtung Amarylion.

Es ist heute Morgen ziemlich ruhig im Laden, so dass ich mich um die Bestellungen kümmern kann, während Steph noch in ihrem Coaching ist. Wenn sie aus der Sitzung mit ihrem Kunden kommt, dann werde ich die eine Stunde nutzen, um mit Jeremias ein Gespräch zu führen. Der nächste Termin für Steph steht erst um zwölf Uhr im Terminbuch, genügend Zeit also, um mich zurückzuziehen, während sie den Laden beaufsichtigt. Doch jetzt muss ich erst einmal sehen, welche Neuerscheinungen es bei den Büchern gibt, die auch in das Sortiment des Amarylion passen könnten. Ich setze mich in den gemütlichen Ohrensessel im Laden und blättere durch den Katalog, in dem es jede Menge Bücher gibt. Da gibt es schon einige, die mich interessieren und ich schreibe die Bestellnummern für Steph auf, denn sie wird die Bücher heute Nachmittag über das Internet anfordern. Ich bin so vertieft in das Lesen der Buchtitel und der dazugehörigen Inhaltsangabe, dass ich gar nicht mitbekomme, wie schnell die Zeit vergeht. Erstaunt blicke ich zur Uhr, als sich die Tür von dem Beratungsraum öffnet und Steph mit ihrem Kunden an den Tresen kommt.

»Dann sehe ich mal im Terminbuch nach, was ich dir für nächste Woche an Terminen anbieten kann, William.«, sie schlägt das Buch vor sich auf und blättert ein paar Tage weiter.

»Wie wäre es mit Mittwoch um die gleiche Zeit wie heute?«, fragend sieht sie ihn an.

»Gerne Stephanie! Deine Sitzungen sind so genial. Was du in so kurzer Zeit schon bewirkt hast, das ist kaum zu glauben!«, er reicht Steph einen hundert Dollar Schein über den Tresen und steckt ihr noch, als extra, zwanzig Dollar zu.

»Danke William, das ist sehr nett und ich weiß es zu schätzen.«, sie nimmt beide Scheine entgegen und legt sie erst einmal in die Kasse, um den Namen William Cage ins Terminbuch einzutragen.

»Gute Arbeit sollte man belohnen, hat etwas mit Energieausgleich zu tun oder wie nanntest du das in der Sitzung?«

»Energieausgleich ist richtig, du lernst schnell mein Lieber.

Ich freue mich auf nächste Woche!«, sie begleitet William noch zur Tür und als er mich in dem großen Sessel sitzen sieht, zwinkert er mir zu.

»Dir auch noch einen schönen Tag Emily und danke Stephanie, dann bis Mittwoch!«, er verschwindet durch die Ladentür, die Steph für ihn aufhält und einen kurzen Moment später hören wir ihn den Wagen starten.

Dann kommt sie zu mir, nimmt mir die Bestellung und den Katalog aus der Hand: »Dann mal los, zu deinem Date mit Jeremias. Ich wünsche euch beiden viel Spaß und dir ganz viel neue Inspiration.«

Steph zieht mich aus dem gemütlichen Sessel hoch und ich begebe mich, innerlich schon ganz aufgeregt, zu meinem Beratungsraum. Eine Sitzung mit Jeremias ist immer wieder ein Erlebnis auch nach den ganzen Jahren noch, die er schon an meiner Seite ist.

Es ist schön wieder in der Kathedrale zu sitzen. Mein Blick geht hinauf zu dem Altar, der etwas erhöht und über zwei Stufen zu erreichen ist. Hinter dem Altar erhebt sich Jesus, der an das Kreuz genagelt auf mich herabsieht und mir blutet das Herz, wenn ich an die Schmerzen denke, die er auf sich genommen hat, für uns alle. Das Sonnenlicht scheint durch die bunten Fenster, die sich oberhalb von Jesus befinden. Es sind wunderschöne Bilder von vielen Engeln und der Jungfrau Maria, durch die jetzt die Sonnenstrahlen in die Kathedrale fallen. Je länger ich diese Bilder betrachte, umso lebendiger wirken sie auf mich und Jesus scheint mir direkt in meine Seele zu blicken. Auf dem Altar liegt die Bibel, ein sehr altes Exemplar. Ich durfte schon bei meinem ersten Besuch einen Blick darauf werfen. Der Tag, an dem ich hier das erste Mal auf Jeremias getroffen bin und von ihm erfahren habe, dass er mein Geistführer ist. Die Bibel ist viel dicker als die, die ich besitze, das ist mir sofort aufgefallen.

Doch bis jetzt habe ich Jeremias noch nicht gefragt, ob ich mir das nur einbilde oder ob sie wirklich umfangreicher ist als die Heilige Schrift, die ich gelesen habe. Ich muss ihn wirklich einmal fragen, wenn sich eine Gelegenheit dazu bietet. Jetzt liegt sie majestätisch aufgeschlagen auf dem Altar und das Licht, welches auf den Goldrand der Blätter scheint, lässt sie magisch glänzen. Rechts und links von ihr stehen dicke weiße Kerzen auf großen goldenen Kerzenständern und ihre Flammen scheinen zu einer Musik zu tanzen, die meine Ohren nicht wahrnehmen können. Ich genieße die Stille, die ich hier finde, fühle mich innerlich beschützt und geborgen. Mein Blick wandert in der Kathedrale über die Bänke, die zu diesem Zeitpunkt alle leer sind. Es gab Sitzungen mit Jeremias, da waren wir beide ganz alleine hier, doch bei einer Sitzung tauchten plötzlich aus dem Nichts ganz viele Menschen auf. Jeder Sitzplatz unten, sowie oben auf den Balkonen, war besetzt. Die Leute standen dicht gedrängt sogar in den Gängen bis zur großen Holztür der Kathedrale. Alle Augen waren auf mich und Jeremias gerichtet, es war ein so beeindruckendes Erlebnis, was ich niemals in meinem Leben vergessen werde. Als ich fragte, warum es plötzlich so voll hier ist, da sagte mir Jeremias, das sind alles Menschen, denen ich im Laufe meines Lebens noch helfen werde. Er ließ mich damals noch einen Moment lang die verschiedenen Gesichter betrachten, die mich alle liebevoll anlächelten. Es waren auch viele verstorbene Seelen, die zusammen mit noch Lebenden in dieser Kathedrale standen oder saßen, doch als ich dann in der ersten Reihe links vorne meine Eltern erblickte, konnte ich die Tränen nicht mehr zurückhalten. Sie lächelten mir beide zu und ich sah, wie Dad die Hand von Mom hielt, die beiden wirkten so – lebendig, als wären sie nie weg gewesen. Als Jenseitsmedium habe ich auch heute noch Kontakt zu meinen Eltern, doch dieser Kontakt in der Kathedrale war etwas ganz besonderes für mich. Ab dem Tage an wusste ich, dass sie mich bei meiner täglichen Arbeit im

Amarylion unterstützen, und dass sie mich nicht allein zurückgelassen haben. Meine Gedanken schweifen ab zu dem Tag, als sie beide bei dem Autounfall ums Leben gekommen sind. Wieder spüre ich wie mir meine Tränen die Wange herunterlaufen und sich den Weg über meinen Hals bahnen, um dann in dem Kragen der Bluse zu versickern.

»Sei gegrüßt Emily!« Jeremias ist gekommen und hat sich neben mir auf der Bank niedergelassen. Mitfühlend sieht er mich an und wischt mir die Tränen weg, die über mein Gesicht laufen: »Es ist in Ordnung traurig zu sein und die Tränen, die aus deiner Seele den Weg über deine Augen nach draußen finden, sie bringen dir Heilung.«

»Jeremias! Danke, dass du gekommen bist. Es tut mir leid, dass ich weinen muss, aber ich habe gerade wieder an den Tag denken müssen als Mom und Dad hier in der Kathedrale saßen.«

»Menschen, die du aufrichtig liebst, verlassen dich niemals. Sie sind mit ihrer Energie immer bei dir, sogar über ihren Tod hinaus. Eure Seelen bleiben miteinander verbunden und halten den Kontakt zueinander, auch noch nach vielen Inkarnationen.« Jeremias sieht mich lächelnd an.

»Du hast Recht, aber es gibt immer wieder Zeiten, wo es besonders schmerzt. So ein Moment war gerade eben, bevor du erschienen bist.«

»Du bist heute aber nicht wegen deiner Eltern hier Emily, es hat einen anderen Grund, oder?«, er sieht mich, mit so viel Liebe in seinen Augen an und legt seine große, kräftige Hand auf meine.

»Es geht um eine Sitzung, die ich nachher habe. Vermutlich hat der Patient, der heute Nachmittag einen Termin für eine Clearing Sitzung hat, ein Trauma erlebt. Das klingt jetzt verrückt, aber mir ist heute Morgen dieses Buch in die Hände gefallen und es hat in meinen Handflächen gekribbelt. Nun glaube ich, dass ihr es gewesen seid, die mich auf dieses Buch über Trauma aufmerksam gemacht haben.«, neugierig sehe ich Jeremias an, gespannt auf das was er mir antworten wird.

»Sehr schön! Du hast es wahrgenommen und ja, das Zeichen kam von uns aus der geistigen Welt.«

»Was ich nur nicht verstehe, warum bekomme ich diesen Hinweis? Wird es Probleme geben oder ist der Patient sogar gefährdet Schaden zu nehmen, wenn ich ihn in dem Seelen Clearing liegen habe?«

»Was denkst du? Was fühlst du in dir, in deiner Seele?«

Verdutzt sehe ich Jeremias an, obwohl ich genau weiß, dass er mir die Antwort nicht einfach so geben wird. Ich muss sie selbst finden, um seelisch zu wachsen.

»Mein Gefühl sagt mir, dass es um diesen Patienten geht, der Grace heute ins Amarylion begleitet. Ich bin mir nur unsicher, was der Hinweis Trauma bedeutet. Meinst du, dass ich ihm mit dem Clearing schaden könnte?«

»Du wirst ihm nicht schaden, dazu bist du zu gewissenhaft in deiner Arbeit. Weshalb von uns der Hinweis mit dem Buch kam, hat den Grund, dass du dich jetzt etwas intensiver mit dem Thema Trauma befasst hast. Ein Trauma ist immer eine schwere Verletzung der Seele und bedarf viel Feingefühl von dir. In die Tiefe der Seele vorzudringen, damit der Schock aufgelöst werden kann, dazu gehört auch viel Mut des Patienten. Dieser weiß aber zu diesem Zeitpunkt noch nicht, dass er unter einem Trauma leidet, welches sein heutiges Krankheitsbild ausgelöst hat.«

Nachdenklich sehe ich zum Altar auf dem die Flammen der Kerzen leicht flackern.

»Seit ich den Hinweis bekommen habe, denke ich sehr viel über das Thema Trauma nach. Was passiert, wenn das Clearing bei dem Patienten von Grace nicht funktioniert? Was wird Grace dann von mir denken?«

»Genau dort liegt dein Problem und darum sitzen wir beide jetzt hier zusammen. Du hast schon so viele Seelen Clearings durchgeführt, oder?«

»Ja, das habe ich. So reichlich, dass ich schon gar nicht mehr sagen kann, wie viele es genau waren.«

»Dann verfügst du über eine Menge an Erfahrungen darüber, wie unterschiedlich ein Clearing ablaufen kann. Es kam noch nie zu einem Zwischenfall, bei dem wir aus der geistigen Welt unterstützend eingreifen mussten. Du weißt ganz genau, zu was du fähig bist, kennst dein Potential selbst am besten. Warum ist es dir so wichtig, was Grace von dir denken könnte?« Jeremias sieht mich herausfordernd an.

»Sie ist eine so erfolgreiche Psychotherapeutin und ich möchte ihr gerne meinen Weg des Heilens näherbringen. Wenn ich heute versage, was denkt sie dann von mir?«

»Emily, du kennst dich selbst am besten und hast bis jetzt jede Situation gemeistert. Wenn du mit dir selbst innerlich im Reinen bist, dann gibt es keinen Grund zu zweifeln. Du bist gerade nicht in deiner Kraft, weil dich diese Energie beherrscht. Gedanken sind pure Energie, das weißt du. Ein Mensch wie Grace bittet dich um Hilfe und möchte etwas von dir lernen. Siehst du dieses schöne Geschenk denn nicht, welches dir gerade von ihr gereicht wird?«

Mit großen Augen sehe ich Jeremias an und kann es kaum glauben, was er gerade gesagt hat: »So habe ich es noch gar nicht betrachtet. Du hast Recht! Grace hat mich um Hilfe gebeten, weil sie Vertrauen in meine Arbeit hat. Immerhin kommt sie mit einem Patienten aus ihrer Praxis zu mir, das zeigt es mir ja sehr deutlich!«, ich versuche in Jeremias seinen Gesichtszügen zu lesen, was er gerade denkt, aber das ist bei einem Geistführer nicht so einfach.

»Ein Mensch, der dich um Hilfe bittet, begibt sich in deine Hände, weil er Vertrauen zu dir hat. Es ist hierbei nicht wichtig, welche Stellung er im Leben hat, ob er reich oder arm ist. Auch ist es nicht von Bedeutung, was er beruflich macht, ob er in euren Augen berühmt, oder ein eher unscheinbarer Mensch ist. Hier geht es nur um euch zwei Geschöpfe. Der eine, das bist du, besitzt die Gabe und das Wissen, um der anderen Person, Grace, zu helfen und der Schlüssel ist der Patient. Er stellt zwischen euch beiden eine Verbindung her, die euch allen zusammen, eine große Erfahrung bringen wird.«

»Wenn ich dich richtig verstanden habe, dann wird das Clearing heute ein Schlüsselerlebnis für Grace werden, welches sie in ihrem inneren Wachstum unterstützt?«

»Du hast es verstanden, das freut mich. Jeder Mensch hat immer wieder Situationen in seinem Leben, wo er einmal Lehrer für andere ist und auch solche, wo er selbst der Schüler ist. Es geht nur darum, das Geschenk in diesen Situationen zu erkennen, es zu würdigen wissen.«, er sieht mich mit einem Schmunzeln, um seine Lippen an.

Ich lasse die Worte von Jeremias auf mich wirken und sehe ihn dankbar an: »So habe ich es noch nie betrachtet, aber jetzt ergibt vieles für mich einen Sinn. Darum bin ich innerlich auch manches Mal unsicher, weil es sich um einen wichtigen Entwicklungsschritt meiner Seele handelt? Verstehe ich dich da richtig?«

»Ja, du hast es erfasst, genauso verhält es sich. Wenn du in deinem Leben in eine Situation gerätst, die starke Emotionen in dir hervorruft, dann ist dies ein wichtiger Moment für deine Seele. Dabei ist es völlig egal, um welche Gefühle es sich handelt. Ob du wütend, traurig, ängstlich bist oder ob du vor Freude weinen musst. Dies sind nur einige von vielen Gefühlen, wie deine Seele zu dir spricht. Es handelt sich hier um sehr starke Emotionen, die deinen Geist ruhelos werden lassen. In genau diesen Momenten findest du das größte Geschenk für deine Seele. Du musst es nur zulassen und nicht mit deinem Verstand dagegen ankämpfen.«

»Das ist sehr interessant. Dabei war ich bis jetzt immer froh, wenn solche Situationen nicht kommen. Doch jetzt sagst du, dass es wichtig ist für meine Seele und da ergibt plötzlich alles einen Sinn für mich.«, dankbar sehe ich Jeremias an und lege meine freie Hand auf seine, die noch immer auf meiner anderen Hand liegt.

»Denke einmal an die Erfahrung zurück, die dir das Zusammentreffen mit Jayden gebracht hat. Du hast gefühlt, wie es deine Seele berührt hat.«

Erstaunt sehe ich ihn an: »Ja, das habe ich, aber wieso erwähnst du dies jetzt?«

»Weil es hier um eine der stärksten Emotionen überhaupt geht, der Liebe. Diese Gefühle, die alle wie eine Kettenreaktion ausgelöst werden, wenn man einen Menschen liebt, sind wahre Goldstücke für die Seele. Da treffen zum Beispiel Angst, Unsicherheit und Freude auf das starke Gefühl der Liebe. Kannst du verstehen, was ich dir hier versuche bewusst zu machen?«, fragend sieht Jeremias mich an.

»Ich denke schon, aber sicher bin ich mir nicht. Du meinst, wenn man sich verliebt, dann ist da nicht nur das Gefühl der Liebe. Es kommt die Angst hinzu, dass der andere mich ablehnt oder sogar wieder verlassen könnte. Dann die Unsicherheit wie soll ich mich verhalten. Soll ich dem anderen meine Liebe gestehen, soll ich ihm mein Herz schenken? Die Freude ist erst zu empfinden, wenn ich die Angst und Unsicherheit überwunden habe und in das Vertrauen gehe. Meinst du das?«

»Genau das meine ich. Jedes Gefühl ist in dieser Situation wichtig, um der Seele Erfahrungen zu bringen, durch die sie wachsen kann, sich selbst erfahren kann, wer sie ist. Du hast heute wieder viel Inspiration in unserem Gespräch sammeln können, doch jetzt wird es Zeit für dich zurückzukehren. Du wirst erwartet und wir sehen uns nachher in deiner Sitzung wieder.«, Jeremias steht auf und reicht mir seine Hand.

Ich erhebe mich von der Kirchenbank: »Ich danke dir für

deine Zeit, die du mir geschenkt hast und du hast mir auch wieder viel Lehrstoff gegeben, worüber ich nachdenken kann.«, ich umarme ihn und er drückt mich an sich.

Ich fühle den rauen Stoff seiner Kleidung an meinen Händen, rieche den erdigen Duft, den er immer an sich hat und ich fühle mich geborgen.

Jeremias lockert unsere Umarmung und hält mich an den Händen fest: »Du bist eine wundervolle Seele Emily, wir sehen uns nachher.«, damit löst er sich von mir und ich sehe ihm nach, bis er vor meinen Augen im Nichts verschwunden ist.

Es ist Zeit für mich, die Kathedrale wieder zu verlassen. Zufrieden, denn ich habe wieder viel gelernt, dank Jeremias seiner unermüdlichen Geduld und Hilfe.

Der Beratungsraum ist für das Clearing vorbereitet. Die Kerzen brennen und werfen ihr warmes Licht an die Wände. Die Vorhänge sind geschlossen. Auf Düfte habe ich verzichtet, um die Wahrnehmung bei der Sitzung nicht zu beeinflussen. Denn bei dem Clearing spielt alles eine Rolle, was vom Kunden wahrgenommen wird. Düfte, Geräusche und innerliche Bilder, können Aufschluss darüber geben, wo sich die Seele gerade befindet. Ein letzter prüfender Blick und zufrieden gehe ich nach vorne in den Laden.

»Alles vorbereitet, Püppi?« Steph steht am Tresen und sortiert gerade Geschenkkarten in eine extra dafür vorgesehene Box.

»Ja, jetzt ist alles fertig und Grace kann kommen.«, ich sehe ihr zu wie sie die Karten nach Geburtstag, Geburt, Taufe, Trauer, Verlobung, Hochzeit und Jahrestag sortiert.

»Sieh mal diese hier, die ist doch schön!«, dabei hält sie mir eine Karte vor die Nase, auf der man Verlobungsringe sieht, von Herzen mit Flügeln eingerahmt.

»Ja, die ist wirklich schön. Sie gefällt mir auch und die Herzen sind sogar etwas erhaben von der Karte. Man kann jedes einzelne von ihnen fühlen.«, mein Finger fährt über die Herzen und verträumt sehe ich mir die Karte an.

»Hast du schon was von Jayden gehört oder halten die ihn in der Klinik gefangen?« Steph sieht mich lachend an.

»Er hat sich vorhin gemeldet, als du im Büro warst. Wir sehen uns erst morgen und das ist noch so lange hin, ich vermisse ihn. Wie kann das angehen, dass mir das Herz blutet, wenn wir uns mal nicht sehen?«

»Das ist Liebe Mily! Die hat dich und Jayden anscheinend voll erwischt. Es ist so schön, dich wieder glücklich zu sehen. Er tut dir gut und Gnade ihm Gott, wenn er dir wehtun sollte, dann ... !«, sie bricht ab mir zu sagen was dann passiert und ich glaube, ich möchte das auch gar nicht wissen.

»Meinst du, dass Jayden genauso empfindet wie ich?«

»Jetzt bist du aber gerade etwas blockiert im Kopf, kann das sein?«, fragend sieht sie mich an: »Wie kannst du so etwas fragen? Sicher empfindet er das gleiche für dich, wie du für ihn. Das sieht ja sogar ein Blinder, wenn ihr zwei beiden rumturtelt!«, entrüstet steckt Steph die Karte, die ich ihr zurückgegeben habe, in das passende Register.

»Es geht alles so schnell mit uns beiden, das beunruhigt mich etwas. Das Ritual was wir erst vor kurzem gemacht haben, damit der Mann aus meinen Träumen Realität wird und jetzt ist Jayden plötzlich da. Ich frage mich immer wieder, ob er mir auch ohne diesen Ritus über den Weg gelaufen wäre. Was ist, wenn ich mit diesem Wunsch, den bis dahin nur ich hatte, sein Leben beeinflusst habe? Vielleicht habe ich da in etwas eingegriffen, was sonst anders verlaufen wäre. Verstehst du was ich meine?«

»Also jetzt höre mir mal zu, Püppi! Wir haben mit dem Ritual »nicht« in den freien Willen von Jayden eingegriffen. Jeder von uns Menschen lebt in seiner eigenen Realität und formt die Matrix mit seinen Gedanken. Alles was du denkst, was du dir so real wie deinen Jayden vorstellen kannst, das wird auch in deinem Leben erscheinen. Der Gedanke an etwas, verbunden mit dem Gefühl, es schon zu besitzen, das bringt es dir in deine Realität. Wenn Jayden also in seinem Innersten nicht ebenso empfunden hätte, wie du, als du ihm vor die Füße gefallen bist, dann wärt ihr heute kein glückliches und verliebtes Pärchen. Vielleicht wärt ihr euch auch im Leben niemals begegnet, wer weiß das schon. Es kann auch sein, dass ihr mit euren Seelen schon immer verbunden wart, ohne es zu wissen, dass dieses Ritual nur etwas angestoßen hat, was sowieso für euch beide vorbestimmt war. Du bist doch hier die Seelenexpertin, aber bitte höre auf, diese wundervolle Liebe zwischen dir und Jayden in Frage zu stellen!« Steph sieht mich mit einem ziemlich ernsten Gesichtsausdruck an und sortiert dabei etwas energischer als vorher die Karten in den Kasten.

»Du hast ja Recht, mit dem was du sagst. Es beschäftigt mich aber nun mal, ob Jayden freiwillig mit mir zusammen ist, oder ob es nur das Ritual ist, was ihn an mich bindet. Sicher weiß ich um die Seelenwanderungen, wo zwei Seelen nach der Reinkarnation wieder zusammenfinden. Das Liebe auch den Tod überdauert und man in einem anderen Leben wieder aufeinander trifft, als Liebespaar, als Eltern oder als Kind, wo diese Liebe wieder erlebt werden kann. Meinst du, dass sich meine Seele mit seiner in Verbindung gesetzt hat in dem Traum, den ich hatte und erst durch das Ritual die Matrix so verändert wurde, dass ein Aufeinandertreffen möglich war?«, fragend sehe ich zu Steph, die nachdenklich eine Karte in ihrer Hand betrachtet.

»Ja, genauso sehe ich das. Wenn ich an den Tag denke, an dem du ihm begegnet bist, das hat dich ja förmlich umgehauen. Eure Blicke, als du wieder zu dir gekommen bist ... , pure Magie! Wirklich, das konnte glaube ich, jeder spüren, der sich in diesem Raum mit euch befand. Ihr beiden seid seelenverwandt, darauf verwette ich mein ganzes Hab und Gut. Deine Unsicherheit ist einfach nur die Angst deiner Seele, dass du ihn wieder verlieren könntest, jetzt wo ihr euch gefunden habt.«

»Ich habe wirklich Angst ihn zu verlieren, weil er mir so viel bedeutet und ich mich so wohl mit ihm fühle, wenn wir zusammen sind. Wenn wir nicht zusammen sind, dann überfällt mich eine Sehnsucht nach ihm, sodass es sogar in meiner Brust wehtut, Steph!«

»Mily ..., du bist verliebt in eine Seele, die heute im Hier und jetzt, den Namen Jayden trägt. Früher wart ihr vielleicht einmal Mutter und Kind, Geschwister, oder auch damals schon ein Liebespaar. Dann treffen eure beiden Seelen hier aufeinander und Boom – hat es euch erwischt und Amors Pfeil hat euch wieder getroffen. Wer weiß wie viele Leben ihr schon gemeinsam verbracht habt.«, sie stellt den Kasten mit den Karten zur Seite und beugt sich über den Tresen zu mir: »Genieße doch einfach diese herrlichen Gefühle. Tanke deine geschundene Seele damit auf. Du hast es verdient, aufrichtig geliebt zu werden. Emily Edwards, du hast dir so einen fabelhaften Mann wie Jayden verdient, der für dich die Sterne vom Himmel holt.«

Ich wollte darauf noch etwas erwidern, aber die Türglocke ertönt und Grace betritt das Amarylion. An ihrer Seite ein junger Mann, Anfang dreißig vielleicht der etwas schüchtern, ein paar Schritte hinter ihr bleibt. Es hat fast den Anschein, er versteckt sich hinter ihr. Sein Blick schweift unruhig durch das Amarylion, so als traut er dem Ganzen nicht. Seine kräftigen Hände spielen nervös mit dem Cap, welches er abgenommen hat und jetzt vor sich hält. Seine Statur wirkt stark und durchtrainiert. Ich sehe seine kräftigen Armmuskeln, die sich unter dem weißen Shirt deutlich zeigen. Die schwarze Jeans, die er trägt betont seine Figur, die den Anschein macht, als würde er Bodybuilding betreiben. Seine dunkelblonden Haare wirken etwas zerzaust, weil er sich beim Absetzen des Caps mit den Fingern durch die Haare gestrichen ist.

»Hallo Emily und Stephanie, ich freue mich so sehr, euch beide wiederzusehen.« Grace kommt auf uns zu, umarmt erst mich und anschließend Steph, die gerade hinter dem Tresen hervorgetreten ist.

»Hallo Grace, ich freue mich auch sehr Sie zu sehen und wer ist Ihr netter Begleiter?« Ich wende mich dem jungen Mann zu, der ein paar Schritte hinter Grace stehen geblieben ist und reiche ihm meine Hand zur Begrüßung.

»Joshua McMarthy, ist mein Name, Ma'am.«

»Oh! Bitte nicht so förmlich, Sie dürfen mich ruhig Emily nennen. Es freut mich Sie kennenzulernen und ich hoffe, Sie sind nicht zu aufgeregt, wegen Ihrer Sitzung.«

Etwas schüchtern nimmt er meine Hand, die sich warm und leicht verschwitzt in meiner anfühlt: »Danke Emily! Sie können mich gerne Josh nennen, das tun alle, die ich kenne. Doch, ich bin ehrlich gesagt sehr nervös!«

Blitzschnell registriere ich seinen Namen. Ist das schon wieder ein Zeichen? Joshua ist die englische Variante von Josua, was übersetzt »Gott ist Heil« bedeutet. Ein Name aus der hebräischen Bibel, nach dem das Buch Josua benannt ist. Zufall oder doch mehr? Meine Gedanken arbeiten auf Hochtouren. »Ihre Nervosität ist verständlich, aber ich kann Sie beruhigen Josh, es wird ein unbeschreibliches Erlebnis für Sie werden.«, ich zwinkere ihm aufmunternd zu, während Steph ihm auch die Hand zur Begrüßung reicht.

»Emily, geht doch schon mal in deinen Beratungsraum, ich bringe euch gleich einen Krug mit Wasser und Gläsern«, Steph deutet mit ihrem Arm in die Richtung des Raumes, während ich ihr dankbar zu lächle und Grace sowie Josh folgen mir.

Wir werden auf dem Weg noch von Quinny aufgehalten, die uns jedem einmal um die Beine streichen will »ein gutes Omen«, denke ich und bin auch gleich etwas entspannter.

»Oh! Wie schön Sie es hergerichtet haben, die Kerzen – gemütlich!«, Grace setzt sich auf einen der Sessel neben der Liege, während Josh noch etwas unschlüssig vor derselben stehen bleibt.

»Danke Grace, die Atmosphäre spielt eine wichtige Rolle. Jeder von uns soll sich hier wohl fühlen, dann funktioniert die Entspannung besser. Sie können sich schon hinlegen Josh, wir werden starten, sobald Steph mit dem Wasser kommt.«, ich deute ihm an auf der Behandlungsliege Platz zu nehmen.

Vorher nimmt er das Cap ab, um es auf den Tisch zu legen, der zwischen den beiden Sesseln steht und lässt sich dann auf der gemütlich hergerichtete Liege nieder. Weiche große Kissen betten seinen Kopf und eine Nackenrolle stützt ihn. Eine weitere Rolle schiebe ich ihm unter die Knie, damit sein Becken entspannt liegen kann, denn wir wissen ja noch nicht, wie lange er hier im Clearing sein wird. Es ist zwar warm, aber ich breite trotzdem ein dünnes Laken über ihm aus, weil es während der Sitzung kühl werden kann. Das sind die Energien der geistigen Welt, die die Raumtemperatur etwas sinken lassen.

»Liegen Sie bequem Josh?«, fragend sehe ich ihn an.

»Ja ... , ich glaube schon.«, etwas ängstlich sieht er mich an und ich sehe die kleinen Schweißperlen auf seiner Stirn.

»Sie können ganz beruhigt sein. Ich werde Sie in eine Trance hineinführen und dann werden wir Schritt für Schritt in Ihrem Leben zurückgehen. Das Problem heute kann auch bis in ein Leben vor diesem zurückreichen, darum bitte ich Sie, mir während der Sitzung meine Fragen zu beantworten, ohne darüber nachzudenken, O. K.?«

»Ja gut, aber werde ich dann nicht aufwachen?«

»Nein, das werden Sie nicht. Sie sind bis zum Ende des Clearings in einer Art Trance Zustand. Während ich Sie in diesen Zustand führe und auch die gesamte Sitzung über, wird Ihr Geistführer an Ihrer Seite wachen. Ich denke, Sie wissen was ein Geistführer ist?«

Erstaunt sieht er mich an: »Nein, nicht so genau. Ist es jemand, der mich immer begleitet, so wie ein Schutzengel?«

»Jeder Mensch hat einen Geistführer, von dem Tage seiner Geburt an bis zu dem Tag an dem wir diese Erde wieder verlassen. Er unterstützt uns auf dieser Reise durch unser Leben. Sie können ihn sich als eine Art Reiseleiter vorstellen, der Sie unbewusst von Ihnen selbst in Situationen begleitet, die Ihrer Seele helfen werden Erfahrungen zu machen, um an ihnen zu wachsen. Sie haben bestimmt schon einmal erlebt, dass Sie plötzlich einen Einfall hatten, der Sie inspiriert, etwas auszuprobieren, was Sie sonst nie getan hätten? Diese Eingebungen sind oft gelenkt von Ihrem Geistführer, der genau weiß, welche Erfahrungen Ihre Seele machen möchte. Hierbei geht es um gute, so wie auch schlechte Erfahrungen. Aus beiden zieht sich die Seele die Emotionen, Gefühle und speichert diese ab, dies lässt sie immer reifer werden. Bevor wir in das neue Leben geboren werden, wird mit dem Geistführer, so wie auch mit anderen Helfern der Seelenfamilie aus der geistigen Welt zusammen festgelegt welche Erfahrungen Sie, als Seele hier auf der Erde erleben möchten. Ihr Leben, welches Sie jetzt hier leben, haben Sie selbst festgelegt, damit Sie durch bestimmte Situationen, seelisch wachsen können. Manchmal gehen Sie auf diesem Weg auch schmerzvolle Umwege, weil Sie Ihre innere Stimme nicht wahrnehmen, aber Ihr Geistführer ist trotzdem immer an Ihrer Seite und lenkt Sie unbewusst. Er ist der Reiseleiter Ihrer Seele, doch er wird auch nie in den Plan, die Route vielleicht einmal zu ändern, eingreifen, weil er Sie dann um eine wichtige Erfahrung von Gefühlen bringen würde, die Ihre Seele so gewählt hat.«

Josh sieht mich erstaunt an: »Sie meinen, dass er immer bei mir ist, schon immer?«

»Ja, er ist schon immer bei Ihnen und begleitet Sie. Für manche Menschen klingt es am Anfang etwas unheimlich, wenn sie das von mir zu hören bekommen. Wie fühlen Sie sich jetzt damit?«, während ich ihm diese Frage stelle, sehe ich zu Grace hinüber, die völlig fasziniert diese ganze Szenerie verfolgt hat. Jetzt lächelt sie mir aufmunternd zu.

»Ich fühle mich gut. Es ist etwas gewöhnungsbedürftig, der Gedanke, dass ich nicht allein durch diese Welt gehe. Denn oft genug hatte ich das Gefühl, dass ich allein bin.«

»Das sind Sie niemals, auch wenn Sie manches Mal in ihrem Leben das Gefühl haben mögen, es ist so.«

Steph betritt den Raum und bringt uns das Wasser. Sie lächelt Josh und Grace an, während sie die Gläser für uns füllt, dann verlässt sie den Raum wieder, dreht sich vorher aber noch einmal um und zwinkert mir aufmunternd zu, bevor sie die Tür hinter sich schließt. Grace sieht Josh an und nimmt einen Schluck aus ihrem Wasserglas.

»Bist du bereit? Kann Emily mit dem Clearing beginnen?«

»Ja, ich denke schon, auch wenn mir gerade etwas mulmig ist. Es ist immerhin der erste bewusste Kontakt, den ich heute hier zu meiner Seele haben werde.«, er nimmt noch einen Schluck Wasser und streckt sich dann wieder auf der Liege lang aus.

Grace legt sich ihr Aufnahmegerät bereit, während ich Josh erneut mit dem Laken zudecke. Seine Arme lasse ich frei, damit er sich nicht zu eingeengt fühlt. Der Schreibblock, auf dem ich immer die Sitzungen protokolliere, liegt jetzt auf meinem Schoß. Ich schließe kurz meine Augen und sehe Jeremias links hinter mir stehen. Er lächelt mir zu und hält seine Hände wie zu einem Gebet gefaltet, was mir zeigt, dass er bereit ist und ich starten kann. Am Kopfende der Liege sehe ich jetzt den Geistführer von Josh stehen, einen Mann, der indianischer Abstammung zu sein scheint. Er hat langes schwarzes Haar, welches herrlich glänzt, trägt einen Lendenschurz aus Leder und hat einen nackten, muskulösen Oberkörper, der wie seine restlichen freien Körperstellen, Kaffeebraun schimmert. Um den Kopf trägt er ein geknüpftes Stirnband, welches mit bunten Ornamenten verziert ist und an der Seite stecken drei große, weiße Federn. Er lächelt mir zu und ich höre seine Stimme in meinem Kopf, die mir seinen Namen nennt: »Maphee, was in eurer Sprache Himmel bedeutet.« Ich bedanke mich gedanklich bei ihm, dass er Josh und uns heute hier zur Seite steht. Grace kann ihn nicht wahrnehmen, was wäre das jetzt natürlich ein aufregendes Erlebnis für sie, gleich zwei Geistführer zu sehen. Nur Grace ihren kann ich im Moment auch nicht sehen, aber das hat nichts zu bedeuten, er wird sich nur zurückhalten und ist daher auch für mich gerade nicht sichtbar.

»Damit es etwas lockerer wird, würde ich gerne zum »Du« wechseln Josh. Wäre das in Ordnung für Sie?«, fragend sehe ich zu ihm herüber.

»Das ist mir sogar lieber. Es irritiert mich etwas, wenn ich Grace mit »Du« anspreche und wir beide hier so förmlich reden. Daher gerne das »Du«.«

»Das freut mich und es verschafft uns beiden auch eine persönlichere Atmosphäre. Dann wollen wir das Abenteuer mal starten! Josh, bitte schließe jetzt deine Augen und konzentriere dich voll und ganz auf meine Stimme. Ich werde dich jetzt in die Trance führen. Du wirst dich in diesem Zustand etwas benommen fühlen und träge, aber dein Bewusstsein wird so wach sein, dass du mir auf meine Fragen antworten kannst. Bitte sprich nur, wenn ich dir eine Frage stelle. Bist du bereit?«

»Ja, ich bin zwar ziemlich aufgeregt, aber das legt sich hoffentlich.«

»Deine Nerven werden sich gleich beruhigen, denn die Trance ist ein Zustand zwischen Wach sein und Schlafen. So, dann legen wir mal los. Bitte nimm noch einmal drei tiefe Atemzüge, dann konzentriere dich nur auf deinen Atem und lausche meiner Stimme.«

Ich führe Josh langsam hinein in die Trance und nehme am Rande wahr, wie Grace sich fleißig Notizen in einem kleinen

Buch macht, welches sie aus ihrer Tasche geholt hat. Das kleine Aufnahmegerät läuft schon und hat auch das Vorgespräch mit aufgezeichnet. Als ich mir sicher bin, das Josh in einer tiefen Trance liegt, beginne ich mit dem Clearing, dazu dämpfe ich meine Stimme etwas und spreche leiser als sonst.

»Wir werden jetzt langsam in deinem Leben rückwärtsgehen, Josh. Ich möchte, dass du jetzt zehn Jahre zurückgehst und während dieser Reise in deine Vergangenheit siehst du einzelne Szenen vor deinem inneren Auge auftauchen. Du nimmst sie nur kurz wahr und lässt sie dann weiterziehen. Sie haben zu diesem Zeitpunkt keinerlei Bedeutung. Wenn du auf deiner Seelenreise etwas wahrnimmst, was in dir ein kräftiges Gefühl von Unwohlsein hervorruft, dann sprich es bitte aus. Wir werden jetzt weitere zehn Jahre zurückgehen und du wirst immer wieder wechselnde Bilder deines Lebens wahrnehmen, die verschiedene Emotionen bei dir auslösen können. Lasse es einfach zu, gehe weiter und lass diese Bilder hinter dir.«

Ich beobachte die wechselnden Gesichtszüge von Josh und nehme auch die Tränen wahr, die sich aus seinen Augenwinkeln lösen und ihm seitlich am Gesicht herunterlaufen. Er durchlebt innerlich gerade ziemlich bewegende Momente, die alle der Heilung der Seele dienlich sind.

»Du bist jetzt in deiner Kindheit angekommen und auch diese Erinnerungen lässt du einfach weiterziehen, beobachtest sie nur wie sie auftauchen und wieder verschwinden. Nun kommst du an den Punkt deines Lebens, wo du dich noch im Bauch deiner Mutter befunden hast. Es ist warm und eng dort wo du jetzt bist, die Geräusche von außen dringen nur gedämpft an dein Ohr. Wie fühlst du dich jetzt?«

Josh antwortet mit ganz ruhiger Stimme, die Tränen haben bei ihm aufgehört zu laufen: »Ich fühle mich schwerelos, geborgen und höre ein rhythmisches Pochen.«

»Dass was du hörst, ist der Herzschlag deiner Mutter und

das Blut, welches durch ihre Adern fließt. Jetzt gehst du Monat für Monat, immer in ganz kleinen Schritten zurück. Wenn dir unwohl wird, dann sehe dir die Szene genau an, was dort gerade passiert.«

Ich lasse ihm die Zeit, die er braucht, um durch seine vorgeburtliche Phase zu wandern. Plötzlich krümmt er sich zusammen und fängt an zu wimmern.

»Josh? Was passiert gerade? Kannst du mir beschreiben, was du fühlst?«

Er hat sich jetzt, wie ein Baby im Mutterleib zusammengerollt und den Kopf hinter seinen Armen verborgen, als müsste er etwas abwehren. Seine Gesichtszüge sind sehr angespannt. Grace sieht mich besorgt an. Ich hebe meine Hand, gebe ihr ein Zeichen, dass alles in Ordnung ist und sie entspannt sich wieder.

»Es ist so laut hier, ich höre meine Mutter weinen und sie schreit immer: »Warum musst du gerade jetzt kommen, was soll ich nur mit einem Baby anfangen. Mein ganzes Leben ist verpfuscht!« Ich habe Angst, sie schlägt auf ihren Bauch und ich spüre diese Erschütterung ganz stark!«

Entsetzt sieht Grace mich an und ich versuche Josh zu beruhigen.

»Ich möchte, dass du dir jetzt folgendes bewusst machst, Josh. Du trägst keine Schuld an dieser Situation. Deine Mom war zu diesem Zeitpunkt verzweifelt und hat aus diesem Gefühl heraus gehandelt. Sie wollte dir zu keiner Zeit wehtun oder dich verletzten. Ihre eigenen Emotionen haben sie übermannt. Die Reaktion von ihr auf deine Existenz ist nicht deine schuld!«

Langsam entspannt sich Josh sein gesamter Körper wieder und auch in seinen Gesichtszügen zeigt sich dies ganz deutlich.

»Verlasse jetzt diese Situation und gehe weiter zurück zu dem Zeitpunkt vor deiner Entstehung. Ich möchte, dass du jetzt deiner Seele die Führung überlässt. Sie wird dich nun in das Leben führen, welches für deine heutigen Probleme verantwortlich ist.

Genau zu der Situation, die der Auslöser für dein Leiden ist. Lasse dich einfach von ihr führen, du bleibst dabei völlig ruhig und beobachtest nur die Bilder, die vor deinem inneren Auge auftauchen.«

Ich nicke Grace zu, als Zeichen das alles in Ordnung ist und sie lächelt beruhigt zurück.

»Wenn du angekommen bist Josh, dann möchte ich, dass du mir beschreibst, was du siehst.«

Gespannt sehen wir beide auf das wechselnde Spiel von Joshs Gesichtszügen. Mal sind sie wie versteinert und dann wieder völlig entspannt. Jetzt zuckt er völlig unkontrolliert. Unter dem dünnen Laken sieht man wie sich sein ganzer Körper verkrampft und er sein Gesicht schmerzhaft verzieht. Was muss er wohl gerade für Höllenqualen durchleben. Doch das ist manchmal so, nur wenn er sich dieser Situation noch einmal stellt, ist er in der Lage, es heute zu verarbeiten, so dass die Seele endlich Heilung erfahren kann.

»Wo bist du Josh? Siehe dich bitte einmal genau um und beschreibe mir, was du siehst.«

»Ich stehe vor dem Haus und überall sind Flammen zu sehen. Ganz viele Menschen sind hier und helfen das Feuer zu löschen.«

»Kannst du mir sagen, welches Jahr dort ist und welcher Monat?«

»Wir schreiben heute das Jahr siebzehnhundert-neunundachtzig und es ist unser Erntemonat, August. Darum sind auch so viele Menschen hier, um uns zu helfen. Ich weiß nicht was ich tun soll und Schreie aus Verzweiflung.«

Grace hält sich vor Entsetzen die Hand vor den Mund.

»Was ist passiert, warum brennt es?«, gespannt sehe ich zu Josh.

Es ist immer wieder aufregend und natürlich auch bewegend, was ich bei solchen Seelen Clearings zu hören bekomme.

»Die Magd hat nicht alle Kerzen gelöscht, als mein Weib und ich uns zur Nachtruhe gebettet haben. Eine muss noch gebrannt haben und hat den Holztisch in Flammen gesetzt. Ich bin durch ihre panischen Schreie, die mein Ohr im Schlaf erreichten, geweckt worden und sofort nach unten geeilt. Es war beißender Qualm in der Luft und ich bekam einen Husten, der mich plagte. Die Küche war ein einziges Flammenmeer, dort brannte schon die Holzdecke lichterloh. Ich schrie die Magd an Wasser aus dem Brunnen im Hof zu holen und alle Bediensteten zu wecken. Panisch versuchte ich zu retten, was zu retten war und goss das Wasser aus dem großen Waschkrug und dem Feuereimer in die Flammen, doch diese verschlangen es gierig mit ihren orangen Zungen. Draußen hörte ich die Bediensteten sich gegenseitig Kommandos zurufen und dann kamen schon die ersten mit ihren gefüllten Ledereimern ins Haus gerannt. Plötzlich vernahm ich die Schreie meines Weibes, sowie die der sechs Kinder, die noch in ihren Schlafstätten verweilten. Panisch rannte ich in die Diele und sah, dass diese genauso wie die Treppe auch schon in Flammen stand. Überall sah man wie die Flammen von dem Holz Besitz ergriffen, meine Familie, die sich noch oben befand, war eingekesselt. Die beiden größeren weinten und die Babys lagen apathisch in den Armen meines Weibes. Die beiden kleineren klammerten sich an ihrem Nachtgewand fest und wimmerten. Ich schrie zu den Bediensteten, sie mögen Wasser zum Löschen bringen, obwohl mir in diesem Moment innerlich schon bewusst war, dass wir diesen Kampf gegen die gierigen Flammen verlieren werden. Wir versuchten alles was möglich war, aber kurze Zeit später hörte ich noch einmal ihre Schreie, dann krachte mit einem lauten Getöse die Zimmerdecke von oben herunter und begrub sie alle unter sich. Ab da hörte ich nur noch das laute Knistern der Flammen, wie sie hungrig mein Haus verschlangen. Einige der Bediensteten zogen mich aus dem Haus in den Hof hinaus, als sie feststellten, dass es aussichtslos war etwas zu retten. Ich sah zu, wie meine Familie in den Flammen ihren Tod fand!«

Völlig betroffen sehen Grace und ich uns an, was für eine schreckliche Tragödie.

»Josh ... , wie fühlst du dich jetzt gerade?«

»Ich fühle mich schuldig, denn ich war der Herr im Haus und es war meine Pflicht, die Familie vor allem Übel zu beschützen. Ich habe versagt, mein Weib und meine Kinder haben durch mich ihr Leben lassen müssen. Das wird Gott mir niemals verzeihen!«

»Du trägst an diesem Unglück keine Schuld. Zu deiner Zeit, in der du gelebt hast, gab es für dich keine andere Möglichkeit zu helfen, alles was ihr damals hattet, waren Wassereimer. Mit diesem wenigen Wasser konntet ihr nicht das große Feuer besiegen. Keiner trägt eine Schuld an dieser Tragödie. Deine Familie war schon durch die Flammen eingeschlossen, auch du hättest sie nicht mehr retten können, keiner hätte das vermocht. Jeder begeht einmal Fehler in seinem Leben, durch das andere Menschen in Gefahr geraten. In deinem Fall war es die Magd. Durch ihre Unachtsamkeit hat deine Familie den Tod gefunden. Sie wird den Rest ihres Lebens unter dieser großen Schuld gelitten haben, eine Strafe, die sie sich selbst auferlegt hat. Doch du selbst bist nicht Schuld an dem Tod deiner Familie!«

Jetzt weint Josh bitterliche Tränen und sein ganzer Körper schüttelt sich unter diesem heftigen Weinkrampf, der ihn befallen hat.

»Ich habe sie geliebt, alle sechs Kinder und mein Weib auch, sie war eine so Gütige.«

Er schluchzt und die Tränen nehmen kein Ende. Ich gebe ihm die Zeit, die er braucht, damit er seinen Schmerz innerlich verarbeiten kann. Als er sich langsam wieder beruhigt, sieht man ihm auch seine Erschöpfung an.

»Josh, du musst jetzt Abschied nehmen, deine Familie hat ihren Frieden gefunden und du kannst jetzt gehen.«

Sogar Grace laufen nun Tränen über ihr Gesicht und ich reiche ihr wortlos die Schachtel mit den Taschentüchern. Dankbar nimmt sie sich eines aus der Box und tupft sich ihre Tränen weg.

»Ich hole dich jetzt zurück in dein jetziges Leben, Josh. Bitte konzentriere dich auf meine Stimme und folge ihr.«

Behutsam führe ich ihn wieder heraus aus der Trance und lasse ihm genügend Zeit, damit er realisieren kann, dass er zurück ist.

»Ist alles in Ordnung mit dir?«, fragend sehe ich ihn an, als er seine Augen blinzelnd öffnet.

Als sich seine Augen an das Licht gewöhnt haben, richtet er sich auf: »Ja – ich denke schon. Etwas benommen fühle ich mich, aber ich weiß noch alles was passiert ist. Ist das normal?«

»Das ist völlig normal und so soll es auch sein. Denn jetzt fängst du an, es seelisch zu verarbeiten und dazu musst du dich erinnern. Deine Seele hat dich geistig und körperlich noch einmal ihren Schmerz fühlen lassen, über den Verlust, den sie damals erleben musste. Emotionen sind pure Energie und alles was die Seele im Laufe von ihren vielen Inkarnationen erlebt hat, sind in ihr gespeichert. Sie ist sozusagen deine Festplatte, auf der alle deine Leben abgespeichert sind. Nur, dass diese Festplatte nie gelöscht werden kann, denn nur durch die erlebten Gefühle, hat die Seele eine Chance zu wachsen, zu erleuchten, nennt man es auch. Mir ist aufgefallen, dass du während der, Trauma Szene, in die damalige Umgangssprache verfallen bist, die man um siebzehnhundert herum wohl so gesprochen hat.«

Grace sieht mich erstaunt an: »Emily … , entschuldige, wenn ich kurz euer Gespräch unterbreche, aber mir brennt eine Frage auf der Zunge, und die will unbedingt hinaus. Sie sagen, es wird in der Seele alles gespeichert, auch was in den vielen vergangenen Leben passiert ist? Das ist aber doch so viel, kann ein Mensch, der heute in diesem Leben ist, jemals alles verarbeiten, was noch in der Seele schlummert?«, erwartungsvoll sieht sie mich an.

»Es muss nicht alles verarbeitet werden. Nur die Situationen, die starke traumatische Auswirkungen hatten, spielen oftmals bis in dieses Leben hinein. Wird dieses Trauma nicht im Laufe der vielen Inkarnationen, die eine Seele immer wieder durchläuft, gelöst, dann wird im nächsten Leben wieder eine Situation auftreten, wo dieses sich bemerkbar macht. Erst wenn es erkannt wird, kann es aufgelöst werden. Das ist zwar schmerzvoll, aber es ist eine Erfahrung für den Menschen und auch für die Seele, die er in sich trägt.«

»Habe ich deshalb in diesem Leben immer panische Angst vor Feuer? Ich habe selbst als Kind immer schon Abstand genommen, wenn wir im Zeltlager ein Lagerfeuer hatten und zuhause habe ich noch nie eine Kerze besessen. Meiner Mutter ist oft der Kragen geplatzt, weil ich immer alle Kerzen, die sie entzündet hat, wieder ausgepustet habe.«

»Ja Josh, das ist das Trauma, aus dem Leben wo du eben warst. Da siehst du auch, wie sehr es dein jetziges Leben beeinflusst hat. Du wirst auch weiterhin einen großen Respekt vor Feuer jeglicher Art haben, aber es wird dich nicht mehr in Panik versetzen, denn jetzt weißt du, woher diese Angst kommt.«, ich lächele ihn an und freue mich, dass er völlig entspannt und erleichtert ist.

»Emily, dann heißt das ja, dass man mit dieser Methode ganz vielen Menschen helfen kann, die sich so wie Josh, nicht bewusst sind, warum sie Angst haben. Was Sie ja nicht wissen konnten, ist, dass Josh genau wegen dieses Problems seiner Angst vor Feuer, bei mir schon lange in Behandlung ist. Es macht mich völlig sprachlos, wie Sie gearbeitet haben.«

»Danke Grace! Ich arbeite nur mit meinem gesunden Menschenverstand an einem Problem, welches die Seele eines Menschen in sich verborgen hält. Man könnte auch sagen, ich bin ein Seelen Detektiv. Denn es kommt immer auf die gestellten Fragen an, ob man es schafft, an den Kern des Problems zu kommen. Sie sehen, es ist keine Zauberei oder sonst etwas Magisches. Man muss nur wissen wie die Seele funktioniert, dann kann man ihr auch helfen und der Mensch, in der sie wohnt, wird wieder gesund.«

Josh meldet sich zu Wort: »Dann heißt das jetzt für mich, dass ich geheilt bin? Das ist ja kaum zu glauben und das in nur einer Sitzung!«

»Ja, in guten zwei Stunden Arbeit an deiner Seele, kannst du jetzt ein Leben ohne Angst genießen. Das schützt dich natürlich nicht davor, in diesem Leben eine andere Erfahrung zu machen, die ein Trauma auslöst. Wichtig ist dann nur, dass es in diesem Leben auch gelöst wird, damit die Seele es nicht wieder mit auf Reisen nimmt und du dann in der nächsten Inkarnation damit konfrontiert wirst.«

»Daran werde ich mich auf jeden Fall erinnern, sollte dies einmal eintreffen.«

Josh zwinkert mir zu und ich habe das Gefühl, einen völlig neuen Menschen vor mir zu haben. Es erstaunt mich immer wieder aufs Neue, was ein Seelen Clearing bewirken kann.

»Das war so sensationell, was ich hier erleben durfte, Emily. Ich wäre Ihnen sehr dankbar, wenn wir das vielleicht nochmal wiederholen könnten, damit ich mehr darüber lernen kann.«

»Das können wir gerne machen Grace. Es freut mich, dass es Ihnen neue Inspiration gebracht hat. Sie können dafür jederzeit einen Termin bei Steph eintragen lassen.«

»Ich staune auch darüber, wie schnell zwei Stunden verflogen sind. Es ist mir gar nicht so lange vorgekommen.« Grace sieht mich fragend an, während sie sich von ihrem Sessel erhebt.

»Das Gefühl, das einem zwei Stunden wie eine Stunde vorkommen, hat man immer, wenn mit der Seele gearbeitet wird. Ein sicheres Zeichen für Seelenarbeit ist der gefühlte Zeitverlust. Am Anfang war es für mich auch gewöhnungsbedürftig.«

Ich stehe auf und begleite die beiden zum Tresen, wo Steph uns schon erwartungsvoll entgegen sieht.

»Da seid ihr ja wieder und ich sehe an euren Gesichtern, dass es super spannend war. Hoffentlich konntet ihr das Problem lösen.«

»Oh ja! Emily hat mir gerade ein neues Leben geschenkt«, lachend steht Josh vor dem Tresen und Steph sieht ihn völlig entgeistert an.

»Emily – ist dies der gleiche Mann, der vorhin völlig schüchtern hier ins Amarylion gekommen ist? Ich bin sprachlos!« Steph macht ganz große Augen und nimmt dabei das Geld von Grace entgegen, welches sie ihr herüberreicht, ohne genauer hinzusehen. Erst als sie es in die Kasse legen will, fällt ihr auf, wie viel sie da in den Händen hält, »fünfhundert Dollar? Grace! Das ist zu viel!«, völlig erstaunt, sieht sie erst zu Grace und dann ratlos zu mir.

»Gute Arbeit und eine Schulung für mich müssen gut belohnt werden, Stephanie. Ach ja, das hätte ich fast vergessen! Nächsten Samstag gibt es bei uns wieder ein Barbecue und ich freue mich auf euch.«

Steph und ich haben keine Chance etwas zu erwidern, denn Grace umarmt uns beide, und geht anschließend mit Josh Richtung Ausgang. Sie dreht sich noch einmal um: »Danke Emily – und macht euch beide wieder schick für das Barbecue!«, lachend öffnet sie die Ladentür und kurze Zeit später hören wir wie sie ihren Wagen startet.

»Das war eine aufregende Sitzung. Ich bin im Moment sogar etwas müde.«, ich sehe Steph zu, wie sie sich den Schlüssel schnappt und zur Ladentür geht, um sie abzuschließen und das Schild umzudrehen.

»So, für heute ist Feierabend. Ich koche uns jetzt einen starken Kaffee, der macht dich wieder munter. Glaube ja nicht, dass du mir entschwinden kannst ohne eine Berichterstattung!«

Lachend nimmt sie meine Hand und zieht mich Richtung Küche, wo uns Quinny schon mit einem kläglichen »Miau«

erwartet. Es ist Zeit für das Futter, will sie uns damit sagen und ein Blick zur Uhr bestätigt mir dies auch. Mein Magen meldet sich gerade, als ich an Essen denke. Zufrieden mit mir selbst, gehe ich Steph zur Hand, um das Abendessen vorzubereiten. Quinny streift uns dabei schnurrend um die Beine. »Meine kleine Familie« denke ich zufrieden und eine Welle der Liebe fließt durch mein Herz.

12

Es ist, als würde die Zeit plötzlich stillstehen. Als hätte jemand das Rad des Lebens angehalten und die Uhren zum Stillstand gebracht. Mein Blick geht zum Wecker, der auf dem Tisch neben meinem Bett steht. Er zeigt genau drei Uhr morgens an, also mitten in der Nacht. Doch warum springt die Uhrzeit nicht weiter? Egal wie lange ich auf die rot leuchtenden Zahlen sehe, sie zeigen immer das gleiche an. Um mich herum herrscht eine unheimliche Stille, kein einziges Geräusch ist zu hören, nur meinen eigenen Atem nehme ich wahr. Mir ist gar nicht wohl in meiner Haut, was passiert hier gerade? Wieder sehe ich auf den Wecker, der immer noch drei Uhr anzeigt, als wäre die Zeit in ihm fest gespeichert. Mit einem mulmigen Gefühl im Magen stehe ich auf, verlasse mein Bett, um nachzusehen, was los ist. Absolute Stille umgibt mich noch immer und irgendwie wirkt mein sonst so gemütliches Schlafzimmer, plötzlich beängstigend auf mich. Da stehe ich nun mitten im Raum und um mich herum wirkt alles so, als hätte jemand die Stopptaste gedrückt. Kein Geräusch ist zu hören, wo doch sonst selbst in der Nacht, das Leben hier nie still steht. Wo sind die Grillen hin, die jede Sommernacht mit ihrem Zirpen erfüllen? Ich stehe da und lausche in die Nacht hinein, nichts ist zu hören. Wo ist das Rauschen, welches aus den Bäumen kommt, wenn der Wind durch ihre

Wipfel streift? Mein Blick geht durch das halb hochgeschobene Fenster nach draußen und ich sehe die Bäume, aber da bewegt sich nicht ein Blatt. Es ist kaum zu glauben, egal wie sehr ich meine Augen auch anstrenge, um in der Dunkelheit etwas zu erkennen, draußen scheint die Welt ebenso stillzustehen. Der Vorhang, der sich sonst immer im leichten Wind bewegt, hängt ohne jede Bewegung seitlich am Fenster. Ich berühre ihn, um mich zu vergewissern, dass es der gleiche Vorhang wie vorhin ist, als ich Schlafen gegangen bin. Er fühlt sich echt an. Der Stoff liegt weich in meiner Hand, während ich ihn berühre. Doch als ich ihn loslasse, hängt er wieder völlig bewegungslos vor dem Fenster, wie von unsichtbaren Händen festgehalten. Mir rauscht ein kalter Schauer durch meinen Körper, denn ich habe das Gefühl in einem Standbild festgefroren zu sein. Ich gehe durch den Raum, berühre mit meiner Hand die Wände, verschiedene Gegenstände und sie fühlen sich allesamt echt an. Was in Gottes Namen passiert hier? Bin ich wach oder träume ich gerade? Wenn ich das wüsste, dann könnte ich ja etwas unternehmen, um diese Situation zu verlassen. Doch ehrlich gesagt, bin ich völlig ratlos. Wo ist Quinny? Sie liegt jede Nacht bei mir im Bett, warum sehe ich sie jetzt nicht? Panik überkommt mich und ich reiße die Bettdecken hoch, um zu sehen, ob sie es sich darunter bequem gemacht hat, aber da ist sie nicht. Mir kommen vor Angst die Tränen, was ist mit Quinny passiert? Ich will nach unten gehen, um in der Küche nachzusehen, aber die Schlafzimmertür ist zu. Warum ist sie geschlossen? Ich schließe diese Tür niemals, damit meine kleine Orakel-Katze sich frei im Haus bewegen kann. Meine Hand berührt den Türknopf und ich drehe ihn, um die Tür zu öffnen, aber es geht nicht. Immer wieder versuche ich es, aber er bewegt sich nicht. Panisch zerre ich an dem Knauf herum und mir laufen vor Angst die Tränen übers Gesicht. Doch egal wie sehr ich auch an dieser Tür rüttele, sie bewegt sich nicht ein Stück, noch nicht einmal ein Knarren vom Holz kann ich hören, als ich mit aller Kraft an dem Knauf ziehe. Dann drehe ich mich um, suche nach einem Fluchtweg, mein Blick geht zum Fenster und mir stockt der Atem. Da sehe ich direkt in die Augen eines Raben, der bewegungslos vor dem geöffneten Fenster auf dem Sims sitzt und mich ansieht. Ich erstarre innerlich vor Angst. Was hat das zu bedeuten? Wo kommt der Rabe so plötzlich und völlig geräuschlos her? Noch nicht einmal das Flügelschlagen eines landenden Vogels habe ich gehört, was ich in dieser unheimlichen Stille, die mich umgibt, aber hätte vernehmen müssen. Es scheint fast so, als wäre er aus dem Nichts aufgetaucht, als hätte er sich auf meinem Fenstersims materialisiert. Jetzt stehe ich hier völlig bewegungslos, Auge in Auge mit einem Raben und in meinem Kopf überschlagen sich die Gedanken. Was soll das alles nur bedeuten? Ich erinnere mich an ein Buch, welches ich über schamanische Krafttiere gelesen habe. Dort steht über den Raben, dass er ins Jenseits und auch wieder zurück fliegen kann. Er zeigt dem Menschen, dem er als Krafttier erscheint, dass eine starke Magie in ihm steckt. Er erinnert einen Jeden an seine eigenen hellseherischen und heilenden Kräfte. Wenn ich doch jetzt nur wüsste, ob ich wach bin oder träume, denn im Traum kann es auch ein verstorbener Verwandter sein, der in Gestalt eines Raben den Kontakt zum Träumenden sucht. Der Rabe lässt auch die vergessenen Botschaften der Seele wieder laut und hörbar werden. Er zeigt, dass große Neuigkeiten sich ankündigen. Der Rabe lädt einen ein, sich auf seine Spiritualität zu besinnen. Für einen Blick in die Zukunft sagt der Rabe, richte dein Augenmerk zunächst auf deine Vergangenheit, aus ihr kann man seinen Weg ablesen. Er zeigt auch große Veränderungen an, wenn eine Sache zu Ende geht und etwas Neues beginnt. Der Rabe weist auf die Notwendigkeit hin, das richtige Gleichgewicht zwischen der Idealen und praktischer Realität zu finden, und enthüllt uns die Fähigkeit, sich die Art von Zukunft zu erschaffen, die wir uns wünschen. Sofort fällt mir wieder das Wunschritual ein, womit ich den Traum, den ich vorher von Jayden hatte, in die Realität geholt habe. Langsam beruhigen sich meine Nerven etwas, ich nähere mich vorsichtig dem Fenster und der Rabe beobachtet mich wachsam. Jetzt stehe ich ganz nah vor ihm und er macht keine Anstalten wegzufliegen, fast kommt es mir vor, als wäre er zutraulich. Als ich mit größter Vorsicht meine Hand ausstrecke, fängt er laut an zu krächzen, was mir einen gehörigen Schrecken einjagt und ich ziehe meine Hand wieder zurück. Wieso ist alles um mich herum totenstill, aber das Krächzen des Raben dringt ganz normal zu meinen Ohren durch? Warum kann ich ihn hören und alle anderen Geräusche sind ausgeblendet? Mein Gehirn und mein Verstand scheinen zu funktionieren, denn ich konnte ja reagieren. Was geht hier vor sich? Der Rabe sieht mich an, als könnte er in meinen Gedanken lesen. Mit seinem Schnabel klopft er jetzt auf das Holz vom Fenstersims, unterbricht kurz und sieht zu mir hoch, um es dann wieder zu tun. Ich beobachte ihn dabei und mir kommt es vor, als wartet er auf eine Reaktion von mir. Als er zum fünften Mal klopft, fasse ich den Mut und halte ihm wieder meine Hand hin. Fast hätte ich sie vor Schreck wieder weggezogen, als er mit einem Flügelschlag auf meine Hand hüpft. Da stehe ich nun in meinem Schlafzimmer, mitten in der unheimlichsten Nacht, die ich je erlebt habe und auf meiner Hand sitzt ein Rabe, der mir in meine Seele zu sehen scheint. Auge in Auge sehen wir uns an und jeder von uns beiden scheint in die Seele des anderen zu schauen. Dann stockt mir der Atem erneut, als der Rabe plötzlich anfängt zu mir zu sprechen. Erst denke ich, das träume ich nur, aber ich fühle die Krallen des Vogels, wie sie sich in meine Haut bohren ganz deutlich. Mit weit aufgerissenen Augen starre ich den Raben an, als er mit menschlicher Stimme spricht, mit der Stimme von Jayden!

»Emily, ich bin es, Jayden!«

Unheimlicher konnte diese Nacht nun wirklich nicht mehr

werden, wieso spricht der Vogel mit seiner Stimme? Ich komme mir gerade vor, als wäre ich in dem Märchen vom Froschkönig gelandet, nur mit anderen Darstellern. Der Rabe sieht mich direkt an, ohne Scheu und Angst. Wieder spricht er zu mir,

»Emily, wach auf!«, ertönt aus seinem Schnabel.

Fassungslos sehe ich dieses Geschöpf Gottes an, wie es mit der Stimme von Jayden zu mir spricht. Was ist hier passiert? Was ist mit Jayden passiert? Wieso befindet sich seine Stimme in diesem Vogel? Noch ehe ich weiter über diesem Rätsel brüten kann, gibt es einen lauten Knall und ich höre etwas über den Boden hüpfen. Erst denke ich, dass sich jetzt der Vogel vor meinen Augen in Jayden verwandelt, aber der Rabe ist weg, als hätte er sich vor meinen Augen in Luft aufgelöst. Doch da dringt wieder Jaydens Stimme an mein Ohr.

»Emily! Wach endlich auf du Schlafmütze!«, wieder höre ich einen Knall, als etwas auf den Holzfußboden fällt.

Unerwartet befinde ich mich wieder in meinem Bett. Wie bin ich denn jetzt hier hingekommen? Etwas benommen sehe ich auf den Wecker neben mir, der zeigt unheimlicher Weise, genau drei Uhr an. Ich kann meine Beine gar nicht bewegen, weil ... , ja, weil Quinny auf ihnen liegt! Erleichtert atme ich auf, dann war das doch nur ein Traum, aber dafür hat er sich ziemlich real angefühlt. Ich kann sogar noch die Krallen des Raben in meiner Hand fühlen, wie er sich festgehalten hat. Meine Hand greift zum Lichtschalter an der Wand über mir. Ich muss blinzeln bis sich meine Augen an das helle Licht gewöhnt haben, dann sehe ich mir meine Hand an, aber ich kann keine Spuren von Krallen finden, die ich doch so deutlich gespürt habe, während sie sich in meine Haut gebohrt haben.

»Das ist aber wirklich gruselig, Quinny. Kannst du mir erklären, warum sich das so real angefühlt hat?«

Meine kleine Orakel-Katze fängt an zu schnurren, als ich ihr über das Fell streichele.

»Emily! Nun mache schon die Tür auf oder soll ich dir hier noch ein Lied singen und an deinen Haaren zu dir hochklettern?«

Erstaunt vernehme ich Jaydens Stimme, wo kommt die denn jetzt so plötzlich her? Also unheimlicher kann es wirklich nicht mehr werden. Mühevoll erhebe ich mich aus dem Bett, weil Quinny nicht gewillt ist, ihren Platz auf meinen Beinen zu verlassen. Miauend beschwert sie sich über die Unterbrechung der Streicheleinheiten und die plötzliche Unruhe, weil ich sie hochnehme, um meine Gliedmaße zu befreien.

»Entschuldige Quinny, aber ich muss leider aufstehen!«, liebevoll streichele ich ihr über den Rücken und sie sieht mich vorwurfsvoll an.

Ich trete an das Fenster und tatsächlich unten steht Jayden, mit einer einzelnen roten Rose in seiner Hand und sieht zu mir herauf.

»Jayden! Es ist mitten in der Nacht, was machst du hier?«

»Ich würde mal sagen, Wurzeln schlagen, wenn du mich nicht gleich hereinlässt!«, flehend sieht er zu mir hoch und hält mir die Rose entgegen: »Holde Emily … , ich bitte hiermit um Einlass in ihren Turm!«

Lachend drehe ich mich zur Tür und schnappe mir noch meinen Morgenmantel, damit ich ihm nicht völlig nackt die Tür öffne, was ihn mit Sicherheit nicht stören würde, sondern eher erfreuen. In Windeseile renne ich die Treppe herunter und binde mir im Laufen noch den dünnen Morgenmantel zu. In der Küche angekommen, drücke ich erst einmal auf den Lichtschalter, um überhaupt etwas sehen zu können, denn es ist stockdunkel. Ich drehe an dem Knauf, entriegele ihn und öffne die Seitentür, um Jayden hereinzulassen.

»Was machst du hier, mitten in der Nacht?«, fragend sehe ich ihn an, während er mit einem Grinsen im Gesicht in die Küche kommt.

»In der Klinik wurde ich nicht mehr gebraucht. Alle meine Patienten sind stabil und meine Sehnsucht, dich in den Arm zu nehmen, war überwältigend. Nun schimpfe nicht mit mir, sondern nimm mich in den Arm!«, lachend zieht er mich an sich und mit seinem Fuß gibt er der Tür einen Schubs, die daraufhin ins Schloss fällt.

Jetzt stehen wir in der Küche, mitten in der Nacht und knutschen wie die Teenager. Seine Hand wandert an meinen Po und er drückt mich noch enger an sich.

»Du hast mir so gefehlt, Emily. Bitte verzeihe mir diese nächtliche Aktion hier.«, er hält mich noch immer fest in seinen Armen und sieht mir jetzt so tief in meine Augen, dass mir die Knie weich werden.

»Du hast mir einen großen Schrecken eingejagt. Ich hatte einen Traum und da hat sich dein Rufen von unten mit in die Szene eingebunden. Es war so unheimlich, dass ich gar nicht so schnell wieder in die Realität gefunden habe. Wieso stehst du auch nachts unter dem Fenster und rufst mich, als wären wir Romeo und Julia?«, vorwurfsvoll sehe ich ihn an, kann mir aber ein innerliches Grinsen nicht verkneifen, als er mich schuldbewusst ansieht.

Die ganze Szene war schon irgendwie komisch. Wie er unten mit der Blume in der Hand stand. Jetzt holt er genau diese Rose hinter meinem Rücken hervor, wo er sie die ganze Zeit in der Hand gehalten hat.

»Für dich meine holde Schönheit«, lächelnd reicht er mir die einzelne Blume und gibt mir dabei einen Kuss auf meine Stirn: »Hast du ein Glas Wasser für mich? Meine Kehle ist ganz trocken vom Rufen.«

Lachend begleitet er mich zum Küchenschrank, aus dem ich ihm ein Glas herausnehme, um es mit dem frischen Wasser aus dem Krug zu füllen.

»Danke! Du bist ein Engel.«, durstig leert er das Glas in

einem Zuge, um es sich gleich darauf noch ein weiteres Mal zu füllen.

Ich stehe an dem Küchentresen gelehnt und beobachte ihn dabei fasziniert. Er blinzelt mir zu, als er auch das zweite Glas in einem Zuge geleert hat und es neben dem Krug abstellt.

»Weißt du eigentlich wie sexy du mit deinen zerzausten Haaren und diesem zarten Etwas aussiehst, was du gerade anhast?«, sein Blick gleitet an mir herunter und ich bin ganz verlegen, weil er mich so intensiv ansieht.

»Danke für dein Kompliment, aber sexy finde ich das nicht, so vor dir zu stehen.«, mein Blick geht an mir herunter und instinktiv ziehe ich die Bänder von meinem Morgenmantel noch etwas fester und streiche mit der Hand durch meine zerwühlten Haare.

»Für mich siehst du hinreißend aus. Ich liebe dich so wie du bist, Emily!«

Er steht jetzt vor mir, als er das sagt, drückt mich mit meinen Rücken an den Küchentresen, presst sein Becken an meines und küsst mich mit solch einer Leidenschaft, dass mir wieder schwindelig wird. Ich spüre seine Erregung, während er mich noch fester packt und seine Lippen hart auf meine presst. Fordernd verlangt seine Zunge Einlass, um sich dann tanzend mit meiner zu vereinen. Eng umschlungen versinken wir in einem Kuss, der mich meiner Sinne beraubt. Meine Hände wandern zu seinem knackigen Po, die Finger greifen mit Druck in sein muskulöses Hinterteil und ich ziehe ihn noch enger an mich. Er fasst mit einer Hand in mein Haar, die Finger fest in meinen Locken vergraben, zieht er bestimmend meinen Kopf zurück. Sanft bedeckt er mit seinen Küssen meinen Hals, wandert mit seiner Zunge über meinen Nacken und knabbert voller Leidenschaft an meinem Ohrläppchen. Ein Stöhnen entspringt meiner Kehle und mein Himmelreich erwacht zum Leben. Als er meine Erregung spürt, wird er noch fordernder. Seine Küsse bedecken mein Dekolleté und seine freie Hand öffnet das Band meines Morgenmantels. Augenblicklich fällt dieser auseinander und legt meinen nackten, erregten Körper vor ihm frei. Sein Mund wandert wieder zu meinem Dekolleté, dann zu meiner Brust. Er umschließt mit seinen Lippen meine Brustwarze, um mit sanftem Druck an ihr zu saugen. Mein Himmelreich pocht und ich spüre, wie ich feucht werde zwischen meinen Schenkeln. Seine Lippen wandern zu meiner anderen Brust und zärtlich spielt seine Zunge mit meiner erregten Knospe, um dann zärtlich an ihr zu saugen, was mir ein lautes Stöhnen entlockt und meine Finger graben sich noch tiefer in sein prächtiges Hinterteil. Mit sanften, aber bestimmenden Druck löst er sich von mir und fasst auch mit seiner anderen Hand in meine Locken. Er zieht nun mit beiden Händen gerade so stark an ihnen, dass mein Kopf sich wieder leicht nach hinten beugt. Dann sieht er mir mit seinen strahlenden Augen, in denen sich seine Lust spiegelt, direkt in meine Seele. Mein ganzer Körper vibriert vor Ekstase und ich will ihn küssen, doch seine Finger lösen sich aus meinem Haar und bestimmend tritt er einen Schritt von mir zurück. Seine Hände fassen an mein Becken, heben mich hoch und ehe ich mich versehe, sitze ich auf dem Küchentresen. Er streift mir den Morgenmantel von den Schultern, der sanft den Rücken herunter gleitet, um sich um mein Becken zu winden. Nun sitze ich völlig nackt vor ihm auf dem Küchentresen, schlinge meine Beine um ihn und ziehe ihn noch enger an mich. Jayden nimmt die Rose, die neben dem Wasserkrug liegt, erstaunt sehe ich ihn an. In freudiger Erregung meldet sich wieder mein Himmelreich, indem es pocht. Nun drückt er sanft meinen Oberkörper zurück und lässt die Blüte der Rose über meinen Körper wandern. Ich spüre, wie die samtige Blüte meinen Körper streichelt. Er lässt sie über meinen Hals gleiten, um von dort seinen Weg zu den Brüsten fortzusetzen. Zärtlich streichelt die Blume meine Brustwarzen und die

Knospen richten sich vor Erregung auf, um sich ihm entgegen-zustrecken. Die Rose wandert weiter, streicht zart über meinen Bauch, umkreist meinen Bauchnabel und ich genieße es, wie mir das Blut vor Erregung immer schneller durch die Adern rauscht. Zart lässt er die Blüte über meine Scham streichen und drückt mit seiner freien Hand meine Schenkel auseinander, um mit ihr über die Innenseiten zu gleiten. Ich stöhne voller Lust auf und strecke ihm meinen Unterleib entgegen, in dem mein Himmelreich förmlich nach ihm schreit. In meiner Perle zuckt es vor Wonne. Er macht unbeirrt weiter, lässt die Rose jetzt über den anderen Innenschenkel herauf wandern, Richtung meiner Scham. Wieder streift er mit der Blüte über meine Perle und ein Zucken durchläuft meinen Körper. Seine andere Hand gleitet jetzt an meinen Schenkel hoch, um kurz darauf einige Finger in mein Himmelreich zu versenken. Eine wahre Explosion der Gefühle durchströmt meinen Körper und tief aus meinem Inneren löst sich ein Stöhnen. Er sieht zu mir hoch, unsere Augen treffen sich und ich sehe die unbändige Lust in seinen Augen aufblitzen. Während seine Finger mich von innen streicheln, wendet er seinen Blick nicht von mir ab, beobachtet meine Reaktion auf sein Lustspiel und er gleitet tiefer in mein Himmelreich hinein. Die Rose lässt er dabei immer wieder über meine erregte Perle streifen, was mich völlig in Ekstase versetzt. Meine Sinne sind völlig vernebelt, so sehr bringt er meine Lust zum Kochen. Ich strecke mich seiner Hand entgegen, um sie noch tiefer in meinem Himmelreich zu spüren. Jaydens Atem geht stoßweise vor Erregung und seine Lippen berühren jetzt meine Brust, fordernd zieht er saugend meiner Brustwarze, was mir einen Schauer durch den gesam-ten Körper jagt. Jayden beraubt mich meiner Sinne, bringt meinen Körper so zum Vibrieren, als würde Strom durch ihn hindurchfließen und ich genieße jede Sekunde davon. Sanft streichelt er mit der Rose meinen Körper, keinen Millimeter scheint er dabei auszulassen, während sein Mund meinen Oberkörper mit feuchten küssen bedeckt und seine Hand mein Himmelreich in Entzücken versetzt.

»Ich liebe dich Emily und ich kann gar nicht genug von dir bekommen.«, zärtlich legt er seine Lippen auf meine und wir versinken in einem Kuss voller Leidenschaft.

Ich genieße jede Sekunde mit ihm. Es scheint als bliebe die Zeit stehen, wenn wir uns so nah sind. Eine gefühlte Ewigkeit später lösen sich seine Lippen von meinen, seine Hand, die noch eben mein Himmelreich beglückt hat, zieht sich zurück und legt sich auf meine Brust. Während unsere Blicke miteinander verschmelzen, zwirbelt er an meiner Brustwarze, was mich wieder in Entzücken versetzt. Ein Stöhnen kommt mir über die Lippen und ich sehe in Jaydens Blick, wie sehr es ihn erregt, mir dabei in die Augen zu sehen, wenn er die Lust in mir zum Glühen bringt. Seine Hand wandert höher, streicht mir zärtlich das Haar zurück. Dann nimmt er mein Gesicht zwischen seine beiden Hände und sieht mir direkt in meine Seele, bevor er mich erneut küsst. Ich fühle mich, als würde ich auf Wolken schweben. Erst als er sich langsam von mir löst, um seine Hose zu öffnen, fühle ich, wie erhitzt ich bin und auf meiner Haut haben sich kleine Schweißperlen gebildet. Jetzt steht Jayden vor mir, nackt wie Gott ihn schuf und sein Excalibur ist zu voller Pracht erwacht. Er fasst zu beiden Seiten mein Becken und zieht mich zu sich, langsam gleite ich am Küchentresen herunter, bis ich direkt vor ihm wieder Boden unter meinen Füßen fühle. Seine Augen gleiten lüstern über meinen Körper, der jetzt nackt vor ihm steht und meine Brustwarzen strecken sich ihm gierig entgegen, so erregt bin ich.

»Dreh dich um, ich will dich von hinten nehmen. Ich explodiere gleich vor Lust!«

»Wie Sie wünschen mein Prinz, steht's zu ihren Diensten!«, kichernd drehe ich mich herum und beuge mich über den Küchentresen. Langsam gleitet sein Excalibur in mein Himmelreich und ich stöhne auf vor Lust. Er drückt mich mit einer Hand nach vorne, greift in mein Haar, während seine andere Hand auf meiner Hüfte liegt und seine Finger sich in meine Haut drücken. Dominant stößt er zu und ich stöhne laut auf, schiebe mein Becken nach hinten, um ihn noch tiefer in mir aufzunehmen. Das macht ihn noch wilder und sein Excalibur gleitet immer schneller rein und wieder heraus aus mir. Meine Lust steigert sich ins Unermessliche und meine Perle pocht vor Erregung, während er immer wieder tief in mich hineinstößt. Ich spüre die Nässe zwischen meinen Schenkeln und versuche ihn noch tiefer in mir aufzunehmen. Völlig in Ekstase lässt er sein Excalibur in mir tanzen, so dass kurze Zeit später mein Himmelreich mit wilden Zuckungen den Höhepunkt erreicht. Mit einem lauten Schrei entlädt sich meine Lust und Jayden stößt noch dreimal tief in mich um sich dann unter lautem Stöhnen, in mir zu ergießen. Total erschöpft lehnt er seinen Oberkörper an meinen Rücken und hält mich fest umschlungen. Ich fühle an meinem Rücken, wie sein Herz rast und spüre, wie verschwitzt er ist. Einige Zeit verbringen wir noch in dieser innigen Umarmung, bis er sich langsam aus mir zurückzieht. Seine Hände fassen meine Hüfte und er dreht mich zu sich herum.

Seine Augen sehen mich zärtlich an: »Das war wunderschön Emily! Alles ist so wunderschön mit dir! Versprich mir, dass das niemals endet und du immer an meiner Seite sein wirst. Ein Leben ohne dich kann ich mir nicht mehr vorstellen.«

Sein Blick geht wieder direkt in meine Seele und ich spüre Tränen der Rührung in meinen Augen aufsteigen: »Ich liebe dich Jayden und ich empfinde das gleiche wie du. Ein Leben ohne dich könnte ich nicht ertragen und da wo du bist, will ich auch sein.«, kaum habe ich dies ausgesprochen, zieht er mich ganz eng an sich und drückt mich, bis ich kaum noch Luft bekomme. »Hey … , wenn du mich erdrückst, wirst du nicht mehr viel von mir genießen können!«, lachend versuche ich mich aus seiner Umklammerung zu befreien und drücke meine Hände an seinen Oberkörper.

»Ich bin süchtig nach dir!«, mit einem Seufzer vergräbt er seinen Kopf in meinem Nacken, um mich dort hingebungsvoll zu küssen.

»Komm, lass uns duschen gehen, es ist schon spät, oder früh, wie man's nimmt.«

Sein Blick geht zur Wand, an der die große Uhr hängt. »Oh! Fünf Uhr, da sollten wir eigentlich schon längst im Bett liegen!«, kaum hat er das ausgesprochen, hebt er mich hoch und kichernd schlinge ich meine Arme um seinen Hals.

Während er mich Richtung Treppe trägt, drückt er mit seinem Ellbogen noch den Lichtschalter und das Licht in der Küche erlischt. Eng umschlungen trägt er mich die Treppe hoch und ich lehne glücklich meinen Kopf an seine Schulter. »Es ist so schön, wenn Wünsche wahr werden!«, denke ich und genieße es von Jaydens starken Armen getragen zu werden.

»Gütiger Himmel, was ist denn hier passiert? Mily ... , wo bist du?«, Stephs Stimme dringt bis in meine Träume vor und verschlafen sehe ich zu dem Wecker hinüber. Der zeigt mir erbarmungslos, dass ich verschlafen habe. Ich will gerade aufstehen, als Jayden seinen Arm um mich legt und mich an sich zieht.

»Wo willst du hin Prinzessin?«

»Steph ist gerade gekommen und sie hat von unten gerufen. Hast du das gar nicht gehört?«, fragend sehe ich ihn an und kuschele mich in seine Arme, die mich fest umklammert halten.

»Ich habe nichts gehört. Außerdem wird Steph wohl in der Lage sein, selbst Frühstück zu machen, oder?«

Siedend heiß fällt mir ein, dass wir die Nacht nackt nach oben gegangen sind und unsere Kleidung noch immer vor dem Küchentresen liegt, da wo wir sie uns ihrer entledigt haben. Mir schießt die Röte in den Kopf und mir wird fürchterlich heiß vor Scham. Wie von der Tarantel gestochen löse ich mich von Jayden, springe aus dem Bett und will mir den Morgenmantel greifen, um nach unten zu eilen.

»Scheiße! Der liegt ja auch unten in der Küche!«, suchend blicke ich mich um, was ich stattdessen anziehen könnte und nehme das Sommerkleid, welches am Schrank hängt.

»Was ist denn los? Warum bist du plötzlich so hektisch Emily?«, fragend sieht Jayden mich an, während er sich verwirrt aufsetzt im Bett.

»Wir sind heute Nacht einfach hoch gegangen, unsere Sachen liegen noch unten in der Küche, dort wo wir sie ausgezogen haben. Mein Morgenmantel dürfte demnach noch auf dem Boden vor dem Küchentresen liegen oder schlimmer noch auf ihm. Ich habe keine Erinnerung, wie wir die Küche hinterlassen haben. Oh mein Gott, wie peinlich und jetzt hat Steph das auch noch gesehen, was denkt sie jetzt nur von mir?«

»Emily ... , komm beruhige dich. Das ist doch kein Weltuntergang und Steph wird schon nichts Falsches von dir denken. So wie ich sie mittlerweile kennengelert habe, wird sie das eher amüsieren«, schmunzelnd schwingt Jayden sich aus dem Bett, während ich mir das Kleid überstreife.

»Es ist trotzdem peinlich für mich. So etwas ist mir noch nie passiert!«, seufzend lehne ich meinen Kopf an seine nackte Brust, als er vor mir steht.

»Du warst ja auch noch nie so verliebt, oder? Wenn man verliebt ist, macht man auch schon mal verrückte Dinge.«, mit seiner Hand hebt er lachend meinen Kopf an, um mich zu küssen: »Gehe du deine Sachen von unten holen, ich hüpfe schon mal unter die Dusche und vielleicht bist du ja auch so lieb meine mit nach oben zu bringen, damit ich nicht nackt heruntergehen muss, um sie selbst zu holen.«, lachend dreht er sich Richtung Bad.

»Du bist unmöglich Jayden Coleman!«, lachend gebe ich ihm einen Klaps auf sein muskulöses Hinterteil, welches er mir gerade zudreht, als er ins Bad geht.

»Aua! Du warst auch schon mal zärtlicher zu mir!«, schmunzelnd reibt er sich sein Hinterteil, auf das ich gerade ein Attentat vorgenommen habe und verschwindet gleich darauf lachend ins Bad.

Ich begebe mich währenddessen auf den Weg nach unten, um mich den Fragen von Steph zu stellen.

»Peinlicher kann es nun wirklich nicht mehr werden«, denke ich, als ich die Küche betrete und Jake auch dort sitzen sehe. Die Sachen von Jayden und mir hängen fein säuberlich über eine der Stuhllehnen und zwei grinsende Gesichter sehen mir entgegen.

»Na Püppi? War euch wohl gestern zu heiß hier in der Küche!«, lachend gluckst Steph in die Tasse, die sie gerade zum Mund führt.

»Lache du ruhig, das ist mir schon peinlich genug Steph!«, schnell nehme ich mir die Kleidung vom Stuhl und will schon wieder nach oben verschwinden, als sie aufsteht und auf mich zukommt.

»Mily! Weder Jake, noch ich, machen uns hier über dich lustig, oder Jake?«, mit warnenden Blick sieht sie Jake an und dieser verschluckt sich fast am Kaffee, als er seinen Namen hört.

»Keinesfalls, ich finde es aufregend, vielleicht probieren wir das auch mal?«

»Eine gute Idee, ich werde beizeiten auf dein Angebot zurückkommen Jake.«, sie wendet sich wieder mir zu und nimmt mich in den Arm. Leise flüstert sie mir ins Ohr: »Ich hoffe, ihr beiden hattet richtig viel Spaß. Ich habe dich lieb Mily.«

Erstaunt und erleichtert darüber, wie Steph reagiert, drücke ich sie ganz fest: »Ich habe dich auch lieb, und ja ... , es war super schön«, flüstere ich ihr zu.

Sie entlässt mich aus ihrer Umarmung und schiebt mich Richtung Treppe: »So nun bringe dem Prinzen seine Kleidung, nicht dass er hier noch nackt herunter stolziert, das wäre zu viel Aufregung für mich am frühen Morgen«, lachend setzt sie sich wieder an den Tisch, während ich nach oben zu Jayden eile.

Eine halbe Stunde später betreten Jayden und ich frisch geduscht und angezogen die Küche. Der Anblick von Steph und Jake lässt uns schmunzeln. Sie stehen beide knutschend am Küchentresen, fast hat es den Anschein, sie würden unsere Nacht nachstellen wollen.

Als Steph uns sieht, drückt sie Jake entschieden zur Seite: »Das war der Vorgeschmack, den Rest gibt es bei trauter Zweisamkeit!«

Lachend dreht Jake sich um und begrüßt uns: »Alle Achtung Jayden, ich hoffe es war schön und entspannend für euch beide«, grinsend umarmt er uns nacheinander und klopft Jayden noch anerkennend auf die Schulter.

»Nun ist es gut Jake, du machst Mily schon wieder verlegen«, schützend legt sie einen Arm um mich und dankbar sehe ich Steph an. »Jetzt lasst uns den Tag mit einem leckeren Frühstück beginnen und dabei können wir planen, was wir dieses Wochenende machen wollen.«, während sie das sagt, zwinkert sie mir aufmunternd zu.

Ich fülle meine Tasse mit dem herrlich duftenden Kaffee und Jayden legt seinen Arm um meine Hüfte, als wir uns zum Tisch begeben.

»Fast hätte ich es vergessen!«, Steph steht nochmal auf, um etwas aus ihrem Korb zu holen: »Da ist sie ja ... !«, triumphierend hält sie eine Zeitung hoch.

Es ist der Kansas City Star, mit dem sie jetzt wedelnd zum Tisch kommt. Verwundert sehen wir sie an, als sie ihn auf den Tisch legt.

»Sage jetzt nicht, dass da ein Bericht über das Amarylion abgedruckt ist. Ich habe keine Interviews gegeben und du auch nicht Steph oder doch?«, fragend sehe ich sie an, während sie grinsend in ihr Brot beißt.

Sie lässt uns noch eine Weile im Ungewissen und Jayden nimmt sich die Zeitung, um nachzusehen. Während er die Zeitung nach etwas Auffälligen durchsucht, kaut sie genüsslich ihr Brot.

»Jake, dann sag du jetzt bitte, was in der Zeitung steht.«, ungeduldig sehe ich zu ihm rüber. Doch gerade will er den Mund öffnen, um etwas zu sagen, da bekommt er von Steph einen Knuff in die Rippen.

»Nichts verraten, mal sehen, ob es ihnen auch auffällt.«, lachend sieht sie mir und Jayden dabei zu, wie wir die Zeitung durchsuchen.

»Ich finde hier keinen Bericht über das Amarylion, dabei habe ich die Zeitung jetzt schon zweimal durchgeblättert.«

Jayden reicht mir den Anzeiger und ich gehe Seite für Seite durch, lese die Überschriften ganz genau, doch auch ich finde nichts Auffälliges: »Nun erzähle schon Steph, spanne uns hier nicht auf die Folter. Was hast du gesehen, was wir hier nicht sehen?«, ich warte auf eine Antwort von ihr und schmiere mir währenddessen mein Brot.

»Wenn ihr mich nicht hättet, dann wüsstet ihr nie, was sich außerhalb des Amarylion abspielt. Manchmal ist das also auch gut, wenn man neugierig ist und beim Einkaufen in der Stadt zuhört, was die Menschen dort erzählen.«

Sie nimmt sich ein Stück Orange und wieder müssen wir voller Spannung warten bis sie weiter erzählt.

»Du weißt doch, was ich von dem Gerede der Leute halte Steph. Ich mische mich da nie ein, weil durch das Geläster schon viele Menschen unglücklich gemacht wurden.«

»Püppi, du hast ja Recht, aber diesmal verhält es sich anders.«

»Nun erzähl schon, ich bin auch gespannt wie ein Flitzebogen.« Jayden greift zu meiner Hand und drückt sie, als müsse er mir Beistand leisten.

Liebevoll sehe ich ihn an, während Steph sich erst noch einen Kaffee nachschenkt, bevor sie weiterredet. Dann nimmt sie sich die Zeitung, blättert darin, faltet sie und legt sie auf den Tisch, so dass ein Bericht zu sehen ist. Erstaunt sehe ich auf die Überschrift »Himmlische Genüsse, Café und mehr ... «, dann lese ich mir den Bericht durch und jetzt erahne ich, was Steph meint.

»Das ist ein neues Café, welches in der Stadt eröffnet hat und großen Anklang bei den Besuchern findet, weil es dort »angeblich« verzauberten Kuchen gibt«, lachend sehe ich von dem Artikel hoch: »Verzauberter Kuchen? Das ist doch ein Fake, oder?«, fragend sehe ich Steph an, doch die lässt mich nicht in ihre Gedanken sehen.

Jayden nimmt jetzt den Bericht aus meinen Händen und liest ihn, dabei runzelt er immer wieder seine Stirn.

»Das klingt wirklich ziemlich merkwürdig, was hier steht, aber meinst du nicht, die Zeitung prüft das bevor sie es drucken?«, nachdenklich sieht er erst mich dann Steph und Jake an: »So jetzt mal heraus mit der Sprache, was wisst ihr beiden über dieses mysteriöse Café? Nicht umsonst haltet ihr uns diesen Bericht unter die Nase, wenn da nicht etwas Interessantes dran wäre.« Jayden lehnt sich erwartungsvoll auf dem Stuhl zurück und sieht die beiden herausfordernd an.

Ich platze fast vor Neugierde, aber Steph nimmt erst noch einen Schluck Kaffee und gluckst dabei vor Vergnügen in die große Tasse, während ihr Gesicht darin verschwindet. Frech funkeln uns ihre Augen über den Rand hinweg an, als ihr Gesicht wieder daraus hervorkommt.

»Genauso wie ihr beiden jetzt, muss ich auch ausgesehen haben, als ich beim Bäcker die Gespräche belauscht habe. Ich weiß, so etwas tut man nicht und ja, die Neugierde hat wieder einmal bei mir gesiegt«, lachend sieht sie uns an, wirft mir eine Weintraube über den Tisch zu, die ich reflexartig sogar auffange und mir in den Mund stecke.

»Was erzählen denn die Leute, über ... «, ich nehme mir noch einmal die Zeitung, weil mir der Name entfallen ist, »Amy Steward?«

»Du kennst Amy nicht?«, fragend sieht Steph mich an und dann lässt sie ihren Blick die Runde machen, aber anscheinend kann keiner von uns mit dem Namen etwas anfangen, denn auch Jayden und Jake zucken mit den Schultern. »Amy Steward hat früher hier gelebt, bis zu dem tragischen Unfall, bei dem ihr Lebenspartner ums Leben kam. Das stand damals ganz groß in allen Zeitungen. Ach ja ... , du liest ja keine Zeitung!«, dabei sieht sie mich kopfschüttelnd an: »Sie hat damals bei genau dem Bäcker gearbeitet, bei dem ich heute Morgen einkaufen war. Da ich ja immer unser Brot dort hole, kenne ich Amy noch. Sie ist eine ganz ruhige junge Frau, das war sie damals jedenfalls. Sie hat nur ab und an vorne im Laden geholfen. Die meiste Zeit hat sie hinten ihre Kuchen und Torten produziert. Die waren damals schon ein Gedicht und alle waren traurig, als sie von ein auf den anderen Tag einfach verschwunden war.«

»Ich kann mich daran erinnern! Du hattest mir das erzählt. Das muss aber schon einige Zeit her sein. War das nicht so ein rätselhafter Unfall, der nie aufgeklärt wurde?«, ich sehe zu Steph und diese nickt.

»Ja es ist jetzt gute fünf Jahre her und der Unfall war deshalb so rätselhaft, weil Michael Weether, ihr Freund, auf gerader Strecke vom Highway abgekommen ist. Es fanden sich keinerlei Bremsspuren und deshalb war der Unfall ziemlich mysteriös. Er war zu der Zeit gerade ein Jahr mit Amy zusammen. Seine kleine Tochter war zu dem Zeitpunkt erst zwei Jahre alt, sie müsste mittlerweile schon sieben oder acht Jahre sein und zur Schule gehen.«

»Du sagst »seine Tochter«, war es nicht auch Amys Tochter?«, fragend sieht Jayden Steph an.

»Nein, das Mädchen war Michaels Tochter, die er alleine groß zog.«

»Wo war die Mom von dem Baby? Eine Mutter gibt doch nicht einfach ihr Kind auf«, fragend sehe ich Steph an.

»Noch so eine traurige Geschichte ... ! Olivia Ward hieß sie, glaube ich jedenfalls gehört zu haben. Sie ist im Waisenhaus aufgewachsen und später war sie in einigen Pflegefamilien. Dort fühlten sich die Pflegeeltern überfordert, mit einem ständig kränkelnden Kind, weshalb sie immer wieder im Heim gelandet ist. Mit einundzwanzig lernte sie dann Michael kennen und wurde schwanger. Die Ärmste hatte seit jeher immer wieder mit gesundheitlichen Problemen zu kämpfen und die Schwangerschaft verschlimmerte ihren Zustand noch. Während sie das Baby unter ihrem Herzen trug, soll sie extrem körperlich abgebaut haben und dadurch hat sie wohl zum Schluss ausgesehen, wie der Tod auf zwei Beinen. Die Kleine kam als Frühchen im achten Monat zur Welt. Olivia hatte einen Kaiserschnitt und ist während der Entbindung kollabiert. Ihr Herz hat diese Strapazen nicht verkraftet und alle Wiederbelebungsmaßnahmen scheiterten. Was davon wahr oder unwahr ist, weiß ich nicht. Fakt ist, dass Michael sich von da an alleine um das kleine Wesen gekümmert hat. Er hatte es auch nicht gerade leicht im Leben und man erzählt sich, dass er wohl aus gutem, wohlhabendem Hause kommen soll und mit seinen Eltern gebrochen hat, weil die das Kind nicht akzeptieren wollten. So ganz genau weiß das keiner und Amy hat ihn kennengelernt als die Kleine, ich glaube, sie heißt Lany, gerade mal ein Jahr alt war. Sie hat sich auf eine Annonce von Michael gemeldet, als er einen Babysitter für seine Tochter gesucht hat. Amy hat die Kleine behütet, als wäre es ihre eigene Tochter, so liebevoll ist sie mit ihr umgegangen. Es wird erzählt, dass sie den Lohn, den er ihr für ihre Arbeit zahlen wollte, abgelehnt hat, weil sie ganz vernarrt in die kleine Lany war. Michael und sie haben sich ineinander verliebt und jeder, der die beiden kannte sagt, dass sie ein Herz und eine Seele waren, eine kleine glückliche Familie. Es war sogar schon von Heirat die Rede und dann war Michael plötzlich Tod und Amy war von einem auf den anderen Tag mit Lany verschwunden. Nun ist sie wieder hier und hat ihr eigenes Café eröffnet. Das lässt die Leute natürlich neugierig werden.«

Betroffen sehe ich Steph an: »Das ist ja ein schreckliches Schicksal und keiner weiß was damals genau passiert ist? Warum das Auto von der Fahrbahn abgekommen ist?«

»Bis heute ist es ein Rätsel und es wurde viel hinter vorgehaltener Hand getuschelt. Das artete damals sogar in einen Krimi aus, da wurde vermutet, dass an den Bremsen manipuliert wurde, aber Beweise gab es angeblich nicht dafür. Dann hieß es aus anderer Quelle, dass ihm vielleicht etwas über ein Getränk verabreicht wurde und er vielleicht das Bewusstsein verloren hat, aber die Gerichtsmedizin konnte nichts nachweisen. Wieder andere äußerten sogar den Verdacht, dass Amy da etwas mit zu tun hatte, um das Kind ganz allein für sich zu haben. Doch Michael und Amy haben sich wirklich abgöttisch geliebt, das konnten damals alle aus ihrem Umfeld bezeugen, nur sie selbst nicht, weil sie verschwunden blieb, mitsamt dem Kind. Auch zur Beerdigung erschien sie nicht. Es war so, als hätte die Erde sie und Lany verschluckt. Eine ganz mysteriöse Geschichte und ob das jemals aufgeklärt wird, bezweifele ich, dafür sind schon zu viele Jahre vergangen.«

»Wo hat Michael gearbeitet?« Jayden schenkt sich noch einen Kaffee ein, während er Steph nachdenklich ansieht.

»Tja … , er war eigentlich Arzt, genau wie du und sogar ein guter noch dazu. Doch durch die kleine Lany hat er nur noch stundenweise im Krankenhaus gearbeitet. Ich glaube, er war Allgemeinarzt und das noch gar nicht so lange.«

Jayden sieht Steph erstaunt an: »Das glaube ich jetzt nicht! Vermutet hatte ich es schon, aber jetzt wo du es sagst, wird mir erst bewusst, um wen es hier geht. An dem Tag an dem Olivia gestorben ist, hatte ich Nachtschicht gehabt und war darum zu dem Zeitpunkt nicht mehr in der Klinik anwesend. Doch von diesem Drama hatte ich am nächsten Tag gehört, auch dass der Vater des Kindes ein Kollege sein sollte, wurde erzählt. Ich kannte ihn aber nicht näher, bin ihm höchstens mal auf den Fluren der Klinik persönlich begegnet, aber seinen Namen habe ich sehr oft gehört. Doch erst nach dem Unfall – vorher war mir der Name nie aufgefallen. Die Schwestern haben damals viel über diese Tragödie geredet und für einen Blumenkranz gesammelt. Oh mein Gott! Jetzt hat die kleine Lany beide Eltern verloren!«, etwas verwirrt sieht Jayden zu Steph rüber, die gerade nachdenklich wirkt.

»Egal was auch immer passiert ist, diese Amy wird ihre Gründe gehabt haben, warum sie so plötzlich weg ist. Vielleicht hatte das ja auch etwas mit dem Kind zu tun?« Jake sieht fragend in die Runde und in unsere erstaunten Gesichter: »Das ist jetzt nur so ein Gedanke von mir gewesen«, entschuldigt er sich.

»Gar nicht mal so abwegig dieser Gedanke, Jake. Daran hatte ich damals auch gedacht. Nach dem Tod von Michael hätte sie Lany vielleicht sogar verloren.« Steph wendet sich Jake zu und lächelt ihn an: »Themenwechsel! Ich dachte, dass wir heute mal shoppen gehen, Mily und ich brauchen noch etwas Hübsches zum Anziehen für das Barbecue nächste Woche. Danach könnten wir dann zusammen zu Amy in das Café gehen. Sie soll es ganz gemütlich gestaltet haben und die Kuchen sind der Hit. Die Gäste, die schon bei ihr waren, erzählen, dass diese wahre Wunder bewirken, wenn man sie isst.«

»Wunder? Wie meinst du das? Kuchen können doch keine Wunder bewirken!«, zweifelnd sehe ich Steph an.

»Ich sage nur, was ich gehört habe, ob es stimmt, weiß ich

nicht. Doch das lässt sich ja herausfinden, wenn wir heute mal sündigen und leckere Torte essen gehen«, lachend sieht sie uns an.

»Also ich hätte nichts einzuwenden, die Damen in sexy Kleidern vor uns posieren zu sehen, du etwa Jake?«, fragend sieht Jayden dabei Jake an.

»Nein überhaupt nicht, das kann ja so schön die Fantasie eines Mannes beflügeln«, lachend blinzelt er Steph an, die ihn lüstern ansieht.

»Rhhh ... , das wird mir ein Vergnügen bereiten, dich zum Kochen zu bringen«, grinsend streicht sie Jake über seine Wange, während sie Geräusche wie ein Tiger von sich gibt.

Jayden und ich sehen uns an und fangen beide gleichzeitig an zu lachen.

»Was gibt es denn da zu lachen?«, vorwurfsvoll sieht Steph uns an: »Wir werden jetzt zusammen den Tisch abräumen und dann dürft ihr beiden Prinzen uns Shopping Queens zur Oak Park Mall, in Overland Park begleiten.«

Ohne Widerrede stehen die beiden Männer auf und fangen an den Tisch abzuräumen, während wir Frauen uns um das Geschirr kümmern. Da kommt Quinny miauend in die Küche und legt mir etwas vor die Füße.

»Ihhh ... ! Mily das ist eine tote Maus!«, erschrocken springt Steph zur Seite und die Männer sehen sich lachend an.

Ich beuge mich hinunter zu meiner kleinen Orakel-Katze und streichele sie, während ich wortlos die Maus mit einem Papiertuch aufnehme und nach draußen in den Garten bringe, um sie zu begraben. Als ich wieder zurück in die Küche komme, hat Steph ihr schon das Futter gegeben und der Abwasch ist dank der fleißigen Prinzen auch schon erledigt, so dass wir zur Oak Park Mall aufbrechen können. Wir nehmen Jayden seinen Wagen, weil dieser größer und bequemer für uns vier ist. Als wir alle im Auto sitzen, schaltet Jayden das Radio an und Tinas rauchige Stimme ertönt, als sie ihren Hit singt und wir alle stimmen lauthals mit ein.

Eine herrliche Kühle empfängt uns im Oak Park, als wir ihn betreten. Überall sieht man Menschen, die bepackt mit Einkaufstüten durch die Mall eilen. Wir haben Zeit und bleiben mal hier, mal dort vor einem Geschäft stehen, um uns die Schaufenster anzusehen.

»Wollen wir wieder Seife kaufen?«, lachend und herausfordernd sieht Jake Steph an.

Diese schüttelt nur ihren Kopf und knufft ihn in die Seite: »Nein heute gibt es keine sexy Seife, dafür gibt es sexy Kleider!«, ihre Hand zeigt zu einem Laden, in dessen Schaufenster wunderschöne Abendkleider ausgestellt sind und zieht Jake in diese Richtung.

Jayden und ich folgen den beiden, Hand in Hand. Vor dem Geschäft bleiben wir gemeinsam stehen und sehen uns die drei Kleider an, die von Damen aus Plastik getragen werden, deren künstliches Lächeln uns animieren soll, den Laden zu betreten. Diese Puppen haben einen perfekten Körper und alle Kleider sehen an ihnen sexy aus. Doch wenn man dann selbst eines dieser heißen Outfits anzieht, dann wirken sie gar nicht mehr so sexy, hat es den Anschein.

»Püppi, sieh mal, das ist doch ein heißes Teil!«, Steph zeigt auf ein weißes Kleid mit ganz tiefem Ausschnitt, so kurz, dass es ein gewagtes Spiel ist, sich in dem Teil zu bewegen, und zwar so, dass keiner sieht, was für ein Höschen man darunter trägt.

»Danke, aber das entspricht gar nicht meiner Vorstellung und wohl fühlen würde ich mich in so einem Kleid auch nicht.

»Mir würde so ein heißes Etwas an dir gefallen Emily, aber wahrscheinlich doch etwas zu gewagt für ein Barbecue!«, grinsend sieht Jayden mich an und Jake klopft ihm zustimmend auf die Schulter.

»Das denke ich auch und jetzt sehen wir uns drinnen um, vielleicht haben sie ja auch ein Kleid, welches sexy ist, aber die Fantasie nicht ganz so stark anregt wie dieses hier.«, ich wende mich zum Eingang des Ladens und alle drei folgen mir.

Wir werden sofort beim Betreten des Geschäftes in Empfang genommen. Eine freundliche Verkäuferin fragt nach unseren Wünschen und Steph erklärt ihr was wir suchen. Sie führt uns durch den Laden bis wir vor den Abendkleidern stehen.

»Sexy … , sieh mal Emily!«, Jayden nimmt ein weißes Kleid vom Ständer und hält es mir vor die Brust.

»Nein, weiß sieht eher nach Hochzeit aus und außerdem ist es zu durchsichtig.«

Enttäuscht hängt er das Kleid wieder zurück.

»Mily liebt es etwas bedeckter, obwohl sie die Figur für sexy Kleider hat. Doch sie selbst sieht das nicht, darum bin ich ja mit«, grinsend sieht Steph mich an und drückt mir ein rotes Kleid in die Hand: »Anprobieren Püppi, ohne Wiederrede!«, sie legt der Verkäuferin das Kleid über den Arm und schiebt mich energisch Richtung Umkleidekabine.

Ich habe keine Chance zu protestieren, denn die Dame öffnet für mich gerade den Vorhang einer freien Kabine und hängt das Kleid an den Haken. Ich lächele ihr zu und bedanke mich. Sie verlässt die Umkleidekabine, zieht den Vorhang zu und überlässt mich meinem Schicksal. Misstrauisch sehe ich zu dem roten Kleid, hübsch sieht es wirklich aus, da muss ich Steph Recht geben. Draußen vor dem Behang höre ich die Männer reden und Steph ihren freudigen Aufschrei.

»Himmel ist das schön, wenn das nicht passt und umwerfend an mir aussieht, dann werde ich für den Rest des Tages beleidigt sein, also drückt mal schön fest eure Daumen ihr beiden Prinzen.«

Ich höre, wie sie in die Kabine nebenan geht und der Vorhang geschlossen wird.

»Das ist ja so still bei dir Mily! Hast du dich schon umgezogen?«

»Nein noch nicht, ich schaue mir noch ehrfürchtig dieses Ding hier an, was sich Kleid nennt. Meinst du nicht, dass es etwas zu schick ist für ein Barbecue?«

Nebenan höre ich es rascheln, als Steph ihr Kleid anzieht.

»Blödsinn! Ziehe es jetzt an und ich warte so lange, bis du fertig bist.«

»Na gut«, denke ich und entledige mich meiner Sachen, um mir dann das rote Kleid überzustreifen. In der Kabine hängt ein großer Spiegel an der Wand und als ich fertig bin, drehe ich mich dahin um. Nun stehe ich da und sehe mein Spiegelbild an, eine nachdenkliche Emily in einem sexy Outfit. Wenn ich ehrlich bin, dann hat Steph ja die Wahrheit gesagt, denn das was ich im Spiegel erblicke, sieht wirklich hübsch aus. Das Kleid ist aus einem feinen roten Stoff, der an meinem Oberkörper bis zur Taille eng anliegt und nach unten hin weiter wird. Ab der Hüfte ist es weiter geschnitten und legt sich geschmeidig an meine Beine. Etwas kurz finde ich es, denn es hört mittig auf den Oberschenkeln auf. Ich blicke an mir herunter und dann wieder herauf zum Ausschnitt. Dieser läuft vom Brustbein bis zwischen meine Brüste spitz zu und offenbart ein großzügiges freies Dekolleté. Das Kleid ist am Ausschnitt mit zarten kleinen Glitzersteinchen verziert, ärmellos ist es auch noch und wird nur durch zarte Spaghettiträger oben gehalten.

»Bist du fertig?« Steph steht anscheinend schon in den Startlöchern und wartet nur darauf, dass ich auch so weit bin.

»Ja, ich bin so weit.«

»Na dann raus mit dir!«, kichernd höre ich sie aus der Kabine treten und die erstaunten Ausrufe der beiden Prinzen, als sie, sie erblicken.

Noch etwas zögerlich ziehe ich den Vorhang zur Seite und trete aus der Kabine heraus.

»Oh mein Gott ... !«, Steph und die beiden Männer halten die Hände an ihre Münder.

»Ich habe doch gleich gesagt, das ist nichts für mich, Steph. Doch du hast mich ja gezwungen, es anzuziehen!«, ich drehe mich wieder Richtung Umkleidekabine, um mich umzuziehen.

»Nein, bleibe hier! Wow ... , du siehst umwerfend aus!« Steph dreht mich nach allen Seiten und begutachtet das Kleid, während Jayden und Jake mich sprachlos ansehen.

Jake findet zuerst seine Stimme wieder: »Gibt es bei dem Wort sexy noch eine Steigerung?«, fragend sieht er zu Jayden, der mich immer noch anstarrt, ohne etwas zu sagen.

Dann kommt er auf mich zu, nimmt mich in den Arm und flüstert mir ins Ohr: »Ich könnte dich auf der Stelle hier vernaschen. Du bist so sexy Emily, ich verliere meinen Verstand, wenn ich dich noch länger ansehe.«, dann küsst er mich so heftig, dass mir fast die Luft wegbleibt und als er mich wieder freigibt, sehe ich in zwei grinsende Gesichter und eine Verkäuferin, die gerührt zu sein scheint.

»Mily, dieses Kleid oder keines! Es steht dir wirklich gut und du siehst entzückend damit aus. Was sagst du zu meinem, es ist einfach traumhaft oder?«, sie dreht sich vor mir im Kreis und präsentiert ein cremefarbenes Kleid mit tiefem Ausschnitt und auch ihres hat Spaghettiträger. Nur, dass es komplett eng anliegt, auch am Po und den Beinen. Am Ausschnitt sind zarte Verzierungen gestickt, die sich einmal um den runden Ausschnitt schlängeln.

»Es steht dir super Steph, das solltest du nehmen. Was meinst du Jake?«, fragend sehe ich ihn an und muss lächeln, als ich seinen verträumten Ausdruck sehe.

»Auf jeden Fall! Ich kann es gar nicht abwarten, dich einen ganzen Abend in diesem sexy Kleid zu sehen, meine Prinzessin.«, lüstern leckt Jake sich über seine Lippen, als er Steph von oben bis unten mit seinen Blicken verschlingt.

Jayden und ich betrachten dieses Schauspiel und müssen herzhaft lachen.

»Wir ziehen uns jetzt um und dann fahren wir zu Amy. Das ging ja wirklich schneller, als ich gedacht habe.«, sie sieht zu den Männern, blinzelt Jake zu und dann schiebt sie mich zurück in meine Kabine.

Kurze Zeit später treten wir wieder in unseren eigenen Sachen aus der Umkleidekabine und sehen in zwei lächelnde Männergesichter. Auf dem Weg zur Kasse sind die beiden ununterbrochen am Grinsen.

»Was ist denn so komisch, dass ihr uns so anlächelt? Haben wir etwas falsch herum angezogen?« Steph sieht erst an sich herunter und dann begutachtet sie mich: »Alles normal Mily! Keine Ahnung warum die beiden so einen Blick drauf haben.«, neugierig nimmt sie Jayden und Jake unter die Lupe, die in dem Moment der Verkäuferin zunicken, welche gerade unsere Kleider in noble Einkaufstüten packt.

Dann reicht sie uns Frauen jeder eine dieser Taschen über den Tresen und wünscht uns noch einen angenehmen Tag.

»Wie ... ? Wollen sie uns die Kleider schenken? Wir müssen doch noch zahlen!«, erstaunt sehe ich die Dame an und diese schüttelt den Kopf.

»Das haben die beiden Herren schon für Sie erledigt.«

Ich drehe mich zu Steph um und dann sehen wir beide unsere Prinzen an, die sich gegenseitig zuzwinkern. Ich will schon etwas erwidern, weil es mir unangenehm ist, das Jayden mir dieses teure Kleid schenkt. Noch ehe ich etwas sagen kann, zieht Steph mich in Richtung Ausgang.

»Sage jetzt nichts, nehme einfach dankend dieses schöne Geschenk an!«

Draußen vor dem Geschäft nehme ich Jayden in den Arm, flüstere ihm ein »Danke« ins Ohr und küsse ihn, während die beiden das gleiche tun. Kurze Zeit später tickt sie mir auf die

Schulter, als ich noch völlig versunken in dem Kuss mit Jayden bin.

»Jetzt fahren wir zu Amy und werden leckeren, verzauberten Kuchen essen.«, Steph nimmt meine Hand und alle vier begeben wir uns auf den Weg zum Auto.

Ein buntes Treiben erwartet uns am Kansas City River Market, als wir durch den großen Bogen am Eingang treten. Wir schlendern vorbei an den Verkaufsständen der Farmer, die hier ihr frisches Obst und Gemüse verkaufen. Es gibt einfach alles was das Herz begehrt, sogar Stände mit selbstgemachter Marmelade und wiederum andere Farmer die frisch gebackenes Brot anbieten. Ein herrlicher Duft liegt in der Luft und mein Magen fängt an zu knurren, bei diesen ganzen leckeren Wohlgerüchen. An den Ständen der Farmer stapeln sich die Orangen, Äpfeln, Ananas und mehr. Alles was zu dieser Jahreszeit frisch geerntet wird, sowie ganze Berge von Blumenkohl, Bohnen, Tomaten und Co ... , eine wahre Freude für Vegetarier und Menschen das Vitaminreiche mögen. Hier scheint die Zeit stillzustehen, man sieht wie sich Kunden mit den Verkäufern unterhalten und zufrieden mit vielen Tüten beladen über den Platz laufen. Mein Blick geht zu den Geschäften, die sich hier angesiedelt haben und ich halte Ausschau nach dem kleinen Café von Amy. Einige Restaurants haben draußen Tische und Stühle für ihre Gäste stehen, die um diese Zeit auch alle besetzt sind. Die Sonne brennt heute wieder erbarmungslos vom Himmel und so langsam bekomme ich Durst.

»Da vorne ist das Café!«, Steph deutet nach links und mein Blick geht in die Richtung, wo ihre Hand hinzeigt. Zwischen zwei Restaurants erblicke ich den Schriftzug des Cafés, »Himmlische Genüsse, Café und mehr ... «, direkt über dem Ladeneingang. Rechts und links von dem Schild befinden sich zwei Engel mit ausgebreiteten Flügeln und es sieht aus, als würden sie das Logo im Fluge halten.

»Das sieht ja toll aus! Sieh mal … , als würden die Engel den Schriftzug während des Fluges halten«, fasziniert sehe ich noch immer auf den Eingang, während die anderen schon im Begriff sind, in das Café zu gehen. Rechts und links vom Eingang befindet sich jeweils ein Fenster, jedes von ihnen mit schöner weißer Spitzengardine. Auf der Fensterbank stehen farbige Töpfe in leuchtendem Orange mit Sommerblumen bepflanzt und je ein großer weißer Engel. Vor dem Laden stehen vier eckige Holztische mit gemütlich wirkenden Holzstühlen, auf denen Polster liegen, die die gleiche Farbe wie die Blumentöpfe im Fenster haben. Auch hier stehen auf jedem Tisch die gleichen Töpfe mit bunten Sommerblumen und Engel auf einem weißen gehäkelten Deckchen. Neben jedem Arrangement steht ein Silbertablett mit Zucker, Milch und Kandis, so wie künstliche Süße für die Diabetiker. Da draußen schon alle Tische besetzt sind, folge ich den anderen und gemeinsam betreten wir das Café.

»Mily, sieh mal, das ist ja ein Traum hier drinnen!« Steph sieht sich mit großen Augen um und ist hellauf begeistert.

Selbst mich versetzt es ins Staunen, was ich sehe. Im Inneren befinden sich fünf weitere Tische, nur hier sind sie aus hellem Buchenholz, aber genauso eingedeckt wie draußen. Auf jedem Tisch befindet sich noch dazu eine weiße dicke Kerze und von der Decke herunter hängt über den Tischen ein großer Traumfänger. Die Wände sind in einem cremeweiß gestrichen und überall hängen wunderschöne Engelsbilder, die gemalt sind. Große verschnörkelte alte Kerzenleuchter, auf denen eine orange Kerze brennt, hängen rechts und links neben jedem Gemälde an der Wand. Ich komme selbst aus dem Staunen nicht heraus und Steph, sowie die beiden Männer anscheinend auch nicht, bis wir von einer netten jungen Frau angesprochen werden, die hinter dem großen Kuchentresen zu unserer Rechten steht.

»Herzlich willkommen, mein Name ist Amy!«, erschrocken von der Stimme, die uns in die Wirklichkeit zurück befördert, drehen wir uns um und sehen in ein wunderschönes Antlitz, welches uns anlächelt.

Amy hat strahlende Augen, die uns jetzt gerade fragend ansehen und lange dunkle Haare umrahmen ein Gesicht, welches fast Engelhaft erscheint, weil es so zart wirkt. Sie trägt eine weiße Bluse mit dem gleichen Café Logo auf der rechten Brustseite, das wir über dem Eingang schon gesehen haben, nur in klein. Ihre schlanken Beine stecken in schwarzen Jeans und um die Hüfte trägt sie eine Caféhaus-Schürze mit feiner Stickerei. Vor ihr im Tresen stehen die leckersten Torten und Kuchen, die ich je gesehen habe. In der Auslage stehen Tabletts mit kleinen runden Törtchen und oben auf der Theke stehen verschiedene Gebäcktüten. Steph findet als erste ihre Sprache wieder.

»Unglaublich …, ich bin begeistert Amy! Es ist einfach unbeschreiblich dieses Ambiente hier.«

Amy lächelt Steph an und streicht sich dabei verlegen über ihre Schürze: »Danke! Das ist schön, dass es Ihnen hier gefällt. Leider sind gerade alle Tische besetzt, aber dort am Fenster wird gleich einer frei werden.«, dabei zeigt sie zu dem Fenster rechts neben dem Eingang. »Darf ich Ihnen Gebäck reichen? Das versüßt die kurze Wartezeit etwas.«

Sie kommt um den Tresen herum und hält in ihrer Hand ein kleines Tablett. Dort liegt auf einem weißen Tortendeckchen eine Auswahl Kekse. Wir nehmen uns jeder einen und während ich ihn mir in den Mund schiebe, stöhnt Steph plötzlich auf.

»Oh mein Gott, ist der lecker! Was ist da drin?«

»Das sind die Feenzauber Kekse, zartes Gebäck mit Zitronenstückchen und Sternenstaub. Es bringt Leichtigkeit ins Leben von demjenigen, der diesen Genuss zu schätzen weiß«, lächelnd sieht sie uns an und zeigt zu dem Tisch, der gerade frei wird: »Sie dürfen sich jetzt Ihren Kuchen auswählen, während ich den Tisch abräume.« Amy nimmt sich ein Tablett vom Tresen und geht zu dem Tisch am Fenster, um das Geschirr abzuräumen.

Wir stehen vor der Auslage und sehen uns die Torten an.

»Mily, sieh mal, diese hier heißt Sternenglanz Torte und da drunter steht »Träume dürfen sich erfüllen««, begeistert sieht sie sich die Schilder an, auf denen steht, um was für eine Torte oder Kuchen es sich handelt und der Preis.

»Das nehme ich!« Jake zeigt auf den, mit Schokolade verzierten Eclair, der den Namen »Liebeszauber« trägt und die Sinne verzaubern soll. »Der ist gefüllt mit Sahne und Marzipanpüree, lecker!«, er fährt mit seiner Zunge über seine Lippen und wahrscheinlich läuft ihm schon das Wasser im Mund zusammen.

»Ich nehme die Elfenküsse, die wie Schokoküsse aussehen. Die sind gefüllt mit Vanillecreme und umhüllt mit Marzipan, »Zugang zum inneren Kind«. Das hört sich so lecker und interessant an, das probiere ich.« Steph tritt zur Seite, damit Jayden und ich auch wählen können.

»Oh ... , für mich darf es dann Sternenglanz Torte sein! Die ist mit weißer Schokoladen Sahne und Himbeerpüree gefüllt. Seht mal, da sind ganz viele kleine Sterne drauf, die richtig glänzen und da steht, »Träume dürfen sich erfüllen«, interessant!«, grinsend sieht er mich an und zeigt dabei zu einem Kuchen, der wie ein Schuh aussieht: »Den solltest du nehmen, schließlich bin ich der Prinz und du die Prinzessin«, lachend drückt er mir einen Kuss auf die Wange.

Ich sehe auf den Kuchen, der wirklich wie ein Damenpumps aussieht, sogar einen kleinen Absatz hat er und glitzern tut er auch. Auf dem Schild steht Cinderellas Schuh, gefüllt mit frischen Erdbeeren, Mascarpone Creme und Sahne. »Heute fängt ein Neues Leben an«, steht auf dem Schild.

»Ich werde es versuchen, mit Cinderellas Schuh, mal sehen was passiert?«, lachend sehe ich Jayden an, der seinen Arm um meine Schulter legt.

»Haben Sie schon Ihren Kuchen gewählt?«, fragend sieht

Amy uns an, als sie wieder hinter der Theke steht. Sie notiert sich von jedem den Wunsch, sowie das Getränk und führt uns dann zu dem Tisch.

»Kuchen und Getränke bringe ich Ihnen sofort.«, kaum hat sie das ausgesprochen, ist sie auch schon wieder auf dem Weg zur Theke, um unsere Bestellung zusammenzustellen. Kurze Zeit später kommt sie mit den Getränken und hinter ihr trägt ein kleines Mädchen einen Teller mit dem Cinderella Schuh darauf. Während Amy die Getränke verteilt, wartet die Kleine mit dem Teller in der Hand.

»Hallo, mein Name ist Emily! Wer bist du?«, fragend sehe ich dieses hübsche Mädchen an, das ganz brav den Teller hält, auf dem sich mein Kuchen befindet.

»Lany ist mein Name und ich helfe Mom, weil ich schon groß bin!«, sie sieht kurz zu Amy und dann wieder zu mir.

»Das machst du wirklich toll, Lany und deine Mom ist bestimmt sehr stolz auf dich.«

»Ja Mom freut sich, wenn ich ihr helfe. Weißt du, wer Cinderellas Schuh bekommt?«, dabei sieht sie mich fragend an und ich sehe in zwei aufgeweckte, strahlende Augen.

Lany hat genauso schönes langes Haar wie ihre Amy, nur ist ihres Haselnussbraun und lockig. Sie trägt ein hübsches buntes Sommerkleid und ihre Locken bändigen zwei Haarspangen in Form eines Schmetterlings, auf jeder Seite einer.

»Den Kuchen bekomme ich.«, sie kommt zu mir und stellt behutsam den Teller mit dem Schuh vor mir auf den Tisch. Ich bedanke mich bei ihr und sehe ihr nach, bis sie hinter der Theke verschwunden ist.

Dann kommt Amy und bringt für die anderen drei den Kuchen an unseren Tisch.

»Ist das Ihre Tochter, der kleine Engel, der mir gerade Cinderellas Schuh gebracht hat?«, fragend sehe ich zu ihr hoch und sie lächelt mich an.

»Ja, das ist Lany! Sie hilft mir so gerne und freut sich immer, wenn ich es erlaube.«

»Da können Sie auch wirklich stolz drauf sein.«

»Das bin ich auch und den Gästen gefällt es, wenn sie ihnen den Kuchen bringt. Sie ist wirklich ein kleiner Engel. Ich wünsche Ihnen jetzt erst einmal zauberhafte Genüsse!«, sie lächelt uns alle an und begibt sich wieder zur Theke, wo schon die nächsten Gäste stehen und staunend die Kuchen betrachten.

»Die ist ja wirklich süß, die Kleine!«, Steph sieht verträumt zu Lany hinüber, die jetzt neben Amy steht und mit einem Tuch die Theke abwischt.

»Die beiden wirken glücklich, meint ihr nicht?« Jayden sieht uns an.

»Da hast du Recht und es scheint ihr wirklich Freude zu bereiten, mitzuhelfen.«, ich sehe lächelnd zu wie er sich die Gabel, mit einem Stück der Sternenglanz Torte zum Mund führt.

»Himmel ... ! Ist die köstlich, die zergeht ja fast auf der Zunge!«, stöhnend sieht er mich an.

Ich probiere meinen Cinderella Schuh, der eine wahre Geschmacksexplosion in meinem Mund auslöst. Steph und Jake ergeht es genauso wie uns. Sie stöhnen bei jedem Bissen und als Jake bei Steph probieren will, bekommt er eins auf die Finger.

»Bestelle dir selbst so einen Kuchen, von mir bekommst du nichts ab, dafür ist der einfach zu lecker!«, lachend zieht Steph ihren Teller zur Seite, als Jake versucht ein Stück zu naschen.

Amüsiert beobachten Jayden und ich dieses Schauspiel, während wir uns dem Genuss des Kuchens hingeben. Als jeder seinen Teller geleert hat, beschließen wir einstimmig, noch einen anderen Kuchen zu probieren und geben unsere Bestellung an Amy weiter. Kurze Zeit später stehen die leckeren Köstlichkeiten vor uns und der Gaumengenuss geht in die zweite Runde. Zwischendurch kommt Amy immer mal an unseren Tisch und wir können uns unterhalten. So vergeht der Nachmittag wie im Fluge und als wir uns verabschieden, geben wir einstimmig das Ehrenwort ab, wiederzukommen.

»Sie hatten Recht Amy, Ihr Kuchen hat etwas, was ich nicht beschreiben kann und er hat uns alle verzaubert, oder?«, fragend sehe ich die anderen drei an und alle nicken begeistert.

»Wir kommen wieder!«, ertönt es zur gleichen Zeit von uns allen.

Lachend verabschieden wir uns von Amy und Lany, nicht ohne zu Versprechen, dass wir sie weiterempfehlen werden. Gut gelaunt verlassen wir das Café und treten nach draußen, wo wir gemeinsam beschließen einen Spaziergang zu machen, damit diese Kuchensünde nicht auf den Hüften landet.

13

Ein lautes Klirren von zersplitterndem Glas reißt mich aus meinem Schlaf. »Habe ich das jetzt geträumt?«, frage ich mich innerlich, noch völlig verschlafen. Doch Quinnys Reaktion auf dieses Geräusch zeigt mir, das es real ist. Mein Blick geht zu dem Wecker auf dem Nachttisch und dieser zeigt fünfzehn Minuten nach acht Uhr an. »Vielleicht ist es Steph, die schon etwas früher gekommen ist und sie hat in der Küche etwas fallen lassen, ja das wird es sein. Was sollte auch sonst so einen Krach machen?«, geht es mir durch den Kopf. Quinny springt jetzt vom Bett und steht mit einem gewölbten Rücken an der Schlafzimmertür. Ihre Ohren hat sie nach hinten angelegt und fast scheint es mir, dass sie Gefahr wittert. Vielleicht hat sie sich erschrocken, weil sie auch aus dem Schlaf gerissen wurde wie ich. Ich klopfe mit meiner Hand auf die Decke und versuche sie damit wieder auf das Bett zu locken, aber vergebens.

»Das ist nur Steph, da brauchst du doch keinen Buckel machen Quinny!«, aber sie reagiert gar nicht auf meine Stimme, sondern starrt auf die halb geöffnete Tür.

Ich kuschel mich wieder in meine Kissen, mir bleibt ja noch eine gute halbe Stunde bis mein Wecker klingelt. Warum soll ich an einem Samstag auch so früh aufstehen, nur weil Steph schon unten das Frühstück macht. Wenn sie nicht mehr schlafen konnte, muss ich ja nicht darunter leiden. Ich schließe meine Augen und vergrabe mein Gesicht wieder ins Kissen. Quinny gurrt ganz leise vor sich hin, was mir schon etwas komisch vorkommt, aber ich bleibe im Bett. So weit kommt das noch, dass ich mich von meiner besten Freundin und meiner Orakel-Katze an einem Wochenende so früh aus dem Bett schmeißen lasse. Meine Hand greift zu dem Kissen, auf dem Jayden letzte Nacht noch gelegen hat und ich vergrabe meinen Kopf darunter. Sein Duft ist immer noch zu riechen und ich rufe innerlich meine Erinnerungen ab, an diese schönen Stunden mit ihm. Leider hat sein Pieper uns mitten in der Nacht aus dem Tiefschlaf geholt.

»Ein Notfall Emily, ich muss los!«, waren seine Worte, die ich im Dämmerschlaf wahrnahm.

Doch ich war zu müde, um meine Augen zu öffnen. Jayden gab mir noch einen Kuss, bevor er sich auf den Weg zur Klinik machte. Dann bin ich wieder fest eingeschlafen und erst dieses Klirren von unten hat mich zurück in die Wirklichkeit geholt. Da liege ich also mit meinem Kopf unter seinem Kissen und hänge meinen Gedanken nach, während ich wieder etwas einschlummere. Plötzlich höre ich Quinny fürchterlich laut fauchen und im selben Moment wird mir das Kissen vom Kopf gerissen! Ich erwarte Steph ihre lachenden Augen zu sehen, weil sie mich erschreckt hat. Doch was ich stattdessen erblicke, lässt mir das Blut in den Adern gefrieren. Ich blicke in das hämisch grinsende Gesicht von Maik! Instinktiv ziehe ich die Decke bis unter das Kinn, meine Hände zittern und eine Gänsehaut läuft mir vom Nacken bis zu den Zehenspitzen herunter. Mein gesamter Körper steht plötzlich unter Hochspannung und alle Nerven scheinen sich auf die kommende Gefahr einzustellen, ein Urinstinkt, der bei mir noch zu funktionieren scheint.

»Na, Schätzchen! Da staunst du was?«, lachend sieht er mich an und meine Augen suchen voller Panik nach einen Fluchtweg. »Was siehst du mich so ängstlich an? Ich bin dein Ehemann und ich hole dich jetzt nach Hause, dorthin wo du hingehörst!«, er packt meinen Arm, um mich aus dem Bett zu ziehen.

Noch immer liege ich vor Angst gelähmt in dem Kissen und versuche zu verstehen was hier gerade passiert. Er zerrt ungeduldig an meinem Arm, will mich hochziehen, doch da erwachen alle meine Lebensgeister wieder zu neuem Leben. Das Überraschungsmoment ist auf meiner Seite, denn er lockert seinen Griff etwas, meine Chance zu reagieren. Ich rolle mich blitzschnell zur Seite aus dem Bett heraus, nicht ohne die Decke hinter mir herzuziehen. Schlotternd vor Angst stehe ich nackt, nur eingehüllt in die Bettdecke vor ihm und versuche innerlich zu verstehen was hier gerade passiert.

»Was willst du Maik? Wir haben eine Verfügung, dass du nicht in meine Nähe kommen darfst!«, meine Stimme zittert, als ich es ausspreche und meine Beine schlottern vor Angst.

»Scheiß was auf diese Verfügung! Du bist meine Frau und du kommst jetzt mit mir mit!«, sein Blick fixiert meine Augen drohend, als er auf mich zukommt.

Voller Angst suche ich mir einen Fluchtweg, doch da gibt es keinen, ich stehe direkt am Fenster. Zur Tür komme ich nicht, denn aus dieser Richtung kommt er mir gerade entgegen. Ich ziehe die Decke noch enger um meinen Körper,

»Bleib weg von mir oder ich schreie!«, meine Stimme überschlägt sich fast vor Angst, als er mir immer näher kommt.

Es scheint ihn nicht im Geringsten zu interessieren, denn er geht unbeirrt weiter.

»Ich bitte dich Maik, gehe … , verschwinde aus meinem Leben!«, meine Stimme ist ganz schrill, aber das amüsiert ihn nur.

Seine Alkoholfahne raubt mir fast die Luft zum Atmen und die Panik schnürt mir die Kehle zu. Mein Magen fängt an zu rebellieren und starke Übelkeit macht sich in mir breit. Dann steht er vor mir, packt meine Hand und zerrt mich, ohne ein Wort zu sagen, in Richtung Flur.

»Lass mich los, verdammt ...! Du tust mir weh!«, ich versuche meine Hand zu befreien, aber er hält sie fest umklammert und zieht mich hinter sich her. Krampfhaft halte ich meine Blöße mit der Bettdecke bedeckt: »Hör sofort damit auf! Lass mich wenigstens etwas anziehen!«

Meine Füße stemmen sich gegen diesen Zug, um ihn aufzuhalten, aber ich bin zu schwach. Dabei komme ich ins Stolpern und falle hin, während er unbeirrt weiter an meinem Arm reißt und mich zur Treppe schleift.

»Sei doch nicht so zickig, wir fahren jetzt nach Hause und dann wird alles wieder gut werden.«, um seine Worte noch zu unterstreichen, holt er seine Autoschlüssel aus der Hosentasche.

»Ich bin nicht mehr deine Frau, lasse mich sofort los!«, panisch versuche ich meine Hand zu befreien, aber je mehr ich es versuche, umso fester packt er zu, was mir die Tränen in die Augen treibt. Ich weiß noch nicht einmal, ob es die Panik ist oder der Schmerz, der mir fast die Sinne raubt.

»Du bist und bleibst meine Frau, das hast du vor Gott geschworen. Hier ist nicht dein Zuhause, bei diesem ganzen Geisterkram. Der verdreht dir nur den Kopf, darum weißt du auch nicht mehr, wohin du gehörst, nämlich zu mir!«, schreit er mich an.

An der Treppe angekommen, ergreife ich die Chance und stemme mich mit beiden Beinen gegen das Geländer, so dass er ins Straucheln gerät und sein Griff sich vor Schreck etwas lockert. Blitzschnell entziehe ich ihm meine Hand und trete mit beiden Beinen, so fest ich kann in seinen Bauch. Er krümmt sich vor Schmerzen und ich nutze die Chance, um aufzustehen. Meine Augen sehen nur eins das Schlafzimmer, welches ich erreichen muss. Wieder auf beiden Beinen, sprinte ich los, was Halsbrecherisch ist, mit der Decke, die ich noch immer krampfhaft festhalte. Den Türknopf schon in der Hand und die Sicherheit vor Augen packt er mich von hinten an den Haaren. Ich schreie vor Schmerz auf und mir wird schwindelig, als er mich an den Haaren von der Tür wegzerrt.

»Aua ... , verdammt Maik, du tust mir weh!«, schreie ich ihn an, doch er macht unbeirrt weiter und schubst mich jetzt vor sich her, bis wir an der Treppe angekommen sind.

Doch meine Haare hält er immer noch fest umklammert und mir schießen die Tränen in die Augen, vor Schmerzen und Angst. Meine Hände halten völlig verkrampft die Decke umklammert, die ich noch immer um meinen Körper geschlungen habe. Ich weiß nicht, welches Gefühl gerade überwiegt, die Scham, weil ich so gut wie nackt bin, oder die Panik, dass er mir noch Schlimmeres antun könnte. In meinem Kopf überschlagen sich die Gedanken und es ist schwer vernünftig zu überlegen, weil die Panik in mir so überwältigend ist. Wenn doch nur Steph endlich kommen würde, um dem ganzen Spuk hier ein Ende zu setzen. Ich muss irgendwie Zeit schinden, damit Maik mich nicht in sein Auto verschleppt, denn dann kann es dauern, bis mich jemand findet. Es weiß ja keiner, dass Maik hier war, vielleicht mit viel Glück, würden sie es vermuten. Nur ich weiß ja noch nicht einmal, wohin er mich verschleppen will. In unser altes Zuhause oder hat er etwas Neues gefunden, was abseits der Straßen liegt und einsam genug, um mich dort festzuhalten? In meiner Vorstellung sehe ich mich schon gefesselt auf einem Bett liegen, in einer einsamen Hütte mitten im Wald, wo keiner meine Schreie hört. An das, was Maik dort mit mir anstellen wird, daran zu denken, dagegen sträubt sich mein Verstand vehement.

»Maik ... , bitte sei vernünftig und lasse mich wenigstens etwas anziehen. Wenn du mich so nackt wie ich bin, mitnimmst, dann kann das für Aufsehen sorgen und das willst du doch bestimmt vermeiden, oder?«, verzweifelt versuche ich ihn zu überzeugen.

Er bleibt stehen und erleichtert atme ich etwas auf, weil der Zug auf meine Haare nachlässt. Maik dreht sich zu mir um, aber seine Hand hält weiterhin meine Haare fest im Griff. An seinem Blick erkenne ich, dass er angestrengt nachdenkt und innerlich bete ich zu Gott, dass er auf meine Bitte eingeht.

»Da könntest du Recht haben!«, er mustert mich von oben bis unten, mit einem lüsternen Blick, das mir Angst und Bange wird: »Gut, du ziehst dir jetzt etwas über und dann fahren wir. Versuche ja keine Tricks, ich möchte dir nicht mehr wehtun als nötig!«, hämisch grinst er mich an und schubst mich zum Schlafzimmer zurück.

Dort angekommen, lockert Maik seinen Griff und lässt mein Haar los. Sofort hört der Schmerz etwas auf, die Kopfhaut entspannt sich wieder und ich seufze erleichtert.

»Los jetzt! Wir haben nicht den ganzen Tag Zeit!«

Während er in meinem Schrank wühlt, geht mein Blick zum Wecker, auf dem Tisch neben dem Bett, acht Uhr und fünfunddreißig Minuten zeigt er an. »Wo bleibt Steph nur?«, schießt es mir durch den Kopf. Dabei flehe ich innerlich, sie möge rechtzeitig kommen, bevor ich im Auto sitze. Maik reißt ein Kleid vom Bügel, das erstbeste welches ihn in die Hände fällt und schmeißt es mir zu. Erschrocken greife ich reflexartig nach dem Kleidungsstück und lasse dabei die Decke los, welche meinem nackten Körper bis dahin noch etwas Schutz geboten hat. Langsam fällt sie zu Boden und legt sich um meine Füße. Voller Angst drücke ich mir das Kleid vor meinen Körper, um meine Blöße vor ihm zu bedecken. Er starrt mich mit großen Augen an und fährt sich mit seiner Zunge über die Lippen. Hinter seiner

Stirn arbeitet es, das habe ich in unserer Ehe oft genug gesehen, kurz bevor er mir gegenüber handgreiflich wurde. Dieser Ausdruck in seinen Augen, der ist mir zu bekannt und mein Herz fängt an zu rasen, bei dieser Flut von Erinnerungen. Auf seiner Stirn stehen Schweißperlen und seine Gesichtsmuskeln zucken, als er mich betrachtet.

»Drehe dich bitte um, damit ich mich anziehen kann!«, meine Stimme zittert, als ich ihn ansehe.

»Ich soll mich umdrehen? Ich bin dein Ehemann, einen Teufel werde ich tun!«, grinsend sieht er mich an und bevor ich überhaupt reagieren kann, schubst er mich auf das Bett. Ein Schrei kommt mir über die Lippen, so schrill vor Angst, dass mir meine Ohren schmerzen.

»Hör auf zu schreien, sonst muss ich dir noch etwas in deinen hübschen Mund stopfen! Willst du das?«, er lacht laut, als er sieht wie ich ängstlich den Kopf schüttel.

Seine Alkoholfahne schlägt mir entgegen und mir wird speiübel, als er anfängt seine Hose, zu öffnen. Panisch drücke ich das Kleid noch fester an meinen zitternden Körper.

»Maik! Tue das nicht, bitte! Noch kannst du einfach verschwinden und ich verspreche dir, dass ich nichts unternehmen werde!«, meine Stimme überschlägt sich fast und ich bin so sehr am Zittern, dass meine Zähne aufeinander schlagen.

»Du wirst gar nichts tun! Wenn ich mit dir fertig bin, wirst du mit nach Hause kommen. Bist du schlau, dann hältst du jetzt still, deine Angst und dein geiler Körper machen mich richtig heiß!«

Während ich mir wünsche, ich wäre tot, lässt er seine Hose fallen und reißt mir anschließend das Kleid aus den Händen. Ich schließe meine Augen, gebe innerlich auf. Dieses Drama was jetzt kommt, habe ich schon zu oft mit ihm erlebt. Völlig apathisch liege ich mit geschlossen Augen da und bete, dass es schnell zu Ende geht.

Während ich warte, dass er loslegt, mich vergewaltigt, höre ich plötzlich einen dumpfen Schlag und wage es kaum meine Augen zu öffnen. Erst als ich Stephs Stimme höre und spüre, wie mir die Decke über meinen nackten Körper gelegt wird, wage ich es zu blinzeln. Ich sehe in ihr sorgenvolles Gesicht vor mir und fange vor Erleichterung an zu weinen.

»Oh mein Gott – Püppi! Was hat Maik dir nur angetan! Dem Himmel sei Dank, er konnte seinen Plan nicht vollenden. Jake hat ihn gerade k. o. geschlagen!«, dabei lächelt sie Jake dankbar an.

Jetzt erst sehe ich durch meinen Tränenschleier seine massige Gestalt am Fußende vom Bett stehen, dort wo Maik wahrscheinlich gerade am Boden liegt. Mir laufen die Tränen vor Erleichterung übers Gesicht und Steph nimmt mich in den Arm, streicht mir beruhigend über meinen Kopf.

»Alles wird gut Süße, die Polizei ist schon verständigt und müsste jeden Moment eintreffen!«, mit einem Zipfel der Decke tupft sie mir dabei die Tränen vom Gesicht, als ich sie dafür dankbar ansehe.

»Es war so schrecklich Steph!«, meine Stimme zittert und mein Körper schlottert noch vor Anspannung. Der Schock sitzt mir in allen Gliedern, während Steph ihr Bestes versucht mich zu beruhigen.

»Wir sind ja noch rechtzeitig hier gewesen, um Schlimmeres zu verhindern! Ich hatte heute Morgen schon so ein komisches Gefühl im Bauch, als ich aufgestanden bin. Doch erst als Jake und ich das Auto vor dem Haus gesehen haben, da wurde dieses Gefühl bei mir übermächtig, dass etwas passiert sein muss. Bestätigt wurde dieses noch von der zerbrochenen Scheibe in der Küchentür. Ich wollte sofort hoch zu dir, aber Jake, dieses Muskelpaket, hat mich einfach wieder nach draußen geschoben. Dort sollte ich warten, aber du kennst mich ja.«, Steph lächelt mich spitzbübisch an und erzählt weiter: »Ich bin hinter ihm hergeschlichen und habe gerade noch mitbekommen, wie er Maik einen Kinnhaken versetzt hat. Er ist sofort zu Boden gegangen und den Rest hast du ja selbst mitbekommen.«

»Ich bin so froh, dass ihr Beiden da seid, Danke!«, wieder fange ich an zu weinen, aber diesmal vor Erleichterung, weil ich nochmal Glück gehabt habe.

»Bist du verletzt Emily?« Jake sieht mich mit einem sorgenvollen Blick an.

»Ich glaube nicht, jedenfalls körperlich nicht. Meine Seele hat bestimmt eine Menge abbekommen.«, ich wische mir die Tränen aus dem Gesicht und sehe, wie Jake erleichtert aufatmet.

»Mily ... , wir beide gehen jetzt ins Bad und dann sehen wir mal nach, ob an deinem Körper etwas zu sehen ist, was die Polizei eventuell gleich noch fotografieren muss.« Steph hilft mir aus dem Bett heraus und geht mit mir Richtung Bad.

Dabei werfe ich einen Blick zu Jake, der einen Fuß auf dem Rücken von Maik hat, welcher ihm zu Füssen mit heruntergelassener Hose liegt. Mir läuft beim Anblick dieser Szene ein Schauer den Rücken herunter. Da ich wie versteinert stehen geblieben bin, kommt Steph jetzt auf mich zu und schiebt mich sanft, aber bestimmend in das Bad.

»Meinst du, dass die Polizei ihn jetzt ins Gefängnis steckt?«, fragend sehe ich Steph an, als sie die Tür geschlossen hat und sich zu mir umdreht.

»Oh ja! Er hat gegen die Anordnung verstoßen, sich von dir fernzuhalten und er hat dich angegriffen! Wenn es ganz Dicke für ihn kommt, dann war das heute sogar eine versuchte Entführung und noch dazu eine versuchte Vergewaltigung, die auch noch auf sein Konto geht. Damit dürfte er einige Zeit von der Bildfläche verschwinden und genügend Zeit haben, darüber nachzudenken, was er dir angetan hat.«

»Ich hoffe so sehr für Maik, dass er vernünftig wird und endlich akzeptiert, dass wir geschieden sind.«, nachdenklich sehe ich mein Spiegelbild an, als ich vor den Waschtisch trete.

»Das hoffe ich sehr, damit du innerlich damit abschließen kannst, Püppi. So nun lass mal die Decke fallen, damit ich sehen kann, ob du verletzt bist.«

»Bis auf meinen Kopf tut mir nichts weh.«, langsam lasse ich die Decke zu Boden sinken und Steph sieht mich von oben bis unten an. Sie ist meine beste Freundin, doch nackt vor ihr zu stehen und mich dieser Inspektion zu unterziehen, das ist mir ziemlich unangenehm. Am liebsten würde ich jetzt im Erdboden versinken, doch stattdessen muss ich mich drehen, damit sie auch den Rücken ansehen kann. Zu guter Letzt inspiziert sie meinen Kopf und als sie fertig ist, seufzt sie erleichtert auf.

»Ich kann nichts finden, aber mit dem Duschen solltest du noch warten, bis die Polizei da ist. Es könnte ja sein, dass die dich auch noch untersuchen wollen.«, sie reicht mir die Decke, damit ich mich wieder einhüllen kann.

Im gleichen Moment hören wir mehrere Stimmen im Nebenraum, die Beamten scheinen gerade eingetroffen zu sein.

»Mrs. Edwards, ist alles in Ordnung mit Ihnen?«, die Stimme einer weiblichen Beamtin ertönt, durch die verschlossene Bad Tür.

»Ja ... , mir geht es den Umständen entsprechend gut.«

»Mein Name ist Officer Ricksen, darf ich hereinkommen? Ich muss leider Ihren Körper nach Spuren absuchen. Wir können das hier machen oder in der Klinik.«

»In die Klinik? Oh nein!« schießt es mir durch den Kopf.
»Steph, bitte versprich mir, dass du und Jake das hier für euch behaltet! Ich möchte nicht, dass Jayden sich unnötig Sorgen macht. Versprichst du mir das?«, ich sehe sie flehend an und meine Stimme überschlägt sich fast vor Angst, bei dem Gedanken das Jayden es erfahren würde.

»Ja, ich verspreche es dir, aber begeistert bin ich nicht davon.

Jayden hat ein Recht darauf zu erfahren, was dir heute passiert ist. Er ist dein Freund und er ist auch der Freund von Jake und mir. Ich finde es nicht in Ordnung, es zu verschweigen, aber ich akzeptiere deinen Wunsch.«

»Danke Steph, ich werde es Jayden später erzählen, nur nicht jetzt. Mir ist das Ganze auch ziemlich unangenehm.«, beschämt sehe ich zu Boden.

Ein erneutes Klopfen an der Tür hindert Steph daran zu antworten, worüber ich froh bin. Sie geht hin und öffnet sie, um die Beamtin hereinzulassen.

»Emily Edwards?«, fragend sieht sie mich an und ich nicke. »Möchten Sie lieber in der Klinik untersucht werden?«

»Nein, bitte machen Sie es hier. Meine Freundin hat schon nachgesehen, ob ich verletzt bin, hat aber nichts gefunden.«, ich sehe Steph hinterher, die gerade durch die Tür verschwindet.

»Ich werde Sie jetzt nach Fasern, Hautpartikeln und blauen Flecken absuchen. Ist es zum Geschlechtsverkehr gekommen?«, mitleidig sieht sie mich an.

»Nein, ist es nicht«, sage ich und lasse die Decke fallen, damit die Polizistin ihre Arbeit machen kann. Maik scheint wieder zu sich gekommen zu sein, denn von nebenan höre ich seinen gebrüllten Protest, als man ihn abführt. Völlig mechanisch lasse ich die gründliche Untersuchung über mich ergehen. Als die Proben von meinem Körper alle in kleinen Tüten verpackt sind, bekomme ich die Erlaubnis zum Duschen, was ich dankbar begrüße.

»Mrs. Edwards, wir haben jetzt alles was wir brauchen, um Ihren Exmann für lange Zeit hinter Gitter zu bringen. Sobald Sie sich gefestigt fühlen, möchte ich Sie bitten im Präsidium eine schriftliche Aussage zu machen. Das wäre sehr wichtig, damit alles seinen Weg gehen kann und wir ihn im Gefängnis behalten können.«, sie gibt mir noch eine Karte in die Hand mit einer Telefonnummer, die mir psychologische Hilfe verspricht und legt mir ihre eigene Karte auf das Waschbecken.

»Ich hoffe, dass Sie dies alles schnell für sich verarbeiten können. Wir sehen uns dann im Präsidium.«, sie gibt mir noch ihre Hand zum Abschied und verschwindet mit den Tüten in der Hand durch die Tür.

Nebenan höre ich kurze Zeit später, wie Steph und Jake die gleichen Anweisungen von ihr bekommen, auf dem Revier eine Aussage zu machen. Dann höre ich ihre Schritte auf der Treppe und öffne die Tür. Die beiden sind gerade dabei das Bett abzuziehen und sehen mich erstaunt an, als ich aus dem Bad komme.

»Steph! Bitte sieh mal, ob du Quinny findest, ich habe solche Angst, das Maik ihr etwas angetan hat!«

»O.K., das kann Jake erledigen, ich beziehe jetzt dein Bett und werde Frühstück machen. Du gehst duschen Püppi, wir kümmern uns schon um alles andere hier.«, mit einer Handbewegung scheucht sie mich wieder zurück ins Bad, wo ich keine Minute später erleichtert unter dem warmen Wasserstrahl stehe.

Minutenlang lasse ich das Wasser einfach nur über meinen Körper laufen, um ihn anschließend kräftig mit Seife zu bearbeiten. Eine äußerliche Reinheit kann ich erreichen, aber mit meinem beschmutzen Gefühlen sieht das anders aus. Das bedeutet wieder sehr viel Arbeit, meine Seele zu heilen.

Als ich eine halbe Stunde später die Küche betrete, empfangen mich schon ein frisch aufgebrühter Kaffee und zwei Augenpaare, die mich sorgenvoll ansehen.

»Da bist du ja Mily! Wie fühlst du dich?« Steph stellt mir eine große Tasse gefüllt mit herrlich duftenden Kaffee auf meinen Platz am Tisch.

»Na ja, wie fühlt man sich schon nach so einer morgendlichen Horrorshow!«, mein Blick geht zu der zerbrochenen Scheibe in der Küchentür, die zum Garten führt und ein Schauer läuft mir dabei über den Rücken.

Jake, der neben mir sitzt, sieht mich an und nimmt meine

Hand, um sie zu drücken: »Es ist ja, Gott sei Dank schlimmeres verhindert worden, aber ich kann nachempfinden, wie du dich jetzt fühlst. Ich habe die Scheibe jetzt notdürftig geflickt, nachher kommt jemand und setzt eine neue ein.«

Dankbar sehe ich erst Jake, dann Steph an: »Ich danke euch beiden, das ist wirklich lieb von euch. Wo ist Quinny? Hast du sie gefunden Jake?«, voller Angst sehe ich ihn an, gefasst darauf, jetzt das Schlimmste zu hören. Mitgeteilt zu bekommen, dass Maik meiner kleinen Orakel-Katze wehgetan hat, das würde meiner geschundenen Seele den Rest geben.

Doch Jake lächelt mich an und deutet mit seiner Hand auf den Stuhl neben Steph: »Deiner Kleinen geht es gut, jedenfalls körperlich. Ich habe sie im Garten gefunden. Sie hat sich unter der Bank verkrochen, ziemlich verängstigt war sie. Doch sie weist keine Verletzungen auf und gefressen hat sie auch schon, Steph hat ihr etwas gegeben.«

Erleichtert atme ich auf, als ich Quinny auf dem Stuhl liegen sehe, zusammengerollt und in ihren Träumen versunken. Verstohlen wische ich mir eine Träne weg, die gerade über meine Wange rollt.

»Jetzt frühstücken wir erst einmal, es ist schon fast elf Uhr.« Steph schiebt mir den Brotkorb rüber, aber ich verspüre überhaupt keinen Appetit. »Komm Püppi, du musst was essen, damit du wieder Farbe im Gesicht bekommst. Nun nimm wenigstens eine Scheibe Weißbrot und knabbere nur darauf herum.«, sie nimmt eine Scheibe Brot und legt sie mir auf den Teller.

»Widerspruch nützt mir bei dir ja doch nichts!«, dabei sehe ich in Stephs Augen, die mich liebevoll ansehen und schiebe dabei das Brot von einer Ecke des Tellers zur anderen.

»Schön, dass dir das bewusst ist Süße, essen hält Leib und Seele zusammen. Auch wenn dir gerade nicht danach ist, es wird dir guttun, etwas in den Magen zu bekommen, vertraue mir einfach.«

»Wie könnte ich dir jemals nicht vertrauen?«, fragend sehe ich sie an.

»Gut erkannt und nun setze es auch in die Tat um.«, dabei schiebt sie mir die Butter und die Marmelade über den Tisch hinweg zu.

Gegen Steph komme ich schwer an, da ist es besser, ich tue, was sie sagt, denn sie will ja nur das Beste für mich. Mir fehlt auch gerade etwas die innerliche Kraft, um mich zur Wehr zu setzen, also schmiere ich mir Butter und Marmelade auf mein Brot. Während ich daran knabbere, herrscht Schweigen am Tisch, was völlig unnatürlich ist. Denn sonst wird hier so viel geredet und gelacht, dass die Küche mit Energie überläuft. Doch heute ist die Schwingung hier ziemlich bedrückend, was mir gar nicht gefällt.

»Wieso hat Maik sich so verändert? Ich habe diesen Mann wirklich einmal geliebt und die Anfangszeit war so schön gewesen. Wie kann ein Mensch sich so sehr zum Negativen entwickeln?«

»Der Alkohol hat ihn so kaputt gemacht, Mily, das ist nicht deine Schuld. Du hast richtig gehandelt, als du ihn verlassen hast. Dass er noch weiter abstürzt und tiefer in seine Alkoholsucht rutscht, das hast nicht du zu verantworten. Er hat sich da in eine Wunschvorstellung verrannt, dich zurückzubekommen und das hat ihn jetzt ein paar Jahre Gefängnis eingebracht. Es kann für ihn eine Chance sein, sein eigenes Leben endlich in den Griff zu bekommen und vom Alkohol wegzukommen. Entweder er schafft es dort, nimmt Hilfe an, oder er hat seinen persönlichen Tiefpunkt noch nicht erreicht und braucht eine dickere Keule, die ihn aufwachen lässt.« Steph sieht mich über den Rand ihrer Tasse hinweg an.

»Es ist nur so traurig, weil er doch innerlich auch diesen netten Kern in sich trägt und jetzt kommt er ins Gefängnis. Diesen Abstieg habe ich ihm nie gewünscht, ich wollte doch nur, dass er mich in Ruhe lässt.«

»Woran er sich nicht gehalten hat. Denn selbst die gerichtliche Verfügung, sich von dir Fern zu halten, hat ihn nicht interessiert. Glaube mir Mily, jetzt hat er endlich die Chance in Ruhe über sein Leben nachzudenken. Du hast doch jetzt nicht etwa vor, deine Anzeige zurückzuziehen?«, entsetzt sieht Steph mich an und Jake bricht jetzt auch sein Schweigen.

»Emily, du musst diese Anzeige machen. Er darf nicht ohne Bestrafung davonkommen. Wenn du jetzt nichts unternimmst, dann wird er dir wieder nachstellen. Doch vielleicht ist beim nächsten Mal nicht so schnell Hilfe da und es passiert noch schlimmeres. Er könnte auch, das was er dir angetan hat, einer anderen Frau antun. Du bist jetzt diejenige, die mit ihrer Anzeige dafür sorgen kann, dass ihm geholfen wird.«

»Ich weiß, dass ihr euch Sorgen um mich macht! Darum werde ich diese Anzeige machen, auch wenn es mir schwerfällt. Ihr habt Recht, Maik braucht Hilfe und im Gefängnis wird er die ganz bestimmt bekommen. Ich möchte auch nicht diejenige sein, die Schuld hat, dass er noch anderen Menschen wehtut, sobald seine Alkoholsucht eskaliert.« Steph atmet bei meinen Worten erleichtert auf.

»Das ist das Einzige, womit du ihm wirklich helfen kannst. Am Montag gehen wir drei gemeinsam zum Polizeipräsidium und dann bringst du es hinter dich.«

»Ja, ich glaube, das ist das Beste. Danke für eure Hilfe.«

»Alles wird gut. Maik ist jetzt hinter Gittern und wird die nächste Zeit oder vielleicht auch Jahre nicht mehr auftauchen können.« Jake blinzelt mir aufmunternd zu.

Ich stehe auf und hole mir noch einen Kaffee, dabei streichele ich Quinny, die völlig entspannt auf dem Stuhl neben Steph liegt: »Ich bin so froh, dass ihr beiden hier seid. Ihr bringt mich auf andere Gedanken!«, ich lege meine Hand auf Stephs Schulter, als ich mit dem Kaffee zurück zu meinem Platz gehe.

Sie drückt meine Hand und zwinkert mir zu: »Ich weiß, dass

dies jetzt vielleicht ein unpassender Moment sein mag, aber wir müssen darüber reden.«, Steph sieht mich über den Tisch hinweg an und spielt dabei mit den Krümeln auf ihrem Teller. Von rechts nach links schiebt sie die Brotkrumen, bis sie bemerkt, dass wir sie fragend ansehen, weil sie nichts sagt.

»Wo fange ich an? Egal … , am besten sage ich es direkt!«

»Was willst du direkt sagen? Nun rede schon!« Jake sieht sie kopfschüttelnd an.

»Das ist nicht so einfach wie es sein könnte, die Umstände haben sich geändert.« Steph sieht mich dabei an.

»Nun rede schon, was liegt dir auf dem Herzen?«

Ich beobachte Stephs Gesicht und sehe, wie sie innerlich mit sich selbst kämpft.

»Heute ist doch das Barbecue bei Grace und ich frage mich, ob dir überhaupt zum Feiern zumute ist. Ich meine, nachdem was heute passiert ist, wäre es ja nur verständlich, wenn du absagst.«, sie spielt jetzt verlegen mit der Serviette, die vor ihr auf dem Tisch liegt und faltet sie wie einen Fächer.

Doch Steph hat vollkommen recht, ich lausche in mich hinein. Will ich wirklich auf die Party gehen, Spaß haben und die Gesellschaft anderer genießen? Meine Gedanken rotieren im Kopf und ich schweige, weil ich zu keinem Ergebnis komme.

»Darf ich mal etwas dazu sagen?« Jake sieht erst Steph dann mich an und ich nicke ihm bestätigend zu. »Meines Erachtens ist es die beste Gelegenheit, um auf andere Gedanken zu kommen. Das mag sich vielleicht nicht richtig anfühlen, feiern zu gehen, aber es wäre wirklich falsch, heute Abend hier allein zu sein.«

»Jake hat Recht, mit dem was er sagt. Gib deiner Seele einen kleinen Ruck und komme mit uns mit. Ich verspreche dir auch, dass ich dich nach Hause fahre, solltest du es unter den ganzen Partygästen nicht aushalten. Dafür habe ich vollstes Verständnis, ich werde dann auch bei dir hier im Haus bleiben und mich im Gästezimmer einquartieren.«

Ich sehe Steph ihren flehenden Blick und blicke verlegen auf meine Tasse vor mir.

»Bitte Püppi, das wird dir guttun und Jayden freut sich doch schon so sehr, dich seinen Freunden vorzustellen. Jake sagt, dass er seit Tagen von nichts anderen mehr redet, als von diesem Barbecue und wer alles eingeladen ist.«, sie steht vom Tisch auf und kommt auf mich zu, kniet vor mir nieder und nimmt meine Hände in ihre: »Bitte sehe mich an Mily … , nun sage doch etwas! Es ist ganz unheimlich, wenn du schweigst.«

»Nun drängle sie doch nicht so Steph, das war ein schreckliches Erlebnis für Emily und sie braucht einfach Zeit, um zu überlegen.«, aufmerksam streift sein Blick meinen.

Nun haben sich zwei Augenpaare auf mich gerichtet und warten darauf, dass ich etwas sage. Die Luft scheint vor Spannung zu knistern und Steph drückt meine Hand, um mir damit zu sagen, dass sie zu mir steht, egal wie ich mich entscheide. Es ist so schön, dass wir uns oft ohne Worte verstehen. Das die kleinen Gesten ausreichen, um zu wissen, was der andere braucht.

»Vielleicht habt ihr ja Recht und mir wird die Ablenkung guttun.«, ich unterbreche meine Worte und schlucke den dicken Kloß herunter, der mir noch immer in der Kehle zu stecken scheint: »Ich gehe mit euch zu dem Barbecue.«, erleichtert atme ich auf, als ich sehe, wie Steph aufspringt und mir um den Hals fällt.

»Ich habe dich so lieb Süße, du wirst sehen, es wird dir dort besser gehen, als hier im Haus zu bleiben!«

»Das hoffe ich und ich habe ja Jayden, der mich ablenkt und zur Not kann er mich auch nach Hause bringen.«

Jake kommt ein lautes: »Yeah … !«, über die Lippen, als ich das sage und Steph boxt ihn in die Seite, was ihn aufstöhnen lässt.

»Aua! Warum malträtierst du mich hier?«

»Was verheimlichst du mir Jake Stevenson?«

»Ich … ? Nichts, meine Prinzessin, ganz ehrlich!«, schmunzelnd sieht er in Steph ihr ratloses Gesicht.

»Ich kann mir nicht helfen, aber irgendetwas führst du im Schilde, das spüre ich ganz deutlich!«, sie steht jetzt neben Jake, nimmt seinen Kopf zwischen ihre Hände und dreht ihn zu sich, um ihm ganz tief in die Augen zu sehen.

»Doch, das tust du, ich sehe es in deinen Augen.«

Ich muss schmunzeln, bei diesem Schauspiel was sich vor mir abspielt. Die beiden passen wirklich gut zusammen, das sehe ich an dem Glanz, den beide in ihren Augen haben. Wenn sie sich ansehen, spürt man selbst als Außenstehender, dass sie sich lieben. Steph hat es verdient einen so tollen Mann zu bekommen und Jake trägt sie jetzt schon auf seinen Popeye Armen durchs Leben. Ich muss innerlich schmunzeln bei dem gedanklichen Vergleich zwischen Jake und Popeye, so dass ich doch glatt meine eigenen Sorgen für ein paar Minuten nicht mehr fühle. Steph holt mich aus meinen Gedanken zurück in die Wirklichkeit.

»Wir beiden räumen jetzt den Tisch ab, machen Klarschiff hier und du Jake ... , keine Ahnung was du jetzt tust! Du darfst gerne bleiben und auch eine Beautybehandlung genießen – Ich zupfe dir auch die Augenbrauen, die haben es mal nötig gelichtet zu werden!«, lachend sieht sie Jake an, der plötzlich aufspringt und seinen Stuhl an den Tisch schiebt.

»Oh ... , nein danke! Darauf verzichte ich lieber, mir ist nicht wirklich nach Folter zumute. Ich fahre lieber und sehe, ob ich Jayden im Garten beim Aufbau für das Barbecue helfen kann. Wir sehen uns ja heute Abend, macht euch hübsch zurecht, damit Jayden und ich mit euch angeben können.«

»Hast du das gehört Mily? Als würden wir nicht immer hübsch aussehen. Wir werden heute so umwerfend aussehen, dass ihr beiden aufpassen müsst, dass uns nicht am laufenden Band der Hof gemacht wird!«

Ich lächele Steph zustimmend zu, während ich die Marmeladen und die Butter in den Kühlschrank räume: »Das könnte passieren Jake, ich würde an deiner Stelle auf Steph hören, sonst quält sie dich doch noch mit Augenbrauen zupfen.«

»Ich bin schon weg! Keine Chance, dass ihr eure Folterinstrumente an mir ausprobiert!«, lachend geht er etwas geduckt zu Steph, weil diese gerade bedrohlich das Handtuch schwingt, drückt ihr einen Kuss auf ihre Lippen und verschwindet durch die Tür nach draußen.

»Typisch Mann, wird die Situation bedrohlich, verschwinden sie einfach.«, kichernd wedelt Steph das Handtuch über ihrem Kopf, wie ein Cowboy, der sein Lasso in Schwung bringt.

»Nun höre auf wilder Westen zu spielen und nimm das Handtuch, um das Geschirr abzutrocknen!«

Schwungvoll wirft Steph das Geschirrtuch über ihren Kopf, um es galant wieder aufzufangen. Ein paar Minuten später ist alles aufgeräumt und der Beautyteil des Tages kann beginnen, auch wenn mir nicht wirklich nach Feiern zumute ist.

»Aua ... , Steph du tust mir weh!«, ich zucke zusammen, weil sie mir gerade beim Hochstecken der Haare, die Nadel fast in den Kopf implantiert hätte.

»Oh! Entschuldige Mily, da war ein Widerstand und ich dachte es wäre dein Haar!«

»Nein, war es nicht! Das war meine Kopfhaut und nun sei bitte etwas vorsichtiger. Mein Freund ist Herzchirurg, nicht Neurochirurg. Um mich wieder zusammenzuflicken, fehlt ihm auf diesem Gebiet die Fachkenntnis. Ich möchte heute Abend nicht mit einem durchlöcherten Kopf in der Notaufnahme landen!«, kichere ich.

»Jawohl Lady Emily, ihr Wunsch ist mir Befehl!«, sie fährt lachend mit der Bürste die nächste Haarsträhne entlang, um sie anschließend mit ihren Fingern aufzurollen. Elegant platziert Steph die Strähne an meinem Hinterkopf und fixiert sie mit der Haarnadel, diesmal ohne mir wehzutun. Jedoch spüre ich jede Nadel, wenn Steph sie setzt, weil meine Kopfhaut noch so empfindlich ist vom Überfall heute Morgen.

»Ist das fest genug? Bewege mal deinen hübschen Kopf etwas hin und her, damit ich sehen kann, ob auch alles hält.«

Ich drehe meinen Kopf von rechts nach links, aber es scheint alles zu halten: »Es fühlt sich fest an, wie lange brauchst du noch?«

»Ein paar Strähnen noch und dann bist du fertig und darfst in den Spiegel sehen. Diese Frisur passt richtig gut zu dem heißen Kleid, vertraue mir einfach!«, sie lacht, während ihre Hände an meinem Haar hantieren, um ein Kunstwerk zu erschaffen.

Währenddessen nesteln meine Finger nervös an dem Handtuch, welches über meiner Schulter liegt. In meinem Kopf ist heute ein völliges Durcheinander und ich gehe durch ein Wechselbad der Gefühle.

»Steph meinst du, es ist wirklich richtig, heute auf das Barbecue zu gehen?«

»Ja, das ist es Süße, warum fragst du? Sage jetzt nicht, dass du es dir anders überlegt hast, dann muss ich dich leider wieder mit den Nadeln quälen!«, sie hält mir als Drohung eine der Haarnadeln vor die Nase und muss dabei herzhaft lachen, als sie mein Zucken bemerkt.

»Ich meine, das ist doch völlig unnormal. Jede andere Frau würde nach so einem Vorfall doch nicht auf eine Party gehen, oder?«

»Da kannst du dich glücklich schätzen, denn nicht jede dieser armen Frauen hat auch eine Freundin wie mich, die weiß, dass du Ablenkung von deinen Gedanken brauchst. Es wäre völlig verkehrt, hier allein zu sitzen und dieses Drama von heute Morgen immer wieder durchzugehen. Es ist passiert, ja..., und es ist schrecklich. Ich fühle aus tiefsten Herzen mit dir Püppi, aber ich weiß auch, dass es dir gut gehen wird, wenn du unter Menschen bist. Du solltest auch mit Jayden reden, er hat es nicht verdient, dass du ihn nicht sofort alles erzählst. Gerade er wäre jetzt eine noch größere Stütze für dich, als ich es je sein könnte. Mily, er liebt dich und du solltest es ihm heute noch sagen, bitte!« Stephs Stimme klingt besorgt, als sie mir gegenüber ihre Bedenken ausspricht.

»Mir ist das so unangenehm und mir wäre wohler, wenn ich Jayden nicht mit meinen Altlasten belasten müsste.«, ich wische mir verstohlen eine Träne weg, die gerade dabei war, aus meinem Augenwinkel zu rollen.

»Nun höre mir mal genau zu Süße! Dir muss überhaupt nichts unangenehm sein, denn du hast rein gar nichts getan, um diesen Überfall von Maik zu provozieren. Es ist auf dem Mist von deinem Exmann gewachsen und du bist leider die Leidtragende in diesem Szenario gewesen. So das war zu Punkt eins, nun zu Punkt zwei! Jayden liebt dich, Emily Edwards, und zwar mit allem, was dich ausmacht. Dazu gehören auch Ex-Männer, aber du warst ja sogar so keusch, dass du nur einen Mann vor ihm hattest. Es sei denn es gibt da etwas was du mir noch nicht erzählt hast!«, sie lacht und zwirbelt dabei die Strähne.

»Nein …, du weißt alles von mir, da gab es nur Maik und jetzt Jayden. Allein das ist doch schon nicht normal für eine Frau in meinem Alter, oder?«

»Kommt darauf an, was du unter normal verstehst. Du bist eben zurückhaltender in deinen Liebesbeziehungen wie ich, das ist nichts Schlimmes. Ich bewundere dich sogar dafür, denn ich kann mich nie zurückhalten, wenn ich einen Mann sexy finde und Jake ist wirklich ein richtiger Adonis. Ein Mann so sexy als wäre er extra nur für mich angefertigt worden. Wie soll ich mich da bitte schön zurückhalten können? Ich bin eine Frau mit einem großen Bedarf an Erotik!«, jetzt muss sie so herzhaft lachen, dass ihr die Haarsträhne wieder wegrutscht, die sie gerade feststecken wollte.

»Du bist wirklich eine verrückte Persönlichkeit Steph, aber

ich liebe dich dafür, denn da wo du bist, ist auf jeden Fall auch für Stimmung gesorgt.«

»Danke, für dein Kompliment Mily, aber du lenkst gerade von deinem Problem ab. Zurück zu Jayden, der es verdient hat, dass du ihm erzählst, was dir Schlimmes passiert ist. Er ist derjenige, der dich in den Arm nehmen und trösten sollte. Ich übernehme das ja auch gerne, aber es ist noch etwas anderes, wenn es der Partner tut. Wenn er dich also wirklich liebt, dann teilt er auch den Schmerz in deiner Seele mit dir. Du weißt selbst am besten, dass nur wahre Liebe in der Lage ist, die Wunden der Seele erträglicher zu machen. Heilen kann man sie nie ganz, denn Narben werden immer zurückbleiben. Rede mit ihm und erzähle ihm alles aus der Vergangenheit mit Maik. Er wird es verstehen und dir eine ganz große Stütze sein, wenn es zur Verhandlung kommt.«

»Wie? Meinst du das ernst, ich muss auch noch vor Gericht gegen ihn aussagen?«, entsetzt drehe ich meinen Kopf zu ihr herum, wobei ihr die Haarlocke von mir zwischen den Fingern wegrutscht.

»Ja, aber sicher. Du denkst doch nicht, dass er ohne Anklage im Gefängnis bleibt. Es wird eine Verhandlung geben und dort wird er rechtskräftig verurteilt werden. Was hast du denn gedacht? Dass sie ihn in das Gefängnis stecken und dann irgendwann wieder entlassen, wenn er geheilt ist? Mily, bitte! So naiv kannst du doch nicht sein.«, entrüstet sieht sie mich an.

Mir ist gar nicht wohl bei ihrem Blick: »Doch das habe ich gedacht. Mir war nicht klar, dass ich vor Gericht werde aussagen müssen.« Steph dreht meinen Kopf wieder so, dass sie weiter arbeiten kann.

»Gut, jetzt weißt du es ja und kannst dich schon mal innerlich darauf einstellen. Ich bin an dem Tag bei dir und werde dich stützen, wenn du es brauchst und ich hoffe, Jayden ist auch dabei. Wenn du ihm das Vorgefallene nicht allein erzählen möchtest, dann unterstütze ich dich. Doch sagen solltest du ihm wirklich alles von Maik, nur so versteht Jayden, was du in den ganzen Jahren mit ihm durchgemacht hast. Vertraue mir, das wird ihn erschrecken, aber nicht umhauen. So wie ich deinen Prinzen jetzt kenne, wird es ihn auch wütend machen und darum ist es ganz gut, dass Maik jetzt im Gefängnis ist, weil Jayden ihn sich sonst wahrscheinlich vorknöpfen würde.«

Ich muss schlucken und spüre einen Kloß im Hals: »Du meinst echt, dass Jayden ihm etwas antun würde, wenn er es wüsste?«

Steph räuspert sich und steckt die letzte Strähne fest. »Da bin ich mir sogar ganz sicher. Deshalb ist es besser, dass die beiden nicht aufeinander treffen können. So meine Liebe, jetzt ist dein Haar fertig.«, sie stellt sich vor mich und zupft noch ein bisschen an den Locken, die sich auf beiden Seiten an meinem Gesicht entlang kringeln.

Ich will schon aufstehen, um zum Spiegel zu gehen, aber Steph drückt mich zurück auf den Stuhl.

»Sitzen bleiben! Erst werde ich dich noch schminken, dann ziehst du das Kleid an und danach erst wirst du zum Spiegel gehen. Das ist ein Befehl!«, sie lacht, weil ich sie völlig verdutzt ansehe.

Doch ich traue mich auch nicht zu widersprechen und bleibe brav auf meinem Platz sitzen. »Ich werde es ihm sagen Steph, aber nicht auf der Party. Morgen ist Jayden den ganzen Tag mit mir zusammen, weil er mal nicht zur Klinik muss. Ich möchte ihm heute nicht die Party versauen und ihm schlechte Gefühle machen. Doch morgen werde ich es tun, versprochen und bitte erzähl du ihm heute auch nichts. Ist das für dich O. K.?« Steph trägt gerade das Make-up mit einem Schwämmchen auf mein Gesicht und sieht mich nachdenklich an.

»Ich werde nichts sagen, versprochen. Doch wenn du für dich das Gefühl hast, dass du lieber nach Hause möchtest, sagst du mir Bescheid und ich fahre dann mit dir zusammen zurück. Ich möchte nicht, dass du heute Nacht allein bist, und wenn Jayden dich nicht begleitet, werde ich bei dir sein.«

»Danke Steph, ich weiß das zu schätzen, was du für mich alles tust. Du bist wie eine Schwester für mich.«, meine Augen füllen sich mit Tränen, gerade als Steph den Kajal auftragen will.

»Püppi! Hör sofort auf zu weinen, du zerstörst mein Kunstwerk!«, entsetzt steht sie vor mir und hält den Eyeliner in der Hand.

»Entschuldige, aber ich kann da nichts für, es passiert einfach.«, verstohlen tupfe ich mir mit einem Tuch, welches Steph mir reicht, vorsichtig die Tränen weg.

»Du bist zu sensibel Süße, das ist dein Problem. Etwas mehr Biss und ein dickeres Fell würden dir bestimmt guttun!«, sie muss lachen, als sie mein verdutztes Gesicht sieht.

»Meinst du wirklich, ich bin zu sensibel?«

»Ja, bist du und nun halte still, damit ich den Schaden hier beheben und meinem Kunstwerk den letzten Schliff verleihen kann! Wehe du fängst jetzt wieder an zu heulen.«, sie tupft mit dem Schwämmchen noch einmal um meine Augen herum, trägt anschließend den Kajal und den Lidschatten auf.

Während Steph an mir herum pinselt, muss ich mir ein Lachen unterdrücken, denn sie beißt sich selbst auf die Lippen, so konzentriert arbeitet sie. Zum Abschluss fährt sie mir mit dem großen Puderpinsel durch mein Gesicht und trägt die ägyptische Erde auf.

»Fantastisch Püppi ..., du siehst großartig aus! Nun noch das Kleid, etwas sexy Parfüm und nicht nur Jayden liegt dir heute zu Füßen. Wo ist das Kleid?«

Ich zeige mit meiner Hand zum Schrank und Steph öffnet die Schranktür. Mit einem gezielten Griff befördert sie den Traum in Rot von der Kleiderstange und breitet es auf dem Bett aus.

»Ich werde jetzt schnell meine Haare stylen und mich schminken. Du ziehst in der Zwischenzeit hübsche Unterwäsche und das Kleid an. Ich bin gleich wieder da!«, anschließend verschwindet sie im Bad und lässt mich allein zurück.

Als sie gute zwanzig Minuten später fertig gestylt wieder aus demselben kommt, bleibt sie angewurzelt stehen und sieht mich mit weit aufgerissenen Augen an.

»Mily ..., wow ..., das ist ja der Wahnsinn! Du siehst umwerfend aus. Das Wort sexy wird für Jayden eine ganz neue Bedeutung bekommen. Heute wird er dir vor die Füße fallen, wenn er dich sieht, nicht du ihm!«, sie muss schallend lachen, als sie das ausspricht.

»Meinst du das im ernst? Ist mein Outfit vielleicht doch zu aufreizend?«

»Um Gottes willen, nein! Es ist genau richtig und an deinem Körper kommt es super zur Geltung.«

»Ich möchte nur nicht zu auffallend wirken, sodass mich alle ansehen und hinter vorgehaltener Hand tuscheln, weil ich unangemessen aufreizend angezogen bin.«

»Keine Sorge Püppi, du strahlst eine natürliche Schönheit aus und das Kleid unterstreicht dies noch. Da ist wirklich nichts Unangemessenes bei, doch Jayden wird es umhauen. Nun müssen wir noch eine passende Kette und Ohrringe finden, um das ganze abzurunden.«, sie stöbert in meinem Schmuckschränkchen, welches auf der Kommode steht. Kurze Zeit später legt sie mir eine zarte weiße Perlenkette um den Hals und steckt die passenden Ohrringe in meine Ohrläppchen. Dann schiebt sie mir die roten Pumps vor die Füße und ich schlüpfe hinein. Zufrieden begutachtet sie jetzt ihr Gesamtwerk und lächelt dabei.

»Also, wenn ich ein Mann wäre, dann würde ich mich jetzt auf der Stelle in dich verlieben! Doch du hast Glück, ich bin ja eine Frau!«, sie fängt herzhaft an zu lachen. Ich kann nicht länger an mich halten und stimme mit ein.

»Jetzt deine Augen schließen, ich führe dich zum Spiegel, damit du siehst, warum ich so begeistert bin.«

Ich schließe wie befohlen meine Augen und sie führt mich zu dem großen Spiegel im Zimmer.

»Jetzt darfst du deine Augen öffnen, Püppi und mich gerne loben für mein Meisterwerk!« Steph lacht, als sie mein erstauntes Gesicht sieht.

Ich stehe vor dem Spiegel und sehe eine völlig fremde Frau vor mir: »Bin das wirklich ich? Wow ... , es ist ja unbeschreiblich, was du da vollbracht hast Steph!«

Ich lasse den Blick über mein Spiegelbild gleiten und bin völlig angetan von dem, was ich sehe. Das Kleid sieht einfach umwerfend aus und fällt so locker um meine Hüften, dass diese schmaler aussehen, als sie eigentlich sind. Die zwei Löckchen, die Steph nicht mit hochgesteckt hat, lassen mein Gesicht zarter aussehen und meine Augen hat sie so gut betont, dass sie regelrecht strahlen. Das Gesamtbild verblüfft mich. Ich drehe mich um meine eigene Achse und das Kleid breitet sich dabei aus. Als ich stehen bleibe, fällt es wieder locker nach unten und legt sich zart um meine Beine.

»Nun sage schon was Mily, gefällst du dir?« Steph sieht mich fragend an und wartet gespannt auf eine Antwort von mir.

»Steph, du bist ein wahrer Schatz, ich sehe fantastisch aus! Wenn ich nicht wüsste, dass ich es bin, dann würde ich mich nicht wiedererkennen. Was Schminke, Frisur und ein schönes Kleid doch alles bewirken können. Ich sehe sogar noch schlanker aus und das ohne etwas getan zu haben, unglaublich!«, dankbar sehe ich sie an. Jetzt erst nehme ich sie ganz wahr und sehe, wie bezaubernd sie in ihrem Kleid wirkt. »Du siehst wunderschön aus Steph und wirst so Jake ganz schön den Kopf verdrehen.«

»Das will ich doch hoffen. Mein Prinz soll mir zu Füßen liegen, wenn er mich sieht. Schließlich betreibe ich diesen ganzen Aufwand ja, um ihn um den Verstand zu bringen«, lachend hakt sie sich bei mir unter: »Püppi, auf zur Party! Lass uns alles vergessen und nur noch Spaß haben heute Abend. Wir beide haben es uns redlich verdient!«

»Nun zupf doch nicht ständig an deinem Kleid herum, dadurch wird es auch nicht länger«, lachend sieht Steph mich an und betätigt die Klingel an der Haustür von Grace und Andrew Coleman.

»Ich zupfe doch gar nicht, sondern mache es nur glatt!«, entrüstet sehe ich sie an.

»Ja ... , alles klar! Du machst ein weich fließendes Kleid glatt, welches sowieso faltenfrei ist!«, sie lacht und drückt dabei noch einmal auf die Klingel. »Du bist nervös Mily und darum zupfst du an dir herum. Bleibe doch mal ganz locker, du warst doch schon einmal zu einem Barbecue hier und weißt genau, wie es abläuft.«

»Ja, das weiß ich sehr wohl und als ich das letzte Mal hier war, bin ich in Ohnmacht gefallen. Heute sind bestimmt einige auf der Party, die das den Abend mitbekommen haben. Mir ist gar nicht wohl bei dem Gedanken, wenn sie mich erkennen.«

»Da kann ich dich sogar beruhigen Süße, denn heute siehst du völlig anders aus. Ich glaube auch nicht, dass sich noch irgendjemand an den Vorfall erinnert. Außerdem weißt du nicht, ob heute die gleichen Gäste hier sind wie an dem besagten Abend. Nun werde mal etwas lockerer und entspanne dich!«, Steph streicht mir über den Arm und lächelt mir aufmunternd zu.

Ich will gerade etwas sagen, da wird die Tür geöffnet und Jake steht vor uns. Er sieht erst Steph an, dann wandert sein Blick zu mir und dann wieder zu ihr.

»Hallo? Erde an Jake, wir sind es!«, Steph wedelt ihm mit ihrer Hand vor der Nase herum.

Dann grinst er plötzlich und fällt vor ihr auf die Knie. »Meine

Prinzessin, welch herrlichen Glanz eure Schönheit ausstrahlt. Ihr seid kaum wiederzuerkennen!«, Jake sieht zu Steph hoch.

»Nun stehe auf Jake! Es ist ja peinlich, was du hier für eine Show abziehst!«

»Jake, was tust du denn da schon wieder?«, Jaydens Gesicht taucht in der Tür auf und er bleibt wie angewurzelt stehen, als er mich sieht. »Mein Gott …, Emily …, wow …!«, mehr bekommt er nicht über seine Lippen.

»Ja, nun bist du genauso sprachlos, wie ich. Jetzt weißt du, warum ich hier vor meiner Angebeteten auf die Knie gehe. Vor so viel Schönheit haben mir die Beine versagt!«, Jake muss herzhaft lachen, als Jayden ihn am Arm nimmt und hochzieht.

»Schön, dass ihr gekommen seid!«, Jayden hält uns die Tür auf und bittet uns herein.

Ich folge Steph und nachdem Jayden die Tür wieder geschlossen hat, zieht er mich in seine Arme. »Emily, du siehst umwerfend aus und wenn ich dich nicht schon lieben würde, dann wäre jetzt der Moment wo ich mich Hals über Kopf in dich verlieben würde.«, er sieht mich mit einem zärtlichen Ausdruck in seinen Augen an und legt seine Lippen sanft, aber fordernd auf meine.

»Siehe dir die beiden Turteltauben an, wo bleibt denn nun mein Kuss?« Steph zieht Jake lachend an sich und küsst ihn so, dass er innerhalb kurzer Zeit schon nach Luft ringt.

»Oh …, Emily und Stephanie, ich freue mich, dass ihr gekommen seid.« Grace kommt auf uns zu und ich löse mich vor Schreck von Jayden, der mich gar nicht los lassen will. Grace schmunzelt, als sie sieht, wie verlegen ich bin. »Keine Angst, ich war auch einmal jung und weiß wie sich Verliebtheit anfühlt!«, dabei zwinkert sie mir und ihrem Sohn zu.

»Hallo Grace, danke für die Einladung!«, Steph umarmt Grace und lässt sich von ihr herzlich drücken. Dann tritt sie zur Seite und lässt sich von Jake in den Garten führen. Ich sehe den beiden hinterher, als Grace auf mich zukommt und mich in den Arm nimmt.

»Schön, das Sie hier sind Emily und sollte Jayden Sie nicht wie ein Kavalier behandeln, kommen Sie zu mir. Ich werde ihn mir dann vorknöpfen.«, lachend sieht sie zu ihrem Sohn und fängt sich von ihm ein Kopfschütteln ein.

»Mom ... , ich bin immer Kavalier, besonders bei einer Prinzessin wie Emily!«, er nimmt meine Hand, gibt seiner Mom noch einen Kuss auf die Wange und entführt mich, in Richtung Garten.

Es sind schon jede Menge Gäste anwesend und beruhigt stelle ich fest, dass es nur wenige sind, die auch beim letzten Barbecue dabei gewesen sind. Einige sitzen in den bequemen Lounges, die überall auf den Terrassenebenen verteilt stehen. Andere stehen an der Bar und am Buffet.

»Amy? Was macht Amy hier?«, fragend sehe ich zu Jayden.

»Ich fand ihre Torten so lecker, deshalb haben wir für dieses Barbecue auch ein Kuchenbuffet eingeplant und Amy gleich mit.«, Jayden grinst mich an und führt mich zu ihr.

»Hallo Amy, es freut mich Sie hier zu sehen!«, ich umarme sie zur Begrüßung und lasse dann meinen Blick über die ganzen Leckereien wandern.

»Ja, für mich kam es auch ziemlich überraschend, als Ihr Freund mich gebucht hat. Meine Törtchen scheinen es ihm wirklich angetan zu haben.«, sie lacht und reicht nebenbei einer Dame einen Teller mit einem verführerischen Eclair darauf.

»Wo haben Sie Lany untergebracht oder ist sie auch hier?«

»Nein, Lany ist zuhause. Eine ganz liebe Nachbarin ist bei ihr. Ich kann sie im Café mithelfen lassen, aber nicht auf einer so großen Veranstaltung wie hier, da geht sie mir noch verloren.« Amy lacht und reicht einem der Gäste einen Teller mit einem Cinderella Schuh.

Ich muss schmunzeln, denn der Schuh erinnert mich an unseren ersten Besuch im Café. »Das ist aber schade, ich mag Lany, sie ist ein so aufgewecktes Kind.«

»Ja, das ist sie und manchmal auch etwas zu direkt, aber sie ist mein Sonnenschein und alle Gäste lieben sie. Darum darf sie auch im Café manchmal helfen, denn wenn sie mal nicht da ist, fragen die Gäste schon nach ihr.«

Jayden begrüßt gerade Hunter, den Kinderarzt, den ich auf dem letzten Barbecue schon kennengelernt habe. Nun kommt er lächelnd auf mich zu und nimmt mich zur Begrüßung in den Arm.

»Hallo Emily, schön das du auch hier bist! Es tut mir leid, dass es dir letztes Mal so schlecht ging. Wir haben uns hier alle Sorgen gemacht, aber Jayden hat gesagt, dass alles halb so schlimm gewesen ist und es nur eine Ohnmacht war.« Hunter hält mich jetzt eine Armeslänge von sich und sieht mich von Kopf bis Fuß an. »Du siehst bezaubernd aus, ich hoffe, dass ich dir nicht zu nahe trete, wenn ich das sage.«

»Nein, das tust du nicht Hunter und es freut mich auch, dich hier zu sehen!«, er lässt meine Hände wieder los und wendet sich dem Kuchenbuffet zu.

»Oh ... , welch ein Glanz auf diesem Fest, eine Kuchenfee!«, er lacht und sieht Amy dabei musternd an.

»Darf es etwas Süßes sein?« Amy sieht ihn fragend an.

»Sag mal Jayden, wo hast du denn diese Schönheit gefunden? Eine Kuchenfee ... , ich liebe alles was Süß ist! Sage jetzt nicht, dass du diesmal extra für mich ein Buffet mit Süßem hast.«

»Nein Hunter, nicht extra für dich, aber ich hoffe, dass es deine Naschsucht stillen wird«, lachend sieht er zu Hunter und dann zu Amy, die noch immer ganz verlegen hinter dem Buffet steht.

»Amy, bitte achte ein wenig auf Hunter, der wird sonst deinen Kuchen komplett alleine vernaschen!«, Jayden nimmt lachend meine Hand und geht mit mir Richtung Andrew, seinem Vater.

Ich werfe noch mal einen Blick zurück und sehe, wie Hunter sich ganz angeregt mit Amy unterhält, die ihm verschieden Törtchen zeigt.

»Emily ..., schön das Sie gekommen sind!«, Andrew umarmt mich herzlich.

»Danke für die Einladung!«, ich lächele ihn an und er mustert mich von oben bis unten.

»Sie sehen umwerfend aus und ich kann meinen Sohn verstehen, dass er so vernarrt in Sie ist. Es freut mich auch, dass Sie sich anscheinend gut erholt haben. Es hat uns alle einen ziemlichen Schrecken eingejagt, als Sie ohnmächtig geworden sind.«

»Es ist alles wieder in Ordnung! Es war nur ein kleiner Schwächeanfall, nichts Weltbewegendes.«, ich sehe hilfesuchend zu Jayden.

»Na das freut mich, genießt den Abend. Mein Sohn hat sich wirklich ins Zeug gelegt, denn diesmal hat er das Barbecue ausgerichtet, um mit seinen Freunden einen netten Abend zu verbringen. So hat er es jedenfalls zu uns gesagt.« Andrew klopft Jayden anerkennend auf die Schulter und entschuldigt sich dann, um die anderen Gäste zu begrüßen.

»Dein Dad ist wirklich nett, ich mag ihn.«

Jayden sieht mich liebevoll an und nimmt mich in den Arm. Dann sieht er mir ganz tief in die Augen und küsst mich zärtlich. Etwas unangenehm ist es mir ja schon, hier mitten auf der Terrasse zu stehen und zu knutschen, aber er hält mich so fest, dass ich ihm völlig ausgeliefert bin. Absolut versunken in dem Kuss, bekomme ich gar nicht mit, dass Steph und Jake sich zu uns gesellt haben. Erst als Jayden seine Lippen wieder von meinen löst, sehe ich, dass die beiden schmunzelnd neben uns stehen.

»Es ist einfach herrlich, euch beiden zuzusehen. Ihr wirkt so glücklich und ich werde das Gefühl nicht los, dass ihr zwei auch Seelenverwandt seid.«

Ich sehe lächelnd zu Jayden hoch, der mich noch immer im

Arm hält. »Ja, da könntest du recht haben, jedenfalls fühlt sich alles so vertraut an, als würden wir uns schon Jahre kennen.«

Jayden sieht mich liebevoll an. »Ich stimme Emily vollkommen zu und kann bestätigen, dass da etwas ist, was ich nicht in Worte fassen kann. Dieses herrliche Geschöpf hier hat mich völlig verzaubert.«

Er versenkt seinen Blick in meinen und ich spüre, wie mein Herz anfängt zu rasen. »Hoffentlich falle ich nicht wieder in Ohnmacht!«, denke ich und löse mich aus dem Blickkontakt mit ihm, bevor noch schlimmeres passiert. Seine Hand nimmt meine und gemeinsam wollen wir die Gäste begrüßen, denen Jayden mich vorstellen will. Jake und Steph folgen uns und an den Stufen, die auf die andere Terrasse führt, tippt Jake ihm auf die Schulter. Er zeigt zu einer freien Lounge, auf der mittleren Terrassenebene.

»JC ... , wir setzen uns dort unten in die Lounge und warten auf euch.«

Jayden verspricht ihm, gleich mit mir nachzukommen. Wir begrüßen die Gäste und Jayden stellt mich allen als seine Freundin vor. Obwohl es mir etwas unangenehm ist, so im Mittelpunkt zu stehen, erfüllt es mich auch gleichzeitig mit Stolz, die Frau an seiner Seite zu sein. So viele Hände, die ich in dieser kurzen Zeit schütteln muss. Jayden erzählt mit Stolz jedem, wer ich bin. Es erstaunt mich, wie viele Freunde er hat, aber vielleicht gehört das ja zu einem erfolgreichen Arzt dazu. Ich muss an das Gespräch mit Steph zurück denken, wo sie mir von den Herzen erzählt hat, die er gebrochen hat. Das kommt mir jetzt gerade vor, als wäre es in einem anderen Leben gewesen. Mein Blick streift den von Jayden und ich kann mir nicht vorstellen, dass er mir jemals weh tun wird. Nach gefühlten hundert Händen, die ich schütteln musste, gehen wir endlich zu Steph und Jake. Die beiden amüsieren sich schon prächtig und ich erkenne von weitem Brian, Steve und David, die mit ihnen in der Lounge sitzen. Wir hatten uns auf dem letzten Barbecue schon angefreundet. Nur Hunter kann ich nicht sehen, aber ein Blick zum Kuchenbuffet zeigt mir, das er noch immer angeregt mit Amy plaudert. Sie scheinen völlig vertieft in ihr Gespräch zu sein.

»Da seid ihr ja! Wollt ihr auch etwas essen? Diese Garnelen sind einfach köstlich und die Sour Creme ist ein Gedicht!«, Steph deutet auf den Platz neben sich und wir setzen uns zu ihr.

»Hunger habe ich wirklich und es sieht wieder alles so köstlich aus, wie beim letzten Mal.« Ich begrüße die anderen drei, die sich freuen mich zu sehen.

»Jetzt sind wir bis auf Hunter ja wieder vollzählig.« Brian lacht und deutet zum Kuchenbuffet.

»Da scheinen sich zwei gefunden zu haben, die sich mögen!« Steve schmunzelt, als er sein Brot in die Sour Creme dippt.

»Wie meint ihr das?«, fragend sehe ich die beiden an.

»So wie Hunter sich verhält, können wir damit rechnen, dass sich gerade etwas zwischen den beiden entwickelt. Sonst wäre er schon längst hier am Tisch und hätte die erste Runde bestellt. Doch er kann sich schon eine geschlagene Stunde nicht von der hübschen Amy trennen, das ist verdächtig!«, er lacht und sieht zu den beiden hinüber.

»Amy scheint nett zu sein und Hunter scheint sich für sie zu interessieren. Das heißt, unsere Männerrunde würde weiter schrumpfen. Erst Jake, dann Jayden, jetzt Hunter, da frage ich mich, wann es uns drei hier endlich erwischt!« David sieht lachend in die Runde, zu Steve und Brian.

»Irgendwann ist jedes Junggesellendasein mal vorbei und mir gefällt es jetzt in festen Händen zu sein.« Jake sieht Steph an und gibt ihr einen sehr innigen Kuss.

Die Jungs klatschen Beifall und erfreuen sich an dem verdutzten Gesicht von Steph. Als Jake sich wieder von ihr löst, sieht sie in die grinsenden Gesichter der Männer.

»So ihr drei, jetzt wisst ihr, wie das geht und nun fehlen nur noch die passenden Damen dafür.«

»Oh ... , das stimmt! Doch anscheinend will uns keine haben!« Steve sieht Steph grinsend an.

»Dann müsst ihr wohl irgendetwas falsch machen und unsere Jungs sollten euch mal unterrichten.«, sie muss herzhaft lachen und verschluckt sich fast an der Garnele, die sie sich gerade in den Mund gesteckt hat.

Jake klopft ihr schmunzelnd auf den Rücken. »Wenn du mir hier an einer Garnele erstickst, muss ich mich wieder den dreien anschließen, dann bin ich wieder Single. Bitte tue mir das nicht an meine Prinzessin!«, er reicht ihr eine Serviette, damit sie sich die Tränen abtupfen kann, die durch den Hustenanfall in ihren Augen stehen.

»Keine Angst mein Lieber, so schnell wirst du mich nicht wieder los!« Steph tupft sich die Augen ab, während eine nette junge Frau an den Tisch tritt und nach unseren Wünschen fragt.

Wir bestellen bei ihr unsere Getränke und begeben uns dann zu dem Buffet, um uns selbst etwas zu essen zu holen. Zurück am Tisch, stehen nicht nur unsere Getränke schon dort, sondern auch eine Flasche mit Tequila. Während Jayden und ich essen, schenkt Brian jeden von uns ein Glas mit dieser Teufelsdroge ein.

»Lasst uns anstoßen, auf einen schönen Abend ... , Prost!«, wir stimmen ihm zu und stoßen unsere Gläser aneinander.

Der Tequila brennt in meiner Kehle und fünf Minuten später habe ich schon das nächste Glas gefüllt vor mir. Hilfesuchend sehe ich zu Steph, die mich ansieht und mit den Schultern zuckt.

»Gut, diesen trinke ich noch, aber mehr nicht! Der steigt mir zu sehr in den Kopf.« Ich hebe mein Glas und stoße mit den anderen an. Jayden sieht mich an, als ich das Glas wieder absetze.

»Emily, hast du etwa schon einen Schwips von zwei Tequila?«

»Wieso? Merkt man das etwa? Ich vertrage die harten Sachen

nicht, die hauen mich sofort um. Da bleibe ich für den Rest des Abends lieber bei Wein und Wasser.«, flehend sehe ich ihn an und er muss schmunzeln, bestellt bei der jungen Kellnerin aber Wein und Wasser für mich.

»Ich will dich nicht betrunken nach Hause bringen müssen!«, verschmitzt lacht er und gießt sich und den anderen noch ein Glas mit dem Teufelszeug ein.

Während alle sich zuprosten, muss ich plötzlich an heute Morgen denken. Doch Steph hatte Recht behalten, hier auf der Party muss ich gar nicht so viel darüber nachdenken, weil ich Gott sei Dank immer wieder abgelenkt werde. Energisch schiebe ich meine Gedanken wieder beiseite, als mein Wein und Wasser kommen. Die junge Frau schenkt mir gekonnt den roten Wein ein, der fast die gleiche Farbe wie mein Kleid hat. »Wie schön« denke ich, »so sieht man es nicht, wenn ich kleckere« und proste den anderen zu, die sich schon ihren vierten Tequila eingeschenkt haben.

Langsam wird es dämmrig und die fleißigen Servicekräfte zünden die Kerzen auf den Tischen an, die alles um uns herum in goldenes Licht tauchen. Bald brennen auf allen Tischen und an der Cocktailbar die Kerzen. Im Garten flackern die Flammen der Fackeln im Wind, die überall verteilt in den Beeten stecken. Leise Musik ertönt aus den Lautsprechern, die auf der oberen Terrasse stehen, wo auch ein DJ mittlerweile für Unterhaltung sorgt.

»Wollen wir tanzen?« Jayden sieht mich an und ohne auf meine Antwort zu warten, nimmt er meine Hand, zieht mich hoch und wir gehen auf die obere Terrasse, wo sich schon die Paare tummeln. Auf dem Weg dorthin treffen wir Grace, die mit Andrew ebenfalls das Tanzbein schwingen will.

»Ich hoffe ihr beiden amüsiert euch gut.«, Grace lächelt mir und Jayden aufmunternd zu und lässt sich dann von ihrem Mann zu den Klängen der Musik führen.

Ich habe noch nie mit Jayden getanzt und bin ganz erstaunt darüber, wie gut er mich führen kann. Es scheint fast so, als würde plötzlich die Zeit still stehen, wie wir zusammen unsere Körper zu der Musik bewegen. Er drückt mich so fest an sich, dass ich gar nicht anders kann, als mich seinen Bewegungen anzupassen. Während wir uns zu den rhythmischen Klängen über die Tanzfläche bewegen, erhasche ich einen Blick zu Amy, die noch immer mit Hunter am Kuchenbuffet steht. Dann suche ich bei jeder Drehung die Jayden mit mir macht, nach Steph und Jake. Die beiden sitzen nicht mehr in der Lounge und ich entdecke sie auf der Tanzfläche. Jake wirbelt seine Prinzessin gerade in unsere Richtung und als sie uns erreichen, zwinkern sie beide uns vergnüglich zu.

»Ach Püppi, das ist so herrlich hier!«, Steph dreht sich kurz aus den Armen von Jake, bevor dieser sie mit einem gekonnten Ruck wieder an sich zieht.

Wenn man den beiden zusieht, könnte man denken, sie tanzen schon Jahre miteinander, so eingespielt und perfekt wirkt es nach außen.

»Bist du glücklich Emily?« Jayden sieht mich an, ohne seinen Griff zu lockern.

»Ja, das bin ich. Es ist so schön hier und es ist der erste Tanz mit dir. Da kann ich nur glücklich sein!«, kaum habe ich das ausgesprochen, da zieht er mich noch enger an sich und gibt mir einen Kuss, der meine Knie weich werden lässt.

Wir bewegen uns noch weitere drei Lieder lang über die Tanzfläche. Immer wenn wir an Steph und Jake oder an Grace und Andrew vorbeitanzen, drückt er mich ganz fest an sich, als würde er mich sonst durch die Fliehkraft verlieren. Völlig aus der Puste begeben wir uns zurück an den Tisch, wo schon eine neue Flasche Tequila vor den drei Junggesellen steht. Diese haben in der Zwischenzeit schon gut getankt und unterhalten sich angeregt über Frauen.

»Da seid ihr ja wieder. Wo habt ihr alle so gut tanzen gelernt? Es war ein Genuss, euch zuzusehen.« Brian sieht uns fragend an und gießt dabei schon wieder die Gläser voll.

»Es ist das Geheimnis der Liebe. Wenn beide Herzen im Einklang schlagen, dann bewegen sich die Körper wie von selbst in diesem Rhythmus!« Steph erntet erstaunte Blicke, als sie dies ausspricht.

»Du meinst also ... , wenn man verliebt ist, tanzt man auch anders?« Brian sieht sie mit großen Augen an.

»Ja, das ist so. Du hast es doch gesehen.«

»Dann wird es Zeit, dass ich mich mal umschaue, ob ich mein Herzblatt finde. Es sah verdammt erotisch aus bei euch beiden. Da kann man ja neidisch werden!«, er prostet uns zu und die Gläser klirren aneinander, bevor wir trinken.

Steve stellt sein Glas zur Seite und sieht in die Runde. »Nun müssen wir wohl einen Schlachtplan entwerfen, damit wir beim nächsten Barbecue mit unseren Frauen hier sitzen und mitreden können.« Wir brechen alle in schallendes Gelächter aus und schon wird munter darüber diskutiert, wie man eine Frau kennenlernt.

Ich nippe an meinem Wein und höre interessiert zu, während Jayden meine Hand hält. Zwischendurch streicht einer seiner Finger über meinen Handrücken und das bereitet mir ein wohliges Gefühl. Erst als ich die anderen reden höre, wie schwer es doch ist, den passenden Partner zu finden, wird mir bewusst, wie viel Glück ich habe, das Jayden an meiner Seite ist. Mittlerweile ist es richtig dunkel geworden und nur die Kerzen und Fackeln sorgen noch für genügend Licht. Grace und Andrew tanzen noch immer und ich beobachte die beiden, die noch so verliebt ineinander sind. Jayden kann sich glücklich schätzen, dass er solche Eltern hat, und dass er überhaupt noch welche hat. Plötzlich überkommt mich ein tiefer Schmerz, der meiner Seele entsprungen zu sein scheint. Ich muss an meine Eltern denken, wie glücklich die beiden zusammen waren. So glücklich, dass sie sogar zusammen gestorben sind. In diesem Moment vermisse ich sie ganz schrecklich. Was würden sie zu Jayden sagen? Würden sie ihn genauso lieben wie ich ihn liebe? Sie fehlen mir so sehr, dass es in meiner Seele richtig weh tut, wenn ich an sie denke. Ich spüre wie sich Tränen in meinen Augen bilden und tupfe sie verstohlen weg. Doch Jayden spürt, dass mich etwas bedrückt und hakt nach.

»Ist alles in Ordnung mit dir? Plötzlich wirkst du so bedrückt.«, er dreht sich zu mir und sieht die Tränen in meinen Augen glitzern.

»Ja, alles in Ordnung. Ich musste nur gerade an meine Eltern denken und dann hat mich der Schmerz über ihren Verlust etwas überrollt, entschuldige!«

»Du musst dich nicht dafür entschuldigen, dass du sie vermisst. Das ist doch verständlich! Wenn ich mir vorstelle, dass meine Eltern nicht mehr da wären, würde mich das auch traurig machen.«, er zieht mich an sich und küsst mich auf die Stirn.

»Die Trauer überkommt mich manchmal, besonders in solchen Momenten wo ich mich glücklich fühle und dieses Glück nicht mit ihnen teilen kann. Sie hätten dich gemocht, das weiß ich.«

Seine Augen glitzern jetzt auch verdächtig, als er mich ansieht. »Ich bin immer für dich da Emily, das weißt du hoffentlich! Egal was dich bedrückt, du kannst mit mir über alles reden.«

Jetzt überkommt mich das schlechte Gewissen, weil er ja noch nichts von dem Überfall weiß. Doch ich kann ihm das mit Maik nicht erzählen, nicht jetzt und hier auf der Party. Darum werde es ihm morgen sagen. Ich weiß jetzt schon, dass er entsetzt sein wird und auch wütend auf Maik. Darum ist es auch ganz gut, dass er im Gefängnis ist, so kann Jayden ihn nicht zur Rechenschaft ziehen.

»Prost Mily!« Steph reißt mich aus meinen Gedanken und

hält mir mein Weinglas vor die Nase. Dann stutzt sie plötzlich, »Was ist los?« Sie sieht mich mit einem ernsten Gesicht an und auch wenn sie schon etwas angeheitert ist, scheint sie jetzt schlagartig nüchtern zu sein.

»Nichts, Steph … , alles gut. Ich musste nur gerade an meine Eltern denken, und dass sie Jayden nicht kennenlernen werden.«

»Oh … , ja das stimmt, es ist traurig. Sie hätten Jayden geliebt. Jill und Bryan waren wundervolle Menschen, schade, dass du sie nicht mehr kennlernen konntest!«, sie sieht Jayden an, der interessiert zugehört hat.

»Ja leider, ich wäre ihnen gerne persönlich begegnet. Dann hätte ich ihnen dafür danken können, dass sie Emily das Leben geschenkt und mir damit meine große Liebe beschert haben.«, liebevoll streichelt er über meine Wange und schiebt die Locke zärtlich nach hinten.

»Ihr seid aber auch ein süßes Pärchen. Ich könnte euch stundenlang beobachten, wenn ihr turtelt«, lachend dreht sie sich zu Jake um und prostet ihm zu: »So mein Prinz, jetzt turteln wir beide mal ein bisschen, was hältst du davon?« Jake zieht sie lachend in seine Arme und gibt ihr einen Kuss. Die Junggesellen, die schon kräftig ihren Alkoholpegel erhöht haben, jubeln bei diesem Anblick, der sich ihnen bietet.

»Ich bin gleich wieder da Emily! Kann ich dich einen Moment allein in dieser verrückten Runde lassen?« Jayden sieht mich fragend an.

»Ja, geh nur. Ich werde schon mit drei Junggesellen zurechtkommen. Zur Not habe ich ja Steph und Jake noch, wenn die mal aufgehört haben zu knutschen!«, lachend gebe ich Jayden noch einen Kuss und er geht in Richtung Haus.

Ich vermute, er muss mal austreten und erinnere mich an meine eigene Blase. »Steph … «, ich stupse sie an: »Ich möchte euch ja ungern unterbrechen, aber ich müsste mal wohin … , kommst du mit?«

»Püppi, du sprichst mir aus der Seele, ich müsste auch mal diesen ganzen Tequila wieder los werden. Der drückt fürchterlich in meiner Blase.«, sie lacht und zieht mich hoch: »Wir sind gleich wieder da ..., bestellt schon mal eine neue Flasche Jungs!«

Wir gehen eingehakt die Terrasse hoch und schlängeln uns an den tanzenden Pärchen vorbei. Im Haus ist es schön kühl und da wir vom letzten Mal noch den Weg zu der Toilette kennen, brauchen wir diesmal keinen um Hilfe zu bitten. Kichernd stehen wir vor der Tür und müssen noch warten, weil besetzt ist.

»Das erinnert mich so an meine Schulzeit! Da sind wir immer zu zweit auf Toilette gegangen. Ob alle Mädchen früher so waren?«

»Ich kenne das, alleine bin ich auch nie gegangen!«.

Die Tür öffnet sich und Amy kommt heraus.

»Oh ..., Amy! Haben Sie sich vom Kuchenbuffet und Hunter lösen können? Wo ist Hunter überhaupt?« Steph sieht sich suchend um.

»Hunter steht für mich hinter dem Büfett und gibt Kuchen aus, bis ich zurück bin. Haben Sie etwa gedacht, ich habe ihn hier mit herein genommen?«, entsetzt sieht sie Steph an.

»Oje ..., nein natürlich nicht! Entschuldigen Sie bitte, aber ich platze gleich!« Steph drängelt sich durch die Tür und kurze Zeit später hören wir sie vor Erleichterung seufzen.

»Na, das wurde aber höchste Zeit für sie!«, lachend verabschiedet Amy sich, um Hunter zu erlösen.

»Steph, beeile dich bitte, sonst gibt es hier gleich ein Malheur!«, ich klopfe an die Tür und höre das Wasser in dem Bad laufen.

»Bin gleich fertig, einen Moment noch!«, sie öffnet die Tür und ich stürme an ihr vorbei in das Bad.

»Oh mein Gott Püppi! Das war aber wirklich knapp, oder?«, sie grinst mich an, als ich kurze Zeit später das Bad wieder verlasse.

»Jetzt auf in die nächste Runde. Komm, die Männer darf man nicht zu lange allein lassen, sonst machen sie Blödsinn.«

Wir gehen gemeinsam wieder in den Garten und als wir am Tisch ankommen und ich mich gerade setzen will, nimmt jemand meine Hand und zieht mich von der Lounge weg.

»Jayden ... , was ist los?«, erstaunt sehe ich ihn an.

»Ich entführe dich jetzt, frage nicht, sondern lasse dich überraschen!«

»O. K.!«, ich sehe zu Steph und zucke mit den Schultern, als sie mich fragend ansieht.

Jayden geht mit mir Hand in Hand auf die obere Terrasse, wo gerade die letzten Paare die Tanzfläche verlassen. Die Musik verstummt und Jayden steht jetzt mit mir mitten auf der Tanzfläche. Die Gäste wissen nicht was los ist und stehen wartend am Rand der Terrasse. Es setzt Stimmengewirr ein und die Leute tuscheln, weil sie sich fragen was jetzt kommt. Ich sehe Grace und Andrew rechts von mir in dem Kreis von Gästen stehen. Sie sehen ratlos aus, als wüssten sie auch nicht, was jetzt los ist. Das beunruhigt mich etwas, denn dann ist das hier eine geplante Sache von Jayden, aber was hat er vor? Den Gästen vorgestellt hat er mich doch schon, also das kann es nicht sein. Mein Herz schlägt mir gerade bis zum Hals und ich fange an zu schwitzen, weil mir plötzlich so heiß wird. Der Dj gibt gerade über sein Mikrofon bekannt, dass er jetzt auf besonderen Wunsch des Gastgebers ein Lied spielt und dann erklingt aus den Lautsprechern eine Melodie, die ich so sehr mag. Ich habe sofort die Töpferszene aus einem Film vor Augen und ein Schauer läuft mir durch den ganzen Körper, bei dem Gedanken an diese romantische Liebesszene. Meine Hände fangen an zu zittern, als Jayden sich zu mir dreht und mir so tief in die Augen sieht, dass ich ganz weiche Knie bekomme. Die Gäste sehen uns gebannt an, wartend auf das was jetzt gleich passiert. Er nimmt meine Hände in seine und mit Sicherheit fühlt er wie sie zittern, denn er drückt sie ganz fest.

»Emily …, du bist ganz plötzlich in mein Leben getreten und hast mir ganz schön den Kopf verdreht!«

Die Gäste fangen vereinzelt an zu lachen, nur mir ist gerade nicht zum Lachen zumute, so angespannt bin ich.

»Du bist für mich mein Engel, der mir vom Himmel geschickt wurde. Ich habe mit dir so viele schöne Erlebnisse gehabt und davon möchte ich noch viel mehr mit dir erleben. Du hast meinem Leben einen Sinn eingehaucht und mich tief im Herzen zum glücklichsten Mann auf Erden gemacht.«

Ich sehe ihn an und seine Augen füllen sich mit Tränen, als er etwas aus der Hosentasche holt und vor mir auf die Knie geht. Ein Raunen geht durch die Reihen der Gäste die mittlerweile alle um uns herum stehen. Auch Steph und Jake sind jetzt gekommen und stehen neben Grace und Andrew. Steph hat Tränen in den Augen und hält die Hand von Jake umklammert. Mir ist plötzlich ganz mulmig zumute und ich sehe zu Jayden, der jetzt ein kleines Kästchen in seinen Händen hält. Ich konzentriere mich darauf, jetzt bloß nicht Ohnmächtig zu werden, nicht schon wieder! Mein ganzer Körper zittert und mir kommen die Tränen, als Jayden das Kästchen öffnet und ein Ring zum Vorschein kommt, der in dem Licht der Fackeln glitzert, so als würde er Funken sprühen.

»Emily …, ich liebe dich aus tiefstem Herzen! Willst du meine Frau werden?«

Mir bleibt fast das Herz stehen und ich sehe ihn sprachlos an. Träume ich das gerade oder passiert es wirklich? Ich sehe in seine Augen, dann zu dem Ring und ich bin so überwältigt, dass mir die Stimme versagt. Was soll ich nur sagen? Meine Gedanken überschlagen sich. Ist Jayden der Mann, mit dem ich mein Leben verbringen will? Bei Maik habe ich es auch gedacht und es hat in einer Katastrophe geendet. Soll ich wirklich wieder eine Ehe eingehen? Mein Herz gerät bei diesen Gedanken völlig aus dem Takt … !

Danksagung

Ich möchte hier all denen Danken, die mich unterstützt haben und ohne die dieses Buch wahrscheinlich noch immer in meinem Kopf vergraben wäre, aber nicht auf Papier gedruckt in euren Händen liegen würde. Mein größter Dank geht an meine beste Freundin Stephanie Hingst, die in guten wie in schlechten Zeiten immer an meiner Seite stand. Ohne diese wundervolle Freundin wäre dieses Buch nie zur Realität geworden. Ich kann mich glücklich schätzen, einen Mental Coach als Freundin zu haben, die weiß wie sie mich motivieren muss und die über eine Engelsgeduld verfügt. Dann möchte ich Alan Stuttle danken, der für mich das Buchcover gestaltet und handgemalt hat. Ein begnadeter Künstler, der es geschafft hat ein Bild aus meinen Gedanken, auf Leinwand zu zaubern. Ein weiterer Dank geht an Sigrid Meinecke-Haar, die unermüdlich immer wieder nach Fehlern und Verbesserungen gesucht hat. Die Amarylion Saga hat schon in ihrer Entstehung, alle Beteiligten verzaubert und für viele Wunder gesorgt, auch in meinem Leben. Das mir nie die Ideen ausgegangen sind, habe ich meinem Geistführer Jeremias, seinen Team aus der geistigen Welt und der Musik von einer australischen Kirchen Band zu verdanken, die mich immer beim Schreiben begleitet haben. Ein herzlicher Dank geht auch an Uwe Kastner, der für die Bildbearbeitung des Covers sein bestes gegeben hat. Zu guter Letzt noch Julia Bendixen, die ihre kostbare Zeit für das Lektorat geopfert hat. Ich bin in meinem Herzen zutiefst berührt, so liebe Menschen an meiner Seite zu haben. DANKE

Sitting in Power

Diese Meditation macht Emily, um mit ihren Geistführer Jeremias in Kontakt zu treten. Wichtig ist das du in völliger Stille sitzt! Keine Musik und kein Telefon in der Nähe, was dich ablenken könnte. Wenn bei dir ein anderes Bild aufgeht, als hier beschrieben, dann ist das auch Richtig! Bei dir zeigt sich vielleicht ein Strand, wo plötzlich eine Tür auftaucht. Dann gehe durch diese Tür und sehe was dich dort erwartet. Vielleicht zeigen sich bei dir auch eine grüne Wiese und ein Baum. Dann setze dich an den Baum und sehe was passiert. Es ist alles richtig so, wie du es siehst, versteife dich nicht auf die Kathedrale, sie ist nur »meine Art« Kontakt zu bekommen. Vielleicht wirst du auch die ersten Sitzungen allein dort sein, wo du bist. Das heißt nicht, dass es nicht funktioniert. Vertraue einfach darauf, dass du nicht allein bist. Es könnte sein das die geistige Welt erst noch ein paar Einstellungen in deinem Energiefeld vornimmt, damit du sie wahrnehmen kannst. Diese Übung funktioniert, sei geduldig mit dir selbst und deinem Geistführer. Er wird sich zeigen, wenn er sieht, das du dir vom Herzen diesen Kontakt wünscht. Um schnelle Erfolge zu haben, solltest du versuchen diese Meditation dreimal in der Woche zu machen. Dass du dich in einer anderen Welt befindest, wird dir dein Zeitverlust zeigen. Achte auf die Uhrzeit, wenn du startest und sehe wieder zur Uhr, wenn du zurückkommst. Dein Zeitgefühl sagt dir vielleicht, das du nur zehn Minuten weg warst, aber die Uhr zeigt dir fünfzig Minuten oder sogar mehr an.

Ich wünsche dir viele schöne Erfahrungen mit deinem Geistführer.

Andrea Selina

Fühle in dich hinein, gehe in Gedanken durch deinen Körper, spüre, wo deine Anspannungen sitzen.

Mit jedem tiefen Atemzug lässt du dich tiefer fallen.

Fühle bei jedem Ausatmen, wie deine Muskeln sich entspannen.

Atme tief ein und fühle, wie jede Körperzelle sich mit Sauerstoff auftankt. Bei jedem Ausatmen lasse deine Anspannungen mit aus dem Körper heraus.

Fühle, wie deine Arme und Beine ganz schwer werden. Lass deinen Geist zur Ruhe kommen, packe alle deine störenden Gedanken auf eine Wolke und lasse sie dahingleiten.

Fühle, wie dein Kopf immer freier und leichter wird.

Jetzt siehst du vor dir ein wunderschönes Gebäude.

Ganz entspannt betrittst du dieses Gebäude, schließt die Tür hinter dir sorgsam zu und stehst in einem großen, hellen Raum. Du siehst dich um und entdeckst eine Wendeltreppe, die nach unten führt. Jetzt nimmst du auch das helle Licht wahr, welches von unten hochscheint. Ein wunderschönes helles Licht und du betrittst die Treppe, die dich nach unten, zum Licht führt. Mit jeder Stufe, die du tiefer gehst wird das Licht immer heller. Nun stehst du auf der letzten Stufe, bist umhüllt von dem hellen Licht und siehst eine große Tür.

Du öffnest diese Tür, gehst hindurch und schließt sie wieder sorgsam hinter dir zu. Du stehst in einer großen Kathedrale.

Vor Dir siehst Du den Gang zum Altar, auf denen zwei Kerzen brennen. Auf dem Altar liegt aufgeschlagen eine große Bibel.

Rechts und links von dir siehst du Bankreihen, die sich bis nach vorne zum Altar erstrecken.

Die Kathedrale ist völlig leer, du bist ganz allein hier und kannst wählen, wo du sitzen möchtest. Während du auf deinen Platz zugehst, nimmst du viele Einzelheiten wahr, in dieser Kathedrale. Wenn du deinen Platz gefunden hast, dann setze dich und vertraue auf das, was kommt. Deinen Blick kannst du schweifen lassen, sieh dir alles genau an.

Bitte die geistige Welt jetzt mit dir in Kontakt zu treten!

*

Bedanke dich bei der geistigen Welt und verabschiede dich.

Dann gehst du den Gang wieder zurück bis zu der großen Tür. Du weißt, dass du jederzeit wieder hierher kommen kannst, um mit der geistigen Welt in Kontakt zu treten und von Ihnen zu lernen. Jetzt stehst du wieder in dem hellen Licht, schließe die Tür hinter dir sorgsam zu.

Vor dir siehst du die Treppe, die dich wieder nach oben führt und du betrittst sie. Stufe für Stufe bringt dich diese Treppe nach oben, bis du wieder in dem großen Raum stehst.

Du siehst die Tür vor dir, die dich nach Draußen führt.

Gehe hindurch und schließe auch diese Tür sorgsam hinter Dir zu. Es ist ein herrlicher Tag! Fühle, wie du wieder wach wirst, strecke dich, bewege deine Arme, deine Beine und komme langsam wieder ins Hier und jetzt zurück. Nimm dir so viel Zeit, wie du für dich brauchst.

www.ingramcontent.com/pod-product-compliance
Lightning Source LLC
Chambersburg PA
CBHW020856130726
47900CB00014B/903